거미집 짓기

정재민 장편소설

마음
서재

소설의 소임은 거짓의 거미줄 사이에서
진실을 찾는 것이다.

_스티븐 킹

1부

그녀의 불감증을 거짓이라 믿었다.

이 믿음을 욕망이 아니라, 아름다움의 수식어로 믿어주기를.

 그 남자를 만나고 돌아와서 그녀가 생각났다. 그녀를 잊은 줄 알았는데 이유를 모르겠다. 남자의 얼굴은 끔찍했으니 둘은 정반대의 얼굴이다. 그를 만난 것은 12월 5일 수요일. 서울에 첫눈다운 눈이 내린 날이었다.

 도서관에서 짐을 챙겨 국립중앙박물관에 도착하니 오후 2시였다. 눈 때문에 깔아놓은 카펫은 진한 붉은색이었다. 2층 서화관에서 그 남자를 봤다. 평소처럼 사람들을 살피며 전시관을 도는데 정물처럼 서 있는 거구가 눈에 띄었다. 장례식장에서 갓 뽑아낸 듯한 검은색 정장 차림. 다른 층을 둘러보고 왔는데도 같은 그림 앞에 서 있자 관심이 갔다. 다가간 이유는 여학생 때문이었

다. 남자 곁을 지나던 회색 교복의 여학생은 자기도 모르게 걸음
이 멈춘 것 같았다. 남자의 얼굴을 본 학생의 입이 벌어지더니
손이 올라가다 목에서 멈췄다. 도망치듯 멀어지는 여학생을 보
며 무슨 일인가 궁금해졌다. 남자가 보는 그림 쪽으로 걷기 시작
했다.

내가 아는 그림이었다. 조희룡의 홍백매화도는 화폭이 4미터
에 가까워 한 구역의 벽면을 모두 차지한다. 한 그루인지 두 그
루인지 구분하기 어려운 매화가 서로 반대쪽으로 가지를 뻗는
다. 매화가 갈라지는 지점에 남자가 서 있었다. 그의 오른편으로
다가서 고개를 돌리는 순간 여학생의 심정을 이해할 수 있었다.
화상이었다. 뺨부터 귀까지가 엉겨 붙어 있었다. 귀가 있어야 할
자리에 잔인한 갈색 공터만 있었다. 마스크를 걸 고리가 없다는
뜻이다. 무슨 말인가 해야 한다고 생각했지만 아무 말도 나오지
않았다. 남자가 나를 보더니 먼저 입을 열었다.

"뭔가요?"

"아…… 왜 그렇게 이 그림을 보시나 해서요."

"정말이오?"

묵직하고 부드러우며 믿지 않는다는 목소리였다. 그 목소리에
서 내가 거짓말을 했다는 것을 알았다. 여학생이 도망치지만 않
았어도 여기 오지 않았을 것이다. 봤다는 것 자체로 미안함이 느
껴지는 얼굴. 남자는 오른쪽 눈썹이 조금 남아 있었다. 그 눈썹
아래의 눈빛에서 얼마나 많은 시선을 받았을지 짐작이 갔다. 구
경거리가 있어 온 것은 아니라고 항변하고 싶었다.

"3층 불교 조각까지 보고 왔는데도 여기 계시네요."

남자가 그림으로 고개를 돌렸다. 얼굴을 보기가 민망해 나도 그림을 봤다. 바로 자리를 뜨기는 어색해 잠시 서 있기로 했다. 그런데 서서히 당황스러움이 줄어들며 박물관에 온 목적이 생각났다. 이 남자로부터 건질 것이 있겠다는 생각에 기대감이 들었다. 남자를 다시 바라봤다.

"저도 이 그림 좀 아는데…… 이 작품 좋아하세요?"

부드럽게 웃음을 담아 물었는데 넌 뭐냐는 눈빛이 돌아왔다.

"저는 이재영이라고 합니다. 소설을 쓰고요."

"하. 소설가요?"

의외라는 표정 뒤로 옅은 미소가 나타나더니, 그 미소가 그림을 향했다. 마치 그림 뒤의 누군가에게 이 말을 들었냐고 묻기라도 하듯이. 덕분에 남자의 흉터를 다시 볼 수 있었다. 물살이 흘러내리듯 문드러진 피부. 선홍색이었을 살갗은 오래전에 갈색으로 굳어버린 것 같았다. 굳은 지 오래된 것 같은데 불길이 휘감았던 흔적을 세세히도 기억했다. 화상이 아니라면 그저 평범한 얼굴이겠지만 그 모습은 상상할 수 없다. 나이는 삼십 대 중반으로 나와 비슷해 보였다. 내가 물었다.

"잠깐 시간 괜찮으세요? 그림을 보는 이유가 궁금해서 왔는데, 막상 얼굴을 뵈니…… 다른 사연이 많으실 것 같네요. 여기 3층에 차 마시는 곳이 있어요. 전망도 좋고."

남자는 말이 끝나지도 않았는데 고개를 젓기 시작했다. 나를 쳐다보지도 않았다. 그림을 향한 미소만은 그대로였다. 그 순간

내 안에서 어떤 목소리가 들렸다. 이 남자 뭔가 있다. 놓치면 후회한다. 반드시 이야기를 들어야 한다. 그렇게 욕심이 났다.

그녀를 만난 곳은 사당역 반디앤루니스였다. 나는 전체적인 인상으로 여자를 기억한다. 그러니까 귀걸이, 목걸이, 헤어스타일 같은 세부 사항은 중요하지 않다. 생각도 안 난다. 혹 치밀어 오르거나 말거나 둘 중 하나다. 그녀와 헤어지고 돌아오는 길에 그녀의 모습이 떠올랐다. 왜 그렇게 끌렸는지 알아야 했다. 검정색 플레어스커트와 검정색 스타킹. 다리 사이의 정연한 공간. 작고 곧은 무릎. 푸른색 프릴이 감싸던 하얀 목. 머리카락을 귀 뒤로 감아 돌리는 손끝에서 작고 또렷한 귀가 드러났다. 희디흰 여자라는 인상은 볼 때부터 강렬했다.

그녀의 눈에는 모든 것을 밝게 보는 순수함이 있었다. 처음부터 내게 눈웃음을 주었다. 입술은 눈과 달리 선정적이었다. 아랫입술이 훨씬 두터워 농염해 보였는데, 그 농염함은 신중하게 다물어져 있었다. 그런데 시간이 흐를수록 그녀의 첫인상이 혼동되기 시작했다. 애초에 그녀의 입술은 옅은 미소를 띠고 있지 않았던가? 그녀의 눈웃음이 비웃음은 아니었나?

그날은 취재를 하러 서점에 들른 것이 아니었다. 자료 조사 때문에 급히 살 책이 있었다. 그런데 '그녀'를 발견했다. 내가 선망하는 작가의 책을 보고 있는 여자가 내가 선망하는 스타일일 확률은 얼마나 될까? 서점에 온 목적이 바뀌는 것을 느끼지도 못했다. 책을 급히 산 이유는 여자에게 빈손으로 다가서면 어색할 것 같아서였다. 낯선 사람에게 말을 거는 것이 익숙해진 뒤였는데도 그날은 달랐다. 어떻게 말을 걸어야 할지 긴장됐다. 평소처럼 캐릭터 연구를 위해 인터뷰를 신청하는 것뿐이라 믿으며 그녀에게 다가섰다

낯선 사람에게 처음부터 인터뷰나 취재라는 말을 꺼내는 것은 금물이다. 다들 겁을 집어먹는다. 관심 가는 사람이 보이면 그 사람이 무엇을 보는지부터 파악해야 한다. 그 사람이 보고 있는 것으로 말을 걸어야 한다. 대답에 관심을 보이며 살금살금 그 사람을 향해 화제를 움직인다. 내가 던지는 질문으로 나를 드러내는 것이 자연스럽다. 위험한 사람이 아니라는 것을 전하고, 둘 사이에 호감도 생겼다고 느꼈을 때 시간이 되느냐고 물어야 한다. 인터뷰라는 말 대신 지금까지 나눴던 이야기를 더 나누고 싶다고, 왠지 남들과 다른 점이 있는 것 같다고, 어떤 분인지 궁금하다고 물어야 한다. 사람들은 소설가의 그런 호기심을 존중해주니까.

그녀는 처음부터 소설가라는 말에 흥미를 보였다. 내가 하는 말을 듣더니 보던 책을 덮어 표지를 살폈다. 10분 뒤에 우리는 서점에서 나왔는데, 그녀가 들고 있던 책을 계산해서 백에 넣은 뒤였다. 에스컬레이터를 타고 바깥으로 나오며 봄 햇살 때문에 설렌 것이 아님을 고백한다. 근처 커피숍은 그날따라 2층에 아무도 없었다.

햇살이 따스한 2층 창가 자리. 무릎이 닿을 만큼 좁은 테이블. 라떼와 아메리카노. 평소처럼 이름이나 신원을 알 수 있는 정보

는 말하지 않아도 된다고 했고, 그녀는 익명성을 편안해했다. 그녀가 결혼을 했고, 딸아이가 한 명 있다는 말은 믿을 수 없었다. 갓 스물이 넘어 보이는 얼굴 어디에도 엄마의 표식은 없었다. 아이는 일곱 살이라 했다. 몇 살 때 아이를 가졌냐는 물음에 그녀는 웃음으로 자신의 나이를 감췄다. 나도 남자아이가 둘 있다고 알려줬다.

결혼했음을 밝혔는데도 우리 사이의 긴장감은 사라지지 않았다. 아니. 둘 다 결혼해서 아이도 있음을 밝혔는데도 긴장감이 남아 있자 우리는 더 긴장했다. 대화는 보통 때와 다른 분위기로 흘렀다.

남자의 흉터에서는 수염이 자라지 않았다. 왼뺨의 거뭇한 수염이 오른뺨에서는 보이지 않았다. 면도를 며칠 못 한 것 같았다. 남자를 붙잡을 수 있는 빌미라면 무엇이든 좋았다. 홍백매화도를 힐끗 보고 툭 던지듯 말했다.

"누구 특별한 분 생각하시나 보다."

'특별한 분'이라는 말에 그림을 보던 그의 눈이 조금 가늘어졌다.

"매화 그림이 참 좋죠? 매화차 드셔보셨어요? 3층 찻집에 매화차가 있어요. 매화 꽃잎을 소복하게 띄워주는데 향이 독특해요."

"……"

"찻집 한 면이 전부 유리창이에요. 오늘같이 눈 내리는 날이면 창밖만 보게 되고…… 어떠세요? 오래 서 계셨잖아요?"

그는 내가 말한 이유가 아니라 자기만의 이유를 찾은 것 같았다. 30분 정도의 시간을 허락했다. 우리는 서화관을 나와 3층으로 올라가는 에스컬레이터를 탔다. 취재는 익명으로 진행된다는 것을 전하며 혹시 모를 부담을 덜어주기를 바랐다. 정작 남자는 무덤덤했다.

찻집에는 손님이 없었다. 나는 입구에서 등을 돌리는 제일 안쪽 자리를 권했다. 남자가 재킷을 벗고 하얀 와이셔츠 차림으로 앉자 몸집이 더 커 보였다. 카운터에서 낯이 익은 새침한 여점원에게 매화차와 아메리카노를 주문하고 진동 벨을 가져왔다. 자리로 돌아오자 남자가 창밖을 보고 있었다. 주변에 높은 건물이 없어 탁 트인 전경이었다. 눈발 사이로 이태원 이슬람 사원이 아련히 보였다.

대화의 시작은 일 이야기가 부담 없다. 남자의 직업이 사회복지사라는 것에 놀랐다. 사람들을 상대해야 하는 일인데 얼굴이 문제가 될 것 같았기 때문이다. 남자는 꼭 그렇지만은 않다고 했다.

"처음엔 다들 놀라죠. 하지만 이 모습이 도움이 되기도 합니다."

"솔직히 조금 의외네요."

"사람들은 제 얼굴을 받아들이기만 해도 뭔가 베풀었다고 생각합니다. 그게 어르신들과 더 가깝게 해줍니다."

"어르신이라면 노인복지관에서 일하시는군요?"

"네."

"혹시 언제 복지사가 되기로 하셨어요?"

화상을 입고 나서 다른 이의 아픔에 공감하게 되었다는 휴먼 스토리를 기대한 질문이었다.

"고등학교 때요."

"아…… 혹시 화상을 입은 다음이었나요?"

남자는 주저하며 뜸을 들이다 답했다.

"그게 중요한가요?"

"사회복지사가 꿈인 사람은 드무니까요. 혹시 화상이 진로 결정에 영향을 미쳤는지가 궁금했어요."

"꿈이라기보다는 그때 상황이……"

남자가 말꼬리를 흐렸다. 그는 다시 시선을 창밖으로 돌렸고, 기다려도 더는 말하지 않았다. 나는 조심스레 다시 물었다.

"그럼, 화상은 고등학교 언제 입으셨나요?"

"고3 말이오."

무뚝뚝해지는 남자의 목소리를 들으며 너무 성급했다고 후회하는데 진동 벨이 울렸다. 남자의 시선이 진동 벨로 향했다. 나는 진동 벨을 들고 일어나서 카운터 쪽으로 걸어갔다. 걸어가며 서두르지 말자고 되뇌었다. 남자와 얼굴을 마주하고 앉으니 궁금한 것이 점점 늘어났다. 어디서나 시선을 받는 얼굴로 사는 삶은 어떨까. 고등학교 때 무슨 일이 있었던 것일까. 취재를 하다 보면 생각지도 못했던 이야기를 듣기도 한다. 가까운 사람에게도 털어놓기 어려운 이야기들. 익명성에 숨어서 누구에게도 못

하던 이야기를 꺼내놓으며 본인도 후련해한다. 하지만 서둘러서 되는 일은 없다. 중요한 것은 분위기다.

카운터로 가서 매화차와 아메리카노가 담긴 감색 나무쟁반을 가져왔다. 남자는 매화차가 처음인지 투명한 잔을 눈높이로 들었다. 유리잔 안에서 꽃술 몇 가닥이 물 아지랑이를 따라 오르내렸다. 남자는 잔을 코로 가져가 향을 맡았다. 남자가 말했다.

"저도 뭐 물어봐도 될까요?"

"그럼요."

남자는 질문을 피하고 싶은 것 같았다. 일단 분위기가 무르익을 때까지 기다리자고 마음먹었다. 그는 내 직업에 대한 몇 가지와 취재를 다니는 이유에 대해 물었다. 주의를 기울여 그의 말을 듣고 솔직히 답했다.

"저는 범죄물을 써요. 스릴러죠. 책을 네 권 냈는데 잘 팔린다와 보통의 중간 정도? 아무리 해도 경계를 넘지 못하겠더라고요. 출판사 사장이 과 선배인데 어느 날 부르더니 뭐가 문제인지 아냐고 묻데요. 소설에 인물이 없다는 거예요. 제가 그랬어요. 등장인물이 그렇게 많은데 무슨 말이냐고. 선배가 인물이 모두 가짜 같다는 거예요. 사건만 흥미진진하면 뭐하냐고, 인물이 죄다 목석인데. 취재를 권하더군요. 유명한 사람 말고 거리에서 사람들을 만나보라고. 관심 가는 사람을 붙잡고 그 사람들이 무슨 말을 하는지, 무슨 생각으로 살아가는지 들어보라고. 그때부터 취재를 다니기 시작했죠."

"마지막으로 내신 책 제목이 뭔가요?"

"《그 남자의 행위》요. 저는 몰랐는데 주위 사람들이 무슨 에로물 제목 같대요?"

남자의 얼굴에 웃음이 번졌다.

"제목이 스릴러 같지는 않군요."

"저도 마음에 안 들었는데, 마케팅 팀이 하도 강하게 추천해서요. 책을 읽어보면 반전이 있다는 것도 알게 된다고."

"마케팅 팀하고 사이는 좋으신 거죠?"

남자가 웃으며 물었고, 나도 웃었다. 남자와의 거리감이 조금 줄어든 것 같았다. 남자는 오른쪽 얼굴이 움직이지 않아 웃음이 부자연스러웠다. 크게 웃을수록 더 어색할 것 같았다.

남자는 질문을 피하려고 묻는 것이 아니었다. 소설에 관심이 꽤 있는 것 같았다. 여태껏 소설 쓰기에 관심 있는 사람들을 많이 만났다. 어쩌면 그쪽에 관심이 있어 취재에 응했는지도 모른다. 보통 두 부류였다. 첫째는 자기 인생을 책으로 내고 싶은 사람들. 자기 살아온 이야기면 책 한 권은 그냥 나온다는 사람들은 자신의 인생을 인정받고 싶은 것이다. 회고록이나 자서전 분야다. 둘째가 정말로 창작에 관심 있는 사람들인데, 남자는 첫 번째의 외모를 하고 두 번째 부류의 질문을 했다. 형식적으로 던지는, 좋아하는 작가에 대한 질문 다음으로 소설 작법에 대한 질문이 슬며시 들어왔다. 쑥스러우면서도 진지하게.

"소설 쓰기는 보통 어떻게 시작합니까?"

"사건이 떠오르는 사람도 있고, 인물이 떠오르는 사람도 있어요. 저는 주로 사건 쪽이고."

"사건이라면……"

"제가 쓰는 범죄물에서는 사람이 실종됐다, 가족이 납치됐다, 뭐 독자의 호기심을 자극할 만한 일들이죠."

"그런 소재는 어디에서 얻습니까?"

"사촌 형이 강력계 형사예요. 도움을 많이 받죠. 소재 말고도 경찰 업무에 대한 것도요."

남자가 잠시 생각에 잠겨 있다가 물었다.

"그럼 작가는 쓰기 전부터 사건의 결말을 알고 있겠군요?"

"그렇기는 한데…… 꼭 그렇지만도 않아요."

"그러면……"

"바뀌기도 한답니다. 잘나가는 작가들 말을 들어보면 쓰는 도중에 등장인물이 살아서 움직이기 시작한대요. 그러면서 이야기가 생각지도 못했던 방향으로 자라난답니다."

말로만 들었지 경험해보지 못한 일이라 자신 없이 답이 나왔다.

"이야기가 자라난다? 재밌는 말이군요. 그럼 처음에 생각했던 내용은 어떻게 됩니까?"

"애초 계획은 포기하고 그냥 등장인물을 따라다닌대요. 그런데 그때 강한 쾌감을 느낀다더군요. 작가이자 최초의 독자가 되는 느낌?"

남자는 내가 말한 쾌감이 무엇인지 알겠다는 듯 고개를 끄덕였다. 남자의 표정이 생기를 띠더니 본격적으로 묻기 시작했다. 밝은 표정으로 질문에 답했지만 속마음은 아니었다. 커피 한 모금을 마셨다. 씁쓸했다.

어떻게 해도 소설 속 인물들이 살아나지 않는 처지가 씁쓸했다. 출판사 사장은 늘 주인공이 멋져야 한다고 했다. 셜록이나 필립 말로는 아니더라도 독자들이 읽어나갈 수 있을 만큼의 생명력은 지니게 하라고. 작법 책을 뒤지며 등장인물의 미니 전기나 성격 분석표, 내면의 목소리 같은 것을 적어봐도 내 인물들은 어설픈 발연기만 선보였다. 웃는 표정마저 어색해진 것은 남자의 질문에 답하기 어려워진 뒤였다.

의외로 질문이 심도 깊었다. 쉬운 말로 물어봤지만 그냥 하는 질문이 아니었다. 장면의 구성이라든가, 시점 같은 것들. 1인칭 주인공 시점으로 쓰며 다른 인물의 속마음이나 주인공이 모르는 정보를 어떻게 독자에게 전달하느냐는, 소설을 써본 사람만이 할 수 있는 질문이었다.

"소설 써본 적 있으시죠?"

"아닙니다."

"말씀하시는 걸 들어보니 맞는데요?"

"예전에 쓰려고 했던 사람은 압니다."

"누군데요?"

남자는 창밖으로 시선을 돌리며 말했다.

"그 사람은 소설 쓰는 게 거미가 거미집을 짓는 것 같다고 했는데."

"거미집이오?"

"네."

"왜요?"

"……오래돼서 잊었어요."

"혹시 그 특별한 분인가요?"

남자가 웃으며 고개를 저었다. 아니라는 것인지, 말하고 싶지 않다는 것인지 구별할 수 없는 표정이었다. 남자는 차를 한 모금 마시고 말했다.

"작가님하고 이야기하니 옛 생각이 납니다. 그런데 어떻게 해야 인물이 살아난답니까?"

"욕망을 불어넣어야 한답니다."

그녀는 욕망이라는 말에 창밖으로 고개를 돌렸다. 유리창 아래로 지나는 사람들을 보며 소리 없이 그 단어를 발음했다. 처음 먹어보는 디저트의 이름을 발음하듯 벌어지는 입술. 누군가 심장에 시린 산을 붓는 느낌이라 했다. 행인들에게 시선을 둔 채 그녀가 물었다.

"저렇게 표정 없이 걷는 사람들도요?"

"누구라도요. 저는 윌리엄 글라써의 이론에 동의해요. 그에 따르면 우리가 행동하는 이유는 결국 다섯 가지죠."

"뭔데요? 그 다섯 가지가?"

그녀가 눈을 가늘게 뜨며 내 쪽으로 돌아앉았다. 나는 생각하는 척 찡그렸지만 테이블 옆으로 밀려나오는 얇은 발목을 보았다.

"친구 다섯이 등산을 간다고 해보죠. 남자 넷에 여자 하나요. 아침에 다섯 명이 산 입구에 모였어요. 주위를 둘러보니 핸드폰만 보며 혼자 오르는 사람들이 많아요. 고개 숙이고 걷는 사람들은 표정이 어두워요. 친구들은 무리를 이룬 것에 안도감을 느낍니다. 소속과 사랑의 욕구라 부릅니다. 동료, 친구, 연인이 되고 싶은 마음이오. 우리는 사랑받을 만한 존재가 되려고 참으로 많은 일을 한답니다.

한참 산을 오르는데 남자 둘이 갈림길에서 싸워요. 서로 의견을 굽히지 않더니 목소리가 올라가요. 글라써의 이론을 읽은 뒤로는 이 두 사람이 옳다, 그르다의 문제가 아니라 힘에 대한 욕구로 싸운다고 보게 되더군요. 뒤차가 경적을 울렸을 때, 점원이 자신을 무시한다고 느꼈을 때, 여자 친구가 바람난 것을 알았을 때 사람들이 행동하는 이유도 이 힘에 대한 욕구로 보게 되더군요.

평소 등산이 취미인 친구는 좋은 말로 두 사람을 말려요. 하지만 속으로는 이 상황에서 벗어나고 싶어 하며 같이 온 것을 후회해요. 혼자 왔으면 조용히 등산을 즐길 수 있었는데 말이죠. 이런 마음을 자유에 대한 욕구라 부릅니다. 이 욕구는 평소에는 잘 느끼지 못하지만 생각보다 강력할 수 있어요.

여자는 웃고 있었는데 앞에서 싸우는 친구들 때문에 뒤로 돌아섭니다. 사실 여자는 등산이 싫었어요. 힘든 걸 싫어하거든요. 심부름센터에서 일하는 친구가 하도 졸라서 나왔는데, 등산 초입부터 친구가 들려주는 이야기가 너무 웃긴 거예요. 심부름센터에는 정말 별별 일들이 다 생겨요. 뒤돌아보니 어느새 이렇게나 올라온 것이 신기하고, 더 올라갈 수도 있을 것 같아요. 이걸 즐거움의 욕구라 부릅니다.

여자 옆에서 웃긴 이야기를 하는 친구는 어느 길로 가든 상관이 없어요. 애초에 여자 때문에 등산을 왔거든요. 두 사람이 싸울 때도 여자 기분이 상하지 않는 것만 신경 씁니다. 올라올 때부터 줄곧 눈이 갔던 곳은 풍경이 아니라 여자의 달라붙는 등산복이었고요. 신체적 본능에 관한 욕구입니다. 성욕이나 식욕 같은 생존에 관련된 욕구요. 저는 나이가 들수록 얼마나 이 욕구에 지배당하는지를 실감해요. 저만 해도 당이 떨어지면 짜증을 부리거든요.

이 다섯 개의 편광기로 주위를 둘러보면 세상이 다르게 보입니다. 자기 자신도, 주위 사람도."

"작가님은 어떤 욕구가 가장 강한 것 같으세요?"

나는 손을 뻗어 테이블 가장자리에 있던 그녀의 커피잔을 조금 안쪽으로 들여놔주었다. 커피잔 옆에 있던 그녀의 손이 움찔했지만 잠자코 있음을 놓치지 않았다.

"저는 여자 곁에서 농담하는 걸 좋아하지요."

남자의 태도가 달라졌다고 느낀 것은 다섯 가지 욕구에 대한 이야기 다음이었다.

"복지사님은 어떤 욕구가 가장 강하실까 궁금해요."

"왜요? ……본인이 그걸 어떻게 압니까?"

남자의 말투가 방어적이었다. 이상했다. 자신의 욕구에 대한 질문에 방어적으로 나오는 이유는 무엇일까? 나를 보는 표정도 냉랭해졌다. 내 질문에 다른 의도가 있다고 생각하는 것 같았다. 무엇인가를 숨기고 있다는 기분도 들었다. 나는 조심스레 말을 이었다.

"사람들 사이에서 비슷한 문제가 반복해서 일어난다면, 그 문제를 통해 어떤 욕구가 강한지 알 수 있습니다. 어떤 욕구 때문에 말 못 할 비밀이 생기거나 다른 사람들을 멀리하게 된다면 그것을 통해서도 알 수 있죠."

"그런 것도 없으면요?"

남자의 어투가 삐딱해졌다.

"지금 자기에게 가장 괴로움을 주는 일이 무엇인지 돌아보는 것도 한 방법입니다. 그 일을 통해서 자신의 어떤 욕구가 좌절되는지를 따져보면 힌트를 얻을 수 있죠."

남자는 잘 이해가 가지 않는다는 듯 고개를 저으며 차를 한 모금 마셨다. 그리고 내게 물었다.

"작가님은 어떤데요?"

"저는 소속에 대한 욕구요."

나도 모르게 다른 말이 나왔다. 남자와 유대감을 만들고 싶은 욕심이었다. 나는 남자가 소속에 대한 욕구가 강할 것이라 믿었다. 얼굴에 지닌 흉터가 사람들로부터 그를 떨어뜨려놓았겠지. 소속의 욕구를 포기하려 했겠지만, 박탈감이 그 욕구를 더 강하게 잠재시켰을 것이다. 게다가 고등학교 때부터 사회복지사가 꿈이었던 사람이니까. 문득 남자가 결혼은 했는지, 애인은 있는지가 궁금했다. 그러나 직접 묻기는 조심스러웠다.

"주변 사람들과 관계를 맺는 양상에서도 알 수 있습니다. 누구와 가장 많은 시간을 보내시나요?"

남자의 대답은 바로 나오지 않았다.

"어머니요."

"아…… 네. 혹시 어머니와 단둘이 사시나요?"

이번에도 대답하는 데 시간이 걸렸다.

"네."

문득 설명할 수 없는 슬픔과 연민을 그의 어머니에게 느꼈다. 내가 말했다.

"복지관에서 어르신들께 되게 잘하실 것 같아요."

"왜요?"

"어머니에게 효자이실 것 같고, 다른 어르신들께도 어머니 대하듯 잘하실 것 같아서요."

남자가 소리 없이 어색하게 웃었다. 그의 기분을 맞춰주려 했는데 오히려 안 좋은 방향으로 분위기가 흐르는 것 같았다. 나는 몇 마디를 덧붙였다.

"고등학교 때부터 사회복지사가 꿈이었던 사람도 드물죠."

"꿈이 아니었다고 했는데……"

"아, 그러셨죠. 상황이 그랬다고…… 아까도 궁금했는데 그게 무슨 말씀이신가요? 구체적으로……"

"왜 그렇게 남의 과거가 궁금해요?"

갑작스레 거칠어진 말투에 당황했다. 딱딱하게 굳은 표정을 보며 진지하게 답해야 하는 순간임을 알았다.

"더 잘 이해하기 위해서죠."

"뭘요?"

"선생님을요."

"그렇게 생각하세요?"

"경찰인 제 사촌 형 말씀드렸죠? 그 형은 아무리 해도 이해할 수 없는 사람이 있다고 해요. 하지만 저는 달라요. 어떤 사람이라도 태어날 때부터 모든 것을 녹화해서 볼 수만 있다면 이해하지 못할 사람은 없다고 봐요."

"……그럴까요?"

"네. 저는 그렇게 생각합니다."

"그러니까 소설에서 인물이 안 살아나는 거예요."

나는 호의로 내 속사정을 들려줬는데 그것을 함부로 다루는 느낌. 무시하는 듯한 그의 표정과 말투에도 기분이 상했다.

"네?"

"작가님이 말하는 이해가 무슨 의미인가요? 얼마나 그 말을 알량하게 쓰던가요? 작가님 말대로, 지금부터 제가 어떤 사람의 인생을 쭉 플레이해서 보여준다고 쳐보죠. 그런데 결정적인 순간에 플레이를 멈춰요. 막말로 사람을 죽이느냐 말 것이냐 같은 순간이오. 작가님은 과거를 다 봤으니 그 사람이 어떻게 할지도 맞힐 수 있다고 보세요?"

따지듯이 묻는 그의 말투에 화가 나기 시작했다.

"어느 정도는요!"

그녀와의 분위기가 어색해진 것은 그녀의 손이 어색해지고 난 뒤였다. 그녀는 미소를 지으며 말했지만 어딘가 초조해 보였다.

그녀가 내게 물었다.

"궁금한 게 있어요."

"말씀하세요."

"등산하며 농담 던진 친구요."

"네."

"그 사람이 여자에게 친절했던 이유는 단지 생식과 생존에 대한 욕구 때문인가요? 소속과 사랑에 대한 욕구 때문은 아닌가요?"

"이성에 대해 두 욕구는 보통 섞여 있죠. ……어느 비율로 두 욕구가 섞여 있는지 알 수 있는 방법이 있기는 해요."

"……"

"사칙연산 중에 뺄셈이란 게 있잖아요?"

"……"

"우선 한 욕구를 만족시킨 다음…… 다른 욕구가 얼마나 남는지 보는 방법입니다."

나는 그 말을 하며 속에서 훅 치밀어 오르는 열기를 느꼈다. 내 눈빛에 그 열기가 담겼을까? 그녀가 눈을 피하더니 화제를 돌렸다. 그녀의 아이 이야기. 그녀의 일곱 살 딸아이는 아파서 항상 곁에 붙어 있어야 한다고 했다. 결혼 전에는 하고 싶던 것도 많고, 꿈도 있었는데, 이제는 모든 생활이 아이 위주로 돌아간다고 했다. 정말 오랜만에 홀가분한 마음으로 외출했단다. 나도 아이 키우는 입장에서 그녀의 이야기가 이해는 됐다. 하지만 둘 사이에 흐르던 긴장감은 사라져버렸다. 아이 이야기로 화제를 돌리는 순간, 나를 거절한다고 받아들였다. 속마음을 꺼내놓았다가 거부당했을 때의 창피함에 대화를 끝내고 싶었다.

그녀는 이야기를 멈추지 않았다. 자기 아이 이야기가 끝나자 어린이집에 다니는 다른 아이 이야기가 시작됐다. 나는 적당히 맞장구치며 의도적으로 핸드폰을 몇 번 뒤집었다. 그녀는 나의 반응을 살피며 쉴 새 없이 이야기를 꺼냈고, 나는 그녀의 이야기에 점차 무감각해졌다. 육아 이야기의 한 중간, 그녀가 핸드백에서 물건을 꺼내 테이블로 툭 던져놓듯이 털어놓은 것은 불감증이었다.

"그런데 아이를 낳고부터 느낄 수가 없는 거예요. 밤에 말이에요."

그녀의 말에 당황해 뭐라고 대꾸도 못 했다. 그녀는 창밖을 바라보며 조용히 말했다. 어떻게 해도 남편을 받아들일 수 없다고. 노력해도 잘 되지 않는다고. 노력해야 한다는 생각에 더 피하게 된다고. 남편이 젤을 사오는데 서랍 안의 투명한 플라스틱 통이 끔찍하게 보인다고. 통에 적힌 러브라는 말이 그렇게 가증스럽게 보일 수 없다고. 나는 그녀의 이야기에 어떤 반응을 보여야 할지 알 수 없었다. 하지만 내 속에서 치밀어 오르는 열기가 강해짐을 알았다.

"이 사람 좀 위험한 사람이네?"

남자가 어이없다는 표정으로 말을 이었다.

"그 사람이 어떻게 할지 맞힐 수 있다고요, 작가님?"

"진정하세요."

진정하라는 내 목소리가 떨렸다. 남자가 격양된 목소리로 말했다.

"제가 뭘요?"

"저는 다만……"

나는 숨을 가다듬으며 진정하려 했다. 그가 왜 화를 내는지 이해할 수 없었다. 과거에 대한 이야기를 꺼내면서부터 기분이 안 좋아진 것 같았다. 이대로 대화를 끝내고 싶지 않았다. 이 남자의 이야기를 들어야 한다는 직업적 의무감을 떠올렸다. 그는 조금 더 올라간 목소리로 물었다.

"다만 뭐요?"

"저는 선생님이 상처로 얼마나 고통스러우셨을까…… 그리고 그 일을 어떻게 극복하셨는지가 궁금했어요. 어머니와 같이 사신다는 말씀을 듣고 저도 자식 키우는 입장에서 어머니 마음을 잘 알 것 같더군요…… 어머님 마음이 얼마나 아프셨을까…… 선생님은 또 얼마나 괴로우셨을까…… 그래서 과거에 대한 이야기……"

그때였다. 남자의 눈빛에서 어떤 빛이 솟구쳤다. 그 얼굴은 확 달아올라 한 번도 보지 못했던 표정을 드러냈다. 가슴이 덜컥 내려앉았다.

"뭘 안다고?"

"……"

"네가 뭘 안다고?"

그가 일어났다. 카운터 근처에서 테이블을 닦던 새침한 여점원의 시선이 남자의 등에 고정되는 것이 보였다. 남자가 테이블을 돌아와 내 머리채를 잡았다. 그가 손을 뻗는 동안 의자를 뒤로 빼며 몸을 뺐지만 벽에 맞닿아 피할 수도 없었다. 그가 내 머리를 테이블에 박았다. 거부할 수 없도록 강한 힘이었다. 내 발길질에 의자가 넘어지는 소리. 차갑고 딱딱한 테이블의 질감을 뺨으로 느꼈다. 시야에 남자의 은색 시계가 들어왔다. 눈을 들어 올려다봤다. 그의 눈빛에 몸이 얼어붙었다. 여차하면 더 큰일을 당할 것 같은 두려움. 내 머리를 잡은 손에 힘이 들어가며 그가 오른손을 쳐드는데 나는 움찔 눈을 감았다.

다시 눈을 떴을 때 그는 가만히 내려다보고 있었다. 눈을 감았던 것이 수치스러웠다. 그에게 굴복한 것 같고, 잠시나마 모든 것을 내어준 것 같은 모멸감을 느꼈다. 그는 천천히 머리카락을 잡은 손에서 힘을 뺐다. 재킷을 들고는 뒤도 돌아보지 않고 나가버렸다.

여점원이 다가와 물었다.

"손님. 괜찮으세요? 어떻게, 경찰이라도……"

"아, 괜찮아요. 괜찮아요."

경찰이라면 저도 한 명 알아요. 게다가 강력계예요. 나는 목을 이리저리 움직여보고 손으로 머리를 매만졌다. 손가락이 떨렸다.

범기 형은 바쁜 목소리였다. 전화기 너머로 들리는 주변이 소란스러웠다.

"신고하려면 112나 관할 파출소로 해라. 형 좀 바쁘시다. 병원 가서 진단서도 떼고. 너 방정맞게 돌아다닐 때부터 알아봤어. 뭘 그랬기에 머리채까지 잡힌 거냐?"

"신고하면 어떻게 돼?"

"뭘. 수사 들어가겠지. 왜, 어디서, 어떻게, 만났는지부터 묻겠지. 바쁜 와중에 다시 한 번 물어준다. 그 사람 왜 그랬다니?"

"몰라. 난 잘못한 거 없어."

"너. 또 녹음해놨지?"

"응."

"그거 들어보면 알겠네. 그 사람 속 뒤집어놓은 거 아냐? 그런데 너! 당사자 간 녹음은 합법이어도, 제삼자에 대한 녹음은 엄연한 불법이다!"

"알아. 그런 건 안 해. 적기 귀찮아서 나 혼자 들으려고 하는 거야."

"너 언젠가 꼭 그걸로 사고 칠 것 같아서 하는 말이야. 하여간 잘하는 짓이다. 경찰 아닌 사촌 형으로 묻고 싶은 건, 그 아저씨 한테 맞을 짓을 했나, 안 했나야. 대질하면 다 나와. 신문 문화면에 나와야지, 사회면 말고."

아무리 생각해도 이유가 떠오르지 않았지만 기분이 찝찝한 이유도 알 수 없었다. 내 대답을 기다리던 형이 농담을 던졌다.

"집에 들어가면 경호, 경찬이한테 아버지 머리끄덩이 잡혔으니 '호오' 해달라고 해라."

"참 나."

형의 농담을 웃음으로 넘겼다. 하지만 아이들 이름을 듣자 아이들이 지켜보기라도 한 것 같은 기분이 들었다.

"착한 제수씨한테 안부 전하고. 진짜 끊는다."

박물관을 나온 것은 5시가 넘어서였다. 동네 병원에 가면 6시가 간당간당할 것 같았다. 진단서를 끊는다고 해도 경찰에 신고할지 마음을 정할 수 없었다. 그를 찾는다고 해도 다시 봐야 하는 것이 싫었고, 이 사실을 모르는 사람에게 이야기하는 것도 싫었다. 녹음 파일을 다시 들어봐야 할 것 같은데 그것이 제일 싫었다.

집에 도착했지만 현관문을 열기 전에 시간이 필요했다. 아파트 난간에 기대 15층 아래 주차장을 내려다봤다. 오래된 복도식 아파트라 주차장이 좁았다. 주차장 오른쪽에 눈사람이 보였다. 동네 아이들 작품이겠지. 혹시 경호, 경찬이가 만들었을까? 아이들에게 아빠는 강하고 든든한 존재여야 한다. 테이블에 얼굴이 박혔을 때의 무력감, 무슨 일을 더 당할지 모른다는 두려움. 그것들이 아이들을 대하는 얼굴에 나타나서는 안 된다. 눈은 벌써 그쳤고, 구름 사이로 오랜만에 푸른빛이 드러났다. 하늘만 높았다. 3개월 전 끊었던 담배 생각이 났다. 담배 파는 아파트 상가가 바로 보였다. 담배가 피고 싶어지자 고개를 흔들고 뒤로 돌아도어록 버튼을 눌렀다. 문이 열리는 소리에 아이들 목소리가 들렸다.

"누구세요!"

문이 열리자 아이들이 달려왔다. 경찬이의 티셔츠 앞부분이 갈색으로 얼룩져 있었다. 초코 아이스크림 같았다. 경찬이가 말했다.

"아빠. 지원군. 지원군."

"야! 그건 반칙이지!"

경호가 동생 팔을 잡고 고개 들어 나를 봤다. 매일 동생 편만 든다는 원망 섞인 눈빛을 보냈다. 그 눈빛에서 익숙한 세계로 들어왔다는 안도감을 느꼈다. 아내는 부엌에서 저녁을 준비하고 있었다. 개수대에서 막 미역을 건져내는 중이었다.

아내에게 아이들 저녁을 먼저 먹이라고 한 뒤 씻고 나왔다. TV 앞에 앉은 아이들을 한 번 보고 식탁에 아내와 마주 앉았다. 그 남자와의 일이 머리에서 떠나지 않았지만, 그 일을 입에 올릴 생각은 없었다. 뜨끈한 미역국을 후후 불어 한 숟가락 입에 넣었다. 아내가 말했다.

"오늘 눈 왔잖아."

"응."

"아침에 어린이집 늦어서 경찬이한테 빨리 일어나라고, 눈 왔다니까 뭐랬는지 알아?"

"몰라."

아내가 맞혀보라는 듯이 내 대답을 잠깐 기다리다 아이 목소리를 흉내 냈다.

"이제 겨울이네. 그럼 겨울잠을 자야지! 이러면서 이불 속으로 쏙 들어가는 거 있지?"

"……그랬구나."

"무슨 생각해?"

"응?"

"무슨 일 있지!"

"아니. 일은 무슨."

"무슨 일 있구만. 왜? 출판사에서 더는 못 기다리겠대?"

"아냐…… 아직은."

"그럼? 병원에서 전화 왔어? 아버님 간 수치 또 올라갔대?"

"아냐."

"뭐야 그럼?"

"그냥. 글이 안 써져서."

"하루 이틀도 아니면서."

"……"

"글쎄 경호네 반에 새로운 아이가 하나 들어왔는데 덩치가 완전 초등학생이래. 오늘 아이들끼리 블록 놀이 하는데 너는 이거 해라, 너는 저거 해라 막 시키고 그랬대. 첫날인데…… 연주 엄마한테 들었어."

"뭐 별일은 없었고?"

"그게 별일이지! 아까 경호한테 새 친구 왔다며 하고 슬쩍 운을 뗐는데 별말은 안 하더라."

"그럼 괜찮은 거야."

"내일도 연주 엄마한테 물어봐야겠어. 이래서 딸이랑 아들은 달라. 연주는 집에 와서 별별 이야기 다 한다는데."

아내가 설거지를 하는 동안 TV를 봤다. 베트남의 외딴 섬으로 자원봉사 나간 사람들의 이야기였다. 자원봉사자 중 한 명이 무엇인가에 물려 급히 섬 바깥으로 나가야 하는 일이 일어났다. 사람들은 급한 마음에 소리를 쳤고, 선착장에 도착하니 하필 배가 없었다. 이상하게 가슴이 갑갑해 견딜 수가 없었다. 안방에 들어가 트레이닝복으로 갈아입었다.

"어디 가?"

"좀 뛰고 오게."

"금방 올 거야?"

"응."

마음에도 없는 말을 하고 바깥으로 나왔다. 집 근처에 하천으로 연결된 조깅 코스가 있다. 글이 안 풀리거나 답답한 일이 생기면 달리기를 한다. 막상 도착하니 눈 때문에 달릴 수가 없었다. 걷기에도 미끄러울 정도로 길이 안 좋았다. 주머니에 손을 넣고 천천히 걸었다. 냇물 가장자리에 얼음이 얼고 있었다. 실은 밥 먹을 때부터 남자의 목소리가 계속 귓가를 울리고 있었다. "네가 뭘 안다고?" 그때 그녀의 얼굴이 떠올랐다.

그 해맑은 미소가 떠오른 이유를 알 수 없었다. 그 남자와는 닮은 구석이 하나도 없는데. 만나면서 느꼈던 감정의 결도 완전히 다른데. 그녀를 만났던 사당역 커피숍이 생생했다. 조그맣고 동그란 갈색 테이블과 그녀의 손.

그녀가 비밀을 털어놓았다는 사실을 나는 어떤 가능성으로 받아들였다. 나라면 그녀를 느끼게 할 수 있다고 믿었다. 그 기회를 얻고 싶어 몇 번이나 공감했었다. "알 것 같아요." "그럼요." "이해할 수 있어요." 그런데 남자로서 여자의 불감증을 이해한다는 말이 진실이었을까? 그녀의 미소는 모호했다. 슬픈 것 같기도 하고, 아쉬운 것 같기도 하고. 그녀가 아이에게 가봐야 한다고 할 때까지 나는 변변찮은 이야기도 꺼내지 못했다. 요새도 사당역 반디앤루니스에 가면 그녀를 찾지만 그 뒤로 본 적은 없다. 왜 나에게 비밀을 털어놓았을까? 약속했던 익명성을 깨고 그녀의 이름을 물어야 했던 것은 아닐까? 그녀는 나를 만났던 것조차 잊었을 것이다. 그러나 나는 아직도 그녀의 꿈을 꾼다.

꿈은 언제나 같다. 그녀는 침대 상판에 손목이 묶인 채 누워 있다. 몸에 걸친 것은 두 눈을 가린 검정 실크 스카프가 전부다. 침대 시트처럼 하얀 살결. 그렇게 하얀 여자를 본 적이 없다. 나는 묶여 있는 그녀의 손목부터 천천히 입 맞추기 시작한다. 건조하고 부드러운 입맞춤. 입술의 부드러움을 온전히 살갗에 옮기는 느릿느릿한 시간들. 나의 입술은 손목을 지나 팔꿈치를 거쳐 팔 안쪽으로 점점이 번져간다. 입술에서 느껴지는 희고 매끈한 살결. 코끝에서 번지는 향. 향은 점점 짙어지지만 어떤 향인지 분별할 수는 없다. 오히려 예민한 것은 청각이다. 그녀의 숨소리에 온 정신을 쏟고 있다. 어느 순간 그녀의 숨소리가 빨라졌다고 믿으며 하얀 아랫배로 손을 뻗는다. 꿈은 늘 거기서 깬다.

서희연이 태어났을 때 사람들은 이렇게 하얀 아이는 본 적이 없다고 했다. 하얀 면기저귀 위에서 내젓는 팔다리가 기저귀처럼 희었다. 엄마를 닮아 하얗다고 했지만, 이름을 희연이라 지어 하얗다는 사람도 있었다. 서희연은 1957년 삼척시 도계읍에서 태어났다. 삼척시는 둘레의 3분의 1 이상이 해안이지만, 도계에서는 바다를 상상할 수 없다. 산으로 둘러싸여 손바닥 하나로 하늘을 다 가린다는 도계는 탄광촌이다.

희연이 기억하는 산은 늘 움직였다. 낯선 이의 발걸음을 사로잡는 광경이었다. 흥전갱에서 캐낸 석탄을 도계역까지 공중으로 날랐다. 산비탈을 딛고 선 철탑들은 무뚝뚝한 거인 같았다. 거인들은 양어깨에 강철 케이블을 얹고, 케이블에 달린 버킷을 메꿎게 주고받았다. 탄바가지라 부르던 버킷이 철탑을 지날 때면 글컹대는 소리가 산기슭을 울렸다. 밤에 더 선명하던 그 가공삭도

架空索道의 소리. 석탄이 도계역 저탄장에 부려지면 열차가 탄을 싣고 떠났다. 검은 속살을 내주고 케이블을 돌리며 열차를 끌던 것은 산이었고, 산은 밤낮이 없었다. 산의 숨결이 온 마을로 검게 내려앉던 시절이었다.

검은 강이 흘렀다. 갱내 폐수로 석탄 빛인 오십천이 도시를 가로질렀다. 날 때부터 오십천을 봤던 아이들은 강물이 검정인 것에 아무 의심이 없었다. 도계에 부임한 선생은 아이들 그림의 까만 물체가 강물이라는 것에 충격을 받았다.

서희연은 도둑골에서 태어났다. 도화산과 오봉산 자락이 오십천과 만나는 곳에 도둑골이라는 마을이 있었다. 정말로 도둑이 많아 도둑골이었다. 도계에서 물건이 사라지면 도둑골 소행이라 여겨졌다. 나환자와 아편쟁이도 살아 화장실에는 버려진 주사기가 보였다. 도둑이 도둑골로 도망치면 경찰도 잡을 수 없었는데, 다닥다닥 붙은 집들 중 어디로 숨었는지 알 수 없었기 때문이다.

희연은 도둑골 시절을 기억하지 못한다. 그녀가 남자 가슴을 저미도록 컸을 때, 남자들은 도둑골 이야기를 묻곤 했다. 힘들지 않았냐고 묻는 선량함 너머로 희연은 다른 마음이 보였다. 그들이 찾는 것은 함부로 하고 싶은 빌미였다. 그 마음을 느낀 뒤로는 그냥 잘 지냈다고만 답했다. 하지만 도둑골이 기억나지 않는 것은 이해할 수 없었다. 적어도 느티나무는 기억나야 했다. 천년도 넘게 살아 도계 사람이면 누구나 아는 나무. 희연도 나무를 기억하지만 도둑골 시절 훨씬 뒤의 모습이다.

봄이 되자 느티나무는 초록의 축포를 열 길 높이로 쏘아 올렸다. 겨울 색을 털어내는 거대한 나무를 하얗게 알금솜솜한 벚꽃들이 둘러섰다. 세찬 바람에 눈송이처럼 꽃잎이 흩날리자 희연은 엄마 손을 잡았다. 희연의 손바닥에는 그 헐거웠던 손의 윤곽이 늘 남아 있는 것 같았다. 도둑골은 2003년 태풍 매미에 완전히 사라졌다. 하지만 나무는 여전히 건재하다. 천연기념물 제95호 긴잎느티나무는 도계의 명물이고 매년 영등제가 열린다.

희연의 가장 오래된 기억은 일곱 살 무렵이다. 1963년 8월. 아버지 서석현이 탄광에 취직해 전두리 고개사택으로 이사한 직후다.

아직은 골목이 낯선 때였다. 겹겹이 둘러싼 골목은 늘 다른 골목으로 자신의 끝자락을 찔러 넣었다. 술래잡기를 하던 희연은 어느 순간 아이들이 안 보이자 겁이 났다. 희연은 달음박질이 빨라 자신도 모르게 너무 많은 골목을 돌았다. 이름도 몰라 아이들을 부를 수도 없었다. 좁은 길을 돌고 돌아 마을 어귀로 나와서야 마음이 놓였다. 갱에서 내려오는 길목이었다. 햇살이 호박색으로 변하고 그림자가 자라나는 시간. 시끄러운 소리가 들렸다.

퇴근하는 광부들의 행진 소리였다. 비탈길을 내려오는 고무장화들은 오리 소리를 냈다. 무릎이 불룩한 바지들이 희연 앞을 지났다. 아버지를 본다는 생각에 안심하며 벽에 기대앉았다. 치맛단이 땅에 닿는 것을 느껴 반쯤 일어나 치마를 감고 다시 앉았다. 검은 얼굴은 모두가 비슷했다.

손가락 두 개만 한 돌이 그녀 앞으로 굴러왔다. 희연은 누가 찾는지 궁금해 둘러봤지만 눈이 마주치는 사람은 없었다. 그때 바지 하나가 앞에 섰다. 고개를 들자 거무튀튀한 얼굴이 말했다.

"야. 너 참 하얗다."

웃음 섞인 목소리였다. 남자는 희연을 내려 보다 쪼그려 앉았다. 석탄 냄새와 땀내도 내려앉았다. 그녀의 시야에서 길이 사라졌다. 남자는 희연의 볼을 오른손으로 감싸고 엄지손가락으로 두 번 훑었다.

"볼이 꼭 애기 궁둥짝 같네."

그 손가락은 더 나아가 희연의 귓불을 조물조물거렸다. 남자는 잠바에서 구겨진 갈색 종이봉투를 꺼내 희연에게 건넸다. 손톱에 검은 때가 잔뜩 껴 있었다. 희연은 오른손으로 봉투를 받고 왼손으로는 자신의 볼을 쓸어 손바닥을 봤다. 검댕이 묻었을지 몰라서였다.

"펴 봐."

남자가 건넨 봉지는 입구가 말려 있었다. 봉지를 펴자 여러 색깔의 동그란 사탕들이 담겨 있었다. 주머니에 오래 있었는지 녹아서 붙어 있는 것들이 많았다.

"드로프스다. 먹어도 돼."

남자가 봉투에 손을 집어넣더니 노란색 사탕 하나를 꺼내 눈앞에 들이밀었다.

"괜찮다니까."

희연은 사탕을 받아들어 천천히 입에 넣었다. 턱밑이 뻐근해지며 신 침이 솟았다. 남자가 웃으며 머리를 쓰다듬었다. 누군가 부르는 소리에 남자가 일어나더니 비탈길 아래로 손을 흔들었다. 그리고 말도 없이 내려갔다. 희연도 일어나서 자기가 나왔던 골목으로 들어갔다. 아이들에게 사탕을 자랑하고 싶었다.

언제부터 이 장면이 떠올랐는지 희연은 기억한다. 아이를 낳고 얼마 뒤 생생한 꿈을 꿨다. 잠을 깨서도 턱 밑이 아리고 달콤한 향이 맴도는 것 같았다. 까맣게 잊었던 일이 왜 떠올랐을까. 그 시절이라면 고개사택이 더 기억날 법한데. 고갯길처럼 올라야 했던 계단들. 십자로 금이 나 있던 맨 꼭대기 계단. 그 계단에 올라서면 늘 숨이 찼는데. 마당에 들어서면 바로 보이던 갈색 나무문. 겨울이면 손바닥이 달라붙던 차가운 문손잡이. 식구 같던 사람들. 순이 이모, 미자 언니, 영숙이 엄마. 탄바가지가 땅으로 떨어지기라도 하면 모두들 일제히 탄을 담으러 달려 나왔다. 그 모든 것이 잿빛으로 변했는데도 사탕이 담겨 있던 봉투와 검댕 묻은 손이 생생해서 희연은 속상했다.

도계는 풍요로운 불모지였다.

희연네가 전두리로 이사한 1963년도에는 배가 고파 나무껍질을 벗겨 먹던 사람들이 실재했다. 그때도 광부의 집은 쌀밥을 먹었다. 월급을 쌀로 받았는데 한 달에 한두 가마는 족히 받았다. 남는 쌀로 물건도 샀다. 광부 모집 경쟁률은 늘 10 대 1이 넘었고, 50 대 1이 나오기도 했다. 사람들은 전국에서 몰려왔다. 당시 도계의 덕전공립국민학교는 학생 수가 4천 명이 넘어 강원도에서 가장 큰 학교였다. 운동회를 이틀에 걸쳐 열었고, 청군 백군에 홍군도 만들어야 했다. 도계에는 이주민이 많았는데, 그래서 더 강한 유대감을 형성하기도 했다. 탄광에 입사하면 첫 월급이 나오기 전까지 두세 달을 버텨야 했다. 처음 본 이웃이 선뜻 돈을 빌려줬다. 노력만 하면 다 함께 풍요로워질 수 있다는 희망이 도계에는 있었다.

사람들은 불모지라는 말을 자주 썼다. 방진 시설이 없던 때라 탄가루가 사방에서 날렸다. 집에 돌아와 벗은 양말은 늘 거무튀튀했다. 바람이 심할 때는 하늘마저 까맣게 변했다. 비가 오면 도시 전체가 진창으로 변해 장화 없이는 다닐 수가 없었다. 여름에 모기가 없는 것도 탄가루 때문이라 했다. 주거 공간도 열악했다. 상수도와 하수도는커녕 공동 수도와 공동 화장실을 썼다. 네집, 여섯 집이 한 지붕을 썼고, 다른 집과의 경계는 나무판자 하나가 전부였다. 옆집에서 무슨 말을 하는지, 무슨 반찬을 먹는지 다 알았다. 집집마다 두는 라디오는 벽을 넘어가는 부끄러운 소리를 감추기 위함도 있었다. 희연네가 이사한 집도 네 식구가 한 지붕을 썼다. 사람들은 그 집을 '고개사택'이라 불렀다.

고개사택은 그 집 사람들이 붙인 이름이었다. 광업소가 제공하는 사택은 아니지만 광부 가족만 살고, 고개만 한 계단을 올라야 한다는 탄식이 담겨 있었다. 좁고 가파른 계단을 오르면 왼편에 고개사택이 나타났다. 까만 루핑 지붕 밑으로 길 쪽과 반대편에 두 개씩 문을 낸 집이었다. 희연네는 길가 왼쪽 문이었다. 고개사택 사람들은 희연의 아버지 서석현이 집을 보고 간 뒤, 저 키로 어떻게 광부가 됐냐고 갸웃거렸다. 모두들 오래 못 버틴다고 했다. 석현은 남들보다 머리통 하나가 더 컸는데, 갱에서 크다는 것은 그만큼 더 구부려야 함을 뜻했기 때문이다.

석현의 이름이 동네에서 오르내렸다. 광부 하나 이사 온 것이 별일은 아니고, 괴팍한 성질머리나 키 때문도 아니었다. '그 여자 남편'으로 이름이 돌았다. 남자들은 여기 있을 여자가 아닌 여자가 나타났다고 했다. 남자들은 고개사택 사람들을 통해 '오애란'이라는 이름을 알아냈다. 애란은 멍하게 있는 일이 많았는데도 남자들은 그녀의 웃는 모습을 기억했다. 그녀의 눈빛이 흐려져야 얼굴을 탐했으면서도 말이다.

애란은 이사 와서 불안해했다. 깨지기 쉬운 그릇을 들고 안절부절못하는 사람 같았다. 애란은 희연에게 자주 입조심을 시켰다. "쓸데없는 소리 하지 마라.""사람들이 우리를 싫어할지 모른다." 고개사택 여자들은 애란에게 친절을 보였지만, 원하던 반응을 얻지 못하자 곧 불쾌해했다. 옆집 순이만은 속도 없다는 말을 들으면서도 애란에게 살가웠다. 희연 때문이었다.

아이가 안 생기던 순이는 희연을 볼 때마다 안아보려 했다. 순이는 이렇게 예쁜 아이는 없었다고 단언했다. 희연을 품에 안고 둥실둥실 흔들며 좀처럼 놔주지 않았다. 희연은 엄마와는 다른 흐벅진 품에서 근사한 로션 향기를 맡았다. 오렌지 향이라는 것을 몰랐을 때였다. "내 딸 하자, 희연아." 웃음 섞인 목소리는 무엇이든 들어줄 것처럼 달콤했다. 둥근 얼굴에 살집 많은 순이는 미인은 아니어도 비로도 한복이 몇 벌씩 걸려 있는 멋쟁이였다. 순이의 옷과 로션을 장만해주는 남편은 실력 좋기로 소문난 광부였다. 순이보다 키는 작아도 노래를 잘해 '송가수'라 불렀다.

희연은 고개사택에서 관심과 보호를 받는다는 것이 어떤 것인지 알았다. 맏언니인 미자 언니는 기차놀이를 할 때 자기 뒤에서 허리를 잡게 했고, 영숙이 언니는 제일 무거운 공기를 몰래 내주었다. 순이 이모는 희연에게 종종 말했다. "우리 집 와서 자. 그래야 동생 생긴다." 희연이 동생 만든다며 순이 이모네서 자겠다고 하면 석현은 쪼끄만 게 별소리를 다 한다고 소리쳤다. 아버지 호통에 놀란 희연은 잠자코 벽에 바짝 누웠는데, 순이 이모네 쪽 벽이었다.

순이의 도움으로 애란도 차츰 고개사택 생활에 익숙해졌다. 고개사택 생활은 공동체 생활에 가까웠다. 탄광촌 여자들에게 가장 큰일은 빨래였다. 탄가루는 아무리 방망이질을 해도 잘 떨어지지 않았다. 고개사택 여자들은 함께 빨래를 다녔고, 하루 중 빨래터에서 가장 많은 이야기를 나눴다. 애란도 순이와 함께 다니며 조심스럽게 입을 열더니, 첫 월급날에는 부침개를 해놓고 여자들을 불렀다. 그날은 애란도 많이 웃었다. 하지만 손님들이 돌아가자 애란의 웃음도 사라졌다. 희연은 벽에 귀를 대고 앉은 엄마에게 왜 그러느냐고 물었다. 희연은 눈을 치뜨고 조용히 하라며 검지를 입술에 대는 엄마가 이상했다.

광업소는 한 달에 한 번 쉬었다. 희연네가 이사 오고 두 번째로 광업소가 쉬던 날, 고개사택 사람들은 나들이를 갔다. 청명한 9월 말 아침, 허리 아픈 미자네 할머니만 빼고 열다섯 명이 도계역으로 향했다. 오른쪽 눈꺼풀이 반만 떠지는 미자 아버지가 회장이자 총무로 기차표를 끊었다. 미자 엄마가 늦둥이 석호를 업고 힘들어했다. 다섯 식구가 한방에서 지내며 어떻게 늦둥이를 만들었는지 사람들은 궁금해했다. 미자가 영숙네 딸 셋을 이끌며 걸었고, 그 뒤로 순이네와 희연네가 뒤따랐다.

사람들은 하고사리역에 내려 신기골 계곡으로 접어들었다. 현란하고 울창한 단풍이었다. 단풍이 채 가리지 못한 하늘은 원근이 사라진 색감으로만 존재했다. 시내와 오솔길이 연애하듯 밀고 당기며 계곡을 올랐고, 어느 순간 확 넓어진 물이 길을 감싸안았다. 냇물은 그 여름 장대비를 드문드문 남빛으로 추억했다.

고개사택 식구들은 큰 바위 아래 자리를 잡았다. 여자들은 주먹돌로 솥 놓을 곳을 만들고 챙겨온 식사거리를 펼쳤다. 남자와 아이들은 편을 갈라 물고기 잡기 시합을 했다. 진 쪽은 벌칙으로 노래를 불러야 했다. 남자들은 바지를 끝까지 걷어 올렸다. 절벽거리는 허벅지와 치들리는 엉덩이들. 돌이 뒤집히고 물고기가 채어 들렸다. 얼큰한 매운탕 냄새가 진동하자 미자 엄마가 탕에 밥을 말아 한 대접씩 돌렸다.

막걸리 주전자가 오가자 회장님이 어서 진 쪽은 노래를 부르라 했다. 사람들은 애란의 노래를 좀 들어보자고 했다. 애란은 손사래를 치며 얼굴을 붉혔다. 애란이 난처한 표정으로 석현을 바라보자 미자 아버지가 석현에게 선수를 쳤다. "희연 아빠는 제수씨 아까워서 입갱은 어떻게 해?" 사람들이 권하는 말을 멈추지 않자 갑자기 애란의 표정이 차갑게 굳어버렸다. 다른 사람이 된 것 같은 표정 변화에 분위기가 어색해졌다. 석현이 찡그리며 애란에게 뭐라고 하려는데 순이 남편이 슬머시 일어섰다. 일어서서 싱긋 웃는 송가수를 향해 한마디씩 했다. "저 양반은 시키지도 않았는데……" "또 송가수야?"

송가수는 못 들은 척 노래를 시작했다. 나직하고 여린 목소리가 두런거리는 소리를 잠재웠다. 그렇게 현미의 63년도 히트곡인 〈보고 싶은 얼굴〉이 신기골 골짜기에도 울려 퍼졌다. 쓸쓸한 목소리가 '허황한 거리'를 그려내자 남자들은 여자들이 모르는 곳에 가버린 것 같았고, 여자들은 눈을 감은 송가수를 올려다봤다. 남편을 보는 순이 얼굴이 제일 빨갰다. 노래가 끝나자 사람들은 송가수에게 술 한 잔씩 따라주며 신청곡을 말했다. 영숙이 아버지가 부탁한 〈노란 셔츠의 사나이〉가 분위기를 바꿨다. '노오란 샤쓰 입은'이 송가수의 입에서 신나게 터져 나오자 남자들은 일제히 젓가락으로 사발을 두드렸다.

희연네도 고개사택의 일원이 되어갔다. 광부는 3교대 근무라 8시, 16시, 24시에 돌아가며 출근했다. 근무가 같은 남자들은 함께 집을 나섰다. 집에 남은 남자는 다른 집의 힘쓰는 일도 해주는 법이었다. 여자들은 서로의 아이를 봐주고, 김장을 같이 하며, 함께 물건 값을 깎았다. 사람들은 '우리 고개사택 식구들'이라는 말을 자주 했다. 고향 갔던 이웃이 돌아올 날이면 옆집이 미리 연탄불을 피워주는 법이었다. 문은 늘 열려 있었으니까.

1964년 희연은 덕전공립국민학교에 입학했다. 순이 이모가 사준 보라색 벨벳 머리핀을 하고 입학식에 갔다. 선생님은 희연의 이름을 입학식 날 바로 외웠다. "이름이 희연인데 얼굴도 참 희다." 그 말이 아이들 뇌리에도 남았다. 희연의 짝꿍은 잠시도 가만있지 못했다. 코를 후비적거린 손을 여기저기 문댔다. 선생님이 책을 읽으면 왼손을 책상 서랍에 넣고 희연에게 가위바위보 중 어떤 것인지 맞혀보라고 했다. 희연이 모른 척하면 앞에 앉은 아이를 쿡 찌르고 자기가 아니라는 표정으로 희연을 가리켰다. 그 진지한 표정이 얼마나 능청맞은지 분해서 꼬집지 않을 수가 없었다. 이름이 한성원이었다. 장난치지 말래도 들은 척도 안 하고, 쫓아가서 등짝을 때려도 그때뿐이었다. 쉬는 시간이면 교실과 복도를 뛰어다녀 땀에 젖은 쉰내를 풍기며 옆에 앉았다.

희연은 송가수 아저씨를 보면 성원이 생각났다. 성원이가 의자를 밀고 머리를 잡아당기면 아프고 화가 났다. 하지만 눈이 마주치면 이 아이가 왜 웃는지 알았고, 마음이 부풀어 오르는 기분을 느꼈다. 그 눈빛을 아저씨에게서도 봤다. 일 끝내고 돌아와 엄마와 마주칠 때면 아저씨는 더러운 손을 뒤로 감추고 고개를 꾸벅 숙였다. 쌀가마니를 넣어주는 날이면 노래를 흥얼거리며 엄마에게 이것저것을 물었다. 늘 반쯤 웃고 다니던 아저씨는 희연에게 묻기도 했다. "엄마도 어릴 적에 너처럼 예뻤니?" 희연은 그 대답이 자기 것이 아님을 알았다. 희연은 아저씨의 눈길이 건성으로 자신에게 머물다 엄마에게로 넘어가는 것을 보았다. 간혹 통명스럽던 엄마도 아저씨 이야기에 웃음을 참지 못하며 눈을 흘겼다.

고개사택 사람들은 석현이 송가수에게 깍듯한 것을 신기해했다. 석현은 띠동갑인 미자 아버지에게도 눈을 부라렸기 때문이다. 미자 아버지는 송가수가 석현에게만은 기술을 알려줘서 그렇다고 했다. 갱에서는 선산부先産夫와 후산부後産夫가 조를 이뤄 작업했다. 선산부의 능력이 후산부의 수입과 생명도 좌우해서, 후산부는 선산부 말이라면 무조건 따르는 법이었다. 같은 조는 아니었어도 송가수는 선산부였고, 석현은 후산부였다. 영숙 아버지는 그게 아니고 석현이 송가수를 멋있게 보는 것이라 했다. 송가수가 사람 구한 일은 유명해서, 술집에서 모르는 이가 술을 권하기도 했다. 갱에서 미세한 탄가루가 떨어지면 이슬이 내린다며 위험한 조짐이라 여겼다. 송가수가 이슬이라며 다짜고짜 사람들을 끌고 나간 적이 있었는데, 잠시 후에 갱이 무너졌다. 그 사고로 송가수는 유명해졌다.

사고는 잊을 만하면 터졌다. 광업소는 구조 작업이나 병원 후송에 방해된다는 이유로 사고 수습이 끝나야 가족에게 알렸다. 일단 사고 났다는 말이 퍼지면 출근한 광부의 아내는 남편이 퇴근하기를 기다리느라 애가 탔다. 출근하지 않은 광부들은 지금 집에 있다는 사실에 은밀한 안도감마저 느꼈다. 갱 어딘가에는 확실한 죽음이 있었고, 매일 아침 입갱하는 남자들은 그 생각을 떨쳐버리려 애썼다. 그래서인지 광부에게는 금기가 많았다. 특히 여자와 관련된 금기가 많았는데, 출근할 때 여자가 앞을 가로지르면 출근을 안 할 정도였다.

1967년 석현은 선산부가 됐다. 걸핏하면 후산부의 안전모를 때려 악명이 높았지만 실력만큼은 알아준다고 했다. 애란은 얼굴에 살이 붙어 인상이 부드러워졌다는 말을 들었다. 희연은 4학년이 됐고 운동회 때 계주 선수로 뛰었다. 미자는 삼척에 있는 고등학교에 진학해 고개사택을 떠났다. 송가수는 회사 노래자랑에서 남진의 〈마음이 고와야지〉를 불러 돼지고기를 탔다. 송가수가 호명되자 고개사택 사람들이 일제히 박수 치며 일어섰다. 다 함께 고개사택으로 돌아와 고기를 삶고 막걸리를 마셨다. 송가수는 그 자리에서 한 번 더 노래를 불렀다. 장단을 맞추던 그 누구도 그것이 송가수의 마지막 노래일 줄은 몰랐다.

희연이 4학년 여름방학을 며칠 앞두고 집에 오는 길이었다. 집에 다 와서 송가수 아저씨의 목소리를 들었다. 고개사택 계단 밑에서도 들리는 목소리는 노랫소리가 아닌 고함 소리였다. 희연은 무슨 일인가 해서 계단을 뛰어올랐다. 사람들이 집을 둘러싸서 헤치고 들어가야 했다. 사람들 다리 사이를 빠져나오니 송가수 아저씨가 순이 이모를 막아서고 있었다. 이모가 아저씨를 제치고 다가서려는 사람은 엄마였다.

"아니라니까 이 사람이!"

"아냐? 뭐가 아닌데? 말을 해보라고! 뭐가 아닌지를!"

희연은 소리치는 순이 이모를 봤다. 무슨 일인지 몰라 엄마를 바라봤지만, 엄마는 말없이 서 있었다.

"니가 나한테 이럴 수 있냐?"

분에 차서 어쩔 줄 모르는 순이 이모의 목소리. 희연은 이모의 이런 목소리가 처음이었다. 엄마의 표정은 그래도 달라지지 않았다.

"그런 거 아니라고! 들어가! 들어가서 말하자고!"

희연은 아저씨의 붉은 얼굴도 낯설었다. 희연이 봐왔던 아저씨의 붉은 얼굴은 술 먹고 기분이 좋다는 표시였다. 그런데 지금은 무슨 일을 낼 것 같은 독기가 보였다. 갑자기 순이 이모가 진저리를 치며 아저씨의 손을 밀치고 엄마에게 소리쳤다.

"너, 소문처럼 정말 그런 애였니!"

희연은 다른 사람들처럼 이모가 외치는 소리에 엄마 쪽으로 고개가 돌아갔다. 엄마의 눈길이 하늘로 향하고 입이 벌어지더니, 긴 숨을 내뱉으며 어깨가 내려앉았다.

"이게 미쳤나? 어따 대고!"

이모를 밀치는 아저씨의 손길을 희연은 곁눈으로 보았다. 이모는 밀려서 몇 걸음 물러나더니 이해할 수 없다는 표정으로 고개를 흔들었다.

"야! 어떻게…… 니가 어떻게 나한테!"

희연은 억울해서 눈물이라도 흘릴 것 같은 이모가 불쌍했다. 평소처럼 아저씨가 머리를 긁적이며 얼른 잘못했다고 말했으면 싶었다. 갑자기 이모가 아저씨 멱살을 잡으며 달려들었다. 아저씨는 힘에 부쳐 뒷걸음질하다 주먹으로 이모의 관자놀이를 후려쳤다. 희연의 몸이 움찔했다. 양손으로 얼굴을 감싸며 주저앉는 이모를 아저씨가 잡고 뒤로 당겼다. 이모를 데리고 집으로 들어가려는지 문 쪽으로 잡아끌었고, 이모는 들어가지 않으려고 발

버둥을 쳤다. 이모가 몸을 돌려 아저씨의 손을 물려고 하자 아저씨가 주먹으로 머리를 내리쳤다. 주먹이 한 번 엇나갔는데, 그 뒤로는 욕과 함께 분이 서린 주먹이 쏟아졌다. 이모는 얼굴을 감싸며 무너져 내렸다. 희연의 가슴이 서늘해졌다. 누가 좀 말렸으면 했지만 아무도 움직이지 않았다.

"또 이 지랄이냐! 이 지랄! 이놈의 의심병은 어째야 없어진다니? 응?"

아저씨는 기어이 이모를 끌고 집 안으로 들어갔다. 고함 소리는 들어가서도 계속됐다. 마당에는 엄마만 남았다. 사람들의 시선이 엄마로 향했다. 희연도 다른 사람들처럼 엄마를 봤지만 그쪽으로 다가갈 수 없었다. 오히려 엄마와 눈이 마주치면 어쩌나 싶어 눈을 밑으로 내렸다. 엄마는 천천히 문 쪽으로 몸을 틀었다. 걸음걸이가 어색했다. 주위를 둘러보지 않고 고개 숙인 채 한 발짝씩 걸었다. 집에 들어가 문을 닫을 때도 뒤를 보지 못해 문고리를 잡는 손이 더듬거렸다. 사람들은 아저씨 집에서 들리는 소리가 잠잠해질 때까지 있을 모양이었다. 누군가 수군거리기 시작했다. 그 소리가 희연에게도 전해졌다. 그 말을 들은 희연은 뒤를 돌아 계단을 내려갔다. 발이 후들거려 넘어질까 정신을 똑바로 차려야 했다.

희연은 학교로 갔다. 운동장 나무 밑에는 공기놀이를 하는 아이들이 있었다. 한쪽 귀퉁이에 쪼그려 앉아 끼워달라고 말했다. 아이들은 제각기 자신의 연수를 쌓으며 공기를 공중으로 띄웠다. 희연은 아이들의 손끝에서 움직이는 공깃돌을 봤지만 조금 전의 모습들이 계속 떠올랐다. 끌려갈 때 이모의 신발 한 짝이 벗겨졌다. 주먹을 내리칠 때 아저씨 입에서는 침이 흘렀다. 사람들이 한마디씩 했다. 도둑골에서 온 년. 원체 헤픈 년.

"너 차례! 안 하면 나 한다?"

옆에 앉은 아이가 어깨로 툭 치며 말했다. 희연은 그 아이의 신경질이 이상하게 고마웠다. 재빨리 공깃돌을 집어 들었다. 흙바닥을 훑은 손바닥이 버석거렸다. 몇 번을 쥐었다 폈는데도 손 안의 공깃돌이 어색했다. 숨을 가다듬고 바닥에 있는 공기를 공들여 집었다. 손등에 얹은 돌을 채어 잡을 때는 절대로 놓치면 안 될 것 같았다. 아이들이 하나둘 집에 갈 때마다 희연은 조금 더 놀자고 붙잡았다.

마지막 아이도 집에 가고 해가 지기 시작해서야 집으로 돌아왔다. 희연은 천천히 계단을 올랐는데 거짓말처럼 마당이 비어 있었다. 마당에 들어서며 누가 보는지 주위를 살폈다. 문손잡이를 잡았을 때는 자기 마음을 알 수 없었다. 이 문고리를 더듬던 엄마의 손, 끌려가던 순이 이모와 주먹질하던 아저씨의 표정. 엄마를 등지고 뛰어 내려갔던 계단들.

문을 열자 광주리에 담긴 부침개가 보였다. 희연은 광주리 바깥으로 삐져나온 부침개가 너저분해 보였다. 답답한 기름 냄새 사이로 벽에 기대앉은 엄마의 두 다리가 보였다. 엄마가 보고 있는 벽 너머가 순이 이모네였다. 저 벽 너머에서 외치는 소리가 다 들렸을 텐데. 희연이 들어갔을 때는 벽 너머에서 아무 소리도 들리지 않았다. 아니. 고개사택이 이렇게 조용한 적은 없었다.

한동안 문턱에 앉아 있던 희연은 무엇인가 해야 한다고 생각했고, 부침개 광주리를 방 안으로 가져갔다. 광주리를 엄마 옆에 내려놨다. 엄마는 고개도 돌리지 않고 말했다.

"너 먹어."

희연은 엄마 옆에 앉아 손으로 부침개를 잘랐다. 부침개는 차갑고 미끄러웠다. 엄마 입에 가져가려 손을 뻗자 엄마가 손을 밀쳐냈다. 희연은 벽에 기대앉아 엄마가 보는 쪽을 보며 부침개를 입에 넣었다. 고소한 맛 뒤로 매콤한 맛이 났다. 희연이 좋아하는 김치부침개였다. 배가 고팠다는 것을 느꼈고, 다시 한 조각을 떼서 엄마 입으로 가져갔다.

"가라고! 좀!"

엄마는 희연의 머리를 떠밀었다.

희연은 어두컴컴해지는 방이 싫었지만 불을 켤 수 없었다. 엄마가 싫어할 것 같았다.

희연은 캄캄한 방에서 아버지가 오는 소리를 들었다. 대문이 열리고, 발걸음 소리가 들렸다. 방문이 벌컥 열렸을 때, 희연은 아버지가 화를 낼까 무서웠다. 아버지는 조용히 들어와 불을 켰다. 희연은 눈이 부셔 실눈을 떴다.

아버지는 화난 것이 아니라 지쳐 보였다. 엄마는 벽을 보고 가만히 앉아 있었다. 아버지가 말했다.

"낮에 뭔 일 있었다고?"

희연은 엄마를 봤지만 엄마는 벽을 보고 있을 뿐 돌아보지 않왔다. 아버지는 검정 잠바를 방에 던져놓고 씻으러 부엌으로 내려갔다. 탄가루 묻은 얼굴을 따뜻한 물로 씻도록 물을 끓이던 아궁이에는 아무것도 없었다. 희연은 엄마와 부엌을 번갈아 보다 엄마 대신 아버지 잠바를 벽에 걸었다. 씻고 들어오던 아버지가 수건으로 얼굴을 털며 아무렇지 않게 말했다.

"그게…… 참말이냐?"

"미쳤구나 너!"

느닷없이 소리치는 엄마 목소리에 희연은 깜짝 놀랐다. 하지만 엄마의 화난 표정과 날카로운 목소리에 이상하게 안심이 되었다. 내색할 수 없는 기쁨이 차올랐다. 그런데 아버지 표정이 묘하게 바뀌었다. 혀를 차더니 엄마 곁으로 다가갔다. 아버지의 커다란 손이 엄마의 머리채를 잡아채서 비틀었다. 그래도 엄마는 아버지 눈을 똑바로 노려봤다. 그때 부엌에서 대문 열리는 소리가 들렸다.

"동생, 나야. 잠깐 들어갈게."

송가수 아저씨였다. 아버지의 손아귀가 풀어지자 엄마는 다시 벽을 향했다. 부엌을 지나 방문 앞에 선 아저씨는 막걸리 주전자를 들고 있었다. 희연은 아무렇지 않은 아저씨 표정을 보자 이모는 괜찮냐고 묻고 싶었다. 아저씨는 손에 든 주전자를 어디다 놓을지 망설이는 것 같았다. 희연은 얼른 부엌으로 가서 양은 밥상과 사발 두 개를 들고 방으로 들어왔다. 아버지가 소리쳤다.

"이 기집애가! 너 뭐 해!"

희연은 꼼짝 못 하고 그 자리에 섰다. 아저씨를 보는 아버지 표정이 너무 무서웠다. 아저씨는 부드러운 목소리로 말했다.

"동생한테 할 말이 있어."

"너 미자네 가 있어!"

희연은 아버지의 큰 소리에 바로 상을 내려놨다.

"괜찮아. 얘도 있어도 돼."

희연은 자신이 내려놓은 상에 주전자를 얹더니 조심스레 들고 가는 아저씨의 뒷모습을 보았다. 허리를 숙여서인지 오늘따라 작아 보이는 아저씨가 상을 아버지 발 앞에 내려놨다.

"동생. 잠깐 앉아봐. 말 좀 들어보라고."

아저씨는 상 앞에 앉더니 사발을 아버지 쪽에 놓고 술을 따랐다. 희연은 아저씨를 내려다보는 아버지가 무슨 짓을 할까 조마조마했다. 아저씨는 자기 사발에도 술을 따랐다.

"순이 넌…… 맞을 만큼 맞았어. 그년도 알고 보면 불쌍한 년이야."

희연은 제발 아버지가 앉았으면 싶었다. 그러나 아버지는 아저씨를 보며 가만히 서 있었다.

"우리도 희연이 같은 애 있으면 안 이랬어. 동생. 오해도 말고, 미워도 말아. 나랑 집사람 모두. 글쎄 잠깐 앉아보라니까!"

아저씨가 아버지 바지를 한 번 잡아당겼는데도 아버지는 꿈쩍 안 했다. 아저씨가 갑자기 뒤를 돌아봤다. 희연은 아저씨와 눈이 마주치자 고개를 숙였다.

"자식새끼 나는 진즉에 맘 비웠어. 그런데 나만 그러면 뭐해? 지도 말은 잊었다고 하지. 그런데 나한테 희연이 얘기하는 거 보면 웬걸. 이 사람 죽을 때까지 못 놓겠구나. 옷을 사줘도, 반지를 끼워줘도 그때뿐이구나. 마음 한구석은 늘 허전하구나. 오늘 가마니 들이는 날이라 내가 동생 꺼 실어다 방에 넣어줬어. 그게 다야. ……그래! 농지거리 한 번 했다! 희연이 동생 언제 생기냐고. 낳기만 하면 우리가 키워준다고. 둘이 서로 웃는데…… 제수씨! 죄송합니다, 제수씨! 순이도 불쌍한 년이에요. 저년 정 많은 거 아시잖아요?"

희연은 슬쩍 엄마를 쳐다봤지만 엄마는 들은 척도 않고 벽만 보고 앉아 있었다. 아저씨는 사발을 비우더니 다시 술을 따르며 아버지에게 말했다.

"둘이 웃는 걸 보고 그년이 뒤집어진 거야."

"……"

"동생은 처음이지만 나는 아냐. 앞도 뒤도 없어! 별안간 뒤집어져서 제수씨한테 덤벼드는데…… 사람마다 민감한 게 있잖아. 순이도 그래. 그게 한번 뒤집어지면 지도 감당을 못 한다고!"

아버지가 자리에 앉더니 목이 탔는지 자기 앞에 있는 사발을 급히 들이켰다. 희연은 아버지가 사발을 들이켜자 조금 마음이 놓였다.

"형수님이 실없는 소리 하는 사람은 아니잖아요?"

"응?"

아버지는 아저씨에게 무슨 말을 더 하려다 참는 것 같았고, 고개를 돌려 엄마를 노려봤다. 희연은 아버지 눈빛에 겁이 났다.

아버지는 사발에 술을 따르고는 반쯤 마시고 내려놨다. 아저씨가 주전자를 들더니 아버지 사발에 술을 따르며 말했다.

"나는 제일 속상한 게…… 우리 고개사택 사람들…… 우리 한 지붕 밑에서 한 식구처럼 살았잖아. 그게 깨지는 게 싫어. 우리 때문에 그렇게 되는 것은 더 싫고."

"참 나! 고상하신 양반 나셨네. 그게 신경 쓰여요?"

갑자기 엄마가 돌아앉으며 외치자 희연은 또 겁이 났다.

"……"

"나는요? 나는 어떤 사람이 됐는데요?"

"제수씨에게는 정말 드릴 말씀이 없습니다. ……동네 사람들도…… 곧 다 알게 될 거예요."

"뭘요? 뭘 어떻게 알 건데요! 네?"

"조용히 안 해? 동네 시끄럽게 이게 어디서!"

순간 아버지가 사발로 밥상을 내리쳤고, 모두 조용해졌다. 희연은 자신의 얼굴에 튄 술을 고개 숙여 닦았다. 아버지가 무서웠지만 슬쩍 눈을 들어 살펴보지 않을 수 없었다. 엄마가 걱정됐기 때문이었다. 다행히 아버지는 숨을 크게 한 번 몰아쉬고, 엎어진 주전자를 들어 자기 사발에 술을 따르며 아저씨에게 말했다.

"됐으니까 그만 가요."

아버지가 아저씨를 보며 한 번 더 눈을 부릅뜨자 아저씨는 슬며시 자리에서 일어났다. 희연은 아저씨의 뒷모습을 노려보는 아버지가 무슨 생각을 하는지 알 수 없었다. 아버지는 주전자를 들어 사발에 술을 따르다 술이 별로 없자 주전자를 벽으로 던져버렸다. 그 소리가 너무 컸고, 주전자 덜그럭거리는 소리가 멈추자 고개사택은 더 조용해진 것 같았다. 자리에서 일어난 아버지는 벽에 걸린 잠바를 들고 밖으로 나가버렸다.

들큼한 냄새가 번져갔다. 희연은 걸레로 방을 닦기 시작했다. 엄마 옷에 묻은 술을 닦으며 엄마 얼굴을 봤다. 엄마는 벽만 보고 있었고 화난 것처럼 보였다. 하지만 희연은 아까보다 훨씬 엄마가 좋아졌다. 배도 고팠다. 엄마도 저녁을 먹지 않았다는 것이 생각났고, 다시 부침개라도 갖다 주고 싶었다. 엄마가 자기를 쳐다보지 않아 속상했다.

그날 밤 희연은 아버지가 들어오는 것을 몰랐다. 다음 날 아침 아버지가 웩웩거리는 소리에 깼고, 엄마는 북엇국을 끓였다. 희연은 아버지와 엄마가 밥상에 마주 앉은 모습이 좋았다. 아버지는 그날 밤도 술에 취해 들어왔다. 순이 이모는 바깥출입을 하지 않아 얼굴을 볼 수 없었다. 희연은 순이 이모가 걱정됐지만 엄마 앞에서 내색할 수 없었다.

희연이 순이 이모를 본 것은 이틀 뒤였다. 이모는 관자놀이와 입술이 퍼렇게 부어 있었다. 한쪽 눈은 제대로 뜨지도 못했다. 그래도 예전처럼 희연을 안아주었고, 잘 지냈냐며 호박엿 하나를 손에 쥐여주었다. 희연은 그 품이 눈물 나게 고마웠다.

고개사택 사람들은 조심스러워졌다. 벽을 넘나드는 말소리가 작아졌고, 다른 이의 집 문을 열 때 눈치를 봤다. 그 분위기를 견디지 못한 미자 아버지가 언제 다시 송가수 노래를 듣냐고 농을 던졌지만 아무도 대꾸하지 않았다.

송가수가 사고를 당한 것은 그로부터 두 달 뒤였다. 광부들이 '물통 사고'라 부르며 가장 두려워하는 침수 사고였다. 회사 발표에 따르면 선산부였던 송가수가 지하의 물 고인 곳을 잘못 건드렸다고 했다. 사고 현장을 본 사람들은 수압이 엄청나서 레일이 휘어버렸다고 했다. 익사 전에 충격으로 먼저 정신을 잃었을 것이라 했다. 희생자는 모두 네 명이었는데, 침수 사고치고는 사람이 덜 죽은 편이었다. 그날 고개사택 사람들은 순이의 외침 같은 울음을 들었다. 울음에는 돌이킬 수 없는 후회가 담겨 있었다. 순이는 사고 전까지 송가수와 말도 안 했다. 하지만 사고 뒤로는 매일 울며 송가수를 찾았다.

사고가 나자 순이는 회사와 싸워야 했다. 순이는 송가수가 다른 사람들을 죽였다는 말을 듣고 싶지 않아 싸운다고 했고, 회사는 보상금 때문에 순이가 억지를 부린다고 했다. 순이는 회사가 물 있는 것을 알았다고 했고, 회사는 물 있는 것을 알았던 것은 맞지만 송가수가 욕심 때문에 스스로 파들어 갔다고 했다. 결국 광부들 말처럼 죽은 사람이 모든 것을 덮고 가버렸다.

석 달 뒤 보상금을 탔을 때 순이는 다른 사람이 돼 있었다. 활기찬 미소도 없어졌고, 사람과 이야기할 때 손이나 어깨를 잡던 버릇도 없어졌다. 회사 욕이 아니면 애란을 욕했다. 순이가 얼마나 많은 사람에게 애란에 대한 이야기를 했는지는 모르지만, 동네에는 애란이 송가수를 잡아먹었다는 소문이 파다했다. 순이가 진천 부모님 댁으로 내려가던 날도 순이는 미자 엄마에게 애란의 욕을 했다. 그날 학교에서 돌아온 희연은 순이네 방문이 열려 있고 안이 텅 빈 것을 보고는 도계역까지 달려갔다. 희연은 그 뒤로도 가끔 방문을 열고 빈방에 앉아 있었다.

많은 것이 변해갔다. 석현은 날마다 술을 마셨다. 술집에서 정신을 잃으면 고개사택 남자들이 메고 왔다. 난동을 부려 끌려오는 일도 있었다. 집에 오면 애란에게 욕을 하고 손찌검을 했다.

애란은 집에만 있으려 했다. 사람들은 애란에게 말을 걸지 않았고, 누가 말을 걸어도 애란이 답하기를 꺼렸다. 고개사택 사람들도 소원해졌다. 순이네 방으로 이사 온 사람은 광부가 아니라 야채장수였다. 희연은 우물가로 엄마를 부르러 갔다가, 시끄러운 사람들 사이에서 혼자 조용히 빨래하는 엄마의 모습을 봤다. 그해 애란은 홀로 김장을 하고, 혼자 장을 봤다.

애란의 바깥출입이 줄자 희연의 심부름이 늘어났다. 애란은 희연을 통해 사람들에게 말했고, 사람들도 희연을 통해 애란에게 말했다. 고개사택 식구들은 애란에 대한 소문으로부터 희연을 보호하려 했다. 그러나 미자 엄마나 영숙이 엄마가 무심코 "너는 엄마와 참 다르다"고 칭찬하면 희연은 엄마에 대해 생각했다.

희연은 정말 칭찬받을 만했다. 월급날이면 고개사택 식구들과 함께 쌀을 날랐다. 한 달에 한 번 돌아오는 화장실 청소에 엄마 대신 나가는 딸은 희연뿐이었고, 4일과 9일 장날에는 다른 엄마들과 물건 값을 깎았다. 사람들에게 하얀 것, 예쁜 것, 착한 것은 같은 쪽이었고, 희연이 꼭 그랬다. 희연은 6학년이 되자 청군 대표로 달리기를 했으며, 공부도 잘한다는 소리를 들었다. 1970년 도계여중에 입학해 처음 받은 성적표에는 반 석차에 9등이 적혀 있었다.

6월의 오후가 행인들 정수리로 스며들고 있었다. 희연은 남색 치마에 하얀 교복을 입고 성큼성큼 전두시장을 걸었다. 시험을 앞뒀지만 시장에 나오면 시험 생각이 안 났다. 초여름 날씨에 한 달 앞둔 여름방학만 실감났다. 시장에는 그녀를 신나게 만드는 낯선 것들이 가득했다. 오색라사 간판 밑의 감색 신사복을 바라보다, 제일신발의 물빛 뾰족구두를 슬쩍 집었다가, 색색의 과자가 있는 가판대에서 평소처럼 발걸음이 멈췄다. 그러나 희연의 발걸음을 잡은 것은 평소처럼 색색의 과자봉지가 아닌 어떤 목소리였다.

라디오에서 현미의 굵고 나직한 목소리가 흘러나왔다. 희연은 그 목소리를 들으며 가판대로 다가가 과자 한 봉지를 들었다. 살 생각은 없었다. 그저 잠시 서 있고 싶을 뿐이었다. 이 노래를 처음 들려준 남자의 목소리가 생각나서였다. 지금 듣는 여자의 목소리보다 더 높고 가녀렸다. 항상 반쯤 웃고 다니던 그 얼굴이 떠올랐다. 두 손을 뒤로 감추며 새까만 정수리가 보이도록 꾸벅 인사를 하던 남자. 희연은 송가수 얼굴을 마지막으로 본 사람이 자신임을 알았다.

송가수가 사고를 당하기 전날 희연은 아팠다. 아침부터 열이 나더니 머리가 징징 울려 수업시간에 앉아 있을 수가 없었다. 조퇴해서 집 앞 계단에 왔을 때는 저기를 어떻게 오르나 싶었다.

계단을 겨우 올라 대문을 여니 아무도 없었다. 너무 힘들어 순이 이모에게 가려는데 늘 열려 있던 문이 잠겨 있었다. 영숙이 엄마도 안 보여 왜 아무도 없나 생각했더니 장 서는 날이었다. 집에 들어가 베개만 꺼내 누웠다. 비몽사몽 중에 순이 이모 집에서 시끄러운 음악 소리가 넘어왔다. 순이 이모가 왔나 싶어 벽을 몇 번 두드리다 정신을 잃었다. 몸이 땅으로 꺼져 도저히 움직일 수 없었다.

깨어났을 때는 엄마가 옆에 앉아 있었다. 물수건을 얹어주며 괜찮냐고 물었다. 그날 저녁 희연은 닭죽을 먹었다. 평소보다 친절한 엄마가 자신을 어려워한다고 느꼈다. 사고 당일 한결 몸이 좋아져 학교에 가는데 송가수가 입갱도 안 한 채 희연을 기다리고 있었다. 희연을 불러 세우고 머리를 쓰다듬으며 괜찮냐고, 어서 나으라고 했다. 희연은 자신의 얼굴을 유심히 바라보는 송가수의 시선이 불편했다. 무엇을 확인하고 싶어 한다고 느꼈다. 송가수는 터무니없는 100원짜리 지폐를 손에 쥐여주며 말했다. "너 정말 엄마를 쏙 빼닮았다." "감사합니다." 희연은 왜냐고 묻는 대신 고개만 꾸벅 숙이고 앞으로 뛰어갔다. 빨리 자리를 뜨고 싶었던 이유도 그때는 몰랐었다. 그날 저녁 순이 이모가 울부짖는 소리가 날카롭게 벽을 가로질렀다.

희연은 고개를 흔들었다. 즐거운 기분을 느끼고 싶었다. 신나는 일이 있으면 좋겠다고 생각했다. 라디오에서 들리는 노래는 절정을 지나고 있었다. 지금 생각하니 송가수 아저씨의 노래는 원곡과는 참 다른 맛이 있었다. 남자 목소리로 부르는 애절함과

서글픔. 이 노래를 들었던 장면을 마음속으로 불러들였다. 청명한 가을 하늘. 계곡에 둘러앉은 사람들 가운데서 송가수가 노래한다. 그를 올려다보던 여자들의 시선. 자기 남자를 바라보던 순이 이모. 송가수는 노래를 부르다 살며시 눈을 감으며 미소를 짓는다. 모두 다 안다는 듯한 그 미소. 지금 생각하니 그 미소는 어쩐지 우스운 데가 있다. 그 얼굴이 떠오르자 희연도 서서히 웃을 수 있었다. 희연이 걸음을 뗀 것은 노래가 한창일 때였다.

　　12월의 아침이 사람들 뺨으로 스며들고 있었다. 도서관이 열
리는 9시를 기다리며 길게 늘어선 사람들. 사람들의 붉은 뺨을
음표처럼 잇는다면 겨울이 부르는 노래는 단조일까? 사람들이
추위를 견디며 마음속으로 부르는 노래는 무엇일까? 내 노래는
안마의자.

　　지난 주말 우리 부부는 이마트에 갔다. 신기한 것을 사랑하는
우리 부부가 통로에 나와 있는 검정색 안마의자를 그냥 지나칠
수 없었다. 게다가 누구든 안마의자를 써볼 수 있었다. 손바닥까
지 안마해준 의자에게 경의를 표하고 싶은 기분이 들었다. 내 꿈
은 공원이 보이는 작업실을 갖는 것이었는데, 작업실 창가에 검
정색 안마의자도 배치했다. 안마의자가 조곤조곤 눌러주면 의자
옆으로 생각지 못했던 낱말이 떨어지고, 그 낱말을 조물거려 신
선한 문장을 만들 수 있을 것 같았다. 매서운 바람이 불자 안마

의자에 강력한 온열 기능도 추가했다. 9시 정각. 도서관 문이 열렸다.

도서관에 자리를 잡고 노트북을 펼쳤다. 어제 출판사 선배에게 전화하니 지난번 책은 이제 팔리지 않는 모양이었다. 내 책들은 갈수록 수명이 짧아졌다. 사람들은 첫 번째 책을 가장 좋아했고, 두 번째 책은 그런대로 흡족해했으며, 세 번째부터는 평을 아꼈다. 작품들이 모두 비슷하다는 말을 그때 처음 들었다. 아내의 불륜을 마지막으로 알게 된 남편의 심정이 그랬을까. 사실 매번 바꾼다고 바꿨는데.

이번 작품을 쓰며 부쩍 소심해졌고, 얼마 전에는 친구로 지내던 편집자에게 초고를 보내야 할 정도로 자신감을 잃었다. 첫 번째 소설을 같이 작업했던 우리는 비슷한 나이여서 술을 먹고 친구가 되었다. 괜찮았던 첫 번째 성공도 함께 축하했다. 며칠 전 그 친구가 이메일을 보내왔다. 소설을 수정하려면 그 메일을 다시 봐야 하는데 도저히 그럴 수가 없었다. 칭찬 때문이었다.

메일 뒷부분의 충격을 완화하려고 쥐어짜낸 거짓을 견딜 수가 없었다. 차라리 욕을 했으면 버럭 하고 위로주라도 사라고 했을 텐데. 수명이 다한 작가를 대하는 안쓰러움마저 느껴져 도저히 읽을 수가 없었다.

내 소설의 문제는 나도 안다. 평면적인 인물들. 고민도 없고 우울해하지도 않는다. 내가 쓴 네 편의 소설은 탐정을 주인공으로 하는 시리즈물이다. 심부름센터에서 불륜 현장을 덮치던 주인공에게 가족을 납치당한 친구가 도움을 요청한다. 경찰이 주인공의 의견을 무시하자 직접 가족을 구해내며 탐정이 되는 것이 첫 번째 작품이었다. 인기가 시들해질수록 출판사 사장은 주인공의 과거와 동기에 대해 물었다. 정말 과거와 동기 같은 것이 중요할까? 나는 사장에게 항변했다. 쉽게 읽히는 것이 내 소설의 장점이라고. 독자들은 고민하지도, 우울해하지도 않는 내 주인공을 좋아한다고. 그러나 그때 바지주머니로 손을 넣으며 나도 주인공의 내면을 모른다는 사실도 함께 밀어 넣었다.

이메일을 열지 않고 웹서핑을 시작했다. 이렇게 시작한 웹서핑은 오래 지속된다는 것을 알기에 씁쓸했다. 오전에는 인터넷을 하지 말자고 마음먹지만, 자료 조사와 인터넷 서핑은 한 끗 차이다. 오늘은 대형마트 자율 휴업 첫날이고, 경기도와 수자원공사가 물값 때문에 분쟁 중이다. 창원에서 사회복지사의 처우 개선에 관한 조례가 통과되었다는 기사는 슬쩍 넘어갔다. 일주일 전 얼얼한 뺨에 대한 기억은 두 번 다시 떠올리고 싶지 않아서였다. 지구는 어제 큰일 날 뻔했다. 기사 제목도 '지구 큰일 날 뻔'으로 시작했는데, 큼지막한 소행성이 지구를 살짝 비켜갔다는 내용이었다. 달보다도 가깝게 지구를 스쳐간 행성은 1908년 시베리아 산림을 잿더미로 만든 암석과 비슷한 크기라 했다. 23만 킬로미터를 비켜났다는데 우주의 눈으로 보면 깻잎 한 장만큼의 차이인지도 모른다. 재미난 것은 그 소행성을 하루 전에야 발견했다는 점이다. 남해에서 화물선과 어선이 충돌해 두 명이 사망하고 두 명이 실종됐다. 그런데 그 사회복지사는 지금 뭘 하고 있을까. 나에게 미안해할까? 자기가 한 짓을 후회할까? 아니면 제대로 손봐주지 못한 것을 아쉬워할까? 나는 아직도 이유를 모른다. 그 찻집에서 인터뷰를 여러 번 했다. 새침한 여점원은 나를 기억할지 모른다. 내가 소설가인 것도 알까? 내 이름도? 친구들과 내 이야기로 수다를 떨까? 무슨 짓을 했기에 그런 꼴을 당했냐고? 다시는 거기 가고 싶지 않았다. 열기가 얼굴로 치솟아 화끈거렸다.

검색창에 사회복지사를 입력했다. 광고가 먼저 떴다. 사회복지사가 되기 위한 교육원과 강의들. 광고에 뒤따르는 연봉과 자격증에 대한 질문들. 검색어를 노인복지관으로 바꿔봤다. 노인복지관 사이트들이 줄지어 올라왔고, 그중 한 사이트에 들어가봤다. 관장의 소개말 다음으로 미션과 비전, 연혁이 이어졌다. 조직도에는 모든 직원의 사진이 올라와 있었다. 몇 개의 사이트에 더 들어가 봤는데 한 곳 빼고는 모두 직원들 사진을 볼 수 있었다. 그러면 그 남자 사진도 올라와 있을까? 서울에 노인복지관이 몇 개나 될까? 넓게 잡아 경기도에는? 아니 전국에는? 턱을 괸 채 복지관 사이트를 하나씩 클릭해 보기 시작했다.

점심 먹고 한 복지관에서 이상한 사진을 발견했다. 조직도의 모든 직원들이 프로필 사진을 올렸는데 한 명만 나무 사진이었다. 주변 나무들이 조그맣게 보이는 것이 무척 큰 나무 같았다. 겨울에 찍었는지 가지가 눈에 덮여 있었다. 봉천동 한승복지관의 김정인 복지사였다. 재가복지 담당이었다. 김정인이 속한 재가복지팀은 세 명이었다. 박윤미가 팀장이고, 그 밑으로 김정인과 남인수가 있었다. 박 팀장은 사십 대로 보였고, 남인수는 이십 대로 보였다. 사업 안내를 보니 재가복지는 형편이 어렵고 거동이 불편한 어르신을 찾아가 도움을 주는 사업이었다. 기독교 재단에서 운영하는 곳이며 1995년에 사업을 시작했다. 지하철역에서 도보 5분 거리. 김정인이 내가 찾는 남자라는 근거는 없었다. 그냥 인터넷 창을 닫으려다 즐겨찾기에 추가해놓았다. 모든 직원이 사진을 올려도 그 남자는 사진을 올리지 않을 것 같았기 때문이다.

원고를 손보기 시작했지만 일이 손에 잡히지 않았다.

오후 내내 일에 진척이 없었고 웹서핑으로 시간만 보냈다. 작업 파일을 몇 번 열었지만 곧 도로 닫았다. 김정인 복지사가 그 남자일까? 집중이 되지 않았다. 저녁 무렵 도서관을 나서며 머리나 식힐 겸 극장에 가기로 했다.

지하철 4호선을 타고 평소 가던 극장으로 향했다. 예매한 영화의 한줄평을 살펴보는데 나쁘지 않을 것 같았다. 액션 영화였다. 서울로 향하는 지하철 안에서 한 번 더 예고편을 보았다. 그때도 내 감정을 인식하지 못했다. 이번 역이 사당이라는 안내 방송이 들리더니 전철이 역에 도착했다. 사람들이 많이 내렸다. 물끄러미 내리는 사람들을 바라보다 서둘러 뒤따라 내렸다. 무리에 섞여 2호선 쪽으로 걸었다. 계단을 올라 긴 환승 통로를 지날 때는 다른 사람보다 빨리 걷고 있었다. 통로를 울리는 내 구두 발걸음 소리로 내 감정을 인식하기 시작했다. 그 남자 생각에 온종일 작업을 못 한 것에 짜증이 났다. 2호선을 타면서는 그 남자 생각에 영화가 눈에 들어올 것 같지 않았다. 봉천역에 내려 3번 출구로 올라갔다. 세차게 부는 바람에 치밀어 오르던 열기가 조금 가시는 것 같았다.

한승복지관을 찾는 데는 5분도 걸리지 않았다. 지하철역을 나와 왼편 골목으로 들어서자 오르막이 나타났다. 오르막이 시작되는 바로 오른편에 복지관 건물이 보였다. 빨간색 타일로 외관을 장식한 오래된 5층 건물이었다. 건물 전체가 복지관이고, 명조체 동판으로 복지관 이름이 맨 위에 붙어 있었다. 업무시간이 끝났는지 1층은 불이 꺼져 암회색이었다. 입구 옆으로 지하주차장으로 내려가는 길이 컴컴했다. 3층에는 불이 켜진 창문이 있었다.

막상 건물 입구에서는 망설였다. 슬쩍 유리문을 밀어보니 문이 잠겨 있지 않았다. 5센티미터 정도 열린 틈으로 온기가 새어 나왔다. 문을 밀고 안으로 들어섰다. 유리문이 닫히면서 따라 들어온 소음을 잘라냈다. 시간의 흐름이 바뀌는 것 같은 정적 속에서 몸이 얌전해졌다. 그 남자인지 확인하고 싶었지만 마주치고 싶지는 않았다.

정면에 텅 빈 안내데스크가 보였다. 데스크 오른편으로 엘리베이터와 계단, 식당으로 연결되는 통로가 있었다. 통로 반대편에는 자판기와 게시판이 있었다. 게시판에 붙어 있는 사진들이 눈에 띄었다. 그쪽으로 갔다. 모노륨을 걷는 발소리가 거슬렸다. 게시판 담당자는 업무가 바쁜지 철지난 사진을 방치했다. 각 팀별로 복지관 행사 사진들이 붙어 있었다. 사회교육팀 난에는 연극 공연과 댄스 공연 사진이 있었다. 무대를 원거리에서 찍은 단체사진이었다. 정보화 교육란에는 모니터를 앞에 두고 칠판을 바라보는 어르신들의 사진이 있었다. 맨 위의 단체사진이 제일 컸다. 봄 소풍 사진이었다. '한승복지관 어버이날 나들이' 현수막 아래로 어르신들이 앉아 있었다. 양옆으로 복지사로 보이는 사람들이 도열했는데 오른편에 한 남자는 유난히 덩치가 컸다. 얼굴이 새끼손톱만큼 작게 나왔지만 뚜렷한 표식을 식별하는 데 어려움은 없었다. 나와 마주했을 때와는 다른 표정이었다. 환히 웃고 있었다. 사진을 찍어야 한다는 생각에 주머니에서 휴대폰을 꺼냈는데, 그때 계단 위에서 발걸음 소리가 들렸다. 나는 재빨리 걸어 유리문을 나섰고, 허겁지겁 지하철역으로 향했다.

황급히 지하철역으로 들어가다 멈췄다. 숨을 고르며 뒤를 돌아봤다. 내가 그를 피할 이유는 없는데 왜 도망치듯 나왔을까. 달리듯이 내려온 것에 분이 났다. 몰래 찾아온 것을 들키고 싶지 않아서일까? 영화 볼 기분이 아니었다.

지하철을 타서 예매를 취소하고 대신 한승복지관 홈페이지를 띄웠다. 조직도를 열어 보고 사이트를 둘러보다 포토갤러리를 발견했다. 복지관 행사 사진이 올라와 있었다. 무대에서 붉은 댄스복을 입고 나열한 어르신들. 서예 작품 앞에 선 어르신들. 나들이 사진들. 한 손으로 지하철 손잡이를 잡은 채 다른 손으로 사진을 계속 넘겼다. 그가 나온 사진을 찾고 싶었지만 보이지 않았다. 멀리 뒷모습이 나온 사진이 한두 장 보였다. 복지관 1층 게시판에서 봤던 사진을 다시 보고 싶었다. 그 환한 웃음. 그는 완전히 다른 표정으로 웃고 있었다. 나를 테이블에 처박았던 남자와 사회복지사 김정인은 완전히 다른 사람이라고 말하는 것 같았다. 그때의 일이 스멀스멀 되살아났다. 머리채가 잡혔을 때의 통증, 딱딱하고 차갑던 테이블. 갑작스레 얼굴이 처박혔을 때는 얼이 빠져서 무슨 일이 벌어졌는지도 몰랐다. 그에게 맞을 것 같아 나도 모르게 눈을 감았던 순간. 새침한 여점원이 내 얼굴을 보고 있었겠지?

누가 지하철 통로를 지나가며 내 가방을 세게 밀치고 갔다. 돌아보니 녹색 백팩을 멘 덩치 큰 남자가 성큼성큼 걸어갔다. 자신이 밀치고 지나갔다는 것도 모르는 모양이었다. 아니면 모르는 척하는 것일까? 쫓아가서 백팩을 확 잡아채고 싶었다. 주위를 둘러봤다. 눈이 마주치는 사람은 없었다. 바로 내 앞에는 신문을 넓게 펼쳐 읽는 남자가 앉아 있었다. 그때 내가 달라진 것을 알았다.

평소 지하철을 타면 사람들을 살폈다. 소설 캐릭터에 도움이 되지 않을까라는 생각에 눈에 띄는 사람이 있는지 관찰했던 것이다. 그것은 분명 호의적이고 따뜻한 시선이었다. 그러나 오늘은 사람들을 보고 싶은 생각이 없었다. 오히려 누가 밀치고 지나갔는데도 무덤덤한 사람들에게 이유 없는 분노를 느꼈다. 생각해보니 그 일 뒤로 인터뷰를 하지 않았다. 그저 하고 싶은 생각이 들지 않아서라고 여겼는데 진짜 이유를 조금 전에 깨달았다. 그런 일을 또 당할까 두려웠던 것이다. 아까 허둥지둥 지하철역으로 뛰어 내려온 이유도 알았다. 어떻게 해도 벗어날 수 없던 힘의 순간을 다시 겪을까 몸이 먼저 움직였던 것이다. 눈 감아버렸던 자포자기의 순간을 다시 겪을까 겁이 났던 것이다. 화가 치밀었다.

앞에 앉은 남자가 요란하게 신문을 넘겼다. 신문 사이로 주위 사람을 개의치 않는 뻔뻔한 표정이 잠시 드러났다. 앞에 앉은 남자에게도 은은한 분노를 느꼈다. 이 사람에게 알려주고 싶었다. 어떤 일은 예상할 수 없이 벌어진다는 것을. 신문을 확 잡아채면 어떤 표정을 지을까? 그런 남자가 복지사를 한다는 것은 뭔가 잘못된 일이다. 가만있어서는 안 될 것 같았다. 지금이라도 경찰에 신고할까? 그러나 그 정도 폭행으로는 약식기소에 벌금형이 최대라는 것을 알았다. 솔직히 기소가 된다는 보장도 없었다. 나는 진단서도 떼지 않았고, 벌써 일주일이 지났다. 한 손으로 지하철 손잡이를 잡고 다른 손으로는 홈페이지의 포토갤러리를 계속 넘겼다.

지하철에서 내려 집으로 향할 때는 기분이 조금 나아진 뒤였다. 하늘도 높았다. 집에 돌아와 아내와 아이들에게 인사하고 방으로 들어왔다. 재킷도 벗지 않은 채 책상 서랍에서 검정색 소니 녹음기를 꺼냈다. '20121205'라는 파일에 그날 있었던 일이 녹음돼 있다. 이 녹음이 그에게 행사할 수 있는 힘이라는 것을 깨달았다. 복지관 행사 사진들을 보며 알아챈 것은, 복지사는 반쯤 공인의 성격을 가진다는 것이다. 경찰에 신고하는 것보다 주변 사람들이 폭행 사실을 아는 것이 더 치명적일 것이다. 다른 사람들과 함께 있을 때 내가 나타나면 어떤 표정을 지을까? 그에게

서 왜 그랬는지에 대한 해명과 사과를 듣고 싶었다. 그것이 일을 마무리 짓는 가장 깔끔한 방법이었다. 궁금했던 그의 과거도 곁다리로 들을 수 있지 않을까? 어떻게 그를 찾아갈까 고민했다. 뭐라고 말을 하며 만나야 하지? 둘만 있는 공간에서는 마주치고 싶지 않았다.

복지관 사이트에서 자원봉사 신청 메뉴를 발견했다. 사람이 늘 부족한지 항시 신청을 받고 있었다. 재가복지팀에서 구하는 자원봉사에는 차량 지원, 도시락 배달, 주거환경 개선, 방문 이미용 등의 항목이 있었다. 나쁘지 않은 생각 같았다. 내 소개를 할 필요도 없고, 왜 찾아왔는지 말할 필요도 없다. 자원봉사자로 나타났을 때 그가 어떻게 반응할까 궁금했다.

자원봉사 신청란의 인적 사항을 기재하는 데는 3분도 걸리지 않았다. 그러나 신청 완료 버튼을 누르는 데는 좀 더 시간이 필요했다. 복지관에서 그 남자인지 확인만 하면 끝일 줄 알았는데, 이제 시작일 뿐이라는 예감 때문이었다.

1972년

희연은 자명종 소리에 재빨리 팔을 뻗었다. 그 재빠름은 두려움이 감아 넣은 용수철 같은 것이었다. 자명종이 잠들자 정적이 또렷해졌다.

아버지는 잠을 설치면 손에 잡히는 게 무엇이든 집어던졌다. 다행히 옆에 누운 엄마 너머로 아버지가 돌아눕는 들썩임만 들렸다. 희연은 아버지 때문에 자명종을 일찍 맞췄다는 것이 생각나 슬며시 화가 났다. 그러나 새벽 5시 30분에 몰려드는 졸음은 모든 것을 희미하게 했다. 2월 21일 월요일. 중3을 앞둔 희연은 봄방학을 시작했으니 늦잠을 자도 괜찮았다. 그러나 5분 뒤 희연을 눈뜨게 한 것은 벅찬 기대감이었다.

희연은 새로움이 좋았다. 장 볼 때 새 옷이 보이면 몸에 대봤고, 도계문화관에 새 영화가 걸리면 입구에서 서성였다. 새로움을 맛보는 순간도 좋지만, 그것을 기다리는 설렘이 희연을 살아 있게 했다. 얼마 전부터 희연의 마음에 들어온 것은 도계에 없는 것이었다. 아버지에게 졸라봐야 허락할 리 없다고 마음을 접는 데 물 배급 공지가 났다. 물 긷던 곳에서 사고가 나 일주일간 마을 공터에서 물을 배급받아야 했다. 아버지가 가야 한다는 것을 아버지도 받아들일 만큼 떨어진 곳이었다. 아버지는 힘든 것보다 새벽에 일어나는 것에 짜증을 냈다. 아버지가 넌더리를 내는데 희연이 선뜻 말했다. "줄은 제가 설게요, 아버지." 눈을 동그랗게 떴던 희연은 어떻게 아버지에게 말을 꺼낼까 궁리 중이었다.

외투는 이부자리 옆에 챙겨났다. 슬며시 외투를 들고 부엌문을 열자 대문 밑으로 들어오는 빛이 알따랬다. 빛은 겨우 스스로를 보존할 만큼이어서 아무것도 보이지 않았다. 희연은 운동화를 찾아 발끝을 더듬거렸다. 아버지의 차가운 장화코 말고는 닿는 것이 없었다. 술 취해 몸도 못 가누는 아버지는 꼭 다른 신발을 걸어차며 들어왔다. 불을 켜려면 부엌 가운데로 가야 해서 발을 땅에 디뎠다. 바람 소리가 났다. 어제보다 더 춥다던 말이 기억났다. 차가운 바닥을 걸으며 컴컴한 허공을 더듬거렸다. 낚싯줄처럼 드리워진 소켓을 잡아내서 스위치를 돌리자 누르스름하게 부엌이 드러났다.

대문 오른쪽에 짚으로 엮은 달걀 꾸러미가 걸려 있었다. 꾸러미 옆 선반에 사기그릇이 층층이 쌓여 있었고, 선반 밑에 아랫배가 거뭇한 양철솥이 엎어져 있었다. 솥 오른쪽이 아궁이였는데, 그 앞에 엄마의 털고무신과 감청색 운동화가 뒹굴고 있었다. 희연은 아궁이 옆에 걸터앉아 운동화를 발끝으로 그러모았다. 신발을 차는 아버지 마음이 궁금했다. 아버지는 비위 상한다는 듯이 엄마를 봤는데 가끔 그 시선은 희연에게로 옮겨왔다. 희연은 아버지가 엄마의 어떤 것을 자기에게서도 찾는 중이라 느꼈다.

신발을 신고 외투를 걸친 희연은 대문 앞으로 갔다. 대문 왼쪽에 놓인 새 물통은 예전 것보다 훨씬 크고 튼튼했다. 때가 타지 않은 은빛 물통은 파르스름한 빛이 돌았다. 희연은 하얀 손수건을 물통 손잡이에 단단히 묶어놨다. 묶은 매듭이 꼭 토끼 머리 같았는데, 양쪽 귀에 자기 이름을 적어놨다. 물통을 들고 대문을 열자 할퀴듯이 바람이 불었다. 계단을 내려갈 때는 고개를 숙여야 할 정도로 바람이 불었고, 물통이 계단에 부딪혀 큰 소리를 냈다. 추위를 잊고 싶은 마음에 미자 언니를 떠올렸다. 각진 턱에 넓은 이마. 쌍꺼풀 없이 긴 눈은 성실하고 양순하다는 인상을 준다. 하지만 진짜 보고 싶은 것은 언니 어깨 너머로 보이는 바다였다.

미자 언니는 고등학교를 졸업하고 삼척항에 경리로 취직했다. 삼척항 뒤편, 구릉에 있는 언니의 자취집에서는 바다가 보였다. 중3이 되기 전에 하루만이라도 다녀오고 싶었다. 아버지에게는 말도 못 꺼냈지만 언니에게는 허락받은 지 오래였다. 삼척에 있는 고등학교에 가고 싶었고, 그러기 위해서는 중3을 잘 보내야 하는데, 바다를 본다면 마음을 다잡을 수 있을 것 같았다. 아버지가 합당한 이유를 대라면 머뭇거릴 수밖에 없다. 그러나 갑갑할 때마다 그려봤던 삼척 가는 날은 이제 다녀온 것처럼 생생했다.

도계역 매표소에 서면 역무원 아저씨가 굵은 목소리로 행선지를 물을 것이다. "동해역 한 장이오." 희연의 입술이 바람결에 달싹였다. 빳빳한 기차표가 손바닥에 전해주는 산뜻함. 개표기를 누르는 찰칵 소리. 승차장에 서면 무쇠 냄새 나는 선로가 두 팔로 한 지점을 가리킨다. 그곳에서 몽롱하게 나타날 열차. 출렁거리는 느낌으로 열차의 출발을 실감한다. 동해역을 나서면 넓은 삼거리가 나온다. 도계에서는 볼 수조차 없는 버스다. 삼척으로 가는 버스에서 모습을 드러내는 바다. 그 풍광을 떠올리면 캄캄한 갈비뼈 안에서 새 한 마리가 후드득거리는 것 같았다. 희연은 어느새 공터에 도착했다.

벌써부터 물통 줄이 공터 끝까지 다다랐다. 서성대는 사람들도 많았다. 두꺼운 외투의 아주머니들. 검정 교복의 남학생들. 이 사람들은 몇 시에 일어났단 말인가? 희연은 서둘러 줄 끝으로 걸어가 검댕이 묻은 물통 뒤에 은빛 새 물통을 내려놨다. 거센 바람에 손잡이의 손수건이 팔락댔다. 대충 가늠해도 아버지 입갱시간까지 물을 받기는 어려워 보였다. 물 배급은 아침 7시와 오후 4시였다. 7시 정각에 아버지가 나오기로 했다. 아버지가 입갱하면 혼자 나르기도 어려웠다. 기껏 나왔더니 이게 뭐냐는 아버지 목소리가 바람결에 들리는 것 같았다. 희연은 어깨를 움츠렸다.

뭐 어쩔 수 없다고 생각했다. 내일은 더 일찍 나오는 수밖에. 물을 늦게 받아 혼자 날라야 하면 그때 가서 방법을 생각하기로 했다. 옛날 물통을 가져와서 몇 번에 나눠 나르는 방법도 있었다. 시계를 보니 6시가 아직 안 됐다. 집에 갔다 와도 괜찮을 시간이었다. 앞에 놓인 물통과 주위를 살펴 대략의 위치를 확인했다. 희연은 달걀 프라이를 도시락에 넣어주면 아버지가 좋아할까 생각하며 집으로 향했다.

희연이 공터로 돌아왔을 때는 6시 40분이었다. 물통 줄은 공터 바깥으로도 한참을 나가 있었다. 희연은 길어진 줄에 묘한 뿌듯함을 느끼며 손수건을 찾아 줄을 따라 걸었다. 아무 생각 없이 걷는데 공터를 벗어날 때까지 손수건이 보이지 않았다. 손수건을 지나쳤나 싶어 천천히 줄을 되짚으며 걸었다. 손수건이 아니더라도 은빛 새 물통은 쉽게 눈에 띄어야 했다. 희연은 자기 앞에 놓여 있던 검댕이 묻은 물통을 찾아냈고, 그 뒤에 낯선 물통이 보이자 가슴이 덜컥 내려앉았다. 누가 훔쳐간 거야? 아무리 추워도 줄을 서서 기다렸어야 했는데.

시간이 됐는지 사람들이 하나둘 줄 쪽으로 몰려들었다. 희연은 어디 서 있어야 할지 막막했다. 곧 아버지가 내려온다. 물을 못 받는 것은 둘째 치고 새 물통을 잃어버렸으니 무슨 소리를 들을지 알 수 없었다. 아버지는 호통칠 때 주변을 개의치 않는다. 아버지는 처자식 때문에 목숨 건다는 말을 입에 달고 사니까 목숨처럼 가족을 아끼는 것이 분명하다. 그런데 왜 손을 쳐들까. 바다를 생각하며 설레던 자신이 바보 같았다. 혹시나 하는 마음으로 다시 줄 뒤쪽으로 서둘러 걷기 시작했다.

"서희연!"

막 갈라지기 시작한 목소리였다. 희연은 뒤를 돌아봤다. 도계
중학교 교복이었다. 키는 희연보다 한 뼘도 넘게 커 보였다. 학
생모를 푹 눌러썼고 여드름이 볼에 가득했다.

"물통 찾지? 여기야!"

여드름은 뒤로 돌더니 앞장서 걸었고, 희연은 빠른 걸음으로
뒤따랐다. 그는 줄 뒤쪽이 아니라 앞으로 갔다. 교복 이름표를
볼 겨를이 없었다. 공터 중앙을 지나자 흰 손수건을 단 물통이
저 앞에 보였다. 맨 앞에서 열 번째가 넘을까 말까. 안도감이 밀
려왔다. 교복은 걸음을 멈추고 뒤돌아 말했다.

"저기 보이지?"

"왜 저기 있어?"

"저기 가서 서면 돼."

여드름은 희연과 눈을 마주치지 못하고 얼굴을 붉히며 물통
쪽을 봤다. 희연은 교복에 새겨진 이름이 낯익었다. '한성원.' 희
연이 물었다.

"나 알아?"

"나 성원이야. 기억 안 나? 국민학교 1학년 때 짝꿍이었는데."

희연은 뿌연 유리창 너머로 한 아이의 그림자가 보이는 것 같
았다. 한성원! 뛰어다니다 자기 옆에 앉을 때 전해지던 진동, 열
기가 품고 있던 지릿한 땀 냄새, 가위바위보를 맞혀보라며 서랍
에 넣고 있던 통통한 팔목이 어렴풋이 기억났다. 그렇게 장난치
던 아이가 이렇게 훅 커버린 것이 신기했다. 뺨에 가득한 이 여
드름이라니.

"네가 옮겼어?"

"우리 집 물통하고 바꾼 거니까 괜찮아."

"왜?"

희연은 왜라고 물었지만 성원의 눈에서 분명한 호의를 보았다. 엔진 소리와 함께 물차가 들어왔고, 사람들이 급하게 줄로 모여들었다. 성원이 말했다.

"줄 선다. 어서 가봐. 나도 가봐야겠다."

성원은 희연에게 손짓하고 줄 뒤로 뛰어갔다. 희연도 물통 쪽으로 빨리 걸었다. 물통 옆에 서서 보들보들한 손수건을 만져보고서야 마음이 놓였다. 뒤돌아보니 성원은 사람들에 가려 보이지 않았다. 희연은 머리를 매만지고 자신을 훑어봤다. 두툼한 외투와 체육복에 파묻혀 있었다. 옷이나 운동화에 뭐가 묻지 않은 것만도 다행이었다. 희연은 조금 전 성원에게 왜라고 물었을 때 자기 표정이 어땠는지 기억나지 않았다. 너무 활짝 웃지는 않았나? 누군가 자신을 지켜보고 있었고, 그로부터 관심과 보살핌을 받았다는 사실이 낯설었다. 희연은 또 뒤를 돌아봤다. 여전히 성원은 보이지 않았다.

"니는 참말로 좋것다."

옆에서 들리는 목소리에 희연은 자신이 웃고 있다는 것을 깨닫고 당황했다.

"내는 귀가 떨어져 나간 것 같구마."

바로 뒤에 선 여자의 목소리는 차가웠다. 새끼손톱만 한 눈에는 경멸이 가득했다. 콧잔등이 낮고 입술이 두툼한 아줌마는 얼룩무늬 외투를 입고 있었다.

"네?"

"곱다란 느그 엄마한테 고맙다 캐라! 벌써부터 남정네가 대신 줄도 서고."

얼룩무늬 아줌마의 큰 소리에 희연은 몸이 얼어붙는 것 같았다. 처음 보는 얼굴인데 엄마 소리에 이 아줌마가 자기를 아는구나 싶었다. 희연은 아줌마 뒤로 줄줄이 늘어선 시선들이 자신에게 박히는 것을 느꼈다. 희연은 다시 아줌마를 바라봤다. 무엇인가 말해야 한다고 생각했다.

"야! 눈 치뜨는 것 좀 보소. 느그 엄마 닮아 곱다 칸게 와? 줄 준다. 퍼뜩 안 가나?"

얼룩무늬 아줌마가 다시 소리치며 희연의 어깨를 밀었다. 매몰찬 손길에 밀려 희연은 얼떨결에 앞을 보고 한두 걸음 밀려나갔다. 어느새 줄이 줄어 희연 앞으로 몇 발자국의 공간이 있었다. 희연은 물통을 들고 빈자리만큼 나아갔다. 물통을 내려놓았지만 뒤를 돌아보지는 못했다. 돌아보면 아줌마에게 또 무슨 말을 들을까 겁이 났다. 그 두려움 밑에는 수치심을 불러일으키는 기억이 있었다. 집 앞 공터. 순이 이모. 송가수 아저씨. 그리고 엄마를 향했던 사람들의 말들. 희연은 지금 말하면 목소리가 떨릴 것 같았다.

희연의 차례가 되었다. 파란 제복을 입은 아저씨가 호스를 물통에 넣고 희연을 빤히 쳐다봤다. 호스에서 쏟아지는 물은 분명 찰 텐데 끓는 물처럼 김이 났다. 아저씨는 호스를 거두고 웃으며 말했다.

"학생 참 곱네."

희연은 아저씨와 눈을 마주치고 싶지 않았다. 고개만 숙여 인사하고 힘겹게 물통을 옆으로 치우는데 어서 비키라는 듯이 뒤에서 한 번 더 희연의 등을 밀쳤다. 희연은 물통을 앞에 놓고 공터 바깥을 향해 서 있었다. 어서 아버지가 왔으면.

희연은 뒤에서 아버지가 다가서는 것도 몰랐다. 아버지는 공터 뒷길로 내려온 듯했고, 술 냄새가 진동했다. 아직도 술이 덜 깼는지 얼굴이 불콰했다. 아무것도 못 봤는지 아무 말 없이 물통을 들고 걸어갔다. 희연은 아버지를 뒤따르며 힐끔 돌아봤다. 얼룩무늬 아줌마 대신 다른 아줌마와 눈이 마주쳤다. 분명 다른 사람인데도 그 눈이 얼룩무늬 아줌마와 닮았다고 느꼈다. 희연이 앞을 볼 때까지 그 눈은 계속 쳐다봤다. 희연은 누가 자기를 보고 있다는 느낌을 뒤통수에 달고 걸었다. 공터에서 멀어져도 자신을 밀쳤던 손의 느낌과 눈빛이 선명했다. 그런 대우를 받을 이유는 없었다. 적어도 희연 자신은 그랬다. 하지만 엄마에 대해서라면?

고개사택에서는 오히려 엄마 때문에 따뜻한 대우를 받았다. 희연의 친절과 쾌활함은 엄마와 대조되어 더 빛이 났으니까. 그러나 오늘 아침, 낯선 사람들에게는 그저 그 엄마에 그 딸이라는 것을 드센 손길로 알았다.

희연은 부엌으로 들어가며 후끈한 열기를 뺨으로 느꼈다. 아버지가 물통을 내려놓자 아침상을 차리던 엄마가 물통으로 다가와 안을 들여다봤다.

"한 통으로는 빨래도 못 하겠네. 가뜩이나 안 마르는데."

희연은 아버지 표정이 굳는 것을 보았다. 생전 안 하던 일을 했던 아버지는 엄마에게 무언가를 기대했는지 모른다. 감사나 칭찬 같은, 우리 집에는 없는 것들. 희연은 엄마 말을 들으며 아버지와 비슷한 감정을 느끼는 자신을 발견했다. 그렇게 미워하던 아버지와 같은 편에 선 느낌. 오늘 바깥에서 무슨 일이 있었는지 짐작도 못 할 엄마. 희연은 물통 손잡이에 축 늘어진 손수건을 보았다. 손수건에 보이는 검은 얼룩이 그녀의 이름이었다.

"물이나 끓여."

아버지 목소리는 짜증스러웠다. 희연은 아버지를 따라 방으로 들어갔다. 외투를 벗고 벽에 기대앉았다. 엄마는 아버지의 세숫물을 데우려고 솥에 물을 붓고는 아침상을 마저 차리기 시작했다. 희연은 엄마를 보며 얼룩무늬 아줌마에게 틀렸다고 말해주고 싶었다. 엄마는 이제 곱지 않다고.

뒤로 묶은 엄마의 머리는 삐져나온 머리카락이 하도 많아 지저분했다. 목은 머리가 버거워 보일 정도로 얇았고, 어깻죽지는 툭 불거졌다. 밥을 푸는 팔목이 잔가지처럼 가늘었다. 희연은 엄마가 옷 갈아입는 것을 봐서 얼마나 말랐는지 알았다. 속옷이 헐렁하고 허벅지 사이가 벌어졌다. 반찬을 담느라 고개를 숙이자 광대뼈가 도드라져 눈이 더 들어가 보였다. 희연은 자신이 엄마에게 화가 나 있다는 것을 알았다. 그래서 엄마를 불쌍하게 보려

했지만 혐오스러운 감정만 들 뿐이었다. 엄마가 방으로 아침상을 들고 들어왔다.

엄마가 내려놓은 꽃그림 양은 밥상에는 풋고추, 고추장, 멸치조림, 배추김치, 시래기 된장국이 올라와 있었다. 엄마 자리에는 국그릇 대신 물 한 사발이 있었다. 소화를 못 시키는 엄마는 밥을 물에 말아 김치와 몇 숟가락 뜨고 만다. 희연은 밥상을 훑는 아버지의 시선이 심상치 않다고 느꼈다.

"뭐 하는 사람이냐 너는?"

엄마 표정이 어두워졌다. 엄마는 아무 답도 못 했다. 입갱 전에 광부의 심기를 거스르지 말라는 금기 때문만은 아니었다.

"뭐 하는 사람이냐고?"

아버지의 목소리가 조금 올라갔다.

"국 식어. 밥 먹어."

"그럼 국을 바꾸든가. 며칠째야? 이래서 일해 먹겠냐?"

양은 밥상에 탕탕 숟가락을 내리치며 아버지가 말했다. 희연은 아침에 아버지가 깰까 봐 달걀 프라이를 하지 않은 것이 아쉬웠다. 그 아쉬움은 엄마가 못 한 것을 자신은 할 수 있었다는 아쉬움이었다.

"오늘 장 볼 거야."

"애 고생 좀 그만 시켜."

허공에서 자신을 향하는 숟가락에 희연은 가만히 고개만 숙였다.

"애가 순덩이니까 아무 소리 없이 장 보고 물을 긷지!"

아버지는 엄마를 바라보다 질린다는 듯이 고개를 휘저었다. 어서 자리에서 일어나고 싶은지 숟가락을 퍽퍽 박아 입에 넣었다. 희연과 엄마도 그제야 숟가락을 들었다.

몇 번 숟가락질을 하던 아버지가 갑자기 숟가락으로 밥상을 쾅 내리쳤다. 희연과 엄마는 깜짝 놀라 등이 바로 섰다. 아버지가 엄마를 노려보더니 밥상 위로 밥을 뱉었다. 아버지는 손가락으로 밥알 사이를 헤집다 엄마 얼굴을 향해 집게손가락을 들었다.

"봐!"

"씻는다고 씻었는데 어디서 돌이……"

"그걸 말이라고!"

아버지가 손바닥을 쳐들자 엄마는 몸을 움츠리며 고개를 돌렸다. 희연은 엄마가 아버지 말에 토를 달 때부터 가슴이 조여드는 기분이었다. 그렇게 살았으면서도 아버지라는 사람을 저리도 모를까. 광업소 사람들도 아버지한테 말대꾸를 안 하는데. 아버지가 못 참겠는 듯 "으이그" 하며 손을 더 들자 엄마는 주춤주춤 손을 들며 얼굴을 가렸다. 그런데 희연은 그 모습에 후련함을 느끼는 자신을 발견했다. 마음 깊은 곳에서는 아버지를 더 부추기고 싶은지도 몰랐다. 아버지는 입갱 전이라 참는다는 듯이 부엌 문 쪽을 한 번 보고 손을 내렸다.

"너 저녁에 봐."

아버지는 숟가락을 던지듯 내려놓고 부엌으로 갔다. 세수를 마치고 연장을 챙기는 소리가 들리자 엄마는 숟가락을 놓고 부엌에서 도시락을 들고 기다렸다. 희연도 아버지를 배웅하러 부얼문 앞에 섰다.

　아버지가 인사도 받지 않고 나가자 희연은 다시 밥상 앞에 앉아 숟가락을 들었다. 엄마는 방으로 들어오지 않고 부엌문에 걸터앉았다. 엄마가 희연에게 말했다.

　"오늘 추웠지?"

　희연은 코웃음이 나올 뻔했다.

　"이따 장 뭐 봐요?"

　"참기름이랑 돼지고기 반 근이랑 같이 볶을 야채 있으면 좀 사와."

　"다른 건?"

　"아버지 찾을지도 모르니까 소주도."

　희연은 아버지를 위한 소주가 아니라는 것을 알았다. 희연은 요새 학교에서 돌아오면 엄마 입에서 화한 냄새를 맡았다.

　"그리고 너, 뭐 먹고 싶은 거 있으면 사먹어."

　"됐어요."

　희연이 숟가락을 내려놓자 엄마는 방에 들어와 밥상을 내가며 말했다.

　"일찍 일어나서 피곤할 텐데 더 자든가."

　엄마는 설거지를 시작했다. 희연은 어두운 부엌에 쪼그려 앉은 엄마를 봤다. 최소한의 물만으로 하는 설거지는 손이 많이 가고 더러웠다. 물통에서 물을 뜨는 엄마를 보자 내일도 공터에 나가야 한다는 사실이 마음을 눌러왔다. 방 안의 공기가 견딜 수 없이 답답했다. 희연은 무심결에 말이 튀어나왔다.

"나 미자 언니한테 다녀올래. 하루나 이틀."

그동안 엄마가 물을 긷고 장을 봐야 한다는 뜻이었다. 엄마의 표정이 굳어지자 희연은 내심 기뻤다. 엄마가 잠시 가만있다 물었다.

"왜? 무슨 일로?"

"그냥 갔다 오고 싶어."

"아버지한테는 뭐라 할 건데?"

희연은 화가 났다. 혼자 장 보러 갈 수 없다고 솔직히 말하지. 차라리 밖에 나가 사람들 볼 자신이 없다고 말하지. 그러나 희연도 아버지에게 어떻게 말을 꺼내야 할지 알 수 없었다. 대답을 기다리던 엄마는 다시 설거지를 시작했다. 희연은 한동안 달그락 소리를 듣다가 다시 입을 열었다.

"나 삼척에서 고등학교 다닐 거야."

"고등학교? 삼척에서?"

"응."

이번에는 엄마가 뭐라고 할지 궁금했다. 아무 말 없이 설거지만 하던 엄마는 설거지가 마무리될 즈음 손을 멈추고 희연에게 말했다.

"아버지가 못 가게 할 거야."

"왜?"

"그냥! 못 가게 할 거야."

엄마가 먼저 잘라버리는 어투였다. 아버지에게 미리 귀띔을 할지 모른다는 생각에 희연은 화가 치밀었다. 얼마나 삼척에 가고 싶은지를 다시 한 번 확인하는 순간이었으며, 꼭 가고 말겠다고 다짐했다. 그러나 아버지가 도계에서 고등학교를 다니라고 할 것 같긴 했다. 쓸데없는 돈 낭비라고. 고등학교에 가는 게 어디냐고. 고등학교는 다니게 할까? 자기 진로가 화제에 오른 적은 한 번도 없었다. 그럴 시간도, 여유도 없었다. 술 취한 아버지는 별일 없이 잠들어주는 것만으로도 고마웠다. 희연은 외투를 들고 어디 가냐는 엄마 말에 대꾸도 없이 밖으로 나왔다.

희연은 전두시장을 지나갔다. 바람이 새벽보다 상냥했다. 갈색 미닫이문이 드륵 열리더니 남색 모자를 쓴 아이가 고개를 내밀었다. 목재를 태우는 드럼통에 양손을 내밀고 있는 아주머니. 상점 유리창 안으로 주먹밥을 들고 있는 할아버지가 보였다. 희연은 산뜻함이 배어나는 이 시간의 햇살을 좋아했지만, 오늘은 그림자에 더 눈이 갔다. 오르고 싶은 곳이 있었다. 거기 가면 기분이 나아질 것 같았다. 시장을 지나 오십천을 건너 대덕산을 향했다.

태백과 경계를 이루는 대덕산은 해발 700미터로 저탄장이 있는 오봉산과 마주 본다. 산 초입부터 눈이 남아 있는 곳이 많았지만 희연은 아랑곳하지 않았다. 수그러들지 않는 마음을 푹푹 밟아 넣듯 걸었고, 축축한 냉기가 발을 감싸도 내버려뒀다.

한 시간 가까이 산을 오른 희연은 볼이 빨개지고 숨이 가빠졌다. 이마에 땀도 맺혔다. 소나무에 둘러싸인 정상 우두봉을 지나자 바람이 거세졌다. 폭이 좁은 능선을 따라 낮아지고 높아지던 소나무 숲이 갑자기 끝나고, 바위로 된 가파른 봉우리 하나가 나타났다. 잡을 것도 없어 손으로 바위를 짚으며 올라야 했다. 바람은 겁도 없이 여기까지 왔다며 날려버릴 기세였다. 희연은 두 손으로 기어가듯 올랐다. 바위에 다 올라 간신히 엉덩이를 붙이자 회색 허공이 후련했다.

희연은 크게 숨을 쉬었다. 도계가 한눈에 들어왔다. 회색 구름 사이로 한 가닥 빛이 평화롭게 마을에 도달했다. 빛은 선언하듯 자신의 경로를 드러내며 까만 도화지 위에 온유한 문양을 그렸다. 그 문양이 바람 따라 서서히 움직였는데, 희연도 그 바람을 온몸으로 느낄 수 있었다. 외투 주머니에 손을 넣었다. 매화나무가 벼랑 앞을 가렸지만 앙상한 겨울이라 없는 것이나 마찬가지였다.

재작년 도내 미술대회 때 삭도를 그리려고 산을 오르다 찾아낸 곳이었다. 누가 자기를 위해 마련했다는 생각이 들 정도로 마음에 들었다. 갑작스럽게 펼쳐진 허공에 짜릿함을 느껴 도계공항이라 이름 붙였다. 겨울이 끝날 무렵에는 매화가 꽃을 피웠다. 바위에 앉으면 양옆으로 가지를 뻗는 매화가 흰색과 분홍의 무늬를 도계에 아로새겼다.

여기서 보면 어디서부터 희고 검은지가 뚜렷했다. 사방이 흰 눈으로 덮였는데 마을에만 검정 눈이 내린 것 같았다. 삭도의 종착지인 저탄장이 검정의 중심이었다. 그 밑으로 올망졸망 모인 집들이 기원하듯 흰 연기를 하늘로 올려 보냈다. 희연은 어렵지 않게 고개사택을 찾아냈다. 멀리서 보니 다른 집과 똑같이 고요하고 평화로웠다. 조금 전까지 저 안에 있었다는 사실을 믿을 수 없었다. 땀이 식는지 어깨가 시렸다.

희연은 생리를 시작하며 아버지와 한방을 쓰는 것이 부쩍 껄끄러워졌다. 몸이 피곤하고 나른해지면 냄새에 예민해졌고, 맨 아래 서랍을 당길 때면 손이 어색해졌다. 생리 기간이 아니어도 방이 하나라는 사실은 여러 가지를 뜻했다. 부엌에서 옷을 갈아입을 때 아버지가 문을 열까 두려운 것은 그중 하나일 뿐이었다. 허둥지둥 옷을 갈아입다 발을 헛디뎌 흙 묻은 발을 팬티에 넣을 때면 거지 같은 집구석이라는 아버지 목소리가 귓가에 맴돌았다. 그러나 가장 싫은 것은 아버지가 엄마를 때릴 때 그 자리에 있어야 한다는 점이었다.

술 먹고 들어오는 아버지는 사소한 트집을 잡았다. 청소가 엉망이라는 둥, 이유가 중요한 적은 없었다. 큼직한 손이 엄마의 머리채를 쥐고 비틀었다. 뺨을 위로 향하게 하고 잠깐씩 멈추곤 했다. 아버지는 겁내는 엄마를 보고 싶어 하는 것 같았다. 움직이면 다친다고, 피하면 더 맞는다고, 그래서 잠자코 있어야 했다. 엄마의 눈동자는 아버지의 손바닥을 따라 움직였다. 희연은 몸이 얼어 아무것도 할 수 없었고, 갱도가 무너지는 상상을 할 만큼 아버지가 미웠다. 당하기만 하는 엄마도 싫었다. 차라리 엄마가 집을 나가버렸으면. 하지만 엄마가 없으면 저기 잡혀 있는 것이 자기일 수 있다는 것도 알았다.

삭도 소리가 바람에 닳아 한결 부드러웠다. 삭도는 쉬지 않고 탄바가지를 내려 보내고 빈 바가지를 올려 보냈다. 서울에는 남산 케이블카가 있다고 했다. 저 삭도와 움직이는 원리는 비슷하겠지만 완전히 다른 분위기겠지. 서울 아이들은 모두 자기 방이 있다던데. 아니, 삼척만 나가도 집에 수도가 있고 버스가 다닌다.

희연은 꿈이 있었다. 남들이 물으면 간호사라 답하지만 몰래 꾸는 꿈은 배우였다. 동네 사람들이 하는 말에 헛바람이 든 것은 아니었다. 희연은 매번 새로운 삶을 사는 배우가 되고 싶었다. 배역에 빠져 그들의 감정을 느끼고, 느낀 감정을 세련되게 표현하고 싶었다. 잘할 수 있을 것 같았다. 게다가 화면 속에서는 거지 같은 것도 모두 의미가 있으니까. 역경이나 시련, 슬픈 과거는 주인공에게 필수 조건이니까. 저 삭도조차 영화 속에서는 다르게 보일지 모른다. 희연은 자신이 말도 안 되는 꿈을 꾼다고 생각하면서도, 예상할 수 없는 일이 생겨 꿈을 이룰 것 같은 믿음이 있었다. 배우가 되는 상상을 하면 희연은 생기가 났다. 새 집, 새로운 사람들, 새로운 요리를 맛보는 상상. 아버지와 엄마를 서울의 좋은 식당에 데려가고, 동네 사람들은 희연을 자랑스레 이야기한다.

그런데 아침에 등을 떠밀었던 얼룩무늬 아줌마도 좋게 이야기할까? 혹시 엄마에 대해 뭐라고 떠벌리지는 않을까? 희연은 자신에게 줄줄이 꽂혔던 시선들이 생각나자 설레던 마음이 사그라졌다. 사람들의 어떤 기억은 정말 오래간다는 사실이 끔찍했다. 엄마와 아버지를 떠나 아무도 모르는 곳에 가고 싶었다. 그래서 바다가 보고 싶었던 것일까? 그저 미자 언니가 출근한 빈방에 혼자 있고 싶어서? 그럴지도 모른다. 그까짓 바다가 뭐라고.

희연은 천천히 바위에서 일어섰다. 이륙 지점에서 아래를 내려다봤다. 뒤에서 부는 바람이 어서 해보라고 재촉하는 것 같았다. 뒤에서 부는 이 바람이 바다를 향한다는 것을 알았다. 비탈면의 경사는 아찔했고, 어디까지 굴러갈지 가늠할 수 없었다. 눈 사이로 회색 바위가 드문드문 보였다. 희연은 발끝에 힘을 주고 돌멩이 하나를 떨어뜨렸다. 갈색 돌은 경사면에 몇 번 튕기다 눈 속으로 사라졌다. 아플 것 같았다. 희연은 하늘로 고개를 들었다.

희연이 산에서 내려왔을 때는 점심 무렵이었다. 신발은 푹 젖어 있었다. 희연은 얼기 시작한 빨래를 헤치고 집으로 들어갔다. 빨래하느라 지쳤는지 엄마는 잠들어 있었다. 술 냄새는 나지 않았다. 숨을 내쉬며 낮아진 엄마의 가슴은 부풀기를 잊은 듯 잠잠하다 허겁지겁 올라왔다. 벌어진 입술 사이로 앞니 두 개가 보였다. 눈두덩 옆으로 잔주름이 졌다. 살갗은 누렇게 마른 종이 같았다. 희연은 엄마 곁에 잠시 앉았다가 문갑에서 돈을 꺼내 밖으로 나왔다.

시장은 사람들로 북적였다. 살 것을 모두 샀지만 집에 돌아가고 싶지 않았다. 국숫집에 앉아 있는 사람들이 보였다. 사람들은 대접에 얼굴을 묻다시피 면을 들이켰다. 희연은 점심 무렵인데도 배고프지 않은 것이 이상했다. 시장 중간의 제과점을 지나쳤다가 되돌아와서 유리창에 섰다. 나무 테이블 세 개가 모두 비어 있었다.

문을 열고 들어가자 따뜻한 빵 냄새가 희연을 맞이했다. 희연은 나무선반에 진열된 빵 중에서 카스테라 하나를 고르고 우유를 한 병 달라고 했다. 데워줄까 묻는 아줌마에게 그냥 달라고 말했다. 아줌마는 나무쟁반에 카스테라와 우유를 담아 왔다. 한 뼘 크기의 뽀얀 유리병에 물방울이 맺혀 있었다. 은색 포크로 접시에 담긴 카스테라를 잘라 입에 넣고 우유 한 모금을 머금었다. 입안 가득 차오르는 부드러움이 달콤함을 퍼뜨렸다. 엄마는 찬 우유와 먹어야 더 달다고 했다. 더운 우유는 너무 쉽게 흩어버린다고. 이 맛을 잊을 수 없어 다른 엄마들과도 가끔 여기 왔는데.

희연은 자라면서 마음의 중심을 옮기는 법을 익혀야 했다. 다른 엄마들이 어떻게 하면 좋아할까, 무엇을 필요로 할까, 끊임없이 살피는 버릇이 생겼다. 미자 할머니를 제일 많이 안마해주는 사람이 희연이었고, 석호에게 셈을 가르쳐준 사람도 희연이었다. 영숙이 엄마는 딸들 중에서 네가 제일 심부름을 잘한다고 했다. 다른 엄마들이 엄마보다 더 엄마 같았다. 미자 엄마에게서 물건 값이 싼 가게를 배웠다. 등교할 때 흐트러진 교복을 매만져주는 것은 영숙이 엄마였다. 교복 다림질을 가르쳐준 것은 미자 엄마였다. 그래도 결국은 다른 아이의 엄마라는 것도 알았다.

영숙이 언니가 시험을 망친 날, 성적표를 들고 갔던 희연은 내내 그 일을 후회했다. 그럴 때는 엄마에게 다가가고 싶었지만 그럴 수가 없었다. 조금씩 말라가는 얼굴. 다른 사람들과 눈을 마주치지 않으려 점점 아래로 향하는 시선. 엄마는 남들이 아무렇지 않게 던진 말에도 몸을 움츠렸다. 그 움츠림은 희연과는 상관없는 일이었다. 적어도 오늘 아침까지는 그랬다.

희연은 우유를 마시며 빵집 밖을 내다봤다. 유리창 너머로 안을 들여다보는 사람들과 유리에 비친 자기 모습이 겹쳐 보였다. 엄마와 얼마나 닮았을까 궁금했다.

다음 날 자명종은 4시에 울렸다. 새벽 4시란 자명종이 한참 울려도 아버지와 엄마가 미동조차 없는 시간이었다. 희연은 부엌에서 옷을 챙겨 입었다. 두툼한 내의를 입고 양말을 두 개 겹쳐 신었다. 갈색 벙어리장갑도 준비했다. 이름이 적힌 손수건은 물통에서 풀어버렸다. 외투를 입고 문을 열자 바람은 어제보다 온순했다.

공터에 도착했을 때는 4시 반이었다. 희연은 첫 번째로 물통을 줄 세우고 주위를 둘러봤다. 아무도 없는 공터는 적막했다. 적막함이 나쁘지 않았다. 집에 갔다 올까 망설였지만 그냥 있기로 했다. 공터 왼편 담장에 불룩 튀어나온 돌부리가 앉을 만해 보였다. 그쪽으로 걸어가 물통을 보며 걸터앉았다. 텅 빈 공터에 물통 하나가 바람을 맞으며 달빛을 담고 있었다. 그 풍경이 조금 쓸쓸했다.

공터 반대편에서 길쭉한 형체가 나타난 것은 5시가 조금 넘어서였다. 물통을 들고 있는 그림자는 희연이 세워둔 물통 뒤로 다가섰다. 가져온 물통을 내려놓고 앞에 놓인 물통을 왼쪽, 오른쪽으로 기울여 살펴봤다. 그리고 허리를 펴고 주위를 둘러봤다. 얼굴이 보이지 않아도 누구인지 알 수 있는 두리번거림이었다. 희연은 그 두리번거림이 반가웠다. 성원은 곧 희연이 앉아 있는 쪽을 봤고, 그쪽에서는 담장 아래가 잘 보이지 않는지 살짝 고개를 숙였다가 천천히 걸어왔다.

"서희연?"

고요한 공터에 자신의 이름이 울리자 희연은 기분이 묘했다. 성원은 희연 쪽으로 성큼성큼 걸어왔다. 담장 쪽으로 오자 활짝 웃는 얼굴이 보였다. 희연은 자리에서 일어났다. 달빛 아래서 여드름은 잘 보이지 않았고 눈은 깊어 보였다. 어두워서 그런지 입술 안으로 드러나는 이가 하얬다. 예전의 친근함이 아련히 기억났다. 참 말썽쟁이였는데 지금은……

"되게 일찍 나왔네?"

성원이 웃으며 말했다.

"내일부터는 늦게 나와. 내가 대신 설게."

대신 줄 선다는 말에 희연은 정신이 퍼뜩 들었다. 어제 매몰찼던 손의 충격을 다시 느꼈다. 그리고 그 모든 일이 성원의 앞뒤 가리지 않는 호의 때문이라는 것도 기억났다. 게다가 오늘 아침 이렇게 일찍 나왔는데 막상 성원과 나란히 있는 모습을 얼룩무늬 아줌마가 본다면…… 희연은 얼굴이 굳었고, 딱딱한 목소리로 말했다.

"누가 내 물통 건드릴까 봐 일찍 나왔어."

"응? 왜?"

성원은 조심스럽게 다시 물었다.

"왜? 어제…… 기분 나빴어?"

어제의 무엇이? 희연은 어제의 모습을 성원이가 봤을까 걱정됐지만, 그것을 물을 수 없는 것에 화가 났다.

"나 너한테 부탁한 적 없어. 앞으로도 계속 내가 설 거니까 쓸데없는 짓 좀 하지 마!"

희연은 조금 전에 퍼부은 감정이 얼룩무늬 아줌마를 향한 것임을 알았지만, 이미 성원의 표정은 무너진 뒤였다. 억울한 듯 이유를 생각하는 모습. 성원이 작은 목소리로 말을 이었다.

"그냥. 별 뜻 없었어."

"괜찮아. 그냥 내가 설게."

"나는 그냥……"

희연은 성원의 바보 같고 순진한 표정이 싫었다. 성원이 시선을 떨어뜨리며 말했다.

"네가 추운 데 서 있는 게 싫었어."

희연은 그 말에 속이 확 상했다. 성원이 다시 말을 이었다.

"내가 들어간 뒤에도…… 네가 남아 있는 게 싫었어."

왜냐고 묻고 싶었다. 그 대답을 직접 귀로 듣고 싶었다. 그 마음을 듣고 나면 이 아이에게는 모든 이야기를 털어놓을 수 있지 않을까. 그런데 물을 수가 없었다. 대신 긴 한숨만 나왔다.

성원의 얼굴은 어두웠다. 희연은 어제 일이 성원의 잘못은 아니라고 생각했다. 성원이 자신에게서 거절의 이유를 찾게 하고 싶지도 않았다. 희연은 작은 목소리를 냈다.

"너 때문이 아냐. 그냥 내가 서려고."

하지만 성원은 다시 한 번 거절당했다고 느끼는 표정이었다. 자기가 듣고 싶은 대로 듣는 사람의 표정은 어둡고 딱딱했다. 희연은 그 표정에서 어떤 건널 수 없는 막막함을 느꼈고, 가슴이 아려왔지만 밝게 말했다.

"춥다. 난 들어갔다 와야지."

희연은 성원을 지나 물통 쪽으로 걸어갔다. 희연은 자기 뒤를 따르는 성원의 발걸음 소리에 귀를 기울였다. 희연이 물통을 들고 들어가려 하자 성원이 말했다.

"물통은 왜 갖고 가?"

"누가 또 가져가면 어떡하라고?"

희연은 밝게 말했다. 하지만 물통까지 들고 가는 희연을 보는 성원의 표정은 밝지 않았다. 희연은 천천히 집으로 돌아왔다. 30분 동안 부엌에서 온기를 받았다. 추운데 성원이는 공터에 혼자 있겠구나. 뭐라도 해야 할 것 같은 마음에 아궁이 뚜껑을 열어 연탄불이 괜찮은지 살폈다. 연탄을 갈고, 헝클어진 선반을 조심조심 정리했다.

다시 공터로 나왔을 때는 성원이 뒤로 열 명도 넘게 서 있었다. 성원은 희연과 눈이 마주쳤지만 바로 눈을 돌렸다. 눈을 얇게 뜨고 입을 다문 성원은 모욕당한 사람의 표정이었다.

얼룩무늬 아줌마가 중간에 서 있었다. 아줌마는 뒤를 돌아 희연을 한 번 쳐다보며 얄궂게 웃었다. 그 웃음에는 어떤 득의만면함도 보였다. 자기가 버릇을 고쳐놔 제대로 줄을 섰다는 만족스러움 같았다.

삼척에 갈 수 있는 봄방학이 하루하루 줄어들었지만 희연은 아쉽지 않았다. 매일 아침 새벽 4시에 눈이 떠졌다. 눈이 떠지면 이렇게 일찍 일어날 필요가 있냐고 생각하다 공터에 나오면 일찍 나온 이유를 알았다. 떳떳하게 제일 먼저 물을 받아 제일 먼저 공터를 떠나고 싶었던 것이다. 달빛이 색을 앗아간 공터는 늘 차가운 빛이었다.

마지막 물 배급은 토요일이었다. 희연이 물을 받고 물통을 옆으로 치워놨지만 시간이 돼도 아버지는 나타나지 않았다. 얼룩무늬 아줌마가 지나가고, 성원이 지나가고, 줄이 반이나 줄어도 희연은 공터에 서 있었다. 아버지가 엊저녁에 많이 취했던 것을 기억하고는 혼자 물통을 옮겨야 한다는 것을 깨달았다.

희연이 평소 나르던 물통보다 커서 쉽게 옮길 수가 없었다. 물통을 들고 몇 발자국 걷다 내려놓고, 다시 몇 발자국 걷기를 반복했다. 어서 공터를 벗어나고 싶었지만 시간은 마음처럼 빨리 흐르지 않았다. 아버지가 나오지 않을 것이라는 것만 알았어도 물을 적게 받았을 텐데. 공터만 벗어나면 작은 물통을 가져와 나눠 날라야겠다고 생각했다. 사람들 앞에서 약한 모습을 보이고 싶지 않았다. 아무도 자신에게 신경 쓰지 않을 것이라 믿고 싶었지만, 뒤돌아볼 때마다 사람들과 눈이 마주쳤다. 물통의 무게보다 무료한 사람들의 시선이 버거웠다. 그때 숨 가쁜 목소리가 뒤에서 다가왔다.

"내가 들게."

뒤에서 달려오던 목소리는 앞을 막아서더니 물통 손잡이를 잡았다. 성원이었다. 얼굴이 벌겋고 숨이 가빴다. 뛰어온 모양이었다.

"저쪽이지?"

성원은 단순히 방향을 물었을 뿐인데, 희연은 자신이 답해야
하는 것이 그 이상임을 알았다. 모두의 시선 속에서 성원의 호의
를 받아들이는 것이 두려웠다. 거절해야 한다고 생각했다. 그런
데 흔들림 없이 자기를 바라보는 이 눈빛이 등 뒤의 눈빛들과 정
면으로 마주한다는 것을 알았다. 성원은 과연 엄마에 대해 몰랐
을까? 얼룩무늬 아줌마도 알고, 동네 사람들도 다 아는 사실을 6
년간 학교를 같이 다닌 이 아이가 몰랐을까? 자신에게 달려오는
시간들은 사람들의 시선을 거슬러 올라오는 시간들이었을 것이
다. 그러자 등 뒤의 시선보다 지금 마주하는 이 눈빛이 더 중요
하다는 생각이 들었다. 희연은 말했다.

"고마워. 같이 들자."

"괜찮아."

성원은 두 손으로 가뿐히 물통을 들어 오른쪽에 받치고 걸어갔
다. 희연이 따라가며 물통 손잡이를 잡았지만 성원은 고개를 저
으며 웃었다. 그 웃음에는 잡스런 것이 섞여 있지 않았다. 성원이
혼자 들기를 원한다면 그렇게 하도록 해줘야 한다고 생각했다.
성원은 물이 출렁이자 속도를 줄여 천천히 걸었다. 희연은 성원
을 보느라 공터를 벗어날 때까지 뒤를 돌아볼 생각을 못 했다.

성원은 어렵지 않게 공터를 벗어났지만 오르막에 접어들자 걸
음이 더뎌졌다. 희연은 아버지의 강함이 떠올랐다. 성원의 얇은
손목에서는 아버지의 뚝심이 보이지 않았다. 그래서 더 고마웠

다. 가파른 길을 오르며 성원은 허리가 자꾸 숙여졌고 걸음도 느려졌다. 마침내 물통을 내려놓자 희연이 옆에서 손잡이를 잡으며 말했다.

"같이 들자니까."

성원이 멋쩍은 듯 웃었다.

함께 물통을 나르며 물을 쏟지 않으려면 상대방의 걸음걸이에 많은 신경을 써야 했다. 둘은 발걸음을 맞추고 자주 쉬었다. "힘들지?" 서로에게 물었다. 성원은 혼자 물통을 들지 못하는 것을 미안해했는데, 희연에게는 그 미안함이 카스테라처럼 폭신폭신했다. 희연의 이마에서도 땀이 흐를 무렵 성원이 말했다.

"희연아. 조금 쉴까? 너 은근 힘이 세다. 맞다! 너 달리기도 잘했지?"

"우리 집에서는 내가 물을 긷는다고. 이 물통은 내가 쓰던 게 아니어서 못 들었던 거야."

성원이 물통을 내려놓고 앞을 보며 웃었다. 학생모를 살짝 들고 손등으로 이마의 땀을 닦았다. 학생복의 깃이 선 옆모습을 올려다보며 희연은 늘 다니던 곳인데 낯선 곳에 선 기분이었다. 빛은 새날의 상쾌함을 품고 있었고, 누군가의 호의가 이렇게 기쁨을 준다는 발견. 그 순간 희연에게 떠오른 것은 엉뚱하게도 바다였다.

성원과 한 발자국씩 내딛으며 물통을 옮겼다. 물통을 갑갑해하는 수면을 달래가며 둘은 서로 보폭을 맞췄다. 하지만 희연의 마음은 다른 곳을 향하고 있었다. 그녀의 기억은 처음 바다를 봤던 중학교 2학년 여름방학으로 거슬러갔다. 미자 아버지가 앞장 서서 삼척항에 구경 갔던 날. 도계에서는 결코 상상할 수 없던 풍경이 그녀 앞에 펼쳐졌다. 다른 삶이 존재한다는 것을 믿을 수 밖에 없는 광활한 아름다움. 어떻게 해도 마음에 품을 수 없는 공간은 끝이 없었다. 끝없는 수평선 위로 거리낌 없는 햇살이 은 빛 점묘화를 그렸다. 항구의 배들은 끊임없이 떠나고 도착한다 는 것을 엔진 소리로 증거했다. 저녁이 되자 석양은 파도의 고랑 에서 신비로운 색을 건져냈고, 오징어 배들은 때 이른 빛을 켜들 고 넘실거렸다. 파도는 그들이 떠나온 곳을 기억하리라. 태평양 건너의 미국, 멕시코, 브라질. 그곳은 어떤 세상일까? 희연은 그 저 여기가 싫어 바다를 꿈꾼 것이 아님을 알았다. 그런 생각은 바다를 하찮게 만드는 일이었다. 바다는 그런 존재일 수 없었다.

"여기야."

고개사택 앞에 도착한 희연은 성원에게 말하고 마당 안을 들 여다봤다. 입갱시간이 지났지만 아버지가 집에 있을 것 같았다.

"어느 쪽이야?"

"왼쪽."

성원은 물통을 문 앞에 내려놓고 담장 앞에 섰다.

"가볼게."

간다고 하면서 성원은 계속 서 있었다.

"고마워."

희연은 진심으로 고마웠다. 땀을 흘리며 뛰어와준 것도, 공터에서 데리고 나와준 것도. 무엇보다 지금 느끼는 감정에 대해 고마웠다.

"별것 아닌데 뭘."

"진짜 고마워."

"희연아."

"응?"

성원은 잠시 고개를 숙였다가 선전포고라도 하듯 고개를 들며 말했다.

"나 너한테 바라는 거 없어. 그냥 네가 춥고 힘든 게 싫어서야."

희연은 비장한 성원의 표정에 웃음이 났다. 사람 마음을 모르는 바보는 이런 표정을 짓는구나 싶었다. 희연이 웃으며 말했다.

"힘들지 않았어?"

"하나도!"

그렇게 말하는 성원의 학생모 챙에 땀방울이 맺혀 있었다. 희연은 문득 성원의 손목을 잡으면 어떤 느낌일까 궁금했다. 희연이 말했다.

"너. 그거 거짓말이다."

성원이 억울해하며 답했다.

"우리 집은 얼마나 더 가파른데. 나 하나도 안 힘들어!"

"아니. ……바라는 거 없다는 말."

성원은 입술을 살짝 열며 무엇인가 말하려 했지만 말을 잇지는 못했다. 희연은 성원의 말을 기다렸다. 지금 이 아이의 마음을 목소리로 듣고 싶었다. 그러나 끝내 말을 꺼내지는 못했다.

"아버지 집에 계실 거야. 나 들어가봐야 돼. 어서 가."

희연은 어쩔 줄 모르는 성원에게 돌아갈 구실을 주고는 손을 흔든 뒤 문으로 걸어갔다.

대문을 열고 물통을 들어 문지방을 넘으며 희연은 결심이 섰다는 것을 느꼈다. 오늘 아버지에게 말해야 한다. 아궁이 앞으로 물통을 옮기는데 엄마가 불렀다.

"희연이니?"

"네."

방 안을 들여다보니 아침 식사 중이었다. 흰죽을 뜨는 아버지는 속이 안 좋은지 인상을 찌푸린 채 쳐다보지도 않았다. 희연은 아버지의 표정을 보며 마음이 흔들릴까 걱정됐다. 엄마가 희연에게 물었다.

"어떻게 왔어?"

"친구가 도와줬어요. 고맙게도."

"어서 와 앉아. 아침 먹어."

아무도 고마운 친구의 이름을 묻지 않아 서운했다. 외투를 벗고 밥상 앞에 앉았다. 엄마가 부엌에 가서 흰죽 한 그릇을 가져왔다. 희연은 숟가락을 들었다. 아버지에게 어떻게 말을 꺼내야할지 알 수 없었다. 말을 해야겠다는 마음이 확실해질수록 아버지가 무서웠다. 희연은 한 숟가락 떠서 입에 넣었다. 말캉한 밥알들이 입안에서 흩어졌지만 여린 단맛도 느낄 수 없었다. 혓바닥에 닿는 것들이 그저 덤덤했다. 몇 숟가락을 뜨며 다음에 말하자는 유혹을 느꼈다. 그러나 지금 이 마음을 삭이면, 가슴을 뜨겁게 달구며 쿵쾅거리는 것들이 그냥 사라질까 두려웠다. 그 두려움이 아버지에 대한 두려움보다 크다는 것을 깨닫는 순간 희연은 나지막이 입을 열었다.

"아버지."

희연은 자신의 목소리가 뻣뻣하다고 느꼈다. 아버지는 고개를 숙이고 죽을 뜰 뿐 반응이 없었다. 희연이 무슨 말을 하려는지 예감했는지 엄마가 심상치 않은 시선으로 바라봤다.

"아버지."

아버지가 귀찮다는 듯이 고개를 들었다.

"뭐?"

"저 삼척에서 고등학교 다닐래요."

희연은 자신의 입에서 나온 말을 귀로 들으며 강한 기쁨을 느꼈다. 하지만 아버지는 표정이 안 좋았다. 가뜩이나 속도 안 좋은데 하는 표정이었다.

"넌 왜 아침부터 이상한 소리를 해?"

아버지와 눈을 마주치는데 엄마가 몸을 뒤로 빼며 지금은 아니라고 고개를 젓는 것이 보였다. 희연은 계속 말을 이었다. 아버지가 제일 걱정할 것 같은 문제를 먼저 이야기했다.

"돈이 그렇게 많이 들지는 않을 거예요. 삼척에 있는 미자 언니랑 같이 지낼 거니까요. 언니한테 벌써 허락도 받아놨어요. 언니도 저랑 같이 지내는 게 외롭지 않아서 더 좋대요."

아버지는 희연의 이야기를 듣고 고개를 들더니 잠시 눈을 감았다. 다시 눈을 떴을 때는 눈빛이 달라져 있었다.

"니 마음대로 뭘 허락받았다고?"

희연은 아버지 눈빛에 눌려 말이 나오지 않았다.

"미자 그년은! 지가 뭐라고 그런 이야기를 막 해?"

확 커진 목소리에 희연은 시선이 내려갔다. 희연은 고개를 숙였지만 아버지가 부엌 쪽을 바라보는 것을 알 수 있었다. 아버지는 조금 누그러진 목소리로 말했다.

"고등학교 가는 건 좋아. 그런데 여기서야."

"……"

"지금 확실히 말하는데, 고등학교 다니려면 다녀. 그건 해준다. 하지만 삼척 간다, 어디 간다, 뭐 이상한 소리 하면 고등학교고 뭐고 없어! 밥이나 먹어."

아버지는 아버지 식대로 대화를 마무리하고 다시 숟가락을 들었다. 그러나 희연은 숟가락을 들 수 없었다. 엄마의 시선이 자신에게 애절하게 쏟아지는 것을 느꼈다. 그냥 숟가락을 들고 싶은 마음도 있었다. 그러면 다 조용히 지나가리라. 하지만 이제 그만두면 다시 이야기를 꺼낼 수도 없었다.

"싫어요."

아버지가 숟가락을 탁 내려놨다.

"뭐?"

희연은 아버지의 눈빛을 보며 자신이 어떤 선을 넘고 있음을 느꼈다.

"안 된다고요 여기선."

"기집애가 착하다고 오냐오냐 했더니…… 뭐? 다시 말해봐!"

"삼척 간다고요."

"너 내가 조금 전에 뭐라고 했어?"

희연은 아버지의 눈빛을 똑바로 받기 어려웠다.

"안 된다고 했지!"

"왜냐고 한 번은 물어보실 수 있잖아요?"

"너 오늘 버르장머리 좀 고쳐야겠구나?"

아버지는 몸을 반쯤 일으키더니 희연의 머리채를 잡았다. 커다란 주먹이 머리카락을 쥐자 희연은 아파서 소리가 나왔고, 반사적으로 아버지의 손을 잡았지만 어떻게 할 수는 없었다.

희연은 아버지가 손바닥을 위로 쳐드는 것을 보았지만 그 다음은 잘 기억나지 않았다. 밥상에 무엇이 쾅 부딪히는 소리가 들렸을 뿐이다. 어릴 때도 맞은 적이 있지만 이런 식은 아니었다. 방바닥에 김치 그릇과 죽 그릇들이 엎어져 있었다.

"다시 말해봐."

아버지는 서 있었다. 희연은 말해야겠다고 생각했지만 머리가 멍해서 입이 잘 떨어지지 않았다. 희연도 자리에서 일어나며 말했다.

"저, 여기서는 못해요."

그 소리가 끝나기가 무섭게 다시 눈앞이 흐려지고 귀가 멍멍해졌다. 아픔은 강렬했다. 더 맞을까 두려웠고, 손으로 얼굴을 감싸고 주저앉았지만 말을 멈추고 싶지 않았다.

"대학도 갈 거예요! 그래서 여기서는 안 돼요!"

"누가 너를 대학 보낸대?"

아버지는 어이없다는 듯이 웃었다. 희연은 아버지의 표정을 보며 등록금이 아니더라도 아버지가 가진 힘을 깨달았다.

"커서 시집이나 가! 밖으로 돌려봤자 깨지기만 하는 기집애가! 대학은 무슨!"

희연은 아버지 한마디에 어쩔 수 없는 자신의 한계가 너무 분했다. 받아들이기 싫었지만 어쩔 수 없다는 것을 알았다.

"아버지. 삼척으로 고등학교만 보내주세요. 제가 다 알아서 할게요!"

"중학교로 끝낼래?"

희연은 엄마가 곁에 와서 손으로 다리를 누르는 것을 느꼈다. 이상하게 그 손길에 더 화가 치밀었다.

"꼭 가요! 저는!"

"어서 눈을 그렇게 떠?"

말이 끝나기도 전에 아버지가 달려드는데 누가 자신을 와락 안는 것을 느꼈다. 가느다란 팔 어디에서 그런 힘이 났는지. 그 팔은 희연을 감싸 옆으로 돌렸다. 그 팔이 희연의 머리를 감쌌다.

"비켜!"

"왜 애를 때려!"

날이 선 엄마의 목소리.

"이게 미쳤나? 안 나와?"

"말로 해! 말로!"

희연은 자신의 머리를 감싼 팔에 힘이 들어가는 것을 느끼며 이 목소리의 주인이 왜 그렇게 미웠는지 알 것 같았다. 그 이유는 시장에 대신 다녀야 했기 때문도 아니고, 물을 길어야 했기 때문도 아니며, 사람들의 시선 때문도 아니었다. 단단하게 자신을 안아주는 이곳이 사무치게 그리웠던 것은 아닐까.

"이게 어디서 큰소리야? 니가 이 모양이니까 애 버릇이 이렇잖아! 그래. 찬물도 위아래가 있지! 너부터 와!"

아버지가 엄마의 머리채를 잡아채자 자신을 두르고 있던 팔이 힘없이 풀어지는 것을 느꼈다. 희연이 소리쳤다.

"엄마 잘못 없어요! 엄마는 안 된다고 했어요!"

아버지는 엄마를 방 가운데로 끌고 가며 손바닥으로 내리쳤다. 엄마는 두 손으로 얼굴을 감쌌다. 희연이 아버지에게 달려들었다.

"엄만 잘못 없다니까!"

아버지는 희연을 밀쳐버리고 다시 엄마의 얼굴을 내리쳤다. 타격음이 방 안을 울렸다. 엄마는 맞는 동안 조용했다. 아버지도 때리는 동안 소리치지 않았다. 희연은 그 고요함에 온몸의 피가 식는 기분이었다. 다섯 번이 넘어가자 꽉 오므렸던 엄마의 발끝이 슬며시 펴지는 것을 보았다. 무의식중에 아버지는 희연의 뜻을 꺾는 법을 알고 있었는지 모른다. 희연은 갑자기 엄마 머리채를 잡은 아버지의 왼손에 매달렸다.

"여기서 다녀요! 여기서 다녀요! 여기서 다닐게요!"

한 번 더 손을 올렸던 아버지는 희연을 바라보다 그제야 엄마를 잡고 있던 손을 놓았다. 희연은 방금 전에 자기가 한 말이 어떤 의미가 있는지 아버지에게 알려주고 싶은데 입에서 말이 나오지 않았다. 눈물이 흐르는 눈으로 엄마를 바라봤다. 엄마는 양손으로 얼굴을 가리고 옆으로 누운 채 일어나지 못했다.

"한 번만 더 이상한 소리 해봐!"

희연을 향하는 아버지의 목소리는 조금 풀어져 있었다. 아버지는 한 손을 벽에 기대고 숨을 골랐다.

아버지의 숨소리가 잦아들 즈음, 엄마가 천천히 몸을 일으키더니 벽에 기댔다. 그리고 차분하게 말했다.

"쟤, 삼척에서 학교 다닐 거야."

희연은 엄마를 향하는 아버지의 지긋지긋하다는 눈초리를 봤다.

"너는 애 없으면 물도 못 긷는 주제에 어디서 그런 말을 해?"

엄마는 앞으로 흘러내린 머리카락을 뒤로 넘기며 말했다.

"내 핑계 대지 마. 나…… 희연이 없어도 잘할 수 있어."

"너는 니 몸뚱아리나 훑어보고 그런 말을 해!"

"당신이 왜 이러는지 알아."

"뭐?"

"왜 여기 붙잡아 두려는지 안다고."

"뭔 소리야?"

"걱정 마. 희연이는 나랑 달라."

엄마가 아버지를 올려다봤다. 아버지의 눈빛이 흔들렸다. 엄마는 아빠를 보며 천천히 말을 이었다.

"나를 닮았지만 나하고는 다른 애야."

"……"

"당신도 닮았지만 당신과도 달라."

"……"

"쟤…… 우리와 달리 살 거야. 꼭 그렇게 될 거야. 당신이 왜 나 미워하는지 알고…… 나 그거 이해해. 정말이야…… 그래. 정말로…… 하지만."

엄마의 말에 아버지의 눈빛이 다시 흔들리는 것을 보았다. 아버지가 소리쳤다.

"하지만 뭐!"

"이 아이 여기서 썩게 하면 그땐 새 마누라 구할 때까지 니 손으로 도시락 싸 다녀야 할 거야. 평생 우리 얼굴 못 보고."

"이년이! 뭐?"

화를 냈지만 아버지의 목소리는 어딘가 힘이 빠져 있었다. 엄마의 목소리는 여전히 담담했다.

"맘먹으면 내가 어디서도 살 수 있는 년이라는 거 너도 알지?"

"……"

"한 번만 더 쟤한테 손대도 마찬가지야."

아버지는 엄마에게 달려들어 멱살을 잡고 손을 쳐들었지만 엄마의 표정은 그저 슬퍼 보였다. 아버지는 엄마의 얼굴을 내려 보다 고개를 흔들더니 벽에 걸린 잠바를 집어 들었다.

"어휴! 내 등골 빼먹고 사는 년들이…… 진짜 거지 같은 집구석이네!"

아버지는 소리치며 부엌으로 내려가 신발을 신더니 집을 나갔다.

그날도 아버지는 평소처럼 술에 취해 신발을 차대며 방으로 들어왔다. 그러나 그날은 아무에게도 손대지 못했고, 그 후로도 희연에게는 손찌검을 하지 못했다.

1973년 3월 2일 금요일. 삼척여자고등학교 운동장에는 300명 남짓한 여학생이 줄지어 서 있었다. 아침 기온은 영하 2도였다. 건물에 가려 그늘진 곳은 눈이 녹지 않은 곳이 많았다. 전날 삼척항 근처 여관에서 잠을 잔 세 식구는 입학식보다 30분 일찍 도착했고, 모두 잘 차려입은 모습이었다. 희연은 학교 정문 앞에서 옷매무새를 또 가다듬는 아버지의 긴장한 표정이 낯설었다. 감색 양복을 빌려 입은 아버지는 소매가 짧았지만 본인 생각처럼 티가 나지는 않았다. 보라색 비로도 한복을 입고 모처럼 화장을 한 엄마는 사람들의 시선을 받을 만했다. 희연도 하얀색 옷깃이 넓은 검은색 교복을 한 번 더 훑어봤다.

입학식이 시작되고 국기에 대한 맹세가 흘러나올 때, 희연은 뒤를 돌아봤다. 부동자세로 단정하게 가슴에 팔을 올린 아버지와 엄마가 멀리 보였다. 입학식이 끝나고 세 식구는 여객터미널 근처 중국집에서 외식을 했다. 짜장 하나, 짬뽕 둘. 버스에 아버지와 엄마를 태워 보내고 혼자 돌아오던 길, 희연은 바다를 보며 엄마가 너무 보고 싶었다.

강이 하나 흘렀는데 그 강이 오십천이라는 것을 알고 깜짝 놀랐다. 도계에서 시작한 오십천이 용케 여기까지 왔구나 싶었다. 그러나 물 색깔을 보며 도계의 흔적은 다 사라졌다는 것도 알았다.

희연은 곧 행복해졌다. 학교는 삼척항에서 걸어서 한 시간 정도 거리였다. 아침에는 버스를 탔고 저녁에는 걸어왔다. 걷는 것도 행복했다. 매일매일 행복하다는 사실을 드러내기 겁이 날 정도로 행복했다. 저녁을 먹고 미자 언니와 항구에 정박한 배들을 보면 마음이 어디까지 뻗어나가는지 알 수 없었다. 삼척항 뒤편으로 산처럼 오른 구릉에 집들이 다닥다닥했는데, 미자 언니가 자취하는 집은 언덕 중간에 있었다. 미자 언니는 음악 감상이 취미였다. 주인집 전축에 가끔 자기가 산 레코드판을 얹었다. 사이먼 앤 가펑클, 카펜터스, 비틀즈가 주인집 취향이었고, 롤링 스톤즈, 도어즈는 언니 취향이었다. 둘은 잠이 안 오는 날이면 밤 늦게까지 골목에 나와 있었다. 경찰서 뒤편으로 장독을 묻고 막걸리를 담아 파는 술집이 몇 있었는데 밤마다 노랫소리가 들려왔다. 오징어 배들이 밝힌 밤바다를 볼 때면 그 노래도 어느 정도 들어줄 만했다.

공부는 생각처럼 쉽지 않았다. 희연은 한 과목에 오래 집중할 수 있는 성격이 아니었다. 영어와 국어는 그런대로 따라갈 수 있었지만 수학은 좀처럼 따라가기 어려웠다. 언니도 늦게나마 대학에 갈 마음이 있었기에 틈틈이 입시 공부를 했다. 둘은 책상을 나란히 놓았고, 밤늦게까지 공부를 하다 항구를 거닐곤 했다. 정박한 배들이 늘쩡늘쩡거릴 때면 마음은 배를 타고 별빛의 한복판으로 나아갔다.

희연은 종종 엄마를 기억했다. 아버지와 담판을 짓던 날 자신을 꽉 안았던 엄마의 팔이 떠올랐다. 어깨와 머리를 감싸던 단단함을 떠올리면, 그날이 아픔과 무서움 대신 안도감으로 다가왔다. 혼자 물을 긷고 장을 보고 빨래를 다닐 엄마. 엄마를 혼자 두고 왔다는 생각이 들 때마다 더 열심히 공부하겠다고 다짐했다. 그래야 마음이 덜 아팠다. 한 달에 한 번 학교에서 돌아와 찬장에 놓인 달걀 장조림과 깻잎무침, 무말랭이가 담긴 반찬통을 보며 안도감의 여운을 느꼈다. 장을 보고 음식을 만들어 기차와 버스를 타고 이곳까지 오며 수없이 마주했을 시선과 두려움들. 희연은 방학 때 일주일씩 집에 내려갔지만, 2학년 겨울방학부터는 아예 내려가지 않았다.

1976년 2월 10일. 다시 근사하게 차려입은 세 식구는 서울의 제일간호전문학교 정문 게시판에 섰다. 황갈색 나무게시판에 다가서기 전부터 엄마는 희연의 손을 잡았다. 셋은 합격자 명단을 살펴보기 시작했다. 수험번호 순으로 나열된 명단에서 가장 먼저 이름을 찾은 것은 아버지였다. "여기네, 여기." 손가락으로 희연의 이름을 짚고 엄마와 희연을 돌아보던 아버지. 아버지의 목소리가 떨렸다. 그 큰 손이 그날 하루 희연의 등을 몇 번이고 두드렸다. "잘했구나. 참 잘했어." 희연은 더 바랄 것이 없었다.

　　화요일 아침인데도 지하철은 만원이었다. 꼼짝달싹할 수 없는 지하철에서 사람들과 함께 흔들렸다. 평소라면 도서관 갈 준비를 할 시간이었다. 출근시간 지하철을 타는 것은 오랜만이었다. 사람들이 눌러올 때마다 가방에서 단단한 감촉을 느꼈다. 사람들은 자신이 무엇을 누르고 있는지 상상도 못 하겠지.

　　지난주 신청한 자원봉사는 엊저녁에 연락이 왔다. 처음 듣는 목소리가 나를 선생님이라 불렀다. 자원봉사 신청하셨냐는 목소리에서 재가복지팀 남인수 씨라 여겼다. 팀장은 여자였으니까. 혹시 내일부터 나올 수 있냐는 물음에 바로 답이 나오지 않았다. 곧 괜찮다고 답하고 전화를 끊었다. 그리고 잠시 책상에 앉아 있어야 했다.

　　복지관 전화가 갑작스럽게 느껴졌다. 자원봉사 신청한 것이 지난주여서 그랬을까? 지난주 나를 때렸던 남자가 김정인이라는 복지사고, 지하철로 한 시간도 안 되는 곳에서 근무한다는 것을 알게 되었다. 그러자 그날이 되살아나기 시작했다. 글을 쓰다 문득 정신을 차려보면 그 순간을 되새기고 있었다. 대화를 나누다 갑자기 눈을 크게 뜨던 표정, 자리에서 일어나 테이블을 돌아 내 쪽으로 건너오던 발걸음, 나를 내려다보던 눈빛. 눈치가 빨랐다면 피할 수 있는 순간들이 있었다. 그랬다면 테이블에 얼굴이 처박혀 어리둥절해하는 일 따위는 없었을 텐데.

그 남자를 다시 본다니 그가 어떻게 반응할지, 혹시 그때 같은 일이 일어날까 걱정스러웠다. 전화를 끊고 나서 녹음기를 챙겼다. 그날의 일이 녹음되어 있을뿐더러 혹시 몰라 또 녹음을 할 생각이었다. 서랍을 열어 녹음기를 꺼내는데 녹음기 뒤편으로 작은 상자가 눈에 들어왔다.

이번 역이 봉천이라는 안내. 지하철 출입문 쪽을 향하며 가방 속의 단단한 물체를 슬쩍 손으로 만져봤다. 그 느낌이 싫지 않았다. 녹음기 뒤편의 상자에는 나이프가 있었다. 거버 프로디지 나이프는 날 길이가 12센티미터로 도검소지허가증 없이도 구매할 수 있다. 하지만 불심검문을 당했을 때는 허가증이 있어야 번거로운 일을 면할 수 있다. 캠핑 같은 다목적용으로 판매되지만 충분히 흉기가 될 수 있기 때문이다. 지난번 소설을 쓰며 살인 장면을 위해 구매한 칼이었다. 몇 번 손에 쥐어보고는 한 번도 꺼내본 적 없었다. 상자에서 나이프를 꺼내 가방에 넣으며 어떻게 하겠다는 생각은 없었다. 부적처럼 가방에 넣어두면 복지관에서 자연스럽고 당당하게 행동할 수 있을 것 같았다.

지하철에서 내려 개찰구를 통과했다. 어젯밤 잠자리에 누워 상상하던 장면이 떠올랐다. 나이프가 있었어도 그렇게 맥없이 당했을까? 남자가 자리에서 일어나 테이블을 돌아올 때 자연스럽게 나이프를 꺼내는 내 모습을 상상했었다. 칼날로 테이블을 톡톡 두드리며 그의 얼굴을 올려다보는 여유롭고 당당한 모습. 오히려 당황하는 사람은 그가 아니었을까? 자신의 행동을 사과하지는 않더라도 함부로 덤벼들지는 못했겠지. 당황하는 그의 모습을 상상하며 쾌감을 느꼈던 것이 기억났다. 그리고 잠들기 전까지 무슨 상상을 더 했는지는 기억나지 않았다.

복지관은 처음 찾았을 때와는 완전히 다른 분위기였다. 밝고 따뜻했다. 건물 바깥에서 볼 때도 그랬는데 안으로 들어서자 더 그랬다. 어제 들은 바로는 1층 식당으로 바로 오면 된다고 했다. 그래도 안내데스크에 가서 도시락 배달 자원봉사를 왔다고 말했다. 내 목소리에서 내가 긴장했음을 알았다. 오른쪽 복도를 지나 식당 유리문을 밀고 들어갔다. 식당 안은 더 밝고 더 따뜻했다. 매콤하고 기름진 냄새가 제육볶음 같았다. 회색 테이블이 양옆으로 늘어섰고, 맨 앞에 스테인리스로 된 배식대가 보였다. 배식대 뒤편이 주방이었다. 허리 높이의 배식대 주위로 초록 두건과 초록 앞치마를 두른 할머니들이 움직였다. 배식대 오른편에서 할머니 두 분이 국자로 국을 떠서 보온병에 담았다. 배식대 중앙에는 락앤락 반찬통에 반찬을 담는 할머니가 있었다. 그 남자는 보이지 않았다. 배식대 뒤편 주방에서 흰 옷을 입은 조리원이 바쁘게 움직였다. 배식대 앞쪽 테이블에 파란색 천가방들이 있었다. 가방들은 몇 개의 그룹으로 나뉘어 있었고, 그룹마다 노란색 파일이 앞에 있었다. 배달 명단일 것 같았다. 테이블을 헤아리니 한 번에 250명 넘게 식사를 할 수 있었다. 그 숫자를 생각하면 식당이 더 넓어야 할 듯했다. 그때 주방에서 외치는 소리가 들렸다.

"밥 됐어요!"

그 목소리에 배식대 근처 할머니가 고개를 들어 식당을 둘러보다 나와 눈이 마주쳤다.

"자원봉사예요?"

"네."

할머니가 오라고 손짓했다. 배식대 앞으로 다가가니 할머니가 뒤편 주방 입구를 가리켰다.

"밥통 가지고 나와요."

내가 주방 쪽으로 걸어가자 할머니가 말했다.

"그건 저기 두고."

할머니가 오른팔에 끼고 있던 가방을 가리켰다. 가방을 의자에 내려놓는데 나이프가 마음에 걸렸다. 주방으로 들어가자 흰옷을 입은 아주머니가 당연하다는 듯이 두툼한 장갑을 건넸다.

"여기요."

장갑을 받아들고 아주머니를 따라 조리대를 돌자 검은 철제서랍 몇 개가 쌓여 있는 것 같은 기계가 나타났다. 서랍 하나를 당기자 한 아름만 한 은색 스테인리스 통이 나왔다. 아주머니가 훑어보더니 못 미더운 듯 물었다.

"해봤어요? 들 수 있겠어요?"

해보지 않았으니 알 수 없는 일이었다. 의미 없을 대답은 뒤로 한 채 밥솥으로 다가섰다. 장갑을 끼고 양쪽에 달린 손잡이를 몸으로 당겼다. '흡' 하는 기합이 입안에서 굴렀다. 바닥이 미끄러웠다. 밥통을 배로 받치고 싶은데 델 것 같았다. 얼굴로 열기가 올라왔다. "엎으면 안 돼요." 당연한 말을 들으며 아주머니를 따라 주방을 나왔다. 아주머니가 가리키는 배식대 홈에 밥통을 밀어 넣었다. 할머니가 뚜껑을 열자 하얗고 노란 조밥이 나왔다. 그때 그의 목소리가 들렸다.

"빵 왔습니다."

그는 검은색 바지에 배가 불룩한 남색 점퍼 차림이었다. 운동화에 가까운 검은 구두였다. 비즈니스 캐주얼을 가장한 작업복이었다. 갈색 플라스틱 박스 한 개를 배식대 빈 곳에 내려놨다. 박스 안에는 낱개 포장된 땅콩크림빵과 크루아상이 있었다. 할머니들은 그의 얼굴에 익숙한 것 같았다. 나는 두 번째인데도 쉽게 적응되지 않았다. 그는 나를 알아봤다. 자원봉사자 명단에서 내 이름을 봤던 것일까? 내 앞으로 오더니 약속이라도 했다는 듯 짧은 눈인사를 건네며 물었다.

"밥통 내오신 거예요?"

씁쓸하면서도 어색한 표정, 미안해하는 기색이 느껴졌다. 나는 얼떨결에 고개를 끄덕였다. 그의 시선이 밥을 담고 있는 할머니에게 향하더니 그쪽으로 걸음을 옮겼다.

"어르신 오늘 처음이시죠? 그냥 담으면 밥에 습기가 차서 누져요. 이렇게 몇 번 뚜껑으로 부쳐서 김을 날리고 닫아주세요."

그는 밥이 담긴 락앤락 상자를 뚜껑으로 몇 번 부친 뒤 닫는 것을 보여주었다. 그리고 국을 푸고 있는 할머니 쪽으로 갔다.

"국그릇 너무 꽉 닫으면 힘없어서 못 여는 분들이 계세요. 뚜껑을 살짝 열어놔주세요."

"그러다 새면?"

"이중 뚜껑이라 괜찮아요. 안쪽 뚜껑을 살짝 풀어주세요. 못 드시는 것보다는 조금 새는 게 나아요."

남자는 시계를 보고 식당 입구 쪽을 보더니 내게 다가왔다.

"이것들 도시락 가방에 담아주세요."

그는 밥과 반찬이 담긴 락앤락 통들을 가리켰다. 나는 통들을 테이블로 날라 가방에 담기 시작했다.

"다 들어간 가방은 구별해야 하니 이렇게 세워주시고."

남자는 밥과 반찬통을 도시락 가방에 담아 세워놨다. 별다른 감정이 섞이지 않은 어투였다. 처음 온 자원봉사자들에게 수없이 반복했을 어투였다.

"도시락 가방 지퍼는 닫지 마세요. 각 동 인솔자분이 내용물을 확인하고 닫을 거예요."

9시가 조금 안 돼서 다른 사람들이 들어왔다. 식당에 들어오며 "안녕하세요"라고 인사했다. 대답을 기대 않는 외침이었다. 사람들은 익숙한 동작으로 도시락 가방을 채웠다. 세 명은 남색 점퍼 차림이고, 두 명은 자원봉사 나온 회사원처럼 보였다. 야구 모자를 쓴 남자가 그의 화상 흉터를 보고 잠깐 얼어버렸다. 그러나 곧 같이 온 사람을 따라 밥과 반찬통을 가방에 담기 시작했다. 정인은 바깥으로 나갔다가 이번에는 오렌지 주스가 든 종이 상자를 가져왔다. 반찬통을 담는 야구모자를 향해 말했다.

"아, 그 표시에는 밥이랑 국 두 개씩 들어가야 해요. 2인분으로. 아니 그건 당뇨식 표시고."

하얀 손수건이 묶인 파란색 가방은 다른 가방에 비해 조금 컸다. 인솔자로 보이는 남색 점퍼 차림의 남자가 가방에 있는 내용물을 확인하며 지퍼를 닫았다. 오늘 메뉴는 밥과 제육볶음, 삶은 양배추와 쌈장, 김치와 콩자반, 된장국, 땅콩크림빵과 크루아상, 오렌지 주스였다. 도시락 가방이 모두 일렬로 서자 정인이 큰 소리로 말했다.

"요새 그릇들이 너무 빕니다. 가방 회수하실 때 꼭 한 번씩 확인해주세요."

정인의 말이 끝나자 사람들은 노란 파일과 도시락 가방들을 들고 나갔다. 무엇을 해야 할지 몰라 가만히 있는데 정인이 다가와 내게 말했다.

"선생님은 저랑 가시죠. 이것들 좀 들어주세요."

나는 그가 가리키는 도시락 가방들을 들었다. 총 열두 개였다. 가방을 들고 정인을 따라 식당을 나서 엘리베이터 옆 계단으로 내려갔다. 그는 지하주차장으로 나가는 철문을 열고 오른쪽에 주차된 흰색 카니발 쪽으로 걸어갔다. 그가 뒷좌석 차문을 열었고, 나는 도시락 가방을 들고 올라탔다. 그때 가방을 의자에 두고 온 것이 기억났다. 카니발은 운전석에서 뒷좌석 문을 닫을 수 있었고, 문이 스르르 닫히는데 그가 말했다.

"11시까지 마쳐야 점심 준비가 문제없어요. 대상자가 늘어서 아침이 좀 정신없어졌죠. 이번 주부터는 다른 팀에서도 도와주고 있고요."

정인의 목소리와 표정은 처음 만난 날과 완전히 달랐다. 밝고, 따뜻했다. 이 남자의 폭력적인 모습을 아는 사람은 나뿐일 것이라는 확신이 들었다. 그는 능숙하게 후진으로 차를 빼고 경사진 지하주차장을 빠져나와 좁은 길로 들어섰다. 화상 흉터를 다시 가까이서 볼 수 있었다. 물이 흘러내린 것 같은 자국. 만져보면 딱딱할 것 같았다. 정인이 아무렇지 않게 말했다.

"인사가 늦었네요. 김정인입니다. ……아실 것 같지만."

"네. 압니다."

내 목소리가 퉁명스럽게 나왔다.

"제가 여기 있는 것은 어떻게 아셨나요?"

묻는 목소리가 부드러웠다. 그저 궁금할 뿐이라는 어투였다.

"복지관 사이트들을 보는데 프로필 사진이 남다른 사람이 있더군요. 혹시나 해서 와봤어요."

"하. ……별짓 다 하셨네요."

불쾌한 어조는 아니었다. 오히려 고생 많았다는 느낌이 전해졌다. 그가 좁은 골목 앞에 차를 세웠다.

"저는 차에 있어야 하니 도시락 가방 하나 들고 내리세요. 저기 정면에 문 보이시죠? 골목 끝에. 문을 열면 어제 도시락 가방이 오른쪽 의자에 있을 겁니다. 어르신께 인사드리고 그거랑 바

꿔오세요. 가방 열어서 빈 그릇이 다 있나 확인하시고요. 밥그
릇, 국그릇, 반찬통 두 개. 그렇게요."

차에서 내려 오르막길을 올랐다. 가방을 들고 길을 올라 은색
스테인리스 문 앞에 섰다. 불투명 유리창 안이 보이지 않았다.
문을 두드리고 당겨서 열었다. 문은 열려 있었다. 스테인리스 문
안에 작은 나무문이 있었다. 나무문 아래로 털신 한 켤레가 보였
다. 왼편에 플라스틱 그릇이 가득 쌓여 있고, 오른쪽 의자에 도
시락 가방이 있었다.

"안녕하세요?"

안에서 대답이 들리지 않았다. "계세요?" 거듭된 인사에도 대
답이 없어 가방만 바꿔서 내려왔다. 차에 타서 바꾼 가방을 놓는
데 정인이 물었다.

"어르신은 어떠세요?"

"……대답이 없으셔서."

"대답이 없으시면 더 확인해보셨어야죠."

정인은 비상등을 켜고 골목 오른편으로 바짝 차를 붙이더니
내렸다. 내 쪽에서는 내릴 수 없을 정도였다. 간신히 다른 차가
옆으로 지나갔다. 정인은 황급히 내가 내려왔던 골목을 올라갔
다. 그는 곧 다시 내려와 차에 타고 급히 출발했다.

"여기 골목이 좁아서 차를 오래 세워둘 수가 없어요. 아침에
도시락 전해드리면서 상태가 어떠신지도 봐놔야 해요. 잘 일어
나셨는지."

잘 일어나셨는지가 무슨 뜻인지 이해했다. 정인이 물었다.

"가방에 그릇들은 다 있나요?"

깜빡하고 있었기에 가방을 열어 안을 확인했다. 다행히 모두 있었다.

"자꾸 그릇들이 없어져요. 뭐 고의는 아니고 깜빡깜빡하시는 거예요. 지난번에는 어르신 댁 싱크대에서 여남은 개가 한꺼번에 나오기도 하고, 뭐."

정인은 운전 솜씨가 좋아 골목길 사이를 매끄럽게 움직였다.

"저기 하늘색 문 보이시죠? 한 개 들고 내리세요."

대부분 홀로 사는 할머니들이었다. 할아버지는 한 분 뵀는데, 할머니와 함께 살고 있었다. 할아버지 표정이 침울하고 어두웠다. 아니, 표정이 없었다. 자글자글한 얼굴로 밝게 웃어주는 할머니가 두 분 있었다. 고맙다고 인사하는 할머니가 정인의 안부를 물었다. 눈을 마주치지 않는 할머니도 있었다. 대문을 헷갈려하자 정인이 조수석 창문을 내리고 소리쳤다. "그 옆이오. 아니, 한 번 더." 한낮이 가까워질수록 날씨는 따뜻해졌다. 모두 빈 도시락으로 바뀌자 정인의 운전이 느긋해졌다. 복지관에 도착했을 때는 10시 40분이었다.

지하주차장으로 들어간 정인은 주차를 마치고 시동을 껐다. 차 안이 조용해졌고, 그가 몸을 틀어 나를 봤다.

"그때 일, 진심으로 사과드리고 싶습니다. 제가 갑자기 이성을 잃었습니다."

그가 고개를 숙였다.

"……"

123

"믿으실지 모르겠지만, 평소에는 그렇지 않습니다."

"왜 그러셨나요, 그때?"

"저도 모르게 그만……"

어딘가 맥 빠지는 기분이었다. 사과를 받아주겠다는 말이 나오지 않았다. 뭐랄까, 그의 어투가 너무 평온했기 때문이다. 그 평온함이 거슬렸다. 정인은 내 말을 기다리는 것 같았다. 내가 아무 말이 없자 그가 다시 말했다.

"혹시 원하는 게 있으시면 말씀하세요."

원하는 게 있냐고? 그 말에 훅 열이 받기 시작했다.

"그때 왜 그러셨는지 알아야겠는데요."

"……"

정인은 고개를 끄덕였지만 얼굴에서 차츰 표정이 사라졌다. 그는 잠시 조수석 쪽을 바라봤다. 그리고 말을 이었다.

"원하시면 경찰에 신고하셔도 되고, 법적으로 진행하셔도 됩니다. 작가님 원하시는 대로 하세요. 그런데 그 일에 대해서는 더 말씀드릴 게 없습니다."

사과를 들었지만 원하던 것은 이게 아니었다. 뭐랄까, 그가 난처해했다면, 내 앞에서 어쩔 줄 몰라 했다면 용서해주고 싶은 마음이 생겼을지 모른다. 하지만 하고 싶은 대로 하라는 말. 나는 얼굴이 붉어진 것을 느꼈고, 무슨 말을 해야 할지 머리에서 떠오르지 않았다. 정인이 말했다.

"그럼 내리실까요?"

우리는 빈 도시락 가방을 나눠 들고 철문을 연 뒤 계단을 올랐다. 식당으로 들어가자 주방에서는 다른 조가 회수해온 그릇들을 설거지하고 있었다. 가방에서 그릇들을 꺼내 설거지를 하는 퇴식구에 올려놓는 것으로 자원봉사는 끝이 났다. 나는 정인의 인사를 어정쩡히 받고 복지관을 나섰다. 집으로 돌아오며 무심코 인사를 받아준 것을 후회했다.

다음 날 아침에도 복지관을 찾아갔다. 같은 시간이었고, 똑같은 일을 반복했다. 밥통을 내오고, 정인이 빵 상자를 가져오고, 도시락 가방들을 챙긴 뒤 정인의 차에 탔다. 도시락 가방들을 싣고 뒷좌석 문을 닫자 정인이 물었다.

"오늘은 왜 오셨나요?"

"자원봉사 하러 왔죠."

내 목소리가 날카로웠다. 정인은 말없이 고개를 끄덕이며 정면으로 몸을 돌렸다. 운전석에 앉은 그의 표정이 보이지는 않았다. 나조차도 정확한 이유를 알 수 없었다. 남자의 내면에 대해서 알아야 한다는 직업적 의무감은 어쩐지 핑계 같았다.

이틀째가 돼도 집들은 눈에 설었다. 여전히 정인은 조수석 문을 열고 내게 어떤 집이 맞는지 알려줘야 했다. 우리는 배달에 필요한 말만 나눴다. 도시락을 바꿔 나오며 이분들이 정인이 한 일을 알면 어떻게 될까 상상했다.

배달이 마무리될 무렵, 정인은 운전하며 조금 밝은 목소리로 말했다.

"그 책 찾아본 거 아세요?"

"무슨 책이오?《그 남자의 행위》요?"

"아니요. 다섯 가지 욕구에 대한…… 작가님 책도 사놓긴 했어요. 첫 번째 거……"

내 책이라고 넘겨짚은 것이 부끄러워 급히 물었다.

"그런데요?"

"주변 사람들 말과 행동을 거기에 맞춰 보게 되더군요. 분명 고개를 끄덕이게 되는 부분이 있어요. 그런데 다섯 가지 욕구로 사람들의 모든 행동을 헤아린다는 게 조금 무리는 아닌가요?"

"당연히 욕구 충족의 방법은 사람들마다 다 다르죠. 저자가 말한 '머릿속의 사진첩' 보셨죠? 갓난아기가 배가 고파 우니까 할아버지가 초콜릿을 입에 넣어줬어요. 처음 초콜릿을 맛본 아이 머릿속에 사진 한 방이 박히는 겁니다. 이제 아이는 배고플 때마다 초콜릿 사진을 참고하죠. 그런데 초콜릿은 다른 욕구를 만족시키는 사진에도 등장할 수 있어요. 밸런타인데이에 초콜릿을 받은 사람은 소속과 사랑의 욕구를 위한 사진 속에 초콜릿을 포함시킬지 몰라요. 〈찰리와 초콜릿 공장〉에 매료됐던 아이는 윌리 웡카가 갖고 있는 힘의 상징으로 초콜릿을 기억할지도 모르죠. 욕구는 다섯 가지지만, 욕구를 만족시키는 양상은 수없이 다양할 수 있다는 말입니다."

말을 마친 뒤에야 질책하는 목소리였다는 것을 알았다. 정인이 순순히 고개를 끄덕이며 말했다.

"그렇군요. 오늘 고생하셨습니다. 올라가시죠."

우리는 빈 도시락 가방을 나눠 들고 식당으로 올라갔다. 주방으로 올라가 가방을 꺼내놨다. 그는 내게 자원봉사 일지에 이름을 적으라고 했다. 언제까지 가능하냐는 물음에 한동안이라고 답하자 정인의 표정이 묘하게 변했다.

사나흘이 지나자 배달이 익숙해졌다. 늘 정인과 같은 조여서 배달하는 위치를 모두 외우자 어르신들의 안부도 물을 여유가 생겼다. 아침마다 배달하는 시간은 두 시간 남짓이었다. 말하는 쪽은 주로 정인이었다. 어색한 분위기를 부드럽게 하고 싶은 것 같았다. 몇 가지 사실을 알았다. 도시락은 공식적으로는 한 끼지만 두 번에 나눠 먹는 어르신이 많았다. 주말에는 배달이 없어서 굶는 이도 있었다. 치매에 걸린 어르신이 사라져 모든 복지관 직원들이 찾아 나선 일이 있었다. 눈도 오고 날씨가 추워 다들 걱정이었는데, 학교 경비 아저씨의 신고로 겨우 찾았다. 3년에 한 번 있는 복지관 재위탁 심사 때문에 모두 바빴다. 얼마 전 한 어르신 집에 도배를 해줬는데 그분이 다른 지역으로 이사를 가버렸다. 알고 보니 집주인과 미리 이야기가 오간 모양이었다. 복지관 일이 마음에 들지 않으면 바로 구청에 민원을 넣는 이들도 있었다. 간혹 복지사를 종처럼 부리려는 사람들도 있는 것 같았다. 그래도 정인은 자기 일에 만족하는 것처럼 보였다. 무심코 웃는 얼굴에서 그 감정을 느낄 수 있었다.

그 다음 주 월요일은 크리스마스이브였다. 배달을 마치고 차에서 내리기 전에 정인이 물었다.

"크리스마스 잘 보내세요. 그런데 크리스마스 뒤에도 나오시나요?"

"네."

"왜 계속 오시나요? 혹시 그때 제 사과가 부족했습니까?"

궁금하다는 정인의 눈빛이 진심이었다. 그때 나는 그렇다고 말해야 했는지 모른다. 뭔가 안에서 풀리지 않는 것이 있는데, 어떻게 해야 속이 시원해질지 알 수 없다고. 당신이 그랬던 이유를 꼭 알아야겠다고. 아니면 당신에게 똑같이 해주든지. 그 순간 나도 모르게 거짓말이 나왔다.

"문제적 인물 때문이죠."

"그게 뭔가요?"

"소설에는 문제적 인물이 있어요. 독자가 쉽게 판단을 내릴 수 없는 인물을 말합니다. 김정인 복지사님을 만나고 문득 그런 생각이 들었어요. 문제적 인물 같다. 지금 소설에 도움이 될 것 같더군요. 어떤 삶을 살아오셨을까 궁금해지고."

정인의 시선이 조금 아래를 향했다. 고개를 들었을 때는 얼굴에 옅은 미소가 보였다. 그 미소를 보며 나는 정인이 아무 의심 없이 내 말을 믿는다고 믿었다. 정인이 말했다.

"한 가지만 약속해주시겠어요?"

"뭔데요?"

"제 이야기는 저를 통해서만 들으셔야 합니다."

대답을 기다리는 그 눈빛에 서늘한 기운이 보였다. 나는 흔쾌히 답했다.

"물론이죠."

그 뒤로 정인은 부쩍 친절해졌다. 동료인 인수 씨에게 내 소개를 해주기도 했다. 인수 씨는 사진보다 살집이 많았고, 스물여덟 살이라고 했다. 성격이 무척 쾌활해 보였는데 대뜸 말을 편하게 하라고 해서 당황스러웠다.

배달을 하며 정인을 가까이서 지켜봤다. 그가 유능하다는 사실은 인정해야 했다. 매일 아침 만들어야 할 도시락이 80개가 넘었다. 아무리 늦어도 11시 30분까지는 설거지가 끝나야 점심 준비와 겹치지 않았다. 초록색 두건을 쓴 식당의 할머니들은 또 다른 노인복지 사업의 일환이었다. 거동이 가능한 분들에게 부수적인 수입을 보장하기 위함이었다. 지시하면서도 공경해야 할 대상이었는데, 정인은 정중하고 명확한 지침으로 매일 그것을 해냈다. 배달 인력도 자원봉사자여서 전날 저녁이 돼야 인원 윤곽이 나왔다. 당일에 못 하겠다고 연락 오는 사람도 있었다. 여차하면 안내데스크의 아주머니도 가방을 쥐여 차에 태울 만큼 임기응변도 강했다.

정인에게 쏟아지는 시선을 간접적으로 경험했다. 정인을 처음 보는 사람은 자동적으로 고개가 돌아간다. 그러나 참지 못하고 곧 다시 쳐다본다. 정인은 아무렇지 않았다. 아무렇지 않은 척하는지도 몰랐다. 그래야 살 수 있을 테니까. 그럴 때면 흉터가 아니라 세상을 향해 두른 단단한 껍질 같았다.

어르신을 대하는 모습을 보면 껍질 안이 궁금해지기도 했다. 공존하기 어려운 것들이 함께 보였다. 인간적인 동정심과 사무적인 공정함, 노인에 대한 정중함과 그들의 한계를 아는 현실 감각 같은 것들. 도시락 용기가 자주 없어졌는데, 매일 아침 부탁해도 자원봉사자들은 확인을 잘 안 했다. 어쩌면 그릇이 없어진 것을 알아도 묻기가 곤란했는지 모른다. 정인은 내가 수거한 가방에 그릇이 비면 되돌아가 어르신들에게 물었다. 잘 기억이 안 난다거나 원래 없었다고 하면 정중히 양해를 구하고 싱크대와 찬장을 열어 그릇을 챙겨 나왔다. 그 바쁜 시간에 잔소리나 짜증, 탄식도 없이 그저 행동할 뿐이었다. 행동에는 결코 무례함이 없었다. 어떤 아이가 그의 얼굴을 보고 울음을 터뜨렸다. 얼굴을 숙이고 난처한 표정으로 서둘러 걸음을 재촉하던 정인을 보며 내가 겪었던 일이 사실일까라는 생각마저 들었다. 만약 녹음되지 않았다면 주변 사람에게 말해도 믿지 않을 것 같았다.

간혹 자신의 이야기가 딸려 나왔다. 나는 우연히 듣게 되는 정인의 이야기들을 빠짐없이 모았다. 그는 어릴 적에 많이 아팠다. 바깥에서 놀기보다 집에 많이 있었고, 물고기를 키웠다. 물고기는 지금도 키우는 모양이었고, 사무실에도 어항이 있다고 했다. 이사를 많이 다녔다. 묘하게도 부모에 대한 이야기가 나올 만한 부분은 피해 갔다. 내 쪽에서 묻지는 않았다. 무덤덤하게 반응하는 것이 더 낫다는 것을 알았다. 그가 이야기하는 동안 말없이 창밖만 내다봤고, 무엇인가 반응을 보여야 할 때면 나의 가족 이야기를 들려줬다. 어린이집에 다니는 경호와 경찬이의 일상. 고만고만한 육아의 괴로움들. 아이들이 주는 즐거움은 늘 예상치 못한 순간에 찾아온다는 것. 정인의 이야기를 듣다 보면 그가 나를 통해 무엇인가 말하고 싶어 한다는 것이 느껴졌다. 그러나 그 이야기가 무엇인지는 알 수 없었다.

그의 안에서 무언가를 본 것은 3주가 지나서였다. 새해로 접어들며 날씨가 더 추워졌다. 1월 14일은 월요일이었다. 주말 사이 내린 눈 때문에 길이 미끄러웠다. 도시락 가방을 들고 길을 오르다 미끄러져 무릎을 찧었다. 아픈 것도 잊고 가방을 열어 내용물을 확인하는데, 그 모습을 정인이 차창 너머로 보고 있었다.

배달이 끝나자 정인이 점심을 먹고 가라며 붙잡았다. 우리는 흰 플라스틱 식판을 들고 배식을 받아 마주 앉았다. 점심은 아침에 배달한 메뉴였다. 돈가스와 흑미밥, 샐러드, 고사리나물, 김치, 맑은 감잣국이었다. 우리는 별말이 없었다. 식사를 같이 하자고 했지만 특별히 할 이야기는 없는 모양이었다. 어쩌면 식사하자고 한 것을 후회하는지도 몰랐다. 늘 그렇듯 어르신들 이야기로 시작돼서 두서없는 이야기가 오가다 다른 팀 이야기까지 나왔다.

"재가복지 쪽은 아니고 사회교육 쪽인데, 어르신들이 연극 공연을 준비합니다. 어르신들이 입에 달고 사는 말 중 하나가 살 만큼 살았다는 거예요. 내일 죽어도 여한이 없다고. 그런데 막상 무대에 서잖아요? 그 떨리고 설레는 표정들은 어디 숨어 있다 나오는 걸까요? 시들었던 잎사귀들이 파랗게 살아나는 것 같습니다. 어떤 분은 평생 간직했던 꿈인데 지금에서야 무대에 서본다고 하시데요."

정인은 무대에 오르는 어르신들에게 애정이 있는 것 같았다. 연극에 대해서는 문외한이지만 곧 영화로 화제가 이어졌다. 그의 눈에서 알 수 없는 번뜩임을 본 것은 어릴 적 재밌게 봤던 영화 이야기에서였다.

"옛날에는 주말의 명화, 명화극장 이런 게 있었잖아요. 열 살 땐가? 그때 봤던 영화가 아직도 기억나요. 제목이 〈심야의 미술관〉이었어요. 세 가지 그림에 얽힌 사연을 보여주는 영화였어요. 무섭거나 기괴한 이야기들이었죠. 첫 번째가 묘지 그림이었고, 두 번째가 어떤 귀부인의 초상화에 대한 이야기였어요. 그 귀부인은 태어날 때부터 장님이었어요. 다른 사람의 시신경을 빼서 자기에게 수술해달라고 의사에게 부탁하는 것이 첫 장면이었어요. 의사는 수술 방법이 완전하지 않아서 길어야 한나절 정도밖에 볼 수 없다며 귀부인의 요청을 거절했죠. 무엇보다 시신경을 기증한 사람은 장님이 되니까요. 부인의 몇 시간을 위해 다른 사람을 장님으로 만들 수는 없다는 것이죠. 부인은 엄청난 부자여서 시신경을 팔 사람을 매수해놓은 상태였어요. 그래도 의사가 수술을 거부하자 부인은 미리 조사해놓은 의사의 약점을 갖고 협박을 시작합니다. 어쩔 수 없이 의사는 수술을 해주기로 하죠. 어린 마음에도 그 부인이 참 못돼 보이더군요. 그런데 의사가 은근히 귀부인을 경멸하자 부인이 의사에게 소리를 칩니다. 얼굴에 잔뜩 독기가 올라서 외치는데…… 뭔가를 좀 보고 싶다고! 몇 시간이라도 상관없다고! 풀이 뭔지! 나무가 뭔지! 건물이며, 도대체 색깔이란 게 뭔지!"

정인의 목소리가 올라가며 그의 눈에서도 강렬한 빛이 스쳐갔다. 그는 고개를 숙이고 조용히 몇 숟가락을 떴다. 자기도 모르게 감정이 튀어나온 것에 신경이 쓰이는 모양이었다. 한 번도 세상을 보지 못한 사람은 색깔이라는 단어를 들으며 무엇을 상상할까? 그가 침착해진 어투로 말을 이었다.

"부인의 표정을 보는데 생각이 조금 달라지더군요. 한 번도 세상을 본 적 없는 사람이 세상을 보고 싶어 하는 마음은 어느 정도일까 하면서요. 혹시 무엇을 그 정도로 강렬히 원해본 적 있으세요?"

번뜩이며 정인의 눈에 스쳐 지나간 것이 어떤 욕망이라 생각했다. 그 귀부인과 같은 종류는 아니겠지만, 그만큼 강렬한 무엇이 정인의 마음에 있다고. 그리고 그 욕망을 나를 통해 말하고 싶어 한다고. 그 욕망이 무엇일까? 화상을 입기 전으로 돌아가는 것? 그래서 보통 사람처럼 살아가는 것? 내가 생각하는 동안 정인은 이야기를 계속했다.

"그 부인은 자신이 눈 뜨는 몇 시간을 위해 단단히 준비를 해놨어요. 온갖 종류의 예술품을 방 안에 모아뒀죠. 센트럴파크를 눈으로 마셔버리겠다는 말도 해요. 머릿속이 꽉 찰 때까지 모든 것을 눈으로 들이켜겠다고. 남은 평생 떠올릴 수 있도록 말이죠."

"그래서 어떻게 됐나요? 그 부인이 보게 되나요?"

"그런데 작가님. 그 부인의 욕망은 다섯 가지 욕구 중 어디에 해당이 될까요?"

식사를 마치고 밖으로 나왔을 때는 정오가 한참 지나서였다. 지하철역으로 걸어가는데 부르는 소리가 들렸다. 정인이었다. 점퍼 주머니에 손을 넣고 길을 겅중겅중 내려왔다.

"작가님. 이번 주말에 뭐 하세요?"

"주말이오?"

"토요일! 토요일 오전이오!"

정인은 벙긋 웃었고 들뜬 표정이었다.

"특별한 계획은 없는데요."

"복지관 신년 행사가 있는데 오실래요?"

"행사요?"

"가족분들이랑 함께 오세요. 경호, 경찬인가요?"

"……"

"아까 말씀드렸던 연극 공연이 토요일에 있어요. 잘하세요. 작가님도 볼 만하실 겁니다. 무대에 선다는 것에 의의를 두는 그런 공연이 아녜요. 동네분들이랑 자원봉사자 가족분들 초대해서 보여드리는 자린데, 어르신들이 직접 만든 아이들 선물도 있어요. 별건 아니지만. 어떠세요? 오세요!"

정인은 점퍼에서 손을 꺼내 두 손으로 입김을 불어 넣으며 연극에 대해 들려줬다. 처음 보는 해맑은 웃음이었다. 나는 정인의 눈에서 분명한 호의를 보았다. 나를 자신과 가까운 사람으로 받아들이고 있다고 느꼈다. 그의 딱딱한 껍질 안으로 한 발자국 들어선 느낌이었다. 어쩌면 그가 여태껏 말하지 않았던 것들을 알게 될지 모른다는 기대도 생겼다. 좋다고. 가겠다고 했다. 인사하고 지하철역까지 종종걸음으로 내려왔다. 나도 기분이 좋았다. 그에 대한 속셈 때문만은 아니었다. 내가 미워하던 사람이 그렇게 나쁜 사람이 아니라는 것을 알게 된 느낌이랄까? 아침나절의 추위도 가신 것 같았다. 지하철역 계단을 내려가기 전 고개를 들어 위를 쳐다봤다. 하늘이 높았다.

집에 돌아오니 경호가 감기에 걸려 유치원에 가지 않고 집에 있었다. 볼이 빨갰지만 눈동자는 쌩쌩한 것이 밖에 나가 놀고 싶어 하는 눈치였다. 함께 나가 놀자는 아이를 손으로 밀어내며 아내에게 복지관 행사에 대해 어떻게 말할까 궁리했다. 경호가 식탁에 내려놓은 가방을 집어 드는데 나도 모르게 빽 소리를 쳤다. 아이에게서 거칠게 가방을 잡아챈 이유는 나이프가 생각났기 때문이다. 경호를 안아주는 아내를 뒤로하고 방문을 닫고 들어갔다. 옷을 갈아입고 책상 앞에 앉았다.

가방을 열어 까만 나이프를 손에 쥐어봤다. 바깥의 냉기를 기억하는 나이프는 냉정하고 단호했다. 문득 가족들과 그를 만나게 하는 것이 좋은 일인지 자신할 수 없었다. 우선 아이들이 그를 보고 놀랄 것을 생각하지 못했다. 그와 어떻게 알게 되었냐고 아내가 물으면 몇 가지 사실은 빼고 말해야 한다. 괜한 약속을 했다는 생각이 들었다. 나만 가는 것으로 하자. 애들이 아프다거나, 경조사가 있다고 하면 되지.

컴퓨터를 켜는데 정인이 준 숙제가 생각났다. 그 부인의 욕망은 다섯 가지 욕구 중 어디에 해당될까? 남들의 비난을 무릅쓴 행동이기에 소속과 사랑의 욕구는 아니다. 그렇다고 힘에 대한 욕구도 아니다. 즐거움의 욕구? 자유? 생식과 생존? 딱히 무엇이라 말하기 어렵다. 경험을 통해 각인된 간절함도 아니다. 오히려 한 번도 가져보지 못한 것에 대한 갈망에 가깝다. 이루어질 수 없는 갈망이 절망으로 변하는 시간은 어떠할까? 그 시간은 불완전연소가 꺼먼 그을음을 남기듯이 몸에 무엇인가를 남길 것도 같았다.

토요일 연극 공연을 어떻게 할지 정하지는 못했지만, 나이프는 다시 가방에 넣었다. 배달하는 동안 내내 가방을 들고 다닐 수 있도록 끈도 달았다. 그의 눈에서 보았던 번쩍임. 그 번쩍임은 욕망의 빛이 아니라 분노의 불일 수 있다는 생각이 들어서였다.

1976년

　10월 16일 토요일 오후 5시. 제일여자간호전문학교 강당 밖에
는 한 무리의 학생들이 서성였다. 하나같이 과장된 화장을 했지
만 복장은 다양했다. 환자복과 간호사복, 노타이 와이셔츠 차림
에서 재킷과 중절모를 갖춘 신사복까지. 남학생 교복도 셋 보였
다. 희연도 간호사복을 입고 진하게 화장한 모습이었다. 다들 갱
지로 된 대본을 들고 읊조렸다.

　연극은 7시에 시작할 예정이었다. 4시에 끝나야 했을 미국 박
사님의 암 강연은 5시가 넘어도 끝나지 않았다. 강당 바깥에서
기다리는 연극부원들은 초조했다. 무대를 꾸미고 리허설을 할
시간이 부족했다. 단상에 설치해야 할 문 때문에 기다리던 설비
과 아저씨는 조금 전에 돌아갔다. 복도 벽에 기대 있던 검정 신
사복이 갑자기 대본으로 바지를 내리쳤다. 그 소리에 모두 그쪽
을 봤다. 시선을 받은 혜숙 언니가 강의실을 향해 말했다.

"어차피 현장 가면 의사 오다에 찍소리도 못 할 주제에 무슨 질문을 저렇게 해?"

희연은 연극부원들의 표정에서 그래도 그렇게 말하는 것은 아니라는 마음을 느꼈다. 한 명만은 무심히 창밖을 내다보고 있었다.

"내 말이 뭐? 이러다 7시까지 무대 설치도 못 하면?"

희연은 큰소리치는 혜숙 언니보다 창밖만 보는 윤경 언니가 마음에 걸렸다. 평소의 윤경 언니라면 이럴 때 기운 북돋우는 말을 해줬을 것이다. 아니. 초조해서 혜숙 언니의 혀가 사나워지기 전에 뭐라도 시켰을 것이다. 윤경 언니가 창밖으로 무엇을 보는지 알 수 없었다. 운동장도 없어 벽돌로 둘러싸인 작은 앞마당만 보일 텐데. 그 앞마당도 가을 축전을 마무리하는 쓸쓸한 움직임들로 가득할 텐데. 환자복을 입고 반백의 가발을 쓴 윤경 언니는 높은 창 때문에 더 작아 보였다. 해끔한 빛의 알갱이들이 언니의 얼굴 위로 쏟아졌다. 윤경 언니가 돌아보며 말했다.

"시간 있을 때 소품 빠진 거 있는지 확인해봐."

희연은 마음을 들킨 것 같아 흠칫 놀라며 다른 1학년들과 소품을 둘러쌌다. 소품은 1학년 담당이었다. 키만 한 목공예 스탠드 세 개, 탁상용 형광 스탠드 하나, 문을 만들기 위한 광목천과 목재들. 문이 제일 큰 문제였다. 연극의 모든 장면은 한 정신병동의 응접실에서 펼쳐졌다. 응접실은 세 개의 병실과 연결되어야 하는데, 병실이라기보다 환자들이 등장할 수 있는 문만 있으면 됐다. 문이라고 부르지만 커튼을 달고 두 시간만 버티면 되는 긴 나무받침대 세 개였다. 미리 문을 설치하지 못한 이유는 총무과에서 미국 박사님 강연에 그런 문을 놔둘 수 없다고 해서였다. 당일 만들 수 있냐는 물음에 설비과 아저씨는 몇 번이나 된다고 다짐해주었다. "단상 오른쪽에 배우들이 대기할 가림막도 만들어야 되는데요?" "아, 글쎄. 된다니까!" 그리고 옮기기만 하면 되는 자잘한 소품들. 테이블과 의자, 소주병과 소주잔, 담배와 파이프. 다른 작품에 비해 소품은 간단한 편이었다. 공연 작품을 뒤렌마트의 〈물리학자들〉로 결정한 데는 소품이 간단하다는 이유도 있었다. 희연은 작품을 결정한 날을 생생히 기억한다. 그날이 바로 연극 서클 '꽃불'에 가입한 날이었기 때문이다.

코트를 입어야 할 만큼 추웠던 3월 하순. 같은 하숙집이라는 이유로 윤경 언니가 희연을 끌다시피 연극 서클로 데려갔다. 희연은 못 이기는 척 따라갔다. 설레는 마음을 들킬까 되레 무뚝뚝했다. 저녁 7시의 학교는 공기부터 달랐다. 분명 낮에도 있었을 마른 나무와 니스 냄새가 새 단장을 뜻하는 신선함으로 다가왔다. 복도는 불이 꺼져 컴컴했다. 복도 끝에서 들려오는 발성 연습 소리. 가슴 한편에 감춰뒀던 '배우'라는 단어를 당당 두드리는 소리였다. 그 소리는 점점 커졌고, 101호실 앞에 섰을 때는 긴장으로 몸이 떨렸다.

윤경 언니가 문을 열자 뺨 붉은 언니들이 일제히 바라봤다. 그날 작품을 고르기 위해 주고받던 생소한 이름들. 존 밀링턴 싱, 진클로드 반 이탤리, 피터 셰퍼, 손턴 와일더, 외젠 이오네스코. 희연은 발음도 힘든 이름을 입속에서 굴려봤다. 신나는 일들이 가득한 방문 걸쇠를 혀로 밀어 올리면 이런 맛이 날까? 작품은 뒤렌마트의 〈물리학자들〉로 결정났다. 윤경 언니의 당찬 목소리가 귓가에 남았다. "브레히트까지는 못 가더라도 사회적 모순에 대해 이야기는 꺼내보자!" 누군가 낮은 목소리로 브레히트는 금지된 작가라고 아는 척을 했다. 윤경 언니가 웃으며 덧붙였다. "게다가 무대에서 담배도 피고 간호사들도 살해되잖니."

연극부원들은 윤경 언니 말이라면 껌벅 죽었다. 키는 작아도 나이로는 졸업생 언니들과 같았다. 극단을 쫓아다니다 부모님 반대에 못 이겨 학교에 늦게 들어왔기 때문이다. 하지만 나이나 회장이라는 직책 때문에 언니 말에 깍듯한 것은 아니었다. 따라갈 수 없는 연기와 연출 실력은 경외의 대상이었다. 한 명 한 명의 대본마다 중요 부분을 표시해주는 자상함도 한몫했다. 어쩌면 단발머리 모범생 같은 얼굴로 깡소주를 마시는 모습 때문인지도 모른다. 안주라며 피우던 청자 담배. 하지만 그것만으로도 설명할 수 없는 분위기가 있었다. 희연은 은연중에 언니 몸에서 배어나와 머리 위에서 반짝이는 것들을 훔치고 싶었다. 그런 언니가 며칠 전부터 달라졌다. 오늘은 한 번도 웃지 않았고, 눈도 잘 마주치지 않았다. 언니가 얼마나 기다렸던 오늘인데. 하숙집에서 같은 방을 쓰는 명혜가 얼마 전 언니 부모님이 다녀갔다고 했다. 또 무슨 말로 속을 뒤집어놓았기에.

강연이 끝났는지 박수 소리와 함께 강당 문이 열리고 학생들이 밀려나왔다. 밤색 정장의 노교수님은 백발의 곱슬머리로 만족스러운 미소를 지으며 걸어 나왔다. 분장한 연극부원을 보며 무슨 일이지 하는 표정을 지었지만 이내 상관없다는 미소로 지나갔다. 한쪽 어깨가 왼쪽으로 기운 교수님의 뒷모습을 보며 윤경 언니가 말했다.

"누가 설비과 아저씨 좀 불러와라. 빨리."

"제가 다녀올게요!"

희연이 답하자 윤경 언니가 돌아보며 고개를 저었다.

"넌 1막 맞춰봐야 되니까 가만있고, 2막부터 나오는 지버스가 가자."

덩치 큰 경희가 복도를 쿵쿵거리며 뛰어갔다. 강당을 빠져나오는 학생들의 물결이 약해지자 윤경 언니가 강당으로 들어가다 문 앞에서 멈춰 섰다. 희연은 윤경 언니가 뒤돌기 전에 숨을 들이켜는 것을 어깨의 움직임으로 알았다. 뒤돌아선 언니는 밝게 웃고 있었다. 언니의 눈에서 철판을 망치로 땅 내리친 것 같은 긴장감과 기대감이 보였다.

"자! 물리학자들은 미칠 준비가 됐고, 간호사들은 죽을 준비가 됐니?"

"그전에 떨려서 죽겠어요, 아빠!"

명혜의 너스레에 모두가 웃었다. 동작 빠른 명혜는 연극에서 윤경 언니가 맡은 물리학자의 아들 중 한 명을 맡았고, 평소에도 언니를 "아빠 아빠" 부르며 익살을 떨었다. 그러나 모두가 웃은 데는 돌아온 언니에 대한 고마움이 컸다. 부원들은 언니를 따라 강당으로 들어섰다.

101호 강당은 의자가 계단식으로 올라가서 공연하기에 적당했다. 그러나 단상의 폭이 좁았다. 단상에 문을 세 개 만들어야 하는데, 그러면 테이블과 의자를 놓을 공간이 나오지 않았다. 책상 두 줄을 비워 거기도 무대로 쓰기로 했다. 가장 큰 문제는 조명이었다. 형광등 조명에서 연극을 할 수는 없었다. 경희가 각본에 있는 '살인 현장을 나타내기 위해 넘어져 있는 스탠드'에 착안했다. 키다리 스탠드 세 개를 구했다. 무대 양쪽에 갓을 뗀 스탠드를 세우고, 무대 가운데는 갓을 씌운 스탠드를 눕혀 아래에서 위를 비추니 배우들 얼굴도 살았다. 커튼 뒤에 놓을 앉은뱅이 형광 스탠드는 살인 장면의 실루엣을 위해서였다. 스탠드에 다가갈 수 없으므로 긴 전기선을 구해 가림막 뒤에서 조명을 점멸할 수 있게 했다. 며칠 전 강당 불을 끄고 조명을 켜봤다. 예비 배우들은 그윽한 노란색 영역으로 들어서며 두둥실 떠오르는 기분을 느꼈다.

설비과 아저씨가 복도에 놓여 있던 목재를 들고 강당에 들어왔다. 광목천으로 만든 커튼은 미리 달아두었다. 아저씨는 각목에 얇고 긴 나무못을 박았다. 망치질 두 번에 끝까지 들어가는 못들. 문 세 개를 만드는 데 30분도 걸리지 않았다. 다들 동작을 빨리했다. 책상을 복도에 빼고 흰 천으로 둘러 무대의 경계를 표시했다. 테이블을 안으로 옮겨오고 살인 현장의 몸싸움 흔적을 위해 의자를 엎어놨다. 단상 오른편으로 가림막까지 완성되자 누군가의 입에서 "몇 시지?"가 나왔다. 다들 강당 왼편에 걸린 시계를 봤다. 6시. 리허설을 할 시간이 없었다. 사고가 그때 났다.

경희가 전기선을 끌어오다 발이 걸려 넘어지며 스탠드를 밀었다. 경희가 넘어지는 소리와 알전구가 퍽 깨지는 소리에 모두가 멈춰버렸다. 경희는 재빨리 일어나 스탠드로 다가갔지만 이미 박살난 전구 앞에서 할 수 있는 것은 없었다. 바짝 언 경희에게 혜숙 언니가 소리쳤다.

"야! 너는……"

1학년생들이 달려들어 깨진 유리 조각을 줍기 시작했다. 하지만 치운다고 될 일이 아니었다. 스탠드 옆으로 다가가 유리 조각을 내려다보던 윤경 언니가 말했다.

"막내아들."

"네. 아버지."

명혜는 긴장한 목소리로 평소와 다른 호칭으로 답했다.

"너 좀 달려줘야겠다."

윤경 언니 주머니에서 천 원짜리 지폐가 나왔다. 천 원이면 짬뽕이 열 그릇이던 시절로 작은 돈이 아니었다. 늘 돈이 없던 언니가 어디서 그런 돈이 났는지 물을 겨를도 없이 명혜가 돈을 들고 바깥으로 뛰어갔다. 언니가 소리쳤다.

"이명혜! 잠깐!"

명혜가 걸음을 멈추고 되돌아왔다. 윤경 언니는 광목천을 들고 엎어진 스탠드로 다가갔다. 흰색 천을 손에 감고 스탠드에 꽂혀 있는 깨진 전구를 돌리려 했다. 희연은 날카로운 유리를 잡는 윤경 언니의 손을 보며 자기 손이 싸한 것 같았다. 전구는 어렵사리 처음 한 바퀴가 돌아가자 그다음부터는 쉽게 풀려갔다. 윤경 언니는 꺼낸 전구를 발로 밟아 남은 유리를 없애고 명혜에게 건넸다.

"이거랑 같아야 해. 어떻게든 구해 와야 된다! 알지?"

명혜가 언니를 보며 고개를 끄덕이고 달려 나갔다. 모두 그 뒷모습을 바라보고만 있는데 윤경 언니가 엄지를 광목천으로 눌렀다. 유리 조각에 찔렸는지 흰 광목천에 붉은 반점이 번져갔다. 그 순간 희연은 자기가 얼마나 윤경 언니를 걱정하는지 알았다.

"1막 리허설 가자. 만약 명혜가 못 구해 오면 앉은뱅이 스탠드를 가운데 둘 거야. 살인 장면은 그냥 목소리로만 간다."

그러나 앉은뱅이 스탠드로는 조명이 부족하다는 것을 모두 알았다. 부원들이 주춤주춤 자리를 잡는데 언니가 그 손으로 강당이 크게 울리도록 손뼉을 쳤다. 세 번.

"얘들아. 저거 봐라."

희연은 언니가 웃으며 가리키는 강당 맨 뒤의 어둑한 창문을 보았다.

"저 창문까지 사람들이 꽉 찰 거다. 지금 리허설 할 때 저 창문이 사람들에 가려서 안 보인다고 상상하고 해."

희연은 언니 말에 고개를 세게 끄덕였다. 몸은 곧 새로운 긴장을 받아들였다. 윤경 언니는 리허설을 빠르게 진행했다. 그러나 발성만은 크게 제대로 시켰다. 공연 당일, 무대에서 큰 목소리를 내보는 것이 몸을 푸는 데 꼭 필요하다고 했다. 행동선과 감정에서 강조할 점만 빠르게 짚어갔다.

"비극이지만 익살의 요소가 있어. 그때의 움직임은 크고 과장되게."

6시 50분. 리허설을 마치고 강당 문을 열었을 때 연극부원들은 어리둥절했다. 강당이 꽉 찰 것이라는 윤경 언니 말이 떠올랐다. 지루한 표정의 사람들이 누가 시키지도 않았는데 복도 끝까지 질서 있게 줄지어 있었다. 며칠 전부터 붙여둔 포스터가 한몫했을까? 학생 전부가 예비 간호사이니 간호사가 살해된다는 문구가 궁금증을 불러일으켰을 수 있다. 하지만 관객들은 학생들만이 아니었다. 정장 입은 남자들. 나이 지긋한 아저씨, 아주머니들. 줄 가운데 교수님들도 보였다.

　윤경 언니는 관객을 입장시키며 15분 늦게 시작하자고 사회자인 혜숙 언니에게 슬쩍 말했다. 희연은 명혜를 기다리고 싶은 윤경 언니의 마음을 느꼈다. 1학년생들이 하얀 천 안쪽으로 관객들이 들어오지 못하게 했다. 관객들은 의자가 모두 찬 뒤에도 계속 들어왔으며, 앉지 못한 사람들은 강당 뒤를 채우기 시작했다.

　명혜가 도착한 것은 7시 10분쯤이었다. 신문지로 싼 전구를 손에 들고 있었다. 윤경 언니는 숨도 제대로 못 쉬는 명혜에게서 전구를 받아들어 무기력하게 엎어져 있던 키다리 스탠드에 꽂았다. 언니 눈짓에 조명 담당이 코드를 꽂자 언니 얼굴이 환하게 밝아졌다.

　다행히 관객들이 자리를 잡는 데 시간이 걸려 기다림은 없었다. 언니의 손짓에 배우들은 모두 제자리로 들어갔다. 윤경 언니가 커튼 뒤에서 조명 담당에게 시작을 지시했다. 암전. 술렁이던 관객들이 서서히 조용해졌다. 가림막 뒤의 희연은 그냥 이렇게 시작돼버리는가 싶은 허전함마저 느꼈다.

다시 불이 들어왔을 때 무대 오른편에 간호사 한 명이 쓰러져 있었다. 신사복을 입은 형사들이 시체 주위를 분필로 그리며 수첩에 무엇인가를 적었다. 무대 맨 앞에 중절모를 쓴 신사와 간호사가 마주 보고 있었다. 오른편 스탠드가 꺼지자 무대 위의 배우들이 동작을 멈췄다. 신사복 차림의 혜숙 언니가 왼편에서 낭독을 시작했다. "스위스의 정신병원 세리제. 비싼 진료비로 유명한 이 낡은 병동에 형사들이 찾아온 이유는……" 혜숙 언니는 연습 때보다 훨씬 더 떨었고, 희연은 무대에 오를 순서가 한참 남았는데도 숨이 가빠졌다. 해설이 끝나자 수사반장과 수간호사의 대사가 해설의 어색함을 덮었다. 남자 목소리를 내려고 나직하게 깐 목소리가 능청스러웠다. 이를 맞받는 수간호사의 냉랭하고 단호한 목소리가 대조를 이뤘다. 희연은 선배들이 든든했다.

"담배 좀 피워도 되겠소?"

"안 됩니다."

"알겠소. 미안하오."

"대신 차를 한 잔 드릴까요?"

"술이나 한 잔 주시오."

"이곳은 병원입니다."

"그럼 다 관두시오. 블로허. 사진이나 찍게."

과장스러운 수사반장의 몸짓과 표정에 객석에서 작은 웃음소리가 났다. 희연은 그 웃음소리가 부원들에게 자신감을 주는 것을 느꼈다.

희연은 가림막 사이로 관객의 반응을 보며 윤경 언니의 의견이 옳았음을 실감했다. 윤경 언니는 대본을 한국 상황으로 각색하자는 말을 한마디로 잘랐다. 만약 한국 상황으로 바꾸었다면 관객들은 살인범을 정신병자라는 이유로 잡아가지도 못하고, 치료 과정이라며 살인범의 바이올린 연주를 기다려야 하는 것도 납득하지 못했을 것이다.

수사반장의 익살과 능청스러움이 끝나자 윤경 언니가 맡은 물리학자가 극의 분위기를 진지하게 바꿨다. 물리학자의 아내가 선교사와 재혼하여 아이들을 데리고 이별을 고하러 오는 장면. 물리학자가 자기 가족에게 저주를 퍼부을 때는 관객들이 느끼는 섬뜩함이 무대로도 전해졌다. 곧이어 물리학자가 거짓으로 미친 척한다는 것을 아는 간호사가 등장하며 반전이 일어났다. 둘이 서로 사랑을 고백하고 함께 멀리 떠나기로 약속할 때는 조금 달콤하기도 했다. 하지만 물리학자가 간호사를 목 졸라 살해하자 관객들은 소리를 질렀다. 희연은 흰 광목천 뒤에서 윤경 언니에게 목이 졸리며 자신의 데뷔 무대를 마쳤다. 하지만 자신이 맡은 모니카 간호사가 처음부터 마음에 들었다. 1학년 중 가장 비중 있는 역이어서 그런 것만은 아니었다.

연극이 끝나고 단상에서 다 함께 손을 잡고 인사했다. 희연은 짜릿했다. 강당을 울리는 박수 소리가 박사님 강연과는 비교가 안 됐다. 평소 엄해 보이던 교수님들의 따뜻한 눈빛. 수업을 같이 듣던 친구들의 선망 어린 시선. 관객들이 빠져나가자 부원들은 신이 나서 뒷정리를 시작했다. 윤경 언니는 명혜에게 어디서 전구를 구했냐고 물었다. 명혜는 천 원을 그대로 돌려줬다. 설비과

에도 맞는 전구가 없어서 물어물어 다니다 한 정거장 떨어진 전
파사에서 구했다고 했다. 아저씨가 자초지종을 듣고는 쓰던 전
구니 그냥 가져가라며 줬다는 것이다. 정리가 끝난 꽃불 연극부
원들은 화장도 지우지 않고 버스 한 정거장을 행진하듯 걸었다.
맥주 한 병을 사서 다 함께 전파사로 들어갔다. 목이 늘어난 국방
색 면티셔츠의 아저씨는 과장된 화장을 한 열다섯 명의 여대생
들에 둘러싸여 어쩔 줄 몰라 했다. 천 원에서 맥주 한 병을 제한
돈으로 근처 호프집에서 생맥주를 마셨다. 각자 주머니에서 돈
과 함께 자신이 들었던 이야기도 테이블에 올려놨다. 우리 학교
연극 중에서 최고였다고. 4년제 대학 연극보다 낫다고. 파이프
담배는 언제 배운 거냐고. 그 예쁜 간호사는 도대체 누구냐고.
　희연은 이해하지 못했던 생맥주의 시원함을 그날 배웠다. 몽
롱하고 아득해지며 웃음이 멈추지 않았다. 모두가 하나 되는 충
족감이 무엇인지, 어떤 부탁이든 들어줄 수 있고, 무슨 말이든
이해할 수 있는 기분이 어떤 것인지를 알았다. 소중한 사람들에
게 둘러싸인 행복이 이런 것이구나. 밤이 영원하기를 바라는 아
쉬움 속에서 정신은 나락으로 떨어졌다. 그러나 문득 커튼 뒤에
서 윤경 언니가 목을 조를 때 정말로 손에 힘을 줬던 것과, 언니
눈에 맺혔던 눈물이 떠오를 때면 기분이 가라앉는 것 같았다. 명
혜가 언니가 준 천 원이 며칠 전 언니 부모님이 주고 간 돈이라
고 했을 때는 너무 취해 의외라는 반응도 보일 수 없었다.

　151번 버스가 느릿느릿 다가왔다. 희연은 무심한 척 서서 자

신이 탈 버스의 표정을 읽었다. 푸르딩딩한 옷을 입은 버스는 순둥이처럼 눈을 동그랗게 뜨고 덜컹덜컹 다가왔다.

11월 13일 토요일. 조금 쌀쌀해진 날씨였다. 희연 앞의 할머니는 검정 목도리를 코까지 둘렀다. 누군가는 도와줘야 할 것 같은 커다란 봇짐을 앞에 두고 있었다. 희연은 할머니를 거들어야겠다고 생각했는데, 막상 버스가 도착하자 할머니가 번쩍 짐을 들어올렸다. 뭐가 새는지 분홍 보자기 뒤쪽이 젖어 있었다. 희연은 코트에 뭐가 묻을 뻔했다고 생각했다. 코트를 망치고 싶지는 않았다. 명동에서 만날 남자 때문이 아니라 남자와 만날 장소가 명동이었기 때문이다.

버스에 타서 25원을 내고 뒤쪽 빈자리에 앉았다. 버스가 출발하자 익숙한 학교 정문이 멀어졌다. 명동까지 가려면 서울역에서 버스를 갈아타는 방법도 있지만, 25원을 더 낼 거리는 아니었다. 더구나 이런 하늘이라면 걷는 것도 좋았다. 회색 겨울로 곧장 내달리던 해님은 흰 파도가 겹겹이 부서지는 하늘빛 바다에 쉬어가는 중이었다. 부서지는 흰색 포말의 또렷함에 감탄해 희연은 몇 번이나 고개를 들었다.

명동에서 5시에 만나기로 한 남자는 일곱 살 많고, 대학은 나오지 않았다고 했다. 다방에 들어가 남색 양복에 하늘색 넥타이를 찾으면 된다고 했다. 희연은 약속한 초록색 스카프를 벌써 매고 싶지는 않았다. 검지와 중지 사이로 스카프를 잡아 빼며 부드러운 감촉만 느꼈다. 두려움, 부담감, 그리고 어떻게 생겼을까 하는 궁금증이 뒤섞인 채 버스는 낯선 풍경으로 접어들었다. 하숙집 아주머니가 쓸 일 있으면 쓰라며 코트 주머니에 넣어준 2천원을 생각하면 머리가 복잡했다. 남자를 만나 어떻게 하면 부드럽게 거절할지를 생각해봤지만 뾰족한 방법은 떠오르지 않았다. 하기 싫은 숙제를 펼친 기분이었고, 이 상황에서 벗어나고 싶은 마음이 슬며시 무대에 섰던 기억을 불러왔다.

희연은 무대의 여운이 가시질 않았다. 틈만 나면 무대 생각이 났다. 몹쓸 바람이 들었다고 자신을 나무랐지만, 몸에 스며들었던 감각은 자기도 모르게 배어나왔다. 골목길 수은등 아래서는 그날의 조명이 떠올랐다. 하숙집 뒤편 나무마루를 디디면 단상을 디뎠던 느낌이 났다. 가장 취약한 곳은 어둠이었다. 어둠은 어디에도 있었기에 그날의 적막한 암전으로 쉽게 빠져들었다. 빛이 사라지자 객석도 조용해졌다. 강당 뒤에서 큼큼거리던 기침 소리가 또렷했다. 무대 정면에서 살아난 노랑. 부연 먼지들이 일정한 흐름을 가지고 떠다녔다.

희연이 등장할 차례가 다가왔다. 목마름. 초조함. 도망치고 싶음을 느끼며 처음으로 연극을 후회했다. 오른쪽 나무단상은 삐걱댔기에 살며시 밟고 무대에 서야 했다. 단단한 시멘트 바닥에서 텅 빈 나무바닥으로 올라섰다. 윤경 언니의 독백이 끝나면 바로 대사를 치고 나가야 했다. 언니가 있는 노란빛의 영역은 세련되고 매끈한 막으로 둘러싸인 것 같았다. 언니의 독백을 들으며 조명 안으로 파고들었다. 객석에 앉은 사람들이 놀라울 정도로 잘 보였다. 표정까지 선명했고, 몇몇과는 시선도 마주쳤다. 심장이 너무 뛰어 입을 열어도 목소리가 나올 것 같지 않았다. 자연

스럽게 내려놓는다고 치맛단 옆에 붙인 손이 달달 떨렸다. 버스
창밖을 내다보던 희연의 입술이 달싹거렸다. "우리밖에 없어요.
선생님……" 첫 대사를 마쳤을 때 희연은 자기가 잘하리라는 것
을 알았다.

버스 안내양의 목소리. 오른편으로 둥근 서울역 지붕이 나타
났다. 사람들은 어느새 내릴 준비를 마친 뒤였다. 희연도 사람들
과 함께 버스에서 내렸다. 뺨에 닿는 차끈한 바람. 정신이 확 들
었다. 사람들은 역으로, 지하도로, 각자의 방향으로 흩어졌다.
희연은 '그 남자'를 혼자 만나야 한다는 것을 실감하며 광장에
떨궈진 기분이 들었다. 명동으로 가려면 남대문시장 쪽으로 올
라가야 했다. 길을 건너려 지하철역을 향했다. 희연은 올봄에도
부모님과 이곳을 걸었다. 하숙집을 찾아가는 날이었고, 바람은
그때가 더 거셌다. 커다란 가방을 들고 긴장된 낯빛으로 서울역
광장을 걷던 아버지. 퀭한 눈초리로 뒤따르던 엄마. 그날 엄마
와 아버지는 하숙집 아주머니가 순이 이모와 닮았다는 것을 정
말 못 느꼈을까? 희연은 하숙집 아주머니가 지나칠 때 숨을 깊
게 들이마셨다. 꼭 순이 이모의 오렌지 향이 날 것 같았기 때문
이다.

주인아주머니는 순이 이모와 외모는 닮았어도 성격은 딴판이
었다. 학생들 사이에서도 유명한 하숙집이었다. 맛있는 식사와
규칙을 어기면 사정없이 쫓아내는 엄격함 때문이었다. 여학생만
받으며, 식사시간에 5분 늦으면 밥상에 앉을 수 없고, 밤 10시면
문을 잠갔다. 일요일 오전에는 대청소를 해야 했고, 가족이 아닌

손님은 부를 수 없었다. 모든 하숙생이 어머니라 부르면서도 어려워했다. 희연은 이름 한 글자를 넣어 '분이 이모'라 부르며 살갑게 굴었다. 며칠 전 분이 이모가 뒷마당 마루로 불러 '그 남자' 이야기를 꺼냈을 때, 희연은 처음으로 난처해하는 분이 이모의 모습을 보았다.

희연은 지하철역을 나와 동양고속버스 터미널 쪽으로 걸어갔다. 백마가 그려진 버스 한 대가 터미널로 들어갔다. 오르막을 올라 굴다리 밑을 지나자 남대문시장이 나타났다. 부쩍 늘어난 사람들. 시장 골목에는 서로 잘 보이려고 목을 내민 간판들이 빼곡했다. 사람 키보다 높게 상자를 실은 자전거가 간판 밑을 묘기하듯 지나갔다. 남대문시장이 끝나고 길모퉁이를 돌자 신세계백화점이 모습을 드러냈다. 회색빛 건물은 고급스럽고 고풍스러웠다. 백화점 입구를 지나는데 옆으로 검은 승용차 하나가 섰다. 운전석에서 내린 기사는 추운 날씨에도 밤색 바지에 와이셔츠만 입었고, 절도 있는 동작으로 뒷좌석 문을 열었다. 진초록 모직 코트를 입은 여자가 두 아이를 데리고 내렸다. 똑같이 차려입은 여자아이들은 쌍둥이였다. 기사는 그들을 뒤따라 백화점 입구까지 갔다가 다시 차로 돌아갔다.

희연은 중앙우체국 쪽으로 길을 건너려 육교를 오르기 시작했다. 계단을 오르면서도 두 아이의 인상이 계속 남았다. 밤색과 빨강의 체크무늬 원피스, 털이 보송보송한 검정 반코트, 흰 타이즈와 검정 에나멜 구두까지 똑같았다. 둘 다 하얀 피부에 볼이 빨갰는데, 보통 아이들이 추워서 그런 것과는 다르게 빨갰다. 엄마로 보이는 여자는 희연이 봐왔던 엄마들과 달랐다. 나이가 들었는데도 어려 보이는 것인지, 아니면 어린 나이에 아이를 낳은 것인지. 엄마가 맞는지도 짐작할 수 없었다. 다만 그들의 거리낌 없는 시선과 여유 있는 태도는 뚜렷했다.

명동이 세 번째였지만 희연은 백화점에 들어가 본 적은 없었다. 그때 갈색 손 하나가 불쑥 그녀의 무릎 옆으로 뻗어왔다. 희연은 깜짝 놀라 걸음을 옆으로 옮기다 넘어질 뻔했다. 육교 맨 윗단에 앉아 있던 남자가 구걸을 하려고 희연에게 팔을 뻗었던 것이다. 목발을 옆에 세워둔 남자는 다리가 하나였다. 남자는 뭐가 재밌는지 킬킬댔다. 새까만 얼굴에 삐죽삐죽한 수염들. 거멓게 변한 이빨들이 웃음 속에서 달그락거렸다. 희연은 가장자리로 남자를 빙 돌아 육교를 건넜다. 트럭이 밑으로 지나는 소리와 흔들림. 뒤를 돌아보니 남자는 희연에게 이리 오라고 손짓하며 웃었다. 건너편으로 내려오며 그 남자가 자신을 해치려 한 것이 아니며, 오히려 불쌍한 사람이라고 생각해봤지만 위안이 되지 않았다. 오히려 아무 말도 못 한 것이 분했고, 놀란 마음이 진정되지 않았다.

희연은 만날 남자에게도 화가 났다. 자신을 만나려 한 방식의 비겁함 때문이었다. 그 남자에게 해줄 말을 고르기 시작했다. 떳떳지 못한 남자를 향한 날선 논리들.

분이 이모가 알려준 이름은 김인철이었다. 이모에게 돈을 빌려주는 사람의 아들이라 했다. 분이 이모는 사채업자라는 단어를 애써 피했다. 돈 빌려주는 사람은 남편을 여읜 노부인인데,

요새 아들이 일 배우느라 수금원을 따라다닌다고 했다. 그 아들이 이모에게 희연을 한 번만 만나게 해달라고 청을 넣어왔다는 것이다. 분이 이모는 희연에게 만나봐서 나쁠 것은 없다고 했다. 아주 돈이 많은 집이라고. 희연은 분이 이모와 남자 사이에 무슨 이야기가 오고 갔는지는 모르지만, 이모에게서 처음으로 난처함과 간곡함을 보았다.

희연은 코스모스백화점을 끼고 명동으로 들어서도 마음이 진정되지 않았다. 다방이 있다는 유네스코빌딩 옆 골목이 보이자 마음은 불안해졌다. 시계를 보니 4시 40분. 다방에 일찍 들어가고 싶지는 않았다. 진정되지 않은 상태로 그 남자를 만나고 싶지 않았고, 서둘렀다는 인상도 주기 싫었다. 남은 시간 동안 무엇을 할까 생각하던 희연은 충동적으로 코스모스백화점을 향했다.

명동에는 늘 윤경 언니와 함께였다. 새로 생긴 창고극장에 보여줄 연극이 있다고 했다. 그때마다 코스모스백화점을 지났지만 들어간 적은 없었다. 다른 건물 2층 높이의 기둥들이 백화점을 빙 둘러 떠받치고 있었는데, 기둥 사이는 모두 유리로 되어 있어 꼭 공중에 떠 있는 것 같았다. 윤경 언니도 안에 들어가 본 적은 없는 것 같았다.

무거운 유리문을 밀며 희연이 느낀 것은 낯선 향이었다. 꽃향기인지 과일향인지 분별하기 어려운 향이 박하향의 시원함으로 숨어들었다. 진열된 화장품들은 밝고 고급스러운 빛을 냈고, 거니는 여인들의 시선은 무심하면서도 주의 깊었다. 여인들도 조금씩 다른 향을 풍겼다. 희연은 그들 사이에 섞여 물 흐르듯 걸었다. 갖가지 색깔의 립스틱과 매니큐어들. 다양한 스타일의 가발들. 가죽 핸드백과 지갑들. 포장지들. 인형들. 진열장 맨 앞에 세워놓은 분홍 드레스의 금발 인형은 지금 안아도 가슴이 저릴 것 같았다.

희연은 결국 윤경 언니로부터 들은 '에스카레타' 앞까지 흘러왔다. 코스모스백화점에만 있다는 이 움직이는 계단은 가만히 서 있어도 다음 층으로 올려 보낸다고 했다. 2층까지 굳이 올라갈 필요는 없었다. 그러나 주저하는 이유가 망신당할지 모른다는 두려움 때문이라는 생각이 들자 발끈하듯 그 기계로 다가섰다. 눈앞에서 끊임없이 계단이 만들어지는 생경한 광경이 펼쳐졌다. 다른 사람들처럼 자연스럽게 올라선다고 발을 올렸지만, 고개 숙인 채 발끝에서 시선을 뗄 수 없었다. 부드럽게 희연을 밀어 올린 철계단은 얇게 저민 요철을 발 앞으로 내보였다. 희연은 탑승에 성공 후 붉은색 고무 손잡이가 보조를 맞추며 함께 돌아간다는 것에 놀랐고, 손잡이가 살짝 늦게 돌아 몸이 흔들렸지만 곧 괜찮아졌다. 아버지와 엄마가 여기 타면 무슨 생각을 할까? 아버지는 분명 광차 같은 탄광 장비에 빗대어 말할 것이다. 언젠가 그런 날이 오리라는 믿음이 근거 없다고 여겼지만 희연의 기분은 조금 나아졌다.

2층의 드레스와 한복 그리고 아동복을 지나 3층으로 올라갔다. 신사복과 운동용품, 만년필, 각양각색의 머플러를 훑어보고 4층에서 TV, 전축, 피아노를 보며 자신이 경험해보지 못한 일상을 그려봤다. 5층 경양식점 앞에서는 희미한 허기마저 느낄 정도였다. 희연은 다시 1층으로 내려오며 훨씬 자연스럽게 에스컬레이터를 탔고, 1층 액세서리 매장에서 200원을 주고 푸른색 벨벳 머리핀 하나를 샀다. 언젠가 여기 다시 오겠다는 약속 같은 것이었다.

희연은 아까보다 유리문이 가볍게 느껴진다는 것에 기분이 좋았다. 명동 입구는 사람들로 북적였다. 검은색과 하늘색 승용차가 서로 마주 보고 지나는데 갑자기 웃는 남자 셋이 끼어들자 차들이 경적을 울리며 멈췄다. 그중 하늘색 재킷을 걸친 남자가 손을 들어 미안하다는 인사를 했지만 웃음을 멈추지는 않았다. 희연은 마음속에서 경적을 울린 차가 아닌 하늘색 재킷 편을 들고 있음을 알았다. 유네스코빌딩과 코스모스백화점 사이 골목으로 들어섰다. 세련된 옷차림의 사람들로 가득했다. 턱까지 머리를 기른 남자들. 무릎 위로 20센티미터는 올라간 치마의 여자들. 모두 단속 대상이었다. 금기를 파기한 자들의 생기. 표정들이 살아 있었다. 양장점, 경양식점, 다방, 호프집. 색색의 간판들이 밤을 기다리는 중이었다.

작은 건물 두 개를 지나자 '르누아르'가 적힌 흰색 플라스틱 간판이 보였다. 다방은 1층이었다. 유리창에 셀로판지를 붙여 안이 보이지 않았다. 문을 열기 전에 잠시 긴장감이 몰려왔지만 밝은 마음으로 문을 열 수 있었다. 남자에 대한 호감이 아니라 앞으로 닥칠 일을 잘 해결할 수 있으리라는 자신감이었다. 바브라 스트라이샌드의 〈더 웨이 위 워The Way We Were〉가 막바지를 달리고 있었다. 영화를 보지 않았다면 너무 감상적이라고 들을 만한 멜로디였지만 익숙한 노랫소리가 고마웠다. 담배 연기가 얼마나 자욱한지 연하늘색 벽면이 부옇게 보였다. 천장과 기둥은 어두운 붉은색이었다. 카운터를 기준으로 일렬로 나열된 테이블. 오른쪽 벽면에 커다란 어항이 있고, 그 옆에 디제이 박스와 주방으로 통하는 문이 보였다. 희연은 루주를 짙게 바른 삼십 대 후반으로 보이는 카운터 여자와 눈이 마주쳤고, 그녀의 눈썹이 살짝 올라가는 것을 보았다. 희연은 스카프를 매지 않았다는 것을 깨닫고 코트 주머니에서 스카프를 꺼냈지만 지금 목에 두르고 싶지는 않았다. 남자가 아직 오지 않았다면 카운터 앞자리에 앉아 맬 생각이었다. 카운터와 가까울수록 안전할 것 같다는 생각을 했다. 그때 어항 바로 밑 테이블에서 마르고 키 작은 남자가 손을 번쩍 들며 자리에서 일어났다. 희연은 그와 눈이 마주쳤을 때 자신이 험상궂은 남자를 찾고 있었다는 것을 깨달았다.

남자는 손을 너무 들어 양복이 들쳐 올라가 와이셔츠의 하얀 배가 보였다. 덜렁거리는 줄무늬 넥타이. 희연이 천천히 다가서자 남자가 팔을 내리고 꾸벅 허리를 굽혔다.

"감사합니다. 이렇게 나와주셔서……"

희연은 예상과 달리 순박해 보이는 얼굴에 맥이 풀리는 기분이었다. 벌써 물을 다 마셨는지 회색 엽차잔은 비어 있었다. 남자의 시선이 자기 손에 감겨 있는 녹색 스카프에 머무는 것을 보았다. 남자의 표정에 반가움이 나타났다 다시 어두워졌다. 스카프를 매지 않았다는 것에서 어떤 의미를 찾고 있는지 몰랐다.

"아, 우선 앉으시죠."

남자는 자리에 앉으라며 손바닥으로 의자를 가리켰다. 희연이 자리에 앉자마자 물었다.

"뭐 드시겠습니까? 커피? 아니면 주스라도?"

"커피요."

남자가 다시 손을 번쩍 들며 외쳤다.

"여기!"

헐거운 감색 스웨터에 판탈롱 청바지를 입은 다방 레지가 오자 남자는 커피 두 잔을 주문했다. 그는 잠시 희연에게 눈을 들었다가 고개를 살짝 돌려 어항을 바라봤다. 그와 달리 한가롭고 여유로운 금붕어들. 그가 희연을 보며 말했다.

"들어서 아시겠지만 김인철이라고 합니다."

"네. 서희연이에요."

희연은 그의 목소리에서 처음 발성 연습을 하는 것 같은 떨림을 들었다.

커피가 나올 때까지 인철은 말이 없었다. 다방 레지 스웨터의 목 부분이 헐렁해 커피를 내려놓을 때 민망할 정도였는데, 인철은 레지를 볼 생각도 못 했다. 희연은 그 사실을 기억했다. 일곱 살이나 많아 한참 어른으로 생각했는데 이렇게 부끄럼을 탈 줄은 몰랐다. 눈을 잘 마주치지 못했기 때문에 얼굴을 쳐다볼 수 있었다. 이마가 넓으며 턱 때문에 얼굴은 각이 졌고 피부는 흰 편이었다. 둥그스름하고 밋밋한 눈. 고생 없이 자란 인상이었다. 남색 양복의 옷감이 희미한 빛을 냈다. 닳아서 반들반들한 빛이 아니라 점잖게 먹어 들어가는 빛이었다. 와이셔츠 소매 단추는 보통 단추보다 훨씬 크고 둥그스름한 은색이었고, 넥타이의 색감도 하늘색과 흰색이지만 재질 때문에 단순해 보이지 않았다. 그를 빼고 그를 감싼 모든 것이 세련되어 보였다. 희연은 예상과 달리 위험한 사람은 아니어서 다행이라고 생각했지만 호감 가는 스타일도 아니었다.

남자가 하도 말이 없자 희연은 자기가 무슨 말이라도 꺼내야 할까 싶었다. 다짜고짜 만나지 말자고 이야기하기는 미안했기 때문이다. 이렇게 숫기가 없어서 돈 갚으라는 이야기는 어떻게 하고 다니는지. 인철은 커피를 한 모금 마시고도 한참 뒤에야 조심스럽게 말을 꺼냈다.

"연극 잘 봤습니다. 연기 잘하시던데요?"

"아…… 보셨어요?"

"네."

"어떻게 아셨어요?"

"하숙집 들렀다가 포스터를 봤어요. 그래서 그날 갔습니다."

"네."

"연극 좋았어요. 2막부터는 재미가 확 떨어지긴 했지만요."

"왜요?"

"모니카 간호사가 1막 마지막에 죽어서요."

희연은 예상치 못한 웃음이 났다. 인철의 표정을 보니 웃음을 바라고 한 말은 아니었다. 희연은 커피 한 모금을 마시고 하려던 말을 어떻게 꺼낼까 생각했다. 달콤한 맛 뒤로 텁텁해지는 쓴맛을 곱씹는데, 인철이 희연의 웃음에 힘을 얻었는지 갑자기 말을 쏟아냈다.

"희연 씨. 저 희연 씨라고 불러도 되죠? 사실…… 제가 누구를 이렇게 보자고 한 것이 처음입니다. 그냥 별생각 없이 포스터 보고 공연에 갔어요. 그런데 그날 공연을 보고…… 꼭 한번 뵙고 싶다는 생각이 들었습니다. 무대 위가 아닌 평소에는 어떤 분이실까, 어떤 생각을 하실까, 어떻게 살아오셨을까, 모든 것이 궁금해지고…… 그래서 이렇게 만나 서로에 대해 알아보는 시간을 가져보는 것은 어떨까…… 그래서 이렇게 연락을 드린 겁니다."

어딘가 적혀 있을 것 같은 말을 마쳤을 때 인철의 얼굴은 붉어져 있었다. 희연은 잠깐 인철과 만나는 자신을 그려봤다. 잘 상상되지 않았다. 희연이 할 말을 고르는데 디제이가 자신이 제일 좋아하는 노래라며 레코드판을 갈았다. 스피커에서 탁탁 튀는 소리에 이어 흘러나오는 멜로디. 희연이 웃으며 디제이 박스 쪽을 쳐다봤다.

"아, 나도 이 노래가 제일 좋은데."

"저도. 이 노래 좋아합니다."

인철이 디제이와 희연 사이로 냉큼 들어서기라도 하듯 말했다. 갑작스런 그의 적극성에 희연은 또 웃음이 났다.

"그래요?"

고개를 끄덕이는 큼지막한 동작에 희연은 장난기가 동했다.

"가수 이름이 뭔데요?"

인철의 표정이 굳어졌다.

"아…… 알았는데…… 갑자기 기억이……"

인철은 턱이 불끈하도록 입을 다물고 금붕어를 바라봤다. 금붕어를 따라 눈동자를 움직이는 인철의 굳은 표정에 희연은 속으로 웃음이 났다. 희연도 흰색과 빨강의 금붕어를 쳐다봤지만, 금붕어는 알려줄 생각이 없는 모양이었다. 인철이 말했다.

"아…… 진짜 알았는데…… 무슨 여가수 이름에서 철인 28호가 떠오르냐 했는데……"

희연은 가수의 이름을 떠올리고 고개를 끄덕였다.

"믿을게요. 멜로디도 좋지만 저는 가사가 참 와닿던데. 가사 좋지 않아요?"

인철은 그 말에 어정쩡하게 고개를 끄덕였다. 희연은 그가 가사를 모르는 것인지, 아니면 가사가 마음에 들지 않는 것인지 구별할 수 없었다. 인철은 의외로 부드러워진 분위기에 신이 난 표정이었다. 희연은 그런 태도가 부담스러웠고, 더 늦어지면 좋지 않겠다는 생각에 입을 열었다.

"저 사실 남자 만날 생각이 없어요. 지금 하고 있는 것으로도 바빠서 정신이 없거든요. 이렇게 나온 건 정중한 부탁을 받았고, 직접 나와서 말씀을 드려야 오해가 없을 것 같아서요. 이렇게 뵈니까 신사분 같아서 괜한 걱정을 했다는 생각이 드네요."

"괜한 걱정이라면?"

"아. 사실 오늘 여기 들어와서 저도 모르게 가죽 잠바에 선글라스 낀 사람을 찾고 있더라고요."

"……"

인철은 그 이야기를 듣고 가만히 고개를 끄덕였다. 긴 숨을 내쉬고 가만있다 커피를 들이켜듯 마셨다. 인철이 말했다.

"그냥 부담 없이…… 만나면 안 되나요? 하숙집에 계신다는 것은 타향살이를 하신다는 거니까…… 아주 먼 친척뻘 오빠를 서울에서 우연히 만났다 생각하시고…… 그러니까 아무 부담 없이. 가끔 연락이나 주고받으면서…… 그것이 큰 문제는 되지 않을 것 같다는 생각이 들어요. ……저도 연극에 아주 관심이 없는 것은 아니니까. 그러니까 가끔 연극을 본다거나, 영화를 본다거나. 그런 이야기를 할 수는 있을 것 같고…… 아, 물론 저는 대학을 안 나와서 잘은 모르지만. 어쨌든…… 뭐 그럴 수는 있지 않을까요?"

인철의 얼굴은 좀 더 붉어졌다. 희연은 문제 될 것 없지 않겠냐는 그의 표정에서 은근한 강요를 느꼈다.

"그러지 않는 게 좋을 것 같아요."

인철은 잠시 생각하다 물었다.

"왜죠?"

"그냥요."

"그냥이라면."

희연은 그저 고개를 저었다. 희연은 남자의 얼굴이 굳어지는 것을 보았다. 희연의 생각도 더 굳어졌다.

"그리고 약속 하나 해주실 수 있어요?"

"……"

인철이 고개를 살짝 들었다.

"오늘 저 만나기 전과 똑같이 분이 이모를 대해주셔야 해요. 약속하실 수 있나요?"

"유점분 씨와 친한가요?"

인철이 씁쓸히 물었다.

"꼭 그런 것은 아니지만, 그래도요."

"그 점은 전혀 걱정하지 마세요."

"감사합니다."

"바쁘시다는 건 연극 때문인가요?"

"네. 그것도 그렇고요."

인철은 빈 커피잔을 내려다보며 말했다.

"오늘 저녁이라도 함께하시죠?"

희연은 웃으며 고개를 흔들었다.

"아니요. 그냥 들어가보려고요."

희연은 이런 분위기에서 같이 밥을 먹으면 체할 것 같았다. 이 남자가 그것을 알고도 권한다면 이기적인 것이고, 그것도 못 느낀다면 더 만나고 싶은 남자가 아니었다.

"그래도 명동까지 나왔는데, 식사는 하고 가세요."

희연은 웃음을 멈추고 고개를 저으며 말했다.

"그만 일어나실래요?"

인철이 냉랭한 표정으로 먼저 일어섰다. 둘은 다방 앞에서 예의상의 인사를 나누고 헤어졌다.

희연이 하숙집에 들어갔을 때 분이 이모가 문을 열어주며 왜 이렇게 일찍 왔냐고 물었다. 희연은 2천 원을 돌려주며 돈 쓸 일이 없었다고 했다. 다시 인철을 만날 일도 없지만, 이전과 달라지는 것은 없을 것이라고, 그 사람 약속을 받아왔다고 전했다.

분이 이모는 그 말을 무표정하게 듣더니 저녁은 먹었냐고 물었다. "아직"이라며 희연이 답을 흐리자 분이 이모는 희연을 부엌으로 불러 식사를 차려줬다. 김치찌개와 부추전, 장조림과 겉절이가 올라온 밥상에 앉아 희연은 식사시간이 지나 밥상을 받았다는 것을 알았다. 식사를 하는 동안 분이 이모는 건너편에 앉아 몇 가지를 물었다. 인철에 대해서가 아니었다. 도계에 대한 이야기들, 탄광촌 생활에 대한 것들. 희연은 부드러운 목소리로 묻는 이모의 물음이 싫지 않았다.

일주일 뒤, 인철의 편지가 하숙집에 도착하기 시작했다.

희연은 어느 때부터인가 연극부원들에게 공연 이야기를 꺼낼 때 버석거림을 느꼈다. 그 어색한 분위기가 무엇인지 명확히 깨닫는 데는 시간이 필요했다. 그들을 감싸는 버석버석한 분위기에는 이런 생각들이 담겨 있었다. '여자가 연기를 했다는 것은 정숙함이나 고결함과는 멀어진다는 뜻이다.' '고상한 척해도 연극배우란 광대와 딴따라 사이 어딘가에 위치할 뿐이다.' '어디까지나 취미일 뿐이지 생업으로서는 아니다.'

윤경 언니도 그런 생각들을 머릿속으로는 이해했지만 가슴으로는 이해할 수 없었다. 의견 충돌이 생겼다. 일주일에 얼마나 연습을 할 것인가? 지루한 논의들. 연습시간에 나오는 사람이 하나둘 줄더니, 다음 공연 작품을 고를 때 아무도 의견을 이야기하는 사람이 없었다. 윤경 언니가 몇 작품을 꺼내며 설명했지만 모두 시큰둥했다. 그나마 테네시 윌리엄스의 작품을 말한 것도 희연뿐이었다.

윤경 언니가 희연을 뒷마당으로 불러내는 일이 잦아졌다. 윤경 언니는 거리낌 없이 담배를 폈다. 희연은 분이 이모가 신경 쓰였지만, 그래도 윤경 언니가 부르면 두툼한 외투를 입고 웃으며 나갔다. 요새 힘든 것 없냐고 묻는 윤경 언니에게 '언니야말로 왜 힘들다고 말하지 않느냐'고 묻고 싶었다. 대신 희연은 새로 발견한 낯선 것들에 대해 이야기해줬다. 윤경 언니는 밝은 이야기를 좋아했고, 희연도 언니의 담배 연기가 구수하게 다가왔다.

병원 실습을 다녀온 윤경 언니가 며칠간 앓아누웠다. 같은 방 명혜에게 들은 바로는 언니가 실습 나가 큰 낭패를 봤다고 했다. 근육주사를 놓을 때 바늘이 근육에 들어가지 않고 튕겨 나왔는데, 당황해서 다시 찌르자 환자가 소리를 질렀다고 했다. 다들 있는 데서 수간호사 선생님께 크게 혼이 났단다. 바이탈을 젤 때도 환자의 맥박보다 언니 맥박이 더 빨랐고, 혈압을 몇 번이나 다시 쟀다는 것이다. 명혜 말로는 언니가 가장 실망한 것은 의사와의 관계라고 했다. 예상은 했겠지만 그 일방적인 분위기를 경험하니 무척 혼란스러웠던 것 같다고 했다. 언니가 서클 활동에 소원해지자 연극부도 활력을 잃기 시작했다.

희연은 무대에서 자신을 바라보던 언니의 눈빛을 잊을 수 없었다. 그 표정은 연습할 때도 본 적 없는 것이었다. 쓸쓸하고 순박하며 정말로 사랑하는 마음을 감춘 남자의 눈이었다. 그 표정이 진짜 같아 잠시나마 모니카 간호사가 된 것 같았다. 객석의 사람들이 사라져버린 느낌. 자신을 사랑하지만 그 마음을 고백할 수 없는 한 남자의 마음이 애틋하게 다가왔다. 어쩌면 윤경 언니를 대할 때마다 그 기분을 다시 느끼고 싶었는지 모른다.

그 와중에도 인철의 편지는 끊이지 않았다. 일주일이나 열흘에 한 통씩은 꼭 왔다. 하숙집에서 인철의 편지는 유명해졌다. 그러나 희연은 두 번째 편지를 읽고서 더는 읽지 않았다. 차마 끝까지 읽지 못할 정도로 낯간지러웠기 때문이다. 찬미, 경탄, 숭배에 가까운 내용들. 간지럽고 유치하며 민망한 찬사들. 두 번째 편지를 읽고 죄송하지만 편지를 보내지 말라고, 읽지 않겠다고 답장을 보내고는 정말 편지를 읽지 않았다.

기말고사를 이틀 앞두고 윤경 언니가 취해서 하숙집에 들어왔다. 복도에서부터 희연을 큰 소리로 불렀다. 쿵쿵 복도를 울리는 발걸음 소리가 들리더니 희연의 방문이 벌컥 열렸다. 희연은 소란이 날까 걱정돼 급히 언니를 부축해 뒷마당으로 나갔다. 찬바람을 쐬면 술이 깰까 싶었다. 언니는 나무마루에 쓰러지듯이 앉아 어렵사리 담뱃불을 붙였다.

희연은 거기서 뒤풀이 때 언니가 내놨던 천 원에 대해 들었다. 공연 며칠 전 부모님이 언니를 찾아와 연극을 허락했다는 것이다. 든든한 밥이나 사먹으라고 주신 돈이라는 것이다. 그런데 오히려 불안감을 느끼는 자신에게 당황했다고 했다. "그동안 짓누르던 부모님의 반대가 안정감을 주고 있더라. 연극이 얼마나 힘든지 깨달은 뒤였거든. 여배우는 실력보다 외모가 받쳐줘야 하고. 서희연. 너는 좋겠다." 윤경 언니는 희연의 목을 팔로 휘감더니 자기가 맡았던 물리학자의 이름이 희연이 가질 것이라 했다. 술김에 예언이라도 하듯 양손으로 희연의 어깨를 잡고 흔드는데, 희연은 주인공 물리학자의 이름이 생각나지 않아 이상했다. 희연은 언니를 방으로 데려가 눕히며 언니에 대한 마음이 변한 것을 느꼈다. 윤경 언니의 말을 이해 못 해서가 아니었다. 오히려 언니 말을 너무 잘 이해할 수 있어서였다. 언니와 더 가까워진 것 같았지만 언니 머리 위에서 빛나던 별은 다 타버린 것 같았다.

연극을 해야 한다는 다짐이 오히려 연극에 대한 열의를 떨어뜨렸다. 기말고사에 대한 압박이 결정적이었다. 친구들은 그동안 착실히도 공부를 따라잡았다. 희연은 이해가 빠르고 머리도 좋은 편이었지만 외워야 할 내용을 늘어놔 보고는 불가능한 양이라는 것을 깨달았다. 해부학, 생리학, 미생물학, 임상약리학. 그중에서도 수많은 약의 이름들과 화학식들이 나열되는 약리학이 제일 싫었다. 기말고사를 마치고는 길을 잃은 것 같은 허허로움을 느꼈다. 성적표는 받지 않아도 뻔했다. 부모님에 대한 죄송스러움. 주변 친구들은 희연을 윤경 언니의 단짝으로 생각해 거리를 뒀다. 희연은 이 고민을 누구에게 털어놓아야 할지 알 수 없었다. 실습 때문에 겨울방학 동안 집에 내려갈 수 없어지니 더 집에 내려가고 싶었다. 엄마가 그리웠다.

새해를 며칠 앞두고 학교 정문을 나서는데 옆에서 부르는 소리가 들렸다.

"희연 씨. 잠깐만요."

인철은 처음 만났던 차림새와 전체적으로 같았다. 다만 갈색 코트를 양복 위에 걸치고 검정 가방을 하나 들고 있는 것만 달랐다. 그는 오랫동안 기다렸는지 코와 귀가 빨갰다.

"꼭 드릴 말씀이 있습니다. 잠깐만, 잠깐만 시간을 내주세요."

희연이 인철과 다방으로 자리를 옮긴 것은 학교 정문에 남자와 오래 서 있어 좋을 일이 없기 때문이었다. 인철은 커피를 시키고 쪽지 하나를 써서 다방 레지에게 건네주었다. 인철은 희연과 마주 앉아 그녀를 바라봤다. 잠시 그녀를 말없이 보다 가죽가방에서 짙은 노란색 유리병을 꺼내 테이블에 올려놨다. 그가 말했다.

"슈냅스입니다."

"네?"

"이게 슈냅스라고요."

희연은 무슨 말을 하는지 못 알아들었다. 인철은 쓸쓸한 표정으로 말했다.

"아…… 정말 편지 안 읽으시는군요."

"안 읽는다고 편지 드렸잖아요."

그래도 희연의 어투에는 미안한 기색이 담겨 있었다. 인철은 그녀의 말에 담담히 고개를 끄덕였다.

"뒤렌마트의 〈물리학자들〉에서. 이게 원래 대본에 나오는 술입니다. 대본 맨 처음 수간호사가 차를 권하죠. 수사반장이 답합니다. '슈냅스라면 좋겠소.' 수간호사가 거절합니다. '여긴 병원이에요.'"

그는 자연스럽게 대사를 읊었다. 그 목소리를 들으며 희연은 연극 회의가 생각났다. 지명과 이름을 모두 그냥 쓰기로 했었다. 다만 연극 초반의 '슈냅스'라는 말은 술로 바꾸는 게 좋겠다고 했다. "슈냅스가 뭐예요?" 명혜가 물어봤었고 혜숙 언니가 퉁명하게 말했었지. "몰라. 그냥 술이래."

"네덜란드가 원산지로 원래 감자로 만들던 술이었습니다. 오스트리아나 독일에서는 과일로 만들죠. 아는 사람이 독일에서 귀국하기에 한 병 부탁했습니다."

양주 수입이 금지되어 양주 하면 미군 PX에서 나온 조니워커가 전부인 시절이었다. 인철이 말했다.

"오늘 하루만 시간을 내주세요. 저녁이나 먹고, 연극 이야기나 하다 그냥 들어가세요. 가고 싶다면 언제든 보내드리겠습니다."

안 본 사이 인철은 조금 달라 보였다. 어딘가 초연해진 모습이랄까. 여기서 그냥 가겠다면 그러라고 할 태도였다.

"그래요, 그럼."

선뜻 희연이 대답하자 오히려 인철이 조금 놀란 눈치였다. 잠시 후에는 희연이 놀랐는데, 디제이가 '아름다운 연극배우 서희연 씨가 가장 좋아하는 곡'이라며 로버타 플랙의 노래를 틀었기 때문이다.

슈냅스의 첫맛은 사과 향으로 달콤했지만 후끈 밀려오는 강렬함이 있었다. 인철도 한 모금 마시더니 독한 술이라며 주의를 주었다. 그는 연극에 대해서도 많은 이야기를 했다. 대본을 여러 번 읽다 보니 2막에서 병원장이 도청을 통해 그들에게서 앗아간 것이 무엇인지 알겠다고 했다. 인철은 희연에게 가보고 싶은 곳이 있냐고 물었는데, 데려가고 싶은 곳이 있는 것 같았다. 희연이 떠오르는 곳이 없다고 하자, 워커힐 근처에 괜찮은 레스토랑을 알아뒀으니 가보자고 했다. 그때 희연은 가보고 싶은 곳이 생각났다.

"혹시 남산 케이블카는 괜찮나요?"

"그럼요!"

인철이 바로 일어서자 희연은 커피는 다 마시고 일어나자며 인철을 잡았다. 다시 앉은 인철은 이 날씨면 무척 추울 것이라 걱정했지만 희연은 그래도 괜찮다고 했다. 희연은 자리에서 일어나며 술기운을 느꼈지만 바깥으로 나와 찬바람을 쐬자 정신이 맑아졌다. 밖은 이미 어둑해진 뒤였다. 인철은 큰길로 나와 택시를 잡았다. 택시 문을 열어 희연을 뒷좌석에 태우고 자기는 앞에 탔다. 자기 앞에서 긴장하던 남자가 택시를 잡고 행선지를 말하고 차비를 계산하는 모습이 무척 자연스러웠다. 남산까지는 20분이 걸렸다. 케이블카를 타려면 10분 정도 걸어야 했다. 가파른 길을 인철이 앞장서서 걷다 보니 크림색 건물에 삭도라는 큰 글자가 붙어 있었다. 희연이 웃으며 말했다.

"얘도 삭도네?"

"왜요?"

"우리 고향에도 삭도가 있어요."

"고향이 어디신데요?"

"도계요."

"……도계가 어디였었죠?"

"강원도예요."

인철이 표를 끊고 2층으로 올라갔다. 기다리는 사람이 꽤 많았다. 희연은 기다리는 시간이 길어지자 추위를 느꼈다. 인철이 기다리며 케이블카에 대해 알려줬다. 케이블카는 두 대가 교대로 운행하고, 각각 이름도 있었다. 은하수와 무지개라고 했다.

"서울 삭도는 좋구나. 우리 동네 껀 그냥 정신없이 바쁜데."

인철이 웃으며 말했다.

"희연 씨 고향에 있는 삭도가 궁금합니다. 언제 한번 구경시켜 주세요."

"오시면…… 보여드리는 것은 어렵지 않아요."

"그럼, 갈게요. 갑니다."

도계가 어디 있는지도 모르면서. 도로도 제대로 나 있지 않아서 기차로만 갈 수 있다는 것을 이 남자가 알까? 희연은 인철의 말을 들으며 대덕산에 앉아 삭도를 구경하던 풍경을 떠올렸다. 지금 이 시간 엄마와 아버지는 무엇을 하고 있을까?

차례가 되자 인철이 먼저 타서 안쪽으로 희연의 자리를 잡아줬다. 희연은 시내 쪽 야경이 보고 싶었지만 사람들에 가려 잘 보이지 않았다. 그래도 둥실 떠오르는 아찔한 느낌에 웃음이 났다. 공중에 떠서 흔들거리며 점점 위로 올라가는 느낌. 창문 바깥으로 네온사인과 고층 건물의 창문이 사람들 어깨 사이로 보였다. 중간에 철탑 하나를 지나며 케이블카가 진동했고, 훅 꺼지는 느낌이 들었다. 사람들 입에서도 큰 소리가 나왔다. 희연도 떨어지는 느낌에 또 웃었다.

케이블카에서 내리자 바람은 더 거셌다. 희연은 탁 트인 전경에서 야경을 보고 싶다고 했다. 인철과 희연은 시내 쪽으로 향한 벤치로 가서 앉았다. 인철이 자신의 코트를 벗어 그녀에게 걸쳐 주었다. 말소리도 잘 안 들리는 거친 바람. 명동의 네온사인들. 불이 들어온 고층 건물. 신세계백화점 앞의 송년 기념 네온사인은 붉은빛을 발하는 삼각 탑이었다. 희연은 어찌 됐든 여기 왔다는 뿌듯함을 느꼈고, 자신이 느끼는 감정을 인철은 모를 것이라 생각했다. 인철에게는 케이블카가 그저 흔한 구경거리 중 하나일 것이다. 그때 인철이 가만히 희연의 손등을 자신의 손으로 덮었다.

"추워요. 그렇죠?"

인철은 잠시 뻣뻣하게 있었다. 그러다 그의 손가락이 희연의 손가락 사이로 깍지를 끼며 그녀의 손바닥에 닿자 희연은 가슴이 꾸욱 눌리는 기분이 들었다.

잠시 후 희연은 그가 무엇인가 더 하고 싶어 한다는 것을 느꼈다. 그는 왼손으로 희연의 오른손을 잡았기 때문에 더는 할 수 있는 것이 없었다. 인철이 멈칫멈칫 왼손을 빼려 하자 희연은 그가 뭘 더 하려는 것이 싫어 손안의 손가락들을 감싸 쥐었다. 인철이 멈췄다. 희연은 그의 어깨에 머리를 기대고 멀리 서울을 내려다봤다. 쉴 새 없이 자기 길을 가는 자동차의 행렬. 잠시 후 인철은 체념인지 안도인지 구별할 수 없는 숨을 쉬었다.

희연은 겨울방학 동안 인철과 서울의 여러 곳을 다녔다. 창경원과 경복궁. 워커힐의 레스토랑. 명동의 여러 경양식점과 호프집. 인철은 희연에게 많은 이야기를 들려줬다. 특히 어머니에 대한 이야기들. 인철은 어머니를 존경했다. 6·25 때 아버지를 잃은 어머니는 홀로 자수성가하여 그만큼을 이뤘다고 했다. 그는 어머니 말을 잘 따르는 효자였고, 어머니와 많은 일을 상의했다.

둘은 하루하루 일상을 촘촘히 공유하는 단계로 나아갔다. 그 시절 공중전화는 3분이면 자동으로 끊겨서, 다시 걸고 싶은 사람은 줄 뒤로 가서 기다려야 했다. 인철은 전화가 끊어지면 줄을 기다리지 못하고 외딴 공중전화를 찾아다녔다. 희연은 하숙집 거실에서 전화벨이 한 번만 울리면 받을 수 있도록 대기했다. 그가 횡단보도를 건너 다른 공중전화 부스로 뛰어가는 시간을 수화기를 잡은 채로 공유했다. 희연은 다시 전화를 받았을 때 인철이 숨소리를 과장하지 않는 것이 좋았다. 인철은 숨이 잦아질 때까지 수화기에서 얼굴을 돌리고 있었다. 대답을 할 때만 수화기를 입에 가까이 댔다. 희연은 멀리서 부는 바람 소리 같은 울림이 좋아 더 귀를 기울였다. 그 진동과 진폭이 따스하고 안전한 느낌을 주었다. 미안함에서 시작된 감정은 결코 자신을 해치지 않을 것이라는 안도감을 통과해 내밀한 욕망을 일깨우는 단계로 나아갔다. 짜릿한 몸의 순간들. 그 순간을 통해 다져지는 둘만의 결속.

　인철은 점차 희연에게 속마음을 털어놓으며 의지했다. 인철은 어느 날 술을 먹고 어머니에 대한 일을 털어놨다. 고등학교 때 어떤 중년 남자가 집 앞에서 기다리다 어머니에게 욕을 퍼부었다고 했다. 그 남자가 쌍욕을 퍼부었는데도 화가 나지 않는 자신에게 더 놀랐다고 했다. 희연은 무슨 욕이었는지 궁금했지만 인철은 차마 그 말을 입에 담지 못했다. 나중에 둘만 있는 어두운 곳에서 '돈만 아는 개좆같은 년'이라는 단어들을 조립하듯 꺼내놨다. 희연은 이상하게 그 말을 들으며 인철에 대한 소유감과 유대감을 느꼈다. 그러나 희연은 자신의 부모에 대한 이야기는 꺼려졌다. 그것을 위치의 차이라 느꼈다.

　희연은 인철을 통해 우아한 세계를 경험했다. 예의 바르고, 아름답고, 고상한 것들. 한 번도 경험하지 못한 것들이 그득한 방에 들어선 느낌. 인철을 통해 그 방을 한 걸음씩 탐험하는 기분. 모두 출산 전의 일들이다.

정인이 초대한 연극은 연애에 관한 것이었다. 오래전 동경했던 여인을 만나 풋풋한 사랑이 시작되는 감정. 처음부터 그 감정을 예상한 관객은 없었을 것이다. 할아버지가 이불 속에서 기저귀를 들고 나오는 엉거주춤함이 첫 장면이었기 때문이다. 커튼을 치고 불을 끄자 토요일 아침 10시의 강당이 어둑해졌다. 스피커에서 빗소리가 울려 퍼지자 관객들이 조용해졌다.

한 요양병원의 병실. 침대 위에서 잠을 깬 할아버지가 반쯤 몸을 일으켰다. 주위를 둘러보고 이불 안에서 몸을 들썩였다. 몸을 틀어 침대에서 내려왔을 때는 왼손에 둘둘 뭉친 기저귀를 들고 있었다. 화장실로 들어가며 거울 안의 자신을 발견하고 머리를 매만졌다. 오른손으로 머리를 넘기던 할아버지는 다른 손에 들고 있는 기저귀를 내려다보고 어깨가 내려갔다. 표정이 씁쓸해지더니 낮은 소리로 웃었다. 박민규 작가의 소설 〈낮잠〉을 극화

한 작품이었다. "갓 꺼낸 동물의 심장처럼 기저귀가 뜨끈하다"는 목소리에서 어디서 들어본 것 같다는 생각을 했고, "심장을 적출당한 동물처럼 우리는 함께 공허해진다"는 방백에서 확신이 섰다.

경호, 경찬이는 연극이 시작되자 얼마 못 참고 몸을 뒤틀었다. 의자에서 내려와 바닥에 앉더니 의자 밑으로 기어 들어갔다. 아내가 둘을 끄집어내 의자에 앉혔다. 아이들은 자신들을 당겨주는 엄마가 재밌는지 되레 킥킥댔다. 정색하는 아내 목소리에 아이들은 겨우 의자에 앉았다. 하지만 경찬이는 뒤를 보고 앉아 무대를 보는 사람들에게 어설픈 윙크를 날렸다. 며칠 전 엘리베이터에서 깔깔 웃으며 윙크로 답해준 아가씨 잘못이었다. 관객들이 연극에 몰입하는 것이 느껴지자 아이들이 더 신경 쓰였다. 옆에 앉은 어르신도 무대 위 할아버지의 독백이 남 일 같지 않은 모양이었다. 은퇴 후 자유로운 삶을 기다리며 직장 생활을 버텼는데, 막상 은퇴하니 출근하는 사람을 부러워하는 자신에게 드는 배신감. "그토록 지긋지긋했던 그 삶이, 결국 내가 원하는 삶이었다니." 무대 위 탄식을 뒤따르는 탄식이 여기저기서 들렸다.

아이들 장난이 부담스러운 부모는 우리뿐이 아니었다. 자원봉사자 가족으로 보이는 몇몇 무리는 서로 자신의 아이를 단속하느라 연극에 집중할 수 없었다. 식구들을 데려온 것이 후회됐다. 아내의 잔소리만 없었어도 혼자 왔을 것이다. 크리스마스도, 신정도, 우리처럼 집에만 있는 사람들이 어딨냐는 잔소리에 화를 내버렸다. 정인에게 느꼈던 불길함이 이튿날 정중한 그의 모습에 사라진 것도 한몫했다. 오늘 복지관으로 차를 몰며 아내와 아이들에게 정인의 생김새를 설명해주고, 좋은 사람이라는 말도 덧붙였다. 그래도 조금 걱정스러웠는데 막상 초대한 사람은 보이지 않았다.

경호와 경찬이가 나가서 놀아도 되냐고 물었다. 강당 뒤쪽으로 또래 아이들이 문을 열고 나가는 것이 보였다. 다행스러운 마음으로 내가 고개를 끄덕이자 아내가 낮은 목소리로 아이들을 단속했다. "어디 가지 말고 2층에서만 놀아." 대여섯 명의 아이들이 바깥으로 나가느라 소란스러웠지만 강당은 다시 조용해졌다. 복도로 나가자 조심하던 아이들의 목소리가 확 커졌다. 출입문 근처의 할아버지가 문을 열고 나갔다 들어오자 복도도 조용해졌다.

그레고리 팩처럼 키가 큰 주인공 할아버지는 목소리만 좋은 것이 아니었다. 젊었을 적 연기 경험이 있는 것 같았다. 관객을 보며 대화하듯 방백을 구사하는 실력이 보통이 아니었다. 아내가 주먹을 쥐고 턱을 괴는 모습이 곁눈으로 보였다. 정인의 말이 맞았다. 작품은 무대에 선다는 것에 의의를 두는 수준이 아니었다.

주인공 할아버지는 요양병원에서 고등학교 때 첫사랑을 만났다. 고향에 있는 요양병원으로 내려간 덕을 본 것이다. 기저귀를 찰 만큼 몸은 망가졌어도, 가슴 한구석에 있던 풋풋함이 되살아났다. 하지만 첫사랑은 할아버지를 기억하지 못했다. 늙었어도 해사한 얼굴을 간직한 할머니는 주인공을 아버지라 부를 만큼 치매가 진행 중이었다. 할아버지가 젊은 날의 애환과 상처를 절절히 들려줘도 "그럼요, 그럼요"로만 답했다. 그녀에게 시를 들려주고, 요양병원에 딸린 운동장을 산책하며 옛 추억을 되새겼다. 그러다 그녀의 아들이 요양병원에 찾아와 어머니를 데려갈 테니 보증금을 달라며 행패를 부리는 장면에서 아이들이 들어왔다. 강당 문을 열고 우르르 들어온 아이들은 엄마를 부르며 달려갔다. 연극이 멈칫했지만 다시 배우들의 목소리가 이어졌다. 무대로 고개를 돌리는데 한 아이의 울먹이는 목소리가 뒤에서 들렸다. "무궁화 꽃이 피었습니다 하는데 괴물 아저씨가……"

주인공 할아버지가 첫사랑의 아들을 붙잡고 무대 한쪽으로 끌고 갔다. 다정한 목소리로 할머니를 데려가려는 사정을 물었다. 아들은 존댓말로 답하지만 당신이 뭔 상관이냐는, 감정이 딱딱 끊어지는 말투로 내뱉었다. 그때 이 건물에서 괴물이라 불릴 만한 한 사람이 생각났고, 다른 아이들은 다 들어와도 경호와 경찬이가 들어오지 않는 것이 마음에 걸렸다. 아내에게 아이들을 보러 간다고 하고 서둘러 강당을 나왔다.

복도는 조용했다. 강당 옆 체력단련실에도 아이들은 없었다. 바둑판과 당구대가 있는 취미실도 비어 있었다. 당구대를 손바닥으로 한 번 훑고 복도로 나와 1층으로 내려갔다. 1층에 있을 것이라 생각했지만 안내데스크 옆 자판기와 게시판 공간에도 아이들은 보이지 않았다. 식당으로 들어가 낯이 익은 아주머니에게 아이들을 봤냐고 물었다. 식당을 나올 때는 걸음이 빨라져 있었다. 1층 건물 밖에도 아이들이 보이지 않자 조급한 마음으로 건물을 올려다봤다. 3층에는 사무실과 학습실이 있다. 아이들이 그 위로는 올라가지 않았을 것 같았다. 여섯 살, 여덟 살 남자아이는 늘 시끄럽다. 어디 있는지 금방 표가 나게 마련이다. 조용하다면 오히려 그것이 이상한 일이다.

다시 건물로 들어가려는데 지하주차장 쪽에서 낯익은 목소리가 들렸다.

"무궁화 꽃이 피었습니다!"

정인의 목소리였다. 복지관 입구에서 목소리가 들리는 지하주차장 쪽을 내려다보니 정인이 양손을 이마에 올린 채 주차장 벽을 향해 서 있었다. 정인의 발 옆에 커다란 분홍색 보따리가 있었다. 경호와 경찬이는 보이지 않았지만 주차장 안쪽에서 경호와 경찬이의 웃음소리가 들렸다. 위에서 보니 정인의 커다란 키도 조금 작아 보였다. 그만큼 낯선 모습이었다. 아이들과 놀아주는 정인은 평소와 무척 달라 잠시 지켜보고 싶을 정도였다.

"무궁화 꽃이 피었습니다"를 외치는 정인의 목소리는 높아지다 낮아지고, 빨라지다 느려졌다. 정인이 별안간 뒤를 돌아보자 그 갑작스러움에 아이들이 소리치며 웃었다. 정인은 웃는 얼굴로 왼쪽을 돌아봤다. 경호가 정인의 허리를 치고 달려가자 정인이 발소리를 크게 내며 호들갑을 떨었다. 나와 놀 때 저렇게 웃은 적이 있나 싶을 정도로 경호와 경찬이는 크게 웃었다. 아이들은 계속해서 정인을 치고 달아났다.

똑같은 행동을 몇 번이나 반복해도 아이들은 싫증 내지 않았다. 얼마나 시간이 흘렀을까. 긴장이 풀리며 다시 연극을 보러 가도 괜찮겠다는 생각이 들었다. 그때 정인이 완전히 뒤로 돌아섰다. 웃음이 사라진 무뚝뚝한 표정이었다. 정인은 성큼성큼 주차장 안으로 걸어 들어갔다. "괜찮아. 괜찮아." 부드러운 정인의 목소리가 들렸다.

그때까지만 해도 아이들과 정인이 곧 보이리라 생각했다. 그런데 기다려도 아이들과 정인이 나타나지 않았다. 아이들 소리도, 정인의 목소리도 들리지 않았다. 무슨 일인지 내려가 봐야겠다고 생각하는데 철문이 쾅 닫히는 소리가 들렸다.

계단을 내려와 지하주차장 쪽 차도로 내려갔지만 아무도 없었다. 업무용 카니발과 차량 몇 대만 보였다. 주차장에서 인기척이 느껴지지 않자 1층으로 올라가는 철문을 열고 계단을 올라갔다. 화장실에 가고 싶다고 했나? 1층 화장실이 비어 있자 불안해졌다. 혹시나 해서 식당도 들어가 보고 2층으로 올라갔다. 2층 강당에서는 연극이 진행 중인지 잔잔한 음악이 새어나왔다. 강당 문을 열어 슬쩍 보니 아내 옆으로 의자 세 개가 나란히 비어 있었다. 3층으로 올라가 재가복지 사무실이 잠긴 것을 확인하고 내려올 때는 엘리베이터가 아닌 계단을 쿵쾅거리고 있었다. 1층을 거쳐 지하주차장 철문을 벌컥 열고 둘러봤다.

"경호야. 경찬아."

아까 철문 소리가 1층으로 올라가는 문소리가 아닐 수 있다는 생각이 들었다. 주차장 안쪽까지 들어갔다. 배달할 때에는 가볼 일 없는 꺾어진 곳이었다. 어두컴컴해서 눈에 잘 안 띄는 곳에 철문 하나가 보였다. 가슴속에서 무엇이 훅 솟구치는 기분이었다.

회색 철문은 무거워 아이들 힘만으로는 열 수 없을 것 같았다. 철문을 밀자 후끈한 열기가 바깥으로 밀려나왔다. 웅웅거리는 소음이 들렸다. 보일러실인 것 같았다. 노란 전구 불빛. 시멘트 냄새 뒤로 매캐한 화학약품 냄새가 독하게 밀려왔다.

"이경호! 이경찬!"

목소리가 소음에 파묻혔다. 천천히 안쪽으로 들어가 커다란 물탱크를 돌자 사람들이 이곳에서 담배를 피우는지 재떨이로 쓰는 페인트통이 보였다. 둘러봐도 인기척이 느껴지지 않았다. 보일러 뒤쪽은 막혀서 더 갈 곳이 없었다.

어항이 눈에 들어온 것은 그때였다. 전화를 하려니 통화 불가 지역으로 나와 반사적으로 고개를 들었다. 시멘트 담 위로 작은 화분만 한 어항이 보였다. 물고기를 기른다던 정인의 말이 생각났다. 투명한 어항에는 물고기가 한 마리 있었다. 밑으로 다가가서 물고기를 올려다봤다. 생전 처음 보는 파란색 열대어였다.

반짝이는 파란 비늘을 몸에 두른 물고기는 손가락 한 개만 한 몸통에 지느러미를 부채처럼 펼친 채 헤엄쳤다. 드레스 같은 지느러미가 움직이는 자취를 따라 하늘하늘했다. 후줄근한 노란 전구도 하늘색 지느러미의 화려함을 퇴색시킬 수 없었다. 부드럽게 움직이다 돌연 반대편으로 몸을 트는데 비현실적인 기분마저 들었다. 그 몽환적인 분위기가 깨진 것은 물고기 배에서 하얀 반점을 발견했을 때였다. 고개를 흔들어 정신을 차리자 독한 냄새가 강하게 코를 찔렀다.

보일러실을 나왔다. 어디로 가야 할지 알 수 없어 다시 1층으로 올라왔다. 연극이 끝났는지 2층에서 웅성거리는 소리가 들렸다. 아내에게 사실을 알리려고 계단을 뛰어 올라갔다. 일단 복지관 직원에게 물어 정인의 핸드폰 번호를 알아내고, 전화를 받지 않으면 경찰에 전화를 하고…… 계단을 올라와 2층 복도에 들어서자 강당에서 몰려나오는 사람들 가운데 정인과 아내가 마주 보고 서 있었다. 정인은 경호, 경찬이 어깨에 손을 얹은 채였고, 아내가 손으로 입을 가린 채 정인을 올려다보며 웃었다.

아내와 아이들은 내가 다가가는 줄도 몰랐다. 아이들에게 짜증이 났다.

"어디 갔었어? 너희들! 아빠가 얼마나 찾았는데?"

갑자기 성난 목소리에 아이들이 놀라 쳐다봤다. 아내도 갑작스런 내 반응에 무슨 일인가 하는 표정이었다. 정인이 부드럽게 웃으며 인사했다.

"안녕하세요, 이 작가님. 아이들이 참 똑똑합니다. 둘 다 씩씩하고."

정인이 경호의 머리를 쓰다듬었다. 머리를 쓰다듬는 그의 손이 불쾌했다.

"너희들 어디 갔었어?"

정인의 인사는 무시하고 경호에게 물었다. 정인이 대신 답했다.

"저랑 주차장에서 놀았어요."

정인의 말은 못 들은 척하고 경호를 계속 바라보자, 경호가 조금 겁먹은 표정으로 말했다.

"무궁화 꽃이 피었습니다 했는데?"

"그리고?"

되묻는 내 표정에서 정인은 무엇인가 느낀 것 같았고, 부드러운 얼굴이 굳어지며 씁쓸하게 말했다.

"아무 일 없었습니다, 아이들."

나는 정인을 노려봤다. 지하주차장에서 사라진 뒤 어디에 있었는지 알아야 했다. 몰려나오는 관객들 중 한 아이가 정인을 가리키며 "엄마! 저기 보라니까! 괴물!"이라 했다. 아이 엄마가 손가락질하는 아이의 손을 잡아 내리고 아이 귀에 대고 뭐라고 속삭였다. 정인의 시선이 땅을 향했다. 그 시선에서 내 아이들 때문에 여기 올라왔다는 것을 알았다.

"오늘 쉬신다더니 김 선생님."

인수 씨가 정인에게 다가와 웃으며 인사했다. 정인은 인수 씨를 보자 바닥에서 분홍색 보따리를 들어 건네줬다.

"이거야. 이승재 어르신이 특별히 부탁 좀 한다고 전화 왔어. 하필 세탁기가 고장 났는데 월요일에 누가 오나 봐. 손자인 거 같던데."

"빨래예요?"

"응."

정인이 나와 아내에게 인사했다.

"그럼 먼저 가보겠습니다. 식사하고 가세요."

인수 씨가 정인에게 식사하고 가라고 붙잡았지만, 정인은 괜찮다며 1층으로 내려갔다. 정인은 계단으로 내려가기 전에 경호와 경찬이에게 다정한 시선을 보냈다. 아쉬움이 남는 표정이었다. 정인이 사라지자 나는 경호의 팔을 잡아챘다.

"말해봐! 어딨었어?"

연극이 끝났을 때 무대의 어르신들이 아이들에게 선물을 나눠준 모양이었다. 선물은 어르신들이 직접 만든 복주머니였다. 마이쮸와 스카치 캔디가 들어 있었다. 아내가 대신 받아놔서 경호와 경찬이도 먹을 수 있었다. 간식을 먹어버린 아이들은 식당에서 점심을 먹는 둥 마는 둥하고 바깥으로 놀러 나갔다.

나와 마주 앉은 아내는 연극이 좋았는지 내가 보지 못한 부분부터 줄거리를 들려줬다. 원작 소설이 훨씬 좋다며 아는 척하는 남자의 목소리가 뒤에서 들렸다. 나는 아이들이 들려준 이야기를 곱씹느라 아내의 이야기를 건성으로 들었다. 아이들 말에 상식적으로 이해되지 않는 부분이 있었기 때문이다.

"안녕하세요?"

고개를 돌리니 인수 씨가 식판을 들고 서 있었다. 앉아도 되겠냐는 듯이 내 옆의 빈자리를 바라봤다. 내가 말했다.

"비었어요. 앉으세요."

정인이 통성명을 해줬을 때 빼고는 처음 말을 나누는 자리였다. 그가 내려놓은 식판에는 잡채가 수북해서 밥 칸까지 넘어와 있었다. 아내와 인사를 나눈 뒤 인수 씨는 아내에게 의례적인 내 칭찬을 했다.

"이재영 선생님 진짜 성실하세요."

아내가 웃으며 답했다.

"자기가 좋아하는 일만 그래요"

인수 씨가 나를 보며 말했다.

"소설가시라고요? 김 선생님께 들었어요."

"네."

"그런데 자원봉사는 왜 그렇게 열심이신가요?"

인수 씨 표정이 선한 의도로 질문한 것이었다. 아내도 나를 바라봤다. 내가 왜 복지관에 오는지 잘 모르기 때문이었다. 내가 말했다.

"순수한 자원봉사라기보다 취재 목적이 있죠."

"어떤 소설을 쓰시는데요? 어르신들에 대한 거요? 복지사들 이야기는 재미없을 것 같고, 주로 무슨 소설을 쓰시나요?"

인수 씨는 평소에도 쾌활해 보였는데 오늘 따라 기분이 좋아 보였다.

"저는 주로 범죄물을 써요."

"아……네."

인수 씨 얼굴에 의외라는 표정이 나타났다. 그때 뒤에서 "복지관에서 그런 사람 써도 돼?"라는 남자 목소리가 들렸다. 잠시 후 그 목소리에서 '그런 사람'이 정인이라는 것을 알게 되었다. 인수 씨가 나와 아내를 번갈아 보며 낮은 목소리로 물었다.

"김 선생님 처음 봤을 때 놀라지 않으셨어요?"

"놀랐죠. 조금."

아내가 겸연쩍게 웃으며 말하자 인수 씨가 부드럽게 웃으며 말을 이었다.

"자원봉사자들도 처음 보면 그래요."

"그런데 어쩌다 그렇게 되셨는지 혹시 아세요?"

나는 슬쩍 인수 씨에게 묻고는 반응을 살폈다.

"저희도 몰라요. 그냥 화상이란 것만 알아요. 좀 친해지면 서로 터놓고 말하잖아요? 김 선생님이 그 얘기는 절대 안 하세요."

인수 씨는 말을 마치고 아무것도 없는 자기 앞의 식판을 쳐다봤다. 정인에 대해 무언가 생각하는 것 같았다. 아내가 말했다.

"그래도 이겨내신 거 보면 참 대단하세요."

인수 씨가 고개를 끄덕이며 아내에게 말했다.

"김 선생님이 일도 잘하시지만 진짜 헌신적이세요. 일부러 이 근처에 사세요. 그 이야기는 개인 생활이 거의 없다는 뜻이에요. 아까처럼 쉬는 날에도 전화가 오면 전화 받고 댁으로 찾아가시죠. 어르신들이 참 고마워하세요. 자식보다 낫다는 말씀 여러 번 들었죠. 뭐 결혼도 안 하고 혼자 사시니까 가능한 일이겠지만. 기자도 몇 번 왔다 갔어요. 김 선생님이 워낙 그런 것을 싫어하셔서……"

인수 씨가 정인을 어떻게 생각하는지 알 수 있었지만 나는 다른 생각 때문에 눈을 껌벅였다. 정인과 처음 만난 날, 누구와 사냐는 질문에 어머니와 산다고 했던 그의 대답 때문이었다. 다시 확인해야 했다.

"네? 어머니하고 함께 사시지 않나요?"

"아닙니다. 혼자 지내세요."

"······아닌데?"

인수 씨는 내 표정 때문인지 다시 생각하다 말했다.

"재작년에 복지사들 격려 차원으로 부모님 건강검진 행사가 있었어요. 제가 행사 담당이어서 잘 알죠. 김 선생님은 해당 사항 없으셨어요."

집으로 돌아오는 차 안에서 아이들에게 제대로 묻지 못했던 것들을 다시 물었다. 무슨 일이 있었는지 하나도 빼놓지 않고 들어야 했다. 아내가 왜 그러냐는 눈빛으로 나를 쳐다봤다. 그 눈빛에서 내 어투가 꼭 취조하는 것 같다는 것을 알았다. 아이들이 말하는 것을 하나씩 되짚어나갔다.

"그러니까 1층에서 노는데 어떤 아줌마가 시끄럽다고 바깥에서 놀라고 했다는 말이지? 밖에 나가니 지하주차장이 있어 탐험하러 들어갔고. 거기서 아이들과 무궁화 꽃이 피었습니다를 하는데 그 아저씨가 나타났고?"

"다 도망갔는데 형이랑 나는 가만있었고."

경찬이가 자랑하듯 말하자 경호가 옆에서 거들었다.

"엄마 말도 해줬어. 얼굴 다친 아저씨라면, 무서운 게 아니라 얼마나 아팠을지를 생각해야 한다고"

"넌 자고 카이도 얼굴에 흉터 있는 거 말해줬어."

"에이, 흉터 없잖아."

"자세히 보면 있어."

"어디?"

"마스크 벗겨 보면 있다니까!"

"조용! 조용! 아빠 말 좀 하자! 그래서 그 아저씨가 대신 무궁화 꽃이 피었습니다를 해줬다는 거지?"

"응. 아저씨 걸음이 너무 느려."

"그런데 벌들이 나타났다고? 진짜?"

"손가락만 한 거. 아이 참! 진짜라니까!"

내 기억이 맞다면 오늘 아침 기온은 영하 2도였다. 벌이 날아다닐 수 있는 날씨가 아니다. 내가 거듭 묻자 아이들은 기분이 상한 것 같았다. 어쩌면 등에나 커다란 날벌레였을지도 모른다. 이런 날씨에 벌이라니. 혹시 보일러실에 살고 있었을까? 아이들이 자기들끼리 장난을 시작하자 내가 목소리를 높여 다시 물었다.

"아저씨가 여기는 괜찮을 거라며 따뜻한 철문 안으로 데리고 들어갔다고? 독한 냄새 나서 벌레가 못 들어온다고?"

아이들은 고개를 끄덕였다. 벌 빼고는 가능한 동선이었다. 내가 지하주차장으로 내려가기 전에 아이들은 보일러실로 들어갔고, 내가 3층과 2층에 올라가 아이들이 없는 것을 확인하고 보일러실로 들어가기 전 아이들은 차도 쪽으로 주차장을 나왔다는 말이다.

"보일러실에서는 뭐 했어?"

"물고기 봤어."

"어항에 있던 거?"

"응. 병 치료하려고 따로 둔 애라고 했어. 백…… 무슨 병이라고 했는데. 눈에 안 보이는 작은 벌레가 물고기를 파먹는 병이랬어. 아저씨가 준 약이 독하지만 제일 잘 듣는대."

그 말을 듣자 보일러실에서 맡았던 냄새의 정체가 생각났다. 포르말린 냄새였다. 예전 집이 새로 지은 빌라였는데, 이사하자마자 경호의 피부가 붉어지고 간지러워 밤에 잠을 못 잤다. 혹시 아토피인가 하고 우리 부부는 새집증후군을 염려했었고, 집에서 나는 냄새가 포름알데히드라는 것을 알게 됐다. 포르말린이 기화하면 포름알데히드가 된다.

나는 훈계조로 취조를 마무리했다.

"잘 모르는 사람 따라가는 거 아냐! 그리고 벌은 아니었을 거야."

"에휴. 아빠 내 말 안 믿네."

경호가 포기한 듯 말했다.

"……"

"그런데 아빠. 겨울에 벌들은 다 어디로 가?"

생각해본 적 없었다. 겨울잠을 잘까? 아니면 다 죽고 여왕벌이 다시 알들을 부화시킬까? 한겨울에는 꽃도 꿀도 없을 텐데. 경호는 내 대답을 기다리다 경찬이와 다시 장난을 시작했다. 나역시 정인에 대한 생각으로 그 질문은 곧 잊었다.

인수 씨는 정인이 혼자 산다고 했다. 집에 가서 첫날의 녹음을 다시 들어볼 생각이었다. 내 기억이 맞다면 정인과 인수 씨의 말 중 하나는 사실이 아니다. 그런데 그게 거짓말을 할 만한 일일까? 어쩌면 그 정도로 중요하다는 뜻일지도 모른다. 사실 확인을 해줄 수 있는 사람은 한 명밖에 없다. 아파트 앞에 주차하고 차에서 내리는데 정인과의 약속이 떠올랐다. 정인에 대한 이야기는 정인을 통해서만 듣기로 했던 약속.

8월 6일 토요일 오전 11시. 오랜만에 가는 도계였다. 희연은 하늘거리는 파란 블라우스를 입고 하숙방 거울 앞에 섰다. 아껴 둔 블라우스는 빛을 받으면 반짝이는 실크 재질이었다. 옷을 사던 날, 인철 씨가 귓가에 속삭였다. "이게 새틴이야." 희연이 되물었다. "색깔이오?" "아니. 색은 아쿠아 블루고." 블라우스의 프릴이 목에서 흘러내려 가슴에서 망울졌다. 꼭 맨드라미 같았다. 블라우스는 소매가 짧아 어깨를 겨우 감쌌는데, 단정하고 짧은 소매 때문에 가슴이 더 돋보였다. 인철 씨는 옷의 감촉이 좋다는 핑계로 틈만 나면 손으로 매만졌고, 희연은 누가 본다며 밀쳐냈다. "안 그래도 남자들 눈이 너만 따라다녀. 임자 있다고 표시해야지." 희연은 퉁퉁대는 그 표정이 귀여웠지만 내색하지는 않았다.

블라우스 밑단을 청바지로 넣으며 고르게 부풀렸다. 옅은 하늘색 청바지가 부쩍 붙는 느낌. 살이 쪘나? 아니라는 인철 씨 말은 이제 믿을 수가 없다. 청바지는 힙과 허벅지의 선은 그대로 드러내지만 무릎 아래로는 폭이 넓어지는 판탈롱이었다. 사락사락하는 바짓단 소리에 귀를 기울이다 보면 저절로 다음 걸음이 내디뎌졌다.

희연은 분이 이모에게 인사하고 하숙집을 나섰다. 청량리역에 가기 전에 실습을 마친 병원에 들러야 했다. 내과 안 선생님이 빌려줄 물건 때문이었다. 안 선생님은 이렇게 보니 못 알아보겠다고 했다. 머리를 풀어서인지, 평상복 때문인지 알 수 없지만, 안 선생님의 표정을 보며 어서 도계에 가고 싶어진 것만은 분명했다. 희연은 건네받은 갈색 가죽가방을 소중히 다뤘다. 실습 기간에 희연이 어떤 존재였는지를 말해주는 물건이 그 안에 들어 있었기 때문이다.

청량리역에 도착하니 12시 40분이었다. 우동 한 그릇을 먹고 열차를 기다렸다. 도계 가는 열차는 청량리역에서 하루 두 번 있다. 오후 2시에 출발해 밤 8시쯤 도착하는 낮차와 밤 10시에 출발해 이튿날 새벽 6시 무렵 도착하는 밤차. 요새같이 더운 날 낮차를 타면 한증막이 따로 없다. 그러나 밤새 의자에 앉아 있는 것도 고역이다. 가장 좋은 방법은 밤차 침대칸이다. 하지만 앉아가면 920원인데 침대칸은 상단 1750원, 하단 2480원이 별도로 붙었다. 한 번도 엄두를 낸 적은 없었다. 도계에 빨리 도착하기 위해서라도 낮차를 타야 했다. 엄마는 지금 무얼 하고 있을까? 엊저녁 엄마 목소리는 힘이 없었다. 깜짝 놀라게 하려고 안부만 묻고 전화를 끊었다.

기차에 올라 자리를 찾았다. 통로 쪽이었지만 선풍기 바람이 잘 와서 괜찮았다. 기차가 출발하자 비어 있는 창가로 옮겨 밖을 내다봤다. 올해 2월 도계에 내려갈 때는 추운 밤이었다. 미자 할머니가 돌아가셨다는 연락에 급히 오른 밤차는 적막했다. 마당의 천막에서 들었던 할머니의 마지막 이야기들. 노망이 들자 할머니는 며느리를 엄마라 부를 만큼 정신을 놓았단다. 줄곧 누워 지내다 갑자기 잔치에 간다며 옷을 챙겨 입더니 대문 앞에서 쓰러지셨다고 했다. 사람들은 할머니가 옷을 입고 며느리에게 그동안 고생 많았다며 동전 쥐여준 이야기를 미담처럼 나눴다.

희연은 장례식을 마치고 서울로 올라오는 기차에서 불안함과 죄책감을 느꼈다. 그동안 잊고 살았던 아버지와 엄마 때문이었다. 아버지는 하루라도 술이 없으면 잠을 못 자고, 엄마도 더 야윌 수 없을 정도였다. 엄마가 술병을 숨겨놓는 곳도 그대로였다. 두 사람 모두 병원에 가야 했지만 말을 듣지 않았다. 아버지는 고혈압이고 엄마는 저혈압이 분명했다. 장례식이 끝나고 서울로 올라온 뒤로는 도계에 내려가지 못했다. 이번에는 직접 혈압을 재고 수치를 들이밀어 병원에 데려갈 생각이었다. 희연의 말에 권위를 실어줄 은색 장비도 챙겼다. 희연은 수은 혈압계와 청진기가 들어 있는 무릎 위의 가방을 매만졌다. 가죽의 감촉이 고급스러웠다. 다른 고개사택 식구들도 재줘야지. 영숙이 엄마는 지난번 주사도 놓을 줄 아느냐고 물었다. 희연은 자기가 배우는 학문이 가까운 사람들에게 직접 도움을 줄 수 있다는 점이 뿌듯했다.

인철 씨 이야기도 꺼낼 작정이었다. 인철 씨는 아예 이번에 같이 내려가자고 했다. 요즘 인철 씨는 무책임한 사람이 아님을 증명하듯 끊임없이 무언가를 약속했다. 희연이 봐도 그 눈은 거짓을 말하지 않았다. 하지만 언니들 말에 따르면, 지금 하는 약속은 자기도 모르게 내뱉는 말이라 했다. 남자들 그곳이 허세의 원흉이라고. 이때 현명하게 처신하는 것이 여자들 몫이라고. 하지만 희연은 선을 긋는 대신 인철 씨에게 어떻게 살아왔는지를 보여주고 싶었다. 그것이 나중에 인철 씨도, 자신도 덜 상처 받을 길이라 여겼다.

희연은 후끈한 기차에서도 아동간호학 문제를 요약한 쪽지를 들여다봤다. 아목시실린 현탁액 500mg/5ml를 권장 처방이 20mg/Kg/day, #2/day일 때 몸무게가 10kg인 아동에게 처방하는 경우를 계산하다 설핏 잠이 들었다. 잠에서 깨어 시장기를 느꼈고, 옆으로 지나는 밀차에서 간식거리를 사 요기를 했다. 자다 깨기를 반복하다 완전히 눈뜬 것은 기차가 뒤로 움직일 때였다. 이제 다 왔다고 생각하며 긴 기지개를 켰다. 해가 져서 주위가 어둑했다. 빗방울이 차창에 사선을 그렸다. 희연은 인철 씨가 옆에 있었으면 했다. 전국에서 유일하게 기차가 후진하는 곳이 여기라고 알려주고 싶었다. 흥전역과 나한정역 사이는 경사가 하도 급해 지그재그로 철로를 놓아야 했다고. 희연은 창밖을 두리번거리는 인철 씨 표정을 그려볼 수도 있었다. 나한정역을 향해 후진하는 기차는 천천히 움직였다. 저 멀리 폐석장이 보이자 희연은 느릿느릿 움직이는 기차가 답답했다. 나한정 다음이 도계였기 때문이다.

도계에 도착해서도 비가 내렸다. 강한 비는 아니지만 한낮의 뜨거움을 식히기에는 충분했다. 비 내리는 역전은 고요했다. 드문드문 우산 쓴 사람이 보였다. 희연은 우산을 가져오지 않았지만 뛰면 금방 도착할 거리라 괜찮았다. 가방을 나무의자에 놓고 몸을 숙여 청바지를 세 번 정강이까지 접었다.

역을 나와 한 손에 가방을 끼고, 다른 손으로는 머리를 가린 채 질척질척한 바닥을 걸었다. 전두시장을 벗어나 오십천을 거슬러 올랐다. 인철 씨를 데려오면 어디서 재우지? 역전 여관이 그나마 깔끔하지. 희연은 레스토랑 때문에 갔던 워커힐호텔이 떠올랐다. 고급스럽게 깔려 있던 커피색 타일, 붉은 카펫 앞에 대기하던 엘리베이터. 문득 어디까지 인철 씨가 받아들일 수 있을까 궁금했다. 화장실도 없는 단칸집이라는 것은 이미 말해놨다. 네 집이 한 지붕을 쓴다는 것도. 수도가 없어서 물을 길어 써야 한다는 것도. 그런 것은 오히려 창피하지 않았다. 하지만 아버지가 술 먹고 부리는 행패에 대해서는? 그 행패가 주로 엄마를 때린다는 것은? 엄마도 몰래 술을 먹는다는 것은? 엄마가 술을 먹기 시작한 이유에 대해서는? 어디까지가 전부일까? 아무리 손을 뻗어도 바닥에 닿지 않을 것같이 깊은데.

"저기요."

희연은 깜짝 놀라 뒤를 돌아봤다. 검정 우산을 쓴 남자는 키가 크고 어깨가 넓었다. 생전 처음 보지만 평범한 얼굴.

"길 좀 물을게요. 경찰서가 어디예요?"

희연은 비를 피하려고 손으로 이마에 가린 채 답했다.

"잘못 오셨어요. 도계역 지나 반대편으로 내려가셔야 돼요."

복부에 강한 충격. 그대로 허리가 굽혀지고 숨을 쉴 수 없었다. 남자의 손이 희연의 머리를 내리쳤다. 두 번. 희연은 무슨 오해가 있다고 생각했다. 사람을 잘못 봤다고. 설명을 해야 한다고 생각했다. 그런데 숨이 막혀 아무 소리도 나오지 않았다. 남자가 희연의 허리를 안고 골목으로 들어갔다. 희연은 정신이 번쩍 들며 남자가 무엇을 하려는지 감이 왔다. 골목 안쪽 공사 중인 집이 보였다. 소리를 질러야 하는데 숨을 쉬기 어려웠다. 입을 여는데 턱이 덜덜거렸다. 너무 쉽게 길이 사라졌다. 공사장 앞에서 다리가 후들거려 주저앉았다. 남자의 손바닥이 다시 희연의 머리를 휘갈겼다. 남자가 희연을 뒤로 밀었다. 시멘트 바닥. 낮게 퍼진 물웅덩이. 하수구 냄새. 얼굴이 희미할 만큼 컴컴했다. 남자가 희연 위에 올라타서 블라우스를 잡았다. 그녀가 반사적으로 블라우스를 움켜쥐자 뺨이 돌아갔다.

"얼굴 씹창 나! 쌍년아. 가만있어!"

남자의 손이 다시 블라우스로 갔을 때, 희연은 남자의 손을 잡지 못했다. 얼굴이 돌아갈 때 턱에서 찌걱 소리가 났다. 입안에 비릿한 맛이 퍼졌다. 남자는 단추가 잘 풀리지 않자 아랫부분은 힘으로 열어젖혔다. 블라우스가 찢겨나가는 소리와 단추가 바닥에 떨어지는 소리. 희연이 다시 블라우스를 감싸 잡았다. 남자가 희연의 뺨을 때렸다. 이번에는 한 번으로 끝나지 않았다. 세 번.

"가만! 가만! 가만 좀 있으라고! 쌍년아!"

남자가 희연의 손을 풀고 안을 헤집었다.

"이년 살결 봐."

남자의 손이 청바지 벨트에 닿았다. 희연은 온몸의 피가 차갑게 식는 것 같았다. 몸을 일으키려 하자 이번에는 손바닥이 아닌 주먹이 날아왔다.

주먹질이 멈췄을 때, 희연은 천천히 팔을 올려 얼굴을 감쌌다. 남자가 희연의 청바지 벨트를 풀고 지퍼를 내렸다. 양 허리춤에 손을 넣고 바지를 당기자 몸이 끌려 내려가며 바닥에 등이 쓸렸다.

"허리 들어!"

희연이 가만있자 남자가 얼굴을 감싼 희연의 머리를 다시 후려쳤다.

"들라고!"

남자는 바지를 벗겨내고 희연의 팔을 제치더니 얼굴을 들이밀었다. 남자의 혀에서 쇠 맛이 났다. 남자가 자신의 한 다리를 희연의 다리 사이로 넣으려는데 뜻대로 되지 않자 몸을 들고 말했다.

"딱 한 번 말하는데, 너 앞으로 거울 못 보는 수가 있다."

숨결에서 쉰내가 났다. 남자는 엎드린 채 한 손으로 자신의 벨트를 풀더니 다시 다리를 벌리려 했다. 희연은 무서워서도 힘이 풀어지지 않았다. 남자가 그녀의 머리채를 잡고 바닥에 찧었다. 찌잉. 소리가 들리지 않았다. 고막이 나갔다고 생각했다. 소리가 바깥이 아닌 머릿속에서 울려나왔다. 분명 그녀의 입에서 목소리가 나오고 있는데 그 소리가 멍하게 들려왔다. 잠시 후 희연은 날카로운 물건이 살을 찢으며 안으로 들어오려는 고통을 느꼈다. 반사적으로 몸을 들었지만 남자가 주먹으로 얼굴을 후려쳤다. 자기 손을 혀로 핥는 남자 모습이 고개 돌린 희연의 시야로 들어왔다.

고통이 밀려왔다. 이 세상에서 가장 소중한 것이 산산조각 나는 느낌. 반복되는 고통. 이렇게 놓아버릴 수밖에 없는 것에 대한 무력감. 결코 예전의 자신으로 돌아갈 수 없음을 받아들이는 과정. 지금 이 순간 그저 하나의 살덩이가 돼버렸다는 확신. 학교에서 배운 찰상, 혈액, 통증이라는 단어들은 허깨비였고, 찢어짐, 피, 아픔 같은 원초적인 단어가 머릿속을 난도질했다. 희연은 비린내를 맡으며 이 과정도 끝이 있음을 믿으려 했지만 이미 망가져버렸다는 생각만 들었다.

남자가 몸을 빼고 바지를 추켜올리며 일어났다.

"쌍년. 좆나 예쁘네. 여기 사냐?"

"……"

희연은 누운 채 블라우스로 앞을 가렸다. 고개를 돌린 채 가만히 있었다. 남자의 얼굴을 볼 수도, 보고 싶지도 않았다. 그때 골목 밖에서 여럿이 지나가는 발걸음 소리가 들렸다.

"신고만 해봐, 너! 집에 확 불 질러버릴 테니까."

"……"

"쌍년. 너 오늘 운 좋은 줄 알아."

왜 운이 좋다고 하는 것일까. 희연은 그 말이 그렇게 오래 기억에 남을 줄은 미처 몰랐다.

남자의 기척이 사라진 뒤에도 희연은 자리에서 일어날 수 없었다. 몸을 일으켜야 한다는 생각이 든 것은 빗방울 소리가 선명해진 뒤였다. 오른쪽 귀가 잘 들리지 않았다. 몸을 일으켜 자신을 내려다보며 처음 떠오른 얼굴은 인철 씨였지만, 지금 그 얼굴을 떠올리고 싶지는 않았다. 발밑으로 뒤집어진 바지가 보였다. 손을 넣어 바지를 뒤집었다. 바지가 피에 젖을 것 같아 억지로라도 속옷을 입어야 했다. 단추 없는 블라우스를 양쪽 바지춤에 엇갈려 넣으며 이것이 현실임을 인식했다. 아무에게도 보이고 싶지 않은데 혼자 갈 자신이 없었다. 골목 바깥으로 걸음을 내디딜수록 속옷이 끈끈해졌다. 어색하게 걷고 싶지 않은데 뜻대로 되지 않았다. 천천히 발걸음을 떼는 몸이 후들거렸다.

골목 입구에 우산이 떨어져 있었다. 간절히 필요한 것을 우연히 얻었을 때의 반사적인 감사함. 혹시 그 남자의 우산일지도 모른다는 생각에 치욕스러웠다. 남자가 어떤 우산을 썼는지 기억나지 않았다. 그래도 우산을 집어 들었다. 우산을 펴서 얼굴을 가렸다. 우산 밑으로 사람들 다리가 지나갈 때마다 희연은 신경이 곤두섰다. 어떻게든 집까지 가야 했다. 집에 엄마가 있겠지. 아버지는 보고 싶지 않았다.

고개사택에 도착한 희연은 우산을 집 안에 들이고 싶지 않았다. 다시 계단으로 가서 우산을 아래로 던졌다. 집으로 들어서며 어떻게 저 계단을 올랐는지 기억나지 않는 것이 이상했다.

엄마는 희연의 행색에 흠칫 놀랐고, 바로 표정이 굳었다. 무슨 일이 있었는지 알아보는 눈치였다. 눈을 내리깔고 조용히 방으로 데려가는 엄마 손도 떨렸다. 아는 놈이냐고, 엄마는 작은 목소리로 물었다. 희연은 고개를 저었다. 엄마가 눈을 감고 이를 앙다물었다. 희연은 그 표정에서 자기에게만 이 일이 있었던 것이 아니라고 생각했다. 엄마는 부엌으로 내려가 솥에 물을 붓고 끓이기 시작했다. 소주를 한 컵 가득 따라 희연에게 내밀었다. 희연은 소주를 입에 머금으며 상처 때문에 머리가 아득해질 정도였지만, 이 고통으로 어떤 사실을 지울 수만 있다면 어떻게 돼도 좋다고 생각했다.

블라우스가 비에 젖어 몸에 달라붙어 있었다. 껍질을 벗겨내듯 조심스럽게 움직이는 엄마의 손. 엄마의 손이 엉망이 된 블라우스를 움켜쥐었다. 손가락을 비집고 나온 주름들이 생선 내장 같았다. 엄마는 목이 메어 말을 못 했다. 입을 가리고 소리 죽여 분하게 울었다. 희연은 그 울음에서 아까의 예감에 대한 확신이 섰다. 울음이 드세질수록 희연은 무덤덤해졌다. 울음에 동조하지 않으려 했다. 같이 울면 같은 울타리 안으로 들어갈 것 같은 두려움 때문이었다. 엄마는 거리낌 없이 술을 부어 연거푸 마셨다. 희연은 둘 사이에 존재하던 어떤 담이 허물어진 것 같았다. 좋은 느낌이 아니었다. 엄마의 어떤 면은 견고한 담 안에 가려 자신에게 보이면 안 되는 것이었다. 엄마의 울음은 계속됐다.

희연은 술기운 때문인지 멍해졌다. 마치 남이 되어 자신과 엄마를 바라보는 느낌. 뜨거운 물로 씻어내며 상처를 다시 느꼈을 때도, 엄마의 갈색 티셔츠가 들어맞는다고 느꼈을 때도, 엄마의 생리대를 하고 아버지가 눕는 맨 안쪽 자리에 누웠을 때도 그냥 멍했다. 엄마가 조금 떨어져 앉아 울음이 잦아든 목소리로 작게 말했다.

"잊어. 어서 잊어. 벌어진 일을 어째."

"……"

"서울 올라가면 병원이나 가. 동네 좁은 여기서는 말고."

희연은 뭐라고 답해야 할지 알 수 없었다.

"불 좀 꺼줘."

희연은 어둠이 고마웠다. 잠을 자고 싶었다. 모든 것을 잊고 아무것도 기억할 수 없는 죽음 같은 잠을 원했다.

어둠 속에 잠기자 머리가 제멋대로 상황을 복기했다. 만약 인철 씨와 함께 내려왔다면. 만약 밤차를 타서 아침에 도착했다면. 만약 평소처럼 시장에 들렀다면. 만약 남자가 길을 물었을 때 돌아보지도 않고 재빨리 달렸다면. 만약 소리를 질렀다면. 만약, 만약…… 끝없는 만약과 함께 다시 그때로 빨려 들어가는 것을 느껴 생각을 멈추고 싶은데, 생각이란 것이 머리를 뚫고 나와 제멋대로 굴러다니는 톱니바퀴 같았다.

얼마만큼 시간이 지났는지 알 수 없었다. 문이 열리는 소리가 들렸다. 비척거리는 발걸음 소리. 아버지였다. 희연은 재빨리 돌아누웠다. 방에 들어온 아버지가 불을 켰다. 밝아지는 주위. 빛에 닿는 모든 부위가 쓰리고 아렸다. "우리 딸 왔냐." "애 아파. 막 잠들었어. 불 꺼." 엄마가 떨리는 목소리로 대신 답했다. 희연은 아버지의 취기와 무신경함이 다행스러웠다.

희연은 아버지가 자리에 누울 때까지 신경이 곤두서 있었다. 어서 아버지가 잠들기를 빌었다. 최소한 술 취한 상태에서 알게 되는 것만은 피하고 싶었다. 아버지가 자리에 눕자 희연은 마음이 놓였다. 또 얼마의 시간이 지났는지 알 수 없었다.

아버지가 코를 골기 시작했다. 잠시 후 엄마의 숨소리도 잦아들더니 나지막이 코를 골기 시작했다. 그 소리를 듣는데 희연은 자신의 심장이 쿵쿵거려오는 것을 느꼈다. 숨이 가빠지더니, 숨을 고르기 어려울 정도가 됐다. 도저히 저 평화롭고 규칙적인 울림들을 들어줄 수 없었다.

술을 마셨고, 피곤하니까 당연하다고 머릿속으로는 이해하려했다. 하지만 입술이 마르고 얼굴에 열이 올랐다. 왜 엄마는 아버지에게 사실을 말하지 않았을까? 희연은 아버지가 들어왔을 때 아무것도 모르기를 바랐지만, 시간이 갈수록 사실을 말하지 않은 엄마와 눈치를 채지 못한 아버지를 이해할 수 없었다. 점점 커지는 소리들. 저들과 나 사이에 높다란 담이 치솟았으면. 아니. 사방이 철벽으로 둘러싸여 아무도 들어올 수 없고, 끝없이 고요한 곳으로 들어갈 수 있다면. 그곳이 아무리 어두워도 견딜 수 있으리라 확신했다. 희연은 서울의 하숙집에 가고 싶었다. 그 컴컴하고 조용한 그녀만의 공간으로 한순간에 옮겨가고 싶었다. 그러나 서울에 가려면 진저리칠 만큼 기차를 타야 한다는 것과, 역으로 갈 때 그 장소를 지나가야 한다는 것을 견딜 수 없었다.

그때 바깥에서 양철통 부딪히는 소리가 들렸다. 바람 소리였는지도 모른다. 희연은 정신이 번쩍 들어 눈을 떴다. 분노를 먹이 삼던 심장이 두려움을 집어삼키며 뛰었다. 그 남자가 몰래 쫓아왔을지도 모른다. 집에 오며 한 번도 뒤를 돌아보지 않은 것은 분명하다. 남자가 바깥에 있을 것만 같았다. 정말로 불을 지르는 것은 아닐까? 확인하고 싶은 초조함과 남자를 마주칠 것 같은 무서움 사이에서 숨은 더 가빠졌고 정신은 갈수록 또렷해졌다.

희연이 잠든 것은 바깥이 밝아지기 시작했을 무렵이었다.

낮이 그녀를 들춰냈다. 희연은 창문으로 들어오는 화창한 햇살에 눈을 떴다. 혼자였다. 꿈이 잘 기억나지 않지만 불이 나서 누군가 죽었고 한참을 울었다. 기분이 후련했다. 다시 꿈속으로 들어가고 싶었다. 어렴풋이 등 뒤에서 들렸던 아버지의 목소리가 기억났다. "아무리 아파도 버르장머리 없이 누워 있냐?" 아버지를 말리던 엄마. 엄마가 장 보러 간다던 기억이 났다. 엄마 목소리에서 느꼈던 것이 진짜였는지는 자신할 수 없었다. 곁에 있는 것을 못 견디겠다는 듯 쥐어짜낸 목소리였기 때문이다.

얇은 벽으로 목소리들이 넘나들었다. 누구누구 목소리인지 다 알았다. 영숙이와 영숙이 엄마. 미자 언니의 동생 석호는 이제 중학생이다. 아이스크림을 먹고 싶고, 점심은 콩국수를 먹을 것이고, 다음 주 일요일은 비번인 일상들이었다. 희연은 소변이 마려웠다. 공동변소에 가려면 대문을 나서야 하는데 그럴 수가 없었다. 부엌 구석에서 요강을 찾아내 소변을 봤다. 쪼그려 앉기 불편했고, 소리가 넘어갈까 걱정됐다. 소변을 마무리하며 아직도 피가 묻어나는 것을 봤다. 희연은 생리대를 갈고 자리에 누웠다. 쓰라림과 욱신거림을 무시하려 했다. 시간이 궁금했는데 시계는 거울 옆에 있어 볼 수가 없었다. 얼굴이 망가졌을까 두려웠지만, 얼굴이 말짱해도 자신이 싫어질 것 같았다. 아까의 꿈을 꾸며 다시 잠들고만 싶었다.

정오가 지나자 창문으로 들어오는 빛이 열기를 품었다. 살갗에 열기가 스밀수록 정신은 명료해졌다. 아무렇지 않게 점심을 먹고 외출 준비를 하는 소리들이 불편했다. 희연은 영숙네가 외출하는 소리를 잠자코 누워서 들었다. 소리가 드문드문해지다 주위가 조용해졌다. 희연은 마음이 놓였고, 자기가 무엇을 가장 두려워하는지 알게 됐다. 가장 두려운 것은 어제 일을 지워버릴 수 없도록 누군가 알아채는 것이었다. 그런데 조금 전 소리들은 얇은 벽 너머에 있는 사람들조차 무슨 일이 있었는지 모른다는 증거였다. 9월 개강까지는 시간이 있고, 병원 실습도 끝나 한동안 사람 만날 일은 없었다. 하숙집에 가서 어떻게든 상처가 나을 때까지 누구와도 마주치지 않으면 괜찮을 것 같았다. 아버지가 모르는 것도 다행이었다. 술만 먹으면 별소리를 다 하는 아버지가 알았다면 소문이 났을 것이다. 오직 엄마만 안다.

희연은 허기를 느꼈고, 어제 기차 타기 전에 먹은 우동이 마지막 식사였음을 생각해냈다. 부엌에 만두가 있었다. 소변 볼 때 아궁이 옆에 놓인 만두 접시를 보았다. 영숙이 엄마 솜씨였다. 문지방을 내려가 접시를 들고 조용히 들어왔다. 엄마가 장 보러 어디로 갔든지 벌써 왔어야 했다. 벽에 기대 접시를 다리 위에 올리고 만두를 입에 넣었다. 만두를 베어 물자 허기가 확실해졌지만, 턱이 부어 입을 벌리기가 어렵고 입안이 온통 헐었음을 알았다. 그 아픔에 울컥했지만 자신을 다독이며 숨을 가다듬었다. 괜찮다. 몸은 낫게 마련이다. 빨리 서울에 가자. 여기 있어 좋을 것이 없다. 오늘 밤차를 타면 내일 아침 6시에 청량리역에 도착한다. 방학이라 집에 내려간 사람도 많고, 아침 일찍 들어가면 눈에 띄지 않고 방에 들어갈 수 있을 것이다. 나머지는 방에 들어가서 생각하자. 월요일 밤차를 타고 화요일에 도착할 예정이었지만 하루 일찍 간다고 문제 될 것은 없다. 그때 화요일에 돌려주기로 한 가방이 생각났다.

실습 나간 병원에서 희연은 여느 실습생들과 확실히 다른 존재였다. 외모 때문만은 아니었다. 연극에서 익힌 적극성이 환자와 간호사들에게 먼저 다가서게 했다. 주변 사람이 무엇을 원하는지 눈치를 봐야 했던 어린 시절은 세심함과 사려 깊음으로 발현됐다. 환자에게는 친절하고 헌신적이었으며, 선배 간호사에게는 기민하고 순종적이었다. 그녀를 좋아하지 않던 다른 학생들의 인상마저 바꾼 것은 희연이 자라온 환경을 털어놓은 뒤부터였다. 희연을 부잣집 딸로 알았던 사람들은 그녀가 자란 생활상에 감복했다. 희연이 부모님 건강을 걱정했을 때, 내과 안 선생님은 탄광촌 복지 담당관처럼 선뜻 혈압계와 청진기를 빌려준다고 했다. 다음 주 화요일에 받으면 문제 될 것이 없으니 걱정 말라고 했다. 실습도 끝났는데 희연이 화요일에 나타나지 않으면 어떻게 생각할지 알 수 없었다. 며칠 지나면 학교를 통해 연락할지 모른다. 혈압계를 빌려간 학생이 걱정된다고. 무슨 일이 있는 것은 아니냐고.

가방을 잃어버렸으니 안 선생님에게 뭐라고 해야 할까? 아무렇지 않게 둘러댈 수 있을까? 희연은 지금이라도 거기 가면 가방이 있지 않을까 생각했다. 변소도 못 가겠는데 거기까지 갈 수 있을까? 가방은 가죽이라 고급스러워 보였다. 분명 누가 가져갔을 것이다. 그것이 스스로 만들어낸 핑계라 해도 공사장 사람들을 마주할 자신이 없었다. 거기 떨어져 있을지 모르는 낯선 핏자국.

희연은 천천히 일어나 화장대로 갔다. 거울 옆 시계를 보니 오후 2시 20분이었다. 거울을 들여다봤다. 왼쪽 눈은 피멍이 들어 흰자위가 다 빨갰다. 관자놀이와 턱이 붉게 부어올랐는데 벌써 퍼렇게 변하고 있었다. 입술 오른쪽은 심하게 부어올라 속살이 보였다. 머리를 감은 뒤에도 피가 났는지 귀밑에 핏자국이 엉겨 있었다. 희연은 긴 머리를 앞으로 쓸어내려 이리저리 매만지다 울음이 나오는 입을 손으로 틀어막았다. 그래요 아버지. 아버지 말이 맞았어요. 전 겁대가리 없는 년이었을 뿐이에요. 바깥으로 돌려봐야 깨지기나 하죠. 그때 아버지 말을 들었어야 했는데요. 손가락 사이로 울음이 새어나왔다.

오랜 흐느낌 끝에 아무것도 할 수 없는 무력감이 찾아왔다.

희연은 엄마가 들어오는 소리에 눈을 떴다. 여름 산이 해를 거둬들이고 있었다. 어스름한 문턱에 앉은 엄마는 방으로 들어오지 않았다. 희연과 시선이 마주치자 눈을 돌렸다. 한동안 부엌을 보던 엄마는 갑자기 신발을 벗더니 무릎으로 성큼성큼 다가와 희연의 머리맡에 앉았다. 언제 샀는지 주머니에서 연고를 꺼내 희연의 얼굴에 바르기 시작했다. 희연은 엄마 입에서 술 냄새를 맡았다. 엄마의 손가락이 닿는 곳마다 쓰리고 아렸지만 그냥 내 버려둔 이유는 힘이 없어서였다.

"미안하다. 미안해……"

엄마는 또 목이 멨다. 희연은 엄마의 미안함이 불편했다. 입을 열려니 힘을 내야 했다.

"왜?"

"그냥…… 다…… 엄마가 잘못……"

엄마는 말을 끝마치지 못했다. 희연은 이번에도 엄마의 울음에 동조할 수 없었다. 엄마의 어떤 잘못 때문에 이렇게 됐다는 것은, 어쩌면 희연에게도 잘못이 있다는 말이 아닐까? 혹시 엄마도 그렇게 생각할까? 하지만 희연은 물을 힘도 없고, 어떤 말도 듣고 싶지 않아 그저 벽을 향해 돌아누웠다.

엄마가 울음을 진정하는 데는 시간이 걸렸다. 울음을 진정한 엄마가 내뱉은 첫마디는 차가웠다.

"언제…… 올라갈래?"

"오늘."

"밤차로?"

"응."

"내 표 끊어 오마."

희연은 등 뒤에서 문갑을 열고 돈을 꺼내는 소리를 들었다. 여기서 벗어나고 싶지만 바깥에 나갈 준비도 되지 않았음을 일깨우는 소리였다. 밖에 나가야 한다는 두려움에 자리에서 일어나 앉았다. 자고 났더니 온몸이 더 쑤셨다. 희연은 낮은 목소리로 엄마에게 말했다. 침대칸으로 가고 싶다고.

대문을 열고 나가기 전 엄마는 잠시 부엌을 뒤적거렸다. 희연은 문소리를 들으며 엄마에게 서운했다. 언제 올라갈 것이냐고 묻던 목소리에서 느낀 냉랭함 때문이었다.

차표만 끊어 오는 것보다 엄마는 시간이 더 걸렸다. 희연은 엄마가 대문을 열고 부엌으로 들어오는 소리를 들었다. 엄마는 방 안으로 들어오지 않고 부엌에서 무엇을 씻고 두들기는 소리가 들리더니 닭을 삶는 냄새가 났다. 얼마 후 삶은 닭과 죽을 들고 방 안으로 들어왔다. 희연이 죽을 뜨는 동안 엄마는 옆에서 닭을 발랐고, 서로 아무 말이 없었다.

희연이 집을 나선 것은 8시 50분이었다. 열차는 9시 30분 출발이었다. 엄마는 차 놓치겠다며 일찍 나가라 했지만, 희연은 열차 시각에 맞춰 나가고 싶었다. 역에서 기다리고 싶지 않았다. 희연은 엄마에게 배웅을 부탁했지만, 아버지 올 시간이라며 집을 못 비운다고 했다. 희연은 같이 가지 않으려는 이유가 꼭 그것만은 아닌 것 같았다. 희연은 도저히 혼자 갈 자신이 없었다. 희연의 부탁에 둘은 살그머니 문을 나서 조심조심 계단을 내려갔다. 희연은 그곳이 가까워질수록 다리가 후들거렸다.

희연은 이제 누구에게도 말하지 않을 그 장소를 아무렇지 않게 지나쳤지만, 곁눈질로 흘끗 보는 것만은 피할 수 없었다. 공사 중인 건물은 대로변에서도 보였다. 컴컴해서 안이 하나도 보이지 않았다. 오늘 낮에도 사람들은 저곳에서 일을 했을 것이다. 그들은 지난밤에 무슨 일이 있었는지 눈치 챘을까? 그럴 리 없다고 생각했다. 하지만 다시는 도계에 오고 싶지 않았다. 역에서 집으로 갈 때마다 저곳을 지나쳐야 한다. 그녀는 몇 걸음 앞장서던 엄마에게 다가가 손을 잡았다. 손을 놓치면 큰일이라도 날 듯 꽉 잡았지만 엄마의 손은 헐거웠다. 어렴풋이 이 느낌이 처음이 아니라 생각했지만 한 발 한 발 걸음을 내딛느라 생각할 겨를이 없었다.

역전까지 왔을 때 엄마는 역 구내로 들어오지 않았다. 희연의 손을 놓고 주머니에서 승차권을 꺼내 건네며 이제 들어가라고 했다. 아버지 올 시간이 지나서 먼저 간다는 엄마의 뒷모습을 희연은 끝까지 봤다.

엄마가 보이지 않자 희연은 역으로 들어섰다. 엄지손가락으로 뾰족한 승차권 모서리를 아리게 누르고 있었다. 손바닥에서 땀이 났다. 개찰구를 지나는데 표를 받아든 역무원의 시선이 얼굴에 멈췄다. 역무원이 입을 여는 데는 조금 시간이 걸렸다. "침대칸은 맨 앞으로 가요."

희연은 승강장 계단을 오르며 여기를 떠난다고, 이제 끝이라고 되뇌었다. 승강장에는 월요일을 타지에서 시작할 여남은 명이 서성였다. 모두 기차가 들어올 희연의 뒤쪽을 바라봤다. 승강장이 어두워 사람들의 얼굴이 보이지 않았다. 희연은 고개를 숙이고 그들을 지나쳤다. 승강장 앞쪽으로 향하는데 엄마가 집에 도착했을까 궁금했다. 순간, 엄마의 손이 헐겁게 느껴졌던 적이 언제였는지가 기억났다.

바람 부는 봄밤이었다. 중학교에 입학하고 얼마 뒤 느티나무에 갔던 밤이었다. 나무에 전구를 켜놔 사람들이 구경을 다녔다. 구경거리가 드물던 도계에서는 놓칠 수 없는 볼거리였다. 벚꽃이 한창이었다. 바람결에 하얀 꽃잎들이 까만 밤으로 멀어져갔고, 나무에 켜둔 노란 불빛들이 사륵사륵 소리를 내는 것 같았다. 며칠을 졸라 길을 나선 희연은 노란 불빛 아래서 엄마 손을 잡았다. 엄마는 희연의 손을 잡아주지 않았다. 희연은 엄마 손을 몇 번 잡아당기다 반응이 없자 고개 들어 엄마를 봤다. 엄마는 무엇을 살피느라 희연을 내려다보지 못했다. 엄마가 보고 있는 것은 나무도, 불빛도, 벚꽃도 아니었다. 엄마가 두리번거리며 살피던 것은 사람들이었다.

지금도 역을 나가 도둑골 쪽으로 내려가면 나무를 볼 수 있을 것이다. 아직도 별꽃무늬 전구를 달고 있을까. 벚꽃은 이미 졌겠지만 나무는 어두컴컴한 곳에서도 노란 불을 켜들고 우뚝 서 있을까. 지금 그 나무가 떠오를 줄은 생각도 못 했는데. 그 모습이 보고 싶지만 그럴 시간은 없었다.

승강장 앞쪽을 향해 걷던 희연의 걸음이 느려졌다. 그녀는 자리에 서서 뒤를 돌아 개찰구 쪽을 돌아봤다. 반팔 와이셔츠에 양복바지를 입은 남자가 막 승강장 계단을 올라왔다. 희연은 개찰구 쪽으로 걷기 시작했다. 개찰구를 나서는데 역무원이 말했다.

"열차 시각 다 됐는데!"

역을 나오자 희연은 최대한 빨리 걸으려 했다. 엊저녁 비 때문에 길이 절퍽였다. 역전을 벗어나 전두시장을 거슬렀다. 물빛 뾰족구두를 파는 제일양화를 지나, 멋진 밤색 양복을 파는 오색 라사를 지나, 온갖 과자를 팔던 가판대를 지나 오십천을 등진 허름한 집들 중 어느 골목 앞에 섰을 때 희연은 눈물을 흘리고 있었다.

가방이 없다는 것을 확인하자. 있다고 생각하지 않는다. 이대로 기차에 타면 오늘 밤 내내 가방 생각을 할 것이라는 것만 생각하자. 누가 가져갔을 것이다. 그러니까 누가 가져갔다는 것을 확인하자. 후회와 미련만은 남기지 말자는 생각으로 골목 벽을 더듬더듬 짚으며 들어갔다.

'쌍년아.' 희연은 남자의 목소리가 생생했다. 몸이 뻣뻣해졌다. 숨을 쉬기 어려울 정도로 가슴이 갑갑했고 아랫배가 묵직해졌다. 다리가 풀렸다. 이 길을 어떻게 끌려갔는지, 그때 봤던 바닥이며 벽이며 하늘이 죄다 선명해졌다. 이제 눈물을 흘리는 정도가 아니라 엉엉 울고 있었지만 이대로 돌아 나갈 수는 없었다. 공사장 벽면을 손으로 짚고 겨우 안으로 들어가자 어제는 눈에 띄지 않던 것들이 보였다. 한쪽 구석의 빨간 고무대야와 어디에 쓰는지 알 수 없는 호미 같은 도구. 작업용 장갑들이 둥글게 뭉쳐져 한쪽에 뒹굴고 있었다. 그리고 희연은 허리 높이의 거푸집 위에 반듯하게 놓인 갈색 물체를 보았다. 손을 뻗어 그것을 잡아 챘다. 손에서 시멘트 먼지의 텁텁함을 느꼈지만 누가 발목이라도 잡을 것 같은 기분을 느끼며 허겁지겁 몸을 돌려 나왔다. 발이 문턱에 걸려 앞으로 한 번 넘어졌다. 버둥거리며 가방을 품에 안고 골목 바깥까지 나왔다. 불빛에 비춰 보니 가방은 먼지투성이였다. 버클을 풀고 열어 보자 팔꿈치보다 조금 짧은 은빛 사각형과 동그란 원판이 가방 속에서 반짝였다.

희연은 역을 향해 걷기 시작했다. 물에 흠뻑 젖은 바지 밑단이 질척거렸다. 기차를 놓쳤을 것이다. 괜찮다. 괜찮다. 주문처럼 되뇌는 말이 입에서 흘러나왔다. 품 안의 가방은 그녀가 무엇인가 했고, 아직 그럴 힘이 있다는 증거이며, 컴컴한 가슴속에서 완전히 불이 꺼진 것은 아니라는 뜻이었다. 그래서 괜찮았다.

바짓단이 엉망이 된 채로 역 안으로 들어갔을 때는 9시 40분을 넘어서고 있었다. 개찰구에는 이미 아무도 없었다. 관성처럼 승강장을 향해 숨을 가다듬으며 걸었지만 내일 올라가도 된다고 생각했다. 개찰구 앞에 섰을 때 역무원이 승강장에서 내려왔다. 그는 희연이 소중하게 품은 가방을 보며 고개를 끄덕였다.

"북평에서 연착했어요. 아가씨, 운이 좋네."

희연은 멀리서 기차가 다가오는 것을 보았다. 기차는 양옆으로 하얀 빛보라를 일으키며 선로 위로 다가왔다. 잠시 후 빛줄기가 그녀를 관통해버렸다. 온갖 철컹거림과 육중한 바람이 뒤를 이었다. 여름밤의 습기가 날아간 자리에는 실컷 울고 난 뒤의 후련함이 있었다. 객실 차창으로 새어나온 빛들이 승강장에 빗살무늬를 드리웠다. 희연은 침대칸이 맨 앞에 있다는 말을 떠올리며 기관차 쪽으로 걸어갔다. 이제 이곳을 떠난다. 가방도 챙겼다. 정말 끝이다. 뒤에서 호각 소리를 내며 승차를 재촉하는 소리가 들리자 희연은 열차에 올랐다.

발밑으로 느껴지는 철판의 단호함이 좋았다. 자신을 데리고 나간다는 사실의 확고함 같았다. 안도감을 느끼며 희연은 객실로 들어섰다. 늘어선 녹색 벨벳 의자를 보았을 때도 기분은 그대로였다. 침대칸을 향해 기차 통로를 걸어갔다.

희연의 기분이 다시 어두워지기 시작한 것은 군복 입은 청년과 마주하면서였다. 다림질이 잘 된 녹색 민무늬 군복을 입은 청년은 모자를 벗고 통로 쪽에 앉아 있었다. 얼굴이 작고 턱이 갸름했다. 검게 그을었지만 잘생긴 얼굴이었다. 청년은 그녀의 행색에 놀란 표정을 감추지 못했다. 엄마의 오래된 갈색 티셔츠와 더러운 청바지 때문은 아닌 듯했다. 뚫어져라 얼굴을 바라보는 이유는 얼굴이 더 엉망이었기 때문일 것이다. 청년은 희연이 바로 옆을 지날 때도 고개를 돌리며 그녀를 바라봤다. 희연은 해방감이 사그라지는 것을 느꼈다. 이 기차를 타고 오며 자신에게 어떤 일이 벌어질지 생각조차 하지 못했다는 것을 깨달았다. 길은 너무 쉽게 사라졌고, 길이 사라진 곳은 완전히 다른 세상이었다. 두 세계 간의 경계가 너무도 얇다는 두려움. 아니, 바보처럼 자기만 모르고 있었지, 애초에 여기 포함되어 있었다는 발견.

침대칸 차량에 가려면 열차 두 량을 지나야 했다. 그녀는 칸마다 시선을 받았고, 침대칸 앞에서는 혹시 아는 사람이 있었는지 돌아보고 싶었지만 꾹 참았다. 침대칸 안으로 들어가며 희연은 한시름 마음을 놓았으나, 몸집이 좋은 중년 남자와 눈이 마주쳤다. 그는 침대칸 맨 앞에서 커튼을 젖힌 채 서 있었다. 희연은 자기에게 지정된 자리로 가서 커튼을 젖혔지만 침대에 앉지도 못하고 나왔다. 밀폐되었지만 커튼만 젖히면 누구라도 들어올 수 있는 공간에서 밤을 보낼 자신이 없었다. 뒤를 돌아 일반 객실 쪽으로 돌아갈 때는 발걸음에 힘이 없었다.

객실로 돌아가자 승객들이 바라보다 금방 고개를 돌렸다. 희연은 모든 승객에게서 등을 돌리는 맨 앞자리에 앉아 무릎 위에 가방을 내려놨다. 자리 주인이 오면 침대칸 표를 주면 된다고 생각했다. 침대칸 값이 얼마인지 떠올랐지만 대신 가방을 열어 혈압계와 청진기를 꺼냈다. 손에 익숙한 금속의 차가움과 매끈함을 느끼고 싶어 자꾸 만졌다. 이 객차에서 혈압을 잴 수 있는 사람은 자기뿐일 것이라 생각했다. 이제 끝났고, 모든 것이 괜찮아질 것이라 믿었다. 희연은 차창에 기대 기차의 진동을 이마로 느끼며 아주 긴 숨을 내쉬었다.

청량리역에 열차가 도착했을 때는 날이 훤했다. 연착 때문에 6시 20분이 넘어서 도착했다. 희연은 피곤했다. 누가 온몸의 스위치를 내려버린 기분이었다. 몇 번이나 침대칸에 들어가 눕고 싶은 마음을 간신히 참았다. 의자에 드러누울 뻔했고, 깜빡 잠이 들 때마다 소스라치게 놀랐다. 익숙한 청량리역에 내리면서 이렇게 피곤한 적은 없었다.

버스를 두 번 갈아타고 하숙집에 도착했을 때는 8시가 조금 넘어서였다. 문이 잠겨 있었다. 이 시간이라면 하숙집에서 나가는 사람이 있어 문이 열려 있을 텐데 방학이라 그런 것 같았다. 희연은 벨을 눌러야 한다는 사실에서 떠나온 곳이 집이고, 도착한 곳이 하숙집이라는 것을 실감했다. 어젯밤 모든 것이 끝났다고 생각했는데, 끝난 것은 하나도 없었다. 벨 누르기를 망설이고 있을 때 철문 옆 남색 편지함이 눈에 들어왔다. 인철 씨의 편지들. 인철 씨와 가까워진 뒤 인철 씨가 보냈던 편지를 모두 다시 읽었다. 희연이 팝송을 좋아한다고 생각한 인철 씨는 보내는 편지마다 팝송의 영어 가사 한 구절씩을 적어 보냈다. 편지들은 인철 씨가 선물한 남색 외제 비스킷 통에 소중히 모아놨다. 지금은 편지통을 보고 싶지 않았다. 편지통을 보고 싶지 않다는 것이 서글펐다. 씁쓸하고 속이 메슥거렸다. 한동안 머뭇거리다 벨을 누른 것은 문을 열고 나오는 누군가와 마주치는 것은 더 꼴이 안 좋을 것 같았기 때문이다.

"누구세요." 분이 이모가 나왔다. 희연은 고개 숙여 인사하며 이모를 지나쳤다. 분이 이모가 희연을 뒤따르며 얼굴이 왜 그러냐고, 무슨 일이냐고 물었다. 그냥 계단에서 굴렀다고 하고 현관 안으로 들어가는데 이모가 희연을 잡아챘다. 어깨를 잡아 돌려 세우고 무슨 일이냐고 묻는 목소리가 평소 같지 않았다. 희연이 아무 말도 않자 이모는 목소리를 더 크게 높였다. 희연은 이모의 두 눈에서 격한 분노를 보았고, 그 분노가 사무치게 고마웠다. 모든 것을 털어놓고 싶은 유혹을 느꼈다.

현관의 소란스러움에 방문이 하나둘 열렸다. 집에 내려가지 않고 하숙집에 있던 사람들이 그녀를 둘러쌌다. 방금 세수를 마친 명혜는 분홍색 수건으로 머리를 올린 채였다. 너 얼굴이 왜 이러냐고, 옷은 왜 그러냐고, 아끼던 블라우스 입고 가지 않았냐고. 희연은 자기를 둘러싼 친구들 앞에서 그저 피곤했다. 아, 그냥 방에 들어가서 눕고 싶은데. 그녀는 현관 옆 벽에 기대 주저앉았다. "아…… 나 그냥 좀 쉬고 싶은데……" 사람들은 더 모여들며 무슨 일이냐고 물었다. 그들의 눈에서 제멋대로 뻗어나가는 상상, 두려움, 혐오가 보였다. 희연은 목이 메는 것을 느꼈다. "정말 잠 좀 자고 싶은데……" 모두가 조용해졌다. 명혜가 옆에 앉아 어깨를 잡아줬다.

희연이 말을 마쳤을 때는 명혜도 울고 있었다. 분이 이모도 이야기를 듣다 희연 옆에 앉아 손을 잡아주었다. 희연은 이야기를 끝까지 할 수 없었고, 그녀의 울음에 모두 숙연해졌다. 이제 정말 쉬고 싶다는 희연의 말에 명혜가 방까지 부축해줬다. 명혜가 이불을 깔아주고 나가자 희연은 가방을 문 옆에 내려놓고 옷을 입은 채 이불 위에 누웠다.

방문 너머로 사람들의 분노가 들려왔다. 어릴 때부터 엄마를 때렸던 그 아버지란 남자에 대한 분노. 엄마가 없으면 누구라도 때려야만 하는 손버릇에 대한 분노. 술을 먹지 않으면 잠들 수 없고, 계집은 밖으로 돌려봤자 깨지기밖에 더하냐는 믿음을 가진 남자에 대한 분노.

희연은 그날 하루 종일 방에 있었다. 아무 생각도 하지 않으려 했다. 방 안에서 밥상을 받았다.

이튿날부터는 부엌에서 다른 하숙생들과 똑같이 식사를 했다. 자신이 말한 고통에 대해서라면 이미 충분히 위로를 받은 것이라 생각했기 때문이다. 희연은 웃기 시작했다. 화장실 갈 때마다 조금씩 피가 묻어 나왔지만 그 상처를 부정했다. 무슨 일이 있었는지 아무도 몰라야 하는데, 그러려면 자기도 그런 일이 있었다는 것을 몰라야 했다. 낯선 남자가 길을 물었던 순간을 부정했다. 그 남자가 자기를 때릴 때까지 아무것도 눈치채지 못했던 순간도 부정했다. 그가 위로 올라왔을 때 살고 싶다고 느꼈던 순간도, 수없이 잘못을 빌었던 순간도, 빌면 벗어날 수 있으리라 믿었던 순간도. 그러나 시키는 대로 해버렸던 순간만은 늘 밑바닥까지 남아 있었다. 이제 모두 끝났다고 믿고 싶었다. 그러나 끝은 그렇게 쉽게 오지 않는다는 것을 알았고, 아무렇지 않게 웃을수록 불길한 예감은 몸속 깊이 자리 잡았다.

2 0 1 3 년 1 월 21 일

정인은 아침부터 기분이 착 가라앉아 보였다. 평소와 달리 인사도 건네지 않았다. 나와 눈 마주치기를 꺼렸다. 도시락 가방을 신고 운전을 시작할 때까지 말 한마디 없었다. 어떻게 보면 슬퍼 보였고, 어떻게 보면 화나 보였다. 연극 공연이 있던 그저께, 나는 정인이 아이들을 해코지한 줄 알고 날카롭게 굴었다. 그것 때문일까? 덜컹거리는 카니발 뒷좌석에서 내릴 순번대로 가방을 정리하는데 그가 물었다.

"작가들은 거짓말을 잘하나요?"

월요일 아침 처음 건네는 말로는 조금 아니다 싶었다.

"잘해야겠죠?"

나는 웃으며 답했지만 내심 불쾌했다.

"어떤 사실을 감추는 것도요?"

정인의 목소리가 쓸쓸하고 힘이 없었다.

218

"스릴러 작가들은 정보를 한 번에 주지 않죠. 감췄다가 하나씩 꺼내놔야지."

소설 작법으로 답했지만 내게 감추는 것이 없냐고 떠보는 것 같았다. 내가 되물었다.

"왜요? 뭐 감추고 싶은 거라도 있으세요?"

웃으면서 물었는데 정인의 뺨에서 턱 근육이 꿈틀거렸다. 평소 분위기와 다르다고 느끼자 불안해졌다. 반사적으로 어깨에 멘 가방에 손이 갔다. 배달할 때도 들고 다닐 수 있도록 끈을 단 가방에서 단단한 나이프의 감촉을 느끼자 조금 안심이 됐다. 그러자 불쾌함이 되살아났다. 감추는 것이 없냐고 묻고 싶은 사람은 오히려 나였다.

주말 동안 정인과 처음 만났던 날의 녹음을 들었다. 다시는 떠올리고 싶지 않던 녹음을 들었던 이유는 인수 씨가 한 말 때문이었다. 인수 씨는 정인이 혼자 산다고 했다. 녹음 파일에서 정인은 분명히 어머니와 산다고 했다. 말하기 전 잠시 정적이 흘렀고, 그 말을 하던 정인의 표정도 생생히 기억났다. 멈칫했던 표정에서 그가 진실을 말했다고 확신했다. 그러니까 감추는 것이 없냐고 묻고 싶은 사람은 나였다. 내가 말했다.

"하려면 제대로 해야지. 어설프면 들통이 나요."

"무슨 말씀이죠?"

"제일 저지르기 쉬운 실수가 여기서 한 말이 저기서 한 말이랑 달라지는 겁니다."

질책하듯 말이 나왔다. 당신과 인수 씨의 말이 다르다고 말하고 싶었던 것이다. 정인은 조용히 앞만 보며 운전했다. 한숨 쉬는 소리가 들려 그의 표정을 살폈는데, 조금 전 딱딱했던 표정이 우울하게 변해 있었다.

"그럼 뭐 방법 같은 거라도 있나요?"

정인의 목소리가 쓸쓸했다. 예상치 못했던 목소리였다. 저 목소리를, 어머니를 감추고 있음을 시인한 것으로 봐도 될까? 게다가 진심으로 궁금한 어투였고, 내게 도움을 요청하는 기색마저 느껴졌다. 나를 적대시하지 않는다는 뜻일까? 그의 어머니에 대해 단도직입적으로 묻고 싶어졌지만 조심스러웠다.

"자기도 진짜라고 믿어버리면 말이 달라지지는 않아요."

"그게…… 될까요?"

"그러니까 아예 진짜인 말만 하는 게 상책입니다."

그의 어머니에 대해 물었다가 그때처럼 확 달아오를까 두려웠다. 어제 들었던 녹음 파일에는 모르는 사람이 들으면 이해할 수 없는 소음이 있었다. 나는 그 소리가 내가 앉았던 의자가 넘어지고 내 얼굴이 테이블에 처박혔던 소리임을 안다. 정인이 다시 물었다.

"그럴 처지가 아닌 사람은요?"

"……두 가지 단계가 있어요."

"두 단계요?"

"첫 단계는 상황에 대한 거예요. 소설을 쓰다 보면 자기가 만든 상황으로 들어가 진짜라고 믿어야 하죠. 진짜라고 못 믿으면 문장에 자신감이 떨어져요. 괜히 불필요한 내용만 주저리주저리

덧붙입니다. 그런데 작가도 확 진짜라고 믿어버리면 한 걸음 더 나가서 말하게 됩니다."

"그게 무슨 말이죠? 예를 들면요?"

"살인을 저질러본 작가가 있을까요? 그러나 많은 소설에 살인 장면이 나와요. 다른 사람을 칼로 죽이는 주인공에 대해 써야 한다고 해보죠. 작가는 자신이 경험해본 적이 없다는 것 때문에 고민하게 됩니다. 칼로 사람을 찌르면 얼마나 들어갈까? 칼이 들어갔다가 바로 나올까? 아니면 근육이 긴장돼서 잘 뽑히지 않을까? 칼을 맞은 사람은 소리를 지를 수 있을까? 취재를 통해 알면 좋겠지만, 어디 쉽겠어요? 취재의 좋은 점은 정보와 디테일에도 있지만, 한편으로는 진짜를 쓰고 있다는 내면의 확신도 큽니다. 그런데 작가가 자신을 속일 수 있다면 글이 달라지죠."

"그렇게 쓰신 적이 있나요?"

나는 핸드폰을 꺼내 예전에 썼던 부분을 들려줬다. 한 손은 가방에 올려놨다.

"칼만 꽂으면 끝이라 생각했는데 아니었다. 그는 내 눈을 똑바로 쳐다보며 나를 화장실 입구로 밀고 갔다. 밖으로 못 나가게 해야 했다. 남자의 심장이 얼마나 빨리 뛰는지를 내 손등으로 치솟는 핏줄기로 느꼈다. 뜨끈한 게 손목을 타고 팔꿈치로 흘러 바지를 적셨다. 그렇게 피를 쏟으면서도 그는 나를 죽죽 밀고 갔다. 습하고 더운 입김이었다. 한 손으로는 내 멱살을 잡고, 다른 손으로는 내 손목을 잡은 채 말이다. 그의 악력은 강력했지만, 끝내 칼을 뽑아낼 수는 없었다. 나는 밀리지 않으려 발에 힘

을 췄는데도 계속 뒤로 밀려나갔다. 곧 유리문이 등에 닿으려는
데 그가 핏자국에 발이 미끄러져 한쪽 무릎을 바닥에 찧었다. 나
는 힘껏 그를 옆으로 밀어 넘어뜨렸다. 그는 한 다리가 굽혀진
채 대자로 누워버렸다. 천장을 향한 그의 시선은 또렷했고, 힘
을 줘서 입을 다물고 있는 것을 느낄 수 있었다. 저 눈으로 무슨
생각을 할까? 숨을 쉬며 갈비뼈에 박힌 칼 손잡이가 오르내렸고
피가 물컥물컥 흘러나왔다. 나도 허파에 구멍이 뚫린 것처럼 숨
을 쉬고 있었다. 숨소리를 죽여야 한다고 생각했다. 곧 끝난다
고, 긴장하지 말라고. 화장실 청소도구를 보며 아무도 모르게 흔
적을 지울 수 있다고 믿었다."

"……제목이 뭔가요?"

"《그 남자의 행위》요."

배달하는 동안 이렇게 조용한 적은 없었다. 그가 무슨 생각을
하는지 알 수 없었다. 나는 그의 어머니에 대해 어떻게 물어볼까
고민 중이었다. 직접 물었을 때 정인이 잘못 말했다고 얼버무리
면 그만이었다. 그의 말이 진짜인지 확인할 수도 없다. 가장 확
실한 방법은 직접 찾아가 보는 것이다. 문을 두드려 누가 나오는
지 보면 된다. 집 주소만 알아내면 되는데, 어떻게 알아내지? 운
전을 하던 정인이 다시 물었다.

"두 번째 단계는 뭔데요?"

"첫 번째가 되면 두 번째로 넘어가는데, 이번에는 상황이 아니
에요. 아예 다른 사람이 돼보는 거예요."

"다른 사람."

"작가들은 보통 1인칭으로 시작하지만 어느 순간부터 1인칭으로는 보여줄 수 없는 것들이 생겨요. 카메라가 자기 바깥으로 나와 여기저기로 옮겨 다녀야 하죠. 자기는 잊고 새로운 사람이 될 필요가 생기는 겁니다."

"그 이야기, 들어봤어요. 그게 어떻게 되죠?"

"훨씬 어렵죠. 연습 방법 중 하나가 자신이 제일 미워하는 사람이 돼보는 거예요. 그 사람이 돼서 원래의 자신을 바라보고 느끼는 겁니다. 진짜 그 미워하는 사람처럼 느끼고 행동하게 될 때까지 반복하며 원래의 나를 관찰하는 거죠."

정인은 다시 생각에 빠졌지만 나는 주소를 어떻게 알아낼까 고민 중이었다. 범기 형 아는 사람 중에 경찰에서 잘리고 흥신소를 하는 사람이 있다. 뭐든 다 알아봐준다고 했다. 지난번 연락처를 부탁했을 때, 불법인 것을 아는 형이 거절했다. 인수 씨는 정인이 이 근처에 산다고 했다. 직접 따라가 보는 방법이 있지만 들키기라도 하면 더 곤란해진다. 나는 슬쩍 돌려서 물어보기로 했다. 한숨을 길게 쉬며 말을 꺼냈다.

"그나저나, 큰일이에요."

"뭐가요?"

"저희 아버지요."

"……"

"오산의 요양병원에 계세요. 어제 찾아뵀거든요. 얼굴이 더 까매지셨어요. 간 수치가 말도 아니고."

"속상하셨겠네요."

정인의 어투가 무덤덤했다. 나는 다시 숨을 길게 쉬며 말을 이었다.

"솔직히 말해서, 시간문제예요. 의사들이 말한 시간은 벌써 지났는데, 그렇다고 상태가 좋아지시는 것도 아니고…… 문제는 어머니도 안 좋아지셨다는 거예요. 병간호 때문에 아예 오산으로 이사해서 혼자 지내시거든요. 잘 지낸다고 하시지만, 어머니도 볼이 쑥 들어가셨더군요. 자식이라고 하나 있는데 찾아뵙지도 못하니 죄송하고……"

"……"

"김 선생님은 어머니를 모시고 사시니 참 잘하시는 거예요."

나는 운전하는 그의 표정을 유심히 살폈다. 그는 아무 대꾸도 없었고, 표정에도 별다른 변화가 없었다. 내가 한 번 더 물었다.

"토요일에도 고생이 많으시던데, 어제는 뭐 하셨어요? 그냥 집에서 쉬셨어요?"

그의 표정이 굳으며 분위기가 서늘해지는 것을 느꼈다. 대답을 기다렸지만 그는 답하지 않았다. 나는 창밖을 보며 너스레를 떨었다.

"이분 또 이러신다. 무슨 말을 못 하겠네. 세워주세요. 도시락 두 개 들고 내리게."

가방을 들고 오르막을 오르는데 뒤통수가 따가웠다. 다른 방법을 찾아야 했다.

배달을 마치고 평소처럼 지하철로 향하는 대신, 복지관 입구가 보이는 커피숍에 자리를 잡았다. 뜨거운 커피로 추위를 달래며 복지관 입구를 지켜봤다.

빛의 삼원색이 빨강, 파랑, 노랑이라면, 어둠의 삼원색은 분노, 두려움, 수치심이 아닐까. 이중 수치심은 다른 두 감정과 다르다. 분노와 두려움은 다른 동물들에게서도 쉽게 볼 수 있지만, 사랑받을 수 있는 존재가 아니게 됐다는 인식은 사회적 자아를 필요로 한다. 분노와 두려움이 직접적인 데 반해 수치심은 간접적이고 복잡하다. 수치심을 느낄 상황 때문에 두려움에 빠진다. 분노로 수치심을 감추기도 한다. 부끄러워한다는 것 자체를 부끄럽게 여길 정도니까.

나는 정인의 어두운 면이 수치심에 근거한다고 믿었다. 지난 주말 녹음을 들으며 그의 어두운 면을 떠올렸다. 흉터에 쏟아지는 수많은 시선을 받으며 하루하루 수치심 속에서 살았을 것이다. 그 흉터가 어떤 사고 때문인지 물었지만 답을 들을 수 없었다. 인수 씨도 사고에 대해 몰랐다. 직장 동료에게도 말하지 않았다면, 그 일은 보통 사고는 아니었을 것이다. 그의 어머니는 사고에 대해 말해줄 수 있으리라.

문득 정인이 아침에 던졌던 뜬금없는 질문의 의도가 궁금했다. 정인이 감추는 것을 잘하느냐고 물었을 때, 인수 씨에게 정인의 사고에 대해 물었던 일이 떠올랐다. 정인에 관한 일은 그에게서만 듣겠다고 한 약속을 저버린 일이었고, 혹시 그 사실을 알고 묻는가 싶어 당황스러웠다. 그런데 지금 생각해보니 정인이 그 일을 알 리 없었다. 인수 씨와 그런 것까지 말할 사이로 보이지 않았으며, 주말 동안이라 그럴 시간적 여유도 없었을 테니까. 그렇다면 정인은 왜 그런 말을 했을까?

점심시간이 돼서 샌드위치로 허기를 해결했다. 책을 봤지만 복지관 입구를 살펴보는 것을 게을리하지 않았다. 3시가 다 되었을 때 지하주차장에서 흰색 카니발이 올라왔고, 운전석 차창으로 정인이 타고 있다는 것을 확인했다. 시간이 얼마나 있는지 알 수 없었기 때문에 테이블 정리도 않고 커피숍을 나왔다. 복지관 입구로 들어가 평소에는 잘 이용하지 않는 엘리베이터를 타고 3층에 내렸다. 재가복지 사무실을 들어가는 것은 처음이었다. 노란 철문을 노크하고 들어가자 사진으로만 봤던 박 팀장이 정면으로 보였다. 창을 등지고 입구를 마주 보는 제일 안쪽 자리였다. 박 팀장은 사진과는 다른 인상이었다. 사진에서는 밝게 웃고 있었고, 안경 쓴 모습이 꼼꼼해 보이는 정도였는데, 실제로 보니 날카로워 보였다. 박 팀장은 내가 누구인지 의아해하는 표정이었다. 박 팀장 앞으로 벽을 보고 있는 책상이 두 개 있었는데 입구 가까운 쪽에 인수 씨가 앉아 있었다. 인수 씨가 나를 보며 밝게 인사했다.

"안녕하세요? 어쩐 일이세요?"

정인의 자리는 가운데인 것 같았다. 박 팀장과 가까운 쪽 책상 위에 투명한 어항이 보였다. 그때 지하실에서 봤던 물고기 두 마리가 사이좋게 헤엄치고 있었다. 나는 인수 씨에게 말했다.

"안녕하세요, 인수 씨. 주말 잘 보내셨어요? 토요일 공연은 주말 동안 생각해도 참 좋았어요."

그 말에 나를 바라보던 박 팀장의 표정이 조금 부드러워졌다. 인수 씨가 박 팀장을 바라보며 내 소개를 해줬다.

"왜 아시잖아요, 이재영 작가님."

"어머나, 안녕하세요?"

박 팀장이 고개를 끄덕이며 좀 더 밝아진 표정으로 인사했다.

"안녕하세요, 박윤미 팀장님. 조직도로만 뵀는데 처음 인사드리네요."

그녀는 내가 이름을 알고 있다는 것에 의외라는 눈치였다. 인수 씨가 말했다.

"아, 네. 어쩐 일이세요? 김 선생님 지금 막 나가셨는데."

"아, 그래요? 마침 잘됐네요."

나는 밝게 웃으며 말을 이었다.

"김 선생님이 지난 토요일에 저희 애들하고 놀아주셨거든요. 저희 애들이 김 선생님이 무척 기억에 남는가 봐요."

"경호, 경찬이요?"

인수 씨가 고맙게도 이름을 기억하고 있었다.

"네. 주말에도 아이들이 김 선생님 이야기를 많이 했어요. 어린 마음에 김 선생님이 많이 안됐는지, 선물을 만들어드리고 싶다네요. 깜짝 선물이오. 뭐 별건 아니겠지요. 댁으로 선물을 보내드리려고 하는데 혹시 주소 좀 알 수 있을까 해서 찾아왔어요."

"아…… 네."

인수 씨가 박 팀장을 바라봤다. 박 팀장의 눈이 살짝 얇아지며 인수 씨를 바라보다 컴퓨터 모니터로 내려갔다. 인수 씨가 내게 말했다.

"아, 그렇군요. 그런데 어쩌죠? 개인정보라 저희가 함부로 알려드릴 순 없거든요. 그냥 복지관 사무실로 보내시면 안 될까요?"

나는 불쾌한 표정을 지으며 딱딱하게 말했다.

"그래도 되죠. 그런데 저희 애들이 영특해서 이게 사무실 주소인지 집 주소인지는 알거든요. 원칙은 알겠습니다. 그런데 좀 서운하네요. 제가 여기 홈페이지에 자원봉사 신청할 때는 제 집 주소랑 전화번호, 이메일 같은 개인정보 다 받아놓으셨잖아요? 제 것은 다 받아놓으시고…… 아이들 이야기를 듣다 보니 저도 김 선생님에게 뭔가를 좀 보내드리고 싶었거든요. 깜짝 놀라게 해드리고 싶고. 뭐 어디 공개하겠다는 것도 아니고, 선물 좀 보내겠다는 건데."

나는 예상했던 침묵을 잠시 동안 무표정하게 견뎠다. 인수 씨가 박 팀장을 바라봤다. 박 팀장의 표정이 처음과 달리 굳었다. 한 번 더 안 된다는 답을 받을 경우에는 자원봉사 모집란에 개인정보 수집 및 이용 약관에 대한 동의가 없다는 점을 들먹일 생각이었다. 모니터 위로 박 팀장의 눈이 올라오더니 인수 씨에게 슬쩍 눈짓을 했다. 인수 씨가 말했다.

"뭐, 아이들이 정 원한다니 이번만은 예외로 하죠."

인수 씨는 조금 굳은 목소리로 컴퓨터에서 파일을 찾기 시작했다. 나는 정인이 들어오기 전에 어서 주소를 보고 싶은 마음에

애가 탔다. 엑셀 파일에는 그의 주소뿐만 아니라 생년월일, 핸드폰 번호 같은 다른 인적 사항도 있었다. 수첩에 인적 사항을 옮겨 적으며 인수 씨에게 말했다.

"아이들이 아직 선물을 만들고 있어서요. 김 선생님에게는 비밀로 해주세요."

주소를 들고 정인의 집을 찾아 나섰다. 복지관 위쪽으로 걸어 올라갔다. 구름이 많아 낮인데도 어둑했다. 언덕을 오르다 다시 내려가야 했고, 골목을 이리저리 돌아야 했다. 먼 거리는 아니었지만 초행길이라 헤맸고, 바람이 불어 추웠다.

받아 적은 번지수가 적힌 다세대 건물을 발견한 것은 5시 무렵이었다. 녹황색 철대문에 검정색 유성펜으로 번지수가 적혀 있었다. 대문 안으로 3층짜리 건물이 있었다. 호수를 보니 정인의 집은 1층이었다. 개조를 했는지 1층은 3층 건물에서 툭 튀어나와 있었다. 낮은 시멘트벽으로 된 1층에는 스테인리스 문들이 죽 늘어서 있었다. 불투명 유리창이 붙은 문을 열면 반지하일지도 모른다는 생각이 들었다. 평소 도시락 배달을 하며 보던 어르신의 집들과 다를 바 없었다. 호수를 확인하니 제일 안쪽 문이 정인의 집이었다.

문들을 지나 정인의 집 앞에 섰는데 맥이 탁 풀렸다. 문은 바깥에서 잠겨 있었다. 별로 중요한 물건이 없는지 문방구에서 쉽게 구할 수 있는 번호 자물쇠였다. 숫자도 두 개나 눌려 있었다. 그렇다면 정인은 왜 처음 만난 날 어머니와 단둘이 산다고 했을까? 그가 답하기 전 망설였던 이유는 무엇일까? 그의 목소리는 털어놓기 어려운 사실을 말하고 있었는데.

혹시 그의 어머니가 잠깐 외출했을 수도 있다는 생각이 들었다. 한두 시간만 지나면 정인이 퇴근할 테니 조금 기다려보자고 마음먹었다. 골목을 나와 주위를 훑어봤다. 다행히 입구가 하나여서, 대문만 지켜보면 누가 들어가는지 알 수 있었다. 어느 어르신이 대문으로 들어가고 정인의 집이 열려 있으면 그 어르신이 정인의 어머니라고 생각하면 되겠지. 주위를 둘러봤지만 주택가여서 기다릴 만한 곳이 없었다. 커피숍이나 PC방이 있으면 좋겠지만, 상가 건물이 하나도 없는 골목이었다. 50미터 정도를 거슬러 올라 만만한 전봇대 하나를 찾았다. 정인의 집 입구가 보이지만, 아래서는 내가 잘 보이지 않을 것 같았다. 전봇대에 기대 핸드폰을 보며 정인의 집 대문을 바라봤다. 바람이 거세졌다.

6시가 넘었는데도 정인의 집에 들어가는 사람은 없었다. 서너 명이 대문으로 들어갔지만 내려가서 확인할 때마다 자물쇠는 잠겨 있었다. 너무 추워 손을 주머니 바깥으로 꺼내놓을 수가 없었다. 더는 참기 힘들 정도로 허기지고 날도 컴컴해졌다. 오늘은 이만 돌아가고 내일 다시 와야겠다고 마음먹고 골목을 내려갔다. 정인의 집을 알아낸 것이 어디냐고, 아무 소득도 없었던 것은 아니라고 스스로를 다독였다. 정인의 집 대문을 지나치며 힐끗 안을 살펴봤는데, 아까와 달라진 점 때문에 발걸음이 멈췄다. 정인이 곧 나타날지 모른다는 생각도 못 한 채 대문 안으로 걸어 들어갔다.

정인의 집에 불이 켜져 있었다. 흰 형광등 불빛이 불투명 유리창으로 새어나왔다. 안이 들여다보이지 않았지만 귀를 대보니 TV 소리가 들렸다. 문 앞에 달린 자물쇠는 그대로였다. 사람 목소리는 들리지 않았지만 채널 돌아가는 소리가 들렸다. 안에 누가 있다는 뜻이다. 그럼 애초부터 누가 이 안에 있었다는 말인가? 그 누구는 바깥으로 나오고 싶어도 나올 수가 없었을 테고? 시계를 봤다. 6시 20분. 문을 두들기고 싶은데 참아야 한다고 생각했다. 정인이 지금이라도 나타날 수 있다. 문을 두드려서 안에 있는 사람과 만난다고 해도 이야기를 나눌 시간이 부족하다. 내일 오면 된다고 생각하며 서둘러 대문을 나섰다. 정인과 마주치지 않도록 멀리 돌아가는 방향으로 길을 잡았다.

지하철역으로 걸어가며 재가복지 사무실에 전화를 걸었다. 인수 씨가 전화를 받았다. 갑자기 예상치 못한 사정이 생겨 내일 자원봉사를 못 할 것 같다고 전했다. 혹시 무슨 일이 생겼냐며 걱정을 해주려는 인수 씨에게 별일 아니라고 한 뒤 전화를 끊었다. 지하철역으로 돌아가는 동안 하나도 춥지 않았다. 배가 고픈 것도 견딜 만했고, 발걸음도 가벼웠다. 오랜만에 아이들 간식거리나 사다줄 생각이었다. 은밀한 승리감과 만족감. 감추는 사람은 내가 아닌 정인이었다. 안에 있는 사람은 정인의 어머니일 것이다. 왜 정인은 어머니의 존재를 다른 사람들에게 알리지 않는 것일까? 감추는 이유는 보통 수치심 때문이다. 정인은 무엇이 부끄러운 것일까?

아가. 희연은 그 말이 좋았다. 정확히 말하면 그 단어가 바깥으로 울려나오는 방식이 좋았다. 가장 근원적인 소리가 가슴을 울리다 숨구멍을 한 번 막고는 진해진 떨림으로 나왔다. 애기라는 말은 미숙함이 느껴져 싫었고, 아기라는 말은 사전의 낱말처럼 정색해서 싫었다. 아이라는 말을 지니기에는 너무도 무력한 존재였으며, 영훈이라는 이름의 개별성은 아직 인정하고 싶지 않았다.

반달. 아가는 손에 반달을 쥐고 태어났다. 아가는 두 발바닥이 한 손에 들어올 만큼 작았는데, 그래도 모든 것을 갖춘 존재였다. 그 완벽함과 섬세함의 상징이 반달이었다. 배냇저고리를 살살 걷어 올리면 손가락이 나타났다. 이렇게 작은 손가락이 있을 수 있구나 싶은 손가락이었다. 그 손가락에 그만큼 작은 손톱이 있었다. 채 여물지 못한 손톱의 앙증맞음이 가슴을 꾹 눌러왔다.

그 작은 손톱에도 반달은 떠 있었다. 손톱 뿌리의 흰 부분을 뭐라 부르나 찾아보다 반달이라는 말에 원래 손톱의 흰 부분을 가리키는 뜻이 있음을 알았다. 그것이 무척 흐뭇했는데 이유를 설명할 수는 없었다.

고추. 처음으로 남자 성기를 햇살 아래서 봤다. 호두 같은 쪼글쪼글함 위로 순진한 연약함이 고개를 내밀었다. 희연은 세 손가락을 호두 밑에 대고 무게를 가늠해봤다. 때로는 땡글땡글하게, 때로는 물커덩해지는 몽오리는 생각보다 무게가 나갔다. 어느 날 기저귀를 가는데 아가가 오줌을 누었다. 자신의 손등 위로 떨어지는 뻔뻔하고 순수한 열기에 희연은 웃지 않을 수 없었다.

똥. 누군가의 똥을 만질 수 있으리라 상상한 적 없었다. 밥을 먹다가도 아가의 기저귀를 갈았다. 자주 짓무르는 아가의 엉덩이 사이를 물로 씻어내야만 속이 시원했다. 욕실로 데려가 따뜻한 물을 틀고 엉덩이 사이를 손으로 문지르면 미끈한 덩어리들이 하수구로 사라졌다. 그러고도 다시 식사를 할 수 있게 될 줄 어떻게 알았을까. 무엇이 자신을 이렇게 바꿔놓았는지 알 수 없었다.

젖. 아가와 희연을 이어주는 약속이었다. 아가는 어색해하던 젖을 이제는 부족하다고 자주 보챘다. 희연이 젖꼭지를 뺨에 대면 아가는 눈을 감고도 고개 돌려 입술을 벌렸다. 아가가 필요로 하는 것을 자신의 몸이 만들어준다는 사실. 아가의 목으로 꼴딱꼴딱 넘어가는 움직임으로 서로의 연결을 실감했다. 아가가 빠는 힘은 맹렬했는데, 그 힘의 세기로 얼마나 살고 싶은지를 말하는 것 같았다. 약속은 네 시간마다 어김없이 지켜졌고, 아가는 포만감으로 잠들었다. 아가를 트림시키고 자신의 뺨 근처에서 숨결이 잦아들면 희연의 몸도 나른해졌다.

웃음. 가끔씩 상이 내려왔다. 아무도 가르쳐준 적 없는데, 맑은 소리가 차분한 가회동 집안 분위기를 바꿨다. 가르칠 수도 없는 웃음이었다. 아가는 자신의 웃음이 무척 비싸다는 것을 아는 것 같았고, 사람들은 그 웃음을 보려고 갖은 아양을 떨었다.

울음. 이유를 알려주는 법이 없었다. 추운지, 더운지, 배가 고픈지, 아픈지, 기저귀가 축축한지, 쓸리는지, 속싸개가 헐거운지, 꽉 끼는지 알려주지 않았다. 얼굴이 빨갛게 달아올라 온 힘을 다해 울 뿐이었다. 우는 아가를 향해 희연은 모든 예민함을 동원해야 했다.

희연은 사람들이 왜 '내 새끼'라 부르는지 이해했다. 본능으로 연결되어 있다는 자각. 어쩌면 겸손함마저 느껴지는 그 말의 동기를 이해했지만 그렇게 부르고 싶지 않았다. 애기 대신 아가라 부르는 데는 그 단어에서 어떤 고결함도 느껴졌기 때문이다. 그 고결함 앞에 '내'를 갖다놓는 순간 희연은 가슴이 저릿해졌다. '내 아가.' 그런데 이 가회동 집에서 아가라 불리는 사람은 하나가 아니었다. 희연은 '새아가'라 불렸다. '내'가 아닌 '새'로 자음 하나 바뀌는데도 어감이 완전히 달랐다. 시어머니가 새아가라 부르는 순간, 희연은 아가를 중심으로 여러 개의 동심원이 있다는 것과 자신도 그중 하나일 뿐이라는 사실을 자각했다. 아가의 할머니이자 시어머님이 첫 번째 동심원이었다. 그다음이 아범이라는 새 이름을 갖게 된 인철 씨. 집안일을 담당하는 파주댁, 시어머님의 운전기사이자 비서로 바깥일을 처리하는 백 실장도 동심원 하나를 차지했다. 다른 사람들 앞에서는 '내 아가'라 불러지지 않았다. 영훈은 손이 귀한 이 집안의 장손이었다.

"새아가. 목욕이나 다녀와라 오랜만에."
"괜찮아요 어머님."
"내가 언니한테 다 말해놨어. 다녀오랄 때 다녀와! 언니 마음 변하기 전에."

인심 쓴다는 파주댁의 말투. 뭘 어떻게 말해놓았다는 것일까? 희연은 자신에게 흔치 않은 감정이 바퀴벌레처럼 스멀거리는 것을 느꼈다. 혐오의 빛깔은 갈색이었다.

9월 23일. 한가로운 토요일 오전이었다. 코를 가져가면 사과향이 날 것 같은 햇살이 사람들 무릎 위로 쏟아졌다. 중정을 다 채우고도 넘치는 햇살은 아가의 머리맡까지 넘실거렸다. 식구들은 보통 소파에 앉지만 이렇게 볕이 좋은 날은 중정 툇마루에 걸터앉았다. 아가는 이곳저곳을 기어 다니며 탐색했고, 젖을 양껏 먹고 잠들었다. 우리 장손 자는 것 좀 보자던 시어머님 말씀. 희연은 얼른 대청 가운데 요를 깔고 잠든 아가를 눕혀야 했다.

"그래요 영훈 엄마. 다녀와요."

백 실장과 바둑을 두던 인철 씨는 바둑판에서 눈도 들지 않고 말을 거들었다. 인철 씨는 '영훈 엄마'라는 호칭에 쉽게 익숙해졌다. 희연은 아직도 '영훈 아빠'라는 말이 낯설었다. 인철 씨와 백 실장 사이의 바둑판은 한쪽 모서리가 볕에 닿아 있었다. 바둑알을 내려놓는 손끝에서 온기가 느껴질까 궁금했다. 파주댁은 막 깎아 하얗게 날이 선 사과를 둥글게 담아 시어머님 옆에 내려놓으며 말했다.

"영훈이는 나한테 주고. 어서."

파주댁은 잠든 아가 머리맡에 와서 앉았다. 희연은 영훈의 머리카락을 매만지는 파주댁의 손길이 반갑지 않아 묵묵히 아가만 내려다봤다. 파주댁이 한 번 더 말했다.

"걱정 마! 안 잡아먹어! 요새 엄마들은 너무 싸고돌아. 예전에는 죄다 흙바닥에서 키웠어. 그런 두꺼운 책 안 봐도 잘 키웠고. 안 그래요, 언니?"

"아직 어리잖아."

파주댁은 잠든 아가를 안아 시어머님 곁으로 갔다. 시어머님 입이 귀에 걸렸다. 희연은 시어머님의 '아직 어리다'는 말이 영훈에게 한 말인지, 자기에게 한 말인지 알 수 없었다. 아무 저항 없이 파주댁 품에 안긴 아가에게 묘한 배신감을 느꼈다. 희연은 파주댁이 《스포크 박사의 육아전서》를 '그놈의 두꺼운 책'이라 부르며 싫어하는 이유를 알았다. 대학 다닌 티를 내고 싶어 한다고 여기는 것이다. 그 책이 어떤 의미가 있는지 파주댁이 알 리가 없었다.

평화로운 가족을 남겨두고 희연은 일어나 건넌방으로 향했다. 등 뒤에서 들리는 아가 어르는 소리와 바둑알 내려놓는 소리로 아무도 자신에게 신경 쓰지 않는다는 것을 알았다. 건넌방이 아가랑 인철 씨랑 지내는 방이었다. 가회동 집은 ㄴ자 형태의 집과 ㄱ자 형태의 집이 정원을 두고 마주 보는 형태였다. ㄱ자 쪽에는 시어머님이 생활하는 안방과 부엌, 파주댁의 방이 있었고, ㄴ자 쪽에 대청마루와 건넌방, 손님방과 욕실이 있었다. 이 집은 광까지 합쳐 방이 모두 아홉 개인데, 광이라고 해도 도계에서 생활하던 방보다 훨씬 크고 깨끗했다. 겉은 옛날 기와집이지만 안은 수리를 계속해서 신식이었다. 화장실 두 개도 양변기였고, 부엌에는 싱크대와 식탁도 있었다. 소파와 TV가 마주 보는 대청에는 양주가 진열된 장식장이 있었다.

희연은 건넌방에서 옷을 갈아입으며 파주댁에 대한 불쾌함을 억누르려 했다. 파주댁이 이 집안과 피는 섞이지 않았어도 인철 씨를 한 살 때부터 키웠다는 것, 식사와 청소, 빨래 같은 자신이 해야 할 대부분의 일을 하고 있다는 것, 그나마 육아에 대해 물어볼 수 있는 유일한 상대임을 떠올렸지만 마음이 풀어지지 않았다. 오히려 잠시나마 파주댁의 얼굴을 보지 않아도 된다는 것을 위안으로 삼는 자신을 발견했다.

처음부터 이 정도는 아니었다. 시어머님은 파주댁을 동생이라 불렀고, 인철 씨는 이모라 불렀다. 희연도 사정을 듣고 깍듯하게 대했다. 그런데 파주댁은 희연을 일종의 경쟁자로 대했다. 결혼 초기에 그녀와 단둘이 있을 때 희연에게 했던 가시 돋친 말들. "그래. 순진한 우리 인철이를 어떻게 꼬신 거예요?" 파주댁이 웃으며 물었는데 희연은 당황해서 대꾸도 제대로 못 했다. 파주댁은 새로 온 며느리를 은근히 깎아내렸고, 이간질마저 했다.

'암퉁하게 생겼다'는 말을 시어머님 방문 앞에서 처음 들었다. 그 뒤의 말이 더 가관이었다. "그럼 애를 뱄는데 어째? 언니, 걱정 마. 내가 행실 단속을 잘 시키면 돼." 희연은 같이 생활하며 파주댁이 자신을 어떻게 생각하는지 느꼈다. 운 좋게 아이 배어 팔자 고친 년이었다. 결정적으로 정나미가 떨어진 것은 시어머님이 부모님을 초대했을 때였다. 시어머님은 우리 집안일을 도와주는 동생이라며 파주댁을 소개했고, 아버지와 엄마도 깍듯이 인사했다. 파주댁도 예의 바르게 행동했지만, 나중에 양변기를 써봤냐고 묻던 눈빛을 잊을 수 없었다. 시어머님이 자리를 비웠을 때 은근슬쩍 부모님에게 가정교육의 중요성에 대해 말하던 어투. 희연은 파주댁이 식모라는 사실을 그날은 부모님에게 말하지 못했다.

요새는 육아까지 간섭했다. 희연은 아가가 울 때마다 안아주었는데, 파주댁은 볼 때마다 손 탄다고 잔소리를 해댔다. 나중에 희연이 바깥일이라도 하면 아기 보는 고생은 모두 자기 몫인데 어쩌자고 그러냐고 눈을 흘겼다. 울어도 독하게 마음먹고 참으라고! 희연은 우는 아가를 가만히 두는 것이 얼마나 속 타는 일인지, 그것도 남이 시켜서일 때 어떤 심정이 드는지를 알았다. 희연은 옷을 갈아입은 뒤 욕실에서 목욕용품을 챙겼다. 대청에 가서 한 번 더 인사를 드리고 현관을 나섰다. 오전 10시. 느긋하게 다녀오라는 말도 시어머님이 아닌 파주댁이 했다.

가회동 집터는 동에서 서로 경사졌다. 집터를 평평하게 고르

느라 현관의 높이가 거리보다 높았다. 대문을 나서면 어른 키만
한 계단을 내려와야 했다. 덕분에 거리가 소란스러워도 집은 조
용했고, 사람들의 시선도 넘나들 수 없었다. 계단을 내려와 거리
로 나서자 가을이 막 시작되고 있었다. 거리의 햇살은 정원의 햇
살과 같을 텐데 다른 빛이 났다. 사람들 옷차림 속에 여름과 가
을이 어우러져 있었다.

　희연은 계단을 내려오며 즐거운 기분만 느끼자고 마음먹었다.
혼자 거리로 나선 것이 언제였나? 올해 말이면 가회동에서 산
지 일 년이 되지만 바깥출입은 손에 꼽았다. 그나마 몇 번도 영
훈이를 병원에 데려가기 위해서였다. 진작부터 이 동네 시장을
둘러보고 싶었는데, 늘 파주댁이 장을 봐서 가보지를 못했다. 예
전 도계에서 장 볼 때의 설렘을 느껴보고 싶었다. 친구들은 창경
원과 경복궁 사이에 있는 가회동 집을 부러워했다. 희연도 가회
동이 좋았지만 부자 동네여서가 아니라 고풍스럽고 차분한 분위
기가 마음에 들었기 때문이다. 사채를 한다는 이유로 시어머님
과 인철 씨가 이웃들 눈치를 볼 정도였다.

　목욕탕을 가려면 골목을 가로질러서도 갈 수 있지만 일부러
재동국민학교까지 내려가 멀리 돌기로 했다. 가을로 접어드는
가로수를 따라 마냥 내려가고 싶었다. 희연은 미니스커트를 입
고 책을 안고 가는 여대생을 보면 대학 생활이 떠올랐고, 손을
잡은 연인이 지나가면 인철 씨와의 데이트가 떠올랐다. 나들이
가는 가족에게도 자꾸 시선이 갔다. 두 돌이 되었을까. 아빠 손
을 잡은 딸아이는 자주색 체크무늬 치마를 입었다. 치마 아래로

통통한 종아리가 깜찍했다. 꾹꾹 눌러 밟듯 걷는 걸음걸이를 보며 영훈이는 언제 걸음마를 뗄까 궁금했다.

학교 앞에 다다르자 영훈이 때문에 다니는 내과가 삼거리 너머로 보였다. 거기에는 희연 또래로 보이는 간호사가 있었다. 그 간호사는 희연을 보호자로 대했지만, 희연은 어느 학교를 나왔는지 묻고 싶었다. 희연의 친구들은 간호사 자격시험을 준비하느라 바빴다. 희연이 알고 있는 학생들 중 자격시험을 준비하지 않는 사람은 단둘뿐이었고, 그중 한 사람이 바로 자신이었다.

목욕탕을 가려면 삼거리에서 왼쪽으로 돌아야 했지만 희연은 목욕탕 대신 공연장에 다녀오고 싶었다. 길을 건너 10분만 내려가면 연극 공연을 하는 실험극장이 나온다. 가회동 집에 처음 왔을 때 인철 씨는 이 동네를 소개시켜주며 실험극장을 다정스럽게 말했다. 유서 깊은 극단인 실험극장은 3년 전 운니동에 전용극장을 마련했다. 인철 씨는 둘이서 자주 연극을 보러 가자고 했지만 아직 한 번도 그 약속을 지키지 못했다. 지난 1월 인철 씨와 실험극장 앞을 지날 때 공연하던 작품은 〈아일랜드〉였다. 희연은 극장을 향해 길을 건너는 대신 고개를 가로젓고 왼쪽으로 방향을 틀었다.

목욕탕은 동네 명물이었다. 수영장 물빛 같은 하늘색 타일로 외관을 장식한 2층짜리 건물이었다. 유명인도 많이 온다고 했다. 남자는 오른쪽, 여자는 왼쪽 출입구를 썼다. 300원을 내고 1층 여탕으로 들어갔다. 옷을 벗어 보관함에 넣고 사각열쇠를 손목에 찼다. 안으로 들어가니 토요일이어서 그런지 만원이었다. 때를 밀려는 사람들이 순서를 표시하기 위해 걸어놓은 열쇠 줄이 한 뼘이나 됐다. 어떤 아주머니가 자기 순서가 지났다며 언성을 높였다. 샤워기가 달린 벽도 하늘색이었는데 건물 외관과 색을 맞춘 것 같았다.

희연은 다른 사람에게 몸을 맡기고 싶지 않아 간단히 샤워를 하고 탕으로 들어갔다. 물 온도가 뜨거워 한 번에 들어갈 수 없었다. 목욕탕 턱에 앉아 간신히 무릎까지만 물에 담갔다. 고등학생으로 보이는 학생 하나가 샤워기 아래서 머리를 감고 있었다. 고개 숙인 학생의 등과 어깨의 곡선이 여리디 여렸다. 그 가녀린 선을 보며 이제 수영장 갈 날은 아득해졌다는 것을 알았다. 연애 시절 인철 씨는 같이 수영장에 가자고 몇 번이나 졸랐는데, 결국 함께 간 적은 없었다. 희연은 친구들과 한강 수영장을 간 적이 있었다. 한여름 뜨거웠던 햇살. 자신을 향했던 시선들. 예전에 입던 파랑 수영복이 맞을까? 속상할 것 같아 입어보기 싫었다. 희연은 탕 속으로 몸을 넣었다. 목까지 물에 잠기자 뜨거운 열기가 몸을 휘감았다.

"오, 시원하다."

자기도 모르게 나온 말에 웃음이 났다. 예전 도계에 있을 때 영숙이 엄마나 미자 엄마에게서 듣던 말이었다. 엄마의 영역으로 들어섰다는 자각. 늘 걷기보다 뛰기를 좋아했는데 이제는 몸이 무거웠다. 아이를 낳고 늘 피곤하다는 느낌이 어떤 것인지 알았다. 매일 잠이 부족했다. 아침저녁으로 팔목과 허리가 시큰시큰

했다. 열기가 몸을 풀어주도록 내버려두었고, 목을 뒤로 기대자 슬며시 눈이 감겼다. 차츰 긴장이 풀리자 졸음이 왔다. 누군가 아기처럼 자신을 들어 대신 씻겨줬으면 하는 생각마저 들었다.

처음 아가를 목욕시키던 때가 생각났다. 희연은 목을 가누지 못하는 아가를 어떻게 안고 씻길지 알 수 없었다. 책에 나온 그림으로는 감을 잡을 수 없었다. 갑자기 파주댁이 비키라더니 왼손을 아가 가랑이 사이로 넣어 팔뚝으로 등을 받치고 손바닥으로 아가 뒤통수를 받쳤다. 아가의 몸을 물에서 살짝 들고 오른손으로 팔과 다리를 천천히 씻겼다. 책과는 반대 자세였다. 희연은 파주댁에게서 받은 도움을 부정할 수 없었다. 눈을 감은 채 한숨이 나왔다.

희연은 파주댁이 왜 자기에게 그러는지 짐작은 갔다. 파주댁은 자신의 위치를 불안해했다. 아픈 남동생 가족을 부양해야 하는데, 새로 들어온 며느리가 자리를 뺏을지 모른다고 생각하는 모양이었다. 희연은 오히려 집안일을 해주는 그녀가 고마웠지만 파주댁의 생각은 그렇지 않은 것 같았다. 거기에는 시어머님 탓도 있었다. 시어머님은 끊임없이 파주댁의 위치를 흔들었다. 파주댁이 마음에 들면 동생, 못마땅하면 파주댁이라 불렀다. 새사람 쓴다는 말을 서슴없이 했다.

시어머님이야말로 보통 분이 아니었다. 30년 넘게 같이 산 파주댁을 그렇게 대하는 것만 봐도 알 수 있었다. 시어머님이 호통칠 때면 인철 씨나 백 실장도 말대꾸를 못 했다. 희연이 들어봐도 경우에 어긋나는 말이 하나도 없었다. 인철 씨는 어머니를 존경한다고 했지만 희연이 보기에는 무서워했다. 희연은 인철 씨가 시어머님 옆자리에 앉는 것을 한 번도 보지 못했다. 파주댁이 없어 그 자리가 비었을 때도 마찬가지였다. 그래도 인철 씨는 어머니의 무용담을 자기 일처럼 즐겨 말했는데 6·25 피난길도 그중 하나였다. 돌아가신 시아버님은 피난 대열에서 뭘 좀 확인한다고 몇 발자국 앞서 나가다 꽝음과 함께 커다란 구덩이로 사라졌다고 했다. 다른 사람들이 정신없이 도망칠 때 시어머님은 아들을 등에 업고 용기 있게 시체 더미를 뒤져 남편을 찾으려 했다. 결국 남편을 찾지는 못했지만 다른 누군가의 허리춤에서 금열쇠 하나를 찾았고, 그것이 부산까지 내려와 국밥집을 열 수 있었던 종잣돈이 되었다고 했다. 막상 돈을 벌게 된 것은 국밥집에서 번 돈으로 사채를 시작하면서였지만. 희연은 과연 남편 시체를 찾다 금열쇠가 찾아질까 궁금했지만 물어보지는 않았다. 파주댁이 들어온 것도 국밥집 시절이었다. 인철 씨를 봐줄 사람이 마땅치 않아서였는데 30년을 넘게 같이 살게 될 줄은 몰랐겠지.

사람들이 탕으로 들어오며 잔물결이 일었고, 몸으로 전해지는 열기도 새로워졌다. 희연의 정신이 몽롱해졌다.

"이 살결 좀 봐."

바로 귀 옆에서 들린 것 같은 한마디. 부드러운 여자 목소리였다. 하지만 그 한마디가 희연의 숨을 거칠게 만들며 하나의 장면을 불러왔다. 거친 동작으로 물을 철벅이며 몸을 일으켰지만 희연은 벌써 그 골목으로 끌려간 뒤였다. 질질 끌려가던 시멘트 담벼락. 시멘트 블록들은 한 뼘 간격으로 길게 선이 나 있었는데, 그때는 인식 못 했던 문양이 시간이 갈수록 선명해졌다. 덜덜 떨렸던 턱. 머리채가 잡혀 바닥에 짓이겨질 때 멍해지던 느낌. 쇠맛이 나던 혀. 남자는 눈썹이 진했다. 희연은 처음 그 남자를 보았을 때 아무 위험도 느끼지 못했던 것이 늘 무서웠다. 지금 누가 자기에게 그 말을 했는지 궁금했다. 그녀 곁에는 아무도 없었다.

자리에서 일어선 희연은 사람들과 눈이 마주쳤다. 팔뚝살을 흔들며 딸의 등을 미는 파마머리 아줌마. 때 미는 곳에서 걸어 나오는 할머니. 수건으로 몸을 두른 단발머리 소녀. 희연은 그들 모두의 눈초리에서 경멸을 느꼈다. 누가 그 말을 했는지 알 수 없었다. 어쩌면 아무도 그런 말을 하지 않았는지 모른다. 희연은 자신이 무방비 상태라 느꼈고, 더는 앉아 있을 수 없었다. 머리도 감지 않고 물기만 닦은 채 밖으로 나왔다. 손이 떨려 보관함의 사각열쇠를 한 번에 꽂지 못했다. 허둥지둥 바깥으로 나왔을 때는 거리의 분위기가 달라져 있었다. 자신을 바라보는 낯선 사람들의 시선.

희연은 어딘가로 피하고 싶었는데 어디로 가야 할지 알 수 없었다. 젖은 머리로 두리번거리며 내리막길을 걸었다. 자신과 눈이 마주치는 남자들. 희연은 고개 숙이고 걸었다. 아가를 병원에 데려가는데 어떤 남자가 길을 물었다. 그날 밤 아무 생각 없이 활짝 웃으며 길을 알려줬던 자신이 어찌나 부끄러웠는지, 아직도 얼마나 순진하고 바보 같은지를 자책하느라 잠이 오지 않았다. 희연은 어느 순간부터 자신에게서 책임을 찾고 있었다. 오히려 그날은 자신에게 아무 잘못이 없다고 생각했으면서도 말이다. 이유를 깨닫고서는 서글퍼졌다. 자신에게 책임이 없다는 이야기는 어떻게 해도 그 일을 막을 수 없다는 뜻이니까. 그런 일이 일어나는 것을 막을 수 있다고 믿고 싶었던 것이다.

재동국민학교 앞까지 왔을 때 희연은 만두 가게 안의 시계를 봤다. 12시가 넘어가고 있었다. 집에 가야 할 시간이었다. 점심 준비가 한창일 시간, 음식은 파주댁이 준비해도 상 차리는 것은 함께 돕는 법이었다. 그러나 여전히 집으로 갈 자신이 없었다. 희연은 삼거리에서 오른쪽으로 올라가야 했지만, 반대 방향으로 틀어 길을 건넜다. 반쯤 정신이 나가 어디로 가는지도 알 수 없었다. 그저 집과 반대 방향으로 걷고 있을 뿐이었다. 다음 횡단보도까지 가서야 이 길을 건너면 실험극장이 나온다는 것이 생각났다. 지금 무슨 연극을 하는지가 궁금했고, 꼭 연극 포스터를 봐야 할 것만 같은 기분이 들었다. 길을 건너 운현궁 앞까지만 가면 되니까 5분도 걸리지 않을 것이다. 희연은 걸음을 재촉했다.

일본공보관이 보이자 불안했던 마음이 조금 놓였다. 실험극장은 운현궁 한쪽 구석에 세워진 2층짜리 건물이었다. 두 개의 여닫이문에 포스터가 붙어 있었다. 실험극장의 61회 공연은 폴 진델의 〈그리고 리어든 양은 조금씩 마시기 시작했다〉였다. 공연은 다음 주에 끝날 예정이었다. 볼 생각도 없었는데 얼마 남지 않은 공연 기간에 가슴이 아렸다. 희연처럼 간호사 자격시험을 포기한 또 한 사람은 윤경 언니였다. 언니는 결국 간호학교를 그만두고 연극배우가 됐다. 마지막으로 만났을 때는 어느 작은 극단에서 조연을 하고 있다고 했다. 생활은 어렵다 했고, 허드렛일을 많이 하는 것 같았다. 그러나 어딘가 안정된 느낌이 있었다. 자기가 선택한 길에 어떤 어려움이 있는지를 깨닫고, 그것을 받아들이기로 한 사람의 안정감. 희연은 자기도 언젠가 다시 무대에 서고 싶다고 했고, 윤경 언니도 꼭 그렇게 될 것이라 했지만 두 사람 모두 그것이 거짓임을 알았다.

연극시간이 한참 남아 문이 잠겨 있을 줄 알았는데, 문을 밀어보니 유리문이 덜컥 열렸다. 안으로 들어가지 못하고 가만히 문을 닫았다. 희연은 무엇을 해야 할지 몰라 한동안 문 앞에서 서성였다.

얼마 후 희연은 천천히 되돌아 걷기 시작했지만 여전히 집으로 들어갈 마음은 나지 않았다. 더 우울해졌다. 숨겨뒀던 자신의 마음만 깨달은 느낌이었다. 모든 것을 버리고 아무도 모르는 곳에서 새롭게 시작하고 싶은 마음. 완전히 다른 사람이 되고 싶은 마음.

터벅터벅 걷다 보니 아까는 정신없이 지나쳤던 과일 가게가 눈에 들어왔다. 색이 고운 홍시가 가게 앞에 소담스레 담겨 있었다. 문득 아가가 저 부드러운 달콤함을 맛보면 어떤 표정을 지을까 궁금했다. 설탕 코팅을 한 것처럼 윤이 나고 촉촉한 입술. 그 입술이 벌어지며 입맛을 다시겠지. 눈동자가 숟가락을 따라 움직일 것이다. 한 가지 바람으로 가득 찬 그 눈망울. 그 눈망울을 자신이 어렵지 않게 만족시켜줄 수 있다는 것에 희연은 안도했다. 정수리에 닿지도 않는 팔을 숟가락 쪽으로 휘젓는 모습이 벌써 본 것처럼 생생했다. 가슴 한구석에서 온기가 돌았다. 문득 너무 오래 아가를 잊고 있었다는 것이 미안했다. 희연은 가장 탐스러운 홍시 접시 앞에 쪼그려 앉았다.

"그거 500원에 다 가져가세요."

인심 쓰듯 짧은 머리가 반백인 아저씨가 말했다. 희연은 주머니에 손을 넣어봤고, 웃으며 고개를 끄덕일 수 있었다. 자신의 웃음이 자연스러웠다는 것도 알았다.

집 앞에 섰을 때는 너무 늦었다는 사실에 초조했다. 1시가 넘어서고 있었다. 점심 먹고 설거지까지 마쳤을 시간이었다. 게다가 계단 위의 현관문이 조금 열려 있었다. 자신이 문을 열어놓고 갔는지 기억나지 않았다. 시어머님이 아시면 불호령이 떨어질 만한 일이었다. 현관에 올라 문단속을 하고 슬쩍 안으로 들어갔는데 아무 소리도 들리지 않았다. 서둘러 바깥채를 지나 안채로 들어섰다. 시어머님 옆에서 파주댁이 괜한 소리를 할까 걱정이 됐다.

"다녀왔습니다. 너무 늦었네요."

희연의 목소리에 대답하는 사람은 없었다. 건넌방을 지나 대청으로 가는데도 인기척을 느낄 수 없었다.

대청마루에는 뭔가 급한 일이 있었다는 흔적이 펼쳐져 있었다. 엎어진 접시와 갈색으로 변한 사과들. 흐트러진 바둑판. 영훈이를 싸놨던 속싸개가 요 위에 펼쳐져 있고…… 희연은 텅 빈 흰 명주천을 보며 가슴이 쿵쾅거리기 시작했다.

"어머님, 저 왔어요!"

희연은 불길한 예감에 목소리가 떨리는 것을 느꼈다. 바깥으로 나갔다. 급한 걸음으로 계단을 내려갔으나 어디로 가야 할지 막막했다. 집 밖의 승용차는 그대로였다. 만약 영훈이 일이면 병원부터 가봐야 한다고 생각했다. 빠른 걸음으로 아래쪽으로 내려갔다. 거의 뜀박질이 될 무렵, 입을 반쯤 벌리고 급히 달려오는 백 실장이 보였다. 신발도 못 신고 검정 양말 바람으로 뛰어오는 백 실장은 걸음마다 볼이 흔들렸다.

"백 실장님!"

"영훈이가!"

"영훈이가 왜요?"

"바둑알을 삼켜서…… 전 차를 가져와야 해요."

백 실장은 그렇게만 말하고 넋 나간 표정으로 희연을 지나쳐 위로 뛰어갔다. 백 실장의 저런 모습은 처음이었다. 희연은 힘껏 달렸다. 달리면서 바둑알을 삼켰을 때 어떻게 해야 하느냐고, 무엇인가 생각해야 한다고, 끊임없이 자신에게 대답을 강요했지만 다리가 떨리고 머릿속이 하얘질 뿐이었다. 가슴 깊은 곳에서 어떤 목소리가 들렸지만 무시했다. 하지만 숨이 차오르고 힘이 빠질수록 목소리는 뚜렷해졌다. 이제 네 죗값을 네 아가로 치른다는 목소리.

희연은 임신 사실을 몰랐었다. 출혈은 드문드문 계속됐고, 그래서 임신은 생각지도 않았었다. 작년 9월 말경 몸이 이상해서 진단 받은 결과 임신이었다. 지워야 한다고 생각했다. 소문으로만 들었던 청계천 근처 약국을 찾아가 한 달 하숙비를 치르고 약을 샀다. 감당이 안 될 만큼의 출혈이 있었다. 그것으로 끝인 줄 알았다. 그러나 한 달 뒤 태동을 느꼈을 때는 소름이 돋았다. 뱃속에서 무엇이 꿈틀했는데 그 느낌이 얼마나 괴상했는지 잊을 수가 없었다. 낯선 생물체가, 어쩌면 징그러운 기생충이 뱃속에서 꾸물거리는 느낌. 어떻게 해서든 이걸 없애야겠는데, 그것이 그렇게 단순한 일이 아니라는 것을 배워서 알았다. 병원을 찾았을 때는 이미 늦은 뒤였다. 희연은 제일 먼저 인철 씨와 연락을 끊었다.

어떻게 해야 할지 알 수 없었고, 누구에게도 말할 수 없었다. 수면제를 사 모았다. 약국에서 색색의 알약을 손에 쥘 때만큼은 마음이 편해졌다. 그러나 마음 한구석에서는 이 아기가 인철 씨 아이일 수도 있다고 생각했다. 그런 가능성이 전혀 없는 것도 아니었다.

임신 사실을 제일 먼저 알아차린 사람은 명혜였다. 윤경 언니의 환송회에서 술을 먹지 않는 희연을 이상하게 본 명혜가 얼마간 희연을 살펴본 모양이었다. 조용히 희연을 불러 단도직입적으로 '인철 씨도 아느냐'고 물었을 때 희연은 아무 말도 못 했다.

연락이 끊긴 인철 씨는 하루가 멀다 하고 하숙집과 학교 앞에서 진을 쳤다. 답답한 마음에 명혜를 찾은 인철 씨는 명혜로부터 이야기를 듣고 희연에게 화를 냈다. 왜 진작 말하지 않았냐고. 그동안 무슨 생각을 한 것이냐고. 희연은 인철 씨가 화내는 모습에서 진한 안도감을 느끼는 자신이 혐오스러웠다. 인철 씨가 어머니에게 다 말해놨으니 같이 가자고 했을 때, 희연은 진심으로 이 아이가 인철 씨 아이이길 빌었다. 결혼과 출산 준비를 하며 자연스레 학교를 그만뒀다.

꿈은 악몽 일색이었다. 산부인과에서 아이를 꺼내 배에 올려줬는데, 아이가 아니라 커다란 벌레인 꿈을 자주 꿨다. 자신의 배 위에서 다리들이 더듬거리던 느낌이 깨서도 생생했다. 도계역에 내렸는데 여행가방이 움직이지 않아 힘을 쓰다 핏물이 치마 밑으로 쏟아지는 꿈도 여러 차례였다. 어떤 태몽을 꿨느냐는 인철 씨에게 희연은 아무 꿈도 꾸지 않았다고 했다. 태동은 점차 강해져서 배를 쑥 밀고 나올 정도가 됐다. 모두들 장손감이라 했지만 희연은 여자아이를 원했다.

올해 3월 19일, 아이를 낳던 순간을 잊을 수가 없었다. 36시간의 진통은 사람을 극점으로 몰고 갔다. 하늘이 노랗게 보인다는 말이 수사적 표현이 아님을 알았고, 이제 뭐가 됐든 그냥 끝나기만 해달라고 빌게 될 때 아가가 나왔다. 산부인과 의사 선생님이 아가를 꺼냈을 때의 후련함. 의사 선생님이 아가를 거꾸로 들 때까지만 해도 간호사들이 정말 고생했다고, 아들이라고, 출산을 축하하는 분위기였다. 그런데 아가는 울지 않았다. 엉덩이를 두 번째 쳐도 반응이 없자 의사 선생님은 입을 가렸던 마스크를 손으로 내렸다. 간호사들도 동작을 멈추고 아가를 바라봤다. 희연은 그때 무슨 생각을 했던가? 정말로 숨을 쉬어주기를 바랐던가? 이대로 아가가 사라지기를 바랐던 것은 아닌가? 산부인과 선생님이 세 번째로 엉덩이를 쳤을 때 아가는 비로소 울음을 터뜨렸다. 그때 너는 어떤 심정이었는가? 희연은 그 죗값을 지금 받는다고 느꼈다.

국민학교가 보일 무렵 강보도 없이 아가를 안고 급히 올라오는 인철 씨가 보였다. 그 뒤를 파주댁과 시어머님이 뒤따랐다. 인철 씨와 눈이 마주쳤다. 인철 씨 눈에서 강한 원망을 보았다. 희연은 그런 눈빛 따위는 상관도 없었다. 인철 씨 팔 바깥으로 아가의 팔다리가 늘어져 있었다. 아가 얼굴이 창백했다.

"백 실장 봤어?"

"영훈이 뭐래요!"

"우리 영훈이 큰 병원에 가야 한대."

희연은 만두 가게 앞에서 영훈을 받아 안았다. 아가 몸이 서늘했다. 아, 세상에. 희연은 자기도 모르게 발을 구르기 시작했다. 이걸 어떻게 해. 이걸 어떻게 해. 이걸 어떻게 해.

"의사가 빨리 큰 병원 가라고. 서울대병원 응급실 주소가⋯⋯"

기도가 막혔는데 언제 거기를 간다고. 아⋯⋯ 내 아가. 아가는 반쯤 입술을 벌리고 눈을 살짝 뜨고 있었다. 희연은 차마 눈꺼풀을 뒤집어 동공을 확인할 엄두가 나지 않았다. 의사가 왜 큰 병원에 가라고 했는지 알았다. 그저 자기 병원에서 사고를 만들고 싶지 않은 것이었다. 이 사람들은 그것도 모르고 그냥 아가를 데리고 나왔구나. 손바닥에서 어서 움직임이 느껴지기를 기다리는데 어떤 할머니가 옆을 지나다 아가를 보고 소스라쳤다.

"어마, 얘 왜 이래? 새댁! 지금 애 보내네, 보내?"

그제야 희연은 아가가 멈춘 것을 알았다. 움직여야 하는 순간에 그저 가만있을 뿐이었다. 그 고요함. 끔찍스러운 고요함. 희연을 둘러싼 아무도 말을 하지 못했다. 시어머님이 털썩 주저앉는 소리가 들렸다. 이제 아가와 눈을 맞출 일은 없다는 것을 알았다. 자신을 향하던 그 눈동자. 손가락을 가져가면 아가 손이 손가락을 쥐었는데. 그 손의 느낌이, 품에 안으면 전해지던 따뜻함이, 그 살의 촉감이.

미웠다. 이렇게 갈 거면 도대체 왜 왔냐고 소리치고 싶었다. 너무 미웠다. 내가 누구 때문에 약을 버리고 책을 샀는데……이렇게는 아니었다. 희연은 아가를 뒤집어 머리를 땅으로 향하게 하고 등을 내리쳤다. 둔중한 울림. 주위 사람들의 시선. 상관없었다. 세상에 오직 둘만 남은 느낌. 이렇게 보낼 수는 없다는 마음에 이를 악물고 다시 한 번 주먹손으로 등을 내리쳤다. 그리고 한 번 더 세차게.

작은 돌이 바닥에 세게 튕기는 소리. 저만치 튕겨가는 검은색 돌. 아가 몸이 부풀기 시작하며 몸이 단단해졌다. 희연은 아가를 바로 안았다. 아가 얼굴에 핏기가 돌며 금세 빨개졌다. 아가는 눈을 감은 채 입을 벌렸지만 바로 울음을 시작하지는 못했다. 그러나 곧 울음을 터뜨렸다.

파주댁이 비척비척 다가와 매달리다시피 희연의 어깨를 붙잡았다. 영훈을 향하는 파주댁의 목소리가 울먹거렸다.

"아이고. 이제 살았네. 이제 살았어. 야! 야! 너는 그게 뭐라고 집어삼켜!"

시어머님은 주저앉은 상태에서 아예 두 다리를 길게 뻗고 얼굴을 두 손에 묻었다. 인철 씨가 떨리는 손으로 아가를 받아 안았다. 희연은 파주댁을 바라봤다. 파주댁의 안도하는 시선과 끄덕이는 고갯짓에서 자신도 울고 있음을 알았다. 무엇인가 말을 하고 싶었지만 아무 말도 나오지 않았다. 아가를 내려다봤다. 너는 지금 무슨 생각을 하니? 그저 여느 때처럼 울고 있을 뿐이었다. 희연은 팔을 뻗어 인철 씨에게서 도로 아가를 데려왔다. 턱이 덜덜 떨려서 이가 부딪치고 있는데 멈춰지지가 않았다. 다들 집으로 걸어가기 시작했다. 모두 신발도 신지 못했음을 그때 알았다. 희연을 뒤따르던 인철 씨도, 시어머님도, 파주댁도 아무말이 없었다.

그날 밤 식구들은 희연이 사온 홍시를 맛있게 먹었다. 찻숟가락으로 영훈이 홍시를 받아먹고 웃을 때마다 모두들 고개를 끄덕였다. 파주댁은 그때 또 울었다. 시어머님은 의사도 못한 일을 간호사 엄마가 해냈다고 했다. 희연은 아마 서울대병원에 도착하지 못했을 것이라고 알려줬다. 식구들은 아가에게 손도 대지 않고 병원 밖으로 내몰았던 의사를 떠올리며 다시는 안 간다고 다짐을 했다. 화도 내지 못했던 자신들의 경황없음에 분통을 터뜨렸다. 희연도 어떤 정신으로 아가의 등을 내리쳤는지 알 수 없었다. 건넌방에 아가를 누이고 머리맡의 육아전서를 보고서야 책의 응급처치 편을 따랐다는 것을 알았다. 「무엇을 삼키고 숨이 막혀할 때…… 거꾸로 세워서 세차게 등판을 두들겨줍니다.」희연은 파주댁에게 그놈의 두꺼운 책이 영훈이를 살렸다고 말해주고 싶었다.

며칠 동안 영훈은 밤에 경기를 일으켰다. 조용한 가회동 집이 밤새 아가 울음소리로 시끄러웠다. 한 번은 참다못한 파주댁이 건넌방 문을 두들기며 자기가 안고 있겠다고 말했다. 파주댁은 바둑알 사건 뒤로 희연에게 부쩍 친절했다. 만약 아가가 파주댁 책임 하에 있던 순간에 잘못됐다면…… 희연은 종종 밤새 영훈을 안고 방을 서성댔다. 출근할 남편을 위해 다른 방으로 영훈을 안고 가는 밤도 많았다. 파주댁은 그럴 때마다 희연에게 따뜻하고 부드러운 아침을 차려줬다.

영훈은 날이 밝아야 잠이 들었다. 어쩌면 그때부터 어둠을 무서워했는지 모른다. 인철이 출근한 다음 희연은 파주댁이 차려주는 아침을 먹고 방으로 들어가 커튼을 드리운 채 영훈과 잠들었다. 그 순간은 모든 것이 포근하고 따사로웠다. 희연은 가회동 집에서 자기 말에 힘이 생겼다는 것을 알았다. 건강이나 의학에 대해서 말할 때 사람들은 그녀를 똑바로 보며 주의 깊게 들었다.

얼마 후 희연은 도계 꿈을 꾸었다. 도계 집으로 이사 와서 얼마 되지 않았을 때 일이었다. 숨바꼭질하던 꿈. 아무리 벗어나려 해도 끝이 없던 골목. 낯선 남자가 자기 앞에 앉아 드로프스를 줬던 일. 순진하게 사탕을 받아먹었던 자신의 모습. 잠에서 깬 희연은 무참하게 끌려갔던 그날 밤이 왜 다시 떠오르는지 알 수 없었다. "너 오늘 운 좋은 줄 알아." 희연은 그 말을 수없이 자문

했다. 왜 운이 좋다고 했을까? 혹시 이렇게 부잣집에 시집온 것이 운 좋다는 것이었을까? 영훈이 아니었다면 이런 집에 시집올 수 있었을까?

출산하고 얼마 되지 않아 시어머님이 부모님을 가회동으로 초대했다. 시어머님은 희연의 이름으로 된 통장 하나를 건네주었다. 부모님에게 드리라 했다. 자주 찾아뵙지는 못해도 마음은 전해야 하지 않겠냐는 시어머님 말씀을 거절할 수 없었다. 매달 시어머님이 부쳐주는 돈은 아버지 월급의 절반 정도에 해당하는 돈이었고, 희연은 그것이 얼마나 큰 힘을 갖는지 부모님 표정을 보고 확실히 알았다. 부모님은 건넌방 뒤쪽 광에서 묵었는데, 그 방을 무척이나 마음에 들어 했다. 아버지가 보이는 태도에 굴욕감을 느끼기는커녕 쾌감을 느끼는 자신을 발견했다. 함부로 주먹을 휘두르던 남자가 온순하고 친절해졌다. 정원 잔디밭에서 징검돌을 딛던 아버지는 발걸음이 조심스러웠다. 희연은 가회동 집을 구경시키며 새로 속한 이 세계가 자신의 세계라고 자처하고 있음을 느꼈다.

희연은 정말 운이 좋았다고 생각했다. 한 번도 시도해보지 않은 응급처치가 제대로 들어 먹힐 줄이야. 바둑알이 그렇게 오랫동안 기도를 막았는데도 용케 숨이 끊어지지 않을 줄이야. 틈만 나면 육아전서의 응급처치 편을 훑어봤다. 왜 자꾸 그 페이지를 보게 되는지 알 수 없었다. 희연이 보는 페이지는 숨 막혔을 때의 응급처치 다음 쪽이었다. 아이들이 먹어서는 안 되는 물질들. '흔한 독물의 목록' 밑으로 수많은 물질들이 나열되어 있었다. 알로날, 아미탈, 부동액, 아스피린, 자동차 세제, 벤젠, 승홍, 붕산, 크레졸, 하수구 소독제, 파리약, 가구 세제, 세코날. 주변을 둘러싸고 있는 다양한 독극물들. 어떤 물질은 한 스푼도 위험하다고 했다. 어떤 물질은 너무 위험해서 토하게 해서도 안 됐다. 토하면서 허파와 목구멍을 태울 수도 있기 때문이었다. 희연은 자신이 그 페이지를 읽으며 잠시나마 경험했던 아가 없는 삶을 그려본다는 것에 소스라쳤다.

그 삶은 말할 수 없이 슬프고, 외로우며, 자유로웠다.

2부

달그락.

영훈은 소리를 들었지만 눈을 뜨지 않으려 했다. 밤이 한참 남았을까 겁이 났다. 밤은 늘 더디니까. 다시 달그락 소리. 어항에서 나는 소리였다. 금붕어가 돌을 헤집는구나. 영훈은 어느 아이가 배가 고파 깼는지 궁금했다. 보글거리는 산소발생기 소리로 잠에서 깬다는 것을 알았다. 항상 들리는 이 소리가 조금 전까지는 안 들렸으니까. 눈을 떴다. 어둠이란 눈가리개는 한없이 막막했으며, 막막함 저편에 뭔가 서 있을 것 같았다. 파주 할머니 말을 들었어야 했는데.

파주 할머니가 들어가 자라고 했을 때 영훈은 "네"라고 했지만 그럴 마음은 없었다. 초저녁부터 엄마 아빠가 자는 날은 좀처럼 없는 기회였다. 엄마는 몸살감기랬다. 영화를 좋아하는 영훈은 9번에서 하는 명화극장을 끝까지 봤다. 제목은 〈심야의 미술관〉. 영화는 세 가지 그림에 얽힌 이야기를 차례로 보여줬다. 영화가 시작하자 꼼짝할 수 없었다. 그만큼 무서웠다는 소리다. 영화가 끝나고 방으로 가며 대청 불도 끄지 못했다. 엄마 아빠가 자는 건넌방을 지날 때는 문을 열고 들어가고 싶은 마음을 꾹 눌러야 했다. 아빠만 없었다면 들어갔을 것이다. 엄마에게 눈먼 귀부인 이야기도 들려줬을 텐데. 방에 와서 불을 켠 채로 침대에 누웠는데 깨어 보니 어둠 속이었다.

영훈은 소리 나는 쪽으로 고개를 돌렸지만 아무것도 보이지 않았다. 혹시 툭눈일까? 툭눈이면 좋겠다고 생각했다. 며칠 전부터 아픈 툭눈이는 먹지도 않고 어항 바닥에만 있었다. 툭눈인지 확인하고 싶었지만 침대에서 나갈 수는 없었다. 영화에서 봤던 무덤이 떠올랐다. 그러자 목과 배가 간지럽기 시작했다. 엄마를 부르고 싶었지만 아빠가 뭐라고 할지 뻔했다. 영훈은 한숨을 쉬고 다시 잠들려 눈을 감았다.

막막함을 비집고 영화 속 장면 하나가 들어섰다. 첫 번째 묘지 그림 이야기의 장면이었다. 구부정한 자세로 집을 향해 선 시체의 모습. 나쁜 조카는 재산 때문에 삼촌을 죽게 만들었다. 삼촌은 집 옆 묘지에 묻혔는데, 어느 날부터 삼촌이 그려놨던 묘지 그림이 섬뜩해졌다. 조카가 못되게 굴어 하인마저 집을 나간 밤, 조카가 볼 때마다 그림이 달라졌다. 없던 무덤이 생기고, 무덤이 열리더니 관이 보이고, 죽은 삼촌이 관에서 나와 집으로 향했다. 비쩍 마르고 얼굴이 누렇게 뜬 시체는 등이 굽어 있었다. 시체가 현관에서 문을 두드리는 그림으로 변했을 때는 정말로 현관문을 쿵

쿵 두들기는 소리가 들렸다. 얄밉던 얼굴이 불쌍하게 보일 정도
로 커졌던 조카의 눈. 영훈은 몸 이곳저곳이 타는 듯 간지러웠다.

"엄마?"

제일 쉬운 구조 신호였다. 친구이자 시종이며 경호원을 일컫
는 말이었다. 영훈은 다정한 엄마의 목소리를 떠올렸다. 간지러
움은 참으면 지나간다고, 지면 안 된다고, 너는 이겨낼 수 있다
고. 아니. 거짓말. 영훈은 늘 진다는 것을 알았다. 그 시간이 오
기 전에 어서 엄마가 왔으면. 영훈은 주먹을 쥐며 손톱으로 손바
닥을 아프게 눌렀다. 그리고 큰 소리로 외쳤다.

"엄마! ……엄마!"

건넌방 문이 열리는 소리와 발걸음 소리가 났다. 엄마는 대청
과 할머니 방을 지나 부엌에 다녀올 것이다. 영훈은 다행스러움
을 느끼며 주먹손으로 눈을 가렸다. 가슴이 갑갑해 견딜 수가 없
었다. 심장이 쿵쾅거렸다. 몸을 굴리다 각진 침대 가드에 등이
닿자 후련함을 느꼈다. 이렇게 한번 시원함을 느끼면 더 견딜 수
없다는 것을 알았다. 누군가 속삭이는 것 같았다. 등은 긁어도
괜찮아. 아무한테도 보이지 않잖아. 그냥 긁어. 영훈은 이 목소
리에 지지 않겠다고 마음먹었다.

엄마가 불을 켰을 때 영훈은 온몸을 긁고 있었다. 거무스름하
고 거북등처럼 갈라진 살갗. 그 위를 정신없이 긁어대는 영훈의
손톱은 피 때문에 검붉었다. 영훈은 원망 어린 눈으로 엄마를 봤
다. 얼음 대접을 든 엄마가 한숨을 쉬며 말했다.

"엄마 부르랬잖아."

"불렀어! 불렀어! 세 번이나 불렀어!"

영훈은 화난 목소리로 말했지만 내심 엄마가 반가웠다. 이제 컴컴한 곳에 혼자 있지 않아도 된다는 안도감도 느꼈지만 내색하지 않았다. 엄마가 얼음물에 담갔던 얇은 수건으로 얼굴과 목, 배를 문지르자 차가운 감촉에 정신이 확 들었다. 원래 흰색이었던 누런 수건은 오늘도 붉게 물들었다. 가려움은 쉽게 진정될 것 같지 않았다. 물수건이 지나간 자리도 계속 긁었다. 살갗을 문지르는 엄마의 뭉툭한 손끝으로는 성에 차지 않았다.

"얼음으로 안 돼, 엄마!"

간지러움은 발작적이었다. 한번 긁기 시작하면 멈출 수가 없었다. 견딜 수 없게 되면 영훈은 소금물을 발랐다. 소금물의 쓰라림이 간지러움을 덮을 수 있었다. 엄마는 손을 멈추고 영훈을 내려다보다 한숨을 쉬고 부엌으로 갔다.

엄마가 돌아왔을 때는 아빠와 함께였다. 아빠는 방으로 들어오며 인상을 찡그리고 주먹을 코로 가져갔다. 백점병 약 냄새 때문일 것이다. 영훈은 아빠의 찡그린 표정을 보자 조금 전 엄마에게 짜증을 부린 것이 미안해졌다. 방에 들어오는 누구든 인상을 한번 찡그리게 마련이었다. 하지만 엄마는 단 한 번도 그런 적이 없었다. 영훈은 자기를 보는 아빠의 눈빛으로 아빠가 뭐라고 할지 알았다. 아빠가 엄마 쪽으로 고개를 돌렸다.

"이래서 버릇만 나빠지는 거야."

"……"

"괜히 무섭고 당신 보고 싶으니까 더 간지러워하는 거라고!

독하게 마음먹고 몇 번을 참으면 되는데 그걸 못 해?"

갓난아기 때부터 밤에 자주 깼던 영훈은 출근하는 아빠를 위해 엄마와 다른 방을 써왔다. 영훈은 아빠에게 열 살이 되면 혼자 자기로 다짐했었다. 그러나 그 다짐은 여름방학이 시작되고도 한참이나 미뤄졌다.

"오늘은 여기 있을게요. 좀 심해요."

"쟤 3학년이야!"

"……."

"니 마음대로 해!"

아빠는 문을 쾅 닫고 가버렸다. 이럴 때 보면 아빠는 엄마를 미워하는 것이 맞다. 하지만 그러면서도 아빠는 엄마를 데려가고 싶어 했다. 언제부터 혼자 재울 거냐고 묻던 아빠의 어색한 표정에서 그 마음이 보였다. 영훈은 엄마를 미워하면서도 데려가려는 아빠의 마음을 이해하고 싶지 않았다.

소금물에 적신 수건을 들고 엄마가 영훈의 손을 잡자, 영훈은 끔찍한 쓰라림을 예감하고 겁이 났다.

"미안. 엄마."

"괜찮아."

"엄마. 아까 영화를 봤는데 내용이 –"

"내일 들을까? 오늘 엄마 몸이 좀 안 좋아."

영훈은 고개를 끄덕였다. 수건이 배에 닿기 전에 반사적으로 숨을 멈췄다. 소금기가 살갗에 닿자 쓰라림이 전기처럼 정수리로 치솟아 찡찡 울렸다. 온몸에 힘이 들어갔다. 엄마는 소금물을 바르고 아파하는 것을 보면 무척 속상해했다. 아픔이 가시고 나면 고생했다며 꼭 안아주겠지. 영훈은 엄마가 손을 꼭 쥐어주는 것을 느끼며 엄마 말을 되새겼다. 소금물을 바르면 상처가 덧나지만 긁어서 피를 보는 것보다는 낫다고. 영훈은 온몸에 힘이 들어갔고, 엄마 손을 있는 힘껏 쥐어야 했다.

아토피라는 단어가 신문에 처음 등장한 것은 1972년도다. 하지만 15년이 지난 1987년에도 가렵다는 고통은 사람들에게 생경했다. 영훈의 피부는 늘 건조했다. 살갗은 퍼석퍼석하고 주름이 선명해 늙어 보이기까지 했다. 사람들은 고개를 돌렸다가도 슬쩍 되돌아봤다. 영훈은 시선에 예민했다. 그래도 긁는 것을 참을 수는 없었다. 학교에서도 계속 긁어 살비듬을 흘리고 다녔다. 친구들은 목욕탕에서 때를 밀면 괜찮아질 텐데 왜 더럽게 그러냐고 했다. 영훈은 집에 있는 것이 좋았다. 책을 보거나, TV를 보거나, 어항 속 금붕어를 들여다봤다. 투명한 물속에서 너울거리는 지느러미를 보면 자기도 모르게 시간이 흘러갔다. 혼자 자기로 하고 영훈이 선물로 받은 두 자짜리 어항. 새로 데려올 스무 마리의 보금자리로 부족함이 없었다. 위에서도 옆에서도 볼 수 있는 탁자형 어항이었다. 영훈은 새로운 아이들과 함께라면 덜 무서울 줄 알았다.

처음부터 영훈이 금붕어를 아낀 것은 아니었다. 건조함을 막기 위해 영훈의 곁에는 늘 어항이 있었다. 하지만 자라면서 별다른 감흥을 느끼지는 못했다. 금붕어를 아끼기 시작한 것은 1학년 때부터였다. 1학년 때 반 아이들이 집에 놀러온 적이 있었다. 아이들은 자기 방도 있고, 그 방에 자기 어항도 있는 영훈을 부러워했다. 먹이를 줘봐도 되냐고 물었다. 영훈은 서로 주겠다는 아이들 손바닥에 몇 알씩 먹이를 뿌려주며 으쓱했다. 아이들은 자기가 준 먹이를 먹으러 금붕어가 수면 위로 뻐끔거리는 모습을 좋아했다. 영훈은 금붕어를 보려고 아이들이 또 놀러올 줄 알았다. 아이들이 놀러오면 보여주려고 새로운 아이들을 많이 데려다놓았다. 이번에는 먹이도 맘껏 주게 할 생각이었다. 그러나 그 뒤로 아이들이 온 적은 없었다.

영훈은 아픔이 가시자 편안하고 노곤했다. 졸음이 몰려왔다. 엄마가 불을 끄고 침대에 눕는 것을 알았지만 눈을 뜨기 싫을 정도였다. 졸음이 밀려오는데 영화 생각이 났다. 세 가지 이야기는 꼭 무섭기만 한 것은 아니었다. 특히 두 번째 그림의 귀부인 이야기. 한 번도 세상을 본 적 없는 귀부인의 이야기를 엄마에게 해주고 싶었다. 그러나 무서운 꿈을 꿀 것 같아 내일 하기로 마음먹었다.

영훈은 햇살 속에서 눈을 떴다. 어항 상판에 반사된 햇빛이 천장에 금빛 너울을 만들었다. 금붕어들이 만드는 아른거림을 보며 영훈은 신이 났다. 새 물고기를 사러 가는 날이었다. 원래 어제였지만 엄마가 아파 하루 미뤘다.

엄마는 특별히 봐둔 물고기가 있다고 했다. 혹시 '단정丹頂'이 아닐까? 지난번 수족관에 갔을 때 눈여겨봤던 금붕어였다. 온몸이 하얗고 머리만 붉어 꼭 빨강 모자를 쓴 것 같았다. 단정만 가득한 어항 위에서 실눈을 뜨니 신기한 기분이 들었다. 빨간 점들이 살아 움직이는데, 어느 점에 초점을 둬야 할지 망설여지던 기분. 엄마는 '단정'은 아니라고 단정했다. 날쌔게 움직이던 '화금和金'이냐고 물었더니 그저 웃기만 했다.

침대에서 일어나 어항으로 갔다. 새로 들여온 툭눈이는 오늘도 바닥에 가라앉아 있었다. 툭눈이라고도 부르는 '출목금出目金'은 다른 물고기들보다 작고 못생겼다. 검정색 몸통에 두 눈이 불룩 튀어나왔다. 그런데 더 마음이 쓰였다. 엄마는 백점병에서 회복하는 중이라 그렇고, 기울어지거나 수면으로 뜨지만 않으면 괜찮다고 했다. 하지만 바닥에만 있는 것이 사흘째였다.

백점병을 예방하기 위해 영훈과 엄마가 주기적으로 약을 뿌려도 완전히 병을 막을 수는 없었다. 엄마가 특별히 구해 오는 약이 제일 효과가 좋긴 했다. 백점병은 눈에 안 보일 정도로 작은 백점충이라는 벌레가 아이들을 파먹는 병이다. 영훈은 누가 자기를 파먹는데 털어버릴 수도 없는 아이들 생각을 하면 속이 상했다. 영훈은 오늘 수족관에 가면 툭눈이가 괜찮은지 물어볼 작정이었다. 방에서 나와 엄마를 찾으러 건넌방에 갔지만 아무도 없었다. 대청을 지나 부엌에 들어가니 온 식구가 식탁에 앉아 있었다. 몸이 안 좋아 방에서 밥상을 받는 할머니가 식탁에 앉은 것은 정말 오랜만이었다. 월요일인데 아빠도 회사에 가지 않았다. 백 실장 아저씨와 파주 할머니까지. 영훈은 아무도 자기에게 신경 쓰지 않는 것으로 평소와 다름을 알았다. 엄마 곁에 가서 몸을 기댔다.

"툭눈이 오늘도 바닥에만 있어."

영훈은 빈자리만 보는 엄마가 이상했다. 아빠가 엄마에게 말했다.

"오늘 내려가야지?"

영훈은 툭눈이가 아프다는 말에 아빠가 하나도 신경을 쓰지 않자 서운했다. 어젯밤 아빠에게 들었던 말도 기억났다. 옆에서 엄마가 숨을 길게 내쉬며 말했다.

"봐서요."

"영훈 엄마! 봐서요는 무슨 봐서요야? 장인어른이 그 새벽에 전화하신 거 보면 장모님 정말 안 좋으신 거야. 난 간다고 말씀드렸어."

영훈은 엄마도 자기 말에 신경을 쓰지 않자 화가 났다. 엄마가 알아야 할 사실을 다시 알려주기로 했다.

"엄마. 툭눈이 먹이 안 먹은 게 오늘로 사흘째야. 오늘 수족관 몇 시에 가?"

"……"

"사위 된 도리로라도 이번엔 가야 돼. 영훈이도 마찬가지고."

"엄마. 오늘―"

"너! 조용히 안 해!"

엄마가 갑작스레 외치는 소리에 영훈은 몸이 굳었다. 놀라고 창피했지만 자기만 놀란 것이 아니라는 것도 알았다. 엄마가 얼굴이 붉어져 주위를 둘러봤다.

"어른들 말씀하시잖니! ……그러면 저만 다녀올게요. 어머님

몸도 안 좋으시니. 당신이랑 영훈이는 집에 있어요. 영훈이한테 장거리 여행이 좋을 리도 없고."

영훈은 서러웠다. 엄마가 큰 소리를 내는 법은 없었다. 어젯밤 일로 화난 것이 틀림없다. 엄마가 감기몸살이라는 사실을 떠올렸지만 기분이 나아지지 않았다.

"막말로 장모님이 어떻게 되시기라도 하면? 영훈이는 할머니 얼굴도 생각 안 날걸? 나중에 지 몸이 저래서 못 가봤다고 기억하라고?"

"우리 정 많은 인철이가 많이 신경 쓰이나 보다. 영훈 엄마. 내가 있는데 언니야 무슨 걱정이야. 부모님 계실 때 잘해야 돼. 자식만 챙기다 그 후회를 어쩌려고? 무슨 일 있으면 백 실장한테 전화해서 병원으로 모시면 되지."

"영훈 엄마! 새벽에 장인어른 목소리가…… 이번에 안 가면 당신 후회할 거야. 우리야 당신이 영훈이 때문에 정신없는 것을 알지. 결혼하고 찾아뵌 게 손에 꼽는다. 영훈이랑 다 같이 다녀오자."

영훈이랑 다 같이? 그럼 오늘 사기로 한 금붕어는? 아픈 툭눈이는? 영훈은 엄마를 쳐다봤다. 엄마는 그저 아무도 없는 빈자리만 보고 있었다. 엄마가 뭐라고 할까?

"어멈, 댕겨와. 나는 괜찮다. 동생이랑 백 실장 있는데 뭘 걱정이냐? 사돈이 허투루 전화할 분도 아니고. 다 같이 댕겨와."

영훈은 할머니와 눈이 마주쳤을 때 물고기 사러 가기는 글렀다는 것을 깨달았다. 이 집에서 할머니 말을 거스르는 사람은 없으니까.

백 실장 아저씨가 기차 시간을 알아본다며 일어나자 모두 자리
에서 일어났다. 파주 할머니는 할머니를 부축하고 안방으로 갔
다. 영훈은 수족관에 못 가는 것 때문에 심통이 났다. 방으로 돌
아가며 엄마에게 분풀이를 하고 싶었지만 엄마가 소리쳐서 놀랐
던 것이 기억나 눈치를 보는 중이었다. 대청을 지나며 엄마가 다
정한 목소리로 어제 긁었던 곳은 괜찮냐고 물어왔다. 영훈은 그
목소리로 원래의 엄마로 돌아온 것을 확인했다. 친숙한 약 냄새
로 자신의 공간으로 들어온 것을 느낀 영훈은 목소리를 높였다.

"저기 툭눈이 안 보여?"

"……"

"오늘 수족관 언제 가?"

못 간다는 것을 알면서도 묻는 물음이었다. 영훈은 엄마를 보
며 침대에 털썩 앉았다.

"강원도에 외할머니 사시는 거 알지? ……많이 편찮으신가
봐. 오늘 내려가볼 거야."

영훈은 얼굴도 기억 안 나는 할머니는 관심 없었다. 엄마는 옷
장을 열고 무엇인가 고민하는 것 같았다. 행사 때만 입는 두툼
한 검정 옷을 침대 위에 올려놓고 다시 옷장 안을 살펴봤다. 영
훈은 그 옷을 보며 땀이 나고 가려울 것 같다는 생각에 더 짜증
이 났다.

"그럼 새로 사준다는 물고기는?"

"돌아와서 사자."

"어제 갔으면 됐지! 며칠을 기다렸는데 또 기다려? 언제 오는 건데? 내일?"

"내일 당장은 어려울 것 같고…… 가봐야 알아. 돌아오면 바로 사러 가자."

"하! 언제 올지도 모르는 거야?"

"……"

"난 안 가!"

영훈은 평소에도 어디 가는 것을 좋아하지 않았다. 특히 낯선 사람들이 많은 곳은 딱 질색이었다.

세 식구가 청량리역에 도착한 것은 2시 40분이었다. 점심 무렵부터 내린 비에 어른들은 여행가방에 우산까지 들어야 했다. 영훈은 청량리역에 도착해서도 아빠와 눈을 마주치지 않았다. 점심을 먹으면서도 가지 않겠다고 투정 부리다 아빠의 호통에 주섬주섬 옷을 갈아입었다. 할머니가 아픈데 왜 우리가 가야 하냐는 물음에 아무도 답해주지 않았다. 우리가 내려가는 것이 아니라 할머니가 병원에 가야 하는 것 아니냐는 물음에도 답을 못 들었다. 이러다 기차 놓친다는 불호령이 아빠에게서 들은 답이었다. 만날 듣던 이야기도 덤으로 또 들었다. 오냐오냐 다 받아준다. 저러니까 버릇이 나빠진다. 나중에 어쩌려고 그러느냐. 늘 그렇듯 그 말은 엄마를 향했다.

열차는 3시 무렵 출발해 8시쯤 도착한다고 했다. 아빠는 오랜만의 기차 여행 아니냐고 했지만 영훈은 벌써부터 갑갑했다. 다섯 시간은 깜깜한 밤이 환해질 만큼 오랜 시간이었다. 아빠를 마음속으로 칭찬해준 것은 기차에 탄 뒤였다. 좌석 하나를 더 사서 세 식구만 앉을 수 있게 한 것은 조금 잘한 일이었다. 아빠와 엄마는 마주 보며 통로 쪽에 앉고, 영훈은 신발을 벗고 창을 향해 앉았다. 아직은 아빠를 보고 싶지 않아서였다. 자리를 찾느라 돌아다니는 사람들 시선도 피하고 싶었다. 사람들이 쳐다보는 느낌은 익숙해지지 않았다. 대합실에 앉아 TV를 볼 때도 어떤 누나가 자기를 쳐다보는 것을 알았다. 새 학년을 몇 번 거쳐도, 새 병원에 몇 번을 가도, 낯선 이의 시선은 살갗을 따끔거리게 했다. 영훈은 뒤에서 아빠와 엄마가 말하는 소리를 들었지만 창밖만 내다봤다.

"가면 어디서 자나? 이제 두 집만 산다고 했지? 그럼 방이 두 개 비나? 그래도 거기는 좀…… 장인어른은 어떻게 여태 그 집이셔?"

"……"

"하기야. 우리도 마찬가지지 뭘."

"역전에 여관 있어요."

"방 있겠지?"

"있을 거예요."

"몸살기는 어때?"

"괜찮아요."

"너무 걱정 마. 장모님 많이 안 좋으시면 서울 병원으로 모시자."

"……"

"아까 백 실장에게 도계에서 서울로 모시고 올 수 있는 방법이 있는지 알아보라고 했어. 동해나 속초에 수배할 수 있는 앰뷸런스가 있는지…… 정 안되면 동해나 삼척으로라도 모시게. 국도가 올해 그쪽으로 난다고 했는데……"

영훈은 아빠 이야기에 다시 심통이 났다. 그러면 애초에 내려갈 필요가 없는 것이었다. 엄마와 자기는 청계천에 가서 금붕어를 사고, 아빠가 앰뷸런스를 알아보면 됐으니까. 아빠에게 그렇게 말할 용기는 없었다. 금붕어 이야기를 하면 아빠는 집에만 있지 말고 밖에 나가서 놀라고 할 것이 분명했다. 햇빛도 쐬고 땀도 흘려야 낫는 병이라고. 아빠가 알 턱이 없다. 나가 놀 사람이 있어야지. 놀이터에서 '같이 놀자'고 했을 때 '안 돼'라는 말을 듣는 게 어떤 기분인지 아빠도 당해봤으면 했다. 영훈은 창밖으로 스쳐 지나가는 간판들을 봤다.

창밖으로 보이던 건물이 줄어들더니 어느 순간부터는 초록 들판만 보였다. 하늘은 어두워졌다. 유리에 흘러내리는 빗방울이 점점 많아졌다. 영훈은 어항을 정원에 내놓는 상상을 했다. 탁자 위 유리를 들어내 어항으로 곧장 빗방울이 떨어지게 하는 것이다. 수족관에서 자란 아이들은 한 번도 비를 맞아본 적이 없겠지? 머리 위로 빗방울이 떨어지면 어떤 느낌일까? 비를 맞보겠지? 사람들이 바깥공기를 쐬듯이 아이들도 상쾌해할까? 영훈은 아이들과 함께 물속에서 헤엄치는 자기를 그려봤다. 머리 위로 빗방울이 떨어지며 수많은 동그라미가 생기는 것을 아이들과 쳐다본다. 세세하게 퍼져가는 동그라미들. 끝도 없이 떨어지는 두드림들. 그 소리들. 기분이 좋아 부드럽게 옆을 스치고 헤엄치는 아이들.

아빠가 점심이 부실했다며 저녁을 일찍 먹자고 해서 모두 식당칸으로 갔다. 영훈은 먹으면 안 되는 것이 많아 직접 메뉴를 고를 수 없었다. 엄마가 문제 생기지 않을 메뉴를 고민하는 동안 영훈은 아빠가 무엇을 시킬지 맞힐 수 있었다. 비후스테이크 정식. 8,500원. 항상 그렇듯 제일 비싼 것을 시켰다. 엄마는 카레라이스에서 카레만 다른 그릇에 담아줄 수 있냐고 물었고, 안 된다는 대답에 도시락과 카레라이스를 시켰다. 영훈은 도시락이 입맛에 맞지 않아 엄마의 카레와 밥만 조금 먹었다. 기차에서 파는 카레가 몸에 맞는지 아닌지는 한 시간이 지나면 알 수 있을 것이다.

세 식구는 좌석으로 돌아왔다. 영훈은 어둑해진 창문을 보며 다른 공상에 빠졌다. 반 전체가 나쁜 사람들에게 납치됐다. 납치범은 음식에 독을 섞어 천천히 사람들을 죽이려고 한다. 독은 아무 맛도 없어 어떤 음식에 독이 들었는지 알 수 없다. 영훈만은 독이 든 음식을 가려낼 수 있다. 영훈이 먹고 한 시간이 지나도 간지럽지 않으면 친구들이 먹기 시작한다. 영훈의 살갗을 유심히 살펴보는 반 친구들. 영훈이 괜찮다고 말하면 아이들이 고맙다고 하고 먹기 시작한다. 영훈이 아파하며 고개를 저으면 모두 다 영훈을 걱정해준다. 결국 영훈은 죽게 된다. 친구들은 죽어가는 영훈 곁에서 눈물을 흘린다. 그런데 그것이 나쁘지 않다. 오히려 기쁠 정도다. 하지만 사실은 반대였다. 반 친구들은 영훈을 피했다. 엄마 부탁으로 담임선생님이 학기 초마다 아이들에게 말해줬다. 이 병은 옮는 병이 아니라고. 면역 기능 때문에 해가 없는 물질에도 반응하는 것뿐이라고. 별 소용은 없었다.

"쟤…… 또 멍하게 있네."

창문 밖을 보던 영훈은 아빠 말을 들었지만 돌아보지 않았다. 아빠가 멍하게 있다고 할 때마다 분명 생각을 하고 있었다. 그러나 무슨 생각인지 말하기 어려웠고, 입에서 꺼낼 수 있을 정도로 뚜렷해지면 아빠는 다른 말을 하고 있었다. 가끔은 그게 무슨 생각이었는지 며칠 뒤에 알게 되는 경우도 있었다. 엄마는 달랐다. 무슨 생각을 하냐고 묻고는 아주 오랫동안도 기다렸다. "엄마. 고드름이 빨리 녹는 이유는 매달려 있느라 힘들어서 그래." "진짜? 누가 그런 말을 했어?" 영훈은 별생각 없이 말했는데, 엄마가 얼마나 활짝 웃는지 보았다. 엄마가 다른 말도 또 해보라고 했지만 달리 할 말은 없었다. 하지만 그때부터 그런 이야기가 생각나면 기억해뒀다 자기 전에 들려줬다. "엄마. 어항 위에 거울을 하나 둬서 햇살이 비치지 않던 곳을 비추니까 이끼가 자랐어. 그게 어떤 모양인지 알아?" "글쎄? 동그라미? 세모?" "아니. 손모양. 햇살이 따뜻했던 이유였어." 영훈은 식구 중에서 엄마하고만 말이 통했다. 물고기 이야기는 특히 더했다. 청계천 수족관에서 처음 단정을 보고 와서 저녁을 먹을 때도 마찬가지였다. "엄마. 단정이 머리가 왜 빨간 줄 알아?" "글쎄? 누구한테 예쁘게 보이려고?" "아니. 너무 보고 싶은 친구가 있는데 나갈 수가 없는 거야. 바깥으로 나가려고 머리를 벽에 찧다 빨갛게 멍이 들었어. 그러다 정말 잊어버렸어. 그렇게 정을 끊어 단정이야."

"그래? 독한 애들이었구나." 듣고 있던 아빠가 껴들었다. "수족 관 말고 어디 딴 데 들렀어?"

영훈은 갑자기 엄마에게 미안해졌다. 세상에서 자기 이야기를 그렇게 들어주는 사람은 엄마밖에 없었다. 동시에 영훈은 엄마가 걱정됐다. 집을 나설 때부터 엄마가 이상했다. 말도 없었고, 말을 걸어도 한 번에 못 알아들었다. 뒤를 돌아 엄마를 봤다. 엄마도 창밖을 보고 있는데 무엇을 보는지 알 수 없었다. 엄마 눈에 자기가 들어오지 않는다는 것은 알았다. 엄마가 무엇을 보는지 보려고 다시 창밖을 봤지만, 볼 만한 것은 하나도 없었다.

안내 방송이 들리고 기차의 속도가 느려졌다. 영훈은 그냥 다음 역에 다 왔나 보다 했는데 아빠가 말했다.

"영훈아."

"……"

"이제부터 기차가 뒤로 갈 테니까 잘 봐라."

"……"

"여기 경사가 심해서 기차가 똑바로 못 내려가. 기다려봐라."

"……"

"너 도계 왔던 거 기억나냐?"

영훈은 아빠를 쳐다보고 고개를 저었다.

"어릴 적이라 기억 안 날 수 있겠다. 가면 할아버지한테 인사 잘 드리고. 할머니가 많이 편찮으시니 얌전히 있어야 돼. 숨어서 긁어대지 말고! 자 봐라."

영훈은 아빠가 장난을 치는 줄 알았는데, 정말로 기차가 뒤로 움직이기 시작했다. 영훈은 아빠를 쳐다봤다. 아빠가 웃으며 말했다.

"다 왔다는 뜻이다."

영훈은 다시 창문을 봤다. 뒤로 가던 열차는 멈췄다가 앞으로 가기 시작했다. 잠시 후 도계에 도착했다는 안내 방송이 들렸다.

세 식구는 도계역 역전으로 나왔다. 오래전에 왔다는데 영훈은 하나도 기억나지 않았다. 비가 내려 공기가 습했다. 습한 공기 중에 떠도는 매캐한 냄새와 질척한 길바닥이 첫인상이었다. 아빠는 오른손에 가방을 들고 왼손에 우산을 들었다. 가방이 무거운지 몸이 오른쪽으로 기울었다. 아빠가 엄마에게 말했다.

"여기 하나도 안 변했네."

엄마도 우산을 펴고 걸어갔다. 영훈은 엄마 우산 밑으로 들어가 엄마 손을 잡았다. 낯선 곳이어서 불안했다. 그런데 엄마 손이 차갑고 축축했다. 손도 제대로 잡아주지 않았다.

"엄마. 아직도 많이 아파?"

엄마는 말이 없었다. 영훈이 엄마를 올려다봤지만, 엄마는 고개를 숙이고 발끝만 보고 걸었다. 아빠가 고개를 옆으로 돌려 크게 말했다.

"할머니 편찮으셔서 왔는데 엄마가 괜찮겠냐? 엄마도 아프니까 가서 얌전히 있어!"

길이 질척질척해서 신발을 망치자 영훈은 짜증이 났다. 평평하던 길이 오르막으로 변하면서 좁아졌다. 키보다도 높은 계단을 몇 번이나 올라야 했다. 아빠는 짐이 버거운지 가방과 우산을 몇 번이나 바꿔 들었다. 영훈도 숨이 가빴다. 길들이 죄다 비슷해서 다시 찾아오라면 못할 것 같았다. 계단을 다 오르자 왼쪽으로 낮은 담이 있고 마당이 있는 집이 나왔다. 들어가고 싶지 않은 허름한 집이었다. 벽은 잿빛이고 나무창틀은 우중충한 갈색이었다. 울퉁불퉁한 회색 지붕에서 빗줄기가 줄줄 떨어졌다. 문은 오른쪽과 왼쪽 두 개였다. 영훈은 마당을 둘러보다 구석에 밥 세 그릇이 놓인 칠기쟁반에 눈이 갔다. 밥그릇에 비가 떨어지지 않게 하려고 소쿠리로 위를 가리고 막대기를 받쳐놨다. 영훈은 엄마에게 물었다.

"저거 새 잡으려는 거야?"

아빠가 영훈이 가리키는 곳을 보더니 얼굴이 굳었다. 그리고 엄마를 봤다.

"영훈 엄마! 우리…… 늦었나 보다."

영훈은 아빠의 시선을 따라 엄마를 올려다봤다. 엄마는 눈을 가늘게 뜨고 있었다. 어이없다는 것 같기도 하고, 화가 난 것 같기도 한 표정이었다. 아빠가 엄마를 힐끗 보고 왼쪽 문으로 걸어갔다. 영훈은 옷과 신발이 축축해 어서 따뜻한 곳으로 들어가고 싶었다. 그런데 엄마는 아빠가 다가가는 문 쪽만 보고 가만히 서 있었다. 아빠가 문 앞까지 가서 그대로 있는 엄마를 보더니 낮은 목소리로 불렀다. 그래도 엄마가 가만있자 이리 오라는 손짓을 하다 가방을 내려놓고 엄마 앞으로 걸어왔다.

"왜 이래? 영훈 엄마!"

영훈도 엄마가 왜 이러는지 알 수 없었다. 아빠가 엄마 손을 잡고 당기자 엄마가 고개를 저으며 가지 않으려 엉덩이를 뒤로 뺐다. 아빠가 힘을 주는지 엄마는 한 발자국씩 앞으로 나아갔다. 우산이 흔들려 영훈의 머리에 부딪혔다. 빗방울이 영훈의 이마와 뺨으로 떨어졌다. 아빠가 목소리를 낮추며 엄마에게 말했다.

"그럼 어떻게 해? 그래도 들어가야지!"

엄마는 입을 벌리고 그게 아니라는 표정으로 아빠를 향해 고개를 흔들었다. 영훈은 자기를 지켜주던 엄마에게서 이렇게 겁먹은 표정이 나올 수 있다는 것에 놀랐다.

"정신 차려! 영훈이 비 다 맞는다. 들어가자. 들어가서 이야기하자! 영훈 엄마!"

문 앞에 다다르자 아빠는 두드리지 않고 살며시 문을 밀었다. 영훈은 덜덜 떠는 엄마를 어깨로 느꼈다. 문을 열자 바로 부엌이었다. 부엌에서 방으로 들어가는 여닫이문이 활짝 열려 있었다. 형광등 불빛 아래 사람들이 여러 명 이불에 둘러앉아 있었다. 문소리에 사람들이 쳐다보자 아빠가 고개를 숙이며 인사했다.

"저희 왔습니다."

"희연이냐!"

할머니 한 명이 소리치며 부엌으로 내려와 엄마의 어깨를 잡았다.

"아이고! 너 출발했다는 말에 니 애미 눈도 못 감고 기다렸어 …… 아침 차만 탔어도! 그걸 놓쳐 종신 못 본 자식 소리를 듣니?"

그 말에 엄마가 할머니를 제치고 방으로 올라가 이불을 확 걷었다. 영훈은 이불 밑에 있는 것이 시체라는 것을 알아챘다. 턱 밑에 하얀 천을 받치고 콧구멍과 귓구멍을 솜으로 막은 사람이 살아 있을 리 없었다. 얼마나 말랐는지 광대뼈가 툭 튀어나왔고, 눈구멍도 움푹 들어가 해골처럼 보였다. 남자인지 여자인지 구별도 안 될 정도였다. 섬뜩했다. 엄마는 무릎을 꿇더니 양손을 천천히 시체의 얼굴로 가져갔다. 차마 손을 대지 못하겠다는 듯이 손이 시체의 턱 밑에서 멈췄다. 엄마는 뒤로 주저앉아 두 손으로 머리를 감쌌다. 엄마의 얼굴은 시체를 보고 있어 영훈은 엄마의 얼굴이 보이지 않았다. 쇳소리가 섞인 숨소리만 들렸는데 그게 울음소리라는 것은 잠시 후에 알았다. 아빠가 주춤거리며 방으로 올라가 엄마의 어깨에 손을 올렸다. 방 안에 있던 할아버지 한 명이 엄마에게 말했다.

"숨 놓은 지 얼마 안 된다. 수시收屍만 하고 너 기다렸어."

그 할아버지는 오른쪽 눈이 반만 떠져 이상해 보였다. 키 큰 할아버지가 부엌으로 내려와 영훈의 머리를 쓰다듬었다.

"영훈이냐?"

입에서 술 냄새가 났다.

"……"

"할애비다. 기억나? 갈수록 엄마 얼굴이 보이는구나. 형님, 석훈이 시켜서 애 좀 데려가라 해요."

한쪽 눈이 반만 떠지는 할아버지가 벽으로 쉰 목소리를 냈다.

"석훈아! 석훈아!"

문이 열리는 소리가 나고, 집 주위를 돌아오는 발자국 소리가 들리더니 군복 바지에 녹색 반팔 러닝셔츠를 입은 짧은 머리의 아저씨가 부엌으로 들어왔다.

"희연이 누나 아들 영훈이다. 얘 좀 데려가라."

아저씨가 영훈을 내려다봤다.

"네가 영훈이냐? 아저씨랑 같이 가자."

영훈은 엄마와 떨어지고 싶지 않았지만 어쩔 수 없이 바깥으로 나갔다. 닫히는 문틈으로 아빠의 목소리가 들렸다.

"아니. 어쩌다가 장모님이……"

바깥은 여전히 비가 내렸다. 처마를 따라 걷는 아저씨의 어깨 위로 빗물이 떨어졌다. 녹색 러닝셔츠의 어깨가 젖어 검어졌다. 집 반대편으로 가니 마당 대신 사람이 겨우 지날 수 있는 좁은 길만 있었다. 그곳에도 문이 두 개가 있었다. 할아버지 집 맞은 편 문으로 들어가자 똑같이 부엌이 나왔다. 선반에 쌓인 가재도 구만 달랐다. 아저씨를 따라 방 안으로 들어갔다.

"옷 다 젖었네. 아랫목이 저쪽이야. 거기 앉아."

아저씨가 갈색으로 변한 장판을 가리켰다. 영훈은 그쪽으로 가서 벽에 등을 기대앉았다. 엉덩이로 전해지는 뜨끈한 온기가 좋았다. 양말을 벗고 싶었지만 아직 망설여졌다. 엄마와 떨어져 불안했다. 이불이 쌓인 나무서랍장. 그 옆의 앉은뱅이책상 위에 TV가 있었다. TV 옆으로 책들이 쌓여 있었는데, 맨 위의 책 제목이 《행정학》이었다.

"네 얘기 많이 들었는데…… 처음 본다."

"……"

"많이 아프다며? 몸은 괜찮냐?"

"……"

"밥 먹었어?"

영훈은 고개를 끄덕였다.

"TV 틀어줄 테니까 보고 있어. 크게 틀어줄 수는 없겠다."

영훈은 고개를 끄덕이며 아저씨와 눈을 맞췄지만 이불 밑에 있던 시체가 잊히지 않았다. 벽이 얇아서 사람들 말소리가 다 들렸다. 아빠 목소리도 들렸다.

"제가 이런 일이 처음이라……"

"김 서방이 와서 얼마나 든든한데. 미자 아버지가 호상護喪을 맡아줄 테니 아무 걱정 마. 조용히 치르려고 초혼招魂도 안 했다."

"요새 누가 초혼을 해?"

한동안 벽 너머에서 이야기를 나누는 소리가 계속 들렸다. 영훈은 아저씨가 틀어준 TV 채널을 돌려보고 있었다. 그런데 어느 순간 벽 너머에서 외침 같은 울음소리가 들렸다. "그냥 좀 조용히! 조용히 좀 하라구요!" 이 목소리를 내는 사람이 엄마일 것 같은데 엄마 목소리라고 믿어지지 않았다. 영훈은 벽 건너편에 있는 엄마가 너무 보고 싶었다.

아저씨는 TV를 틀어주고 간식을 사다 줬다. KBS 드라마 〈사모곡〉의 주제가를 들으며 파주 할머니도 할머니도 지금 TV를 보고 있겠다 싶었다. 비29와 칸쵸를 먹었다. 화장실에 가고 싶다는 이야기를 어쩔 수 없이 꺼내 아저씨와 컴컴하고 더러운 화장실을 다녀왔다. 화장실에 다녀올 때 보니 사람들이 좁은 마당에 등을 밝히고 천막을 치며 바쁘게 움직였다. 화장실에 다녀오자 양말을 벗을 수 있을 만큼 아저씨와 가까워진 기분이었다. TV가 끝나고 애국가가 나오자 아저씨가 깔아준 이부자리에 누웠다. 이부자리는 눅눅한 냄새가 났지만 생각보다 푹신했다. 그때까지도 영훈은 엄마 아빠를 볼 수 없었다.

불이 꺼지자 이곳의 밤이 얼마나 캄캄한지 알 수 있었다. 눈을 감았다 떠도 달라지는 것이 없었다. 얼마 되지 않아 옆에 누운 아저씨는 코를 골았다. 영훈은 초조해졌다. 어서 잠들어야 낮이 온다. 지금 무서운 생각을 하면 안 된다. 엄마는 여기로 올 수 없다. 그러니 무서운 생각은 금물이다. 그런데 생각이란 것이 돌고 돌아 결국 한 점에서 만나는 소용돌이 같았다.

그 생각은 어쩌면 얇은 벽을 두고 시체와 나란히 누워 있는지 모른다는 생각. 아까 봤던 모습은 영화에서 봤던 시체 그림과 매우 비슷했다. 영훈은 간지럽기 시작했다. 간지러움은 목, 팔꿈치 안쪽, 무릎 뒤쪽, 접히는 부분에서 시작됐다. 아저씨가 사다 준 간식 때문인지도 모른다. 영훈은 간지러워도 안 되고, 긁어서도 안 된다는 것을 알았다. 엄마를 부르고 싶지 않았다. 열 살이 넘어서도 혼자 잘 수 없다는 것은 창피한 일이니까. 영훈은 잠들어 보려 눈을 감았다.

아저씨는 계속 코를 골았다. 영훈은 계속 뒤척였고 잠을 잘 수 없었다. 묘지 이야기에서 진짜 무서운 부분은 뒷부분이었다. 알고 보니 그림이 저절로 변했던 것은 충직해 보이던 하인의 음모였다. 조카를 미치게 해서 재산을 뺏으려 했던 하인은 남몰래 화가를 고용했고, 묘지 그림을 여러 장 그려놓아 바꿔치기했던 것이다. 조카가 제정신이 아닌 상태로 계단에서 굴러 죽어버리자 문을 열고 들어온 것은 바로 하인이었다. 하인이 그 집의 주인이 되고 화가에게 돈을 지불하던 밤. 혼자 남은 하인 앞에서 그림이 달라졌다. 이번에는 그림에서 눈을 떼지 않는데도 그림이 변했다. 무덤이 보이고, 관이 보이고, 묘지에서 걸어 나오는 시체는 삼촌이 아니라 죽은 조카였다. 조카가 현관에서 문을 두드리는 모습으로 그림이 변하자 정말 문을 두드리는 소리가 들렸다. 이윽고 문이 열리자 하인이 비명을 지르기 시작했다. 스르륵 열린 문틈으로 보이는 공간은 텅 비어 있는데 하인의 비명 소리는 더 커졌다. 마치 우리 눈에 보이지 않는 것이 하인의 눈에는 보이는 것처럼. 영훈은 간지러운 곳을 손톱으로 꼬집었지만 간지러움은 점점 더 심해졌다. 여기 얼음이 있을까? 시간이 얼마나 흘렀는지 알 수 없었다. 엄마가 옆방에 있다는 것만 알아도 좋겠다는 심정이었다.

"엄마?"

영훈은 잠시 기다렸지만 벽 건너에서는 아무 소리도 들리지 않았다.

"엄마?"

그 소리에 아저씨가 졸린 목소리로 물었다.

"영훈아, 왜?"

"간지러워요."

"어디가? 아저씨가 긁어…… 줄까?"

영훈은 목소리에서 주저하는 기색을 느꼈다. 순간, 아저씨가 머리를 쓰다듬고 어깨를 두드리고 과자를 건네줄 때도 살이 직접 닿은 적이 없다는 것을 알았다. 피부병에 걸린 살갗을 만지고 싶지 않았던 것일까? 영훈이 지금 원하는 것은 이 불편함과 어색함을 털어놓을 수 있는 사람이었다.

"엄마?"

벽 쪽을 향한 목소리가 더 커졌다. 영훈은 다시 한 번 더 큰 소리를 냈다.

"엄마!"

벽 건너편에서 인기척이 들리더니 문 열리는 소리가 들렸다. 그 소리가 무척 반갑고 고마웠다. 영훈은 아저씨를 넘어 부엌으로 내려와 신발을 신고 대문을 열었다. 벽을 돌아 엄마가 나타났다. 위아래로 하얀 삼베옷을 입었는데, 어두워서 엄마 얼굴은 잘 보이지 않았다. 엄마는 저 앞에서 멈췄다.

"간지러워 엄마."

"오지 마. 들어가서 자. 오늘은 참아야 돼."

"싫어. 그쪽으로 갈래."

"……"

"못 참겠다고. 간지러워서 잠을 잘 수가 없어. 거기로 가면 안 돼?"

"안 돼."

"왜?"

"오늘만 좀 참아. 할머니 돌아가신 거 알지?"

"그런데 왜 안 되는데?"

"……어서 들어가."

엄마는 그 말만 하고 뒤돌아 걸어갔다. 엄마를 향해 영훈이 목소리를 낮추며 불렀다.

"엄마! ……무섭단 말야!"

이런 것까지 말해야 하느냐는 짜증 섞인 목소리였다. 걸음을 멈추고 엄마가 뒤돌았다. 영훈에게 다가와 눈을 크게 뜨고 큰 목소리로 물었다.

"뭐가 무서운데?"

"그냥……"

"아저씨도 옆에 있잖아! 도대체 뭐가 무서운데? 너는 어떻게 열 살이 돼서도 혼자 못 자니?"

사방이 고요한데 엄마 목소리만 너무 컸다. 영훈은 모든 사람이 귀 기울여 이 말을 들었을 것 같았다. 창피했다.

"어서 들어가!"

석훈이 아저씨가 기다리고 있었는지 문을 열고 나왔다.

"영훈아. 아저씨랑 들어가자."

"엄마!"

"그냥 좀 거기 있어!"

"싫다고!"

"제발! 좀!"

"엄마는 옆방에 시체가 누워 있는데 안 무섭겠어?"

엄마가 얼굴을 하늘로 살짝 들었는데, 웃음 비슷한 것이 휙 지나갔다. 그때였다. 갑자기 성큼성큼 다가와 영훈의 머리채를 잡아챘다. 영훈은 머리가 흔들려 정신을 차릴 수가 없었다. 정신없이 뺨을 맞았다. 귀가 멍해졌다. 뒤로 밀쳐내는 손에 영훈은 그대로 넘어졌다. 손바닥이 머리와 얼굴을 사정없이 두들겼다. 얼마나 그렇게 맞았는지, 아빠가 말리는 목소리를 들었다. "상중에 이게 무슨 짓이야." 아빠가 달려들어 엄마를 떼어놓았는데, 엄마는 아빠 손을 뿌리치고 달려와 뺨을 한 대 더 때렸다.

"그 따위로 말하는 니 속에는 뭐가 들어찬 거니!"

영훈은 얼굴 전체가 얼얼했다. 서럽고 창피했고 엄마가 미웠다. 다시는 엄마를 보고 싶지 않았다.

"거기서 처자든지 말든지 니 맘대로 해!"

영훈은 자신을 일으켜 데리고 들어가는 아저씨 손에 의지했다. 방에 들어와 누워 훌쩍이는데 아저씨가 말해줬다.

"엄마가 슬퍼서 그래. 아저씨가 옆에 있을게. 무서워 마라."

그러나 아저씨는 곧 잠이 들었고, 코를 골았다.

영훈은 장례식 내내 엄마 곁에 가지 않았다. 대신 아빠 근처에 머물렀다. 아빠도 삼베옷을 입었는데 오른팔 소매를 끼지 않아 우스워 보였다. 다른 사람들이 아빠를 진지하게 대하는 모습을 보니 원래 그렇게 입는 것이 맞는 것 같았다. 아빠는 엄숙하게 손님을 맞았고, 손님들로부터 고생한다는 말을 들었다.

사흘째 아침, 산에 올라가 할머니 관을 묻었다. 구덩이를 보며 영훈은 안심했다. 결코 바깥으로 나오지 못할 깊이였다. 손님들 말을 들으니 관에서 시체를 꺼내 묻는 탈관이라는 관습도 있다던데 할머니는 관째로 묻혔다. 그것도 안심이었다. 관을 옮길 때 슬쩍 만져보니 고동색 나무관은 돌처럼 단단했다. 아저씨들이 삽으로 흙을 던져 넣자 흙무더기가 관 위에 떨어지는 소리가 들렸다. 엄마는 그때 또 울었다.

서울로 돌아오는 기차는 그날 오후 3시 40분에 출발했다. 할아버지는 하루 더 자고 가라고 했지만, 처리해야 할 일이 있다며 아빠가 사양했다. 기차를 타자 아빠는 정신없이 곯아떨어졌다. 엄마는 아빠가 사흘 동안 잠을 못 자서 그렇다고 말해줬다. 영훈은 그저 창밖만 봤다. 엄마가 보고 싶지 않았지만 엄마가 다정하게 말해줘서 안심이었다. 엄마도 잠을 못 자지 않았냐고 물어보고 싶었지만 그 말이 입에서 나오지는 않았다.

영훈은 기차에서 아프기 시작했다. 열이 나고 목이 아픈 감기 몸살 증세였다. 영훈은 설핏 잠이 들었다가 몸이 불덩이 같다는 엄마 목소리를 들었다. 몽롱한 상태에서 백 실장 아저씨의 목소리로 차에 탄다는 것을 느꼈고, 도계 안 내려갔으면 어쩔 뻔했냐는 파주 할머니 목소리로 집에 온 것을 알았다. 잠결에 팔을 뻗어 엄마가 곁에 누워 있는 것을 확인하고 안심한 기억도 났다. 그러다가 깬 것은 이마 위 차가운 냉기 때문이었다. 눈을 뜨자 엄마가 내려다보고 있었다. 밤인지 어두컴컴했다. 영훈이 말했다.

"툭눈이는?"

"좋아졌어. 먹이 잘 먹더라."

영훈은 반쯤 일어나 어항 쪽을 봤지만 툭눈이는 보이지 않았다. 영훈은 다시 누웠다. 엄마가 이마를 닦아주며 물었다.

"몸은 어때? 침 삼켜봐. 아파?"

"응."

"미안해. 나한테서 옮았나 보다. 내일 병원 가보자."

"엄마…… 잘못했어. ……나쁜 말 쓴 거."

"아프더니 철들었구나?"

영훈은 엄마에게 하고 싶은 말이 더 있었지만 힘이 빠져 다시 잠들어버렸다.

이튿날도 영훈은 열이 그대로였다. 다음 날이 돼서야 열이 떨어지고 죽도 한 그릇 비울 수 있었다. 저녁 무렵 외출했던 엄마는 영훈의 방에 유리어항 두 개를 들고 들어왔다. 영훈은 막 잠에서 깨어 멍한 상태였지만, 엄마가 어항 상판에 올려놓는 작은 어항 두 개를 보고 침대에서 나올 수밖에 없었다. 여태껏 한 번도 보지 못한 물고기였다. 두 개의 어항에는 물고기가 한 마리씩만 들어 있었다.

"마음에 드니?"

영훈은 물고기의 화려함에 빠져 아무 말도 귀에 들어오지 않았다. 지느러미를 얼마나 길게 늘어뜨렸는지, 꼭 파란 드레스를 입은 것 같았다. 물고기가 방향을 틀자 그 드레스가 찰랑거리며 움직인 자취를 따라 움직였다. 눈은 새까만 검정이었다. 엄마가 떨어진 두 개의 어항을 가까이 붙이자, 물고기는 서로를 발견하더니 마주 봤다. 그리고 그 기다란 지느러미를 부채처럼 펴더니 상대방을 향해 달려들었다. 영훈은 재빠르고 화려한 움직임에 시선을 뗄 수 없었다. 엄마가 물었다.

"마음에 들어?"

"먹이로 뭘 주면 돼?"

기다려도 대답이 없자 영훈은 고개 들어 엄마를 올려다봤다. 그곳에 부드러운 미소가 떠 있었다.

엄마 말에 따르면 이 물고기의 이름은 베타라고 했다. 싸움을 잘해 투어라고도 불리는데, 같이 넣어두면 한 마리가 죽을 때까지 싸운다고 했다. 그래서 꼭 한 마리씩 키워야 한다고 했다. 폐가 남아 있는 어종이라 산소발생기가 없어도 키울 수 있다고 했다. 지느러미를 잘 쓰지 않으면 굳어버리기 때문에 하루에 한 번 정도는 지느러미를 펴주어야 한다고 했다. 펴주는 방법은 서로 마주 붙여놓는 것이라 했다. 서로를 경계하느라 지느러미를 활짝 편다고 했다. 긴 지느러미를 흔들며 힘차게 헤엄치는 모습에 가슴이 찌릿찌릿할 정도였다. 베타 밑에서 헤엄치는 금붕어들은 이제 눈에 들어오지 않았다.

그날 밤 완전히 열이 내린 영훈은 엄마와 마주 보고 누웠다. 영훈은 엄마가 사다 준 베타가 너무 좋았다. 누워서도 엄마 어깨 너머로 몇 번 고개를 들어 컴컴한 곳에 있을 어항 쪽을 봤다. 엄마가 부드러운 목소리로 물었다.

"그렇게 좋아?"

"응."

"영훈이는 세상에서 물고기가 제일 좋아?"

아니. 세상에는 물고기보다 더 좋은 것이 있었다.

"왜 그렇게 좋아, 물고기가?"

"예쁘니까."

"그래. 예쁘지."

영훈은 엄마를 보다가 뒤를 돌아 벽을 보고 누웠다. 그래야 자기 몸을 두르는 엄마의 팔을 느낄 수 있으니까. 뒤에서 엄마가 안아주는 것이 좋았다. 오늘은 기분 좋게 잠들 수 있을 것 같았다. 온몸이 나른했다.

"……말해줄까 엄마?"

"뭘?"

영훈은 잠시 가만있다가 천장을 보고 똑바로 누웠다.

"물고기들. 처음에는 그렇게 좋지 않았어. 그냥 친구들 보여주고 싶어서 그랬지. ……우리 집에 아이들 놀러 왔을 때 기억나? 애들이 먹이 주는 거 되게 좋아했거든."

"……"

"그런데 엄마. 햇살 속에서 반짝이는 물고기를 본 적 있어?"

"……"

"살결이 얼마나 빛나는데. 보고 있으면 언젠가 나도 꼭 그렇게 될 것 같아. ……내 몸 어딘가에 숨어 있는 지퍼가 있는 거야. 그것만 찾아서 죽 내리면 이 살갗을 벗어던질 수 있는 거야. …… 저렇게 깨끗한 살이 나오고, 아무도 나를 몰라보고. 그러면 모든 게 새로워지고."

영훈은 문득 눈먼 귀부인 이야기가 생각났다. 그 이야기를 해
주고 싶었다. 참 못돼 보이던 귀부인이 소리치는 순간 다르게 보
였다고. 뭔가를 보고 싶다고! 빌딩이 뭔지, 나무가 뭔지, 색깔이
란 게 뭔지! 분명 화를 내고 있는데 영훈은 그 귀부인이 불쌍하
게 보였다. 그 이야기를 해주려는데 엄마가 반쯤 몸을 일으켰다.
어둠 속이지만 엄마가 자기를 본다는 것을 알았다. 엄마가 손가
락으로 머릿결을 쓸어주기 시작했다.

영훈이 세상에서 제일 좋아하는 것. 엄마였다. '좋다'라는 말
의 모든 뜻이 엄마로 향했다. 깜깜한 밤이어서 엄마가 보이지 않
지만 손가락으로 만져 엄마의 웃는 얼굴을 느끼고 싶었다. 흉한
자기 얼굴과는 하나부터 열까지 다 다르니까. 웃을 때 엄마를 보
는 사람들 표정을 봐도 엄마가 얼마나 예쁜지 알 수 있었다. 힘
이 없고 아파 보이다가도 웃으면 얼굴이 환해졌다. 영훈은 엄마
가 웃는가 싶어 손을 뻗어 얼굴을 만져봤는데, 어떤 표정인지 알
수 없었다. 대신 엄마의 손가락이 눈썹 근처를 스치자 영훈은 눈
을 감았다. 매끈한 손톱 끝이 이마에서 시작해 머리칼을 쓸어 올
리는 느낌이 너무 좋았다. 그래서 그냥 눈을 감고 있기로 했다.

지난밤 잠을 청해도 잠이 오지 않았다. 잠든 아내 곁에 누워 천장을 바라봤다. 어설픈 자물쇠로 잠근 스테인리스 문 안쪽이 궁금해 견딜 수가 없었다. 사람이 있다는 것을 5시에만 알았어도 자물쇠를 열었을 것이다. 갇힌 사람은 누구일까? 정인을 처음 만난 날 어머니와 단둘이 산다고 했다. 그러니까 일단 정인의 어머니로 봐야 한다. 동시에 정인의 어머니가 어떤 상태인지도 궁금했다. 요즘 세상에 자물쇠 하나로 사람을 가둬둘 수는 없다. 전화를 걸거나 소리만 질러도 구출될 수 있다. 갇혀 있을 수밖에 없는 상태일까? 어찌 됐든 일종의 학대임이 분명했다.

만족감은 은밀했다. 정인의 딱딱한 껍질 아래 비정상적인 면을 발견했다는 쾌감. 그 아래의 복수심은 모른 척하고, 왜 정인이 어머니를 가둬둘까라는 호기심에 집중했다. 정인과 마주 앉아 밥을 먹을 때 그의 눈이 번뜩거렸던 일이 기억났다. 그때는 그것이 어떤 욕망 혹은 분노라 생각했는데, 내가 짐작할 수 없는 그 무엇인지도 모른다는 생각이 들었다. 정인의 흉터와 관계가 있을까? 확실한 것은 아무것도 없다. 정인의 어머니를 만나 직접 이야기를 듣는 수밖에.

침대에 누운 채로 정인의 집에 찾아갈 계획을 세웠다. 찾아가는 시간은 아침나절이 좋았다. 도시락 배달 동선을 생각하면 정인이 집 근처로 올 일이 없기 때문이다. 문을 두드리고, 누구냐고 물어보면 신분을 밝히고 자물쇠를 열어줄 생각이었다. 그리고 내가 해소하고 싶은 몇 가지 궁금증들. 번호 두 개가 눌려 있는 자물쇠는 고민하지도 않았다. 마지막으로 시간을 확인했을 때가 새벽 2시였다.

정인이 사는 다세대 주택에 도착하니 9시 30분 무렵이었다. 출근시간이 지나서인지 골목은 한적했다. 날씨가 흐려 사방이 어둑했다. 도시락 배달 준비를 하고 있을 정인을 생각하며 대문 안으로 들어섰다. 어제와 마찬가지로 문은 자물쇠로 잠겨 있었다. 그런데 불투명 유리창으로 불빛이 새어나왔다. 유리창에 귀를 대자 차가운 감촉 너머로 TV 소리가 들렸다. 마음에 드는 방송이 없는지 채널은 계속 돌아갔다. 똑바로 서서 문을 두드리고 외쳤다.

"계세요?"

인기척을 기다리는데 TV 소리가 멈췄다. 다시 문에 귀를 대봤지만 아무 소리도 들리지 않았다. 밤색 양복을 입은 삼십 대 남자가 대문을 나서며 힐끗 나를 봤다. 나는 목소리를 높이며 다시 문을 두드렸다.

"안에 아무도 안 계세요?"

문 안쪽에서 발걸음 소리가 들리더니 방문 닫는 소리가 나고 새어나오던 불빛도 사라졌다. 예상했던 시나리오가 아니었다. 갇힌 사람을 도와주려는데 외면해? 어떻게 해야 할지 고민이 됐다.

잠시 고민하다가 도움이 더 필요하다는 뜻으로 믿었다. 바깥 세상과 접촉을 못 하게 정인이 위협했을 수도 있으니까. 무엇이 두려워 숨는 것일 수도 있다. 나는 큰 소리로 외쳤다.

"안에 계시죠? 제가 열어드릴게요! 잠깐만 기다리세요."

자물쇠의 번호를 맞추기 시작했다. 번호는 의외로 쉽게 풀리지 않았다. 1과 4가 눌려 있었는데, 남은 숫자의 모든 경우를 시도해도 소용이 없었다. 결국 눌려 있던 숫자를 무시하고 순차적으로 번호를 맞춰나갔다. 대문 밖으로 사람들이 지나갔고, 몇몇과는 눈도 마주쳤다. 15분이 지나도 풀리지 않자 사람들이 내 모습을 이상하게 생각할까 걱정이 됐다. 아예 유리문을 부술까 하는 생각도 들었다. 이마에서 흐르는 땀을 닦아야 했을 때 자물쇠가 풀렸다. 1568.

걸쇠를 젖히고 문을 열자 바로 부엌이었다. 현관은 신발 한 줄을 겨우 놓을 만큼 좁았다. 정면에 황토색 문이 하나 보였다. 어제 오후 불빛이 새어나오지 않았던 이유는 저 방문이 닫혀 있었기 때문이다. 오른쪽으로 욕실일 것 같은 작은 스테인리스 문이 보였다.

"안녕하세요? 여기 김정인 복지사님 댁이죠? 저는 김정인 복지사님하고 같이 일하는 사람입니다. 잠깐 얼굴 좀 뵐 수 있을까요?"

큰 소리로 외쳤지만 아무 대답도 없었다. 나는 찬바람이 들어오는 현관문을 닫았다. 실내가 조용해졌다. 신발을 벗은 뒤 부엌으로 올라서자 바닥이 찼다. 긴장한 마음을 가라앉혀야 한다고 생각했다. 가스레인지와 작은 2단 냉장고, 갈색 시트지를 붙인 찬장, 허옇게 때가 낀 낡은 싱크대, 플라스틱 접이식 상이 방문 옆에 세워져 있었다. 부엌을 지나 방으로 들어가는 문손잡이를 돌리자 컴컴한 방 모서리에 한 사람이 서 있었다.

오십 대 중후반으로 보이는 여성이었다. 젊었을 적 분명 미인이었을 얼굴. 정인의 어머니일까? 나이를 어림해보니 정인을 어린 나이에 가졌다면 가능할 것 같기도 했다. 체구는 무척 마른 편이었다. 검정 바지에 분홍색 스웨터. 단발머리에 드문드문 보이는 흰머리가 묘한 대조를 이뤘다. 구석에서 겁먹은 표정으로 꼼짝도 않고 나를 쳐다봤다. 표정이 이상했다.

"안녕하세요? 김정인 복지사님 아시죠? 같이 일하는 사람입니다."

그 말에도 긴장한 표정은 풀어지지 않았다. 방은 부엌보다는 넓어도 좁은 편이었다. TV와 무릎 높이의 문갑, 허리까지 오는 이불장, 하얀 플라스틱 서랍장 두 개가 세간의 전부였다. 왼편 벽걸이에는 정인의 남색 외투가 걸려 있었다. 방은 따뜻했다. 방바닥 한쪽을 전기장판과 이부자리가 차지하고 있었다.

"저는 도와드리려고 온 사람이에요."

눈으로는 나를 보지만 오른손으로는 문갑을 더듬기 시작했다.

"김정인 복지사님 어머님 맞으시죠?"

"……"

"문이 밖에서 잠겨 있던데…… 왜 갇혀 계신 건가요?"

"……"

"김정인 복지사님이 그러신 건가요?"

"……"

"저 나쁜 사람 아니에요. 도와드리려고-"

한 발자국 다가서는데 겁먹은 표정이 일그러지더니 갑자기 소리를 질렀다. 외침이 하도 크고 원시적이어서 움찔했다. 오른손이 더듬거렸던 이유는 던질 것을 찾기 위해서였다. 커다란 갈색 빗이 날아왔다.

"아니! 왜 그러세요?"

갈색 빗 다음으로 녹색 로션통, 털실을 담아뒀던 나무상자가 날아왔다. 나는 부엌으로 나와 허둥지둥 신발을 신고 밖으로 나왔다. 문을 닫은 뒤 대문을 빠져나가는데도 계속 외치는 소리가 들렸다. 나는 죄 지은 것도 없는데 주위를 둘러보며 빠른 걸음으로 골목을 내려갔다. 골목을 올라오는 아주머니와 눈이 마주쳤다. 사십 대로 보이는 파마머리 아주머니는 고개를 갸웃했다. 나를 향하는 눈빛에 화가 났다. 도와주려는데 되레 거부당했다는 사실에 화가 났다. 내 말은 듣지도 않고 막무가내로 소리를 지른 사람에게 화가 났다.

지하철역으로 걸어가며 갇힌 사람의 상태를 깨달았다. 정신이 맑지 않고, 지능도 떨어지는 것이 분명했다. 단발머리 모양새와 분홍 스웨터, 검정 바지의 옷차림이 어색했다. 무엇을 집으려 더듬거렸던 몸짓과 물건을 던질 때의 표정, 외치던 목소리의 불분명함도 그 사실을 뒷받침했다. 자기가 갇혔는데도 갇혀 있다는 사실을 모르는 것이다.

지하철역으로 들어가 개찰구로 들어서려는데 짜증이 치밀었다. 자물쇠를 열어두고 왔다. 정인이 퇴근하고 집에 오면 누군가 들어왔다는 것을 알게 된다. 매일 빠짐없이 자원봉사를 나오다 오늘부터 안 나오는 사람을 의심할 수 있다. 사무실에 물어보면 내가 그의 주소를 알아갔다는 것도 듣게 되겠지. 길게 숨을 내쉬었다. 시계를 보니 10시 30분이 조금 안 됐다. 정인은 아직 배달 중일 것이다.

발걸음을 돌려 지하철역을 빠져나왔다. 골목을 오르는데 바람이 찼다. 정인의 집에 다가갈수록 불안했다. 사람들이 집 앞에 모여 있을 것 같았다. 막상 집 앞에 도착하자 아무도 없었다. 조용히 문으로 다가섰다. TV 소리가 나지막이 들렸다. 살며시 걸쇠를 닫은 뒤 자물쇠를 채웠다. 애초에 눌려 있던 1과 4도 그대로 눌러놨다.

대문을 나서며 주위를 살폈다. 지하철역으로 가는데 내 안에서 어떤 목소리가 들렸다. 경찰에 신고해야 하는 것 아니냐고. 맞다. 그래야 했다. 그러나 신고하면 단둘이 말할 수 있는 기회가 사라지는 것이다.

지하철을 타서 빈자리에 앉았다. 며칠 늦게 신고한다고 달라질 것은 없다. 알아내야 할 것들은 그대로다. 그 사람이 정인의 어머니라고 생각하지만 답을 들은 것은 아니다. 그 사람이 누구인지, 정인에게 어떤 사고가 있었는지, 정인이 가둬둔 사람을 어떻게 대하는지를 알아야 한다. 그러려면 빨리 움직여야 한다. 자물쇠라도 바뀌면 일이 복잡해진다. 당장 내일 다시 찾아가야 한다. 그러나 오늘처럼 가면 내일이라고 달라질 것은 없다.

필요한 것들을 따져보기 시작했다. 최소한 세 가지는 준비해야 한다. 흥분할 경우를 대비해 진정시킬 수 있는 방법. 의사소통이 원활해 보이지 않으니 예, 아니오로 답변 받을 수 있도록 준비한 질문들. 이 모든 것이 효과가 없을 경우를 위한 대비책.

다음 날 정인의 집을 찾았을 때는 10시 무렵이었다. 필요한 것들을 사느라 어제보다 늦게 도착했다. 검은색 비닐봉지를 들고 대문 안으로 들어서는데 문을 잠근 자물쇠가 보였다. 자물쇠는 어제와 똑같이 1과 4가 눌려 있었다. 내가 다녀간 것을 아무도 모른다는 뜻처럼 보여 마음이 놓였다. 문에 귀를 대보니 TV 소리가 들렸고, 불빛은 보이지 않았다. 방문이 닫혀 있을 것이다. 문을 두드리자 TV 소리가 멈췄다. 잠시 기다리다 자물쇠를 풀고 들어갔다. 손에 든 검은 비닐봉지가 바스락거렸다. 현관문을 닫고 부엌으로 올라섰다. 발소리를 죽이며 방문으로 다가섰다. 방문을 살며시 여는데 또 소리를 지를까 걱정이 됐다. 어제와 똑같은 옷차림으로 같은 위치에 서 있는 모습이 보이자 바로 시선을 내렸다. 슬쩍 고개를 들어 얼굴을 살폈는데 나를 처음 보는 표정이었다. 나를 기억 못 한다는 것이 놀라우면서도 다행스러웠다.

고개를 숙이고 말없이 문 옆에 세워진 상을 펼쳤다. 비닐봉지에서 사온 것들을 하나씩 올렸다. 퇴행이 진행되고 지력이 떨어지면 기본적인 욕구에 집착하게 된다. 특히 먹을거리들. 아이들이 좋아하는 과자류와 사탕, 어르신들이 좋아하는 부침개와 떡 종류를 상에 올렸다. 음식 냄새가 방 안에 퍼졌다. 명확한 반응을 느낀 것은 막걸리병을 상에 올렸을 때였다.

개수대에서 국그릇을 가져왔다. 막걸리병을 따서 국그릇에 따랐다. 방문에서 현관 앞까지 물러났다. 상 쪽은 쳐다보지도 않았다. 상으로 다가와 제일 먼저 집는 것이 막걸리라는 것을 곁눈질로 보았다. 한 모금 맛을 보더니 꿀꺽꿀꺽 들이켰다. 부침개를 손으로 뜯는 것을 보고 개수대에서 젓가락을 가져와 슬며시 옆에 앉았다. 부침개를 먹기 좋게 잘랐다.

"드시라고 뭐 좀 사왔는데 입에 맞으세요?"

아무 반응도 없었다. 옆에 앉으니 냄새가 났다. 목욕을 한 지 오래된 것 같았다. 방치도 학대의 일종이다. 벌써 잔이 빈 것을 보고 막걸리를 따랐다.

"천천히 드세요. 체하시겠어요."

"……"

"어제는 구름이 많더니 오늘은 조금 갰어요. 바깥이 궁금하지 않으세요?"

"……"

내 말을 알아듣는지 알 수 없었다. 잠자코 먹는 모습을 보았다. 막걸리를 한 번 더 따랐을 때는 진정제가 효과를 발휘한다는 것을 느꼈다. 경계심 가득했던 표정이 풀어지고 눈빛도 부드러워졌다.

"김정인 복지사님이 얼마나 일을 잘하는지 아세요?"

"……"

"제가 매일 옆에서 돕는데 어르신들에게 참 잘하세요. 정말 좋으신 분이에요."

그 말에 고개를 들더니 나를 보고 웃었다. 갑작스럽게 환해진 얼굴을 보며 젊었을 때 남자들이 꽤 따랐겠다고 생각했다.

"지난 토요일에는 가족들을 데리고 복지관에 갔어요. 행사가 있었거든요. 그때 김정인 복지사님이 저희 애들과 정말 잘 놀아주시더라고요. 아빠인 저보다도요. 김정인 복지사님이 아드님 맞으시죠?"

웃는 얼굴이 고개를 끄덕였다. 그 끄덕임에 나는 강한 쾌감을 느꼈지만 짐짓 아무렇지 않게 부침개를 자르며 좀 더 나아갔다.

"평소에 아드님 어떠세요? 복지관 일이 힘들어서 집에 오면 짜증도 부릴 만한데?"

"……"

"그런데 아까 보니 문이 잠겨 있던데, 아드님이 잠그고 가신 거예요? 왜 그러신 거예요?"

막걸리잔을 놓은 손이 바깥을 가리키더니 고개를 흔들었다. 무슨 뜻인지 명확하지 않았다. 아마도 정인이 못 나가게 한다는 뜻이겠지.

"밖에 나가고 싶지 않으세요? 나가고 싶을 때는 어떻게 하세요? 아드님한테 연락할 방법은 있으세요?"

아무 말 없이 막걸리잔을 입에 가져가는 모습을 보며 나는 부드럽게 말했다.

"실은 제가 몇 가지 여쭙고 싶은 게 있어요."

정인의 집에서 나온 것은 정오 무렵이었다. 도시락 배달이 끝나기 전에 나오려 했는데 늦어졌다. 늦어진 이유는 기본적인 질문도 답을 듣기 어려웠기 때문이다. 우선 이름은 '연이' 아니면 '연희'인 것 같았다. 입 모양만으로 명확한 구별은 어려웠다. 성은 알 수 없었다. 예와 아니오로 답변을 받을 수 있도록 질문을 준비했는데, 같은 질문이라도 다시 물어보니 예, 아니오가 바뀌었다. 당황스러웠다. 정인의 어머니가 맞느냐는 질문에도 대답이 이랬다 저랬다 했다. 질문을 제대로 이해했는지조차 확신할 수 없었다. 취기가 오를수록 대화가 어려워졌고, 나는 초조해졌다. 어떤 일을 당해 정인의 얼굴이 그렇게 되었는지 물었을 때는 너무 취해버린 뒤였다.

대화가 더는 진척될 수 없다는 결론에 이르자 나는 천천히 방 안과 부엌을 살폈다. 결국 마지막 방법을 쓰기로 했다. 몰래 가방에서 녹음기를 꺼내 녹음 버튼을 눌러 냉장고 아래 넣었다. 방안에 두고 싶었지만 안전해 보이는 곳이 없었다. 지금 하는 행동이 도청이라는 머릿속 경고음은 무시했다. 어차피 나만 들을 것인데 문제 될 일은 없다. 둘이 나누는 대화를 들으면 뭔가 알 수 있을 것 같았다. 자리를 정리하고, 또 오겠다고 인사한 뒤 집을 나섰다. 모든 물건이 제자리인지 확인했고, 사용한 젓가락까지 설거지해서 원래 있던 곳에 꽂아둔 뒤였다. 고개를 바닥에 대지 않는 한 냉장고 아래의 녹음기는 보이지 않았다. 하루 정도는 녹음할 수 있는 기종임은 미리 확인해놨다. 자물쇠도 어제와 똑같이 잠그고 집으로 돌아왔다.

그날 밤도 거의 잠을 이루지 못했다. 정인이 혹시 녹음기를 발견하거나 내가 다녀간 것을 알아챌까 걱정이 됐기 때문이다.

아침이 되자 무척 피곤한 상태로 지하철을 탔다. 지하철역에 내려 정인의 집까지 걸어가며 몸이 좋지 않다는 것을 느꼈다. 정인의 집에 도착해서는 문을 두드리지도 않고 자물쇠를 풀고 안으로 들어갔다. 방문도 열지 않고 냉장고 밑을 손으로 훑어 녹음기를 꺼냈다. 손바닥에 달라붙는 먼지가 불쾌했다. 조용히 바깥으로 나와 문을 닫고 자물쇠를 잠갔다. 그저 녹음된 내용을 확인하고 싶을 뿐이었다. 막상 집으로 돌아오는 지하철 안에서 얼굴을 확인하지 않고 온 것이 후회됐다. 오늘도 나를 기억 못 하는지 확인하고 싶었다.

집에 돌아오니 아내가 얼굴이 안 좋아 보인다고, 어디 아프냐고 묻는데 건성으로 답하고 방으로 들어갔다. 책상 위에 노트북을 올리고 녹음기를 꺼냈다.

녹음기에서 어제 날짜로 이름 붙은 파일을 노트북으로 복사했다. 플레이를 하니 녹음된 시간은 21시간 정도였다. 이어폰을 꽂고 플레이를 하자 처음 들리는 소리가 냉장고 소음이었다.

대부분이 무의미한 소음이었다. 가끔 방문이 열리는 소리와 알아들을 수 없는 TV 소음, 금속음 섞인 문 열리는 소리가 들렸다. 화장실 물소리도 들렸다. 나는 5초씩 넘겨가며 한 시간 분량 정도를 듣다가 아예 정인의 퇴근시간 근처로 재생 위치를 옮겼다. 사람 목소리가 갑자기 들려 뒤로 돌렸다. 5초씩 넘기며 듣다 보니 문소리가 들렸다. 그리고 정인의 목소리가 이어졌다.

"뭐 하고 있었어요?"

손으로 이어폰을 누르며 고개를 들었다. 처음 듣는 어투였다. 지금까지 들어본 적 없는 다정하고 친숙한 인사였다.

방문이 닫히는 소리가 들린 뒤에는 다시 아무 소리도 들리지 않았다. 이럴 줄 알았으면 방에 녹음기 둘 곳을 더 찾아봤어야 했다고 후회했다. 소리가 들리지 않자 5초씩 넘겨가며 들었다. 다시 소리가 들린 것은 한 시간 뒤였다. 낮은 목소리가 들렸는데 정확하게 알아들을 수 없었다. 눈을 감고 귀를 기울이자 갑자기 정인의 목소리가 올라갔다.

"쉰내 난다고! 몰라?"

방문이 열리는 소리와 함께 더 커진 그의 목소리가 들렸다.

"사람들이 옆에 오지도 않을걸?"

쿵쿵거리는 발걸음 소리, 부스럭거리는 소리, 화장실 문을 벌컥 열어젖히는 소리가 들렸다. 15분 정도 시간이 지난 뒤에 정인의 목소리가 다시 들렸다.

"봐. 씻으니까 얼마나 좋아."

다시 방문이 닫히는 소리가 들렸다. 그 뒤로 녹음된 내용은 냉장고 소음과 정인이 출근하며 내는 기척일 뿐이었다. 그리고 내가 들어가며 자물쇠 푸는 소리와 문 열리는 소리가 마지막으로 들렸다.

재생을 멈추고 이어폰을 뺀 뒤 의자를 뒤로 젖혔다. 숨을 길게 내쉬며 내가 긴장하고 있었음을 알았다. 평소에 드러내지 않던 모습이 녹음된 것은 맞다. 분명 그의 주변 사람들은 정인의 저런 목소리를 들어보지 못했을 것이다. 그가 갑자기 소리쳤을 때 움찔했는데, 그에게 머리채가 잡혔을 때 들었던 목소리였기 때문이다.

의자를 뒤로 젖히며 생각을 정리해봤다. 우선 갇힌 사람이 정인의 어머니인가? 정인이 저 사람을 친숙하게 대하는 것은 맞다. 복지관에서 정인이 얼마나 어르신을 정중하게 대하는지 봤으니까. 그러나 어떤 관계인지를 직접적으로 말해주는 호칭이나 대화는 나오지 않았다.

아내가 문을 열고 들어왔다. 나는 놀라서 뒤로 젖혔던 의자를 바로 했다. 아내가 내 표정을 보며 정말 아무 일 없냐고 물었다. 아니라고 한 뒤 짐을 챙겨 집을 나섰다. 자세한 이야기를 하고 싶지 않았다. 아파트 단지를 벗어나 도서관으로 향했다.

소리치던 그의 목소리. 그 목소리에서 숨겨왔던 폭력성을 느꼈다. 어쩌면 녹음이 안 된 곳에서는 더한 일이 있었을지 모른다. 과연 내가 그 문 안에서 벌어지는 일들을 감당할 수 있을까.

도서관에 자리를 잡고, 쓰고 있던 소설 파일을 열었다. 얼마만에 파일을 여는지 기억이 가물가물했다. 소설이 쓰고 싶어서라기보다 그저 다른 생각을 하고 싶었을 뿐이다.

그날 밤도 잠을 설쳤다. 아내 곁에서 뒤척이다 거실로 나와 소파에 누웠다. 며칠째 잠을 이루지 못해 무척 피곤했다. 하지만 가만히 누워 있는 것이 무척 갑갑했다. 생각도 복잡했다. 그냥 이제 그만두자는 목소리. 동시에 정인의 숨겨진 모습이 어떠한지 더 궁금해졌고, 둘 사이에 어떤 일이 있었으며, 무슨 일로 정인의 얼굴이 그렇게 되었는지 알고 싶다는 목소리도 강렬했다. 게다가 경찰에 알려야 할 것 같은데 어디까지 말해야 할지 애매했다. 녹음에 대한 이야기는 불법이기에 할 수 없다. 그러면 정인의 폭력적인 모습과 갇힌 그 사람을 어떻게 대하는지는 빼고 말해야 한다. 소파에서 일어나 거실 불을 켜고 시계를 보니 새벽 3시였다. 냉장고에서 맥주 한 캔을 꺼냈다. 어떻게 하면 좋을지 알 수 없었다. 딱 한 캔만 마시고 다시 들어가 잘 생각이었다.

그러나 동이 틀 무렵 거실 테이블에는 맥주 여섯 캔이 있었다. 경찰에 신고하지 않고도 정인과 갇힌 사람에 대해 알아볼 수 있는 방법을 생각해낸 뒤였다. 아내의 알람 소리를 들으며 방으로 들어갔다. 아이들 곁에 쓰러지다시피 누웠고, 어떻게 잠들었는지 기억나지 않았다.

일어나니 오후 2시였다. 간단히 씻고 옷을 챙겨 입고 식사를 한 뒤 복지관으로 향했다. 복지관 입구 근처 커피숍에 자리를 잡으니 4시 30분이었다. 박 팀장이 나오기를 기다리며 어떻게 말할지를 정리했다. 만약 정인과 인수 씨가 먼저 퇴근하면 사무실로 올라갈 작정이었다.

　박 팀장은 6시가 조금 넘어 복지관에서 걸어 나왔다. 정인과 인수 씨가 따라 나올 수 있다는 생각도 못 하고 튀어나가듯 커피숍을 나섰다. 박 팀장은 내가 나타나자 놀란 표정이었고, 자기를 보러 온 것이냐고 묻듯이 손가락으로 자신을 가리켰다. 내가 웃으며 인사했다.

　"안녕하세요, 박 팀장님."

　"네, 안녕하세요?"

　박 팀장은 경계하는 표정이었다. 며칠째 잠을 설쳐 얼굴이 말이 아닐 것이다. 잠깐 이야기를 하면 좋겠다고 했는데, 박 팀장은 급한 일이 있어서 일찍 퇴근하는 길이니 나중에 따로 시간을 잡자고 했다. 내일 사무실로 연락 달라며 지하철역으로 걸어가 버렸다. 박 팀장이 걸어가는 모습을 물끄러미 보다 이대로 보내면 안 된다는 것을 깨닫고 그녀를 쫓아갔다. 막 지하철역 계단으로 들어선 그녀를 막아서며 말했다.

　"10분만 주세요. 급한 일이라서 그럽니다. 제가 그냥 팀장님을 찾아왔겠습니까? 지하철역 의자에서라도 좋으니 잠깐만 시간을 주세요."

　박 팀장은 핸드폰을 꺼내 시간을 보더니 20분을 넘기면 안 된다고 했다. 우리는 지하철역 근처 커피숍으로 들어갔다. 좌석이 두 개밖에 없는 곳이었지만 가릴 상황이 아니었다. 박 팀장을 테이블에 앉히고 라떼와 아메리카노를 가져왔다. 박 팀장의 얼굴은 굳어 있었다. 내가 자리에 앉자 바로 물었다.

"무슨 일이시죠? 뵙자고 하신 이유가?"

"제가 김정인 선생님 주소 여쭤봤던 것 기억하시죠?"

"네."

"선물을 직접 전해주러 갔습니다. 택배로 보내면 깨질 것 같아
서요. 집 앞에 선물을 두고 오려는데 이상한 걸 발견했어요. 문
이 밖에서 잠겨 있는데 안에서 인기척이 들리는 겁니다."

"……"

"문방구에서 파는 번호 자물쇠 아시죠? 그게 바깥에서 잠겨
있는데 안에서 TV 채널 돌아가는 소리가 들리는 거예요. 안에
누가 갇혀 있다는 뜻 아닙니까? 그냥 돌아갈까 하다 이상한 생
각이 들어 두드려봤죠. 두드려도 대답이 없으시기에…… 그러
면 안 되는 일인데 자물쇠를 열어봤어요. 맞아요. 안 되는 일이
죠. 그런데 이 사실을 박 팀장님에게 털어놓는 데는 이유가 있습
니다. 안에 계시던 분이 여자더군요. 오십 대 초반? 젊었을 적에
미인이셨을 것 같고, 지금도 참 고우셨어요. 그런데 정신이 온전
한 분 같지 않았어요. 그럴 연세는 아니신 것 같은데 말이죠. 뭘
여쭤봐도 제대로 말씀도 못 하시고. 누구시냐고 여쭤도 답을 못
하시더라고요. 지난번에 인수 씨로부터, 김 선생님은 부모님이
안 계시고 혼자 사신다고 들었거든요. 누구실까 궁금하더군요.
그런데 어르신 몸에서 조금 냄새가 나는 게 아무래도 방치된 느
낌이랄까? 표정도 겁먹은 것처럼 보이고. 제가 도와드리고 싶다
고 해도 막무가내셨어요. 순전히 제 느낌이지만, 학대를 받은 것

같은 표정이었어요. 방치도 학대라고 표현하잖아요? 그때는 당황해서 그냥 집으로 돌아갔죠. 그런데 집에서도 계속 생각이 나는 겁니다. 본 것을 못 본 척할 수도 없는 노릇이고. 생각 끝에 팀장님께 말씀드리는 것이 좋을 것 같더군요. 알고는 계셔야 할 것 같아서요. 나중에 일이 어떻게 밝혀지더라도."

박 팀장은 "알고는 계셔야 할 것 같아서요"라는 말을 듣자 눈을 들어 똑바로 나를 쳐다봤다. 기분이 상한 것처럼 보였지만 내 말을 흘려듣는 것 같지는 않았다. 나는 말을 이었다.

"사실 누가 갇혀 있다면 주위에서 금방 알아챕니다. 소문은 금방 퍼지죠. 복지관으로서도 좋을 일이 없고…… 어젯밤에는 잠도 오지 않고, 괜히 그 문을 열어봤다는 생각마저 들었어요. 김 선생님께 직접 물어보기도 뭐하고…… 팀장님께 여쭙는 게 제일 좋을 것 같더군요. 제가 그랬다고는 하지 마시고 누가 그러던데, 라면서 김 선생님께 물어봐주시면……"

박 팀장은 아무 말 없이 커피를 마시다 내게 말했다.

"좀 알아보고 말씀을 드려야겠네요. 김 선생님 사생활에 관한 부분이니까요. 김 선생님은 그런 쪽에 대해 무척 잘 알고 계신 분이에요. 오히려 저는 선생님이 어떤 오해를 하신다는 생각이 듭니다."

"그럼 다행이죠. 저도 그렇다는 말씀을 듣고 싶어서 이렇게 찾아뵌 겁니다. 박 선생님이 사실관계를 알아봐주시고 자초지종만 전해주시면 저는 더 바랄 게 없습니다."

"알겠습니다."

우리는 누가 먼저랄 것도 없이 자리에서 일어났다. 박 팀장이 아직 꽤 남아 있는 커피를 쓰레기통에 던져 넣어 퍽 소리가 났다. 내가 먼저 바깥으로 나갔고, 박 팀장이 뒤따라 나왔다. 가볍게 목례를 나눈 뒤 내가 먼저 지하철역으로 걸어갔다. 뒤에서 박 팀장이 부르는 소리가 들렸다.

"이재영 선생님."

"네."

"언제 또 봉사를 오시나요?"

박 팀장은 언제까지 확인해야 하는지 기한을 물었던 것이다. 나는 봉사를 또 할 생각은 없었기에 바로 답이 나오지 않았다.

"아, 제가 요새 좀 일이 있어서 한동안은 어려울 것 같네요."

그 대답을 들은 박 팀장의 표정이 더 차가워졌다. 박 팀장은 고개를 끄덕여 목례를 하고 나를 지나쳐 지하철역으로 들어갔다. 나는 거리를 두기 위해 천천히 지하철역으로 걸어가며 복지관 쪽을 돌아봤다. 혹시 정인과 마주칠까 하는 걱정 때문이었다. 복지관으로 올라가는 길 입구를 보며, 다시는 저 위로 올라갈 일이 없겠다는 생각이 들었다.

집으로 돌아왔을 때는 긴장이 풀려서인지 견디기 힘들 정도로 피곤했다. 박 팀장에게 사실을 알려달라고는 했지만 아무것도 알고 싶지 않은 기분이었다. 그저 모든 것을 잊고 푹 자고 싶었다. 아내가 차려준 저녁을 먹고 나니 노곤해서 견딜 수 없었다. 간신히 샤워를 하고 침대에 눕자 정신을 잃을 것 같은 졸음이 몰려왔다. 쉽게 잠들 수 있으리라는 예감이 반가웠다. 마음 한구석에서 들리는 비난의 목소리는 가볍게 무시했다. 나는 올바른 일을 했다. 그 집에 갇힌 사람을 위해서라도 누군가는 했어야 하는 일이다. 그러나 그 목소리는 아니라고 했다. 너는 너를 위해 그 집에 들어갔던 것이라고. 갇힌 사람을 구해주려고가 아니라 원하는 것을 얻고 싶어 그런 것이라고. 정인의 어두운 면을 알고 싶었던 마음에는 당한 것을 되갚아주고 싶은 마음이 있었던 것이라고. 박 팀장에게 아무렇지 않게 둘러댔던 거짓말들. 나는 어쩔 수 없는 일이었다고 항변했다. 곧 한 가지 사실이 떠올랐다. 나는 정인의 집에서 한 번도 내 이름을 밝힌 적이 없다. 그러나 그 발견은 곧 잠에 파묻혔다.

그해 여름 영훈은 세 가지를 발견했다. 세 번째로 발견한 것은 잊을 수가 없었다. 첫 번째로 발견한 것은 가둔다는 것에 대한 사람들의 생각이었다.

7월 9일 월요일은 낮 기온이 32도까지 올라가 무더웠다. 영훈이 학교에서 돌아오니 낯선 사람들이 함부로 집 안을 걸어 다녔다. 그 사람들을 보고만 있는 아빠도 낯설었다. 아빠 얼굴은 땀으로 번들거렸고, 반팔 와이셔츠가 등까지 젖어 있었다. 평소보다 커다래진 눈, 사람들 말을 한 번에 못 알아듣는 어리숙함. 아빠의 표정을 보며 영훈은 얼마 전 태훈이에게 들었던 말이 떠올랐다. "이 새끼 쫀 거 봐! 이 문둥병 새끼!" 같은 6학년이지만 중학생 형들과도 싸운다는 태훈이었다. 태훈이는 손바닥을 펴서 엄지와 검지 사이로 영훈의 목을 쳐 교실 벽으로 밀어붙였다. 영훈은 반에서 가장 키가 컸지만 기도가 눌리는 고통에 놀라 아무

것도 할 수 없었다.

영훈은 저 사람들은 누구냐고 엄마에게 물었다. 엄마는 집행관이라고 했는데 그 말을 들어도 낯설긴 마찬가지였다. 집행관들은 가회동 집 곳곳에 빨간 스티커를 붙였다. 빨간 스티커를 붙이는 모습을 보자 TV에서 봤던 장면이 떠올랐다. 영훈은 소파에 붙은 스티커에 다가가 자세히 봤다. '압류'라고 적힌 제목 밑에 「이 물건을 처분하거나 표목을 훼손하는 자는 형벌을 받는다.」고 쓰여 있었다. 사람들은 TV에서 보던 것과 달랐다. 드라마에서는 험상궂은 깡패 같았는데, 실제로는 배 나오고 안경 낀 무덤덤한 아저씨들이었다. 냉장고와 밥솥 손잡이에 스티커를 붙여 쓰지 못하게 할 만큼 꼼꼼했다. 평소 눈에 안 띄던 물건도 눈에 들어왔다. 대청 구석진 곳의 뒤주, 광에 있던 낡은 자개장, 먼지 앉은 도자기도 스티커가 붙으니 이상스레 값나가 보였다.

영훈은 대청 입구에서 아빠와 마주쳤다. 아빠는 영훈이 학교에서 온 것을 몰랐는지 흠칫 놀랐다. 평소 아빠가 미웠던 영훈은 머리를 쓰다듬고 지나가는 아빠에게 드는 감정이 어색했다. 마루에 걸터앉아 중정을 바라보는 아빠가 불쌍해 보였다.

밤이 되자 엄마가 오랜만에 곁에 와서 누웠다. 걱정 말라고 했다. 아빠가 잘 해결할 거라고, 우리는 예전처럼 살 수 있을 거라고. 영훈은 그 말이 엄마 자신에게 하는 다짐처럼 들렸다. 엄마는 오랫동안 뒤척였고 영훈도 잠이 오지 않았다. 이런저런 생각을 하다 결국 할머니가 돌아가신 것이 모든 일의 원인이라는 결론에 이르렀다. 할머니가 살아 계실 때는 백 실장 아저씨와 아빠가 싸우는 일이 없었다. 백 실장 아저씨가 아빠를 업신여기지도 않았다. "세상 물정 모르는 이 애송이야." 영훈은 애송이라는 단어를 사전에서 찾아봤었다. 아빠가 그렇게 화낼 만한 말은 아니었는데.

영훈은 엄마에게 자랑하고 싶은 것이 있는데 망설여졌다. 물고기가 가득한 어항 앞에서 집행관 아저씨가 머뭇거렸다. 아저씨는 어항보다 물고기가 값나간다는 것을 알았던 것 같다. 물고기를 꺼낼 수 있는 먹이 투입구에 스티커를 붙이려는데 영훈은 화가 나서 자기도 모르게 소리쳤다. "그러면 못 열잖아요!" 갈색 안경 아저씨가 영훈을 돌아봤다. "쟤들 가둬두는 거잖아요! 아빠도 못 꺼내고!" 아저씨는 고개를 저으며 투입구 옆에 스티커를 붙였다. "누가 가둔다고?" 영훈은 그 표정을 똑똑히 보았다. 순간, 사람들은 나쁜 사람이 되는 것을 두려워한다고 느꼈다. 스티커가 먹이 투입구 옆에 붙은 것이 영훈은 뿌듯했고, 엄마에게 자랑하고 싶었다. 하지만 돌아누운 엄마의 등을 보며 참기로 했다.

영훈의 두 번째 발견. '앉다'와 '주저앉다'는 다르다.

주저앉은 사람은 눈빛이 멍해지고 입이 반쯤 벌어진다. 입에서는 눈에 보이지 않는 것들이 쏟아지는 것 같은데, 쏟아지는 것들은 꽤나 중요한 것 같다. 주저앉은 뒤에 행동을 보면 알 수 있다.

엄마가 주저앉은 순간은 스티커가 붙을 때가 아니었다. 스티커가 붙은 뒤 일주일이 지나서 아빠가 또 백 실장 아저씨를 찾아나선다고 할 때였다. 방에 있던 영훈은 엄마 목소리가 하도 커서 자기도 모르게 대청까지 걸어 나왔다. "백 실장을 그렇게 몰라요? 그 사람이 작정했으면 우리가 찾을 수 있을 것 같아요?" 아빠는 양복 차림으로 서류를 쥔 채 대청에서 서성였다. "못 찾으면 큰일이 나버려……" 주문처럼 그 말을 읊조리던 아빠는 표정이 멍했다. 영훈은 엄마가 소파 위로 주저앉는 모습을 보았다. 엄마 머리 뒤편으로 소파 등받이에 빨간 스티커가 붙어 있었다.

아빠를 주저앉힌 것은 엄마의 질문들이었다. 엄마와 아빠는 자주 싸웠다. 영훈은 엄마가 그런 표정으로 아빠에게 묻는 것을 처음 봤다. 아빠는 엄마의 물음에 제대로 답하지 못했고, 말이 막히면 화를 냈다. 엄마는 아빠의 화가 잦아들 때까지 기다렸다가 차분하게 되물었다. 백 실장이 갖고 간 돈은 우리 돈뿐만이 아니고, 전 재산을 팔아도 한참 모자란다는 결론은 엄마가 내렸다. 차츰 작아지던 아빠의 목소리를 엄마의 목소리가 덮어버렸다. "그럼 당신은 지금껏 뭘 하고 다닌 거예요?" 아빠가 식탁 의자에 주저앉았다. 주저앉은 아빠와 영훈은 눈이 마주쳤다. 영훈은 아빠가 자신과 엄마에게서 멀어지게 된 것이 바로 그 순간부터라고 기억했다. 예전이라면 밥투정을 하거나 방을 어지럽히면 혼이 났을 텐데, 아빠는 더는 집에서 큰 소리를 내지 않았다.

엄마 아빠는 중요한 이야기를 할 때면 안방으로 들어가기 시작했다. 영훈은 엄마와 아빠가 안방으로 들어가면 TV 볼륨을 살짝 높이고 문으로 다가가 귀를 기울였다. 고아원이라는 말을 얼핏 들은 뒤로는 그러지 않을 수가 없었다. 아빠 말이, 할머니가 금시계 같은 금붙이를 아주 많이 남겨뒀다고 했다. 아무도 모르는데, 그것을 뺏기지 않으려면 엄마와 아빠는 법적으로 남이 되어야 한다고 했다. 그래도 안전하지 않아 한 번에 바꿔 통장에 넣어도 안 되고, 보증금이 비싼 집을 구해도 안 된다고 했다. 필요할 때마다 조금씩 처분하라고. 아빠는 빚을 못 갚았을 때 생기는 일을 두려워했다. 사람들이 찾아갈 수 있으니 짐만 싸서 바로 이사할 수 있어야 한다고 했다. 아빠가 어디 애를 맡겨둘 곳이 없냐고 물었다. 도계는 어떠냐고 했을 때 엄마는 절대 안 된다고 했다. 아빠가 파주 할머니에게 부탁해볼 수 있다고 하자 엄마는 2년이나 지났는데 아직도 파주댁과 연락을 하느냐고 질겁했다. 잠자코 있던 아빠는 고아원 이야기를 꺼냈다. 계속 피해 다녀야 하는 상황이 영훈이한테도 좋지 않다고, 그리 오래 걸리지는 않을 것이라고. 아빠 말에 안방이 조용해졌다. 잠시 후 엄마는 최대한 데리고 있어보겠다고 했다. 영훈에게 견딜힘을 주었던 것은 그 잠깐 동안의 정적이었다.

예전의 영훈이라면 이사 간 집을 받아들일 수 없었을 것이다. 어항을 못 가져간다는 말도 이해하지 못했을 것이다. 엄마는 새로 이사할 집이 방 하나에 부엌 하나라 두 자짜리 어항을 둘 곳이 없다고 했다. 영훈은 화를 내는 대신 베타 어항 두 개만 가져가달라고 부탁했다. "쟤네는 산소발생기도 필요 없잖아요."

8월 10일은 금요일이었다. 전날에는 비가 많이 왔지만 이사 당일은 흩뿌리는 정도였다. 이삿짐 아저씨는 엄마에게 이삿날 비가 오면 잘산다며 웃었다. 엄마는 말없이 대청의 이삿짐만 봤다.

꼭 필요한 것만 모아둔 짐이었다. 철마다 두세 벌만 넣은 옷 보따리, 사무실에서 가져온 작은 냉장고와 TV, 붉은 고무대야에 담은 식기류. 이불 보따리 옆 책묶음은 영훈의 교과서만 묶어놓은 것이었다.

아저씨는 짐을 다 싣자 짐칸을 주황 방수포로 덮고 영훈을 트럭 앞좌석에 태웠다. 엄마는 바깥쪽에 앉았다. 트럭이 출발하자 영훈은 앞이 훤히 내려다보이는 것이 신기해 웃음이 났다. 웃은 것이 미안해 엄마 눈치를 살폈다. 엄마는 창밖만 봤다. 영훈은 엄마가 화가 났는지 궁금해 도화동이 어디냐고 조심스레 물었다. 마포라는 짧은 답이 돌아왔다. 마포는 어디냐고 묻자 잠시 후에 한강 건너기 전이라는 답이 돌아왔다. 아빠는 언제 오냐는 물음에는 끝내 답이 없었다.

엄마는 조금 다른 엄마가 되기로 결심한 모양이었다. 주저앉은 뒤로는 예전처럼 대해주지 않았다. 안아주는 일도 없고, 그냥 넘어갈 만한 일도 화를 냈다. 어떤 때는 불러도 못 듣고 멍하니 앉아 있었다. 영훈은 엄마가 더는 자기를 사랑해주지 않는 것 같아 겁이 났고, 그럴 때마다 고아원이라는 말을 떠올렸다.

트럭은 30분 정도 달리더니 차가 들어갈 수 없는 골목 앞에 섰다. 아저씨는 짐을 내려 리어카에 싣기 시작했다. 영훈은 베타가 든 비닐봉지 두 개를 들고 엄마를 뒤따랐다. 고기 삶는 냄새와 하수구 냄새가 섞여 비위가 상했다. 주황색 빨랫줄에 하얀 러닝셔츠가 줄줄이 걸려 있었는데, 뒤집어 넌 청바지가 중심을 잡고 있었다. 빨랫줄은 창문과 전봇대를 거리낌 없이 이어놓았다. 빨랫줄 위로 슬레이트 지붕을 길게 빼서 빨래가 비에 젖지는 않았다. 검은 봉지들이 가득한 사각 시멘트 쓰레기통, 화초가 자라는 하얀 스티로폼 박스, '정부양곡'이라고 쓰인 쌀포대에 앉아 담배를 피우는 할아버지. 골목에서 마주치는 사람들은 시선을 보내왔고, 영훈은 그 시선의 의미를 나중에야 알게 됐다.

계단이 나타나자 리어카를 세우고 직접 짐을 날랐다. 영훈은 양손에 나눠 들었던 봉지를 한 손에 모아 쥐었다. 빈손으로 계단을 짚으며 올라야 했다. 오를수록 골목은 가팔랐다. 다른 집 지붕이 금세 발밑으로 내려왔다. 파란 방수포가 덮인 지붕이 많았는데, 깨진 기와 조각이 방수포를 누르고 있었다. 위에서 훤히 보이는 마당을 가리고 싶었는지 기와지붕 밑으로 슬레이트 지붕을 덧댄 곳이 많았다. 지붕들 위로 TV 안테나가 삐죽삐죽했다.

엄마가 여기라고 알려준 집은 빨간 기와를 얹은 이층집이었다. 집 밑으로 경사가 급해져 위태로워 보였다. 위에서 흘러내리는 집들을 막아서고 있는 것처럼 보였다. 위층과 아래층에 두 집씩 살고, 영훈네는 위층 오른쪽이었다. 2층으로 오르는 계단은 건물 왼편에 있었다. 영훈은 난간 없는 가파른 계단을 오르다 휘청거렸고, 비닐봉지 든 손으로 계단을 짚어 아이들이 다쳤을까 속이 상했다. 계단을 다 오르자 좁은 통로가 나왔다. 계단과 가까운 집은 문이 열려 있었고, 그 안으로 세 사람이 보였다. 살찐 아줌마가 누워 있고 남자아이가 둘 보였다. 둘 다 학교를 다니기 전일 것 같았다. 아줌마가 영훈을 보더니 신경질적인 표정으로 몸을 일으켜 던지듯이 문을 닫아버렸다. 엄마가 그 문을 지나 나무로 된 여닫이문을 열었다. 조금 전 얼핏 본 집을 자세히 볼 수 있었다. 노란 장판의 방이 현관 없이 나타났고, 방 옆에 달린 쪽문으로 시멘트 바닥의 부엌이 보였다. 여기저기 벽지가 떨어진 곳은 주먹이 들어갈 만한 구멍이 보였다. 이삿짐 나르던 아저씨는 온몸이 땀에 젖어서 비키라고 소리치고 문 안으로 짐을 밀어 넣기 시작했다. 아저씨는 식기류가 든 고무대야를 올리는 것으로 일을 마무리 지었다. 아침과는 다른 표정으로 돈을 더 받아야겠다고 했다.

이사한 뒤 엄마는 집에 틀어박혔다. 이삿짐을 풀고 나서 빗자루와 쓰레받기가 없다는 것을 알았다. 영훈은 이틀째 걸레로 방을 쓰는 엄마가 이상했다. 다음 날 빗자루와 두루마리 휴지를 사온 것은 영훈이었다. 엄마는 일주일 동안 종로에 볼 일이 있다며 딱 한 번 나갔다 왔다. 영훈은 엄마가 집에서 나가지 않는 이유가 집에 지킬 것이 있어 그렇다고 생각했다. 영훈은 떨어진 벽지 안쪽 시멘트벽 틈으로 엄마가 무엇을 숨기는지 알았다. 하지만 내색할 수는 없었다. 자신에게도 감추려 했기 때문이다. 엄마는 1층이 비었는데도 일부러 2층을 얻었다고 자랑했다. 하루에도 몇 번씩 가파른 계단을 오르내리던 영훈은 엄마의 자랑을 이해할 수 없었다. 며칠 뒤 밤새 비가 내리던 밤, 영훈은 이유를 알았다. 엄마는 무서웠던 것이다. 집 밑을 지나는 낯선 발자국 소리가 들리자 혹시 누가 계단으로 올라오는지 문에 귀를 대고 앉아 있었다. 왜 그러냐고 물어보니 조용히 하라며 손가락을 입에 대고 눈을 치떴다. 커다래진 엄마의 눈은 두려움으로 제정신이 아니었고, 영훈은 그런 엄마가 자신을 버릴까 봐 두려웠다.

다음 날 아침 엄마는 아무렇지 않은 것처럼 보였다. 그러나 영훈은 조금씩 엄마가 달라지는 것을 느꼈다. 옆집 아저씨는 공장에 다녔고 밤늦게야 집에 왔다. 밤에 계단을 올라오는 소리가 들리면 엄마는 하던 일을 멈추고 문을 봤다. 옆집 문이 닫히는 소리가 들려야 다시 움직였다. 창문의 쇠창살도 못 미더워했다. 못이 박힌 곳이 헐거워 손으로 밀면 덜컹덜컹 흔들렸다. 더워도 창문을 잠가놔 공기가 후덥지근했다. 창문 바깥은 낭떠러지라 괜찮다고 몇 번을 말해도 엄마는 믿지 않는 눈치였다. 오히려 영훈은 이 집이 안심이 됐다. 아직도 어둠이 무서운데 이제 엄마와 따로 잘 일이 없기 때문이었다.

옆집 아이들은 베타를 신기해했다. 그 집 아줌마는 늘 누워 있었는데, 간이 안 좋다고 했다. 아이들은 아침부터 2층 통로에 나무 블록을 쌓았다. 영훈이 베타들을 보여주자 아이들은 영훈을 금세 따랐다. 골목에 개나 닭을 데리고 다니는 아이는 있어도 화려한 파란색 물고기를 가진 아이는 없었다. 그 소문이 다른 아이들에게도 퍼졌고, 낯선 아이들도 영훈에게 '파란 물고기'를 보여달라고 졸랐다. 엄마는 누구도 집에 들이는 것을 허락하지 않아 영훈은 어항을 들고 조심조심 1층 계단까지 내려갔다. 베타가 지느러미를 하늘거리며 헤엄치면 어른들도 신기해했다. 아이들은 두 마리를 한 어항에 넣어보자고 성화였지만 영훈이 허락할 리 없었다. 영훈은 아이들이 자신의 피부에 무심한 것이 신기했다. 옆집 남자애가 얼굴이 왜 그러냐고 한 번 물었다. 면역 반응에 대해 구구절절이 설명하는 동안 아이는 다시 블록을 쌓기 시작했다. 하기야 아랫골목에는 다리 전체가 화상 흉터로 뒤덮인 아이도 있었으니까.

동네 탐험하는 것이 영훈의 일과가 되었다. 장 보는 것을 포함해 엄마의 심부름을 도맡았다. 시간이 지나며 골목은 길이 아니라 함께 쓰는 마당이란 것을 알았다. 시멘트 블록이 허리 높이로 길게 튀어나온 곳이 있었다. 아침에는 할머니가 대야를 올리고 세수를 했고, 점심에는 아이들이 소꿉놀이를 하다가, 오후에는 시원한 그늘 밑으로 낮잠을 자러 오는 아저씨가 있었다. 세탁소와 문구점, 가게와 미장원을 찾아다니며 골목을 탐험했다. 엄마가 겁내는 무서운 사람은 어디에도 없었다. 어른들은 어디서 이사 왔냐고 물었다. 가회동이라는 말에 창경원 옆이라며 반겼다. 영훈은 어른들과 이야기하며 이삿날 엄마와 자신에게 향했던 시선의 의미를 깨달았다. 모두들 떠나가는 곳에 들어와야 하는 사연이 궁금했던 것이다. 영훈은 집에 빨간 스티커가 붙었다는 이야기를 해줬고, 어른들은 심부름하는 영훈이 기특하다며 과자나 사탕을 쥐여주었다.

골목의 끝. 오르막을 다 오르면 성당이 나타났다. 긴 장대를 휘두르면 파란 칠이 벗겨질 것 같은 하늘이 성당 위로 펼쳐졌다. 공짜라기에는 아까울 정도의 청량함. 그러나 그게 다였다. 시선을 내리면 모든 풍경은 하늘색과 반대였다. 폭탄이 떨어진 것 같은 집터와 부서진 시멘트 벽돌들. 언덕을 향해 진격하듯 아파트가 서 있었다. 언덕 한참 밑에서 시작한 아파트는 언덕보다도 높이 솟아 있었다. 영훈은 그것이 꼭 반칙 같았다. 반대편에서는 곧 들이닥칠 일을 경고하듯 긴 팔을 휘젓는 크레인이 공사 중인 건물을 넘어 다녔다.

그해 전국의 국민학교는 8월 27일 월요일에 개학했다. 전학 첫날에 영훈은 평소보다 오래 거울 앞에 서 있었다. 피부가 많이 좋아졌다는 것을 알았지만 처음 보는 아이들에게 어떻게 보일지 알 수 없었다. 이사 오고 간지러움이 줄었다. 진물 나던 곳에 피딱지가 앉고, 딱지 아래서 새살이 돋았다. 그러나 보통의 아이들과는 여전히 달랐다. 영훈은 끝내 자신이 어떻게 보이는지 판단할 수 없었다.

엄마와 함께 집을 나섰고 앞장서는 엄마를 뒤따랐다. 경사진 내리막길을 밟아가는 엄마의 구두굽이 너무 얇아 보였다. 영훈은 흔들리는 구두굽을 보며 엄마도 긴장했다고 느꼈다.

학교는 언덕과 아파트가 만나는 곳에 있었다. 늘 보기만 했던 교문을 통과해 운동장 옆으로 난 길을 걸었다. 영훈은 건물로 들어가 계단을 올라가며 자신에게 머무는 시선을 느꼈다. 잊었던 별명들이 머릿속을 둥둥 떠다녔다. '문둥병', '조로증', '껍데기살', '고름딱지', '때밀이수건'. 6학년은 꼭대기 층이었다. 엄마가 교실 문을 열자 장난치던 아이들이 바라봤다. 할머니에 가까운 여자 선생님이 복도로 걸어 나왔다. 엄마와 만난 적이 있는 눈치였다. 선생님의 다정한 표정에 영훈은 조금 마음이 놓였다. 선생님은 영훈의 어깨에 손을 얹고 빈자리에 앉으라며 교실 끝을 가리켰다. 영훈은 교실 안으로 들어갔다. 칠판 앞을 지나 선생님이 가리킨 1분단과 2분단 사이로 걸어갔다. 영훈은 반 아이들이 모두 쳐다보는 것을 느꼈다. 자리에 앉은 영훈은 엄마가 벌써 갔다는 것을 알았다. 책가방을 열어 교과서를 책상 서랍에 넣었는데, 뭐라도 해야 할 것 같아서였다.

그날 하루 영훈은 조용히 교실 분위기를 살폈다. 수업 시작 바로 전에 자리에 앉은 짝은 남자였고, 영훈만큼 키가 크고 말랐다. 선생님은 한 학기만 있으면 중학교에 간다는 말로 수업을 시작했다. 선생님은 무섭지 않아 보였고, 영훈을 앞으로 불러냈다. 영훈은 간략히 이름만 말하는 것으로 소개를 마쳤다. 아이들은 한 학기만 같이 있게 될 전학생에게 큰 관심을 두지 않는 것 같았다. 그래도 영훈은 마음을 놓을 수 없었다.

며칠 학교를 다니며 첫날 못 봤던 것들이 보였다. 아파트에 사느냐 언덕에 사느냐로 갈라지는 묘한 선. 학교 마치고 집에 가는 길이 달랐다. 아파트에는 놀이터가 있었다. 물론 누구나 놀이터에서 놀아도 된다. 그러나 그 길은 집과는 멀어지는 방향이다. 놀이터에서 노는 아이들은 그들끼리 더 친했다. 아이들이 한 남자아이의 말에는 토를 달지 못했다. 용덕이가 '다방구'를 하자면 '다방구'를 하고, '오징어포'를 하자면 '오징어포'를 해야 했다. 키는 보통인데 어깨가 넓은 아이는 눈이 작고 동작이 빨랐다. 영훈은 1분단 창가 쪽이고, 용덕이는 4분단 뒷문 쪽이라 다행이었다. 용덕이를 보면 자신을 교실 벽으로 밀쳤던 태훈이가 떠올랐고, 가까이하게 될 빌미를 주고 싶지 않았다.

학교에서 돌아오면 엄마가 잠들어 있는 날이 생겼다. 방에서 술 냄새가 났다. 영훈은 엄마가 언제부터 그랬는지 알았다. 비가 내리던 밤, 엄마는 잠을 잘 수 없다며 네가 좋아하는 과자랑 소주를 사오라며 돈을 주었다. 영훈이 TV를 보며 과자를 먹는 동안 엄마는 하얀 유리컵에 투명한 술을 조금씩 따랐고, 삼킬 때마다 인상을 찌푸렸다. 엄마는 다른 사람들은 다음 날 머리가 아프다던데, 자기는 왜 술을 마시면 바로 머리가 아프냐고 불평했다. 그래도 곧 기분이 좋아졌고, 잠들기 전에는 영훈을 꼭 안아주었다. 술심부름을 마다할 이유가 없었다. 냉장고 문짝에는 늘 초록색 술병이 한두 병 꽂혀 있었다. 영훈은 종종 잠결에도 냉장고 문 닫는 소리를 들었다. 그런 날은 엄마가 아침에 못 일어나기도 했다.

어느 밤 엄마가 갑자기 영훈을 흔들었다. 잠들었던 영훈은 집에 불이라도 난 줄 알았다. 엄마가 어깨를 잡고 흔들며 이게 다 너 때문이라고, 꼴 보기 싫으니 어서 나가라고 소리쳤다. 영훈은 무조건 잘못했다고 빌며 울었다. 엄마가 잠잠해진 뒤 영훈은 울면서 잠들었다. 이튿날 아침 엄마는 술에 취하면 마음에도 없는 말이 나올 때가 있다고 했다. 그러나 영훈은 고아원이라는 말을 떠올렸고, 엄마에게 더 잘해야겠다고 다짐했다.

영훈의 다짐은 새롭게 알게 된 재미에 희미해져갔다. 중학교 가면 누구나 한다던 농구를 아이들이 시작했다. 우연히 인원수가 부족한 편에 끼게 된 영훈은 아이들 말에 고분고분한 센터 역할을 잘 해냈다. 골대에서 떨어지는 공을 받아 원하는 아이에게 던져주면 영훈의 임무는 끝이 났다. 그 뒤로 자주 농구를 했다. 가끔 멀리서 쏜 슛이 들어가는 일은 생각지도 못한 덤이었다.

학교 마치고 집에 가는 시간이 점점 늦어졌다. 새로운 친구가 생기는 기쁨. 아니, 난생처음 친구가 생긴다는 기쁨. 아이들에게 속한다는 만족감이 어떤 것인지 이해했다. 경기에 몰입하는 것은 신기한 경험이었다. 정신없이 공을 쫓아 땀을 흘리면 시간이 훌쩍 지나가 있었다. 친구들과 헤어지기 아쉬웠다. 집에 들어가서도 친구가 1층에서 부르는 소리가 들리면 다시 흙투성이가 된 운동화를 신었다. 영훈은 이 기쁨이 오래 지속되기를 빌었지만, 마음 한구석에는 무슨 일이 생길 것 같은 불안함도 있었다.

그 예감을 적중시킨 사람은 용덕이었다. 용덕이가 처음 농구하던 날, 자기 뜻대로 공을 다룰 수 없자 용덕이는 짜증을 냈다. 코트는 교실처럼 마음대로 할 수 있는 공간이 아니었다. 그동안 용덕이에게 불만을 가졌던 아이들은 은근히 더 열심이었다. 농구가 끝나고 용덕이가 영훈에게 말했다.

"너, 냄새난다. 알지?"

영훈은 당황스러웠다. 그럴 리 없다고 생각했지만 자신할 수 없었다. 다른 아이들이 무슨 일이냐고 쳐다보는데 용덕이가 말했다.

"피부병 있는 애들은 냄새나. 원래 그런 거야."

영훈은 아무 말 못 했고, 그것으로 별명 짓기는 마무리됐다.

용덕이는 영훈을 '구린내'라 불렀다. 용덕이가 그렇게 부르자 아이들은 영훈을 멀리하기 시작했다. 아이들에게 중요한 것은 냄새가 진짜로 나느냐가 아니라 용덕이가 안 좋게 본다는 것이었다. 학급회의 시간에 용덕이는 어디서 냄새가 나서 발표를 못 하겠다고 선생님에게 말했다. 아이들이 웃자 선생님은 장난치지 말라고만 했다. 영훈은 용덕이가 왜 자기에게 그러는지 이해할 수 없었다. 친해지려고 해봤지만 자존심 상하는 일만 늘어났다. 정말로 그럴지도 모른다는 생각이 들어 아침마다 옷을 입고 냄새를 맡아봤다.

며칠 뒤 농구를 하는데 멤버 중 한 명이 패스를 바라며 "구린내 여기!"라고 외쳤다. 영훈은 아무렇지 않게 공을 패스하고서야 자신이 무슨 짓을 저질렀는지 깨달았다. 그때까지 용덕이 말고는 구린내라 부르는 아이는 없었다. 영훈은 자신에게 화가 나서 경기에 집중할 수 없었다. 누가 또 그렇게 부를까 겁이 났다. 공을 받자마자 다른 아이에게 패스했다. 아이들은 준비도 안 된 상태에서 패스를 받다 공을 떨어뜨려 짜증을 냈고, 그 와중에 몇 번 더 '구린내'라는 소리를 들었다. 영훈은 어서 경기가 끝나기만을 기다렸다. 그러다 어떤 생각 하나가 떠올라서 경기에 집중할 수 없었다. 아무리 해도 그 생각을 떨쳐버릴 수 없었다. 그 생각은 용덕이에 대한 미움도, 구린내라 부른 친구에 대한 배신감도, 그렇다고 엄마에 대한 그리움도 아니었다. 가회동에 두고 온 아이들에 대한 미안함이었다.

왜 갑작스레 금붕어가 생각났을까? 영훈은 알 수 없었다. 지금 아이들은 어떻게 살고 있을까? 툭눈이는 잘 지내고 있을까? 나중에 데려왔던 단정이는? 공을 패스하고 코트를 뛰어다녔지만 아이들에게 미안해 견딜 수가 없었다. 농구 따위는 당장 집어 치우고 가회동으로 달려가야 할 것 같았다. 많이 뛰지도 않았는데 지치고 숨이 차올랐다. 결국 영훈의 팀이 졌다. 영훈도 자기 때문에 졌다는 것을 알았다.

집으로 돌아와 방문을 열자 엄마는 자고 있었다. 엄마 옆에 앉아 가만히 자는 모습을 내려다봤다. 이유 없이 엄마가 보기 싫었다. 농구하러 학교에 간다고 쪽지를 남기고, 장 볼 돈에서 만 원짜리와 천 원짜리 몇 장을 챙겼다. 평소에는 쪽지를 남겨본 적이 없다는 생각은 하지 못했다. 금붕어에 대한 생각만 가득했다. 이사 전날 식탁 위에 먹이를 두고 나왔었다. 아빠가 아침 먹을 때 금붕어 먹이도 잊지 말아달라는 마음에서였다. 엄마는 아빠에게 말해놨으니 걱정하지 않아도 된다고 했다. 그런데 지금 생각해보니 정말 그 말을 믿었던 것일까? 그냥 그렇게 믿고 싶었던 것은 아닐까?

가회동에 도착하니 6시였다. 서울역에서 버스가 막혔고, 버스를 갈아탈 때 헤매서 시간이 더 걸렸다. 영훈은 오랜만에 보는 대문이 반가웠다. 노란 스티커가 붙은 대문은 잠겨 있었다. 혹시 기다리면 아빠가 오지 않을까? 대문 아래 쌓인 신문을 보니 그러지 않을 것 같았다. 영훈은 잠긴 대문을 흔들고 문 아래 틈으로 마당을 보다가 시멘트 계단에 앉았다. 아빠는 급한 일이 생기면 연락하라라며 파주 할머니 번호를 몰래 가르쳐줬다. 파주 할머니는 아빠에게 연락할 수 있다고 했다. 영훈은 고아원이라는 말이 생각날 때마다 그 번호를 기억했기에, 번호를 외우고 있었다. 하지만 전화는 별 도움이 되지 않을 것 같았다. 멀리 떨어진 아빠가 대문을 열어줄 수도 없을 테니까. 엄마 몰래 나온 것도 마음에 걸렸다.

대신 옆집 초인종을 눌렀다. 옆집 장독대에서 담을 넘어갈 수 있다는 것이 생각났다. 옆집 할아버지는 영훈을 보자 반가워하는 얼굴이었지만, 부탁을 듣고는 난처한 표정을 지었다. 금붕어 이야기를 듣고서야 한숨을 쉬며 딱 한 번이라는 단서를 달아 들여보내주었다. 영훈은 할아버지가 지켜보는 데서 장독대에 올라 담을 넘었다.

컴컴해서 발밑이 안 보였다. 발이 땅에 닿는 순간을 알 수 없어 엉덩방아를 찧었다. 정원은 풀 냄새로 가득했다. 일어서니 잔디가 발목을 덮었다. 주변의 집은 모두 불이 켜져 있어 담벼락을 따라 부연 빛이 빙 둘러쌌다. 담벼락 안쪽만 컴컴했다. 담 하나를 넘었을 뿐인데 조용했다. 정원을 지나 대청으로 가서 전등 스위치를 올렸지만 불이 들어오지 않았다. 현관 옆 차단기함으로 걸어가는데 컴컴해서 무서웠다. 내려져 있던 차단기를 올리자 일제히 불이 들어왔다. 잠자던 집을 깨운 것 같았다.

지저분한 발자국만 빼고 변한 것은 없었다. 깨진 유리창도 없고, 가구도 제자리였으며, 부엌에서는 냉장고 돌아가는 소리가 들렸다. 모두 외출한 집에 먼저 들어왔다고 해도 믿을 수 있었다. 부엌으로 가자 금붕어 먹이가 식탁 위에 있었다. 먹이를 흔들어보니 아빠는 먹이 주는 것을 잊어버린 것이 분명했다. 쓸쓸한 마음으로 방을 향해 걸어가는데 대청 탁자에 놓인 리모컨이 눈에 들어왔다. 걸음을 멈추고 리모컨으로 TV를 켰다. TV도 평소처럼 지잉 소리를 내며 켜졌다.

평소에 보지 않는 인형극이 나왔다. 천천히 탁자를 돌아 소파에 앉았다. 머리 큰 인형들이 소리치고 뛰어다니는 것을 지켜봤다. 얼마 전 여기 앉아 엄마 아빠와 수박을 먹었는데. 수박씨를 그릇에 뱉으면 어떻게 하냐고 엄마에게 혼이 났는데. 바로 며칠 전 일 같은데 모든 것이 갑작스레 변했다. 엄마 아빠가 지금 옆에 앉아 있으면 참 좋겠다 싶었다. 그런 날이 오기는 할까?

인형극을 보다 자리에서 일어난 것은 산소발생기에 생각이 미쳐서였다. 차단기가 꺼져 있었으니 산소발생기도 돌아가지 않았을 것이다. 영훈은 먹이를 들고 방으로 걸어갔다. 버스를 타고 오며 금붕어들이 다 죽었을 수 있다고 생각했다. 그래도 와봐야 한다고 생각했다. 문 앞까지는 빨리 걸었지만 막상 문 앞에 서자 들어가기가 망설여졌다. 영훈은 천천히 손잡이를 돌렸다.

물비린내가 훅 밀려왔다. 불을 켜자 온통 녹색인 어항 속에서 산소발생기가 거품을 올리고 있었다. 검녹색 물 색깔에 불길한 예감이 맞았다는 슬픔이 몰려왔다. 어항으로 다가가자 물 위에 이끼가 껴서 안이 보이지도 않았다. 먹이를 줄 필요도 없다고 생각하는데, 초록색 막을 뚫고 입들이 뻐끔거렸다.

아. 살아 있었구나. 살아 있었어. 영훈은 자기를 기억하고 입

올림을 하는 물고기가 기특하고 고마웠다. 어떤 애들인지 궁금했다. 먹이 투입구를 열어 먹이를 뿌려주고, 책상에서 자를 꺼내 이끼를 걷어냈다. 날렵해서 좋아했던 화금들이었다. 예전보다 더 자란 것 같아 웃음마저 나왔다. 평소보다 훨씬 많은 먹이를 또 뿌렸다. 흐뭇한 마음으로 정신없이 먹이를 삼키는 화금들을 지켜봤다.

혹시 다른 아이들도 있을까? 영훈은 플라스틱 자로 천천히 유리에 붙은 이끼를 긁어냈다. 얼마나 청소를 안 했는지 바닥에서 검은 물때가 일었다. 지금 청소를 해줄 수 있을까? 청소를 하면 시간이 너무 늦어질 것이다. 일단 오늘은 가고 내일 다시 와야겠다. 아. 할아버지가 이번 한 번만이라고 했지? 또 들어올 수 있을까? 그때 검은색 덩어리가 자에 걸려서 수면으로 떠올랐다. 이끼 덩어리인가 생각했던 영훈은 자를 놓쳐버렸다. 툭눈이였다. 양쪽 눈은 시커먼 구멍으로 변하고, 배 쪽으로 흰 뼈가 보였어도 영훈은 툭눈이를 알아볼 수 있었다. 화금들은 계속 입 올림을 했고, 툭눈이는 다시 진녹색 수면 아래로 사라졌다.

도화동으로 돌아왔을 때는 9시 무렵이었다. 버스 탈 때부터 가려움을 느낀 영훈은 버스에서 몸을 긁기 시작했다. 사람들이 쳐다봤지만 멈출 수가 없었다. 버스에서 내리려 손잡이를 잡았을 때 검붉어진 손톱을 보았다. 가파른 골목길을 걸어 올라 집에 도착할 때까지 엄마 생각은 하나도 나지 않았다.

2층으로 올라가자 옆집 아줌마가 문을 벌컥 열었다. 어디서

오는 길이냐고 물었다. 네 엄마가 너 찾느라 제정신이 아니라고
했다. 학교에 다녀온 것도 벌써 세 번째고, 지금은 신고하러 경
찰서에 갔다고. 영훈이 엄마를 찾으러 계단으로 되돌아가는데
아줌마가 어디 가지 말고 여기서 기다리라며 집으로 끌고 들어
갔다. 꼬마 형제 둘이 영훈을 어색한 표정으로 바라봤다. 아줌마
는 저녁 먹었냐고 물었고, 영훈은 밥 생각이 없다고 했다.

　잠시 후 빠르게 계단을 딛는 발걸음 소리에 영훈이 문을 열고
나갔다. 복도에 서는데 계단을 막 올라온 엄마와 맞닥뜨렸다. 엄
마는 걸음을 멈추고 고개를 들더니 눈을 감았다. 다시 눈을 뜬
엄마의 눈에 화가 가득했다.

　"어디 갔었어?"

　"……가회동."

　"거긴 왜!"

　"……금붕어들 잘 있는지 보려고."

　"그럼 그렇게 써야지! 왜 농구한다고 했어! 내가 정말……"

　영훈은 고개를 숙였다. 맞을 것 같다고 생각했다.

　"어떻게 된 줄 알았잖아!"

　"……"

　"이 나쁜 새끼야! 너마저 없음 어떡하라고!"

　엄마가 소리치며 영훈을 확 잡아당겨 품에 안았다. 영훈은 울
먹거리는 엄마가 뜻밖이었고, 뭐라고 해야 할지 알 수 없었다. 엄
마는 그냥 울기만 했다. 영훈은 누군가 자신을 기다려줬다는 사
실이 고마웠고, 동시에 가슴속에서 솟아나는 기쁨이 따스했다.

"미안, 엄마. 정말 일찍 올 수 있을 줄 알았어."

"……"

"진짜 그럴 줄 알았어. 미안해 엄마."

영훈은 자신의 목을 두르고 집으로 데리고 들어가는 엄마가 고마웠다. 저녁 먹었냐고, 먹지 않았으면 차려주겠다는 말에 영훈은 정말 먹고 싶지 않다고 했다.

그날 밤 둘은 오랜만에 사이좋게 이야기를 나누다 잠들었다.

"아이들이 다 죽어 있었다고?"

"응."

"속상해서 어쩌니."

"괜찮아 엄마. 거짓말…… 해서 미안해."

"얼마나 정성 들였던 애들인데. 찾아갈 만하지."

영훈은 온몸이 간지러워 한밤중에 깼다. 이사 온 뒤 처음이었고, 엄마는 얼려놓은 얼음이 없어 물수건으로만 영훈을 닦아주었다. 간지러움은 쉽게 잦아들지 않았다. 둘은 새벽녘이 돼서야 다시 잠들 수 있었다.

다음 날 아침 영훈은 거울 앞에서 자신이 달라졌다는 것을 알았다. 긁은 곳은 여지없이 피와 진물이 엉겨 있었다. 얼굴 상태가 제일 안 좋았고, 상처가 목을 타고 옷 속으로 이어졌다. 집을 나서 골목을 내려가며 사람들이 자기 얼굴을 보는 것 같았지만 예전처럼 신경 쓰이지 않았다. 계단을 올라 교실로 들어가는데 뒷문 옆에 앉아 있던 용덕이가 영훈을 보더니 한마디 했다.

"어후. 오늘 구린내 장난 아니겠네?"

영훈은 그 말을 들었지만 말없이 자리에 가서 앉았다. 그리고 생각을 시작했다.

1교시는 사회였다. 영훈은 선생님 말씀이 하나도 귀에 들어오지 않았고, 얼마나 생각을 했는지 손에서 땀이 날 지경이었다.

수업시간이 끝나자 영훈은 조용히 일어섰다. 고개 숙이고 교실 출입문으로 천천히 걸었다. 용덕이는 지우개 따먹기를 하느라 영훈이 뒤에 선 것을 앞에 앉은 아이의 시선으로 알아챘다. 하지만 이미 늦은 뒤였다. 영훈은 무릎으로 용덕이가 앉은 의자를 바짝 밀면서 왼손으로 머리채를 잡아 젖혔다. 용덕이가 발길질을 했지만 책상과 의자 사이에 몸이 끼여 일어날 수 없었다. 얼굴은 무방비였다. 영훈은 주먹으로 얼굴을 내리찍었다. 자신의 주먹이 부드러운 살로 덮인 뼈에 닿는 느낌. 나이 많은 선생님이 소리치다 뛰어와서 영훈을 떼어놓을 때까지 주먹질은 멈추지 않았다. 용덕이는 목구멍으로 넘어가는 피 때문에 굴컥거리는 소리를 냈다. 용덕이가 꼼짝도 못 하고 자기 앞에서 무너지는 모습을 보며 영훈은 예상치 못했던 쾌감을 느꼈다. 아이들은 놀라서 말도 못 하고 멍하니 쳐다만 봤다.

용덕이는 핏자국을 바닥에 남기며 담임선생님과 양호실로 내려갔고, 영훈은 옆반 선생님에게 끌려 교무실로 내려갔다. 무릎 꿇고 손 들고 있으라는 선생님의 목소리가 떨렸다. 영훈은 옆반 선생님에게 평소에 용덕이가 어떻게 놀렸는지 다 말했다. 그날 아침에 들었던 말까지도. 그러나 솔직한 마음을 털어놓을 수는 없었다. 선생님은 엄마에게 전화를 걸 때도 목소리가 떨렸다. 지

금 당장 학교로 오셔야겠다고. 그래도 수업종이 울리자 교무실
은 조용해졌다.

주위가 조용해지자 영훈은 고개를 이곳저곳으로 돌렸다. 평소
에 못 봤던 교무실의 물품에 관심을 가져보려 했다. 지우개털이
와 분필 박스, 기름걸레. 선생님들이 앉는 의자에는 검정색 바퀴
가 달려 있었다. 바로 앞에 있는 의자의 방석은 분홍색이고 푹신
해 보였지만 조금 낡았다. 영훈은 다른 생각을 하고 싶었다. 지
금 떠오르는 생각을 잠재우고 싶었다. 모든 것을 이야기하지 못
한 이유는 선생님이 이해하지 못할 것 같았기 때문이다. 그 이야
기를 하려면 엊저녁 이야기까지 해야 하는데 그것은 정말 싫었
다. 소중한 것을 지켜야 한다는 마음과 용덕이를 때려야 하는 것
사이에 무슨 상관이 있는지 설명할 수 없었다. 무섭고 긴장됐지
만 가만있으면 안 된다는 마음으로 다가갔다는 말도 이해하지
못할 것 같았다.

어젯밤 영훈은 툭눈이를 보고 자를 떨어뜨렸다. 뒷걸음질로
물러나 침대에 앉았다. 그때도 어항 속에서는 금붕어들이 입을
올리며 헤엄쳤다. 산소발생기가 거품을 올리는 소리만 들렸다.
물고기들에게 정나미가 떨어졌다. 물비린내가 역겨웠고, 부글거
리는 소리도 거북스러웠다. 그냥 집에 가고 싶었다.

침대에서 일어나 바깥으로 나가려고 어항을 지나는데 금붕어
들이 다시 자기 쪽으로 입을 올리는 것이 보였다. 순간, 금붕어
들이 자신을 계속 기다릴 것임을 알았다. 차단기가 내려가면 또

어두컴컴한 곳에 갇혀 있겠지. 어두컴컴한 곳에 있을 아이들을 생각하니 불쌍했다. 그래. 많이 무서웠겠지. 얼마나 배가 고팠을까. 다시 배가 고파지면 툭눈이한테 했던 짓을 서로들 해대겠지. 도화동에 돌아가서도 문득문득 이 모습이 생각날 것 같았다. 방문 앞에서 걸음을 멈춘 영훈은 침대로 돌아가 주저앉았다. 무릎을 당겨 가슴에 안고 고개를 파묻었다. 어떻게 해야 할지 정말 알 수가 없었다.

얼마쯤 시간이 지난 뒤 영훈은 침대에서 일어났다. 방을 나갔다가 되돌아온 영훈은 엄마가 쓰던 백점병 약을 들고 있었다. 먹이 투입구를 열자 아이들이 일제히 입을 올렸다. 예전에는 귀엽게만 보이던 아이들의 표정이 무심하고 악착같아 보였다. 아주 조금씩만 희석해 쓰던 약을 병째 쏟아 부었다. 금붕어들이 정신없이 움직이고, 가라앉았던 검은 물때가 일제히 요동쳤다. 반도 넘게 남은 갈색 병을 비우자 특유의 냄새가 방 안을 가득 채웠다. 코와 목구멍으로 달려드는 것 같은 냄새. 구역질이 났다. 수면 위로 뻐끔거리며 흔드는 반짝임들. 다들 영훈에게 소리치는 것 같았다. 왜 이러냐고, 너는 나를 아끼지 않았냐고, 어서 멈추고 꺼내달라고. 영훈은 냄새 때문에 방에서 나가고 싶었지만, 아이들이 조용하고 편안해질 때까지 곁에 있어줘야 한다고 생각했다. 그리고 정말로 그렇게 했다.

엄마가 교무실 문을 열고 들어온 것은 쉬는 시간 종이 울릴 즈음이었다. 얼굴이 너무 하얘서 어디가 아픈 사람 같았다. 엄마는 한참이나 선생님과 이야기한 뒤 영훈을 데리고 교무실을 나왔다. 영훈은 엄마에게 혼날 것이라 생각해 겁이 났지만 예상과 달리 엄마는 그냥 집에 가자고만 했다. 그러나 어젯밤의 엄마와는 분명 달랐다. 영훈은 엄마가 일부러 떨어져 걷는다고 느꼈다. 자신의 마음을 설명하고 싶었지만 그저 넋 나간 얼굴을 한 엄마에게 그럴 수가 없었다. 엄마에게 미안했다. 자기 때문에 속이 많이 상한 것을 알았고, 엄마를 기분 좋게 해주고 싶었다. 한 손을 머리에 대고 운동장을 가로지르는 엄마의 뒷모습을 보며 영훈은 자신의 발견을 마음속에 깊이 새겼다.

영훈의 세 번째 발견. 소중한 것은 돌보는 것을 잊어서는 안 된다. 그러면 슬픈 일이 생긴다. 다시는 그런 일을 겪고 싶지 않았다.

박 팀장과 만난 다음 날 늦잠을 잤다. 일어나니 9시가 한참 넘은 시각이었다. 며칠 동안 쌓인 피곤이 가시고 머리도 맑아진 기분이었다. 욕실로 들어가 거울을 보는데 어제 내가 한 일이 무엇인지 실감이 났다.

지금 한승복지관에서 벌어지고 있을 일들이 그려졌다. 박 팀장과 정인이 이야기하고 있겠지. 박 팀장은 정인의 집에 누가 있느냐고 물을 것이다. 사무실에서 이야기한다면 인수 씨도 있겠고. 내 이야기는 빼고 확인해달라고 했지만 자신할 수 없었다. 혹시 내가 어떤 말로 정인의 주소를 알아냈는지, 집에 찾아가 무엇을 물어봤는지도 정인이 알게 될까? 박 팀장에게 말하지 않은 것들이 떠올랐다. 던지는 물건에 맞아 내쫓겼던 일과 술을 사 갔던 일. 그런 일들도 드러날까? 몰래 녹음을 했다는 것까지는 모를 것이다. 어찌 됐건 별로 생각하고 싶지 않았다.

며칠 동안 전화가 울릴 때마다 박 팀장일까 신경 쓰였지만 다른 전화였다. 바쁜 일이 생긴 박 팀장이 잊어버렸는지도 모른다. 오히려 잘됐다는 심정이었다. 길을 가다 구덩이에 발이 빠졌는데 안에 있던 무언가에 잡혀 딸려 들어갈 것 같은 두려움. 그럴 때면 테이블에 처박혔던 뺨으로 손이 갔다. 잊기 위해 작업에 열중했는지도 모른다.

기존에 썼던 소설을 천천히 고쳐나갔다. 잡생각을 하고 싶지 않아서였고, 그래서 처음에는 변화를 느끼지 못했다. 변화의 시작은 악역을 맡은 인물에서였다. 예전에는 그냥 나쁜 놈일 뿐이었다. 나쁜 놈에게 무슨 이유가 필요할까? 그런데 나쁜 놈에게 그럴 수밖에 없는 사연이 생기자 놈이 강력하게 변했다. 강력이라는 말보다는 처절하고 필사적이라는 말이 어울리겠다. 주인공도 그에 따라 달라져야 했는데, 그 과정에서 작품 전체의 긴장감이 살아났다. 첫 작품을 쓸 때 느꼈던 손맛을 다시 맛보기 시작했다. 그런데 첫 작품과는 분명 달랐다.

예전에는 등장인물을 줄거리 방향으로 몰고 가는 데 바빴다면, 등장인물 곁에서 보고 느끼는 기분이었다. 감정들을 느끼다 보면 간혹 축복 같은 순간들이 찾아왔다. 어둠 속에서 촛불을 비추며 한 발짝씩 내딛다가, 야구장 조명이 비추는 8차선 도로를 달리는 기분이랄까? 불이 꺼지기 전에 어서 가야 한다는 초조함과 스치는 정경을 온전히 담아야 한다는 안타까움 사이에서 행복했다. 노트북을 열심히 두드리는데 옆에 앉은 남자가 나를 쳐다봤다. 그에게 환히 웃어주었다.

출판사에 전화를 걸어 원고를 많이 수정하고 싶은데 기한을 연장할 수 있겠냐고 물었다. 출판사 선배도 내 목소리에서 어떤 변화를 느낀 것 같았다. 오기나 자신감 같은 것들. 이왕 늦어진 것, 잘해보라는 답을 흔쾌히 받아내고 거의 모든 것을 수정하기 시작했다. 글이 이렇게 잘 나오는 시간은 정말 오랜만이었고, 이 시간이 오래 지속되기를 바랐다.

매일 그날의 분량을 채우는 것만 신경 썼다. 일과는 단조로웠다. 오전에 벌써 그날의 분량을 채우면 뿌듯함 속에서 도서관 주위를 거닐었다. 몇 달 전만 해도 온종일 웹서핑만 하다 터덜터덜 집으로 돌아갔는데, 도서관이 끝날 시간이 돼도 더 쓸 수 있을 것 같은 날들이 생겼다. 커피를 하도 마셔 속이 쓰리고 눈꺼풀이 떨리면 아쉬운 마음을 접고 자리에서 일어났다.

달라진 것을 제일 먼저 알아챈 사람은 아내였다. 무슨 좋은 일 생겼냐고 했지만 자세히 묻지는 않았다. 아내는 내가 작업에 대해 말하면 글이 안 써진다는 징크스가 있다는 것을 알았다. 집에 돌아오면 아이들을 안아주었고, 따뜻하고 기름진 음식이 식탁에 올라왔다. 허겁지겁 저녁을 먹고 샤워를 한 뒤 필름이 끊기듯 잠들었다.

작업 흐름이 끊기는 것이 싫어 구정도 간단히 보냈다. 설날 오전에 오산의 병원에 잠깐 들러 아버지를 병문안했다. 어머니와 병원 근처에서 점심을 먹은 뒤 집에 내려드리고 양평 처가로 향했다. 늦었는데 자고 가라는 장모님 권유에도 밤늦게 집으로 돌아왔고, 이튿날에는 집 근처 커피숍에서 작업을 시작했다. 집에 돌아오니 아이들도 잠든 뒤였는데, 평소 싫은 내색을 않던 아내도 좀 심한 것 아니냐고 했다. 다음 날 작업을 시작하며 조금 신경이 쓰이긴 했다.

연휴가 끝나고 도서관에서 작업을 재개한 날 일찍 집으로 돌아왔다. 이미 그날의 작업 분량을 마친 뒤였다. 아내에게 함께 아이들 마중을 나가자고 했다. 어린이집 버스를 기다리며 저녁으로 무엇을 먹을까 이야기를 나눴다. 아이들이 좋아하는 카레볶음밥을 같이 만들기로 했다. 저녁 무렵 부엌에서는 카레 향과 고기 볶는 냄새가 났고, 아이들은 아빠가 썬 야채를 쉽게 구별했다. 저녁을 먹고 경호가 트랜스포머 로봇을 어떻게 변신시키는지 알려줬지만 끝내 따라 할 수 없었다. 경찬이가 웃으며 로봇을 가져갔다.

안방에서 아이들이 잠들자 아내에게 달걀말이를 부탁했다. 아내는 신기하게 김만 넣는데도 맛깔난 달걀말이를 만들었다. 바다 향을 품은 보드랍고 노란 웅크림들. 달걀말이가 넉넉히 담긴 접시가 나오자 나는 냉장고에서 차가운 맥주를 꺼내 왔다. 아내가 식탁에 마주 앉으며 물었다.

"요새 좀 써지나 봐?"

"그냥 그렇지 뭘."

아내가 눈을 가늘게 뜨고 얼굴을 들이밀었다. 웃음이 났다. 식탁을 정리하고 아이들 놀이방에서 마주 보고 웅크렸다. 함께 가봤던 곳과 가보고 싶은 곳의 이야기들. 레고 블록과 변신 로봇들, 공룡 인형들 사이에서 다정한 시간을 가졌고, 달콤한 노곤함이 두 사람의 몸으로 퍼져나갔다. 그 자리에서 그냥 잠들고 싶었다.

이튿날 아침, 도서관에서 전화를 받았다. 복지관 박 팀장이었다. 대뜸 오늘 저녁에 시간이 되냐고, 예전에 봤던 커피숍에서 만날 수 있냐고 물어왔다. 2월 13일 수요일이었다.

지하철역에서 나와 커피숍 앞에 서니 5시 30분이었다. 6시에 만나기로 해서 아직 여유가 있었다. 밸런타인데이 전날이라 편의점마다 길게 가판을 내고 초콜릿을 진열했다. 화려하게 포장된 초콜릿들을 바라봤지만 정인에 대해 생각하고 있었다. 박 팀장이 정인과 같이 나올까 걱정이었다. 정인의 얼굴을 다시 보고 싶지 않지만 어쩔 수 없는 일이었다. 내 행동을 설명해야 할 상황을 대비해 정인과 처음 만났던 날의 녹음도 가져왔다. 잊고 있었던 호기심이 꿈틀거렸다. 정인은 자신의 어머니에 대해 어떻게 해명했을까? 박 팀장은 정인의 학대를 알아냈을까?

6시에 맞춰 커피숍으로 들어갔다. 아메리카노를 받아들고 구석 자리에 가서 앉았다. 10분쯤 지나 박 팀장이 혼자 나타났다. 다행스러웠다.

박 팀장은 달라져 있었다. 3주가 조금 지났을 뿐인데 살이 빠지고 얼굴빛이 검어졌다. 표정도 지쳐 보여 예감이 좋지 않았다. 나는 그녀가 라떼를 마셨다는 것이 기억났다. 확인 차 한 번 물어보고 커피를 주문했다. 커피를 내려놓고 자리에 앉아 안부를 물었다. 박 팀장은 인사도 없이 바로 말을 시작했다.

"전화로 말씀드리기 그래서 이렇게 뵙자고 했습니다."

"……"

"어디서부터 말씀드려야 하나."

그 말을 하면서도 박 팀장은 나를 쳐다보지 않았다. 입을 벌린 채 숨을 길게 내쉬더니 커피를 한 모금 마셨다.

"우선. 김정인 선생님은 이제 저희 복지관에서 일하지 않습니다."

예상치 못했던 말이었다. 뭐랄까. 이 정도로 일이 커질지는 몰랐다는 낭패감.

"아…… 왜요?"

"본인이 그만두셨어요."

생각해보면 충분히 예상할 수 있었던 일이다. 무슨 말을 해야 할지 알 수 없는데, 박 팀장 표정은 이것이 전부가 아니라고 말하고 있었다.

"그리고 작가님이 말씀하셨던 어르신. 집에 갇혀 있다고 말씀하셨던 분은 정신이 온전한 분이 아니셨어요. 근처 동네에서 길 잃은 분을 김 선생님이 잠시 보호하고 계셨다더군요."

"그래요?"

"경찰에 신고하고 관련 기관에 보내드리는 것이 맞는데 김 선생님이 애틋한 마음이 들어 며칠 댁에서 보호하셨다고요."

"그럼 그분은 지금 어디 계신가요?"

"저희도 몰라요."

"네? 모르신다는 말씀은……"

"이 작가님이 저에게 알려주시고 바로 다음 날 김 선생님과 이

야기를 나눴습니다. 이튿날 김 선생님이 문 잠그는 것을 깜빡하
셨대요. 퇴근해서 돌아오니 안 계시더랍니다. 여러 사람들이 찾
았는데 끝내 못 찾았어요. 김 선생님이 그 일 때문에 무척 자책
하셨습니다."

　나는 몸을 뒤로 젖혔다. 무엇부터 물어야 할지 알 수 없었다.
머리가 멍해진 기분이었다. 내가 물었다.

　"그분이 누군지는 모르시고요?"

　"네. 신원 확인 전에 그렇게 되셨어요."

　"그게 언제인가요?"

　"벌써 몇 주 됐네요."

　"……"

　"김 선생님이 경찰에도 연락을 했는데 신원을 모르는 분이라
실종 신고 자체가 불가능했어요."

　"팀장님도 그 어르신을 보셨죠?"

　"아니요. 직접 뵙지는 못했어요. 김 선생님으로부터 말씀만 들
었어요. 말씀을 들어보니 언어 장애와 인지 장애가 있으신 분 같
더군요. 그럴 연세로 보이지는 않았다고 하셨고요. 김 선생님하고
함께 기관에 인계할 생각이었는데 안타깝게도 사라지셨어요."

　안타깝게도 사라지셨다고? 뭐라고 해야 할지 알 수 없었다. 내
가 녹음해서 들었던 둘의 분위기는 그런 사이가 아니었다. 그렇
다고 이제 와서 박 팀장에게 녹음된 내용을 들려줄 수도 없었다.

　"김 선생님이 그 일로 좀 쉬고 싶다며 갑작스레 그만두셨어요.
저도 후임을 구하느라 정신이 없었네요. 이제 어느 정도 자리가

잡혔고, 선생님께 알려는 드려야 할 것 같아서요. 선생님께 드리고 싶은 말씀은…… 그 일은 김 선생님 개인적인 일이었고, 복지관하고는 상관이 없다는 점입니다. 이 점을 분명히 말씀드리고 싶네요. 김 선생님은 더 이상 근무하지도 않고요."

박 팀장은 커피 한 모금을 마셨다.

"저는 김 선생님을 몇 년 동안 옆에서 봐왔어요. 왜 그러셨는지 이해가 가요. 관계 기관에 인계하는 것이 편하지만 며칠 보살펴드리고 싶었을 수 있어요. 사라지신 날이 무척 추웠던 날이라 김 선생님이 참 가슴 아파하셨어요."

"혹시 이상하다는 생각은 못 해보셨나요?"

내 말에 갑자기 박 팀장의 표정이 언짢게 변했다.

"……뭐가요?"

"사람이 갑자기 사라진 거요."

"무슨 뜻이죠?"

되묻는 박 팀장의 표정은 내가 무슨 뜻으로 말하는지 이해한 것처럼 보였다. 말하기 전에 나도 커피 한 모금을 마셔야 했다.

"사실만 연결 지어 말씀드려볼게요. 비정상적인 어르신이 어느 복지사 집에 갇혀 있었어요. 그 복지사는 어르신을 집에 가두고 있다는 사실을 아무에게도 말하지 않았죠. 그런데 누군가 우연히 알아챘고, 직장 상사가 알게 된 다음 날 어르신은 사라졌어요. 복지사는 퇴사하고, 지금은 아무도 그 어르신이 어디 계신지 모르고."

"소설가다우시네요."

"······"

"말씀 함부로 하시는 거 아닙니다! 김 선생님을 모르셔서 그런 말씀을 하시는 건가요? 어떤 복지사가 자기 집으로 길 잃은 어르신을 데려간답니까? 그런 분이 흔한 줄 아세요? 선생님은 몇 주나 자원봉사를 같이 하셨으면서 김 선생님이 어떤 분인지 모르세요?"

박 팀장은 꾹 참아왔던 감정을 더는 억누르지 않기로 한 모양이었다. 너 때문에 내가 아끼던 사람을 잃었다는 원망이 고스란히 전해졌다. 게다가 일종의 혐오감마저 느껴졌다. 나는 그래도 할 말을 했다.

"만약 그냥 어르신이 아니라면요?"

"그건 또 무슨 말씀이에요?"

"······제가 집에서도 먼 여기 복지관에 왜 자원봉사를 신청했는지 아시나요?"

"······"

"저는 김 선생님께 폭행당한 적이 있습니다."

박 팀장의 표정이 딱딱하게 굳었다가 믿지 못하겠다는 비릿한 웃음으로 변했다. 나는 그 웃음에서 내가 완전히 신뢰를 잃었다는 것을 알았다.

박 팀장은 설령 내가 폭행당했다고 해도 이 일과는 관계없는 일이라 했다. 게다가 김 선생님이 왜 그러셨냐고 묻는데 이유를 설명할 수 없었다. 박 팀장이 나를 찾은 목적은 분명했다. 더는 문제를 만들고 싶지 않고, 혹시나 이 일이 복지관 차원의 문제로 번지는 것을 막기 위해서였다. 나 역시 복지관 차원의 문제를 만들고 싶은 생각은 없었다. 하지만 목적이 다른 사람들끼리는 대화가 잘 되지 않았다. 대화를 더 나눠도 박 팀장에게서 얻을 것이 없어 보였다.

집으로 돌아가는 길에 범기 형에게 전화를 걸었다. 전화 연결이 되지 않았다. 집에 들어가기 전에 통화를 하고 싶어 지하철역에 내려서 몇 번 더 전화를 걸었지만 소용이 없었다. 범기 형으로부터 지금 현장이니 나중에 연락하겠다는 메시지를 받고 집으로 들어갔다. 아이들이 달려 나와 트랜스포머 로봇을 건네주며 변신시키는 법을 알려주려 했지만 놀아줄 기분이 아니었다. 아이들을 밀쳐내자 아내가 내 표정을 보고 물었다.

"오늘 누구 만난다고 했었지?"

"있어. 복지관 사람."

"왜?"

"내가 뭐 알아봐달라고 부탁한 게 있었거든."

"그랬구나. 뭔데?"

"그냥. 별거 아냐."

"일은 잘됐어?"

"응."

아내는 무슨 말을 하려다 참는 것 같았다. 나는 방으로 들어갔다. 박 팀장에게 꺼내지 못했던 말이 머릿속에서 맴돌았다. 그 어르신이 정인의 어머니일지도 모른다는 점이었다. 그 말을 꺼내려면 많은 이야기를 해야 했다. 오히려 내가 이상하게 보일 수도 있을 것 같았다. 그래서 범기 형에게 전화를 했던 것이다. 범기 형에게 빠른 시일 내에 좀 보자고 메시지를 남겼다.

그날 밤 꿈을 꿨다. 생생한 꿈이었다. 정체를 알 수 없는 사람에게 쫓기고 있었다. 잡히면 안 될 것 같은 마음에 구불구불한 골목을 달리며 도망쳤다. 어떻게 해도 골목을 벗어날 수 없었다. 아무리 빨리 달려도 발자국 소리는 멀어지지 않았다. 너무 숨이 차서 잠시 쉬는데, 고개를 드니 바로 정인의 집 앞이었다. 익숙한 스테인리스 문이 대문 너머로 보였다. 저 안으로 숨어야겠다는 생각이 들었다. 자물쇠가 보였지만 번호를 알고 있으니 문제될 것 없었다. 어떤 남자의 외침이 바로 아래에서 들렸다.

대문 안으로 들어가 정인의 집 자물쇠를 풀려는데 문이 열리지 않았다. 내 기억에 1568이 맞는데, 아무리 번호를 맞추고 흔들어도 자물쇠가 풀리지 않았다. 나는 문을 두드리기 시작했다. 열어달라고! 어서 안으로 좀 들어가자고! 안쪽에서는 희미한 TV 소리만 들렸다. 팔꿈치로 유리창을 깼다. 구둣발로 남은 유리 조각들을 깨고 안으로 들어갈 수 있을 정도가 되자 문을 타고 안으로 넘어 들어갔다. 유리 조각에 손이 찔리는 느낌과 손바닥에서 배어나온 피가 선명할 정도로 꿈은 생생했다. 나를 쫓아오던 사람이 여기 숨은 것을 알아챌지 궁금해 유리문 바깥으로 살짝 고개를 내밀었다. 바깥은 조용했다. 안도의 숨을 내쉬며 돌아서는데 바로 앞에 한 여자가 서 있었다. 생전 처음 보는 젊은 여자가 바로 앞에서 나를 노려봤다. 그 눈빛에 소름이 돋았다.

자리에서 일어나 시계를 보니 새벽 4시도 안 된 시각이었다. 잠이 더 올 것 같지 않아 거실로 나와 캔맥주를 땄다. 거실의 냉기가 꿈을 더 선명하게 만들었다. 독기가 가득한 눈빛이 소파에 앉아서도 생생했다. 차가운 맥주를 목구멍으로 넘기는데 팔다리에 소름이 돋았다.

범기 형에게서 연락이 온 것은 이틀 뒤였다. 바빠서 오래 볼 수 없으니 간단히 저녁이나 먹자고 했다. 그러면서 약속 장소로 잡은 곳이 경찰서 근처 삼겹살집이었다. 약속이 6시 30분이었는데 정작 나타난 시각은 7시였다.

식당은 허름하고 조용했다. 혼자 앉아 고기를 굽는데 한 거구의 남자가 시야를 가렸다. 추운 날씨인데도 범기 형은 얇은 스포츠 재킷 차림이었다.

"내가 보잘 때는 글 쓴답시고 바쁘다더만. 뭘 부탁하려고 이 자식아?"

"생전 안 바쁘던 사람이 왜 그렇게 바쁜 척을 해? 혼자 일 다 하는 것처럼."

"이 몸이 조금 유능하시단다."

범기 형은 식당을 둘러보며 재킷 지퍼를 내리고 자리에 앉았다. 등받이 없는 작고 동그란 의자에 백 킬로그램이 넘는 거구의 엉덩이가 위태롭게 올라간 뒷모습이 상상됐다. 형이 젓가락을 들며 말했다.

"고기 구워놓은 것 좀 봐라. 이게 뭐냐? 넌 사회생활 안 해서

참 다행이다. 어디 가서 이렇게 구워놓으면 욕먹어. 딱 한 번만 뒤집어야지. 고기 맛 떨어지게 뒤적거렸구만."

범기 형은 상추에 고기를 세 점 얹고 쌈장을 푹 찍은 마늘을 올렸다. 내가 말했다.

"많이 먹어. 내가 사는 거야."

"뭔 일이래? 벌써부터 겁난다?"

나는 소주병을 들고 범기 형 앞의 빈 잔을 봤다.

"술 괜찮아?"

"딱 두 잔까지는."

소주를 범기 형 잔에 따르고 내 잔도 채웠다. 바로 잔을 비우고 범기 형이 따라주는 술을 받았다. 범기 형이 웃으며 물었다.

"너 뭐 사고 쳤냐?"

나는 받은 잔도 비웠다. 술잔을 내려놓자 형이 술병을 들었다. 잔을 받으며 말했다.

"그때 머리채 잡혔다고 한 거 기억나? 작년 12월 초에."

"왜? 또 맞았어?"

범기 형은 놀리듯이 물었다. 어디서부터 이야기를 해야 할지 막막했다.

대부분을 이야기했다. 복지관 사이트의 조직도를 보고 정인을 찾아간 것부터 자원봉사를 함께 다닌 것. 정인이 어머니와 함께 산다고 들었는데 인수 씨로부터 정인이 혼자 산다는 말을 들었던 것. 확인을 해보고 싶어 그의 주소를 알아낸 것과 정인의 집에 누가 갇혀 있어 자물쇠를 연 것도 말했다. 정신이 온전치 않은 어르신을 발견하고 대화가 되지 않아 어쩔 수 없이 녹음을 한 것도 말했다. 그러나 어르신이 내게 소리를 지르며 물건을 던졌다는 것과 내가 술을 사 간 것은 굳이 말할 필요를 못 느꼈다. 이야기의 중요 부분이 아니라 생각했다. 어르신이 학대당하는 것을 알고 가만있을 수 없어 복지관 박 팀장에게 사실 확인을 부탁했고, 며칠 전 박 팀장과 만나 무슨 이야기를 들었는지도 다 말했다.

이야기가 끝나자 범기 형이 혼자 소주를 반병 넘게 비우고 있었다. 젓가락을 내려놓더니 팔짱을 끼고 뭔가 생각하는 것 같았다. 예전부터 인터뷰 한답시고 겁 없이 돌아다니지 말라고 했던 사람이다. 범기 형이 말했다.

"우선 너, 현직 경찰한테 불법 사실을 털어놨어. 그 녹음 불법인 거 알지? 주거무단침입과 통신비밀보호법 위반으로 나한테 잡혀갈 수 있어."

나는 가만히 있었다. 범기 형이 물었다.

"그래서 어쩌라고? 원하는 게 뭐야?"

"그분이 누구인지, 어떻게 됐는지 알고 싶어."

"그건 내가 할 수 있는 게 아니고, 나 들어가봐야 해. 늦었어."

"김정인이라는 사람. 어떤 사람인지 좀 알아봐줘."

"못 해. 난 그런 거."

"할 수 있잖아? 전과 기록 같은 간단한 신원 조회되잖아. 가족 관계 같은 것도 알아봐주면 좋고."

"함부로 말하지 마. 요새 그런 거 불법이야. 설사 내가 알 수 있다고 해도 너한테 말해주는 건 안 돼."

"나 좀 불안하다고. 꿈도 이상하고."

"뭐가 불안해? 지은 죄라도 있나 보지?"

"형. 그분 참 고와 보이셨어. 막말로 그 복지사가 이상한 짓이라도 하다가 나한테 들통나서 어떻게 해버린 거면? 그분 사라지신 시기가 너무 절묘하잖아? 만약 김정인이라는 사람이 악감정이 생겨서 나한테 무슨 해코지라도 하면 어쩌려고?"

그 말에 범기 형 인상이 확 일그러졌다.

"만약이지만, 나중에 후회 없겠어?"

범기 형은 내 얼굴을 보고 잔에 남았던 소주를 들이켰다. 그리고 물 좀 버리고 온다며 자리에서 일어나 가게 바깥으로 나갔다.

돌아왔을 때에는 몸에서 담배 냄새가 났다. 형의 표정이 조금 풀어져 있었다. 다 먹은 것 같더니 상추를 들고 고기를 집으며 물었다.

"너 나한테는 속이는 거 없냐?"

"없지."

"……그 남자 주민번호는 모를 거고…… 핸드폰 번호는 있어?"

나는 복지관 사무실에서 적었던 핸드폰 번호와 생년월일, 주소까지 형에게 알려주었다.

집으로 돌아오는데 바람이 찼다. 정인은 지금 어디에 있을지 궁금했다. 아직 그 집에 있을까? 그렇다면 지금은 혼자겠지. 정인과는 인사도 못 하고 헤어졌다. 마지막으로 만난 순간이 도시락 배달을 하던 카니발 안에서였다.

　그날 정인은 내게 작가들은 거짓말을 잘하냐고 물었다. 감추는 것도 거기 해당되느냐고. 왜 그렇게 물었을까? 나는 정인의 어머니에 대한 이야기가 궁금해 그런 질문을 왜 하는지 물어볼 생각도 못 했다. 소설 작법에 대한 이야기로 그가 사실을 털어놓기를 유도했는데, 막상 정인은 소설 작법 자체에 관심을 보였다. 내가 했던 말을 어디서 들어본 적이 있다고 했었다. 누구에게서 그 말을 들었을까? 그리고 이 추운 날씨에 실종된 분은 어디 계실까?

영훈은 그녀가 거미 같았다. 거미는 5월의 마지막 날 나타났다. 그날은 일요일이어서 옆집으로 이사하는 그녀를 바라볼 수 있었다. 작년에만 세 번 이사한 영훈은 그녀가 처음 이사한다고 느꼈다. 뭘 해야 할지 잘 모르는 것처럼 보였다. 자신의 짐을 낯선 물건처럼 더듬거렸다. 작은 몸통에서 나온 긴 팔과 긴 다리가 느릿느릿 움직였다. 헐렁한 반바지와 긴팔 티셔츠는 모두 검정이었고, 그때도 가늘고 긴 담배를 물고 있었다.

학교 끝나고 집에 오면 그녀와 마주쳤다. 그녀는 계단에 앉아 담배를 피웠다. 옷차림도 늘 같았다. 영훈은 좁은 계단을 오르며 그녀의 다리를 건드릴까 조심했고, 그녀는 고개를 들어 영훈을 쳐다봤다. 영훈은 눈을 피해 그녀가 보던 쪽을 봤다. 무엇을 보고 있었는지 알 수 없었다. 볼 만한 것은 하나도 없는데. 촘촘한 슬레이트 지붕들, 지붕 위의 각목과 커다란 돌들. 이름은 달라도 어딘가 비슷한 동네들.

　영훈은 엄마를 통해 그녀가 소설가라는 것을 들었다. 담배꽁초 문제로 성난 이야기가 오가다 알게 됐다는 것이다. 부모와 싸우고 학교를 그만둔 뒤 집을 나왔단다. 스물일곱 살이라는 나이에도 가출이라는 단어를 쓸 수 있는지 모르겠다. 엄마는 옆집에 드나들더니 6월 말부터는 아예 그 집에 더 오래 있었다. 영훈은 저녁 먹을 시간이 됐는데도 옆집에서 엄마 목소리가 들리면 화가 났다. 화가 날 때마다 스스로를 다독였다. 엄마가 술을 덜 먹는 것은 분명 좋은 일이니까.

　영훈은 이제 엄마가 술을 먹으면 불안했다. 지난겨울 학교를 마치고 집에 오니 가스 불 위에 압력밥솥이 달아올라 있었다. 검은 플라스틱 손잡이가 가스레인지 위로 녹아내렸다. 아무리 깨워도 엄마는 일어나지 않았다. 영훈은 후끈거리는 열기를 얼굴로 느끼며 가스 불을 껐다. 엄마와 두꺼운 이불을 덮고 조마조마한 심정으로 검게 식어가는 압력솥을 바라봤다. 처음으로 소리 지르며 엄마에게 화를 냈고, 둘은 서먹하게 저녁을 먹었다.

　거미를 만나고 엄마는 술을 덜 먹었다. 술병 대신 원고지를 붙잡고 있는 엄마가 낯설었다. 학교에서 돌아와 엄마가 집에 없으면 옆집 문을 두드렸다. 엄마가 문을 열고 환하게 "우리 아들 왔어?"라고 할 때도 있었지만, 표정이 굳은 채로 집에 가 있으라고 할 때가 대부분이었다. 엄마의 어깨 너머로 거미가 보였다. 원고지가 놓인 갈색 상 앞에 앉아 물끄러미 영훈을 바라봤다.

　영훈은 못생긴 거미가 싫었다. 뾰족한 얼굴에 눈은 작고 코도

낮았다. 나이가 한참 많은 엄마가 더 예쁘다는 것은 골목 남자들의 시선만 봐도 분명했다. 거미의 표정은 늘 무뚝뚝했다. 그래서 엄마가 국어 과외를 받으라고 할 때까지만 해도 거미에 대한 감정은 미움이 확실했다.

"성적표 보니 수학 과외를 받아야겠네."

목소리만은 들어줄 만했다. 폰팅할 때 목소리 예쁜 애는 피하라던 친구들 말이 딱 맞았다. 말도 느려터졌다. 거미가 성적표를 더듬거리는 동안 영훈은 방을 둘러봤다. 영훈의 집과 똑같은 크기에 부엌 방향만 반대였다. 은색 스테인리스 문을 열면 좁은 현관 뒤로 노란 장판이 깔린 부엌이었고, 오른쪽으로 작은 화장실이 있었다. 부엌을 지나면 방이 나오는 구조였다. 방 안에 여자 물건이라 할 만한 것은 보이지 않았다. 구석에 쌓인 책들 중 한 뭉치는 아직도 풀지 않아 십자로 묶인 녹색 끈이 팽팽했다. '버지니아 슬림' 한 보루가 보였다. 친구들이 피우는 담배보다 얇아 궁금했던 담배의 이름을 이제 알았다.

"나는 국어 전공도 아니고 가르치는 것도 처음이니 싫으면 말해."

영훈도 그럴 생각이었다. 거미는 엄마를 통해 빌려갔던 국어 교과서를 도로 건네줬다. 교과서를 처음부터 소리 내서 읽으라 했다. 강의나 필기도 없이 그저 책만 읽으라고? 참고서나 문제지도 없이 교과서 한 권만 덩그러니 놓인 갈색 상이 어이없었다. 영훈은 중학교 2-1 국어 교과서 맨 첫 장을 폈다.

"국민교육헌장도요?"

"읽고 싶으면."

영훈은 국민교육헌장과 차례를 소리 나게 넘기고 본문 1페이지부터 읽기 시작했다. 1단원은 '어떻게 읽을까?'였다. 「단원의 길잡이. 말을 할 때에 말하는 사람이 구체적인 목적을 가지고 말을 하듯이, 글을 쓸 때에도……」

두 페이지를 넘게 읽는 동안 거미는 아무 말도 하지 않았다. 영훈은 소리 내서 읽었지만 한숨이 계속 나왔다. 머릿속으로는 딴생각을 했다. 집에 있는 엄마가 이 모습을 보면 뭐라고 할까? 이러고 얼마를 받아갈까? 거미와 엄마 둘 다 싫었다. 둘이 벌이는 연극에 들러리가 되고 싶은 생각은 없었다. 혹시 거미가 순진한 엄마를 꼬드겼을까?

"그럼, 이 문단을 어떻게 고치면 될까?"

갑작스런 질문에 영훈은 당황했다. 4페이지와 5페이지에 걸쳐 나온 잘못된 글의 예시를 고쳐보라는 말이었다. 영훈은 페이지를 뒤로 넘겨 재빨리 눈으로 다시 읽었다.

「배 안에서 일하는 사람들은 모두 화목하게 지낸다. 돈을 많이 받는 사람이나 적게 받는 사람이나 모두가 친구들이다. 선장은 나를 하찮게 대해준다. 우리는 가끔씩 모여 함께 회식도 한다. 내 생각에 우리는 마치 한 가족과 같다.」

문장에 일관성이 없다는 말이 다음 단락에 얼핏 보였다. 이 문장을 읽었던 2학년 첫 국어시간이 기억났다. 영훈은 키가 175센티미터로 반에서 두 번째로 커서 맨 뒤에 앉았다. 할머니라 부를 수 있는 여자 선생은 열심이었지만 목소리가 작았다. 아이들은 간보기가 끝나자 장난을 시작했다. 조용히 하라고 선생이 뒤돌아볼 때마다 무슨 소리냐고 어이없다는 표정들을 지었다. 선생에 대한 반항이라기보다 모험을 통해 유대감을 쌓는 행동이었다. 그렇다고 제물로 전락한 선생의 위치가 격상되는 것은 아니었다. 영훈은 친구들과 함께 웃으면서도 선생이 애처로웠고, 중학교 선생은 결코 되지 않으리라 다짐했었다. 답이 기억났다.

"'하찮게'를 '다정하게'로요."

거미는 고개를 끄덕였다.

"그게 쉽지. 그런데 그게 아닐 수도 있어."

"그러면요?"

"사람은 그렇게 쉬운 존재가 아니니까."

"네? 뭐요?"

영훈은 뭔 소리냐며 비웃듯이 물었다. 무심코 학교 수업시간 분위기가 나온 것 같았다. 영훈을 보던 그녀가 몸을 돌려 원고지와 검정 볼펜을 상 위에 올렸다. 담뱃갑에서 담배를 꺼내 물고 불을 붙였다. 찡그린 얼굴이 글을 써야 하니 어쩔 수 없이 담배를 피워야겠다는 표정이었다. 거미는 원고지를 집어 넘기더니 빈 페이지에 글을 적었다. 모음을 길게 늘여 쓰는 특이한 글씨체였다. 다 적었는지 원고지를 영훈 쪽으로 돌려놨다.

「배 안에서 일하는 사람들은 모두 화목하게 지낸다. 돈을 많이 받는 사람이나 적게 받는 사람이나 모두가 친구들이다. 우리는 가끔씩 모여 함께 회식도 한다. 내 생각에 우리는 마치 한 가족과 같다. 그런데 왜 선장은 나만 하찮게 대할까?」

원래의 문장에서 크게 달라진 것은 없었다. 순서를 바꾸고 물음표만 더했을 뿐인데 뭔가 달라졌다. 문장을 끝까지 읽었을 때 영훈은 가슴속에서 무엇이 반짝하는 기분이었다. 애초에 틀린 문장이 아니었다는 교과서에 대한 반감인지도 몰랐다. 그런데 그게 다가 아니었다. 물음표 뒤로 애초에 없던 궁금증들이 생겨났다. 게다가 사람은 쉬운 존재가 아니라는 말. 영훈은 그 말에 대해 더 듣고 싶었지만 거미가 다른 질문을 했다.

"왜 너한테만 그랬을까?"

당연히 너는 알고 있다는 눈빛이었다. 그 눈은 영훈을 똑바로 쳐다보며 답을 기다렸다. 자신을 겁내지 않는 여자의 시선에 눌려 나름의 답이 나왔다. 몇 해 전 '구린내'라 불렸던 일이 떠올랐다. 답이 만들어지고 입으로 나오는 과정에서 한 번 더 반짝했다. 두 번째 빛은 첫 번째보다 강렬했다. 자신도 몰랐던 것을 자기 안에서 발견하고, 그 내밀한 것을 바깥으로 꺼낼 때의 쾌감. 그녀는 영훈의 이야기가 끝날 때까지 눈을 마주쳐왔다. 그 시선을 받으며 영훈은 이상하게 엄마에게 미안해졌다.

거미가 계속해서 읽으라고 했을 때, 영훈은 귓불에서 열이 나는 것을 알았다. 이번에는 문장 하나하나가 눈에 들어왔다. 거미는 첫 번째 단원을 끝까지 읽히고 연습문제도 풀게 했다. 주로 생각을 묻는 문제였다. 거미는 영훈의 답을 더 이해하기 위해 몇 가지를 물었지만 자신의 의견을 보태지는 않았다.

거미는 수업을 마무리하며 2단원을 펼쳤다. 2단원은 '의견 말하기'였다. 거미는 18페이지 첫 문장에 빨간색으로 동그라미를 쳤다. 아무 표시도 없던 것을 보면 수업시간에는 그냥 지나친 문장이었다. 「삶은 곧 느낌이다.」 그 문장에 별표까지 치는 것으로 첫 번째 수업을 마쳤다.

집으로 돌아왔을 때 엄마가 어땠냐고 물었다. 거미를 싫어하는 마음이 변했기를 바라는 기대가 목소리에서 전해졌다. 영훈은 수업 가기 전 심통 부렸던 모습이 떠올라 그저 그랬다고 답했다. 영훈은 엄마가 잠든 뒤에 부엌으로 나왔는데, 국어책을 미리 읽어보는 모습을 들키고 싶지 않아서였다.

영훈은 엄마가 쓰는 것이 소설이라 생각했다. 얼핏 봐도 엄마가 적는 원고의 양은 엄청났다. 다 쓴 원고지를 어디에 두는지는 알 수 없었다. 내용이 궁금해 엄마가 시장 간 사이 집을 뒤지기도 했다. 비닐도 안 뜯은 원고지 뭉치만 겨우 찾았을 뿐이다. 원고를 거미의 집에 두는 것은 아닐까?

엄마가 무엇을 쓰냐고 거미에게 물어봐도 알려주지 않았다. 얼마 후 영훈은 엄마가 원고지 적는 모습을 보기 어려워졌다. 영훈이 없을 때만 적는 것 같았고, 때로는 방문을 잠그고 적었다. 왜 그러냐고 물으면 집중하기 위해서라고 했다. 엄마의 달라진 모습은 그뿐만이 아니었다.

엄마는 잠이 오지 않는다며 매일같이 소주를 한 컵씩 마셨는데 요새 들어 영훈은 종종 먼저 잠든 엄마의 모습을 봤다. 아침에 일어나면 언제 나갔는지 부엌에 상을 펴고 앉아 있었다. 저녁 먹고 TV를 보다 슬그머니 부엌으로 나가기도 했다. 화장실에 가거나 물을 마시러 부엌에 나가면 엄마가 원고지를 손으로 덮고 경계하는 시선으로 올려다봤다. 어떤 때는 자기가 앞에 있는 줄도 모르고 펜을 움직일 때가 있었다. 그럴 때면 엄마 볼이 빨갰다. 몸 전체에서 열이 나는 것 같았다. 그리고 예전보다 자주 웃었다.

"새로운 내가 되는 것 같아. 지금까지 한 번도 될 수 없었던 사람으로 말야."

잘 웃는 엄마는 바보 같았다. 거미에게 매달리다시피 하는 모습 때문이었다. 한참 나이 어린 그녀를 선생님이라 부르는 것도 웃겼다. 거미가 빌려준 책에 빠져 있는 모습도 싫었다. 사흘에 한 번은 반찬을 만들어 옆집으로 날랐고, 일주일에 한 번은 집으로 불러 저녁을 먹였다. 엄마가 누구를 집으로 초대한다는 것은 상상도 할 수 없는 일이었다. 금붙이를 부엌에 숨겨뒀기 때문이었다. 그러므로 집에서 밥을 해준다는 것은 정말 잘해준다는 뜻이었고, 그것도 모르는 거미는 늘 무뚝뚝했다. 고맙다는 말 한마디 없이 빈 그릇을 가져다놓을 때면 영훈은 거미가 얄미웠다.

처음으로 거미가 환하게 웃어준 사람은 영훈이었다. 영훈이 예습한 4단원은 절대 재미있을 단원이 아니었다. 4단원 '단어'는 문장을 어절, 형태소, 단어 단위로 구분하는 법과 단어가 형성되는 법에 대해 배우는 단원이었다. 영훈은 거미가 어떻게 가르칠까 궁금했다. 학교 선생처럼 재미없게 가르칠 수밖에 없는 단원이었다. 하지만 늘 그래왔듯이 어딘가 낯선 곳으로 데려가주기를 바라는 마음도 있었다.

영훈은 그날 처음으로 글짓기를 했다. 책에 나온 예문은 '하늘이 매우 높다'였다. 이 문장을 단어 단위로 구분하면 '하늘, 이, 매우, 높다'였다. 거미는 조사 '이'에 빨간 동그라미를 치고 세 가지 문장을 제시했다. '하늘이 높았다' '하늘도 높았다' '하늘만 높았다'. 각 문장이 어울릴 만한 세 가지 글을 적으라며 자기가 쓰던 펜과 원고지를 내주었다. 서로 다른 내용이어야 하고, 제시 문장이 도드라지면 안 된다는 것이 조건이었다. 그 말만 하고 거미는 책을 꺼내 읽었다. 영훈은 뿌연 담배 연기 속에서 한 시간 동안 글을 썼다. 다 쓰고서야 그렇게 시간이 지난 줄 알았다.

원고지를 한참 넘기던 그녀가 동작을 멈추더니 아랫입술을 깨물며 영훈을 얄밉다는 듯이 흘겨봤다. "애 좀 봐." 그 눈웃음이 가슴에 박히는 기분이었다. 가는 눈에서 시작한 긴 웃음 꼬리가 뺨을 지나 목으로 흘러내리는 것 같았다. 그녀의 목이 길고 가늘다는 것을 새삼스레 발견했다. 자기가 만든 무엇이 다른 사람을, 한 여자를 만족시켰다는 기쁨은 본능적이었고, 그날 밤 내내 거미의 목소리가 귀에서 무한 재생됐다.

그때부터 거미의 모습이 낯설게 보였다. 거미는 글을 쓸 때 특유의 자세가 있었다. 두 어깨가 뾰족하게 올라갔다. 긴장하는 것처럼 보였고, 조심스러워한다는 느낌도 있었다. 영훈은 그 움츠린 어깨가 마음에 들었다. 어떤 느낌일지 만져보고 싶었다. 글을 쓰면 손목 안쪽으로 힘줄 두 개가 선명해졌다. 거기 손가락을 대보고 싶었다. 그녀의 긴 다리가 자꾸 신경 쓰였다. 거미는 늘 헐 렁한 반바지를 입고 양반다리로 수업을 했다. 담배를 피울 때만 등을 벽에 기대며 다리를 쭉 뻗었다. 그녀의 무심한 맨발이 영훈 의 무릎을 스칠 때면 몸을 돌려 허벅지를 볼 명분을 얻었다. 그 녀가 브래지어를 했다는 것도 알았다. 얇은 티 위로 드러나는 실 루엣이 영훈은 귀여웠다. 어쩔 수 없이 거미도 여자라는 사실을 발견한 기분이었다. 그 발견이 그녀를 품에 안는 상상을 가능하 게 했다.

어둠이 달라졌다. 무서운 짐승과 괴물이 살던 막막함이 달콤한 화폭으로 변했다. 거기서는 무엇이든 그릴 수 있었다. 완전한 어 둠에 잠기면 그녀는 얼굴을 붉히며 수줍은 미소를 지었다. 그윽 한 목소리로 엉큼한 이야기를 속삭였다. 헐렁한 티셔츠 밑으로 손을 쑥 집어넣거나 반바지를 내려도 얄밉다는 듯이 노려볼 뿐 이었다. 금지된 상상 속에서 영훈은 잠에서 깼고, 엄마가 곁에 있 는 것이 불편했다. 엄마가 낮게 코를 골 때면 살금살금 화장실에 들어갔다. 그래야 타는 가슴을 가라앉히고 다시 잠들 수 있었다.

언제부터인가 옆집에서 웃는 소리가 들리면 가슴이 타들어갔 다. 그때의 타는 느낌은 누가 미워서 그런 것인데, 둘 중 누가 미 운지가 혼란스러웠다.

둘이 않던 것을 셋은 했다. 영훈은 서울랜드면 몰라도 동물원 은 시시해서 싫어했었다. 셋은 7월의 뜨거운 햇살 아래 서울대 공원으로 소풍을 갔다. 영훈은 며칠 전부터 비가 오지 않기를 기도했고, 코끼리열차에서 매캐한 냄새를 맡으며 날씨 참 좋다고 소리쳤다. 엄마도 생전 안 하던 김밥을 쌌다. 커다란 호랑이상 앞에서 서로 사진을 찍어줬다. 영훈은 그녀 곁에서 그녀의 시선으로 사물을 보려 했다. 예전에는 홍학 무리를 휙 보고 지나쳤는데, 그녀와 함께 있으니 한 마리 한 마리가 새롭게 보였다. 다리에 상처가 있어 한쪽 구석에 외롭게 서 있는 한 마리. 두 마리가 다른 한 마리를 담장 쪽으로 내모는 모습. 영훈은 자신의 발견을 그녀에게 소상히 전해줬다. 더워하는 기린과 코뿔소를 지나며 맡은 냄새도 그날은 거슬리지 않았다. 영훈은 그녀가 무서워한다는 낌새를 느껴 손을 잡고 억지로 파충류관으로 들어갔다. 작은 눈이 커지고 손이 차가워지는 그녀의 모습. 영훈은 귀여움과 짜릿함을 동시에 느꼈다. 점심때 엄마가 내놓은 김밥은 별로 든 것이 없어 창피했지만, 잘 먹어주는 그녀가 고마웠다. 셋이 함께 먹은 소프트 아이스크림은 초코 둘에 바닐라 하나. 영훈은 서울랜드 야간 개장도 가자고 졸랐지만 다들 다음을 기약했다.

처음으로 국립중앙박물관에 갔다. 영훈은 경복궁을 향하며 그곳이 가회동 집과 멀지 않다는 것을 알았다. 엄마도 그 생각을 한다고 느꼈다. 하지만 서로 옛날 집에 대해 말하지는 않았다. 전시실을 돌다가 엄마가 어떤 그림을 봤는지 따로 보고 싶은 것이 있다며 되돌아갔다. 영훈은 그 말이 내심 반가웠다. 거미를 따라 박물관을 관람했다. 조용한 전시실을 울리는 그녀의 그윽한 목소리. 점심 먹을 시간이 되어 엄마를 찾는데, 어디 갔는지 알 수 없어 짜증이 났다. 벽 하나를 차지하는 꽃 그림 앞에 멍하니 선 엄마를 입구로 데려오며 빨리 오라고 재촉했다. 세 사람은 돈가스를 먹었고, 그날 거미는 길거리에서 담배를 피웠다. 영훈은 거미를 노려보는 낯선 남자들의 시선을 느꼈고, 그녀 대신 남자들을 노려봐주었다. 거미가 괜찮다는 듯이 영훈의 등을 두들기며 웃었다. 그 손길에 기분이 우쭐했다. 자신을 곁에 선 남자로 인정해주는 것 같았다. 오랜 시간이 지난 뒤에도 영훈은 그 두드림이 주던 느낌을 기억했다. 그러나 그때 엄마가 어디 서 있었는지는 기억해낼 수 없었다.

8월 말 집중호우가 내렸다. 이틀 동안 서울에만 158밀리가 내린 폭우로 전국적으로 5명이 사망하고 21명이 실종됐다. 영훈이 그 밤을 기억하는 것은 비 때문만은 아니었다. 천장이 뚫어질 것 같은 빗소리에 잠에서 깼다. 다시 잠들려는데 비 때문에 엄마가 한숨을 쉰다고 생각했다. 그런데 그게 아니었다. 숨소리가 이상해 일어나니 엄마가 자면서 울고 있었다. 숨을 거칠게 쉬고 얼굴을 찡그리며 눈물을 흘렸다. 잠을 자며 울 수 있다는 것을 그때 알았다. 영훈은 놀라서 엄마를 깨웠다. 엄마가 눈을 뜨고 몸을 일으켜 주위를 둘러보는데 진정이 되지 않는지 숨을 흡흡 들이마셨다. 여기가 어디냐고 묻는 시선이었다. 영훈이 무슨 일이냐고 물어도 엄마는 아무 말 없이 앉아 있었다. 이윽고 조용히 자리에서 일어나 냉장고를 열고 벌컥벌컥 소주를 마셨다. 언제 따놓았는지 기억도 안 나는 소주였다. 악몽을 꿨다는 엄마는 영훈을 바라보다 다시 누웠다. 엄마는 돌아누웠고, 영훈도 곧 잠들어서 언제 엄마가 잠들었는지 알 수 없었다. 다음 날 엄마는 평상

시와 다름없었다. 머리가 쪼개지는 것처럼 아프다고 했지만, 늘 있는 일이었기에 영훈은 곧 잊어버렸다.

9월 초 거미가 볼일이 있다며 집을 비웠다. 어디 가는지, 언제 오는지를 알려주지 않았다. 영훈은 학교 끝나고 집에 가고 싶지 않아 농구공이 안 보일 때까지 운동장에 있었다. 집에 오면 멍한 표정으로 앉아 있는 엄마가 보기 싫었다. 원고지를 채울 때 빼고는 늘 그 표정이었다. 영훈은 엄마도 거미를 기다린다고 생각했다. TV도 켜지 않은 채 어두운 방구석에 앉은 엄마를 보며, 이러다가 담배까지 배우는 게 아닌가 걱정됐다. 엄마는 문득문득 뜬금없는 말을 했다.

"내 안에 있는 것들이 다 나오는 법이래. 그걸 그냥 둬야 한대. 다 나올 때까지."

영훈은 엄마가 그런 말을 할 때마다 아무 대꾸도 하지 않았다. 특별히 대꾸할 말도 없었지만 엄마에게 신경 쓸 여유도 없었다. 늦게까지 농구를 했던 이유는 거미 때문이었다. 그녀에 대한 생각을 멈추고 싶은데 그럴 수가 없었다. 농구를 해도, TV를 봐도, 그녀가 어디 있는지 알고 싶어 견딜 수가 없었다. 며칠 동안 집을 비우며 볼일이란 무엇인지, 혹시 누구랑 여행을 간 것은 아닌지, 그 누구가 남자는 아닐지 생각하느라 다른 생각을 할 수가 없었다.

영훈은 자신이 싫었다. 그녀와 함께할 수 있는 곳은 어둠 속뿐이었고, 밝은 곳에서는 자신이 더럽게 느껴졌다. 그녀가 이런 더러움을 알까 두려웠다. 자신은 그녀를 바랄 수 있는 존재가 아니라는 사실에 마음이 쓰렸다. 그래서 엄마가 잠들기 전에 한 말도 흘려들을 수밖에 없었다.

"아무리 길을 달리 잡아도 꼭 한곳에서 만나. 거기가 막다른 골목인 걸 아는데 벗어날 수가 없다?"

영훈은 그 말이 그렇게 오래 기억에 남을 줄은 미처 몰랐었다.

일주일 뒤 거미는 좋은 소식을 가지고 나타났다. 반갑게 맞이하는 두 식구에게 그녀가 내놓은 소식은 부모와 화해해서 다시 집으로 들어간다는 것이었다. 영훈은 축하한다는 엄마의 표정이 너무 밝아 정말로 엄마가 기뻐하는 것인지 궁금했다. 바로 다음 주 일요일에 이사한다는 말에 영훈은 자신의 표정이 어색할까 걱정됐다. 엄마는 다음 주 토요일 집에서 송별 파티를 열겠다고 제안했다. 영훈이 서울랜드에 가자고 했지만 거미가 내켜하지 않았기 때문이다.

토요일 송별 파티 메뉴는 특별히 생선회였다. 전날 엄마가 횟집에 전화를 해놨고, 영훈이 심부름을 했다. 굳이 다른 반찬이 필요 없지만 엄마는 잡채를 하고 시금치를 무치고 감자를 조렸다. 영훈이 가져온 흰 비닐봉지에서 회 접시를 꺼내는데 엄마가 말했다.

"선생님 볼수록 예쁘지 않니?"

"거미 같은 사람이 뭐가 예뻐?"

"하하하. 뭐? 거미? 너 말버릇이 그게 뭐니? ……그런데 그거 진심이야?"

"뭐가?"

"그런데 수업 때마다 왜 그렇게 옷을 갈아입었어?"

"여름이니까 땀이 나서 그랬지. ……예의란 게 있으니까."

"맞다. 그러네?"

영훈은 놀리듯이 웃는 엄마의 표정에 기분이 나빴다.

"그런데 재밌다. 선생님 어디가 거미 같아?"

"몸통은 작고 팔다리만 길잖아. 걷는 것도, 뭘 만지는 것도 꼭 그래. 더듬더듬."

"정말 맞네? 엄마가 왜 웃었는지 알아? 선생님은 소설 쓰는 게 거미가 거미집 짓는 것 같다고 했거든."

"왜?"

"이따 오면 직접 물어봐."

거미는 달라진 모습으로 또 다른 소식도 갖고 왔다. 화장을 하고 녹색 블라우스에 검은색 정장 바지를 입은 모습이 화사했다. 자신의 원고에 관심을 갖는 출판사가 나타났다고 했다. 아직 출판 여부가 결정된 것은 아니지만 현재까지는 긍정적이라고 했다. 영훈은 엄마와 함께 과장된 목소리로 축하했다. 나중에 우리 잊으면 안 된다고. 책이 나오면 꼭 한 권 달라고. 거미는 기분이 좋은 것 같았다.

그날 엄마와 거미는 취하도록 마셨다. 늘 입던 편한 옷으로 갈아입은 그녀인데도 어딘가 달라 보였다. 그녀가 환하게 웃을 때마다 영훈은 가슴을 저민다는 말이 어떤 뜻인지 알 것 같았다. 그녀의 모습을 빠짐없이 기억해놓으려 했다. 회와 매운탕까지 먹고 거미가 사온 맥주와 과자를 펼쳤다. 영훈도 술을 한잔하고 싶었다. 아이로 기억되고 싶지는 않았다. 거미는 주로 엄마와 이야기를 나눴다.

"어머님 이름이 참 고와요. 서희연. 꼭 시인 같은 이름이야."

영훈은 엄마가 이름으로 불리는 것이 어색했다. 얼굴을 붉히며 수줍어하는 것도 보기 싫었다. 엄마가 되물었다.

"시인이오?"

"전 시인이 멋있어요. 시를 읽다 보면 어떻게 그런 눈으로 세상을 볼까…… 꼭 다른 세상에서 온 존재들 같아요."

"선생님도 동경하는 대상이 있다는 게 신기하네요."

"무슨 그런 말씀을요."

영훈도 대화에 끼고 싶었는데 무슨 말을 해야 할지 알 수 없었다. 영훈은 무뚝뚝하게 말했다.

"선생님 이름도 고와요."

"야! 너 아까는 선생님이 거미 같다며."

깔깔대는 그녀의 웃음소리를 들으며 영훈은 엄마를 노려봤다. 남의 속도 모르면서 어떻게 저런 말을 할 수 있냐는 분노는 강렬했고, 그 강렬함이 고스란히 눈에 담겼다. 엄마가 장난하듯 손바닥으로 입을 가렸지만, 영훈의 분노는 더 강렬해졌다. 그런데 그 마음이 급작스레 풀렸다. 상 밑으로 자신의 무릎을 잡는 손길을 느꼈기 때문이다. 거미는 얼굴이 빨갰는데도 손은 차가웠다. 손가락 하나하나를 무척 잘 느낄 수 있었다. 차가운 감촉인데 가슴에서는 뜨거운 것이 치솟았다. 그녀는 엄마를 보며 말했다.

"어머님은 소설보다 시에 더 재능이 있으신 것 같아요. 사물을 보는 시각이 남다르시니까. 뭐가 됐든 계속 써보세요. 작품이 어느 정도 완성됐다 싶으면 응모도 해보시고."

밝게 웃던 엄마의 표정이 쓸쓸하게 변했다.

"그 정도는 아니지요."

"그러면서 느는 거예요. 그런데……"

"그런데요?"

엄마의 표정에 기대가 어렸다. 영훈은 자신의 무릎에 얹힌 손에 힘이 들어가는 것을 느꼈다.

"저는 영훈이가 궁금해요."

영훈은 엄마와 눈이 마주쳤다. 엄마가 상 밑에서 무슨 일이 일어나는지 알까 두려웠다.

"에이, 아직 어린데요."

영훈은 착잡해하는 엄마의 표정을 잘 살폈다. 혹시 무릎에 올라온 손에 대해 알고 있는 걸까? 그 손으로 무슨 생각을 하는지도? 거미가 담배를 꺼내 물고 불을 붙이느라 영훈의 무릎에서 손을 뗐다. 순간 영훈은 용기 내서 그녀의 손을 잡아보지 못한 것이 후회스러웠다. 거미가 담배 연기를 길게 내뿜고 말했다.

"왜 선장이 너만 하찮게 대할까? ……첫 수업에 영훈이에게 했던 질문이에요. 국어책에 나오는 잘못된 문장의 예였어요. 대단한 답을 기대하진 않았는데…… 전 아직도 답이 기억나요."

영훈은 자기를 바라보는 그녀를 마주 봤다. 그녀가 말을 이었다.

"선장은 바다 위에서는 법이 안 통한다는 걸 알았으니까. 선원들에게 끊임없이 힘을 보여줘야 했으니까. 저는 제가 무슨 역을 맡았는지 잘 알고 있었어요."

그녀가 맥주를 한 모금 더 마시며 엄마를 바라봤다.

"마음에 든 것은 내용뿐이 아니었어요. 말하는 투가, 꼭 자기가 그 사람이 된 것처럼 말하는 거예요."

그녀가 영훈을 바라보며 말했다.

"영훈아, 같이 공부해서 즐거웠어."

그녀가 다시 무릎에 손을 얹었다. 이번에는 영훈도 그 손을 잡았다. 영훈은 가지 말라고 하고 싶었다. 그냥 여기서 살면 안 되냐고. 꼭 집으로 들어가야 하냐고. 영훈은 자신의 마음이 부끄러운 욕심만이 아니란 것을 알았다. 지금까지 살면서 자기를 인정해주고, 자기 말을 끝까지 들어주고, 자기의 어떤 면을 멋있게 봐준 사람은 이 여자가 처음이었다. 이 여자 앞에서는 나도 멋진 남자가 될 수 있을 것 같은데. 그녀도 영훈의 손에 개의치 않는 것 같았다. 그녀가 엄마에게 고개를 돌리며 말했다.

"언젠가 아드님이 자랑스러우실지도 몰라요. 어머님은……
아직 자기 속을 마주하기 힘드신 것 같아요. 어머님 상처가 뭔지 모르지만, 그것이 드러날까 두려우신 거예요. 언젠가는 극복하실 거예요."

"그렇겠죠?"

"그럼요."

술이 떨어지자 엄마는 지갑에서 돈을 꺼내 영훈에게 맥주와 소주를 더 사오라고 시켰다. 그녀가 풀어진 목소리로 자기가 내겠다고 했지만, 엄마는 그 돈은 나중에 돌아와서 쓰라며 영훈에게 돈을 쥐여주었다. 영훈도 거미의 손을 피해 엄마의 돈을 받아들고 집을 나섰다.

영훈이 술을 사왔을 때 거미는 상에 엎드려 있었다. 엄마가 벽에 기대 맥주잔을 들고 영훈을 바라봤다. 영훈은 그새 잠들어버린 거미에게 서운했다. 엄마가 쓸쓸히 말했다.

"선생님 있어서 좋았는데. 그렇지?"

"……"

"우리 이제 좀 심심해지겠다."

"어휴, 심심하긴. 옆집에 선생님이 산다는 게 좋을 리가 있어?"

영훈은 그렇게 엄마에게 말했지만 엄마 말이 귀에 들어올 리 없었다. 엄마는 술에 취해 또 머리가 아픈 건지 왼손으로 관자놀이를 짚으며 얼굴을 찡그렸다. 영훈은 오랜만에 엄마와 이야기를 나눴다. 엄마와 이야기가 끝나면 이 자리도 끝나기 때문이었다. 엄마가 고개를 돌릴 때면 영훈은 엎드린 거미를 봤다. 그녀의 목덜미에 난 짧은 머리카락, 목에서 어깨로 연결되는 선, 그녀의 가슴과 납작한 배가 만드는 모양을 보고 있었다. 아까 상밑으로 잡았던 손이 그녀의 허벅지 위에 올라와 있었다.

영훈은 엄마 이야기를 듣다 자기도 모르게 그녀의 어깨를 만졌다. 손끝에 전해지는 어깨의 감촉을 기억하고 싶었다. 영훈은 엄마의 시선을 느끼고 무안해서 말했다.

"아, 진짜 자나 보다."

그녀의 반응이 없자 영훈은 다시 어깨에 손을 올려 가볍게 흔들었다. 엄마가 말했다.

"왜 그래? 많이 마셨어. 그냥 둬."

영훈은 올린 손에 힘을 주어 어깨를 감싸 쥐었다.

"그냥 두라니까."

"……"

"손 못 치워?"

엄마의 목소리가 섬뜩할 정도로 차갑고 딱딱했다. 영훈이 손을 내리며 말했다.

"물어볼 게 있었단 말야."

"뭐를?"

나와 함께 공부해서 즐거웠다는 말이 진짜냐고. 다시 온다는 말이 진짜냐고. 그럼 그날을 약속하고 가라고.

"아까 물어보랬잖아. 그거…… 거미가 집 짓는 거."

"아, 그거…… 엄마가 말해줄게."

엄마의 목소리가 풀어졌다. 영훈은 어깨를 만져볼 이유가 사라진 것이 아쉬웠다. 영훈은 생각하는 척하며 거미의 다리를 보느라 엄마 말이 잘 들어오지 않았다.

"거미줄은 두 가지 종류의 실로 돼 있대. 가운데를 향하는 직선의 실과 그 똑바른 실들을 연결하는 둥근 실. 똑바른 실을 방사실이라 부르고, 원형의 실을 나선실이라 불러."

그녀는 얼굴이 보이지 않았지만 상 밑으로 다리를 쭉 뻗고 있었다. 영훈은 그 무릎의 곡선을 느껴보고 싶었다. 만약 엄마가 화장실에 간다면 그래볼 수 있을까? 술을 사러 나갔던 것이 다시금 후회됐다.

"거미가 집을 지을 때 맨 처음 하는 일이 튼튼한 곳을 골라 직선으로 연결하는 거야. 작가와 독자 모두 인정할 수 있는 튼튼한 사실들. 사실이 아니라도 좋아. 공감할 수 있는 감정들. 작가는 마음에 드는 재목들을 모으지만, 자신도 왜 거기에 끌리는지 알 수는 없어. 거미가 해야 할 일은 그것들을 서로 연결해나가는 거야. 그런데 무엇이 관계없는 것들을 끈끈히 옭아맬까? ……줄이 탄탄해지는 장력은 어디서 나올까? ……사람들이 거미집을 볼 때면 줄을 보는 것 같지만, 동시에 줄과 줄이 만드는 공간도 보는 거야. 바로 그 빈 공간을 채우는 것이……"

문득 영훈은 다시 그녀가 찾아올 일은 없다는 것을 깨달았다. 오늘 밤 거미의 태도는 이제 만나지 못할 사람들을 대하는 것이었다. 영훈은 둘만 남겨진다는 것이 무엇인지 알았다. 잠들어버린 그녀가 새삼스레 미웠다. 그녀의 등을 보며 한숨이 나왔다.

"……재밌는 것은 둥글게 보이는 나선실들이 자세히 보면 방사실과 똑같다는 거야. 전체적으로는 둥글지만, 부분 부분은 방사실과 같은 직선일 뿐…… 어느 순간 지금 밟고 있는 실이 나선실인지 방사실인지 모호해질 때까지 같은 과정을 수없이 반복하는데…… 작가도 몰랐던 숨겨진 문양이 드러나는 순간은……"

거미에게 정신이 팔린 영훈은 엄마가 자신에게 물었을 때 엄마의 말이 다시 들렸다.

"어때? 근사할 것 같지 않아? 선생님은 나보다 네가 더 재능이 있다고 보시는 거야."

"……"

영훈은 엄마의 말에 뭐라고 답해야 할지 알 수 없었다.

"그러니까…… 엄마가 쓰는 게 소설이야?"

"지금은 그냥 무조건 아무거나 쓰는 거야. 내 안에서 무엇이 나오든지 그냥 그걸 내버려두는 거야."

"그게 좋아?"

"……응. 좋아."

"됐네, 그럼."

영훈은 다시 거미를 바라봤다. 엄마가 졸린지 이제 자자고 했고, 그녀는 끝내 일어나지 않았다. 영훈은 그냥 여기서 재우자고 했지만 엄마가 굳이 제대로 걷지도 못하는 그녀를 깨워 옆집으로 부축해 데려갔다. 엄마가 상을 치우는 동안 영훈은 이불을 깔았다.

엄마도 곧 잠들었다. 영훈도 잠들고 싶었지만 잠이 오지 않았다. 내일이면 옆방이 빈다. 빈방을 보고 싶지 않았다. 저 방에 누가 이사 오든 미워할 것 같았다. 아니, 새로 들어오는 사람이 여자였으면 좋겠다. 아주 예뻐서 그녀 생각이 하나도 나지 않기를 바랐다. 그 여자가 갖출 조건을 상상했다. 우선 거미보다 키

가 커야 한다. 얼굴도 더 예뻐야 한다. 눈이 컸으면 좋겠다. 다리
는 거미가 참 예쁜데. 그런데 한 번씩 사람 미치게 하는 웃음을
지을 수 있을까? 내가 무슨 생각을 하는지 다 아는 여자일 수 있
을까? 그리고 그녀의 목소리. 그 목소리로 낯선 곳으로 데려가
주는 여자일 수 있을까? 이제 영훈은 화장실에서 퀴퀴한 냄새가
나느니 담배 냄새가 더 개운했다.

마지막 수업이 마지막 수업인 것을 몰랐던 것이 아쉬웠다. 그
랬다면 단둘이 있는 시간에 하고 싶은 이야기를 할 수 있었을 텐
데. 그녀를 기억하기 위해 물건 하나만 달라고 했을 텐데. 그녀
의 글씨가 적힌 원고지와 그녀가 썼던 볼펜 하나. 그 정도면 만
족할 수 있을 것 같았다. 문득 열쇠가 없어 엄마가 그녀의 문을
잠글 수 없었다는 것과, 그녀는 그런 물건이 없어져도 알아챌 리
없다는 데 생각이 미쳤다.

영훈은 살며시 몸을 일으켰다. 엄마가 잠든 것을 확인하고 부
엌으로 나왔다. 새벽 2시. 사방이 고요했다. 신발을 신고 최대한
조용히 문을 열었다. 심장 소리가 들릴 만큼 조용했다. 영훈은
몇 걸음 걸어 옆집 문을 당겼다. 역시 열려 있었다. 문 열리는 소
리가 너무 커서 심장이 더 빨리 뛰었다.

문을 열자 부엌문이 열려 있었고, 벽 쪽에 얇은 이불을 덮고
누워 있는 그녀가 보였다. 이불 아래로 종아리를 하얗게 내밀고
있었다. 신을 벗고 방 안으로 한 걸음 들어가는 순간 영훈은 원
고지와 볼펜을 바라는 것 치고는 너무 가슴이 뛴다고 느꼈다. 막
상 그녀가 눈에 들어오자 다른 것은 갖고 싶지 않았다. 자신의

숨소리가 너무 커서 잠재워야겠다고 생각했지만 뜻대로 되지 않았다. 그녀 뒤로 가서 앉았다. 종아리에 손을 대고 싶었지만 그녀가 깰까 겁이 났다. 숨을 가라앉히려 눈을 감았다. 그녀의 숨소리가 더 크게 들렸다. 어깨를 들썩이는 움직임이 눈을 감아도 보이는 것 같았다. 점점 더 가만히 앉아 있을 수 없게 됐다. 영훈은 눈을 뜨고 그녀 옆에 누웠다. 이 어깨를 보는 것도 지금이 끝이구나. 어깨로 손을 올렸다. 천천히 손으로 어깨를 쓰다듬었다. 그리고 어깨를 감싸 안았다. 그녀를 품에 안는 것은 너무 쉬웠다. 어둠은 기묘하게 늘어지더니 휘어져버렸다.

문이 열리는 소리. 성급한 발걸음 소리. 그리고 다시 문이 열리는 소리가 들렸다. 영훈이 몸을 일으키는데 벌써 엄마가 방문을 열고 서 있었다. 영훈은 아직 일어설 준비가 되지 않았는데.

"너. 거기서 뭐 해!"

"아무것도."

"너…… 이리로 못 와?"

"가만히 누워 있었어."

"그러니까 왜 니가 거기 누워 있냐고!"

"조용히 좀 해!"

영훈은 엄마 목소리가 억울할 만큼 크다고 생각했다. 그때 뒤에서 누군가 일어나는 소리가 났다. 잠에서 설핏 깨어 자기를 바라보는 그녀의 눈빛을 보며, 영훈은 어둠 속에서 봤던 모든 것들이 스스로 만든 거짓임을 알았다. 영훈은 성큼성큼 걸어 문 앞에 선 엄마를 제치고 나왔다. 신발을 신을 생각도 못 하고 집으로 들어가 문을 닫았다. 영훈은 화가 났다. 견딜 수 없이 엄마가 미웠다. 엄마가 빠른 걸음으로 뒤따라 문을 열고 들어오려 했지만, 영훈이 못 열게 막았다. 지금 엄마를 보면 어떻게 할지도 모른다는 생각이 들었다. 문을 잠그려 했지만 엄마가 손잡이를 돌려 잠글 수가 없었다. 영훈이 소리쳤다.

"들어오지 마! 한마디도 하지 마! 엄만 나한테 그럴 자격 없어!"

"열어! 어서 이 문 열어!"

영훈은 문 열라는 엄마 목소리에서 울음기를 느꼈다. 영훈이 소리쳤다.

"꼴 보기 싫다고! 들어오지 마!"

"아니지. 넌 창피해서 날 못 보는 거야. 얘기 좀 해. 어서 이 문 열어!"

그 말에 영훈은 화가 머리끝까지 치밀었다. 있는 힘껏 문을 열어젖히고 소리쳤다.

"뭐가! 뭐가 창피하다고? 만날 술 처먹느라 자식새끼는 뒷전인 사람한테 뭐가 창피하다고! 어떻게 그런 말을 해? 작년에만 이사한 게 세 번이야! 난 이제 어디 가도 친구 사귈 생각도 안 해! 내가 뭘 잘못했다고 당신이 그런 말을 해?"

엄마는 고개 숙여 울고 있었고, 아니라는 듯이 고개를 가로저었다.

"아니. 난 널 이렇게 키우지 않았어."

"웃기지 마. 당신이 나한테 해준 게 뭐가 있어? 아빠가 남겨준 금딱지들 아니었으면 진즉에 거리로 나앉았지. 집에서 하는 일이라고는 만날 술 처먹는 일밖에 없지. 그런데 어떻게 나한테 이래라 저래라 말을 해?"

영훈은 엄마가 이를 악물고 턱을 덜덜 떠는 것을 보았다. 영훈은 앞에 선 사람을 한마디 대꾸도 못 하게 만든 것에 쾌감을 느꼈다. 엄마가 떨리는 목소리로 말했다.

"그거랑 상관없어."

"아니! 있어. 그래! 우리 한번 끝까지 가보자. 예전부터 내가 궁금한 게 있었지!"

"......"

"왜 쫄딱 망해 더러운 곳으로 이사 오니까 내 병이 나았을까? 난 그냥 다행이라 생각했어. 그런데 가회동 갔던 날 기억나? 그날 밤. 온통 피나게 간지러웠을 때! 말 안 했지만 가회동에서 엄마가 쓰던 백점병 약을 썼어. 시간이 지날수록 궁금하더라. 왜 그날만 그렇게 간지러웠을까?"

"무슨 말을 하는지 모르겠네."

엄마의 입이 벌어지더니 고개가 왼쪽으로 돌아갔다. 시선이 먼 곳을 향했다.

"아니! 알아."

"......"

"내가 미웠지? 모든 게 나 때문이라고 했지? 어디론가 가버리라고! 난 아직도 그 눈빛이 기억나. 왜 그렇게 내가 미웠어?"

"……"

"세상에. 맞구나? 이 표정 봐! 내 말이 맞구나!"

엄마는 완전히 얼빠지고 멍한 표정으로 변했다. 영훈은 엄마에게 다가서며 물었다.

"왜? 난 설마설마했어!"

"왜……"

엄마도 자신에게 묻듯이 그 말을 하며 몸을 돌리는데 영훈이 대답을 들으려 엄마의 어깨를 확 잡아챘다. 엄마가 놀란 듯이 영훈을 바라보며 작게 중얼거렸다.

"니가 짐승 새낀지 사람 새낀지 알 수가 있어야지."

영훈은 엄마의 말이 무슨 뜻인지, 어떻게 반응해야 할지 알 수 없었다. 서서히 엄마의 표정이 무너지더니 두 손으로 입을 막았다. 조금 전 들었던 말보다 지금 엄마가 짓는 표정에서 그 말이 진심이었음을, 그동안 품고 있었던 진심의 무게가 고스란히 전해졌다.

"아니. 말이 잘못 나왔어. 그게 아냐."

영훈은 자신을 잡는 엄마의 손을 뿌리치고 서랍을 뒤졌다. 주섬주섬 돈을 챙기는 손이 떨렸다. 엄마는 뒤따라 들어와 영훈을 뒤에서 잡으며 말했다.

"영훈아! 잠깐만! 내 말 좀 들어봐!"

영훈은 힘에 사정을 두지 않고 엄마를 옆으로 밀쳤다. 나가떨어진 엄마에게 말했다.

"걱정 마. 앞으로 짐승 새끼 볼 일 없을 테니까."

영훈은 달려야만 했다. 숨이 턱까지 차서 아무 생각도 안 날 때까지 그저 달리고 싶었다.

영훈은 지하철역 앞에서 날이 밝기를 기다렸다. 벤치가 차가워 엉덩이가 시리고 어깨가 써늘했지만 엄마도 그녀도 보고 싶지 않았다. 환한 대낮에 그녀를 볼 엄두가 나지 않았다. 어디로 가야 할지 알 수 없었다.

영훈은 파주 할머니 전화번호가 가물가물했다. 아침 8시가 넘기를 기다려 공중전화로 전화를 걸었다. 다섯 번 넘게 시도해서야 맞는 번호로 연결이 됐다. 파주 할머니는 영훈의 이름을 듣고 반가워했다. 반가워하는 목소리에 영훈은 한동안 말을 이을 수 없었다. 할머니는 엄마와 무슨 일이 있냐고 물었다. 그 목소리에는 그럴 줄 알았다는 조소가 실려 있었다. 영훈은 그저 아빠의 연락처만 물었다. 자신을 짐승 새끼라 불렀으면 짐승한테 가주겠다는 심정이었다. 그러나 파주 할머니는 아빠의 연락처를 알려주려 하지 않았다. 더는 엄마와 같이 살 수 없고, 아빠를 만나야 한다고 사정하자 파주 할머니는 난처해했다. 한참 가만히 있던 할머니는 "그래. 네가 장손이지"라며 조금 이따 다시 전화를 걸어보라고 했다. 아빠에게 전화로 물어보려는 것 같았다. 영훈이 조마조마한 심정으로 5분을 기다리다 전화를 걸었을 때는 통화 중이었다.

다시 5분을 기다리다 전화를 걸었는데, 할머니도 전화 연락이 안 되는 것 같았다. 영훈은 주소는 됐으니 전화번호만 알려달라고 했다. 마지못해 전화번호를 알려주는 할머니는 아빠가 벌써 다른 사람과 결혼했다고 알려줬다. 아빠가 무척 힘들어져서 여러 번 엄마를 찾았다고 했다. 엄마 쪽에서 연락이 끊겨 연락할 수 없었다는 목소리에는 엄마에 대한 비난이 담겨 있었다. 공중전화기 옆에 붙은 스티커를 보니 032는 인천이었다. 영훈이 그 번호로 전화를 걸었으나 아무도 받지 않았다. 11시가 넘어서야 "장미분식입니다"라며 전화를 받았다. 여자 목소리였다. 영훈은 당황했지만 손님인 것처럼 어떻게 찾아가면 되냐고 물은 뒤 전화를 끊었다. 직접 아빠를 보고 말해야 한다고 생각했다.

지하철을 타고 동인천역에 내렸을 때는 점심시간이 끝나갈 무렵이었다. 분식점은 역에서 꽤 걸어가야 했다. 영훈은 그 가게 앞에 갔을 때까지만 해도 들어갈지 말지 마음을 정할 수 없었다. 그러나 유리창에 보이는 어항 때문에 들어갈 마음을 먹었다. 관리가 잘 안 되는 어항이었다. 구피들은 그래도 싱싱해 보였다. 영훈은 어항을 아빠가 자기를 잊지 않았다는 표시로 여겼다. 자기가 어항 관리를 해줄 수 있다고 생각했다.

가게 문을 열고 입구 쪽 자리에 앉았다. 흰색 플라스틱 테이블이었다. 가게이면서 집인 것 같았다. 주방 안쪽으로 방이 보였다. 파마머리를 한 뚱뚱한 아줌마에게 떡볶이 1인분과 순대 1인분을 주문했다. 영훈은 여기서 서빙을 하는 자기 모습도 몰래 그려봤다. 주방에는 옆모습이 낯익은 남자가 보였다. 둘은 앞치마가 같았다. 잠시 후 문을 열고 들어오는 여자아이에게 아줌마가 말했다. "장미야! 뭘 이렇게 만날 묻히고 다녀?" 아직 걸음이 서

툰 아이를 아줌마가 안아 올렸다. 아줌마는 손가락으로 목 부근의 얼룩을 문질렀다. 그리고 아이를 어르며 가게 안을 움직였다. 아줌마가 아이를 어항 앞에 데려가자 아이가 손바닥으로 어항을 탁탁 쳤다. 좋지 않은 행동이었다. 구피들이 스트레스를 받을 수 있었다. 영훈은 아줌마와 품에 안긴 아이를 보며 앉아 있는 자리가 견딜 수 없이 불편해졌다. 그래도 시킨 음식은 먹고 가야 했다. 주방장은 음식을 조리대 위로 올리고 아이에게 한 번 웃어주었다. 그리고 다시 주방으로 사라졌다. 아줌마가 접시를 영훈 앞에 내려놨다. 주방장의 그 웃음을 본 영훈은 자리에 앉아 있을 수가 없었다. 음식을 다 먹지 못하고 슬쩍 5천 원짜리 한 장을 올려놓은 뒤 바깥으로 나왔다.

영훈이 그날 밤 집으로 돌아온 이유는 거미의 방에 누워 있고 싶어서였다. 어디 갈 곳이 없어서라고 생각하지 않았다. 무슨 일이 생겨 아직 그녀가 있을지 모른다고 기대했다. 막상 집이 비어 있자 그 안에 있고 싶지 않았다. 문 앞에서 엄마의 갈색 신발을 보고, 내가 뭐가 무서워 집에 못 들어가냐며 문을 벌컥 열었다.

부엌에는 아무도 없었다. 달려 나오든, 소리를 치든, 물건을 집어 던지든, 술을 마시든, 무엇인가 있어야 할 인기척이 없었다. 영훈은 방 안으로 들어갔다. 방 안에는 상이 펼쳐져 있고 술병이 몇 개 보였다. 엄마는 술병 옆에 엎드려 있었다. 그럼 그렇지. 영훈은 그때까지 별다른 점을 느끼지 못하고 편한 옷으로 갈아입었다. 그리고 화장실을 다녀와서야 뭔가 이상한 점을 발견했다. 술병 앞에 흰 플라스틱 통이 있었는데 한 번도 보지 못했던 통이었다. 색색의 사탕처럼 다양한 종류의 알약이 담겨 있었다. 영훈은 엄마를 한 번 밀었다. 반응이 없었다. 세게 흔들어도 엄마는 아무 소리도 내지 않았다.

영훈이 119에 신고했을 때가 저녁 8시였다. 구급차를 타고 병원 응급실로 갔다. 엄마 입으로 굵고 기다란 관이 들어가고, 안에 있는 것들이 통으로 쏟아지는데도 엄마는 눈을 뜨지 않았다. 엄마의 가슴팍을 헤집는 의사들 손이 너무 버릇없었다. 의사들이 다급하게 움직이는 것으로 큰일이 났다는 것을 알았다. 언제 이렇게 됐느냐는 물음에 영훈은 아무 답도 하지 못했다. 술과 약 때문이 아니라 뇌에 있는 혈관이 파열됐다는 말을 들은 건 자정 쯤이었다.

의사는 평소의 엄마에 대해 물었다. 술을 먹었는지, 담배를 피웠는지, 한쪽 몸에 경련이 오지는 않았는지, 비정상적인 두통이 있지는 않았는지. 엄마 같은 사람은 술을 먹으면 안 된다고 했다. 그나마 저혈압이니까 괜찮았다는 것이다. 너무 오래 방치돼 있었고, 빨리 보호자를 찾아야 한다고 했다. 당장 수술해야 한다고. 영훈은 자신이 보호자라고 했지만, 미성년자는 안 된다고 했다. 영훈은 동인천으로 전화를 걸었다. 아빠는 한참 가만있다 이제 법적으로 남남이니 도계에 전화를 하라고 했다. 영훈은 전화를 끊었다. 저런 사람을 만나려고 인천까지 갔던 자신이 바보 같았다.

수술은 그날 밤 이뤄질 수 없었다. 다음 날부터 영훈은 학교도

가지 않고 엄마 곁을 지켰다. 의사는 수술이 잘돼서 의식이 돌아와도 예전 같지 않을 것이라고 했다. 희망이 없지는 않지만 안 좋은 상황이라고. 영훈은 자기 때문에 엄마가 저렇게 됐고, 엄마가 잘못되면 남겨진 알약으로 뒤따르리라 마음먹었다. 자신의 모든 것을 대가로 수없이 기도를 올렸지만 엄마의 의식은 돌아오지 않았다. 엄마가 눈을 뜬 것은 그로부터 한 달 뒤였다.

2013년 2월 20일

　잠이 덜 깼는데 코가 시렸다. 시린 코로 날씨가 추워졌음을 알았다. 어제 기온이 영하 7도로 떨어지더니 오늘은 영하 9도라 했다. 몸을 돌려 경호를 끌어안았다. 작고 따스한 발바닥이 허벅지에 닿았다. 난로가 품에 들어온 기분. 아이들은 이 추운 밤에도 땀을 흘리며 잔다. 아이의 머릿결이 습했다. 시린 코를 경호의 목덜미에 묻자 분 냄새가 났다. 뽀로로 극세사 잠옷은 하도 빨아서 이제는 털끝이 가슬가슬했다. 눈을 떠보니 곧 7시였다. 몸을 일으켜 이불 밖으로 나오자 서늘함이 상쾌함으로 번져갔다. 예상치 못한 감각의 전이에서 오늘은 작업이 진행될지 모른다는 예감이 들었다. 기분 좋은 예감으로 살며시 방에서 나왔다. 거실로 나오자 바닥이 냉랭했다. 거실 보일러 온도를 올리고 뜨거운 물로 샤워를 하러 욕실로 들어갔다.

　씻고 나와도 아내는 안방에서 나오지 않았다. 아내는 어제부

터 몸살 기운이 있었다. 오랜만에 아내 대신 아침을 준비하기로
했다. 내가 준비하는 아침은 간단하지만 아이들이 좋아하는 메
뉴다. 시리얼과 달걀 프라이. 아내는 시리얼이 너무 달아 아이들
에게 안 좋다며 싫어한다. 노른자를 살짝 익히고 소금과 후추를
쳤다. 프라이 접시들을 식탁에 올리고 차가운 우유와 시리얼 상
자를 꺼내는데 경호가 거실로 나왔다. 무릎까지 오는 노란색 잠
옷을 걸친 경호는 거실 소파로 걸어가 푹 쓰러졌다. 뒤따라 경찬
이가 나오더니 형 뒤에 쓰러졌다. 둘 다 왼팔을 위로 뻗고 오른
팔을 굽히고 있는데 약속도 하지 않고 비슷한 자세로 누운 것이
흐뭇하고 신기했다. 아내가 제일 늦는 것은 드문 일이었다. 아내
는 세수를 하고 말개진 얼굴로 식탁에 앉아 고맙다는 듯이 빙긋
웃었다.

아침 다 됐다고 불러도 아이들은 식탁에 오지 않았다. 아침 먹
으면 어린이집 가기 전까지 뽀로로를 볼 수 있다고 말하니까 탈
래탈래 걸어왔다. 아내는 아침부터 TV 보여주는 것이 싫은 눈치
였다. 식탁에 앉자 경찬이가 아내에게 물었다.

"엄마. 오늘 준호 형네 가?"

"아, 맞다. 깜박했네. 이따 물어볼게."

"아니! 안 물어봤어? 그럼 어떻게 해!"

내가 차린 아침에 손도 대지 않고 짜증부터 내는 아이에게 짜
증이 났다.

"너! 어디서 엄마한테!"

"……"

"엄마 몸도 안 좋은데 왜 짜증이냐?"

아내가 아프다는 핑계로 아이들을 혼내는데 아내가 그러지 말라고 눈짓했다. 아내가 아이들이 짜증 낸 이유를 알려줬다. 어린이집 블록방에 새로운 블록이 들어왔다는 것이다. 자석이 달린 블록인데 아이들이 서로 하려고 해서 순번을 정한다고 했다. 마침 준호네에 그 블록이 있어 놀러가도 되냐고 물어보기로 했는데 아내가 몸이 안 좋아 깜박했다고. 아이들은 억울하다는 듯이 나를 쳐다봤다. 엄마가 아픈데 장난감만 생각한다고 한 번 더 꾸중했다. 아이들이 시리얼을 얼추 먹자 뽀로로를 틀어 TV 앞으로 보냈다. 식탁에 둘만 남자 아내가 작은 목소리로 속사정을 들려줬다. 원래 블록을 사달라고 졸랐는데, 안 된다고 하니까 놀러가게라도 해달라며 졸랐다는 것이다. 그 블록 사주라고, 얼마냐고 물었더니 생각지도 못했던 액수가 되돌아왔다. 아이들 블록이 그 정도 가격이 나갈 수 있다는 것에 움찔했다. 선뜻 답을 못 하자 아내가, 오늘 준호 엄마에게 연락하면 된다며 내 손등을 감쌌다. 집을 나서기 전에 아이들을 한 번씩 안아줬다.

도서관으로 향하며 아침에 느꼈던 상쾌함을 되살리려 했다. 오늘은 반드시 진도를 나가자고 다짐했다. 박 팀장과 만난 뒤로 거의 작업을 못 했다. 같은 부분을 고치기만 했을 뿐 진도가 나가지 않았다. 평소보다 많은 커피를 먹고 잠까지 설쳤지만 집중이 되지 않았다. 더 나쁜 일은 작품이 정체되니 예전에 괜찮았던 부분도 허술해 보인다는 것이었다. 앞으로 나가는 대신 자꾸만 뒤를 돌아봤다. 작품 보기가 괴로워지고, 쓰고 싶은 마음이 시들해졌다. 이러다 작품을 접을 수 있다는 것도 알았다. 박 팀장을 만나기 전까지 작품에 몰입하던 순간들이 그리웠다. 설레는 기분으로 아침을 시작하고, 인물의 감정이 생생히 느껴지던 순간들.

범기 형을 만난 것이 지난주 금요일이었다. 주말 내내 형으로부터 연락이 오기를 기다렸다. 정인의 가족관계는 어떻게 되는지, 전과가 있는지를 묻고 싶었다. 주말은 그렇다 쳐도 월요일에는 연락이 올 줄 알았다. 어제 퇴근 무렵에 전화를 걸었는데 연결이 되지 않았다. 늦더라도 꼭 연락 달라는 메시지를 남겼지만 아직까지 소식이 없다. 알아보기 곤란하면 그렇다고 연락을 주지. 그러면 단념하고 작업에 전념할 텐데.

도서관에 자리를 잡았지만 오전을 웹서핑으로 날렸다. 점심을 먹어도 달라지는 것은 없었다. 아내에게서 메시지가 왔다. 준호 아빠가 집에 있어 놀러갈 수 없다고 했다. 대신 놀이터에서 놀아주기로 했단다. 아내의 메시지가 도와달라는 지원 요청 같았지만 작업 욕심 때문에 대꾸하지 않았다.

대신 평소보다 일찍 집에 들어갔다. 5시였는데 아무도 없었다. 아내에게 어디냐고 메시지를 보냈지만 답이 없었다. 6시가 넘어 바깥이 어둑해지자 이번에는 전화를 걸었는데 꺼져 있었다. 배터리 충전을 또 잊은 것이다. 소파에 앉아 TV 채널을 이리저리 돌리다 아직까지 범기 형에게서 연락이 안 왔다는 것이 마음에 걸렸다. 오늘까지 연락이 안 오면 내일은 내 쪽에서 그만두라고 연락할 생각이었다.

6시 30분이 넘어가자 슬슬 배가 고팠다. 아파트 복도로 나가 바깥을 둘러봤다. 놀이터에도, 주차장에도 아이들이 보이지 않았다. 늦게나마 준호네로 놀러간 것일까? 먼저 챙겨 먹을까 고민하는데 주머니에서 진동이 느껴졌다. 아내일까 범기 형일까 하며 핸드폰을 꺼내 보니, 김정인이라는 이름이 액정에 떠 있었다. 가슴이 덜컥 내려앉았다. 불쾌한 이야기를 들을까 무시하고 싶었다. 벨이 두세 번 울리는 동안 망설이다 전화를 받았다.

"여보세요."

"……안녕하십니까, 이 작가님. 잘 지내셨어요? 저 기억하시나요?"

"그럼요, 김 선생님! 김 선생님은 잘 지내셨어요?"

"……"

"그런데 어쩐 일로……"

수화기 너머에서는 잠시 아무 말도 들리지 않았다. 그 몇 초의 시간 동안 가슴이 쿵쿵 뛰어왔다.

"아이들한테 받을 것이 있어서요."

"……네?"

"아이들이 제게 줄 선물이오. 그 선물을 받으려고 왔는데, 글쎄 아이들이 무슨 말인지를 몰라요. 그럴 리 없다고 했습니다. 너희 아빠가 분명히 내게 줄 선물을 만들고 있다고 했는데."

차분한 그의 목소리. 선물이라는 소리를 한 번에 알아듣지 못했다. 정인의 주소를 알아내기 위해 박 팀장에게 했던 말이라는 것이 생각나자 손이 떨리기 시작했다. 뒤를 돌아 난간에 기대 굳게 닫힌 현관문을 바라봤다.

"아이들 지금 어딨어요?"

"……"

"어딨냐고!"

"아무것도 하지 마세요. 아이들이랑 아내분 다시 보고 싶으면 그냥 집에 계세요. 집으로 전화합니다."

"당신 어딘데?"

"신고하면 끝이다."

마지막은 악에 받친 사람이 쥐어짜낸 목소리였다. 전화가 끊겨 다시 걸었지만 받지 않았다. 다시 전화를 거니 꺼져 있었다. 아파트 난간 아래 여기저기 살펴봤다. 평소와 다름없는 풍경이었다. 집에 들어가려는데 도어록을 한 번에 열지 못했다. 시계를 봤다. 6시 50분. 범기 형이 아직 경찰서에 있을 시간이었다. 바로 신고를 해야 한다는 것을 알았지만 결정할 수 없었다. 소파로 걷다 핸드폰을 떨어뜨렸다. 핸드폰을 집어 통화목록을 봤지만 무의식적인 행동일 뿐이었다. 무엇을 해야 할지 알 수 없었다. 진정하자. 냉정하게 생각해야 한다. 아이들과 아내를 다시 보려면 정인이 원하는 것을 알아내야 한다.

소파에 앉았는데도 손이 후들거렸다. 정인은 충동적으로 저지른 일이 아니다. 아까 선물 어쩌고 했지만 세 명을 납치하는 것은 보통 일이 아니다. 어디서, 어떻게 납치했을까? 전화한 목적은 내가 신고하는 것을 막으려는 것이다. 가만히 집에 있으라 했다. 그 사이 무엇을 하려는 것이다. 그것이 무엇일까? 단순히 가족을 해치려 했다면 여기서 일을 벌였을 것이다. 끔찍한 장면이 눈앞을 스쳐가 고개를 흔들었다. 지금 무사하기는 할까? 어서 신고해야 하는 것은 아닐까? 납치된 인질은 시간이 갈수록 생존 가능성이 줄어든다. 빨리 신고해야 살릴 수 있는 확률이 높아진다. 그런데 직감상 이번은 아니다. 정인의 목적은 돈이 아니다. 만약 모든 것을 포기하고 복수를 위해 움직이고 있다면? 그래도 경찰이 아내와 아이들을 구해줄 수 있을까?

정인을 가족들에게 좋은 사람이라고 소개시켰던 것이 뼈저리게 후회됐다. 아내가 복지관에 대해 물을 때마다 얼버무린 것도 후회됐다. 통화에서 가족들 목소리가 들리지 않았다. 그 사실이 자꾸 끔찍한 상상을 불러왔다. 여덟 살, 여섯 살 아이들은 한시도 조용할 수 없다. 우는 소리라도 내게 마련이다. 아내는 감기 몸살이다. 아무것도 할 수 없는 상황에서 집에 있으려니 가슴이 조여와 견딜 수 없었다. 거실과 부엌을 계속 오갔다. 집 전화로 연락한다니 나갈 수도 없다. 우습게도 밖에 못 나간다니 간절해진 것은 끊었던 담배였다.

집 전화가 울린 것은 10시 30분이 조금 넘어서였다. 정인의 번호였다. 전화를 받자마자 소리쳤다.

"식구들 목소리부터 들어야겠어!"

생각과 달리 내 목소리에 힘이 빠져 있었다. 몇 시간 동안 긴장하며 벌써 지친 것일까? 혹시 스스로 포기하기 시작한 것일까? 내가 약해졌을까 봐 두려웠다.

"지금 오산으로 와."

오산? 오산에 뭐가 있지? 어머니의 집? 복수구나! 갇혀 있던 사람은 정인의 어머님이 맞았구나!

"양산동 말하는 거야?"

"가능한 한 빨리. 시간이 중요해. 신고 안 했지?"

"안 했어."

"진짜?"

"그렇다니까! 식구들 목소리 –"

전화가 끊어졌다. 제일 먼저 한 일은 나이프가 든 가방을 챙기는 것이었다. 지퍼를 열고 손잡이를 꽉 쥐는데 차갑고 단단했다. 차갑고 단단한 감촉을 느끼는데 심장에서는 뜨거운 것이 치솟았다. 만약 내 가족들에게 무슨 일이 생긴다면 너는 반드시 죗값을 치르게 되리라.

엘리베이터를 타고 1층으로 내려왔다. 오산으로 '오라고' 했다. 자신은 벌써 오산에 있다는 말이다. 어머니에게 전화를 걸었지만 예상대로 받지 않았다. 차를 몰고 급히 주차장을 빠져나가다 아파트 앞 편의점에 들러 담배 한 갑과 라이터를 샀다. 어쩌면 마지막이 될지도 모른다고 생각했다. 차를 출발시키며 담뱃갑을 벗기고 한 개비를 물었다. 아이들 생각에 차에서 담배를 피운 적은 없었다. 경부고속도로에 진입하기 전까지 몇 개비의 담배를 피웠고, 몇 개의 신호등을 위반했으며, 몇 번의 경적을 무시했다. 오렌지색 가로등 불빛을 지나며 현실 감각이 사라지는 기분이었다. 언제 어머니 집에 갔었는지 가물가물했다. 지난 구정 때는 어머니를 집 앞에 내려드리기만 했다.

오산IC를 빠져나가 양산동 집에 도착하니 11시 30분이 조금 넘은 시각이었다. 양산동 집은 요양병원에서 차로 10분 거리에 있는 한적한 단층 양옥이었다. 대문 앞에 주차하며 작은 시멘트 마당을 들여다봤다. 차에서 내리기 전에 가방에 손만 넣으면 나이프를 꺼낼 수 있도록 준비했다. 칼집에서 나이프를 꺼냈고, 가방 안쪽 지퍼를 열어놨다. 시동을 끄고 차에서 내렸다. 거실 창문에 불이 켜져 있었다. 정인에게 전화를 걸었다. 받자마자 정인이 물었다.

"어디야?"

"집 앞이야."

"들어오지 않고 뭐 해?"

전화가 끊어졌다. 마당 안으로 들어서니 한구석에 말라비틀어진 남색 플라스틱 화분 세 개가 보였다. 그 화분을 보며 불길한 기분이 들었고, 앞으로 벌어질 일에 대해 전혀 감을 못 잡고 있음도 알았다. 가방 속 나이프를 꺼내는 것은 아내와 아이들의 생사를 위해서야 한다.

도어록 번호가 생각나지 않아 핸드폰을 꺼내 저장해둔 번호를 확인했다. 문을 열자 집 내부는 얼핏 달라진 점이 없어 보였다. 현관에 신발이 두 켤레였다. 어머니 신발 오른쪽에 작업화가 보였다. 갈색 작업화가 흙투성이여서 느낌이 안 좋았다. 한편으로는 지금 눈앞에 아이들과 아내가 보이지 않는다는 것에 희망을 걸었다. 현관문을 열며 눈앞에 널브러져 있는 식구들을 상상했었기 때문이다.

현관에서 정면으로 보이는 안방 문은 닫혀 있었고 TV 소리가 들렸다. 한 걸음 들어서자 켜져 있는 거실 TV가 눈에 들어왔다. 정인이 혼자 소파에 앉아 TV를 봤다. 거실 탁자에 발을 올린 채 캔맥주를 들고 있었다. 목까지 올라오는 검정색 니트에 청바지 차림이었다. 소파에 놓인 회색 캡모자는 정인의 것이겠지. TV 화면에서는 돼지 축사가 보였고, 자막에 항생제에 대한 언급이 나왔다. 정인은 고개 들어 벽시계를 보며 말했다.

"빨리 오라니까."

"와이프랑 아이들 어딨어? ……어딨냐고!"

"왜 이러냐고 묻는 게 순서 아냐?"

"……"

"그리고 어디냐가 아니라 어떻게가 중요하겠지."

'어떻게'라는 말을 듣는데 어머니가 생각났다. 거실을 지나 닫혀 있던 안방 문을 열었다. 어머니는 침대 위에 누워 있었다. 팔과 다리가 은색 테이프로 칭칭 감긴 채였다. 눈을 감고 있었고, 입도 테이프로 봉해져 있었다. 침대로 달려가 어머니의 어깨를 잡고 흔들었지만 반응이 없었다. 코에 귀를 대보니 숨은 쉬고 있었다. 거실로 뛰어나왔다.

"뭐야! 어떻게 한 거야?"

"그냥 잠들어 계신 거야."

나는 소리를 지르며 정인에게 달려들었다. 묶인 어머니의 모습을 보며 어딘가 무너져 내리는 심정이었다. 가족들을 구할 수 없을 것이라는 좌절감을 견딜 수 없었다. 무엇이라도 하고 싶은 심정이었다. 소파에 기대 있던 정인의 멱살을 잡고 그의 얼굴을 주먹으로 쳤다. 그는 별로 아파하지도 않았다. 맞으면서 고개가 조금 돌아갔지만 무표정하게 내 눈을 바라봤다. 뒤에서 TV 소리가 커졌다. 그가 리모컨으로 볼륨을 높이는 것 같았다. 그리고 한 손으로 멱살 쥔 내 손목을 꽉 쥐더니 다른 손을 팔꿈치에 대고 팔을 비틀었다. 순식간에 나는 얼굴이 소파에 처박혔다. 어떻게 그렇게 됐는지도 알 수 없었다. 단단한 것이 내 뒤통수를 찍기 시작했다. 통증. 통증. 통증. 정인이 내 허리춤과 뒷덜미를 잡고 나를 소파 아래로 내팽개쳤다.

"뭐가 급해서? 급하면 빨리 올 것이지."

힘으로는 결코 정인을 이길 수 없다는 무력감. 몸이 후들거렸다. 가방 속의 나이프를 꺼내고 싶었지만 지금은 아니라고 생각했다. 아직 가족들에 대해 듣지 못했다. 소파 아래서 몸도 일으키지 못한 채 정인을 올려다봤다. 비는 것 말고는 다른 방법이 없었다.

"내가 잘못했다. 전부 다 잘못했어. 우리 식구들이랑 어머니만 다치지 않게 해줘. 그 사람들은 잘못이 없잖아. 원하는 게 있다면 뭐든지 할게. 뭐든지 줄게."

나를 내려 보던 정인이 천천히 소파에 앉았다. 등을 소파에 기대더니 배 위에 양손을 깍지 끼고 TV 쪽으로 고개를 들었다. 숨을 길게 내쉬었다. 시선은 TV를 보지만 뭔가 생각하는 것 같았다. 정인이 깍지를 풀고 몸을 일으켜 리모컨으로 TV를 끄더니 내 쪽으로 몸을 돌렸다.

"뭘 줄 수 있는데?"

담담한 목소리였다.

"뭐든지, 내가 줄 수 있는 거라면 다. 얼마 안 되지만 돈을 원하면 돈을 줄게. 잘못한 사람은 나니까 해치려거든 나한테 해. 그게 맞잖아!"

"……"

"식구들만 무사히 풀어줘. 지금 잘 있는 거야? 어린애들이 무슨 잘못이 있어? 그때 복지관에서 놀아줬던 거 기억나? 아이들이 진짜 당신을 좋아했다고."

정인의 표정에 미세한 변화가 보이자 일말의 희망을 느꼈다. 그때 주머니에서 진동이 울렸다. 핸드폰이었다. 나는 진동을 무시했다. 핸드폰 소리 때문에 그에게 해야 할 다른 말들이 떠오르지 않았다. 우리는 진동 소리를 들으며 잠자코 있었다. 정인이 말했다.

"누구야?"

나는 주머니에서 핸드폰을 꺼냈다. 범기 형이었다.

"아는 형이야. 안 받아도 돼."

전화를 거절하고 핸드폰을 주머니에 넣는데 정인이 고개를 들어 벽시계를 봤다. 거의 자정이었다. 고개를 갸웃거리는 것이 전화할 시간이 아니라는 표정이었다.

"신고 안 했지?"

"그럼."

"거짓말 아니지?"

"그렇다니까."

내게 경찰 사촌 형이 있다는 것을 정인이 기억하고 있을까 궁금했다. 꼭 기억하고 있을 것만 같았다. 정인이 말을 시작했다.

"좋아. 식구들은 아직까지는 잘 있어. 어디까지나 너한테 달렸어. 시키는 대로만 하면 내일 아침이 오기 전에 무사히 식구들과 만날 수 있어. 약속하지. 그런데 시간이 중요하다는 걸 명심해. 내가 원하는 것은 간단해. 네가 저 방 –"

핸드폰이 다시 진동하자 정인이 말을 멈췄다. 아예 핸드폰을 끄려고 주머니에 손을 넣는데 정인이 말했다.

"받아."

"받으면 쓸데없이 통화가 길어져. 워낙 말이 –"

"받으라고! ……스피커폰으로 받아!"

나는 기도하는 심정으로 스피커폰을 눌렀다. 범기 형은 받자마자 소리를 질렀다.

"뭐하자는 거냐? 바쁜 사람 재촉할 때는 언제고 전화를 씹어?"

"미안. 그거 알아보지 마! 나 차 못 바꿀 것 같아. 출판사에서 선금 받기로 했던 거 못 받게 됐어. 오랜만에 글이 써져서 전화 못 받았던 거야. 미안해!"

급작스레 뱉어낸 말들에 수화기 너머에서는 씩씩거리는 숨소리만 들렸다. 범기 형이 말했다.

"뭐? 너…… 지금 어딘데?"

"집이지."

"……이 자식아! 그럼 미리 말을 했어야지! 바쁜 사람한테 부탁해놓고!"

"진짜 미안해. 지금 좀 바빠서 끊을게. 나중에 통화해."

나는 전화를 끊었고, 정인은 의심스러운 눈초리로 나를 봤다. 내 목소리가 어색했을까?

"누구야?"

"동네 아는 형. 형 친구가 차를 바꾼다잖아. 이력이 확실한 차라 가격 좀 알아봐달라고 했어."

그때 손에 들고 있던 핸드폰이 짧게 진동했다. 메시지였다. 범기 형이 보낸 것일 테고, 뭐라고 보냈는지는 알 수 없었다. 만약 내가 알아봐달라고 부탁한 내용일 경우 정인이 보게 해서는 안 된다. 상황은 돌이킬 수 없이 나빠질 것이다. 정인이 내 손으로 시선을 보냈다. 어떻게든 관심을 돌려야 했다. 정인이 입을 여는 데 내가 선수를 쳤다.

"복수한다고 뭐가 달라져?"

그 말에 정인의 표정이 굳었다.

"그래. 나 당신 집에 갇혀 있던 어르신이 당신 어머니인 거 알았어. 그래서 찾아갔던 거 맞아."

"……"

"맨 처음 나와 만났을 때 어머니와 단둘이 산다고 했지? 그런데 인수 씨가 당신 혼자 산다잖아! 뭔가 이상했어. 찾아가 보니 당신 어머니는 갇혀 있고."

"……"

"고3 때 입었다는 화상, 혹시 어머니 때문 아냐? 그래서 어머니가 미웠고, 못살게 굴었던 거 아냐? 그게 알려질까 두려웠던 거고?"

"……"

"그분 지금은 실종된 상태지. 당신이 어떻게 해버린 거 아냐? 그 원망을 지금 나한테 풀고 있는 거고? ……나 당신 이해해. 하지만 이런다고 뭐가 달라져? 엄밀히 말하면 이거 모두 당신들 사이에서 벌어진 일이잖아?"

정인의 얼굴에 웃음 비슷한 것이 휙 스쳐갔다. 그리고 다가오더니 주먹으로 나를 내리치기 시작했다.

교무수첩으로 교탁을 내리치는 소리에 교실이 조용해졌다. 종
례시간. 담임선생은 피곤해 보였다. 영훈은 심상치 않음을 느껴
담임이 교실로 들어설 때부터 고개를 숙였다. 담임은 조용해진
교실을 둘러보고 숨을 길게 내쉬며 수첩을 펼쳤다. 한숨은 담임
의 습관이었다.

"왜 또 우리냐? 보충수업 못 하겠다는 애들이 왜 우리가 제일
많은 건데?"

영훈은 아침에 걷어간 여름방학 보충수업 신청서가 교무실에
서 말썽을 일으켰다고 짐작했다. 반강제적인 신청서에 영훈은
참석 불가로 표시했고, 사유란에 '가정형편'을, 부모님 서명란에
'代' 표시 후 자기 이름을 적어 냈다. 담임은 수첩에서 갱지로 된
신청서 몇 장을 꺼내 한 장씩 넘겼다.

"대학 가기 싫어? 몇 개월 안 남았는데 왜들 이래?"

담임은 한 번 더 한숨을 쉬고 말을 시작했다. '전국의 고등학생들이 보충수업을 한다.' '고3 여름방학이 대입에 미치는 영향은 지대하다.' '반 분위기를 위해서라도 전원 참석은 필수적이다.' 담임은 불참으로 제출한 아이들은 부모님께 말씀드리고 사유란을 다시 적어 오라고 했다. 한 명씩 이름을 불렀고, 담임이 학년 초부터 손을 봤던 몇몇 아이들이 거들먹거리며 걸어 나갔다. 술과 담배를 즐기는 아이들. 영훈은 진저리나게 담임이 싫었다. 자기 생각만 옳다는 스타일이었다. 다른 사람을 이해하지도 않고, 그럴 필요도 없다고 생각하는 부류였다. 그러나 새삼스레 담임이 싫은 이유는 겁이 나서였다. 다른 아이들 앞에서 '가정형편'에 대한 질문을 받을까 두려웠다. 이름이 불리자 영훈은 신청서를 받으러 앞으로 나갔다. 신청서를 되가져간다고 달라질 것은 없지만.

영훈이 교탁 앞에 서자 신청서를 보던 담임이 이름을 한 번 더 불렀다.

"김영훈."

"네."

"넌 뭐 유세하냐?"

"예?"

"사유가 이게 뭐야? 보충수업비 내가 내줄 테니까 방학 때 나와. 다음 배성현."

담임은 신청서를 돌려주지도 않고 교무수첩 밑으로 넣었다. 영훈은 어떻게 해야 할지 알 수 없어 그 자리에 가만있었다.

보충수업 문제는 작년에도 있었지만 지금과는 다른 분위기였다. 무뚝뚝해도 속정이 깊은 공업 선생은 영훈을 운동장으로 불러냈다. 나란히 앉아 축구 골대를 보며 수업비를 내줄 수 있다고 했다. 벌써 몇 번의 도움을 받았던 영훈은 호의를 거절하기 미안해 보충수업을 들었고, 방학 내내 후회했다. 3학년 담임은 경제 선생으로, 교과서도 틀렸다고 하는 사람이었다. 다른 아이가 신청서를 받으러 나오는데도 가만있자 담임이 검지로 안경테를 한 번 올리고 영훈을 쳐다봤다.

"뭐?"

"그래도 못 나올 것 같아서요."

담임은 고개를 숙이고 한숨을 쉬었다. 다들 나한테 왜 이러느냐는 표정으로 고개를 저었다. 얼굴을 들어 영훈에게 뭐라고 말하려다 참는 것 같았고, 신청서를 한 장 넘기며 말했다.

"넌 종례 끝나고 내려와. 다음, 형근이 나와라."

교무실에서 담임은 교실에서와 달랐다. 동료 선생을 대하는 눈빛이 다정했다. 옆자리가 화학과 국사였다. 검정색 의자에 앉아 몸을 뒤로 젖히며 크고 부드러운 목소리로 말했다.

"나는 이해를 못 하겠다. 보충수업비 내가 내주겠다고. 그런데 왜 싫다는 거야?"

영훈은 담임의 목소리에 주변 선생들이 쳐다보는 것을 느꼈다. 영훈의 고개가 숙여졌다. 담임이 젖혔던 몸을 앞으로 튕기며 말했다.

"야. 2만 원이야. 한 달에 2만 원도 못 내? 너 나라에서 돈도 나오고 후원도 받는다며? 대학도 가고 싶고? 그럼 방학 때 나와. 정 어렵다니 수업비도 내가 내준다고."

담임이 슬리퍼로 영훈의 실내화를 툭 건드렸다.

"너 같은 애들 내가 잘 알아. 학교 안 나오면 어디서 사고나 쳐요. 한 학기 남았어. 엉뚱한 데 돌아다닐 생각 말고 나와. 내 말 안 들은 거 두고두고 후회한다."

아침에 신문을 돌리는 영훈은 매일 한 부를 집으로 가져갔다. 몇 달 전 신문 기사에서 담임선생들이 왜 그렇게 보충수업에 목을 매는지 알았다. 교장과 교감에게 보충수업비의 일부가 들어간다고 했다. 따지고 보면 이것도 돈 때문인 것이다. 그렇게 생각하면 이해 못 할 것도 없었다. 영훈은 고개를 들었다.

"교재비는요?"

"뭐?"

"국영수, 과탐, 사탐. 다섯 과목에 문제지 하나씩 사야 되잖아요? 한 권에 5천 원씩 잡아도 2만 5천 원인데, 그것도 사주실 건가요?"

"뭐 임마?"

"저 평소에는 신문만 돌리지만 방학 때는 우유도 해요. 그럼 그 돈도 주실 건가요? 그럼 나올게요."

담임이 어처구니없다는 표정으로 주위를 둘러보며 말했다.

"얘 되게 뻔뻔하네?"

결국 영훈은 죄송하다고 해야 했다. 선생님 걱정에 감사드리며, 개학 후 모의고사에서 꼭 성적을 올려놓겠다는 약속을 하고서야 교무실을 나올 수 있었다. 교실로 올라가는 계단에서도 담임 표정이 생생했다. 진짜 성적이 오르길 바라는 것인지 알 수 없는 얄궂은 표정.

생활보호대상자로 한 달에 들어오는 돈이 26만 원 정도였다. 한 항목으로 그 돈이 들어오는 것은 아니었다. 5등급 2인 가족 생계보호비가 한 달에 19만 4천 원이었다. 소년소녀가장과 거택아동보호비 항목으로 들어오는 교통비, 영양급식비 등을 달로 계산해야 26만 원이 되었다. 복지관 윤 선생님이 여섯 명의 개인 후원자를 연결해 지원받는 돈이 한 달에 15만 원 정도였는데, 아르바이트를 해도 달마다 몇만 원이 부족했다. 담임에게 이런 이야기까지 하고 싶지는 않았다. 그러다 엄마 이야기가 나오는 것은 정말 싫었다. 뭐? 뻔뻔하다고? 영훈은 그 말도 그냥 흘려보낼 수 있었다.

교실로 들어서자 짝꿍 승렬이가 빗자루를 어깨에 걸치며 어떻게 됐냐고 물었다. 승렬이는 담임을 욕했지만 방학 때 안 나와도 된다는 소리에 은근히 부러운 눈치였다. 대체 뭐라고 했기에 담임이 넘어갔냐고 물었다. 있는 그대로 말해줬다고만 했다. 영훈은 가방을 들고 교실을 나서며 내일도 학교에 와야 한다는 것이 싫었다. 그러나 일주일은 더 학교에 나와야 했고, 그 사실을 무덤덤하게 받아들이려 했다.

1996년. 전국의 고등학교는 7월 16일부터 20일 사이에 방학에 들어갔다. 영훈도 제헌절부터 학교에 나가지 않았다.

아침 구름은 낮고 두툼했다. 두툼한 솜구름은 은회색이었지만 시간이 지날수록 파르스름한 밑바닥을 드러냈다. 바람을 따라 굼적거리던 구름은 햇빛에 공터를 내줘도 개의치 않았다. 정오가 다가오자 공터 입구의 드럼통이 선명한 진녹색을 띠었고, 부서진 블록들은 또렷한 그림자를 가졌다. 아이들 웃음소리가 눌러 쏜 물줄기마냥 흙바닥 위로 뿌려졌다.

8월 11일 일요일. 일요일은 배달이 없었고, 영훈은 늦잠을 잤다. 아침 먹고 공터에 나왔을 때는 비가 내릴 것 같은 하늘이었다. 영훈은 엄마가 아이들과 놀면 들어가 다시 잘 생각이었다. 하나둘씩 아이들이 모여들고 하늘이 화창해지더니 계획도 어긋나버렸다. 영훈은 땀을 흘리며 달리고 있었다.

영훈은 재빨리 뛰었지만 영악한 아이들은 바로 앞까지 기다리다 '얼음'을 외쳤다. 영훈이 실망하면 생긋거리며 약을 올렸다. 영훈이 다른 아이들을 살피려고 뒤로 돌면, 날렵한 발소리가 '땡'을 외치며 뒤를 스쳐갔다. 영훈이 분해서 발을 구르면 저만큼 떨어진 아이들이 무리지어 환호했다. 같은 편이라서 느끼는 안도감. 그 한가운데 엄마가 서 있었다. 청바지에 분홍 반팔 티셔츠를 입은 엄마는 허리를 살짝 굽히고 잡아보라는 듯 손짓했다. 잡아도 성을 내고, 잡지 않아도 성을 내겠지만.

엄마는 잘 달렸다. 영훈은 그 일이 있기 전까지 엄마가 달리는 모습을 한 번도 본 적이 없었다. 엄마는 있는 힘껏 달렸다. 달리고 나서 턱을 당기며 숨을 들이마시는 모습이 곧 다시 달릴 준비를 하는 모양이었다. 그동안 갑갑해서 어떻게 참았을까 궁금할 정도였다. 엄마를 쫓으며 때로 최선을 다해야 한다는 사실에 신이 났다. 언제 방향을 바꿀지 모르는 발뒤꿈치를 쫓다 보면 어처구니없는 웃음이 터져 나왔다. 아이들은 자기도 잡아달라며 소리 질러 약을 올렸고, 영훈은 이리저리 방향을 바꾸다 미끄러졌다. 퍼석 소리에 흙먼지가 피어오르자 아이들은 잠시 조용해졌다가 깔깔거렸다.

아이들은 영훈을 좋아했다. 영훈이 공터에 나오면 아이들이 몰려들었다. 처음에는 큰 덩치 때문인지 아이들이 다가오지 않았다. 영훈은 아이들과 어울리는 법을 새로 익혀야 했는데, 아이들이 엄마를 끼워주지 않았기 때문이다. 엄마는 아이들 곁에서 머뭇거리기만 했다. 엄마를 위해 영훈이 먼저 아이들과 친해져야 했다. 엄마가 따라다니는 또래를 보면 엄마 지능이 여덟 살 수준이라는 의사들 말이 틀리지 않았다.

복지관 윤 선생님은 아이들 마음을 그대로 느껴야 한다고 했다. 그 말을 이해하는 데는 시간이 필요했다. 그 말은 아이들에게 '응, 응'거리며 고개만 끄덕인다는 뜻이 아니었다. 얼음땡을 하다 땡 해주지도 않은 아이가 도망치면 분한 마음이 들어야 했고, 숨바꼭질하다 담 너머로 움직이는 소리가 들리면 겁이 나야 했고, 철가루를 넣어 무겁게 만든 공깃돌을 보면 탐이 나야 했다. 이제 영훈이 공터에서 '무궁화 꽃이 피었습니다'를 부르면 알아서 아이들이 저만치 섰다. 높아졌다 낮아지고, 길어졌다 짧아지는 노랫소리에 아이들은 언제 영훈이 돌아설지 몰라 와작거렸다.

여남은 명이던 아이들은 이름을 부르는 목소리에 하나둘씩 사라졌다. 점심 무렵이 넘어서자 햇살은 더 강렬해졌다. 서너 명만 남아 홍이 줄자 영훈은 아이들과 엄마에게 아이스크림을 사올 테니 뭐가 먹고 싶냐고 물었다. 엄마가 웬일이냐는 눈빛으로 쳐다봤다. 간혹 과자 한 봉지만 들고 나타나던 영훈이었기 때문이다. 엄마가 양손을 모아 손가락을 구부려 이빨질을 흉내 냈다. 만날 그놈의 죠스바. 영훈은 가게에 가서 아이스크림을 사와 아이들에게 나눠줬다. 영훈도 더위사냥을 반으로 쪼갰다. 아이들 가운데 앉아 죠스바를 먹는 엄마 입술이 파랬다.

아이스크림을 다 먹자 남아 있던 아이들마저 집으로 돌아갔다. 공터에는 영훈과 엄마만 남았다. 담벼락 그늘은 시원했다. 구름을 저만치 밀어낸 바람이 담벼락 사이로 파고들자 기분이 상쾌해졌다. 엄마가 아이스크림 막대기로 바닥에 그림을 그리는 것 같았다.

"뭐 그려?"

영훈이 고개를 숙여 보니 엄마가 파놓은 선 사이에서 개미 몇 마리가 버둥댔다.

"개미 잡는구나?"

개미를 따라다니는 엄마의 눈빛에 신기함과 흥분이 보였다. 뺨과 목덜미가 땀으로 붉게 번들거렸다. 아까 달린 흔적이었다. 엄마는 흘러내린 머리카락을 귀 뒤로 한 번 감아 넘겼다. 늘 단발이어서 머리를 묶을 수 없었다. 이제 귀 옆으로 자잘한 선이 패기 시작한 엄마. 골목 사람들은 그 일 뒤로 엄마가 늙지 않는다고 말했지만 영훈은 인사치레임을 알았다. 사람들 눈에 한결 같아 보인다면 아마도 표정 때문일 것이다. 순박한 욕심이랄까, 시선을 개의치 않는 자유로움이랄까. 엄마는 갖고 싶은 것이나 먹고 싶은 것을 숨길 줄 몰랐다. 개미가 막대기로 기어오르자 엄마는 손가락까지 올라오기를 기다렸다가 검지로 튕겨냈다. 시원한 바람이 담 사이로 또 한 번 파고들었다.

기분 좋은 허기를 느끼던 영훈은 엄마 손을 잡아 일으켜 세웠다. 엄마는 개미에게서 눈을 떼지 못하며 아쉬운 듯 따라 일어났다. 영훈은 공터를 나서며 엄마에게서 땀내를 맡았다. 그 냄새에 슬며시 기분이 언짢아졌는데, 엄마를 목욕시킬 생각 때문이었다. 엄마는 극도로 목욕을 싫어했다. 영훈은 꾀를 냈다.

"우리 점심으로 비빔면 먹을까?"

영훈은 엄마의 얼굴이 환해지는 것을 보며 자연스럽게 말을 이었다.

"집에 가서 시원하게 목욕하고 비빔면 먹자."

단호하게 도리질하는 엄마를 보며 영훈은 부드럽게 말했다.

"목욕을 해야 비빔면도 있는 거지. 싫음 말든가."

영훈은 개미슈퍼로 발걸음을 돌렸다. 요새 같은 날씨면 일주일에 두 번은 목욕을 해야 한다. 하지만 영훈은 일주일에 한 번 시키기도 어려웠다. 일단 비빔면을 사서 부엌에 올려놓고 다시 말해봐야지. 배가 고프면 말을 듣지 않을까? 아이스크림 사는 데 괜한 돈을 썼다고 생각했다.

평소 영훈은 혼자 장을 보지만 오늘은 엄마와 함께 개미슈퍼로 들어갔다. 주황색 방수천이 햇볕에 바래 허옇고, 주인 할머니는 가는귀가 먹었다. 그래도 이 가게에서만 장을 보는 이유가 외상 때문만은 아니었다.

어둑하고 답답한 실내로 들어서자 영훈은 땀이 확 솟았다. 진열대가 두 개만 있는 좁은 공간. 영훈은 파란색 비빔면을 집으며 엄마의 표정이 밝아지는 것을 확인했다. 그 밖에 필요한 물품도 집었다. 계산대에 내려놓는 물건이 평소보다 풍성하자 할머니가 얼굴을 들어 영훈을 힐끗 봤다. 할머니가 눈을 가늘게 뜨고 계산기를 두드리는 동안, 엄마는 냉장고에서 초록색 소주병을 꺼내고 있었다. 영훈은 아차 싶었고, 엄한 표정으로 걸어가며 황도 캔을 집어 들었다.

"우리 그거 사러 온 거 아니지? 우리 비빔면 사러 왔다. 비빔면 먹고 시원한 황도도 먹으면 얼마나 맛있을까?"

영훈은 엄마가 집은 소주병을 잡아당기며 은색 캔을 내밀었다. 그래도 엄마가 소주병을 놓지 않고 고개를 흔들자 개미슈퍼 할머니가 뒤에서 거들었다.

"영훈 엄마. 우리 그거 안 팔아! 알지?"

개미슈퍼에서만 장을 보는 이유였다. 엄마에게 외상은 줘도 술은 팔지 않는 가게. 엄마는 오랜만에 손에 들어온 소주병을 놓지 않고 손아귀에 더욱 힘을 줬다. 영훈의 얼굴이 차츰 굳어갔다.

한참 실랑이하다 영훈은 결국 소리를 지르며 소주병을 잡아뺐다. "아이씨! 쫌 놓으라고!" 엄마는 놀라서 겁먹은 표정으로 아프다는 듯이 손바닥을 바지춤에 문질렀다.

가게에서 나왔을 때는 둘 다 일요일 기분을 망친 뒤였다. 영훈은 땀에 젖은 옷이 축축한 데다 허기도 져서 짜증이 났다.

영훈은 저만치 앞장서 걸어갔다. 뒤돌아보니 엄마가 아직도 바지춤에 손바닥을 문지르는 것이 술병을 뺏을 때 손이 긁힌 모양이었다. 영훈은 사정없이 힘을 쓴 것이 마음에 걸렸다. 의사의 경고를 떠올리며 어쩔 수 없었다고 생각했다. 의사는 절대로 술은 못 먹게 하라고 일렀다. 혈관도 혈관이지만 지금 상태에서 알코올은 급격한 퇴행을 가져온다고. 그러잖아도 하루 전 일도 기억 못 하는데.

병원에서 눈을 떴을 때 엄마는 움직이지도, 말을 하지도 못했다. 그 어색하고 뻣뻣한 표정. 의사들은 살아난 게 어디냐고, 재활을 오래 해야 할 것 같다고 했다. 재활을 시작하자 몸은 천천히 살아나기 시작했다. 몸이 나아지면 정신도 맑아지리라 여겼는데, 아니었다. 가끔 엄마의 시선은 아무것도 없는 허공을 빠르게 훑고 다녔다. 마치 무엇인가를 무서워하는 아이처럼, 한시도 영훈에게서 떨어지려 하지 않았다. 영훈은 엄마의 지능이 여덟 살 정도라는 의사들 말을 받아들일 수 없었지만, 해가 갈수록 어쩌면 다행일지도 모른다고 생각했다. 그렇지 않았다면 엄마는 말을 하지 못하는 자신의 상태를 견뎌내지 못했을 테니까. 전두엽 손상, 브로카 실어증, 퇴행. 영훈은 이어지는 의사들의 어려운 말 중에서 갑갑함이라는 단어만 와닿았다.

영훈도 엄마처럼 갑갑했다. 엄마는 말이 조금만 길어져도 알아듣지 못했다. 고개를 끄덕이는 것으로 알아들었다고 생각하면 오산이었다. 입을 열어 내뱉는 몇 음절의 소리에서 의미를 찾으려 하면 헛수고였다. 시간이 지나며 둘만의 동작들이 생겨났다. 예를 들어 좋아하는 아이스크림, 좋아하는 연속극, 좋아하는 음식들. 화장실에 가고 싶을 때, 무섭고 싫다는 뜻의 동작들.

술을 못 먹게 하는 것은 쉬운 일이 아니었다. 영훈이 돈을 보이는 곳에 두고 나갔다 오면 여지없이 술병과 함께 나자빠진 엄마를 발견했다. 집에서 돈을 모두 치우고 주변 가게에 술을 주지 말라고 부탁했다. 그래도 엄마가 갈 수 있는 가게는 참 많았다. 수많은 것을 잊었지만, 그 초록색에 대한 욕심만은 아주 깊게 새겨진 것 같았다.

집에 들어가서도 둘은 서로 말하지 않았다. 영훈은 방이 후덥지근하여 창문을 열고 선풍기 코드를 꽂았다. TV를 켜자 엄마가 조금 떨어져 옆에 앉았다. 더웠는지 엄마가 선풍기 회전 버튼을 팍 눌렀다. 3년 전 복지관 윤 선생님이 가져다 준 선풍기는 이제 회전할 때마다 목에서 삐걱삐걱 소리를 냈다. 영훈은 눈으로는 TV를 봤지만 배가 고팠다. 목욕은 포기하고 그냥 비빔면을 먹을까도 생각했다. 엄마한테서 냄새가 나든 말든 자기와는 상관없다는 심정이었다. 그러나 이제 개학이 얼마 안 남았고, 공부할 계획을 따져보면 잠을 줄여도 시간이 부족하며, 내일은 월요일이라 목욕시키기 더 어렵다는 데까지 생각이 미치자 영훈은 짜증이 났다.

"쉰내 난다고! 몰라?"

"……"

"사람들이 옆에 오지도 않을걸?"

"……"

영훈은 엄마의 어깨가 낮아지는 것을 보았다. TV 보는 표정이 조금 풀이 죽은 것 같기는 했다. 영훈도 그냥 고개를 돌렸다. TV를 보는데 곁눈으로 엄마가 얼굴을 무릎에 묻는 것이 보였다. 우는 소리는 들리지 않았다. 아이들이 안 놀아줄 것이라는 말에 기분이 안 좋아졌을 것이다. 영훈은 애초에 함께 장을 보러 간 것이 잘못이라고 생각했다. 소주병을 잡아 뺄 때 엄마의 눈빛이 기억났다. 이럴 줄 몰랐다는 표정.

영훈은 일어나서 부엌으로 갔다. 냄비에 물을 받아 가스레인지에 올리고 불을 켰다. 비빔면 포장을 뜯고 단단한 면을 반으로 쪼갰다. 장 본 물건을 선반에 정리하는데 엄마가 뒤로 와서 영훈을 툭 쳤다. 돌아보니 자신의 머리카락을 손으로 잡고 고개를 저었다.

"머리를 감아야지. 머리에서 제일 냄새난다고. 걱정 마. 머리 감을 때 눈 안 감게 할게."

영훈은 한결 부드러워진 목소리였다. 엄마의 입술이 못 믿겠다는 듯이 세게 다물어졌다.

"진짜! 걱정 마. 금방 끝나. 비빔면 먹고 황도도 먹자. 황도 봐! 지금 냉장고에 넣는다?"

영훈이 엄마를 향해 황도 캔을 한 번 흔들고 냉장고에 넣었다. 그래도 엄마가 가만히 있자 영훈이 말했다.

"내가 옆에 있는데 뭐가 무서워?"

영훈은 마음 변하기 전에 얼른 가스 불을 끄고 엄마의 손목을 잡아 욕실 쪽으로 갔다. 엄마 표정을 살피며 다정하게 말했다.

"목욕할 때 눈 감는 게 무서우면 잠은 어떻게 자는지 몰라."

"……"

영훈은 컴컴한 화장실 문을 열며 문득 밤이 무서웠던 어린 시절이 생각났다. 그럴 때마다 누가 자신의 방으로 와줬는지도.

영훈은 욕실 앞에서 엄마의 분홍 티셔츠를 위로 걷어 올렸다. 엄마가 거리낌 없는 동작으로 나머지 옷을 벗었다. 영훈은 부끄럼 없는 엄마가 부끄러웠다.

변기와 낮은 수도꼭지만 있는 욕실에 둘은 들어갈 수 없었다. 연녹색 플라스틱 의자를 변기 앞에 놓고, 엄마를 등을 돌리게 하고 앉혔다. 영훈은 물을 틀고 샤워기에 손을 댔다. 엄마는 한여름에도 찬물을 싫어해서 물이 어서 따뜻해지기를 빌었다. 물이 뜨끈해지자 영훈은 엄마 손을 먼저 씻겨 온도에 익숙해지게 한 뒤 샤워기를 머리에 가져갔다. 마음 변하기 전에 머리부터 감겨야 했다. 엄마의 고개를 뒤로 젖히고, 이마 위쪽으로 샤워기를 붙여 물줄기가 얼굴에 흘러내리지 않게 신경 썼다. 호스를 엄마 손에 쥐여주고 머리에 거품을 내자 엄마는 조금 올라간 목소리로 뭐라고 말했다. 무슨 말인지 알 수 없었지만 기분이 풀렸다는 것은 목소리만으로도 확실했다.

"그럼 알지. 내가 우리 엄마 마음 다 알지."

목욕이 끝나자 영훈은 엄마가 수건으로 몸을 닦는 동안 새 옷을 가져왔다. 옷 입는 것을 거든 뒤 선풍기 앞에 엄마를 앉혀놓고 머리를 말려줬다.

"봐. 씻으니까 얼마나 좋아."

잠시 후 영훈도 욕실로 들어갔다. 후루룩 해치운 샤워였지만 한결 기분이 개운했다. 가스레인지에 다시 불을 켜고 물이 끓기를 기다리는데 허기가 드세졌다. 이윽고 물이 끓었고, 면을 집어넣자 하얀 거품이 올라왔다. 엄마가 옆에 서자 영훈이 말했다.

"조금만 참자. 3분만 기다려."

엄마가 영훈을 툭 쳤다. 영훈이 돌아보니 손날을 세워 도마를 치는 것처럼 위아래로 움직였다. 지난번에 비빔면 먹었던 기억이 났다. 영훈은 다시 냄비를 보며 젓가락으로 끓고 있는 면을 저었다.

"오이?"

고개를 끄덕이는 엄마.

"그건 지난번이었지. 이번엔 없어. 그냥 먹는 거야."

엄마가 다시 영훈을 툭 쳤다. 그리고 또 똑같이 손짓했다.

"안 돼. 없다고. 그리고 지금 면 넣었잖아."

엄마가 영훈의 티셔츠를 잡고 휙휙 잡아챘다. 영훈이 짜증난 목소리로 말했다.

"사오면 다 분다고."

엄마가 입술을 앙다물고 싱크대를 발로 쾅 찼다. 영훈이 참지 못하고 소리쳤다

"아씨! 먹지 마! 먹지 마! 나만 먹을 테니까."

엄마가 영훈의 어깨를 세게 밀친 뒤에 방으로 쿵쿵거리며 걸어갔다. 방으로 들어가며 부엌문을 발로 쾅 찼다. 영훈도 화를 참을 수 없었다. 젓가락으로 면을 쿡쿡 쑤셨다. 물이 갑자기 끓어 넘쳐 불을 줄였다. 흰 거품이 잦아드는 것을 보는데 머릿속에서는 면을 비빈 후 다녀오느니 지금 다녀오는 것이 낫다는 목소리가 계속 들려왔다. 한번 고집을 부리면 엄마는 좀처럼 마음을 바꾸지 않았다. 영훈은 길게 한숨을 쉬었다.

영훈은 익은 면을 찬물에 헹궈 꺼내놓고 집을 나섰다. 바깥으로 나가니 2시였다. 가게에 다녀오면 면도 불고, 다시 땀도 날 것이라는 생각에 돌멩이를 걷어찼다. 게다가 야채 가게는 개미슈퍼보다도 한참 밑에 있는데.

영훈이 오이를 사왔을 때 엄마가 성을 냈다. 손바닥으로 배를 탕탕 쳤다. 밥을 왜 안 주냐는 신호에 영훈은 배고파서 화낼 힘도 없었다. 오이를 씻어 손질하고 어슷하게 썬 뒤 길쭉하게 채를 냈다. 엄마는 배가 많이 고픈지 옆에서 재촉했다. 그러게 아까 그냥 먹지. 영훈은 달라붙은 면을 찬물에 헹궈 애써 풀어내고 넓적한 그릇에 담아 소스를 뿌려 비볐다. 영훈은 공평하게 체중에 비례해 면을 나눴고, 불그스름한 면발 위에 오이를 올렸다. 선풍기 앞에 상을 펴고 그릇을 올렸다.

엄마가 박수를 한 번 치더니 젓가락을 들고 그릇에 얼굴을 파묻었다. 머리카락이 흘러내리자 젓가락 든 엄지손가락으로 머리카락을 걷어내며 먹었다. 빨간 양념이 입가에 묻는 것도 신경 쓰지 않았다. 영훈도 크게 한 젓가락을 입에 넣었다. 기분이 좋아졌다.

"맛있어?"

엄마는 고개도 들지 않고 바쁜 젓가락질로 대답했다. 영훈도 본격적으로 젓가락질을 시작했다. 둘이 말없이 먹다 문득 영훈은 궁금해졌다.

"그러고 보니 오이 먹은 거 꽤 됐는데 기억하네? 왜 오이가 없으면 안 돼?"

엄마는 면을 입에 넣느라 바빴다. 영훈이 다시 물었다.

"응?"

"······"

"엄마 왜?"

"······"

엄마가 가만있자 영훈이 엄마의 어깨를 살짝 밀었다. 엄마가 입을 벌리고 손바닥으로 부채질을 했다.

"매워서? 매워서?"

대답 없이 바로 다시 고개를 묻는 엄마. 영훈이 어이없다는 목소리로 말했다.

"매워서 비빔면이 맛있다며!"

"······"

"응? 엄마?"

갑자기 엄마가 젓가락을 식탁에 탕 내려놓더니 고개를 들었다. 인상을 찌푸리는 것이 귀찮게 하지 말라는 표정이었다. 움찔하는 영훈을 쳐다보던 엄마는 다시 고개를 그릇에 파묻었다. 영훈은 무안한 기분이 들어 젓가락을 면 사이로 찔러 넣었다.

"그래. 아삭거리긴 하지."

둘은 함께 황도를 먹었다. 영훈이 설거지를 하고 나오자 엄마
는 잠들어 있었다. 많이 더웠던지 선풍기를 향해 모로 누워 있었
다. 영훈도 졸렸지만 엄마가 깨면 가계부 쓰기가 어려웠다. 잊기
전에 장 봤던 내역을 적어야 했다. 가계부를 가져오며 지난번 남
겨둔 초코칩 쿠키를 몰래 꺼내왔다. 조용히 쿠키를 입에 넣고 우
물거리며 생각나는 항목을 적었다. 평소보다 푸짐하게 장을 봤지
만 아직 도톰한 생활비 봉투가 주는 느낌은 든든함이었다. 비빔
면 3개 1,050원, 달걀 10알 1,000원, 오뚜기 3분카레 3개 2,850원,
야채참치 4개 3,800원, 황도캔 1개 1,200원…… 거기까지 적고
는 문득 엄마가 어떤 얼굴로 자는지 궁금해 돌아봤다. 영훈은 요
새 같다면 참 살 만하다고 생각했다.

영훈은 모든 면에서 안정감을 느꼈다. 특히 돈 문제가 그랬다.
그것이 제일 큰 문제라는 것은 겪어본 사람은 알았다. 짝꿍 승렬
이만 봐도 가난하지만 직접 돈 걱정을 해본 아이는 아니었다. 영
훈은 그 표식을 알았다. 숨만 쉬어도 돈이 필요하다는 것을 깨달
은 아이는 얼굴에 표식이 남는다. 평소에 감추고 있어도 돈과 관
련된 상황을 마주하면 두려움이 얼굴로 올라온다. 친구들에게
신세 지느니 혼자 다니는 것이 편했다. 냉장고를 열 때마다 장을
봐야 한다는 사실이 떠올랐고, 매달 중순이 넘어가면 전기료, 수
도료, 가스비가 걱정됐다. 돈 때문에 멸시를 받다 보면 쫓기는

기분이 마음 한구석에 남는다. 뻔히 돈이 나오지 않을 것을 알면서 서랍과 옷 주머니들을 뒤져보는 심정. 자려고 눈을 감으면 뭐라도 해야 한다는 생각에 다시 눈이 떠졌다. 그러나 막상 아침이 되면 눈을 뜨기가 싫어졌다. 그 와중에 윤 선생님이 소식을 들고 왔다.

지난달 27일 온종일 비가 내린 날이었다. 저녁 무렵 문 두드리는 소리가 나더니 윤 선생님 목소리가 들렸다. 방 안으로 들어와 우산을 터는 뒷모습이 모르는 사람이 보면 영락없는 남자였다. 윤 선생님은 문을 닫고 검정 비닐봉지를 건넸다. 알려줄 소식이 있으니 맞혀보라며 웃었다. 비닐봉지 안에 돼지고기가 있었다. 윤 선생님은 1년간 매달 30만 원을 지원해줄 후원자가 나타났다고 했다. 만약 대학에 입학하면 후원자가 등록금도 지원해줄 의향이 있다고. 영훈은 도대체 무슨 일이냐고 물었다. 한국어린이 재단에 냈던 수기를 보고 연락이 왔다는 것이다. 후원자는 자기도 홀어머니를 모시고 자수성가한 사업가라고 했다.

영훈은 윤 선생님이 닫았던 문을 열었다. 해는 졌지만 초저녁 어스름 사이로 비가 내렸다. 비 때문에 동네 전체가 부옜는데, 방문 앞으로 졸졸 떨어지는 빗줄기가 그렇게 상쾌할 수 없었다. 30만 원은 정말 큰돈이었다. 윤 선생님이 주는 돈이 아닌데도 윤 선생님이 그렇게 고마울 수 없었다. 수기를 권유한 사람이 윤 선생님이어서만은 아니었다.

윤 선생님을 처음 만난 것은 병원에서였다. 병원에서는 엄마의 수술을 위해 보호자를 데려오라 했다. 수술비와 입원비는 어떻게 할 것이냐고 영훈에게 물었다. 아버지에게 연락했지만, 도계에 전화해보라는 말만 들었다. 도계 할아버지는 자기도 몸이 아파 멀리 움직일 수 없다고 했다. 영훈을 앞에 두고 의사들은 이 환자 어떻게 할 것이냐는 말을 거침없이 주고받았다. 한없이 초라해질 무렵, 사연을 들은 복지관 윤 선생님이 찾아왔다. 살이 찌고 인상이 험상궂어 돈 받으러 온 아줌마인가 싶었다. 윤 선생님을 믿게 된 계기는 영훈이 집으로 데려가 부엌에서 금시계들과 반지들을 보여줬을 때였다. 선생님은 자기도 못 본 것으로 할 테니 잘 숨기라고 했다. 대신 돈으로 바꿀 일이 있으면 같이 가줄 수는 있다고. 이 물건이 있다는 것은 일단 도계 할아버지에게도 알리지 말고, 어디에 감추는지 자기한테도 알려줄 필요 없다고. 그 말을 들으며 윤 선생님은 믿을 수 있는 사람이라 생각했다. 수술이 끝나고, 엄마가 금치산자 선고를 받고, 살던 집에서 계속 살 수 있도록 집주인에게 이야기를 해준 것도 윤 선생님이었다.

윤 선생님은 애초에 엄마를 시설로 보내자고 했다. 영훈에게도 비슷한 처지의 학생들과 생활하는 것이 낫다고 했다. 엄마와 둘이 생활하는 것은 무리고, 가끔 찾아와 잘 지내는지 확인하면 된다고. 성남의 한 시설로 엄마를 데리고 갔을 때, 영훈은 엄마가 갇혀 지낼 줄은 몰랐다. 엄마는 영훈에게서 떨어지지 않으려 했다. 마치 자기가 없으면 큰일나는 사람이 영훈이라는 듯, 목을 감싸고 뺨을 쓰다듬고 주위 사람들을 노려보며 저리 가라고 손짓했다. 그 모습을 보며 영훈은 이것은 못할 짓이라고 생각했다. 윤 선생님은 감정적으로 내릴 결정이 아니라고, 누굴 닮아 이렇게 고집이 세냐고 했지만 영훈은 끝내 엄마를 다시 집으로 데려왔다. 그렇게 엄마와 함께 산 지 한 달도 되지 않아 영훈은 후회하기 시작했다.

너무 힘들었다. 예상치 못한 일들이 한둘이 아니었다. 예전에 당연했던 모든 일들이 당연한 일이 아닌 게 돼버렸다. 기본적인 식사, 청소, 빨래만으로도 너무 힘들었다. 엄마에게 미운 마음이 들 정도였다. 이렇게 힘들게 하려면 그때 가버리지 왜 살아남았냐는 마음마저 들 정도였다. 모든 것을 다 벗어던지고 도망치고 싶었다.

그때마다 꾸짖은 사람도 윤 선생님이었다. 사는 게 그리 쉬운 줄 아냐고, 세상에 그냥 살아지는 사람이 있는 줄 아냐고, 지금보다 더 안 좋아질 수 있다는 것을 왜 모르냐고, 엄마가 네 짐인 것만 같냐고.

그냥 하는 소리인 것 같던 그 말을 4년의 시간이 지나며 차츰 이해했다. 영훈은 담임 앞에서 뻔뻔하다는 소리를 들었을 때도 엄마를 떠올렸다. 자기를 위해서가 아니라 엄마를 위해 하는 일이라 생각하니 그 순간도 그냥 흘려보낼 수 있었다. 어느 순간부터 영훈은 담담하게 살아갈 수 있었다. 그러자 되고 싶은 것도 생겼다.

사회복지사로 사는 것이 나쁘지 않을 것 같았다. 돈을 많이 버는 일은 아니지만 괜찮은 삶이라 생각했다. 윤 선생님으로부터 받은 도움을 다른 사람에게 전해주고 싶었다. 기본적으로는 물질적인 것이 절실했지만, 그것이 전부는 아니었다. 도움을 준다는 것은 단순한 일만은 아니었다. 영훈은 자신이 잘할 수 있을 것 같았다. 사회복지사로 취직하면 자신이 다니는 복지관에 엄마를 데리고 갈 수 있지 않을까 하는 계산도 있었다.

영훈은 복지관에 취직한 미래의 모습을 종종 그려봤다. 출근할 때 엄마를 데려가고, 퇴근할 때 함께 집에 가는 일상. 먹고 싶어 하는 저녁을 사주고, 그날 복지관에서 무슨 일이 있었는지를 들려주고, 함께 일일연속극을 보는 삶. 나쁘지 않을 것 같았다.

어느새 땀이 식어 선풍기 바람이 차가웠다. 영훈은 자리에서 일어나 얇은 이불을 가져왔다. 선풍기를 향해 누운 엄마에게 이불을 덮어주며 얼굴을 들여다봤다. 가끔 그때 왜 약을 먹고 떠나려 했는지 묻고 싶었다. 시간이 흐를수록 궁금한 것들이 늘어났다. 이제는 어떤 대답도 이해할 수 있을 것 같은데. 혹시 엄마가 적었던 원고 더미에 답이 있을까 해서 온 집안을 뒤지기도 했다. 그러나 하늘색 까슬까슬한 이불을 덮고 자는 사람의 얼굴은 마냥 편안했다. 영훈은 선풍기를 끄고 다시 상으로 돌아갔다.

모의고사는 여름방학이 끝나고 바로였다. 고려학원이 주관한 8월 모의고사에서 영훈은 268점을 받았다. 신문 기사에 따르면, 240점이면 서울 소재 대학에 지원할 수 있었다. 278점이면 건국대 법학과나 경희대 신방과를 써볼 수 있었다. 그 점수로 담임과 입시 면담을 했다. 점수를 보던 담임이 신기하다는 듯이 웃었다. 담임이 웃으며 어디 가고 싶냐고 물었다. 영훈은 서울시립대 도시사회복지과를 말했다. 저렴한 등록금이 이유였다. 시립대 도시사회복지과는 생긴 지 얼마 되지 않아 아직 졸업생이 없지만, 재학생들끼리 더 돈독해질 수 있다는 뜻도 되었다. 하지만 시립대는 영훈에게 불리한 전형이었다. 수능 반영 비율이 44퍼센트밖에 되지 않았고, 논술과 구술면접도 있었기 때문이다. 담임은 영훈의 이야기를 듣고서는 내신이 좋지 않으니 방심하지 말고 점수를 더 올리라고 했다. 2학기 중간고사와 기말고사를 꼭 잘봐야 한다고. 영훈은 담임으로부터 기특하다는 말을 들을 줄은 몰랐다. 고생 많았다며 어깨를 두드리던 담임은 논술까지 준비하려면 2학기를 정신없이 보내야겠다며 걱정해주었다.

2학기는 정신없이 지나갈 예정이었다. 11월 말까지 종생부를 내야 해서 9월 말에 중간고사를, 10월 말에 기말고사를 봐야 했다. 11월 13일이 수능이었다. 영훈은 야간 자율학습을 신청했다. 이제야 내 말을 알아들었냐는 담임이 예전처럼 밉지 않았다. 영훈은 염치 불구하고 윤 선생님에게 세 달만 도와달라고 부탁했다. 엄마 때문이었다.

도와달라는 부탁 전에도 윤 선생님은 영훈을 도와주고 있었다. 당시에는 보편화하지 않았던 데이케어 개념으로 복지관에서 엄마를 맡아주었다. 윤 선생님이 출근하며 복지관으로 데려갔고, 학교가 끝나면 영훈이 복지관에서 엄마를 데려왔다. 영훈은 윤 선생님에게 세 달만 집에 엄마를 데려다달라고 했다. 그전에도 많은 편의를 봐줬던 윤 선생님은 두말없이 그러자고 했다.

정규 수업이 끝난 뒤 저녁을 먹고 나면 7시부터 강당에 모여

자율학습을 했다. 영훈은 탁 트인 공간에서의 고요함이 좋았다. 책장 넘어가는 소리만 들리는 그곳에서 부족한 것을 메꿔나간다는 충족감이 좋았다. 문제지를 풀고 채점을 하며 더 나아가고 있다는 뿌듯함. 저녁때 엄마를 보지 않아도 된다는 홀가분함에 간혹 죄책감을 느꼈지만, 모두 엄마를 위해 하는 일이라 믿었다. 11시쯤 학교에서 돌아오면 엄마는 잠들어 있었다. 개미슈퍼에서 받아온 외상 쪽지가 상 위에 있고 과자 부스러기가 방바닥에 어질러져 있어도 이만하면 괜찮다 싶었다.

논술 준비는 생각보다 어려웠다. 보통 1200자 분량이었는데, 다른 아이들은 그만큼을 어떻게 채울 것이냐를 걱정했지만 영훈은 다른 걱정을 했다. 막상 하고 싶은 이야기를 적다 보면 본론은 시작도 못 하고 분량의 반 이상을 넘겨버리기 일쑤였다. 계획적으로 하고 싶은 이야기를 구조에 따라 배분하고 단락을 잡아야 했다. 그러려면 생각하는 법부터 바꿔야 될 듯싶었다. 일주일 중 수요일은 논술 연습으로 잡고 한 문제씩을 골라 문제를 풀었다. 시험시간보다 촉박하게, 한 시간 안에 마치는 것이 목표였다. 진짜 시험처럼 7시 정각에 시작해 8시에 마쳤다. 아이들이 7시 50분에 화장실에 갈 때도 영훈은 연필을 놓지 않았고, 8시에 개운한 마음으로 자율학습 담당 선생의 눈치를 보며 화장실을 다녀왔다. 논술은 채점이 애매해서 교무실로 국어 선생을 찾아가 부탁했다. 정년이 가까운 국어 선생은 전교생이 다 나에게 논술을 봐달라면 어쩌냐고 난색을 표했다. 그때 담임이 뒤에서 나타났다. "최 선생님, 애 하나만요. 제가 특별히 부탁드립니다." 담

임까지 그리 나서자 국어 선생이 못 이기는 척 답지를 두고 가라
했다. 영훈은 매주 목요일마다 빠짐없이 1200자 답안지를 국어
선생에게 가져다 줬다.

 이해할 수 없는 일들이 몇 가지 생겼다. 엄마가 자다 깨서 부
들부들 떨며 바깥으로 나가려 했다. 영훈은 잠이 덜 깨서 엄마를
붙잡고 화를 냈다. 몇 달만 좀 참으라는 말을 엄마가 이해했는지
알 수 없었다. 어차피 재수는 엄두를 낼 수 없었기에 영훈의 말
은 진심이었다. 중간고사를 며칠 앞두고 집에 오니 엄마가 술에
취해 나자빠져 있었다. 또 어디서 돈을 찾아냈나 싶었지만 엄마
는 깨워도 일어나지 않았고, 영훈도 피곤해서 그냥 잊어버렸다.
한번은 집에 왔는데 엄마가 사라져 온 동네를 뒤지고 다녔다. 공
터 담벼락 뒤에 숨어 있는 엄마를 찾아 데려오는데 엄마가 고개
를 흔들고 화를 내며 집으로 들어가지 않으려 했다. 그 일이 있
고 나서 영훈은 문방구에서 천 원짜리 번호 자물쇠를 사서 문 밖
에 달았다. 어차피 그 시간 동안 엄마가 밖으로 나올 일은 없었
다. 저녁을 먹고 자율학습을 시작하기 전에 집에 가서 엄마를 한
번 보고, 밖에서 자물쇠를 잠근 뒤 학교로 돌아갔다. 엄마가 놓
아주지 않으려 할 때는 이 고생을 누굴 위해 하는지 모르겠다며
짜증을 냈다.

 중간고사에서 영훈은 반 석차가 8등 올랐고, 다른 학생들 앞
에서 담임에게 칭찬을 들었다. 담임이 이러다 장학금 받고 들어
가는 것 아니냐며 농담을 했다. 영훈은 말도 안 된다며 손사래를
쳤지만 마음속으로 새로운 목표를 세웠다. 불가능하리라는 법도

없었다. 그날 몇몇 아이들이 복도에서 영훈을 보며 낄낄댔다. 자신을 보는 눈초리가 기분 나빴지만 영훈은 샘이 나서 그럴 것이라며 무시했다.

수리탐구1이 제일 어려웠다. 외국어 영역과 언어 영역은 감으로 찍어도 맞는 경우가 많았지만, 수학은 다 풀어놓고도 계산 과정에서 실수해 틀리는 경우가 많았다. 도대체 수학을 잘하는 아이들을 이해할 수 없었다.

10월 기말고사가 코앞으로 다가오자 모든 아이들의 신경이 날카로워졌다. 자율학습 중 저 구석에서 책상을 치며 욕하는 소리가 들렸다. 4반 반장이었는데, 그날 야간 자율학습 담당인 화학 선생이 조용히 데리고 나갔다.

국어 선생이 야간 자율학습 당번인 날 영훈을 부르더니 옆에 의자를 갖다 놓고 앉으라 했다. 그동안 가져다 줬던 답안지를 펼쳐냈다. 죄다 빨간 줄이었다. 첫 번째 가르침은 글씨를 잘 써야 한다는 것이었다. 그다음 문장이 길다며 말꽁무니를 짧게 치라고 했다. 각 문단을 한 문장으로 요약해 미리 적어놓는 연습을 하라고 했다. 모든 답안지의 첫 문장이 의문문인데 대체 이유가 무엇이냐고 물었다.

담임이 야간 자율학습 당번인 날 저녁을 사줬다. 근처 중국집에서 함께 볶음밥을 먹었다. 고3 담임을 몇 번 해봤는데 너 같은 애는 꼭 대학 가더라는 말로 영훈을 북돋아줬다. 저녁 먹고 잠깐 집에 다녀와야 한다는 말에 담임이 왜냐고 물었다. 잠깐 어머니를 보고 와야 한다고만 답했다. 그러나 집에 도착해서는 문을 열면 엄마가 매달려 떼어놓기 힘들기에 조용히 되돌아왔다. 바깥까지 울려나오는 TV 소리가 너무 크다고 생각했다. 그날도 엄마는 술에 취해 인사불성이었지만, 하루하루는 평온하게 지나갔다. 시간이 조금 더 있었으면 하는 아쉬움을 느꼈다. 시험을 잘 볼 것 같다는 확신이 들었다.

10월의 마지막 토요일. 갑자기 기온이 떨어졌다. 아침 기온이 1도였다. 영훈은 밤새 으슬으슬 떨었고, 일어나기 힘들었다. 배달을 마쳤을 때는 학교 대신 집에 가고 싶었다. 다음 주부터 기말고사라 과목별 마지막 요약은 놓칠 수 없었다. 대신 자율학습은 빠지고 집에 오기로 마음먹었다. 욕심부리다 다음 주 시험을 망칠 것 같았다. 1교시부터 도저히 견디기가 어려워 수학시간에는 그냥 엎드려 잤다. 2교시는 국사였다. 영훈은 쉬는 시간에 엎드려 있다 수업종이 울릴 때쯤 소변이 마려워 자리에서 일어났다. 화장실에 갈 때까지도 잠이 덜 깬 상태였다. 안으로 들어서다 누군가와 세게 어깨가 부딪쳤다. 얼굴을 드니 영훈에게 낄낄대던 무리 중 하나였다. 별명이 '꼴초'였다. "뭘 야려. 이 븅신 새끼……" 영훈은 담배 냄새를 맡으며 고개를 숙였고, 꼴초가 멀어지면서 중얼거리는 소리를 들으며 소변을 봤다.

교실로 돌아와 자리에 앉았을 때 꼴초의 중얼거림이 기억났는데, 그 중얼거림 중에서 한 구절이 뇌리에 남았다. 1568에 소주두 병. 국사 선생이 요약을 시작했고, 영훈은 멍한 상태에서 그 숫자가 어떤 연도일 것이라 생각했다. 그러다 쟤네들이 국사 연도를 외울 아이들이 아니라는 데 생각이 미쳤고, 그 네 자리 숫자는 이 세상에서 영훈만 아는 숫자여야 한다는 것을 깨달았다. 영훈은 서늘해진 마음으로 고개를 돌렸는데 꼴초와 눈이 마주쳤다. 꼴초는 피식 웃더니 짝꿍에게 뭐라고 속삭였다. 짝꿍은 별명이 곱슬머리였는데 심각한 표정으로 변하더니 꼴초의 등을 주먹으로 퍽 치고 슬쩍 영훈 쪽으로 곁눈질을 했다. 영훈은 자신과 마주쳤던 그 눈빛을 잊을 수 없었다.

영훈은 저 아이들이 집 자물쇠 번호를 안다는 것이 어떤 뜻인지 이해할 수 없었다. 아니, 이해하고 싶지 않았다. 심장 깊은 곳에서 어떤 진동이 시작됐다. 그 진동은 점점 커져 숨도 제대로 쉴 수 없었고, 가만히 앉아 있을 수가 없었다. 머릿속을 쿵쿵 울리는 소리들. 영훈은 자리에서 일어났다. 곱슬머리에게 걸어가는 영훈을 보더니 국사 선생이 한마디 했다.

"너. 뭐야?"

영훈은 국사 선생의 말소리가 귀에 들어오지 않았다. 자기도 뭘 하려는 것인지 알 수 없었다. 다만 가만히 앉아 있을 수가 없었다. 뭐라고 해야 할지도 알 수 없었다. 곱슬머리 옆에 서서 가만히 내려다봤다. 국사 선생이 다시 불렀다.

"뭐냐고 너?"

한참 영훈의 시선을 견디던 아이가 위를 보며 짜증나는 목소리로 작게 말했다.

"씨발! 난 아냐! 나는 오늘 들었어."

갑자기 내리꽂는 영훈의 주먹질에 곱슬머리는 그대로 엎어졌다. 꼴초가 자리에서 일어나며 영훈의 멱살을 잡고 밀었다. 영훈은 꼴초의 머리채를 잡아 책상에 내리꽂고 깨버리고 싶은 마음으로 주먹질을 시작했다. 국사 선생이 뛰어오기 전에 근처의 무리들이 영훈에게 달려들었다. 영훈은 그들에게도 주먹질을 했지만, 아이들은 결국 영훈을 내리눌렀다.

막상 병원으로 간 아이는 꼴초였다. 나머지 다섯 명과 영훈은 교무실로 내려가 엎드려뻗쳤다. 기말고사 앞두고 이게 무슨 일이냐는 학생주임의 호통이 교무실을 쩌렁쩌렁 울렸다. 그 호통 소리에 영훈은 정신을 차린 기분이었다. 자기 때문에 다른 아이들이 국사 요약을 못 들었다는 것을 학생주임의 호통으로 깨달았다. 오른손이 얼얼하고 찢어져서 피가 나는 것이 눈에 들어왔다. 학생주임이 영훈에게 이유를 물었지만 영훈은 아무 말도 하지 않았다. 다른 아이들도 이유를 모르겠다고 했다. 갑자기 일어나 미친놈처럼 달려들어 말렸을 뿐이라고 항변했다. 영훈은 아이들의 목소리가 너무 생생해 일말의 희망을 얻었다. 어쩌면 자기가 모두 잘못 생각한 것이라고, 그럴 리가 없다고, 자기가 생각하는 그런 일들은 전혀 일어난 적이 없다고. 영훈은 제발 그러기를 빌었다.

담임이 수업을 마치고 내려와 학생주임 앞을 지나가다 반 아이들이 엎드린 것을 발견하고 멈춰 섰다. 학생주임이 다가와 국사 선생을 대신해 상황을 전하며 이게 무슨 짓거리들이냐고 담임에게 물었다. 담임은 교감 선생 자리로 불려갔다. 그들이 나누는 말은 자리가 멀어 들리지는 않았고, 나지막한 울림으로 '병원'과 '고소'라는 단어가 들렸다. 담임은 학생주임 자리로 돌아와 엎드린 영훈 앞에 섰다.

"너 왜 그랬어?"

영훈이 아무 말 없이 가만있자 담임은 곱슬머리 앞으로 갔다.

"너 쟤한테 뭐라 그랬어?"

담임의 물음에 영훈은 고개를 들었다. 곱슬머리의 얼굴을 보고 싶어서였다. 표정을 보면 무엇인가 확실해질 것 같았다.

"니가 뭐라고 하니까 영훈이가 덤벼들었다던데? 뭐라 그랬냐고?"

영훈은 엎드린 아이들이 일제히 고개를 숙이자 가슴이 서늘해졌다.

"이 새끼가 왜 말을 안 해?"

"별말 안 했습니다. 씨발. 이 자식 여기서 왜 이래. 그게 답니다."

영훈은 긴 숨이 새어나왔다. 그 거짓을 듣는 순간 온몸에서 힘이 빠져나가는 것 같았다. 팔이 후들거려 버티고 있을 수 없었다. 담임이 영훈 앞으로 걸어와서 물었다.

"김영훈. 너 왜 그랬어?"

영훈은 담임의 말이 귀에 들어오지 않았다. 복지관에 있을 한 사람의 얼굴이 떠올랐다. 아이스크림을 좋아하고 잘 달리는 그녀는 의외로 화를 잘 내는데, 화를 냈다가도 금세 얼굴이 풀렸다. 얼음땡을 하며 아이들을 풀어주고 고개를 들어 자랑하듯 웃는

다. 공깃돌을 하늘 위로 던질 때는 이제 이마에 주름이 잡히지만 그 모습이 다는 아니다. 영훈은 아직도 예전의 모습을 기억한다. 밤이 무서워 그 이름을 부르면 컴컴한 어둠 속에서 방문을 열고 들어오던 모습. 곁에 누워 이제 괜찮다고 말해주던 그 목소리.

"야! 니가 뭐라고 말을 해야 내가 말을 하지!"

영훈은 자신의 옆을 가장 잘 지켜주었던 한 여자를 생각하고 있었기에 담임의 말에 답을 할 수 없었다. 마음속의 모습이 허물 어지지 않게 하려면 어떤 것도 입에 담아서는 안 됐다. 그저 다 끝내버리겠다고만 다짐했다. 그러려면 가만히 있어야 했다. 똑 같이 처절하게 되갚아주리라 다짐했다.

영훈이 교무실에서 나온 것은 2시가 지나서였다. 토요일이라 선생들이 일찍 퇴근한 뒤였다. 영훈은 운동장을 가로질렀다. 지 금 가면 엄마와 윤 선생님을 모두 마주칠 텐데, 그럴 생각은 없 었다. 일을 끝내고 집에 들어가리라 마음먹었다. 집 쪽이 아닌 공터 쪽으로 방향을 잡았다. 공터에는 버려진 고물이 있었다. 쓸 만한 쇠파이프를 봤던 것이 기억났다.

영훈이 집에 도착했을 때는 저녁 8시 무렵이었다. 검은 비닐봉 지 하나를 들고서였다.

"뭐 하고 있었어요?"

영훈은 문을 열며 물었다. 평소에 쓰지 않던 존댓말을 쓴 것을 후회하며 자신의 얼굴이 굳어 있을까 걱정했다. 평소와 같아야 한다고 생각했다. TV를 보던 엄마가 새우깡 봉지에 들어가 있던 손을 빼서 흔들었다. 영훈은 엄마 옆으로 가서 앉아 두 다리를 쭉 뻗었다. 엄마와 눈을 맞추지 않고 TV를 보며 말했다.

"이거 〈첫사랑〉 맞지? 그동안 어떻게 됐어?"

엄마는 다시 과자를 한 주먹 입에 넣었다.

"저녁은?"

엄마가 옆에 있는 빈 사발면 그릇을 흔들더니 영훈의 비닐봉지를 보고 손으로 가리켰다. 뭐냐고 묻는 것이었다.

"이거? 엄마가 제일 좋아하는 거."

엄마가 손가락들로 이빨질을 흉내 냈다.

"죠스바 말고."

엄마가 손을 뻗어 봉지를 쥐려 하자 영훈이 봉지를 자기 무릎에 올려 안을 보여주었다. 봉지 안에는 소주병들과 두부가 들어 있었다. 엄마가 몸을 뒤로 빼며 영훈을 쳐다봤다. 웬일이냐는 눈빛.

"잠깐 TV 보고 있어. 곧 올게."

영훈은 비닐봉지를 들고 부엌으로 갔다. 프라이팬에 기름을 두르고 불을 약하게 켠 뒤 김치를 볶기 시작했다. 고소한 냄새가 방까지 밀려오자 엄마는 연속극이 한창인데도 부엌으로 들어와 뒤에서 비닐봉지를 헤집었다.

"엄마 기다려. 나는 저녁도 안 먹었어."

"……"

엄마가 대답이 없자 영훈은 뒤를 돌아봤다. 비닐봉지에서 소주병을 꺼내고 있었다.

"아, 그거는 안주랑 같이 먹는 거지."

영훈은 안 되겠다 싶어 주걱을 놓고 소주병들을 꺼내 자기 앞쪽 찬장에 올리고 주걱질을 계속했다. 아삭거리던 김치가 숨이 죽고 노릇해지자 영훈은 맛을 봤다.

"뭔가 부족한데?"

영훈은 옆에서 서성거리는 엄마를 보며 말했다.

"뭔가 부족한데…… 모르겠어. 맛 좀 볼래?"

영훈은 볶은 김치를 한 젓가락 집어 엄마 입에 넣어줬다. 엄마는 짭짭대며 그냥 고개를 끄덕였다. 웃음이 담긴 엄마 표정을 보며 영훈이 말했다.

"저게 그렇게 빨리 먹고 싶어?"

엄마가 쑥스럽게 웃었다. 영훈은 그 웃음에 자기 표정도 부드럽게 풀어지는 것을 느꼈다.

"어쩜 저게 그리도 좋을까?"

영훈은 볶은 김치에 깨라도 뿌리면 좋겠다고 생각했지만 다시 나가서 사올 생각은 없었다. 외상값을 모두 정리한 뒤였다. 소주를 계산대에 올리자 개미슈퍼 할머니가 무슨 일이냐고 물었다. 영훈은 시험을 아주 잘 봤다고 말해줬다. 영훈은 설탕을 넣고 조금 더 볶다가 가스 불을 껐다. 두부를 썰어 하얀 플라스틱 접시에 담고 접시 한쪽에 볶은 김치를 올렸다. 소주잔이 없어 유리컵을 소주잔 삼아 상을 내갔다. 젓가락을 잊어 부엌에 갔다 왔을 때는 이미 엄마가 소주병을 따 컵에 따르고 있었다.

"아냐 아직은!"

갑자기 높아진 목소리에 엄마가 놀란 눈치였다. 영훈은 소리친 것을 후회하며 다시 부드럽게 말했다.

"잠깐만 기다리면 돼."

엄마가 젓가락으로 김치를 집어 한입 넣는 것을 보며 영훈은 소주병을 들고 부엌으로 갔다. 잠시 후 영훈은 플라스틱 통 하나를 가져왔다.

"이거 기억나 엄마?"

알약이 든 통을 엄마가 신기한 듯 쳐다봤다. 영훈은 엄마가 그 병을 기억할까 궁금했는데 그저 빨리 술을 먹고 싶은 모양이었다. 영훈은 엄마가 남겨둔 통을 늘 가지고 있었다. 엄마가 깨어나지 않을 경우 뒤따르려고 했기 때문이다. 나중에는 그 약이 꼭 보험 같았다.

"이거 다섯 알에 한 잔씩이야."

엄마가 그냥 잔을 들자 영훈이 엄마의 손목을 잡았다.

"아니. 이거 먹어야 주는 거라고. 그래. 이거 먹어야 된다고."

영훈은 엄마의 손바닥을 억지로 펴서 다섯 알을 손바닥 위에 올려주었다. 알약을 보던 엄마는 이거 무슨 놀이냐는 표정이었다. 영훈이 고개를 끄덕이자 엄마는 알약을 입에 털어 넣었다. 그리고 소주를 마시는 것이 순식간이었다. 엄마가 다시 잔을 따르려 하자 영훈이 말했다.

"나도 줘봐. ……저기 많아. 욕심부리지 말고."

엄마가 웃었다. 영훈이 소주병을 빼앗아 들어 자기 잔에 가득 채웠다. 살면서 결코 먹지 않으리라 생각했는데.

"크…… 이걸 먹으려고 그 난리를 부렸던 거야?"

영훈은 어서 두부김치를 크게 한 젓가락 입에 넣어야 했다. 엄마는 뭐가 재밌는지 웃었다. 엄마의 웃음에 영훈도 웃었다. 엄마가 그냥 술을 마시려 하자 영훈이 엄마의 손을 잡고 다섯 알을 쥐여줬다. 엄마는 알약을 입에 털어 넣고 벌컥벌컥 몇 모금을 마셨다.

"아, 조금씩 따라줘야지 안되겠다. 엄마는 너무 잘 먹는다."

그렇게 한 잔씩, 한 잔씩 비우던 엄마는 9시 뉴스 중간에 잠들었다. 영훈은 서서히 엄마의 눈꺼풀이 감기는 모습을 지켜봤다. 그 모습을 보며 영훈은 조금씩 목구멍으로 술을 밀어 넣었다. 엄마는 벽에 기대서 잠들었는데 술잔을 배 위에 꼭 잡고 있었다. 엄마가 완전히 잠든 것을 확인한 영훈은 남은 알약을 모두 자기 입에 털어 넣고 술병째 벌컥벌컥 마셨다. 신기하게도 아까보다 쓴맛이 훨씬 덜했다. 희미한 단맛까지 났다. 정신이 어질하고 신나는 기분도 들었다. 뭐가 됐든 이제 안녕인 것이다.

영훈은 일어나며 어지럼을 느꼈다. 한 손으로 벽을 잡고 부엌으로 갔다. 모아둔 신문지를 가져와 방구석에 쌓고 그 위에 작은 촛불 네 개를 올렸다. 촛농으로 세운 촛불이 아슬아슬했다. 형광등을 끄자 약하게 흔들리는 불빛에 방 안이 일렁거렸다. 영훈은 엄마를 똑바로 눕히고 이불을 덮어준 뒤 옆에 누웠다. 졸음이 밀려왔다. 영훈은 이렇게 하길 잘했다고 생각했다.

영훈은 쇠파이프를 들고 온 동네를 찾아다녔다. 보이는 아이들마다 곱슬머리가 어디 사느냐고 물었다. 영훈은 저녁시간 무렵 곱슬머리의 집 대문 앞에 섰다. 식구들이 모여 저녁 먹는 소리가 들렸다. 들어가서 가족들을 모두 때려죽인 다음 마지막 차례가 곱슬머리였다. 그 전에 누구에게서 숫자를 들었는지 묻는 것을 잊지 않을 작정이었다. 이 밤 안에 숫자의 고리들을 모두 찾아 끊어낼 작정이었다. 그런데 정말 그것이 가능할까? 중간에 경찰에 잡혀 가지 않을까? 그러면 엄마는 또 혼자 남겨지겠지? 그럼 우리 엄마 곁에는 누가 있어주나? 다시는 그렇게 혼자 둘 수 없었다. 영훈은 남색 대문 앞에 주저앉았다. 어떻게 해야 할지 알 수가 없었다.

어디서 바람이 들어오는지 촛불이 만드는 그림자가 천장에 너울거렸다. 영훈은 평온했다. 그림자가 일렁이는 모양새가 꼭 바람 같았다. 영훈은 문득 엄마와 바다에 가봤으면 좋겠다고 생각했다. 파도, 모래사장, 발자국들, 수평선, 바닷바람. 그러다 그냥 여기까지면 됐다 싶었다. 더는 이 거지 같은 곳에 붙어 있고 싶지 않았고, 그래서 하나도 아쉽지 않았다.

정인에게 얼굴을 맞는 순간 정신을 잃는 줄 알았다. 두 팔을 들어 얼굴을 가렸는데도 얼마나 힘이 센지 맞을 때마다 상반신 전체가 흔들렸다. 팔뼈가 부러지는 줄 알았다. 그런데 맞을수록 나를 가격한다기보다 후려칠 무언가가 필요할 뿐이라는 느낌이 들었다. 내가 몸을 뒤틀어 피해도 때리는 곳이 일정했다. 어느 순간부터 서서히 주먹에 힘이 빠졌다. 눈을 들어 그를 쳐다볼 수 있었다. 눈빛이 나를 향하는데도 다른 사람을 보는 것 같았다.

잠시 후 정인은 주먹질을 멈추더니 몸을 일으켜 소파에 앉았다. 숨을 고르며 내가 아닌 꺼진 TV를 바라봤다.

나는 거실 베란다 창에 몸을 기댔다. 관자놀이가 부어올랐고, 입안이 찢어져 피 맛이 났다. 들어올릴 수 없을 정도로 팔이 쑤셨다. 정인은 지쳐 보였다. 나를 때린 정인의 행동은 내 말을 인정한다는 뜻이리라. 정인의 화상은 어머니 때문이고, 그 원망 때

435

문에 어머니를 학대해왔던 것이다. 나 때문에 자신의 행동이 들통나자 어머니를 어떻게 해버린 것이고, 이제 그 원망을 내게 풀고 있는 것이겠지. 그런데 아까보다 얼굴의 독기가 사라졌다. 어딘가 서글퍼 보이기도 했다. 나를 때리며 어느 정도 마음이 풀리지 않았을까? 지금 말해야 할 것 같았다.

"당신 나쁜 사람 아니란 거 알아. 적어도 나는 당신을 이해할 수 있다고 믿어."

정인이 물끄러미 나를 바라봤다.

"나는 어머님 상태를 직접 봤으니까. 그 정도면 누구라도 밖에 못 나가게 했을 거야. ……어머니가 부끄러울 수도 있고."

"……"

"화상 때문에 평생 남들처럼 살 수 없었고, 그것이 어머니 때문이라면 그 사람이 어머니라도 원망스러울 수 있지."

"……"

"내가 잘못했어. 뉘우치고 있다니까. 그런데 이런다고 뭐가 달라져. 여기서 일이 더 커지면 돌이킬 수 있겠어? 우리 가족들이 어디 있는지만 알려줘. 그러면 아무 일 없던 것처럼 모든 것을 잊을게. 응?"

정인의 얼굴에 씁쓸한 웃음이 잠깐 보였다. 그는 눈을 들어 시계를 봤다.

"참 말 잘해. ……됐고. 가족들이 어디 있는지 알고 싶다고?"

"그래. 어디야? 그것만 말해줘!"

"지금부터 할 일에 대해 알려줄게."

그의 목소리가 나직했다.

"그래. 그래. 그게 뭔데?"

"저 방에 있는 사람. 저 사람 심장이 멎는 순간 어디 있는지 알려준다."

그 말이 무슨 소리인지 바로 이해되지 않았다. 아니, 이해하고 싶지 않았다. 정인은 소파에 기대 있던 몸을 일으켜 남은 맥주를 들어 천천히 마시기 시작했다. 나는 고개를 저었고, 내 입에서는 신음 소리가 새어나왔다.

"무슨 소리야? 그게?"

정인은 내 표정을 쳐다봤다. 내 표정에서 어떤 의미라도 찾고 싶은 것 같았다. 내가 고개를 저으며 말했다.

"안 돼. 그럴 수는 없지."

"왜 시간이 중요한지도 말해줄게."

"……"

"너희 식구들은 지금 모두 의자에 묶여 있어. 내가 이리로 올 때까지만 해도 서로 무서워하지도 않았지. 경호는 형이라서 그런지 어른스러운 구석이 있더라. 무서워하지 말라며 경찬이를 다독이던데? ……셋은 마주 보고 둥글게 앉아 있어. 한적한 곳이라 재갈을 물릴 필요도 없어. 말도 주고받을 수 있고. 물탱크 위에 60촉짜리 전구가 켜져 있어서 깜깜하지도 않아. 어쩌면 내가 없을 때 웃을 수도 있겠다."

"……"

"물을 틀었어. 여기로 오면서."

가슴이 무엇인가에 눌리는 기분이었다. 뱃속에서 신물이 났다.

"의자의 높이는 모두 같아. 물소리와 함께 엄마가 아이들에게 하는 소리를 들었다. 곧 누가 구하러 올 테니 걱정하지 말라고. 지금은 어떨까? 물이 발목, 무릎을 지나 허리까지 차올라도 아이들은 엄마 말을 믿을까? 가슴을 넘어 목까지 차오르면 서로 뭐라고 할까? 키가 작은 경찬이가 제일 먼저 말을 할 수 없게 되겠지. 동생이 마지막에 뭐라고 하는지를 형과 엄마는 듣겠고. 그 모습을 지켜본 형이 끝까지 어른스러울 수 있을까? 잠시 후에 형도 말을 못 하게 될 테고, 그 순간은 동생이 느꼈던 공포까지 덤으로 겪는 거야. 그 모든 걸 끝까지 본 엄마는 무엇을 하고 싶을까? 그때가 되면 어서 물이 차오르길 바랄지도 몰라. 이제 시간이 얼마나 중요한지 알겠어?"

"야! 이 개놈의 새끼야!"

나는 일어나 발로 탁자를 힘껏 밀쳤다. 탁자가 소파에 부딪히며 쾅 소리를 냈다.

몇 분 동안 안방과 거실을 오갔지만 아무것도 할 수 없었다. TV 위에 걸린 벽시계를 몇 번이나 쳐다봤다. 하려면 빨리 해야 한다는 목소리가 내 안에서 들리는 것 같았지만 막상 안방 문을 열 자신이 없었다. 문을 열어 누워 있는 사람의 얼굴을 볼 엄두가 나지 않았다. 이 집에 몇 시에 들어왔지? 시간이 얼마나 남았는지 알고 싶었다. 시간이 제일 중요했다. 만약 도망 나가 경찰에 신고하면 늦지 않게 가족들을 찾을 수 있을까?

"시간이 얼마나 남은 거야?"

"나도 모르지."

"못 해. 난 못 해."

거짓말. 벌써 어떤 마음을 품기 시작했는지 느끼고 있었다. 결국 하리라는 것을 느끼고 있었다. 핑계와 명분과 마음먹을 시간이 필요했을 뿐이다. 내가 하게 될지도 모른다는 생각이 들었을 때 나는 정인에게 다가가 멱살을 잡고 흔들었다. 내 목소리가 울먹거리며 사정하듯 나올 줄은 몰랐다.

"이 새끼야! 그럼 네가 하면 되잖아. 우리 엄마한테 네가 하면 되잖아!"

"아니. ……너야."

정인이 담담하게 고개를 저으며 말하는 순간 마지막 희망마저 사라지는 기분이었다. 받아들이고 싶지 않은 현실을 눈앞에 둔 기분. 나는 다시 애원하듯 말했다.

"생각해봐! 어떻게 널 믿고? 지금 우리 가족들이 무사하다는 걸 어떻게 알아? 목소리 한번 못 들었잖아? 막상 어머니가 세상을 떠난 뒤에 네가 무슨 말을 할지 어떻게 알고?"

그 말을 입 밖으로 내며 벌써 얼마나 마음을 먹었는지 느끼고 소스라쳤다. 정인은 내 말에 아무 반응을 보이지 않았다. 그저 고개를 들어 시계를 바라볼 뿐이었다.

10분쯤 서성거리다 안방으로 걸어갔다. 정작 내 발걸음을 재촉한 것은 정인의 말이었다. 어머니가 곧 깨어날지도 모른다는 말을 듣자 겁이 났다. 눈뜬 어머니를 차마 마주할 수 없다는 두려움이 걸음을 내딛게 했다. 어머니가 이 사정을 모두 들었다면 어서 해버리라고 말했으리라 믿었다. 마음을 먹고 나자 안방까지 몇 발자국 되지도 않는데 다리가 떨려 제대로 걸을 수가 없었다. 문을 열고 침대로 다가가 얼굴을 내려다봤다. 정인이 따라 들어와 벽에 기댔다. 혹시 어머니가 벌써 돌아가신 것은 아닐까? 어머니의 가슴은 규칙적으로 오르내렸다. 오른 무릎을 침대에 올리고 머리 옆에 놓여 있던 베개를 들었다. 고개를 벽 쪽으로 돌리고 베개로 어머니 얼굴을 누르기 시작했다.

힘이 가해지자 돌연 어머니가 깨어났는지 베개 아래서 뒤채는 몸부림이 시작됐다. 나는 눈을 감고 이를 악물며 베개에 체중을 실었다. 어서 이 시간이 지나기를 빌었다. 완강해지는 어머니의 흔들림을 느끼며 정인에게 복수를 다짐했다. 이 일이 모두 끝나고 나의 가족들이 안전해지면 결코 가만있지 않을 것이다. 평생 잊지 못하도록 고통을 주리라. 죽지 못한 것을 일생 동안 후회하게 만들어주마. 어서 떨림이 끝나기를 기다리는데 현관에서 벨이 울렸다.

벨 소리에 반사적으로 누르고 있던 힘이 빠졌다. 어떻게 해야 할지 몰라 그대로 있는데 다시 한 번 벨이 울리더니 바깥에서 문을 두드리는 소리가 들렸다.

"경찰입니다. 계십니까? 아무도 안 계세요?"

고개 돌려 정인과 눈이 마주쳤다. 정인의 표정에 경멸이 보였다. 나는 정인에게 고개를 흔들었다. 내가 신고하지 않았다는 뜻이었다. 더 세게 문을 두드리며 경찰이 외쳤다.

"시끄럽다고 신고가 들어왔어요. 혹시 무슨 일 있으신가 순찰 나왔습니다."

정인이 현관 쪽으로 고갯짓을 했다. 나는 베개를 놓고 침대에서 일어났다. 현관에 나가 아무 일도 없다고 말할 자신이 없었지만 가만히 있을 수도 없었다. 정인과 어머니를 두고 안방을 나오며 문을 닫는데 고개를 흔드는 어머니와 눈이 마주쳤다. 어머니의 눈은 놀람과 두려움으로 가득했다. 내가 한 행동을 어머니가 알았다는 것, 그리고 그 사실을 문 밖에 있는 경찰들이 알게 될 것이라는 사실에 온몸에서 힘이 빠져나가는 것 같았다. 현관으로 걸어갔다.

문을 열자 사복 경찰이 서 있었다. 옆집 신고가 아니구나! 이 복장은 지구대나 파출소 소속이 아니라 경찰서 소속임을 뜻하는 것이다. 경찰은 삼십 대 중반으로 보였다. 어깨가 넓고 목이 굵었지만 키는 작은 편이었다. 범기 형이 생각났다. 부은 내 얼굴을 훑고 인상을 찌푸리며 작은 목소리로 물었다.

"이재영 씨죠? 괜찮나요? 김정인 어딨나요?"

나는 경찰이 정인의 이름을 대는 것에 놀라 무심코 뒤를 돌아봤다. 경찰은 조용히 손가락으로 안방을 가리키며 내게 맞느냐는 듯이 눈짓했다. 나는 고개를 끄덕이는 수밖에 없었다. 경찰이 조용히 하라는 신호를 보내며 문을 열고 들어왔다. 경찰은 두 명이었다. 뒤따라 들어오는 경찰은 삼십 대 초반으로 보였고 키가 컸다. 둘 다 스포츠 재킷에 운동화 차림이었다. 두 사람은 신발을 신은 채 살며시 거실로 들어섰다. 사람들이 들어오는 기척이 들렸는지 정인이 문을 열고 나왔다. 열린 문 뒤로 테이프에 묶인 어머니의 모습이 보이자 경찰들은 순식간에 총을 꺼내 정인을 겨눴다.

"꼼짝 마!"

정인이 가만히 섰다.

"천천히 손 올려! 뒤로 돌아 벽에 붙어!"

정인은 순순히 그 말에 따랐다. 키 작은 경찰이 총을 겨누고 있는 동안 키 큰 경찰이 정인의 뒤로 다가갔다. 키 작은 경찰은 정인에게 시선을 고정한 채 내게 턱짓으로 안방의 어머니를 가리켰다. 나는 다리가 후들후들 떨렸다. 안방으로 걸어가는데 정인이 벽에 이마를 댄 채 낮게 말했다.

"이건 네 문제야. 그리고 약속은 지금도 유효해."

무슨 뜻인지 알았다. 지금이 아내와 아이들을 살릴 수 있는 마지막 기회다. 경찰에게 자초지종을 말한다면 아내와 아이들을 찾는 데 얼마나 걸릴까? 물이 차오르기 전에 찾아낼 수 있을까? 정인이 입을 다물어도?

키 작은 경찰은 정인을 보느라 내 쪽은 신경 쓰지 않았다. 나는 안방으로 가다 슬며시 되돌아 거실 소파로 걸어갔다. 소파 아래 떨어진 가방을 슬쩍 들고 안방으로 향했다. 나는 떨리는 손을 가방에 넣어 나이프를 쥔 채 안방으로 들어섰다. 어머니와 눈이 마주쳤다. 어머니는 놀란 눈으로 무슨 일이냐고 묻고 있었다. 나는 눈빛을 받으며 천천히 고개를 저었고, 가방에서 나이프를 꺼냈다. 이를 악물어야 하는데 눈에 눈물이 차올랐다. 나이프를 꺼내 침대로 다가서자 뒤에서 경찰이 소리쳤다.

"가만있어봐! 당신 뭐야!"

뒤를 돌아보니 정인을 겨누던 경찰이 나에게 외치는 소리였다. 그는 총을 정인에게 겨누고 있었지만 시선은 나와 정인 사이를 바쁘게 움직였다. 나는 어떻게든 해내야 한다고 생각했다. 경찰의 경고를 무시하고 나이프를 들고 침대로 달려가는데 총성이 울렸다. 첫 발이 내는 소리에 귀가 멍해져서 두 번째부터는 둔탁하게 들렸다. 세 번째 총성에 오른쪽 어깨를 쇠망치로 후려친 것 같은 충격을 느꼈다. 그 충격에 다리가 풀리며 침대 앞에서 쓰러졌다. 다시 일어나 침대로 오르려는데 키 작은 경찰이 뛰어와 내 뒷덜미를 잡아 바닥에 메치고 무릎으로 어깨를 누르며 제압했다. 내가 소리쳤다.

"놔! 놓으라고!"

충격과 멍해진 귀 때문에 내 목소리가 유리막 너머에서 들리는 것 같았다. 경찰이 팔을 비틀자 손에서 나이프가 떨어졌다. 나를 짓누르는 경찰의 표정에서 이유를 알 수 없다는 당혹스러움이 보였다. 그때 우당탕 소리가 들렸다. 엎드리던 정인이 몸을 돌려 경찰에게 달려들었다. 주먹을 한 대 맞은 경찰이 비틀거리다가 두 번째 주먹에 바로 뻗어버렸다. 정인이 이쪽으로 소리를 지르며 달려왔다. 한 번도 보지 못했던 불꽃이 튀는 눈빛이었다. 내 위에 있던 경찰이 총을 쐈는데 그 순간 안방 문에 구멍이 뚫려 빗나간 것을 알았다. 정인은 경찰의 손을 잡고 누르며 총을 뺏으려 했다. 총구가 내 쪽을 향하기도 했다. 정인이 몸을 돌려 경찰의 손을 옆구리에 끼더니 팔꿈치로 얼굴을 치기 시작했다. 코와 입이 피범벅이 돼도 경찰이 총을 놓지 않자, 정인은 내 곁에 떨어진 나이프를 집어 들고 침대 위로 올라갔다. 그는 어머니 위에서 나이프를 쳐들었고, 침대 밑의 나와 눈이 마주쳤다. 그때 나는 어떤 심정이었던가?

또 한 번의 총성도 귀가 멍해진 상태라 둔탁하게 들렸다. 누가 정인의 배에서 피를 한 줌 쥐어 벽에 뿌린 것 같았다. 다시 한 번 더. 정인은 어머니 위에 그대로 쓰러졌다. 나는 어깨 때문에 몸을 움직이기 어려웠지만 간신히 침대로 기어 올라갔다. 왼손으로 정인의 다리를 잡고 흔들었지만 그는 움직이지 않았다.

"야! 어딨어? ……어딨냐고!"

경찰이 권총 든 손으로 피범벅이 된 코와 입을 가리며 일어났다. 그는 침대를 짚고 몸을 일으켜 엎어진 정인의 얼굴을 살폈다. 손으로 정인의 목을 만지더니 내 뒤쪽을 향해 고개를 저었다. 등 뒤에서 119에 전화하는 다른 경찰의 목소리를 들었다. 그 담담한 목소리를 들으며 내일 아침 내 곁에 아무도 없을 것임을 알았다.

 4월인데도 겨울은 끝나지 않을 것 같았다. 월초에 전국적으로 눈이 내렸다. 병실에 누워 창밖으로 흩날리는 눈송이를 망연자실하게 바라봤다. 대구에 4월에 눈이 쌓인 것이 70년 만이라 했다. 농작물이 냉해를 입었다. 된서리에 배꽃이 떨어졌다며 농부가 안타까운 표정으로 인터뷰를 했다. 기상 캐스터는 봄이 왔다고 하기가 무색하다고 전했다. 그래도 하늘은 차츰 제 계절의 빛을 되찾아갔다.

 도계행 열차를 타려고 청량리역을 찾았을 때는 하늘이 오랜만에 포근한 오후를 선사하고 있었다. 청량리역을 찾은 것도 참 오랜만이었다. 퇴원하고 열흘이 지나서였다. 열흘이 지나도 운전대를 잡기는 부담스러웠다. 하지만 도계에서 확인할 것을 더는 늦추고 싶지 않았다.

 열차는 2시 무렵 출발이었다. 시간이 남아 역전을 돌아봤다.

청량리역 역사가 2층 건물일 때 와 봤던 기억이 났다. 그때가 언제였지? 흔적조차 찾기 어려운 기억을 더듬다 시간이 된 것을 깨닫고 역 구내로 들어섰다. 에스컬레이터를 타고 어둑한 플랫폼으로 내려서자 서늘한 공기 사이로 시멘트 냄새가 텁텁했다.

월요일의 열차는 한산했다. 승객이 앉은 자리보다 빈자리가 많았다. 서서히 출발한 열차는 빠른 속도로 도심을 벗어났다. 시간이 흐를수록 시야에 녹색 빛이 많이 들어왔다. 제천을 지나자 열차는 더욱 한산해져 승객을 손으로 꼽을 수 있을 정도가 되었다. 허전할 때 읽으려고 가져온 책은 몇 페이지만 읽고 도로 가방에 넣었다. 도계에 간다고 생각하자 병실에서 경찰과 나눴던 대화들이 떠올랐다. 창밖으로는 봄의 들판이 넘실거렸지만 나를 향해 질문하던 경찰의 목소리가 귓가에 맴돌았다.

언제부터인가 산이 시야 안에 머물렀다. 산은 창문에 바짝 붙어 시야를 가리기도 하고, 멀찍이 물러나 위용을 드러내기도 했지만 시야에서 사라지는 법은 없었다. 그냥 지나치는 역들도 있었다. 연당, 석항 같은 생소한 이름의 역들. 민둥산역을 지나며 햇빛의 색이 진해진다고 느꼈다. 사북과 고한에서 번화해진 풍경은 태백을 향하며 다시 한가로워졌다. 열차는 동백산역을 출발하자 바로 터널로 들어갔다. 기차 소리가 터널 벽을 울렸고, 유리창에 내 얼굴이 비쳤다. 열차를 타고 오며 많은 터널을 지났기에 이쯤이면 끝나야 한다는 감이 있었다. 그런데 터널은 그 예상을 한참 지나도 끝날 기미가 없었다.

숨이 가빠지고 가슴이 옥죄어왔다. 견딜 수 없이 갑갑하고 두려웠다. 어쩌면 이 터널은 영영 끝나지 않거나, 터널이 끝난 뒤에는 내가 알던 세상이 아닐지 모른다는 비현실적인 불안감이 들었다. 누군가와 이야기를 하고 싶었다. 아무라도 상관없었다. 예년보다 쌀쌀한 날씨에 대한 이야기도 좋고, 강원도 여행에 대한 이야기도 좋았다. 그저 사람 목소리를 듣고 싶었다. 아내에게 전화를 걸고 싶은데 이 상태로 전화하면 아내가 더 걱정할 것 같았다. 참을 수 없어 식당칸에라도 가려고 일어서는데 열차가 속도를 줄이기 시작했다. 서서히 주위가 밝아지더니 터널은 끝이 났다. 도계역에 도착한다는 안내 방송이 들렸다.

도계는 처음이었다. 플랫폼에 내려서자 승강장 한편에 바람을 피할 수 있게 만들어둔 간이 대합실이 보였다. 유리창으로 두른 조그만 공간이 아늑해 보이기도 했고, 쓸쓸해 보이기도 했다. 승강장은 양옆으로 철로가 있는 섬식 승강장이었다. 선로를 건너 역사로 들어서자 왼편에 책장이 있는 맞이방이 있고, 오른편에 TV를 보는 사람들이 있었다.

역전으로 나가자 삼거리가 나타났다. 삼거리 너머 높고 너른 산이 병풍처럼 마을을 두르고 있었다. 정면에 다리가 보였고, 왼편에 전두시장이라고 쓰인 간판이 보였다. 손님을 기다리는 택시들이 정차해 있었다. 택시를 타도 말할 행선지가 없다는 막막함에 아내에게 전화를 걸었다. 시계를 보니 6시가 조금 넘어 있었다. 저녁을 먹고 있을 시간이었다. 전화했을 때 아이들과 밥을 먹고 있었으면 했다. 입맛을 다시고, 식기들이 달그락거리는 소리를 듣고 싶었다. 아내는 벨이 몇 번 울리지도 않았는데 바로 전화를 받았다.

"여보세요? 도착했구나?"

"응. 도착했어."

아내는 밖에 있는 것 같았다. 전화기 너머 아이들이 내지르는 소리가 들렸다. 시소가 삐걱거리고, 미끄럼틀이 퉁탕거리고. 안도감이 밀려왔다. 듣고 싶었던 소리보다 더 마음이 놓이는 소리였다. 내가 물었다.

"밖이야?"

"놀이터. 애들이 더 놀겠다고 해서. 거긴 어때? 안 추워?"

"괜찮아."

"쌀쌀한데. 따뜻하게 입고 가라니까."

"안 춥다니까. ……애들은?"

"잘 있어. 경호는 학교 잘 다녀왔고, 경찬이도 어린이집에서 별일 없었고."

"밥하기 번거로우면 시켜 먹어. 아니다 싶으면 바로 올라갈게."

"급하게 마음먹지 말고 천천히 일 보고 와. 몸은?"

"괜찮아."

전화를 끊자 더 집에 가고 싶어졌다. 아내는 별일 없다고 했지만 그렇지가 않았다. 병원에 있을 때는 퇴원해서 집에만 가면 다 괜찮아질 줄 알았다. 그런데 집에 와 보니 아이들이 자다가 깼다. 그 일이 있고 나서부터 줄곧 그런 모양이었다. 아이들은 잠을 자다 손을 뻗어 잡히는 것이 없으면 눈을 떠 엄마를 불렀다.

어릴 적 버릇이 다시 나온 것이다. 자다 깨는 사람은 아이들만이 아니었다. 새벽에 거실로 나가 보면 아내가 케이블 TV로 예능 프로를 보고 있었다.

배가 고프지 않았지만 밥을 먹어야 저녁 약을 먹을 수 있었다. 숙소를 잡아 짐을 풀고 식당에 가기로 했다. 길어도 사나흘만 있을 작정이었다. 숙소를 잡고 식사를 하고 나니 누군가를 수소문하기에 적당한 시간은 아니었다. 시내를 둘러보기로 했다.

도계는 조용했다. 단층 건물이 많았다. 예전에 지었을 가게의 이름들. 오래전에 지어진 집들이 많았다. 예전 모습을 그대로 간직한 건물 옆에 새 건물이 나란히 서 있었다. 두 건물 사이의 틈은 좁지만 그 사이에는 가늠하기 어려운 시간의 간극이 존재할 것이다.

정처 없이 걸었다. 역전에 나왔을 때 봤던 다리 밑으로 물이 흘렀다. 하천 옆으로 산책로가 있었다. 초등학교를 지나 단층짜리 가게들이 늘어선 거리를 지났다. 예상치 못한 벚꽃들이 보였다. 가족들을 놔두고 꽃구경 온 셈이 돼버렸다. 예년보다 쌀쌀한 날씨에 밤바람은 차가웠다. 벚나무들을 보다 문득 정인이 프로필 사진으로 썼던 나무가 생각났다. '삼척 도계'로 이미지 검색을 하다 발견한 나무였다. 도계에서는 유명한 느티나무인 것 같았다. 복지관 홈페이지에서는 이미 사진이 내려가 볼 수 없었다. 정인은 겨울 사진을 썼는데 인터넷에 나온 사진은 잎사귀가 무성한 여름 사진이었다. 실물이 보고 싶었다.

사람들에게 길을 물어 굴다리를 지났고 야트막한 오르막을 올랐다. 슬레이트 지붕을 얹은 오래된 집들이 왼편으로 나타났다. 여러 집이 슬레이트 지붕 하나를 같이 썼다. 집들을 지나자 길 양편으로 학교가 나타났다. 도계중학교를 지나자 저 앞에 차선 하나만큼 가지를 길게 내민 벚꽃이 눈에 들어왔다. 꼭 궁금함을 참지 못해 길 위로 몸을 내밀고 있는 것처럼 보였다. 좀 더 다가 가자 흐드러지게 핀 벚꽃이 널찍한 공터를 둘러싸고 있었다. 공 터 입구에 '천연기념물 제95호 삼척 도계리 긴잎느티나무'라 적 힌 표지판이 있었다.

느티나무는 보통 나무의 범주를 가볍게 넘어서는 크기였다. 밤하늘과 맞닿은 꼭대기가 아련했다. 공원을 비추는 가로등이 한쪽은 흰색이고, 다른 쪽은 주황이라 벚꽃의 분위기가 색에 따 라 달라졌다. 둥그렇게 펜스를 쳐서 나무를 보호하고 있었는데, 아이들 둘이 펜스 안에서 잡기 놀이를 했다. 어서 나오라는 엄마 말에 아이들은 펜스 밖으로 나갔지만 어쩐지 나무는 아이들의 손길을 마다하지 않을 것 같았다. 나는 정인이 찍었던 사진과 구 도가 비슷하게 보이는 위치를 찾았다. 그 자리에서 주위를 둘러 봤다. 주황색 수은등 아래 동네 사람들이 돗자리를 깔고 둘러앉 아 있었다. 담벼락 근처 운동기구에서 음악을 틀고 몸을 양옆으 로 흔드는 아주머니가 있었고, 대학생들이 벤치에 앉아 무언가 를 마셨다. 교복 입은 여학생 셋이 심각한 표정으로 나무 둘레를 걸었다. 바람이 세차게 불자 꽃잎이 눈발처럼 흩날렸다. 정인은 언제 여기 왔던 것일까?

병원에서 경찰들은 정인에 대해 물었다. 나는 범기 형에게 했던 말을 다시 들려줬다. 정인의 집에서 갇혀 있던 여자를 발견했고, 복지관 박 팀장에게 그 사실을 알렸다고. 얼마 후 정인이 복지관을 그만뒀는데, 아마 그에 대한 원한으로 범행을 저지른 것 같다고 했다. 경찰도 범행 동기가 원한인 것 같지만, 왜 가족들까지 범행 대상으로 삼았는지 이해가 안 된다고 했다. 나는 정인의 집에서 봤던 여자가 아마 정인의 어머니일 것이라고 했다. 어머니를 학대했던 정인이 그 사실이 들통날 것이 두려워 어머니를 어떻게 해버린 것 같다고, 그에 대한 복수로 우리 가족을 해코지하고 싶었던 것이라고 말했다.

경찰 조사 결과 정인의 어머니는 96년 화재 당시 사망한 것으로 드러났다. 둘이 살던 집에서 불이 났는데 정인만 살아났다. 그 후로 정인에게 생긴 가족은 없었다. 경찰들은 여러 차례 같은 질문을 하고 같은 진술을 받아갔다. 아내와 아이들도 정인에게서 별다른 이야기를 듣지 못했다고 했다. 정인이 냉동 탑차를 빌린 것은 납치 사흘 전이었다. 아내와 아이들은 정인이 임대한 오산의 한 주택에서 발견됐는데, 셋은 모두 의자에 묶여 있었다. 아내 말에 따르면 냉동 탑차에 실려 어딘가로 끌려갔고, 의자에 묶인 뒤 어머니 집 주소와 도어록 번호를 말하라고 협박을 당했다는 것이다. 그때까지는 정인이 험상궂게 굴었지만, 원하는 대답을 들은 뒤로는 걱정하지 말라며 안심시켰다고 했다. 물탱크 이야기는 처음 듣는 말이라 했다.

아내는 정인이 어머니를 해칠 것 같은 불안함에 정인의 요구를 강하게 거절했다. 하지만 아이들까지 들먹이자 결국 말하지 않을 수 없었다. 아내는 그것 때문에 무척 괴로워했고, 차마 어머니를 보지 못하겠다고 했다. 하지만 정작 어머니가 만나기를 거부하는 사람은 나였다. 아내 역시 정인이 왜 그랬는지를 내게 물었다.

병원에 있을 때 출판사 선배가 자주 병문안을 왔다. 처음에는 몸 상태와 가족의 안부를 물었지만 차츰 다른 마음을 내비쳤다. 사회면에 기사까지 났으니 이전에 쓰던 소설은 잠시 멈추고 겪었던 일을 써보면 어떻겠냐고 했다. 퇴원하기 바로 전날 찾아왔을 때는 이런 사건은 관심이 줄어들기 전에 써야 한다며 은근히 강요했다. 나는 순순히 그러자고 했다. 그러나 쓰고 싶은 것은 내가 겪은 일이 아니었다.

병원에 있으며 그동안의 일들을 되짚어봤다. 모든 사람들이 정인의 동기를 내게 물었다. 언제부턴가는 책임 추궁을 당하는 기분마저 들었다. 나는 그에게서 발견했던 비정상적인 면을 들려줬다. 폭행당했던 일, 복지관 식당에서 마주 앉았을 때 느꼈던 이상한 분위기, 그 집에 갇혀 있던 분에 대한 이야기도 빼놓지 않았다. 많은 사람들이 왜 애초에 경찰에 신고하지 않았냐며 내 행동을 납득하기 어려워했다. 특히 경찰이 그랬다. 내 이야기가 맞다면 정인의 범행 동기를 설명하기 위해서는 그분을 찾아야 한다고 했다. 경찰은 정인의 다세대주택 거주자 전원에 대해 탐문조사를 실시했다. 그러나 나 말고 정인의 그분을 본 사람은 없었고, 모두 정인이 혼자 사는 것으로 알았다. 내가 말해준 인상착의로 경찰이 주변 동네도 탐문했지만 그분을 봤다는 사람은 나타나지 않았다.

범인의 핵심 동기가 행불 상태에 빠지자 경찰은 내 말을 미심쩍어하기 시작했다. 혹시 말하지 않은 것이 있지 않느냐고 물었다. 정인의 범행이 원한에 따른 것은 맞지만 석연찮은 구석이 많다는 것이다. 막상 정인은 나의 가족들을 해칠 생각은 없었던 것 같다고 했다. 정인의 핸드폰은 록이 걸려 있지 않았고, 메모 목록 첫 번째가 가족들이 납치된 곳의 주소였다. 정인은 빌린 주택에 전입신고를 하지 않아 만약 그의 핸드폰에 주소가 없었다면 아내와 아이들을 찾는 데 시간이 더 걸렸을 것이라고 했다. 생각해보면 그날 밤 내게 했던 위협도 거짓이었다. 그가 가족들의 목숨을 볼모로 요구했던 것은 내 어머니의 목숨이었다. 좀 더 정확히 말하자면 내가 직접 어머니의 목숨을 끊는 행위였다. 나는 정인의 어머니가 정인을 학대했을지 모른다고 여겼는데, 내게 요구한 행동을 보면 그에게 어머니는 각별한 존재였던 것 같다.

퇴원하기 전에 담당 형사가 마지막으로 찾아와 물었다.

"그런데 이 작가님은 왜 그렇게 김정인의 집에 들어가려 하셨나요?"

"누가 갇혀 있는 것을 알았으니까…… 구해주려고 그랬죠."

마지막까지 그를 지켜본 사람은 나였지만, 나조차도 그의 행동을 이해할 수 없었다. 정인이 어머니를 찌르려 침대 위에 올랐을 때 나는 그와 눈이 마주쳤다. 그 순간을 떠올릴수록 정인이

의도적으로 나를 봤다는 생각이 들었다. 그 눈빛은 내게 무엇인가를 묻고 있었다. 그것이 무엇이었을까? 그에게 몇 초가 더 주어졌다면 그는 정말로 나의 어머니를 찔렀을까? 확실했던 것들이 점점 불분명해졌다. 내가 쓰고 싶어진 것은 내가 겪은 일이 아니라 그가 겪은 일이었다.

퇴원하고 범기 형을 만났다. 형에게 다시 한 번 감사 인사를 전했다. 내가 오산 집에 있을 때 형이 보낸 메시지는 '집에 전화하니 안 받는데 어디냐?'라는 내용이었다. 그날 형이 나와 정인의 휴대폰 위치를 조회해보지 않았다면 어떤 일이 일어났을지 알 수 없다. 범기 형은 나와 정인의 위치가 똑같이 양산동으로 나오자 무슨 일이 벌어졌다고 직감하고 바로 오산경찰서에 전화했다. 형과 헤어지기 전에 무엇이든 알아봐준다는 흥신소의 연락처를 물었다. 이번에는 형도 부탁을 거절하지 않았다.

그 흥신소의 조사에서도 정인의 어머니는 96년도에 사망한 것으로 나왔다. 재차 확인을 요청했던 이유는 경찰의 말을 인정하고 싶지 않아서였다. 경찰은 나중에 진짜 거기서 어르신을 뵌 것은 맞냐고 물었다. 나는 정인의 집에서 봤던 얼굴이 그때도 생생했다. 그분이 정인의 어머니라는 생각을 버릴 수 없었다. 어디선가 정인의 어머니 사진을 구할 수 있다면 내 생각을 증명할 수 있을 것 같았다. 그리고 정인의 동기에 대해 가장 많은 부분을 설명할 수 있는 사람도 그의 어머니라고 여겼다. 내게 요구했던 행위와 나의 어머니에 대해 그가 한 행동을 생각할수록 그분이 정인의 어머니라는 생각이 굳어졌다. 흥신소에 추가적인 조사를 요청했다. 인천에서 식당을 한다는 정인의 아버지를 찾아내 전화를 걸 수 있었다. 정인의 아버지는 오래전에 새로운 가정을 이뤘고, 모두 지난 일이라 아무 말도 하고 싶지 않다고 했다. 도계가 그 사람 고향이니 거기 아는 사람이 있을지 모른다고 했다.

도착 이튿날부터 도계에 비가 내렸다. 편의점에서 우산을 하나 사서 수소문을 시작했다. 애초에 정인의 어머니 이름과 출생년도만 알고 내려왔기에 큰 기대는 하지 않았다. 하지만 몇 번 물어보며 얼마나 막막한 일인지를 실감했다. 누군가를 찾는다는 말에 사람들은 이유를 먼저 물었고, 나는 소설 때문이라 답했다. 모두들 너무 오래된 일이고 처음 듣는 이름이라 했다. 모른다는 사람이 늘어날수록 비관적인 생각이 들었다. 아는 사람이 나타나도 정인의 어머니에 대해 얼마나 기억할지 의문이었다. 정인이 왜 그런 짓을 했는가를 이해하고 싶었는데, 그러려면 얼마나 많은 조사를 해야 할지 감도 오지 않았다. 과연 조사를 한다고 정인을 이해할 수 있을까? 수소문하는 곳마다 혹시 아는 사람이 나타나면 꼭 연락 달라는 부탁을 빼놓지 않았다.

몇 군데에서 연락이 와 사람들을 만났다. 막상 만나니 소설 소재를 찾는다는 것으로 잘못 알려진 경우였다. 흥미진진한 이야기가 많았지만 내가 원하는 정보는 아니었다.

예상과 달리 일주일이 지난 뒤에도 도계에 머무르고 있었다. 미련이 남아 하루씩 숙박을 연장했다. 흥신소에서 연락이 왔다. 정인의 아버지로부터 이야기를 들을 수 있을 것 같으니 일단 올라오라고 했다. 태백에서 연락이 온 것이 그날이었다. 전화기 너머로 걸걸한 목소리가 다짜고짜 태백으로 오라고 했다. 그 목소리가 달갑지 않았다. 집에 가는 날을 더 늦추고 싶지 않았고, 흥신소에서도 정인의 아버지가 마음 바꾸기 전에 빨리 오라고 했기 때문이다. 짐을 챙겨 서울로 올라가며 태백에 잠깐 들르기로 했다.

약속 장소는 허름한 음식점이었다. 들어가 두리번거리는데 어떻게 나를 알아봤는지 누가 구석 자리에서 손을 들었다. 한성원 씨는 얼굴이 검고 주름이 많았다. 25년간 동원탄좌에서 일했다는 그는 자신의 경력을 잦은 기침과 거친 손등으로 증명했다. 부대찌개를 안주 삼아 벌써 소주잔을 비우고 있었다. 간단히 내 소개를 마치자 한성원 씨는 취재 이유를 다른 사람들보다 상세히 물었다. 그런 그의 태도에서 이 사람은 뭘 좀 아는구나 싶었다. 그러나 나와 정인 사이에 있었던 일을 개략적으로 듣고는 갑자기 엉뚱한 쪽으로 말을 돌렸다. 갑작스런 태도 변화가 마치 정인의 어머니를 보호하려는 것처럼 느껴졌다.

한성원 씨가 늘어놓은 말은 옛 시절의 넋두리 같은 것들이었다. 예의상 귀 기울여 들었지만 내가 질문한 것과는 아무 상관이 없었다. 그래도 생생한 기억력 덕분에 흥미롭기는 했다. 지금은 흔적만 남았지만 당시 도계에는 삭도라는 것이 있었단다. 케이블카와 원리는 같은데 탄바가지라 부르는 것을 쇠줄에 달아 석탄을 날랐다는 것이다. 흥전갱에서 캐낸 석탄을 도계역으로 밤낮없이 날랐다고 했다. 커다란 철탑들은 쇠줄을 어깨에 멘 거인처럼 보였다고. 잠에서 깨면 사방이 고요한데 멀리서 울려 퍼지는 글컹거리던 소리가 생생하게 들렸다고. 내가 도계에서 봤던 하천은 이름이 오십천이었다. 그 시절에는 탄광 폐수로 물이 검은빛이었는데, 갓 부임한 선생들은 아이들 그림 속 까만 물체가 강물인 것에 충격을 받았다고 했다. 한성원 씨는 그래도 그때가 좋았다고 했다. 광부 모집 경쟁률이 늘 10 대 1을 넘었고, 전국에서 사람들이 몰려왔다고. 도계초등학교, 그러니까 당시 덕전공립국민학교는 학생수가 4천 명이 넘어 강원도에서 가장 큰 학교였다고. 이틀에 걸쳐 운동회를 열고 청군, 백군에 홍군도 만들어야 했던 시절을 지금은 상상할 수도 없다고.

한성원 씨는 술을 몇 잔 마시더니 얼굴이 불콰해지고 취기가 올랐다. 이야기는 점차 한탄으로 흘러갔다. 그 시절 고생스러웠던 기억들. 네 집, 여섯 집이 한 지붕을 썼고, 다른 집과 경계가 나무판자 하나여서 옆집에서 무슨 말을 하는지, 무슨 반찬을 먹는지 다 알던 시절. 상수도와 하수도는커녕 공동 수도와 공동 화장실을 써야 했고, 추위에 떨며 새벽부터 물통을 들고 공터에 나와 줄을 섰던 기억들. 나는 열차 시각을 생각하며 핸드폰을 계속 확인했다. 열차를 변경해야 하는지, 다음 열차가 언제인지 핸드폰으로 알아보는데 한성원 씨가 목소리를 높였다.

"이 사람이! 사람 불러다놓고 딴생각만 하네!"

나는 한성원 씨의 술잔이 빈 것을 보고 술병을 들어 술을 따랐다.

"죄다 꺼맸어. 알어? ……학교 운동장도 꺼맸다고…… 국민

457

학교 입학식 날이야. 운동장에 학생들이 반별로 줄을 쭉 섰어. 그때는 왜 그렇게 코를 흘렸는지 몰라. 죄다 가슴에 손수건을 찼으니까. 그런데…… 저만치 앞에 하얀 애 한 명이 서 있는 거야. 옆모습이었는데…… 어려서 그땐 그게 뭔지도 몰랐지. 가슴에 뭐가 콱 박히는 것 같더라고. 그냥 앞모습 한번 봤으면 좋겠다. ……반에 올라가서 자리에 앉는데…… 그 아이가 걸어오더니 내 옆에 앉는 거야."

그는 술잔을 들었지만 마시지는 않고 잠시 말을 멈췄다.

"작가 양반. 내가 왜 전화했는지 모르겠어. 다 지난 얘긴데. 이제 와서 무슨 소용이 있다고. ……그런데 살다 보니 그렇지가 않더라고. ……오늘 말 못 했으면 내일 하면 되지. ……다음에 만나서 하면 되지. ……그게 그렇지가 않더라고."

한성원 씨는 술잔을 그냥 내려놓고 고개를 숙였다가 얼굴을 들었는데 눈시울이 붉어져 있었다. 술기운 때문만은 아닌 것 같았다. 그의 얼굴에 말로 표현하기 어려운 감정들이 보였다. 속상함이랄까, 안타까움이랄까, 아쉬움이랄까. 깊은 곳에 묻혀 있던 그 감정은 오랜 시간을 거슬러 올라온 것 같았고, 이야기의 시작도 예상보다 오래전으로 거슬러 올라갈 것 같은 예감이 들었다.

슬픔에 대해 말할 시간이다. 그러려면 몇 걸음 앞에 있는 상실에 대해 말해야 한다.

잃은 뒤에야 알게 되는 것들이 있다. 길을 가다 구덩이에 발이 빠지는 순간은 예상할 수 없이 찾아온다. 아픈 곳을 문지르며 몇 걸음 걸어 나간다. 옷을 털고 돌아보니 구덩이는 저기 있고, 나는 여기 있다. 이제 벗어났다. 다 끝났다고 생각하며 뒤돌아 걸음을 내딛는다. 슬픔은 그렇게 시작된다.

서서히 몸 안에서 아려온다. 아린 곳을 손으로 짚고 싶은데 어디인지 알 수가 없다. 그곳이 어떤지 눈으로 직접 봐야겠는데, 마치 뼈에 남은 자국인 듯 피와 살을 걷어내야만 할 것 같다. 아까 구덩이는 어떤 존재가 패어나간 흔적임을 깨닫는다. 그 빈자리를 채울 수 있는 것은 이제 영영 없음도 깨닫는다. 잃어버린 뒤에야 떠오르는 기억들. 혹시 알아챘으면 달라졌을까 하는 징

후들. 물었어야 했는데 묻지 못했던 질문들. 아. 다시 돌아갈 수만 있다면.

아니. 너는 모른다. 너는 그녀를 본 적이 없다. 너는 그녀의 목소리를 들은 적이 없다. 웃을 때 그녀의 눈이 어떻게 달라지는지, 그녀가 어떻게 달리는지 본 적이 없다. 한밤중에 잠이 깨서 부르면 들려오던 목소리. 머릿결을 쓰다듬어주던 그 손길. 내 이야기를 듣고 있던 그 눈빛을 너는 모른다. 그러니 안다고 하지 말아라.

소설가의 눈이 나를 향해 얼어붙어 있다. 소설가의 머리채를 쥐고 있던 내 손에서 서서히 힘이 빠져나간다. 손을 떼고 천천히 물러선다. 일그러진 소설가의 얼굴. 탁자에서 일어서는 소설가. 그 얼굴에서 드러나는 두려움과 분노.

소설가는 잘 알 것 같다고 했다. 다 안다고, 그러니까 어서 털어놓아보라고 달래듯이 말하던 표정. 그 뻔한 웃음을 보는데 갑자기 깊은 곳에서 오래된 감정들이 치밀고 올라왔다. 눈앞을 스쳐가던 장면들. 한 사람에 대한 기억들. 나는 뒤돌아 재킷을 들고 찻집 입구로 걸어간다.

찻집을 나서 올라왔던 에스컬레이터로 향한다. 에스컬레이터를 타고 층을 돌아 박물관 1층으로 내려온다. 출구라 적힌 화살표가 눈에 들어와 유리문을 밀고 나간다. 트인 공간이 나타나지만 내가 지금 서 있는 곳이 어디인지 혼란스럽다. 국립중앙박물관이 처음은 아닌데도 어디로 가야 할지 모르겠다. 저 앞에 보이는 표지판의 항목들은 모두 오른쪽을 가리키는데 거기에는 출구라는 항목은 없다. 오른편으로 걸어가자 공원과 연결되는 널찍한 계단이 보인다. 눈 덮인 공원을 향해 터덜터덜 내려간다. 보신각종을 앞에 두고서야 들어온 곳과 반대편으로 나온 것을 깨닫는다. 이 길을 따라가면 이촌역이 나오리라. 내리는 눈이 앞으로 난 발자국을 부드럽게 덮는 중이다. 바람이 차다. 눈이 흩날린다. 흩날리는 눈송이가 위안이 되는 이유를 알 것 같다. 그날도 눈이 내렸다.

길을 따라 걷는데 왼편으로 내리막길이 나타난다. 그 앞에 서자 저 아래 반짝이는 것이 보인다. 그것이 무엇인지 꼭 봐야 할 것 같은 기분. 내리막길로 들어선다. 그 길은 스위치백 철로같이 지그재그의 내리막길이다. 길을 내려오자 빛을 내던 것이 저녁 무렵의 수면임을 알게 된다. 길 건너편 아파트와 가로등을 반사하는 석탄빛 수면은 호수라 부를 만큼 넓다. 넓은 공간이 온통 눈송이로 부산하다. 눈송이는 각기 고유한 움직임이 있지만 수면에서는 모두 흔적도 없이 사라진다. 호수 한편에 떠나지 못한 오리들이 수면을 가른다. 앞장서는 어미 뒤에 새끼 세 마리. 어미는 새끼들 때문에 떠나지 못하는 것일까? 역을 향해 걷지만 아무도 없는 집으로 가고 싶지가 않다.

이촌역으로 들어가 승강장으로 내려간다. 소설가와의 일을 떠올리고 싶지 않은데 자꾸 생각이 난다. 그의 이름. 그가 썼다는 책의 제목. 그는 홍백매화도에 대해서 아는 척을 했지만 그림에 대해 한마디도 없었다. 매화차에 대해서도 뭐라고 할 것 같더니 아무 이야기가 없었다.

매화차는 처음이었다. 소설가의 질문이 입을 마르게 했다. 향을 천천히 들이마시자 꽃향기 뒤로 숨어 있던 벌꿀향이 드러났다. 하지만 별맛은 없었다. 죽은 꽃잎을 말린 차에서 무슨 맛을 기대했을까. 어차피 박물관은 죽은 것들의 공간 아니던가. 그나마 차는 마실수록 따스한 느낌을 주었지만 품어왔던 소설가의 이미지는 차갑게 부서졌다. 내가 왜 그랬는지 설명해야 하는 자리에 선다면 설명할 수 있을까. 소설가의 머리채를 잡았을 때는 정말 무슨 일을 저지르는 줄 알았다. 나로서는 멈춘 것이지만, 아무도 이해할 수 없다는 것도 안다. 단단해진 줄 알았던 마음이 이렇게 쉽게 허물어지는구나. 오래된 기억들이 그렇게 쉽게 뚫고 올라오는구나.

지하철이 들어온다는 안내. 며칠 집에 들어가지 못해 냄새가 날 것이다. 양복에 밴 향냄새가 퀴퀴한 냄새를 덮어주기를 바라며 지하철 안으로 들어선다. 오늘 따라 사람들 시선이 껄끄럽다.

두 정거장을 지나는데 전화벨이 울린다. 벨 소리에 사람들이 나를 쳐다볼 명분을 얻는다. 인수 전화다.

"그래. 인수야 왜?"

"형…… 장례식은 잘 끝났어요?"

형이라 부르는 것을 보니 복지관 밖인가 보다.

"잘 끝났지."

"오늘이 발인이었죠? 가보려고 했는데…… 끝내 못 가보네요."

"낼모레가 심사인데 어떻게 빠져. 괜찮아."

"퇴근하고 한번 가보려고 했죠. 저도 윤 선생님이라는 분이 궁금했거든요."

목소리에서 전해지는 아쉬움. 인사치레는 아니다.

"전화 왜 했어?"

"혹시 지금 어디세요?"

긴 숨소리가 담배를 피우는 중이다. 인수는 세 달 전 여자 친구와 헤어지고 다시 담배를 시작했다. 여자 친구가 싫어해서 끊었던 담배다.

"지하철인데?"

"지금 오실 수는 없으시죠?"

"……왜?"

전화를 끊고 내 목소리가 어색하지 않았던 것에 안도한다. 지하철을 갈아타며 몸은 새로운 긴장을 받아들인다. 고개를 흔든다. 오늘 있었던 일을 떨쳐버려야 한다. 지금은 내 생각을 할 때가 아니다. 사람 찾는 것만 생각해야 한다. 인수는 예의를 갖출 것이 아니라 빨리 오라는 말부터 해야 했다. 심복순 어르신에 대한 기억들. 복지관 홈페이지에는 아직도 어르신의 사진이 있을 것이다. 붉은 댄스복을 입고 무대에 서 있는 포토갤러리의 사진이 생각난다. 3년 전만 해도 댄스스포츠 강좌를 들으러 복지관에 나오던 어르신이다. 어느 날부터 정신이 흐려지더니 갑자기 복지관에 나오지 않았다. 다시 나타났을 때는 남편과 함께였다. 남편은 심복순 어르신이 주간보호센터에 적응하는 일주일 동안 함께 나올 만큼 자상한 분이었다.

주간보호센터에서 심복순 어르신이 사라진 것을 알아챈 것이 5시 30분이었다. 집에 모셔다 드리려 송영 서비스를 준비하는데 어르신이 보이지 않았단다. 건물 안에 없는 것을 확인하고 CCTV를 확인한 것이 6시 무렵이었는데, 4시 30분쯤 복지관을 나가는 모습이 확인됐다. 주간보호센터의 문은 네 자리 번호를 눌러야만 열린다. 어떤 어르신이 안으로 들어가는 사이 심복순 어르신이 나왔다. 마침 안내데스크에 사람도 없어 어르신은 천천히 바깥으로 나갔다. 직원들은 계단을 내려가는 뒷모습을 모니터로 맥없이 바라봤다고 했다. 외투도 걸치지 않은 분홍 스웨터 차림의 뒷모습. 내 기억이 맞다면 어르신은 내년에 일흔셋이다.

평소에도 전 직원이 찾아 나설 사고지만, 지금은 평소가 아니다. 재위탁 심사를 바로 앞둔 시점이다. 윤 선생님의 부고를 받았을 때 회의에서 다루던 내용은 복지관 심사 항목이었다. 「복지관 이용 중단자에 대한 원인을 파악하여 연 1회 이상 보고하고 사업 운영에 반영하고 있다」는, 1점이 걸린 평가 항목이었다. 관장님은 지금이라도 안 나오는 어르신에게 연락해봐야 하지 않겠느냐고 했다. 이런 와중에 주간보호센터에서 보호하던 어르신을 잃어버린 것은 차원이 다른 문제다. 직원들은 어르신의 이름을 외치는 목소리에서 자신들의 일자리를 걱정하는 마음을 발견할지도 모른다.

역에서 내려 개찰구를 빠져나간다. 단톡방을 확인한다. 어르신 사진 밑으로 지금 어디를 찾아보고 있는지가 실시간으로 올라온다. 나도 지금 봉천역에 내린다는 메시지를 남긴다. 관장님은 인사도 없이 바로 지시를 내린다. 오 선생님과 근린공원 쪽으로 가보라는 메시지를 보고 인수에게 전화한다.

"나 봉천역 내렸어. 어디야?"

"중학교 쪽으로 올라가고 있어요."

"나도 거기로 갈게. 설마 장군봉까지 올라가셨을까? 시장은?"

"제일 먼저 가봤죠. 다른 선생님들은 지금도 그쪽에 계세요."

"눈도 오고 미끄러워서 멀리 못 가셨을 텐데."

"저희도 그러실 줄 알았죠."

"박 팀장님은?"

"관장님 말씀이 어르신이 돌아오실지 모른다고 해서요. 1층에서 전화 대기하고 계세요."

복지관을 지나 중학교가 보일 때까지 곧장 올라간다. 오르막길을 급히 오르느라 숨이 가쁘다. 눈이 잦아들었지만 해가 저물고 있다. 내일은 더 추울 것 같다. 간밤에 내린 눈이 얼 날씨다. 이 날씨에 밖에서 밤을 지새우신다면? 아니. 그럴 일은 없을 것이다. 인지 기능이 떨어졌어도 본능적으로 어딘가 따뜻한 곳으로 들어가셨을 것이다. 중학교 교문 앞에서 기다리는 인수가 보인다.

"혹시 남편분 연락 왔대?"

"지금 오고 계시대요."

인수 표정이 이상하다. 평소 좋은 일이건 나쁜 일이건, 다른 사람보다 더 흥분하던 인수 표정이 오늘은 덤덤하다. 우리는 근린공원 쪽으로 걸음을 서두른다.

어르신 이름을 부르며 오르막길을 걷는다. 인수가 공원 입구에서 왼쪽 샛길로 내려가 운동기구가 있는 작은 공터를 살펴보고 온다. 경사가 급해지는 길을 걸으며 여기까지 어르신이 오실 수 없다는 것을 깨닫는다. 길이 미끄러워 젊은 사람도 발을 헛디딜 것 같다. 그래도 우리는 교대로 어르신의 이름을 부른다.

장군봉 근린공원에 올라 각자 반대 방향으로 한 바퀴 돈다. 사방이 어두워져 사람들이 희미하게 보인다. 교복을 입은 학생들 한 무리를 빼고는 인적이 없다. 어르신의 이름을 부르는 목소리가 어둑한 농구장과 축구장을 떠돈다. 어르신은 당신의 이름을 인식하실까? 나는 여자 화장실에도 들어가 문을 열고 일일이 확인한다. 공원 입구에서 만난 우리는 서로 고개를 젓는다.

인수가 공원을 내려가다 길 한 귀퉁이에서 걸음을 멈춘다. 어서 내려가자고 말하려다 담배를 무는 인수의 표정을 보고 그냥 옆에 서 있기로 한다. 인수는 컴컴해지는 도시를 내려다보며 담뱃불을 붙인다.

"죄송해요. 관장님께서 집이 근처니까 한번 연락해보라고 하셔서……"

"괜찮아, 나는."

인수 목소리가 평소와 다르다. 힘이 없다. 여자 친구 때문일까? 인수는 아직도 여자 친구가 떠난 이유를 모른다. 한동안 괴로워했지만 괜찮아진 것 같았는데.

"나 없는 동안 무슨 일 있었어?"

"아뇨."

인수가 고개를 저으며 아래쪽을 바라본다. 어르신의 이름을 외치던 소리가 사라지자 눈 덮인 도시는 금세 조용해진다. 하나의 색으로 변해버린 풍경은 모든 것을 평온하게 만들고 있다. 늘어나는 불빛들.

"형."

"음?"

"계속 말하려다 못 했는데요, 저 일 그만두려고요. 우선 형만 알고 계세요. 심사 결과가 어떻든 팀장님께 말씀드릴 거예요."

"……"

"오늘은 이야기 안 하려고 했는데. 갈수록 말하기 껄끄러워질 것 같아서요. 형한테는 미리 말씀드려야 할 것 같고……"

"나 없는 동안 무슨 일 있었구나?"

"아니에요 진짜."

인수는 더 말할 생각이 없는지 내 눈을 피해 다시 아래쪽을 바라본다. 우리 옆으로 교복 입은 학생들이 내려간다. 남자 셋에 여자 둘. 남자아이 둘이 내리막길에서 미끄럼을 탄다. 인수는 몇 모금을 더 피우고 담배를 끄더니 이제 내려가자고 한다. 우리는 길을 내려가며 어르신의 이름을 부른다. 둘 다 목소리가 조금 작아진 것 같다. 인수와 함께했던 2년. 인수에게 서운해해서는 안 된다는 것을 안다. 하지만 아는 것과 느끼는 것은 다르다.

장례식장은 지하였다. 모니터 화면에 윤 선생님 이름이 떠 있었다. 3호실. 빈소 앞에 가니 화환이 네 개였다. 화환들도 참 윤 선생님다웠다. 화환에 적힌 이름 중 대단한 이름은 하나도 없었다. 소소한 가게의 이름과 달랑 이름뿐인 화환들. 그래서 더 귀한 화환임을 알았다. 막상 선생님이 화환을 봤다면 이 돈으로 무엇을 할 수 있는지 아느냐며 나무랐겠지만.

향을 올리고 맞절을 하는데 가족들이 내 얼굴을 알아보는 눈치였다. 윤 선생님이 가족들에게 내 이야기를 했다는 느낌이 싫지 않았다. 나 역시 윤 선생님으로부터 가족들 이야기를 많이 들었지만 만나기는 처음이었다. 윤 선생님의 남편은 듣던 것과 달리 키가 크고 인물이 훤했다. 윤 선생님은 남편이 자기를 졸졸 쫓아다녔다고 했는데 그 말이 진짜였는지 선생님에게 다시 물어보고 싶었다. 첫째 딸은 초등학교 선생님으로, 체격과 얼굴이 엄마와 무척 닮았다. 아들은 아버지 쪽이었다. 오토바이 대리점을 하는 것으로 안다. 내 나이를 굳이 그들 사이에 넣어보면 누나와 동생이다.

나는 휴가를 냈고, 사흘 동안 함께 돕고 싶다는 말을 전했다. 정색을 하며 그럴 필요 없다는 남편분의 손사래. 그 손사래가 서운할 정도로 완강했다. 나는 윤 선생님으로부터 받은 것들을 하나둘 들려주어야 했다. 병실에서 붕대를 감고 눈을 떴을 때 옆에 계셨던 분이 저분이고, 어머니 장례를 치러주신 것도, 유골을 수습하셨던 분도, 복지사가 될 때까지 지켜봐준 분도 저기 저분이었다고. 손님으로는 여기 오고 싶지 않았다는 말을 할 때는 안에서 무엇이 허물어지는 기분이었고, 그제야 남편분도 거절을 거두었다. 가족들은 내가 민망해할까 봐 영정 쪽으로 고개를 돌렸다. 나는 감정을 추스르며, 혹시 얼굴이 이래서 문상객들에게 폐가 될까 걱정이라고 했다. 윤 선생님 딸이 너털웃음을 지으며 별걱정을 다 한다고 했다. 그 웃음이 윤 선생님 판박이라는 것을 알았을까?

잠시 후 문상객이 단체로 들어오는 소리가 들렸다. 웅성거리는 소리에 남편분이 일어나 조문객을 맞으러 나갔다. 나도 바깥으로 나왔다. 재킷을 벗고 일을 시작했다. 밥과 국을 나르고, 반찬을 테이블에 올리고, 음식이 부족하면 상주에게 알리고, 술과 음료수를 냉장고에서 꺼내 오고. 조문 행렬은 사흘 내내 끊이지가 않았다.

새벽이 돼서 사람들이 돌아가면 가족들과 이야기를 나눴다. 같은 복지사로서 윤 선생님이 얼마나 특별한 사람이었는지를 알려줄 수 있어 기뻤다. 가족들로부터 윤 선생님 이야기를 들었다. 윤 선생님의 첫째 딸은 엄마를 따라 복지관 다니는 것을 좋아했다. 집에서는 어수룩한 엄마인데 복지관에 가면 사람들이 선생님이라 부르며 따르는 것이 신기했단다. 둘째는 달랐다. 남동생은 별로 슬퍼하는 것처럼 보이지 않았다. 그는 사춘기 때 복지관에 데려가서 보여주려는 것들이 가식적으로 다가와 싫었다고 했다. 안 좋은 상황에 있는 사람들을 일부러 보여주는 것 같았다고. 어떤 이야기는 너무 자주 해서 반감이 들었고, 막상 당신의 가족에게는 소홀할 수밖에 없는 처지도 싫었다고. 나는 남동생의 솔직한 이야기가 호의에서 나온 것임을 알았다. 그런데 화가 났다. 쌀쌀한 태도로 말하는 그의 표정을 보며 그가 불평하는 것들이 내가 얼마나 갖고 싶었던 것인지를 말해주고 싶었다. 그때 내 마음이 분노였을까, 슬픔이었을까? 아니면 그저 외로웠던 것일까?

인수와 나는 근린공원에서 내려온다. 어르신을 못 찾았다는 메시지를 남기자 관장님은 근처 골목을 모두 돌아보라고 한다. 우리는 공원 밑으로 내려와 골목길로 들어선다. 어르신의 이름을 외치며 골목을 헤매는데 어떤 사람이 창문을 열고 조용히 좀 하라고 소리친다. 복지관에 계시던 어르신이 사라지셔서 그렇다고 하자, 돈만 처먹고 관리도 못 하는 놈들이라는 욕이 되돌아온다. 인수와 나의 목소리가 조심스러워진다.

오르막길과 내리막길의 경사가 가파르고 미끄럽다. 혹시 어르신을 본 선생님 있냐는 단톡방 관장님의 재촉에 아무도 답이 없다. 인수가 말없이 자기 핸드폰을 들이민다. 사회교육팀 동기에게서 따로 온 카톡이다. 남편분이 관장님 멱살을 잡고 행패를 부렸다는 것이다. 사회교육팀 은영 씨는 남편분 하소연을 자주 들었던 모양이다. 아내 때문에 고생한다고 만날 하소연하다가, 막상 아내가 사라지자 애타게 찾는 모습이 와닿지 않는 모양이다. 인수가 씁쓸한 표정으로 핸드폰을 가져간다. 그런데 나는 남편 심정이 이해가 간다. 그 심정이 나는 기억난다.

체구가 작은 어르신은 어디든지 계실 것만 같다. 길에 세워진 스타렉스 뒤에도, 빌라 1층 주차장 구석에도, 녹색 의류수거함 뒤편에도 조용히 앉아 계실 것만 같다. 나와 인수는 문이 열린 모든 빌라에 들어가 층계참까지 올라가본다. 골목을 몇 번 돌자 이제는 더 가볼 곳이 없다. 우리는 골목길이 끝난 지점에서 4차 선 대로변까지 걸어간다. 자동차 헤드라이트 행렬을 보며 설마 어르신이 이 길을 건너지는 않았기를 빈다. 카톡을 보니 관장님 은 지하철을 타셨을까 걱정돼서 봉천역으로 CCTV를 확인하러 가는 중이다. 시간을 보니 8시가 다 돼가고 배가 고프다. 허기가 지자 추위가 드세진다. 그러나 식사 이야기를 꺼낼 분위기가 아니다. 흘긋 본 인수의 얼굴이 아직도 어둡다. 나는 마트에 들어 가 따뜻한 두유를 두 병 사서 한 병을 인수에게 건넨다. 내가 언 덕배기를 보며 병을 따자 인수는 두유 대신 다시 담배를 꺼낸다.

"빈속에…… 속 안 쓰려?"

"괜찮아요."

"여자 친구 때문이야?"

나도 모르게 불쑥 말이 나왔다. 말을 꺼내놓고 후회한다. 인수 는 필름이 끊어질 정도로 술을 먹으며, 직업 때문에 여자 친구가 떠난 것이 아니겠냐고 한탄했다. 그 뒤로 한 번도 여자 친구 이 야기를 꺼내지 않았다. 다행히 인수는 기분 나쁜 표정은 아니다.

"상관없어요 혜림이하고는."

"……"

"제가 이 일에 맞는지 모르겠어요."

"자기 일 맞아서 하는 사람이 얼마나 된다고."

"맞지도 않는데 하기에는 조건이 좀 그렇잖아요?"

평소와 다른 인수의 차가움에 당황한다. 당황함을 감추려 서둘러 고개를 끄덕인다. 인수는 시선을 돌리고 담배를 몇 모금 피우더니 미안하다는 듯이 말한다.

"저 안 착한데 복지사라면 착하게 보는 것도 싫고요."

"……"

"형…… 그냥 힘들어요. 아세요? ……저 도시락 배달할 때 집 앞에서 큰 소리로 인사하는 거? 인사이기도 한데…… 저를 보호하고 싶은 마음도 있는 거예요. 대답이 없으면 문 열기 전에 마음의 준비를 하거든요."

그제야 기억나는 일. 인수는 밤새 돌아가신 어르신을 목격한 적이 있다.

"이게 밝은 일이라고 생각해서 시작했는데. 매일 보는 상황이 그렇지가 않은 거예요. 꼭 무슨 암 환자에게 매달린 링거병이 된 느낌이에요. 그냥 연명하시게끔 도와드리는 거잖아요. 차츰차츰 죽음이 가까워오는 것이고, 지켜보며 뭘 할 수 있는 것도 없고. 그러면서 저도 자꾸 닳아 없어지는 것 같고."

"……"

"죄송해요 형."

죄송하다는 말에 혼자 남겨진다는 기분을 들킨 것 같다. 이해한다는 표정을 지으며 고개를 끄덕이는데, 인수가 내 얼굴을 힐끗 보더니 고개를 돌린다.

"시작할 때는 사람들을 도와 제가 뭔가 해낼 줄 알았어요. 사례집에 나오는 감동적인 사례들 있잖아요. 도움을 주고, 변화를 목격하고. 그런데 아, 내가 잘못 알았구나. 막상 그것만 보고 할 수는 없구나. 직업이고, 생활이구나."

무엇인가 도움이 될 만한 말을 해주고 싶은데 뭐라고 해야 할지 모르겠다. 윤 선생님이라면 뭐라고 하실까? 그동안 인수에게 윤 선생님 역할을 했다고 믿었던 나 자신을 깨닫는다. 동시에 그 믿음이 초라하게 부서진다. 그냥 가지 말라고 하고 싶다. 지금은 아무 말도 듣고 싶지 않다고. 네 걱정을 하는 것이 아니라 내 걱정을 하고 있다고. 새로운 사람이 들어오고, 내 얼굴에 놀라는 사람을 참아내고, 그 사람이 익숙해지기를 기다리는 시간들이 싫다고. 인수는 다행히 나를 쳐다보고 있지 않다. 대신 담배 한 개비를 더 꺼내 문다. 우리는 이제 어디로 가야 할지 막막하다. 어둠이 드리운 골목들을 향해 억지로 걸음을 내딛는다.

병실에서 눈을 떴을 때 첫 번째 느낌은 통증이었다. 통증 때문에 눈을 떴는지도 모르겠다. 병원 냄새와 함께 눈을 떴고, 윤 선생님이 옆에 있다는 것에 안도했다. "지금은 아무 생각도 하지 마." 윤 선생님 말이 아니더라도 다른 생각을 할 수 없었다. 온몸을 날카로운 칼로 베어대는 느낌이었다. 다음 진통제가 언제일까라는 생각에 슬픔도, 분노도 느낄 겨를이 없었다. 저녁 무렵 해가 질 때면 잠시 머리가 맑아졌다. 그러면 마음을 어디에 두어야 할지 알 수 없었다. 윤 선생님이 병실에 들르기를 기대했지만 찾아올 때는 내색하지 못하고 무뚝뚝했다.

서서히 통증이 줄며 슬픔과 분노가 그 자리를 채웠다. 가끔 옆 침대에 엄마가 누워 있다고 상상했다. 아프다면 뭐라고 달래줘야 할지 생각하고 혼잣말이 나왔다. 운동하기 싫다면, 약 먹기 싫다면, 밥을 먹기 싫다면 뭐라고 달래줘야 할지를 말하고 있었다.

윤 선생님은 올 때마다 긍정적인 말을 가져왔다. 즐겁고 기분 좋은 복지관의 일상. 살아난 것에 대해 감사해야 한다고. 그런 말들이 귀에 들어올 리 없었다. 그냥 누워 있는 것이 모든 것을 받아들인다고 인정하는 것 같아 견딜 수 없었다. 새살이 돋으려면 단백질을 잘 섭취해야 한다고? 관절이 굳어버리니 자꾸 움직여야 한다고? 나중에 수술을 하면 더 나아질 것이라는 말이 우습게 들렸다. 화가 치밀었다. 증오심으로 온종일 팽팽히 긴장했다. 그러다 어느 새벽녘 마음이 편해지는 순간이 찾아왔다.

병원을 나가서 마쳐야 할 일이 있다. 그리고 뒤따라가면 되는 것이다. 이제 주저할 필요도 없다. 오히려 잘된 일이다. 그렇게 마음먹자 모든 것을 다르게 받아들일 수 있었다. 의사와 윤 선생님은 얼굴에도 화상이 심하다는 것을 걱정하는 눈치였다. 괜찮았다. 어서 나가 모두 끝장내고 뒤따를 생각인데 얼굴 따위가 무슨 문제인가. 오히려 그때 내 얼굴이 더 무서웠으면 하는 마음. 진저리치고, 소름끼치게. 공포에 질린 표정들을 보고 싶었다. 식사를 잘하기 시작했다. 치료도 잘 받았다. 기운을 차릴 수 있었다. 관절의 가동 범위를 늘릴 때마다 통증이 있었다. 그래도 괜찮았다. 마음속에서 칼 하나를 벼르는 심정. 제대로 된 운동을 할 수 있는 상태가 아니라서 윤 선생님에게 악력기를 사다달라고 했다. 화를 견딜 수 없을 때마다 악력기를 쥐었다.

퇴원할 무렵 윤 선생님은 활력 있는 나를 이상하게 생각했다. 병실 침대의 손잡이를 잡을 때마다 쇠파이프를 쥔다고 상상하던 때였다. 차갑고 단단하며 아무 감정 없이 휘두르는 무지막지함을 기다렸다. 윤 선생님은 혹시 뭔가 하고 싶은 말이 있냐고 물었다. 나는 지금까지도 고마웠고, 앞으로도 고마울 것이라고 했다. 절대 잊지 못할 고마움이라고. 진심이었고 작별인사였다. 퇴원을 며칠 앞두고 윤 선생님은 자원봉사자들과 함께 불탄 집을 수리했다. 도배를 다시 하고, 재활용 가구들을 들이고, 싱크대는 어쩔 수 없이 새로 짜 넣어야 했다. 그날 윤 선생님은 발견한 것을 병원으로 들고 왔다.

윤 선생님이 가져온 것은 원고지 뭉치였다. 싱크대를 뜯어내는 과정에서 원고가 나왔다고 했다. 그때까지 원고를 발견하지 못한 이유는 쓴 사람도 다시 볼 생각이 없었기 때문이다. 윤 선생님은 유품인 것 같아서 먼저 가져와야 할 것 같았다고 했다.

오랜만에 보는 글씨체였다. 반가움과 그리움. 기쁜 마음으로 원고를 읽기 시작했다. 실제로 엄마와 대화다운 대화를 나눈 것이 언제였던가? 문장으로 적힌 것은 입으로 말하는 것과 분위기가 달랐다. 한 톤 낮은 목소리로 사물을 바라보는 시선이 새로워 더 소중했다. 주변 사람들에 대한 내밀한 관찰들. 잊고 있었던 기억들이 떠올랐다. 모든 것이 제대로 되어간다는 느낌이었다. 이것을 읽고 병원에서 나가 일을 마무리 짓고 떠나는 것이다. 원고를 읽으며 내가 가장 보고 싶었던 것은 나에 대한 글이었다.

그런데 나에 대한 이야기는 별로 없었다. 나에 대한 언급은 감정이 실리지 않은 일상의 기록이 전부였다.

밝아지던 원고의 분위기가 어느 시점부터 어두워졌다. 회피하던 무엇인가를 정면으로 마주 보려 하는데 두려워서 차마 그러지를 못했다. 외면하고, 돌아 나오지만, 끊임없이 그 안에서 헤매게 하는 기억들. 문장이 부서졌다. 형용사들. 명사들. 하나의 의미를 이루지 못하고 조각조각 끊어져버린 단어들. 헝클어지는 글씨체. 휘갈긴 낙서. 짧은 문장이 힘겹게 몇 가지 장면을 그려내다 포기하고 말았다. 무엇을 말하고 싶은지 알 수 없었다. 그러다 어느 페이지에서 작정하듯 모든 것을 차분하게 적어놓기 시작했다.

흘려 쓰지 않고 정자체로 꾹꾹 눌러 쓴 글씨였다. 그날 밤의 이야기. 모든 것을 마주하고 이겨내겠다는 다짐으로 시작한 글은 그날 밤을 세밀히 적어 내려갔다. 비가 내리던 밤. 기차를 내려서의 정경. 그리고 그 남자. 골목들. 소리들. 고통들. 자신이 믿고 의지했던 것들이 모두 허물어지고 홀로 남은 뒤의 외로움들. 그 순간들을 기록하고 난 뒤 후련함으로 페이지를 마무리했다. 이제 새로워질 것이라는 다짐도.

몇 페이지의 공백 뒤로 좌절이 이어졌다. 모든 것을 털어놨는데도 달라지지 않는다는 좌절이었다. 치유되고 용서받고 잊어버릴 수 있을 것 같았는데 그렇지가 않았다. 언제가 되어야 끝이 난단 말인가? 괴로움을 잊기 위해서 저질렀던 행동들. 아무 죄 없는 불쌍한 것이지만, 결코 그 기억을 잊지 못하게 만드는 존재가 늘 그녀 곁에 있었다.

　서서히 그 존재에 대해 깨닫는다. 참혹했던 기억의 부산물 같은 존재. 그녀를 야금야금 침식해 들어갔던 존재. 그 존재가 자라며 떠오르게 만드는 한 남자의 인상. 그 남자와 닮았지만 다르다고 믿어야 하는 노력들. 그 노력의 순간들이 그녀를 그날의 기억으로부터 자유롭지 못하게 했다. 동시에 그녀가 절대적으로 두려워한 것은 그 존재가 자신의 근원에 대해 알게 되는 것. 어쩌면 그녀가 약을 먹고 세상을 떠나게 만든 것은 그 두려움이 아니었을까? 그런데 그녀를 영원히 세상에서 지워버린 것이 바로 그 존재였다. 자. 이제 복수를 해야 한다면 누구에게 어떻게 해야 하는가?

　퇴원 당일, 윤 선생님은 그 원고를 자기도 읽어볼 수 있냐고 물었다. 며칠 사이 달라진 표정 때문인 것 같았다. 나는 고개를 저으며 웃었고, 누구든 이 원고를 보면 가만두지 않겠다고 했다. 돌아온 집은 어색하고 생경한 장소였다. 그녀의 흔적들은 모두 사라졌다. 옷장에는 나만을 위한 옷들이 걸려 있었다. 술을 마시기 시작했다.

　원고를 계속 읽었다. 원고에서 나에 대한 감정들을 더 절실히 찾고 있었다. 옛 기억이 새로워졌다. 도화동으로 처음 이사해서 두려워하던 모습들, 잠을 자다 내 어깨를 흔들며 소리쳤던 말들, TV를 보는데 옆에서 들렸던 쓸쓸한 목소리가 기억났다. "아무리 길을 달리 잡아도 꼭 한곳에서 만나. 거기가 막다른 골목인 걸 아는데 벗어날 수가 없다?" 어떻게 하면 나에게서 벗어날 수 있느냐고 묻던 것이었을까?

술을 마시며 안주로 식사를 대신하는 날들이 늘어갔다. 날이 갈수록 안주는 줄어들고 술은 늘어갔다. 배고프지 않았다. 힘이 없어지고 감정이 무뎌지고 의욕이 사라졌다. 모든 욕구는 술을 마시고 싶다는 하나의 욕구로 수렴됐다. 복수에 대한 마음마저 무뎌지자 남들의 시선이 버거워졌다. 예전에는 얼굴이 부끄럽지 않았는데, 술을 사러 갈 때마다 사람들 시선이 껄끄러웠다. 창피했다. 윤 선생님이 찾아와 불러도 대답하지 않았다. 새벽녘에 며칠 먹을 양의 술을 사왔다. 남들이 깰 무렵 잠들고, 사람들이 잠들 무렵 일어났다. 술을 사올 때마다 이 술이 떨어지면 끝을 내자고 다짐했다. 그러다 술이 떨어지면 다시 잠들기 위해 술을 사러 가야 했다. 냉골 같은 방에 누워 눈이 떠지면 주위가 밝은 것이 싫었다. 잠을 깨고 싶지 않았다. 이번에 눈 감으면 모든 것이 끝나 있기를 빌었다.

나와 인수에게 동시에 메시지가 온다. 한동안 아무 메시지도 없던 상황이라 우리는 급히 핸드폰을 꺼낸다. 둘 다 불길한 예감을 느낀다. 인수는 혹시 안 좋은 소식이면 어쩌냐는 눈빛으로 나를 바라본다.

'어르신 찾았다'는 메시지가 떠 있다. 그 뒤로 '119 구급차로 병원 출발'이라는 박 팀장님의 메시지. 나와 인수는 그 자리에 멈춘다. 인수가 담배를 꺼내 문다. 내가 박 팀장님에게 전화를 걸었지만 통화 중이다. 우리는 복지관으로 가는 걸음을 서두른다.

복지관 안내데스크에 앉아 있는 박 팀장님은 멍한 얼굴이다. 안경을 벗고 푸석푸석한 얼굴을 비비는데 무척 피곤해 보인다. 박 팀장님이 차분한 목소리로 자초지종을 들려준다. 어르신을 찾아낸 것은 학교 경비 아저씨였다. 어르신은 관악초등학교 1학년 교실 구석진 곳에 앉아 있었다. 몸이 얼어 팔과 다리를 제대로 뻗지도 못하는 상태였다. 벽에 기대어 거의 혼절하기 직전이었다. 어르신은 아이들을 쫓아 교문 안으로 들어간 것 같았고, 나중에 교문이 잠긴 뒤에는 아무도 그 안에 들어갈 생각을 못 했던 것이다. 관장님은 택시를 타고 구급차를 따라갔다.

시계를 보니 9시가 넘었다. 어르신을 찾는 일은 끝난 셈이다. 다들 집으로 돌아가면 되는데 사람들은 그냥 흩어지지 못한다. 모두들 무엇인가 마음속에 남아 있어 서로 이야기하며 그것을 풀어버리고 싶어 하는 눈치다. 박 팀장님은 집에 전화하더니 병호와 병찬이가 하도 성화여서 어쩔 수 없다며 집으로 돌아간다. 복지관 행사에서 아이들을 몇 번 본 적이 있어 어떤 상황인지 짐작이 간다. 박 팀장님을 배웅하고 나와 인수는 근처 설렁탕집으로 들어간다.

테이블에 마주 앉아 설렁탕과 소주 한 병을 시킨다. 뜨끈한 국물에 몸이 풀리는 기분이다. 몸에 열기가 오르고 노곤해진다.

"형. 아까 은영이가 그러는데, 남편분이 구급차 타기 전에 관장님하고 선생님들에게 연신 고맙다고 인사하셨대요. 아까는 너무 미안했다고 하시는 표정이 은영이도 짠했나 봐요. ……다행이에요. 이제 우리가 어르신 잃어버린 거 소문 다 났겠지만……

심사 결과가 어떻든 어르신이 무사하신 것이 정말 고맙네요.
……형, 수고 많았어요. 며칠 동안 쉬지도 못하셨을 텐데."

"인수야."

"네?"

"너, 어디서 뭘 하든 잘할 거야."

인수가 뜬금없다는 표정으로 웃는다.

"그럼요. 당연하죠 형."

"이상하게 아까는 이 말을 못 하겠더라. 너 처음에 여기 와서
저금통 실적 올리러 나갔던 거 기억나? 다음 날 정육점에 갔는
데 초록우산이랑 굿네이버스 저금통이 있는데도 그 옆에 우리
복지관 저금통이 생겼더라고. 야, 얘는 나랑 다르구나 싶더라.
난 그런 거 못 하거든."

"……뭘요."

인수는 씁쓸하게 웃으며 잔을 비우고 내게 술을 권한다.

"너는 모르겠지만 어르신들은 네 도시락 조로 편성되는 거 좋
아하셔. 나는 알아. 너는 그냥 밥만 배달한 게 아냐. 어르신들은
하루 중 유일하게 만나는 사람이 너일 때가 많았으니까. 아침마
다 너는 밝은 문안인사도 함께 배달한 거야."

"……"

"여기 있는 동안 잘했다고 말해주고 싶었어. 못해서 가는 게
아니라 다른 것을 더 잘하려고 가는 거라고. 아까 그렇게 말했으
면 좋았을걸. ……나한테 먼저 말해준 것도 고맙고."

인수가 겸연쩍게 고개를 끄덕인다.

"형."

"왜?"

"형은 이거 왜 시작했어요?"

"나? 밥 때문에."

인수가 농담처럼 듣고 웃더니 곧 씁쓸하고 자조적인 표정으로 바뀐다. 그게 아니라고 말하고 싶은데 어디서부터 말을 해야 할지 모르겠다.

탕 그릇을 비우고 술도 떨어졌는데 자리에서 일어나고 싶지 않다. 인수와 한잔 더 하고 싶지만 둘 다 피곤하다. 우리는 자리에서 일어나 가게 앞에서 헤어진다. 아까는 그렇게 추웠는데 속이 든든하니 추위도 견딜 만하다. 걷는 기분이 나쁘지 않다. 집을 향해 오르막을 오르다 뒤를 돌아본다. 왜 밥 때문이라고 했는지 말해줄 것을. 인수는 벌써 보이지 않는다.

윤 선생님이 부서져라 문을 두드리는 소리에 냉골 같은 방바닥을 느꼈다. 문을 여는데 윤 선생님이 그렇게 화를 내는 표정은 그때가 처음이자 마지막이었다. "내가 미친년이지. 이런 새끼한테 뭘 보자고 해다 바쳤냐고!" 내 멱살을 잡고 바깥으로 끌어냈다. 나는 거부할 힘도 없는 상태여서 맨발로 운동화를 꺾어 신고 끌려 내려갔다. 외투도 못 입은 채였다. 어디로 가는지 몰라도 추웠다. 그저 추웠고, 돌아보던 선생님의 눈빛과 입에서 나오던 허연 입김이 지금도 생생하다. 그 미워하는 눈빛이 싫지 않았던 기억.

선생님이 데려간 곳은 복지관 1층 식당이었다. 안으로 들어가는데 시선이 부끄러웠다. 언제 씻었는지 기억나지 않았다. 반사적으로 오른손이 주춤주춤 얼굴로 올라갔다. 식판을 왼손으로 들고 줄을 서는데 선생님이 창피하게 큰 소리로 말했다. "누가 너 보고 거기 서래?" 선생님은 내 손에서 식판을 뺏더니 손을 잡아 배식대로 데려가 밥주걱을 쥐여줬다. 그리고 밥을 푸게 했다. 줄 서 있던 어르신들이 일제히 나를 바라봤다.

배식이 끝나갈 무렵 선생님과 나도 밥을 타서 식탁에 마주 앉았다. 식판을 앞에 두고 숟가락을 들려는데 목이 메어 들 수가 없었다. 선생님이 식판 너머로 손을 뻗어 손등을 다독였다. 다 이해한다는 눈빛으로 고개를 끄덕였다. 나는 얼굴을 들어 고개를 저었다. 아니요. 그게 아니에요.

그때의 느낌은 내가 이해받았다거나, 용서를 얻었다거나, 누군가에게 속해진다거나 하는 그런 추상적인 말들과는 전혀 상관이 없었다. 밥을 푸는데 낯선 사람들과 눈을 마주칠 수 없었다. 그저 시선 둘 곳이 필요했다. 밥을 탄 어르신 하나가 바로 앞 테이블에 앉았다. 의식적으로 그 어르신만 봤다. 퀭한 눈빛으로 식판을 내려놓은 어르신은 숟가락을 들고 밥을 먹기 시작했다. 그런데 어느 순간부터 시선을 피하고자 함이 아니라 그냥 어르신 쪽으로 시선이 갔다. 닮아서여서? 아니면, 나이가 들면 저 모습일 것 같아서? 이유를 알 수 없었다. 숟가락으로 밥을 뜨는 움직임, 하얀 밥, 열기를 품은 습기, 밥 냄새, 턱이 움직이고, 목울대가 꿀꺽하고, 국을 떠서 입에 넣고, 젓가락을 들고. 어느새 어르신의 퀭한 눈빛이 풀리더니 앞에 앉은 어르신에게 말을 건넸다.

그 모습, 그 표정을 보는데 속에서 뜨끈한 것이 치밀고 올라와 참을 수가 없었다. 도대체 왜 그런 것인지, 무엇 때문인지 알 수도 없었다. 그저 지극히 감각적인 경험일 뿐이었다.

빌라 입구에서 우편물을 확인한다. 3층으로 올라와 도어록을 연다. 도어록 버튼 소리가 고요한 복도를 울린다. 내 슬리퍼 한 쌍만 우두커니 있는 현관. 보일러를 외출로 맞춰놔 바닥이 차다. 보일러 온도를 올리고 손바닥으로 책상을 훑어본다. 책상 위에 우편물을 두고 양복을 벗는다. 재킷을 의자에 걸고 침대에 앉아 전기장판을 켠다. 보일러를 온수로 바꾸고 욕실로 들어가 뜨거운 물로 샤워부터 한다. 찬물로 헹구고 나오자 며칠 쌓였던 피로가 가신다. 취기도 함께 가시는 것 같아 잠이 오지 않을까 걱정이다. 맥주를 사올까 생각하다가 그냥 두기로 한다. 잘 준비를 하고 침대에 앉아 의자에 걸어둔 양복의 냄새를 맡아본다. 불을 끄고 침대에 눕는다. 그새 덥혀진 전기장판 때문에 따뜻하고 푹신하다. 기분이 좋다.

한동안 누워 있지만 잠은 오지 않는다. 이렇게 잠이 오지 않는 날이면 그때 생각이 난다. 원고를 갖고 있어야 했다고 몇 번 후회했다. 어느 순간 나조차도 원고를 갖고 있으면 안 될 것 같은 기분이 들었다. 계속해서 원고를 읽다 보니 언제부터인가 나와의 관계성은 점차 희미해지고, 그 자리에 그녀라는 개별성이 드러났다. 그녀를 가장 잘 드러낸 것은 동사들이었다. 설레고, 신나고, 샘솟고, 싹트고, 달리고, 펼치고, 다가서고, 안아주고, 안

기고. 원고를 볼 때마다 억지로 그녀를 붙들고 있는 것 같았다. 원고를 보내주기 전에 하나만은 확인하고 싶었다. 그녀가 자주 올랐던 산.

그 광경을 직접 보고 싶었다. 어디인지 정확히 기술돼 있지 않지만 막상 가면 찾을 수 있을 것 같았다. 도계의 어느 산이다. 처음 혼자 떠난 여행이었고, 사람들의 시선을 견뎌내자는 다짐이기도 했다. 오늘처럼 눈이 내렸다. 도계에 내려 동네를 돌아다녔다. 원고와는 이미 많이 달라진 뒤였다. 삭도는 철거됐고, 탄가루의 흔적도 없었다. 다행히 폐광되지 않은 탄광이 있어 저탄장과 폐석장은 남아 있었다. 원고에 따르면 산은 저탄장을 바라보는 쪽이어야 했다. 사람들에게 길을 물어 소방서가 있는 쪽에서 길을 찾아 올랐다. 능선을 따라 걷다 보면 어디인지 감이 올 것 같았다. 눈 때문에 미끄럽고 인적도 드물었다.

대덕산 정상 우두봉을 지나 이곳이 맞겠다는 광경이 나타났다. 원고와 달리 매화나무도 없고, 철판으로 만든 계단과 난간도 생겼지만, 그곳이 맞을 것 같았다. 산으로 두른 광활한 공간이 눈송이로 가득했다. 바람이 뒤에서 불어왔다. 가방에서 그녀가 담긴 함을 꺼낸 이유는 그녀에게 이곳이 맞냐고 물어보고 싶어서였다. 그런데 바람을 만나는 순간 그녀가 앞으로 달려 나갔다. 물어볼 틈도 없이 자유롭고 아득하게. 그렇게 원고도 보내줬다.

몸을 뒤척이지만 잠은 오지 않는다. 오히려 정신이 맑아진다. 엄밀히 말하면 그녀의 원고가 소설은 아니었다. 자서전이나 회고록 분야에 가까울 것이다. 오늘 만났던 소설가의 이야기가 생각난다. 이야기가 자라난다는 말. 지금 생각해도 그 말은 재미있다. 예상하지 못했던 방향으로 이야기가 자라날 때의 느낌은 어떨까? 작가이며 최초의 독자가 되는 기분은 어떨까? 인물이 살아나야 한다고 했다.

소설가의 첫인상은 나쁘지 않았다. 그가 자신의 가족사진을 보여줄 때만 해도 분위기는 괜찮았다. 피부가 하얀 그의 아내는 미인이었다. 푸른색 프릴이 달린 원피스를 입고 딸아이의 손을 잡은 채 카메라를 향해 서 있었다. 얇은 발목이 돋보이는 흰 단화. 두 다리 사이의 정연한 공간. 머리카락을 귀 뒤로 감아 돌리는 손끝에서 작고 또렷한 귀가 드러났다. 딸아이는 일곱 살이라 했는데 아내는 갓 스물을 넘긴 것처럼 보였다. 얼굴 어디에도 엄마의 표식은 없었다. 모든 것을 밝게 보는 해맑은 눈빛으로 카메라를 향해 웃고 있었다.

언제부터 소설가에게 화가 났을까? 오늘이 윤 선생님을 보내고 온 날이라서 그랬을까? 그는 자신의 믿음으로 사람들을 재단하는 데 아무 의심이 없었다. 사람들의 감정을 자기 기준대로 거리낌 없이 재단하고 분류해나가던 자신감. 그 믿음이 너무 자신만만해 보였다. 때로 믿음은 욕망을 포장할 때 위험해진다. 누군가를 찌르는 칼과 같은 욕망조차 부드럽게 감싸니까. 그런데 그것이 이유일까? 잘 모르겠다. 소설가를 몇 번 더 만나면 알게 될까? 그가 신고를 할까? 그는 내 이름도 모르지만 생각해보면 나를 찾는 것이 어려운 일은 아니다.

침대에 누워 계속 잠을 청해도 잠은 오지 않는다. 그가 나를 찾아왔을 때의 사건들이 궁금해진다. 그 일들을 그려보고 싶다. 한참을 누워 있다 눈을 뜨고 침대에서 일어난다. 책상에 앉아 탁상 등을 켜고 서랍에서 빈 공책을 꺼낸다. 볼펜을 쥐고 노트를 펼친다. 그런데 막상 적으려니 그에 대해 아는 것이 없다. 벌써부터 그의 얼굴이 희미하다. 노골적이고 날카롭게 묻던 목소리가 생각나니 첫인상과 달리 그의 인상이 끔찍하게 느껴진다. 소설에 대한 이야기만 나눴지 소설가가 어디 사는지도 모른다. 앞으로의 일들을 그려볼 수 있는 정보는 하나도 없는 셈이다.

문득 그로부터 얻은 구체성을 지울 때 자유로워진다는 것을 깨닫는다. 이름을 새롭게 준다. 생김새를 바꾼다. 그가 말했던 출판사 선배를 남자로 바꾼다. 그를 위해 오래된 아파트를 하나 준비한다. 그 안에 온갖 소중한 것들을 넣어주고 싶은 이유는 아직 모르겠다. 사진 속 아내보다 친절하고 다정한 아내, 천진난만한 두 아이. 나는 그 안에서 무엇을 보고 싶은 것일까? 나도 모르는 이야기가 내 안에서 나올 수 있을까?

그럼. 이제 욕망을 불어넣을 시간이다.

참고문헌

B. 스포크, 이효규 옮김, 《스포크 박사의 육아전서》, 정음사, 1972.

William Glasser, 김인자 옮김, 《당신의 삶은 누가 통제하는가》, 한국심리상담연구소, 2008.

김기찬, 《골목 안 풍경 전집》, 눈빛, 2011.

김윤정, 《1970년대 대학연극 고찰 - 서울 지역을 중심으로》, 민족문학사학회, 2007.

김익균, 〈소년소녀가장세대에 대한 사회복지 지원대책〉, 《경기 21세기》, 경기개발연구원, 1996년 5/6월호.

문교부, 《중학교 국어 2 - 1》, 한국교육개발원, 1990.

박민규, 〈낮잠〉, 《더블》, 창비, 2010.

배정이, 《간호학과 학생의 대학과정 경험》, 한국간호과학회 정신간호학회, 1999.

백영미, 《전문대학 간호과 편입학생의 학교생활 경험》, 대구가톨릭대학교 대학원, 2005.

변창자, 《간호교육 지도자 세미나 - 교과과정의 실제 - 간호전문학교를 중심으로》, 대한간호, 1974.

삼척시립박물관, 《(강원도 삼척시 도계읍)탄광촌 사람들의 삶과 문화》, 민속원, 2005.

이기숙, 《서울시내 간호전문학교 간호학생의 임상실습에 관한 태도조사》, 연세대학교 교육대학원, 1977.

이은옥, 《간호전문학교의 간호전문대학 개편에 따른 교과과정》, 대한간호, 1978.

정연수, 《탄광촌 풍속 이야기》, 북코리아, 2010.

줄리 그레고리, 김희정 옮김, 《병든 아이》, 소담출판사, 2007.

테레사 라우어, 강영 옮김, 《그녀의 불편한 진실》, 또하나의문화, 2010.

프리드리히 뒤렌마트, 김혜숙 옮김, 《뒤렌마트 희곡선》, 민음사, 2011.

허선, 《한국 소득부조 프로그램의 대상 선정과 급여 수준에 관한 평가 - 서울특별시의 생활보호 대상자와 모자가구를 중심으로》, 중앙대학교 대학원, 1997.

거미집 짓기

2017년 8월 30일 초판 1쇄 발행

지은이·정재민

펴낸이·김상현, 최세현
편집인·정법안
책임편집·손현미, 김유경 | 디자인·임동렬

마케팅·권금숙, 김명래, 양봉호, 임지윤, 최의범, 조히라
경영지원·김현우, 강신우 | 해외기획·우정민
펴낸곳·마음서재 | 출판신고·2006년 9월 25일 제406-2006-000210호
주소·경기도 파주시 회동길 174 파주출판도시
전화·031-960-4800 | 팩스·031-960-4806 | 이메일·info@smpk.kr

ⓒ 정재민(저작권자와 맺은 특약에 따라 검인을 생략합니다)
ISBN 978-89-6570-502-4 (03810)

쌤앤파커스(Sam&Parkers)는 독자 여러분의 책에 관한 아이디어와 원고 투고를 설레는 마음으로
기다리고 있습니다. 책으로 엮기를 원하는 아이디어가 있으신 분은 이메일 book@smpk.kr로 간
단한 개요와 취지, 연락처 등을 보내주세요. 머뭇거리지 말고 문을 두드리세요. 길이 열립니다.